# IMPERIO DE TORMENTAS

# Sarah J. Maas

# Imperio de Tormentas

— De la serie Trono de Cristal —

Traducción de Carolina Alvarado Graef

ALFAGUARA

Penguin
Random House
Grupo Editorial

Imperio de tormentas

Título original: *Empire of Storms*

Primera edición: julio 2024

© 2016, Sarah J. Maas

Publicado originalmente por Bloomsbury Children's Books

© 2017, derechos de edición mundiales en lengua castellana:
Penguin Random House Grupo Editorial, S. A. de C. V.
Blvd. Miguel de Cervantes Saavedra núm. 301, 1er piso,
colonia Granada, delegación Miguel Hidalgo, C. P. 11520,
Ciudad de México
© 2024, Penguin Random House Grupo Editorial USA, LLC
8950 SW 74th Court, Suite 2010
Miami, FL 33156

© 2017, Carolina Alvarado Graef, por la traducción
© 2016, Talexi, por las ilustraciones de cubierta
Regina Flath, por el diseño de cubierta

ISBN: 979-88-909815-8-5

Impreso en Colombia – *Printed in Colombia*

24 25 26 27 28   10 9 8 7 6 5 4 3 2 1

*Para Tamar, mi campeona, mi hada madrina y mi princesa azul.*
*Gracias por creer en esta serie desde la primera página*

# OCASO

Los tambores de hueso resonaban en las laderas escarpadas de las Montañas Negras desde la puesta de sol.

En una saliente rocosa, la carpa de guerra de la princesa Elena Galathynius crujía ante el embate del viento seco. Desde su posición, Elena estuvo toda la tarde observando al ejército del Señor del Terror arrasar esas montañas en oleadas color ébano. Ya entrada la noche, las fogatas de los campamentos enemigos se extendían por las montañas y el valle debajo como una manta de estrellas.

Tantas fogatas... demasiadas comparadas con las que ardían de su lado del valle.

No necesitaba valerse del don de sus oídos de hada para escuchar las oraciones de su ejército humano, tanto las pronunciadas como las silenciosas. Ella había rezado varias veces en las últimas horas, aunque sabía que sus plegarias quedarían sin respuesta.

Elena nunca había considerado dónde moriría, nunca había considerado que pudiera ser tan lejos del verdor rocoso de Terrasen. Ni que su cuerpo se quedara sin ser incinerado, sino que lo devoraran las bestias del Señor del Terror.

No quedaría ninguna señal que le indicara al mundo dónde había caído una princesa de Terrasen. No quedaría una señal de ninguno de ellos.

—Necesitas descansar —dijo una voz masculina y áspera proveniente de la entrada de la carpa detrás de ella.

Elena volteó por encima del hombro y su cabello largo y plateado se enganchó en las escamas elaboradas de su armadura de cuero. Pero la mirada oscura de Gavin ya se había posado en los dos ejércitos que se extendían a la distancia debajo de ellos. En esa franja de demarcación estrecha y negra que pronto sería traspasada.

A pesar de insistirle en descansar, Gavin tampoco se había quitado la armadura desde que entró a la carpa unas horas antes. Los líderes de su ejército acababan de salir unos minutos antes, con mapas en las manos y desesperanza en sus corazones. Elena podía oler en ellos el miedo y el desaliento.

Gracias a todos los años que pasó recorriendo las zonas agrestes del sur, Gavin se acercó casi en silencio al sitio donde ella montaba guardia a solas; sus pasos apenas hacían crujir la tierra seca y rocosa. Elena nuevamente enfrentaba esos incontables fuegos enemigos.

Gavin dijo con voz ronca:

—Las fuerzas de tu padre todavía podrían sobrevivir.

Era una esperanza torpe. El oído inmortal de Elena escuchó todas las palabras que se pronunciaron durante las horas de debate en la carpa contigua.

—Este valle ahora es una trampa mortal —dijo Elena.

Y ella los había llevado ahí a todos.

Gavin no respondió.

—Cuando amanezca —continuó Elena— estará cubierto de sangre.

El líder militar a su lado permaneció en silencio. Era poco común que Gavin estuviera callado. No brilló ni un destello de esa ferocidad indomable en sus ojos ligeramente rasgados y su cabello castaño colgaba opaco. Elena no podía recordar la última vez que se habían dado un baño.

Gavin volteó a verla con esa mirada de franca valoración que la había despojado de todo disfraz desde el momento en que lo conoció en el salón de su padre casi un año antes. Hacía una vida.

Era un momento muy distinto, un mundo distinto, cuando las tierras aún estaban llenas de canto y de luz, cuando la magia no había empezado a apagarse en la sombra creciente de Erawan y sus soldados demonios. Se preguntó cuánto tiempo resistiría Orynth después de que la matanza terminara aquí en el sur. Se preguntó si Erawan destruiría primero el palacio resplandeciente de su padre en la cima de la montaña o si quemaría la biblioteca real, haciendo arder el corazón y el conocimiento de toda una era. Para después quemar a su gente.

—Todavía faltan varias horas para el alba —dijo Gavin con un nudo en la garganta—. Tienes tiempo suficiente para huir.

—Nos harían pedazos antes de que pudiéramos salir del paso entre las montañas...

—No me refiero a nosotros. Sólo tú —la luz de la fogata se reflejaba en el rostro bronceado de Gavin creando un relieve parpadeante—. Tú sola.

—No voy a abandonar a esta gente —respondió ella y le acarició los dedos—. Ni a ti.

La expresión de él permaneció inmutable.

—No hay manera de evadir el día de mañana. Ni el derramamiento de sangre. Sé que escuchaste lo que dijo el mensajero. Anielle es un matadero. Nuestros aliados del norte se han ido. El ejército de tu padre está demasiado lejos. Moriremos antes de que el sol haya terminado de salir.

—Todos moriremos algún día de todas maneras.

—No —dijo Gavin y le apretó la mano—. Yo voy a morir. Esa gente que está allá abajo, ellos van a morir. Por la espada o con el paso del tiempo. Pero tú... —su mirada se posó en las orejas delicadamente puntiagudas de Elena, la herencia de su padre—. Tú podrías vivir por siglos. Milenios. No eches eso a la basura por una batalla que está condenada a fracasar.

—Preferiría morir mañana que vivir mil años con la vergüenza de una cobarde.

Pero Gavin miró al otro lado del valle nuevamente. A su gente, la última línea de defensa contra la horda de Erawan.

—Quédate detrás de las líneas de tu padre —dijo con sequedad— y continúa la lucha desde allá.

Ella tragó saliva.

—No tendría caso.

Lentamente, Gavin volteó a verla. Después de todos estos meses, todo este tiempo, ella confesó:

—El poder de mi padre está fallando. Está cerca, a unas décadas, de desvanecerse. Cada día que pasa, la luz de Mala se apaga en su interior. No puede pelear contra Erawan y ganar.

Las últimas palabras de su padre antes de que ella saliera en esta misión maldita varios meses antes fueron: "Mi sol se está poniendo, Elena. Tienes que encontrar una manera de que el tuyo pueda salir".

El rostro de Gavin se drenó de color.

—¿Escogiste este momento para decírmelo?

—Esperé hasta ahora, Gavin, porque tampoco hay esperanza para mí, aunque huya esta noche o luche mañana. El continente caerá.

Gavin se movió hacia la docena de carpas que estaban en la saliente. Sus amigos.

Los amigos de ella.

—Ninguno de nosotros saldrá de aquí caminando mañana —dijo.

Y la manera en que se le quebró la voz, la manera como brillaron sus ojos, hizo que ella buscara su mano nuevamente. Nunca, ni una sola vez en todas sus aventuras, en todos los horrores que habían soportado juntos, lo había visto llorar.

—Erawan ganará y gobernará esta tierra y todas las demás por toda la eternidad —susurró Gavin.

Los soldados estaban inquietos en el campamento abajo. Hombres y mujeres, murmurando, maldiciendo, llorando. Elena buscó la fuente de su terror, hasta el otro lado del valle.

Una por una, como si una gran mano de oscuridad las hubiera aplastado, las fogatas del campamento del Señor del Terror se apagaron. Los tambores de hueso empezaron a sonar con más fuerza.

Por fin él había llegado.

Erawan en persona había venido a supervisar la batalla final del ejército de Gavin.

—No van a esperar hasta que amanezca —dijo Gavin y movió la mano rápidamente hacia el sitio donde Damaris estaba enfundada a su costado.

Pero Elena lo tomó con fuerza del brazo, ese brazo con músculos como el granito debajo de su armadura de cuero.

*Erawan había llegado.*

Tal vez los dioses todavía estaban escuchando. Tal vez el alma de fuego de su madre los había convencido.

Tomó entre sus manos el rostro áspero y salvaje de Gavin, el rostro que ahora adoraba por encima de todos los demás. Y le dijo:

—No vamos a ganar esta batalla. Y no vamos a ganar esta guerra.

Él temblaba intentando controlarse para no salir en busca de sus guerreros, pero por respeto la escuchó. Ambos habían aprendido por las malas a escucharse.

Con su mano libre, Elena levantó los dedos en el espacio que los separaba. La magia pura de sus venas se transformaba en flama, agua, enredadera y hielo que se resquebrajaba. No era un abismo sin fondo como la de su padre, sino un don versátil de magia ágil que le había concedido su madre.

—No vamos a ganar esta guerra —repitió Elena.

El rostro de Gavin brillaba en la luz de su poder natural.

—Pero podemos retrasarla un poco. Puedo cruzar el valle en una hora o dos —dijo ella. Enroscó los dedos para formar un puño y apagó su magia.

El ceño de Gavin se arrugó.

—Lo que dices son locuras, Elena. Suicidio. Sus tenientes te capturarán antes de que logres cruzar sus líneas.

—Exacto. Me llevarán directamente con él, ahora que está aquí. Me considerarán su prisionera valiosa, no su asesina.

—No.

Era una orden y una súplica.

—Si mato a Erawan sus bestias entrarán en pánico. El caos durará lo suficiente para que lleguen las fuerzas de mi padre, se unan con lo que quede de las nuestras y aplastemos a las legiones de enemigos.

—Dices "mato a Erawan" como si eso fuera algo sencillo. Él es el *rey* del Valg, Elena. Aunque te lleven con él, te atará a su voluntad antes de que puedas hacer un movimiento.

Su corazón se encojió pero Elena se obligó a decir las palabras.

—Por eso... —no pudo evitar que le temblara el labio—, por eso necesito que vengas conmigo en vez de luchar con tus hombres.

Gavin se quedó mirándola.

—Porque necesito... — resbalaban lágrimas por sus mejillas— te necesito como distractor. Necesito que ganes tiempo para cruzar sus defensas internas.

Justo como la batalla del día siguiente ganaría tiempo.

Porque Erawan se lanzaría primero contra Gavin. El guerrero humano que había sido un bastión contra las fuerzas del Señor Oscuro por tanto tiempo, quien había peleado contra él cuando ningún otro lo haría... El odio de Erawan por el príncipe humano sólo era comparable con el odio que sentía por el padre de Elena.

Gavin la estudió por un momento y luego estiró la mano para limpiarle las lágrimas.

—No es posible matarlo, Elena. Sabes lo que susurró el oráculo de tu padre.

Ella asintió.

—Lo sé.

—E incluso si logramos contenerlo o atraparlo —Gavin eligió bien sus palabras—, sabes que lo único que lograríamos sería posponer la guerra para que la libre alguien más, quien sea que algún día gobierne estas tierras.

—Esta guerra —dijo ella en voz baja— es apenas la segunda movida en un juego que se ha estado jugando desde esos días antiguos del otro lado del mar.

—Lo postergamos para que alguien más lo herede si él es liberado. Y eso no evitará que masacren a aquellos soldados de abajo mañana.

—Si no actuamos, no habrá nadie que herede esta guerra —dijo Elena. La mirada de Gavin titubeó—. Incluso en este momento —continuó ella—, nuestra magia ya está fallando, nuestros dioses nos están abandonando. Están huyendo de nosotros. No tenemos aliados del pueblo de las hadas más allá de los que están en el ejército de mi padre. Y su poder, al igual que el de él, está desvaneciéndose. Pero tal vez, cuando ese tercer movimiento llegue... tal vez los participantes de nuestro juego inconcluso sean distintos. Tal vez habrá un futuro en el cual las hadas y los humanos luchen lado a lado, plenos de poder. Tal vez ellos encuentren una manera de terminar con esto. Así que perderemos esta batalla, Gavin —dijo Elena—. Nuestros amigos morirán en ese campo de batalla al amanecer y nosotros los utilizaremos como distracción para contener a Erawan y así ganar un futuro para Erilea.

Él apretó los labios y sus ojos color zafiro centellearon.

—Nadie debe saberlo —dijo ella con la voz entrecortada—. Aunque tengamos éxito, nadie debe saber lo que hacemos.

El rostro de él estaba surcado por líneas profundas de duda. Ella le apretó la mano con más fuerza.

—*Nadie*, Gavin.

La agonía recorrió sus facciones. Pero asintió.

De la mano, miraron hacia la oscuridad que cubría las montañas, los tambores de hueso del Señor del Terror retumbaban como martillos sobre hierro. Muy pronto el sonido de esos tambores quedaría sobrepasado por los gritos de los soldados moribundos. Muy pronto los valles serían esculpidos por ríos de sangre.

—Si vamos a hacer esto, necesitamos irnos ya—dijo Gavin y su atención volvió a concentrarse en las carpas cercanas. No habría despedidas ni últimas palabras—. Le daré a Holdren la orden de dirigir a las tropas mañana. Él sabrá qué decirle a los demás.

Ella asintió y eso fue confirmación suficiente. Gavin le soltó la mano y se dirigió a la carpa junto a la suya, donde su amigo más querido y el más leal de sus líderes militares estaba aprovechando sus horas finales con su nueva esposa.

Elena apartó la vista antes de que los hombros amplios de Gavin pasaran por la apertura de la carpa.

Ella miró por encima de las fogatas, al otro lado del valle, hacia la oscuridad que se posaba frente a ellos. Podría jurar que la oscuridad la miraba, podría jurar que escuchaba las miles de rocas que las bestias del Señor del Terror usaban para sacar filo a sus garras llenas de veneno.

Levantó la vista hacia el cielo manchado de humo, las estelas se abrieron un segundo para dejar entrever la noche estrellada.

El Señor del Norte brillaba sobre ella. Tal vez era el regalo final de Mala a estas tierras, al menos en esta era. Tal vez era un agradecimiento a la misma Elena, y una despedida.

Porque por Terrasen, por Erilea, Elena caminaría hacia la oscuridad eterna que aguardaba del otro lado del valle para conseguirles a todos una oportunidad.

Elena elevó una última oración sobre una torre de humo que ascendía desde el fondo del valle para pedir que los vástagos nonatos y remotos de esta noche, los herederos de una carga que condenaría o salvaría a Erilea, la perdonaran por lo que estaba a punto de hacer.

# PARTE UNO
## LA PORTADORA DE FUEGO

# CAPÍTULO 1

El aliento de Elide Lochan le quemaba la garganta con cada inhalación entrecortada mientras cojeaba hacia la cima de una colina empinada en el bosque.

Debajo de las hojas húmedas que cubrían el suelo de Oakwald había rocas grises sueltas que volvían peligrosa la pendiente. Las ramas de los robles enormes estaban demasiado altas como para que se pudiera sostener de ellas en caso de caer. Elide optó por arriesgarse a una caída potencial a cambio de la velocidad, así que subió con dificultad por el borde de la cima escarpada a pesar de que su pierna vibraba de dolor. Se dejó caer de rodillas.

Las colinas boscosas se extendían en todas direcciones, los árboles eran como los barrotes de una jaula interminable.

Semanas. Habían pasado semanas desde que Manon Picos Negros y sus Trece la habían dejado en este bosque, cuando la Líder de la Flota le ordenó que se dirigiera al norte para encontrar a su reina perdida, que ahora ya era mayor de edad y muy poderosa, y para encontrar también a Celaena Sardothien, quienquiera que fuese, para pagar la deuda que había contraído con Kaltain Rompier.

Semanas después, sus sueños seguían plagados de esos momentos finales en Morath: los guardias que habían intentado arrastrarla para que le implantaran una cría del Valg, la masacre absoluta que realizó la Líder de la Flota, y el acto final de Kaltain Rompier: sacar esa piedra extraña y oscura del sitio donde la tenía cosida en su brazo y ordenarle a Elide que se la entregara a Celaena Sardothien.

Justo antes de que Kaltain convirtiera a Morath en ruinas humeantes.

Elide colocó la mano sucia y temblorosa sobre el bulto que traía guardado en el bolsillo. Todavía traía puesta la ropa de cuero que le había dado Manon. Podría haber jurado que un latido apenas perceptible hacía eco en su piel, un contrapunto con su propio corazón acelerado.

Elide sintió que se estremecía bajo la luz del sol que se filtraba entre las copas verdes de los árboles. El verano descendía con pesadez sobre el mundo. El calor era tan oprimente que el agua se había convertido en su bien más valioso.

Así había sido desde el principio, pero ahora todo su día, toda su *vida*, giraba alrededor de ella.

Afortunadamente, Oakwald estaba lleno de riachuelos gracias al descenso serpenteante de las últimas nieves de las cumbres. Desafortunadamente, Elide había aprendido por las malas cuál agua podía beber.

Estuvo tres días cercana a la muerte con vómito y fiebre después de beber agua turbia de un estanque. Pasó tres días tiritando tan fuerte que pensó que se le resquebrajarían los huesos. Pasó tres días llorando silenciosamente, miserable y desesperada pensaba que moriría sola en ese bosque infinito y que nadie se enteraría jamás.

Y durante todo ese tiempo, la piedra en el bolsillo sobre su pecho vibraba y latía. En sus sueños febriles, podría haber jurado que le susurraba y que le cantaba canciones de cuna en idiomas que probablemente las lenguas humanas no pudieran pronunciar.

No la había escuchado desde entonces, pero seguía cuestionándose. Se preguntaba si la mayoría de los humanos habrían muerto.

Se preguntaba si llevaría un regalo o una maldición hacia el norte. Y si esa Celaena Sardothien sabría qué hacer con él.

"Dile que puedes abrir cualquier puerta, si tienes la llave", le había dicho Kaltain. Elide con frecuencia estudiaba la roca negra e iridiscente cuando se detenía a descansar. Ciertamente no parecía una llave: era áspera e irregular, como si la hubieran sacado de un trozo de roca más grande. Tal vez las palabras de Kaltain eran un acertijo dirigido únicamente a su receptora.

Elide se descolgó la mochila demasiado ligera de los hombros y apartó bruscamente el trozo de lona que funcionaba como tapa. Se le había terminado la comida hacía una semana y había tenido que empezar a alimentarse de bayas en el bosque. Todas le eran desconocidas, pero un vago recuerdo de los años que estuvo con su nana, Finnula, le había advertido que las frotara primero en su muñeca para comprobar que no le provocaran alguna reacción.

La mayor parte del tiempo, demasiadas veces, sí lo hacían.

Pero de vez en cuando se topaba con algún arbusto lleno de las bayas correctas y se atragantaba de ellas antes de llenar su mochila. Buscó en el fondo de la lona teñida de rosa y azul, sacó el último puñado, envuelto en su camisa de repuesto que ahora estaba llena de manchas rojas y moradas.

Un puñado, lo último hasta que encontrara su siguiente alimento.

El hambre la acosaba, pero Elide se comió sólo la mitad. Tal vez encontraría más antes de detenerse a dormir.

No sabía cazar y la idea de atrapar otro ser vivo, romperle el cuello o aplastarle el cráneo con una roca... Aún no alcanzaba ese nivel de desesperación.

Tal vez eso significaba que en realidad no era una Picos Negros, a pesar del linaje oculto de su madre.

Elide se lamió los dedos con todo y tierra para limpiar el jugo de las bayas, y siseó al ponerse de pie sobre sus piernas engarrotadas y adoloridas. No duraría mucho tiempo sin alimento, pero no podía arriesgarse a entrar a un poblado con el dinero que le había dado Manon, ni acercarse a las fogatas de cazadores que había visto en las últimas semanas.

No... ya había tenido suficiente de la amabilidad y la misericordia de los hombres. Nunca olvidaría cómo se rieron esos hombres de su cuerpo desnudo, ni tampoco el motivo por el cual su tío la había vendido al duque Perrington.

Con una mueca de dolor, Elide se echó la mochila al hombro y empezó a descender la colina con cuidado por el lado más lejano, abriéndose camino entre rocas y raíces.

Tal vez había dado la vuelta en dirección equivocada en alguna parte. ¿Cómo sabría cuando cruzara la frontera de Terrasen?

¿Y cómo encontraría a su reina, y a su corte?

Elide apartó esos pensamientos y se limitó a avanzar entre las sombras evitando las zonas donde brillaba el sol. Eso sólo haría que le diera más calor y más sed.

Encontrar agua antes de que anocheciera, tal vez eso era más importante que las bayas.

Llegó al pie de la colina e intentó reprimir un gemido al ver el laberinto de madera y roca.

Al parecer ahora estaba en el lecho seco de un río que serpenteaba entre las colinas. Adelante viraba bruscamente hacia el norte. Dejó escapar un suspiro entrecortado. Gracias a Anneith. Al menos la Señora de las Cosas Sabias no la había abandonado todavía.

Seguiría el lecho del río lo más posible, con dirección al norte y luego...

Elide no supo exactamente cuál de sus sentidos lo percibió. No fue el olfato, ni la vista, ni el oído, porque nada aparte de la podredumbre del lodo, la luz del sol, las rocas y el susurro de las hojas en lo alto parecía fuera de lo ordinario.

Pero... ahí, como si se hubiera atorado un hilo en un gran tapete, su cuerpo se quedó inmóvil.

Un instante después el murmullo del bosque enmudeció.

Elide miró hacia las colinas que subían desde el lecho del río. Las raíces de un roble en la colina más cercana sobresalían del costado lleno de pastos y proporcionaban un techo de madera y musgo sobre el arroyo muerto. Perfecto.

Cojeó en esa dirección. Su pierna arruinada iba quejándose intensamente y las piedras rodaban bajo sus pies y torcían sus tobillos. Casi había llegado a las puntas de las raíces cuando se escuchó el retumbar de un estallido hueco.

No era un trueno. No, nunca olvidaría este sonido en particular porque también la perseguía en sus pesadillas dormida y despierta.

Era el batir de poderosas alas de cuero. Guivernos.

Y tal vez más peligroso que eso: las brujas Dientes de Hierro que los montaban con sentidos tan afilados y poderosos como los de sus monturas.

Elide se lanzó hacia la saliente de raíces gruesas mientras los sonidos de las alas se acercaban. El bosque estaba silencioso como un cementerio. Las piedras y los palos le lastimaban las manos desnudas y sus rodillas chocaron contra la tierra rocosa cuando se apretó contra la colina y miró hacia arriba por el entretejido de las raíces.

Un aletazo y luego otro ni siquiera un instante después. Estaban lo suficientemente sincronizados como para que quien los escuchara en el bosque pensara que sólo era un eco, pero Elide lo sabía: se trataba de dos brujas.

Había aprendido lo suficiente durante el tiempo que pasó en Morath para saber que las Dientes de Hierro tenían órdenes de mantener en secreto sus números. Volaban en una formación perfectamente alineada para que quienes estuvieran vigilando reportaran sólo un guiverno.

Pero estas dos, quienes quiera que fueran, eran descuidadas. O tan descuidadas como podían ser las brujas inmortales y letales. Tal vez eran miembros de bajo rango de algún aquelarre. En una misión de reconocimiento.

"O cazando a alguien", le dijo una voz pequeña y petrificada en su mente.

Elide se presionó más contra la tierra. Mientras monitoreaba el cielo, sentía que se le enterraban las raíces en la espalda.

Y *ahí* estaba la mancha que indicaba que una figura rápida y enorme volaba justo por encima de las copas de los árboles, sacudiendo las hojas. Un ala membranosa de cuero con la punta curvada en una garra llena de veneno destelló bajo la luz del sol.

Era raro, muy raro, que salieran durante el día. Lo que fuera que estuvieran cazando, debía ser importante.

Elide no se atrevió a respirar demasiado fuerte hasta que se desvaneció el sonido de las alas en dirección al norte.

Hacia el Abismo Ferian, donde Manon había dicho que acampaba la otra mitad del contingente.

Elide no se movió hasta que los zumbidos y parloteos del bosque volvieron a escucharse. Se había quedado quieta tanto tiempo que sus músculos estaban acalambrados y gimió al estirar las piernas, los brazos, y después empezó a mover los hombros en círculos.

Interminable: este viaje era interminable. Daría lo que fuera por un techo seguro sobre su cabeza. Y una comida caliente. Tal vez valdría la pena arriesgarse para encontrar eso, aunque sólo fuera por una noche.

Empezó a caminar cuidadosamente a lo largo del río y logró avanzar dos pasos antes de que ese sentido que no era un sentido volviera a advertirle, como si una mano cálida y femenina la hubiera detenido del hombro.

El bosque enredado seguía murmurando. Pero ella lo podía sentir, podía sentir algo cerca.

No eran brujas ni guivernos ni bestias. Pero alguien la estaba observando.

Alguien la estaba siguiendo.

Elide sacó discretamente el cuchillo de pelea que Manon le había dado al irse de ese bosque miserable.

Deseaba que la bruja le hubiera enseñado a matar.

Lorcan Salvaterre llevaba ya dos días huyendo de esas malditas bestias.

No las culpaba. Las brujas estaban molestas de que se hubiera metido a su campamento en el bosque a media noche, de que hubiera matado a tres de sus centinelas sin que ellas, ni sus monturas, se dieran cuenta, y de que se hubiera llevado arrastrando a una cuarta hacia los árboles para cuestionarla.

Le había tomado dos horas lograr que la bruja Piernas Amarillas se rindiera, ocultos en las profundidades de una cueva donde hasta sus gritos habían quedado contenidos. Dos horas, pero luego empezó a soltar todo.

Había ejércitos gemelos de brujas listos para tomar el continente: uno estaba en Morath, el otro en el Abismo Ferian. Las Piernas Amarillas no sabían nada sobre el poder que poseía el duque Perrington, no sabían nada sobre lo que Lorcan estaba cazando: las otras dos llaves del Wyrd, las hermanas de la que traía colgada en una cadena larga alrededor del cuello. Tres astillas de roca talladas de un portal maldito del Wyrd, cada una de ellas con un poder tremendo y terrible. Y cuando las tres llaves estuvieran reunidas... podrían abrir un portal entre los mundos. Destruir esos mundos o llamar a sus ejércitos. Y cosas mucho, mucho peores.

Lorcan le concedió una muerte rápida a la bruja.

Desde entonces, sus hermanas lo estaban cazando.

Lorcan observó a la chica agachado entre unos arbustos y vio cómo salía de entre las raíces. Él se había ocultado ahí, escuchó el escándalo de sus pasos torpes, y observó cómo se tropezaba y cojeaba cuando al fin escuchó lo que se acercaba a ellos.

Era de complexión delicada, suficientemente pequeña como para que él pensara que apenas había tenido su primer sangrado de no ser por los senos grandes debajo de su traje de cuero ajustado.

Esta ropa le había llamado la atención de inmediato. Las Piernas Amarillas usaban algo similar, todas las brujas la usaban. Pero esta chica era humana.

Y cuando miró en su dirección, esos ojos oscuros escudriñaron el bosque con una atención que era demasiado antigua, demasiado ensayada, para pertenecerle a una niña. Por lo menos tendría dieciocho, tal vez más. Su rostro pálido estaba sucio y demacrado. Probablemente llevaba un tiempo en el bosque, luchando por encontrar alimento. El cuchillo que traía en la mano temblaba lo suficiente para sugerir que probablemente no tenía idea de qué hacer con él.

Lorcan permaneció oculto, mirándola estudiar las colinas, el arroyo, las copas de los árboles.

Ella, de alguna manera, sabía que él estaba ahí.

Interesante. Cuando él decidía permanecer oculto, pocos lo podían encontrar.

Todos los músculos de la chica estaban tensos, pero terminó de buscar en la zanja, sopló suavemente entre los labios apretados y continuó su camino. Alejándose de él.

Cojeaba con cada paso. Probablemente se había lastimado al caer entre los árboles.

Su trenza le golpeaba la mochila que traía a la espalda. Su cabello oscuro y sedoso se parecía al de él. Más oscuro. Negro como una noche sin estrellas.

El viento cambió de dirección, sopló su aroma hacia él y Lorcan lo respiró, permitiendo que sus sentidos de hada, los que había heredado del hijo de puta de su padre, evaluaran, analizaran, como lo habían hecho por más de cinco siglos.

Humana. Definitivamente humana, pero...

Conocía ese olor.

Durante los últimos meses había matado a muchas, demasiadas criaturas con ese olor.

Bueno, esto era conveniente. Tal vez era un regalo de los dioses: alguien útil a quien interrogar. Pero después, cuando ya hubiera tenido la oportunidad de estudiarla. De conocer sus debilidades.

Lorcan salió de entre los arbustos sin mover siquiera una ramita al pasar.

La chica poseída por el demonio iba cojeando río arriba con ese cuchillo inútil desenvainado, sosteniéndolo de una manera completamente equivocada. Bien.

Así que Lorcan empezó su cacería.

# CAPÍTULO 2

El golpeteo de la lluvia cayendo entre las hojas y la niebla baja del bosque de Oakwald casi ahogaba el borboteo del arroyo crecido que atravesaba las salientes y los pequeños valles.

Aelin Ashryver Galathynius, agachada al lado del arroyo, con los odres olvidados en las orillas musgosas, extendió su mano llena de cicatrices sobre la corriente rápida y permitió que la canción de la tormenta de la mañana la envolviera.

El crujir de las nubes de tormenta y la respuesta quemante de los rayos habían alcanzado un ritmo enfurecido antes de la madrugada, pero se estaban espaciando cada vez más, calmando su furia, al igual que Aelin aplacaba su propio corazón ardiente de magia.

Respiró la niebla fría y la lluvia fresca, llevándolas hasta el fondo de sus pulmones. Su magia respondió con un chisporroteo, como si estuviera bostezando para darle los buenos días y se hubiera quedado nuevamente dormida.

En el campamento, que le quedaba apenas al alcance de la vista, sus compañeros aún dormían, protegidos de la tormenta por el escudo invisible de Rowan y del frío del norte, que persistía incluso en medio del verano, por una fogata alegre color rubí que ella mantuvo encendida toda la noche. Era difícil mantener viva esa fogata mientras intentaba al mismo tiempo invocar al pequeño don de agua que su madre le había dejado.

Aelin extendió los dedos sobre el arroyo y los movió como si quisiera atraer el agua.

Del otro lado, sobre una roca llena de musgo escondida entre los brazos de un roble retorcido, un par de dedos diminutos y blancos como el hueso se extendieron y tronaron en un movimiento igual al que ella estaba haciendo.

Aelin sonrió y dijo en voz tan baja que apenas se escuchó sobre el sonido del arroyo y la lluvia.

—Si tienes alguna sugerencia, amigo, me encantaría escucharla.

Los dedos delgados rápidamente se escondieron detrás de la roca que, al igual que muchas en estos bosques, estaba tallada con símbolos y espirales.

La Gente Pequeña los había estado siguiendo desde que cruzaron la frontera hacia Terrasen. *Escoltando*, insistía Aedion siempre que veían los ojos grandes y sin fondo que parpadeaban desde los arbustos o que se asomaban entre un montón de hojas sobre alguno de los famosos árboles de Oakwald. Nunca se habían acercado lo suficiente para que Aelin los pudiera ver bien.

Pero habían dejado pequeños regalos justo fuera de la frontera de los escudos nocturnos de Rowan, depositados de alguna manera sin que se diera cuenta ninguno de los que montaba guardia.

Una mañana, apareció una corona de violetas del bosque. Aelin se la dio a Evangeline, quien la usó en su cabello dorado rojizo hasta que se desbarató. A la mañana siguiente, había dos coronas, una para Aelin y una más pequeña para la niña con las cicatrices. Otro día, la Gente Pequeña dejó una réplica del halcón de Rowan creada con plumas de ruiseñor, bellotas y caparazones de escarabajo. Su príncipe hada sonrió discretamente cuando lo encontró y desde entonces lo llevaba en su alforja.

Aelin sonrió con ese recuerdo. Aunque saber que la Gente Pequeña los iba siguiendo a cada paso, que los iban escuchando y observando, había hecho un poco... difíciles las cosas. Aunque no era en realidad tan importante, escabullirse entre los árboles con Rowan ciertamente era menos romántico sabiendo que tenían público. En especial cuando Aedion y Lysandra se hartaban de sus miradas silenciosas y llenas de fuego e inventaban cualquier excusa para que ellos se perdieran de su vista y de su olfato por un rato: ella había dejado caer su pañuelo inexistente en el camino imaginario de atrás; necesitaban más leña para una fogata que no necesitaba madera para encenderse.

Y, en lo que respectaba al público presente...

Aelin separó los dedos sobre el arroyo y permitió que su corazón se aquietara tanto como un estanque calentado por el sol, dejó que su mente se liberara de sus limitaciones normales.

Un listón de agua subió desde el arroyo, grisáceo y transparente, y Aelin lo hizo pasar entre sus dedos extendidos como si estuviera tejiendo en un telar.

Inclinó la muñeca, admirando la manera en que podía ver su piel a través del agua y la dejó escurrir por su mano y enroscarse alrededor de su muñeca. Le dijo al hada pequeña que la veía desde el otro lado de la roca:

—No te estoy dando mucho que informarle a tus compañeros, ¿verdad?

Las hojas mojadas crujieron detrás de ella y Aelin supo que Rowan había provocado el ruido deliberadamente porque quería que lo escuchara acercarse.

—Cuidado o te dejarán algo mojado y frío en tu saco de dormir la próxima vez.

Aelin se obligó a soltar el agua de regreso al arroyo antes de mirar por encima de su hombro.

—¿Crees que acepten pedidos? Porque ahora mismo daría mi reino a cambio de un baño caliente.

Los ojos de Rowan bailaron cuando ella se puso de pie. Ella retiró el escudo que se había puesto alrededor para mantenerse seca y el vapor de la flama invisible se mezcló con la niebla a su alrededor. El príncipe hada arqueó la ceja.

—¿Debería preocuparme de que estés tan platicadora a esta hora de la mañana?

Ella puso los ojos en blanco y miró en dirección a la roca donde el hada pequeña había estado estudiando sus intentos torpes por dominar el agua. Pero sólo quedaban hojas relucientes de lluvia y jirones de niebla.

Unas manos fuertes se deslizaron sobre su cintura, la acercaron a su calor y los labios de Rowan le rozaron el cuello, justo debajo de la oreja.

Aelin se arqueó hacia atrás acercándose a él mientras la boca de Rowan recorría su garganta, calentando la piel fresca por la niebla.

—Buenos días a ti también —dijo Aelin.

El gruñido con el cual respondió Rowan la hizo enroscar los dedos de los pies.

No se habían atrevido a detenerse en una posada, ni siquiera después de cruzar a territorio de Terrasen hacía tres días. No se arriesgarían cuando tenían la mirada de tantos enemigos fija en los caminos y las posadas. No cuando todavía había filas de soldados de Adarlan saliendo de las tierras de ella gracias a los decretos de Dorian.

En especial ahora que esos soldados podrían venir de regreso, ahora que podrían elegir aliarse con el monstruo que aguardaba en Morath en vez de hacerlo con su rey verdadero.

—Si tienes tantas ganas de darte un baño —le murmuró Rowan en el cuello—, encontré un estanque a medio kilómetro. Podrías calentarlo, para los dos.

Ella le recorrió el dorso de las manos y los antebrazos con las uñas.

—Herviría a todos los peces y ranas que viven ahí. No creo que sea muy agradable para ellos.

—Al menos tendríamos ya preparado el desayuno.

Ella rio en voz baja y los colmillos de Rowan le rascaron el punto sensible donde el cuello se une al hombro. Aelin le enterró los dedos en los músculos poderosos de sus antebrazos, saboreando la fuerza que había ahí.

—Los lords no llegarán hasta la puesta del sol. Tenemos tiempo.

Pronunció esas palabras sin aliento, apenas poco más que un suspiro.

Al cruzar la frontera, Aedion había enviado mensajes a los pocos lords en quienes aún confiaba y había coordinado una reunión para ese día, en el claro donde estaban, el cual Aedion mismo había usado para reuniones secretas de los rebeldes en el pasado.

Llegaron temprano con el fin de reconocer las ventajas y desventajas del terreno. No dejaron ningún rastro humano: Aedion y el Flagelo siempre se habían asegurado de eliminar toda evidencia en caso de que pasaran por ahí ojos enemigos. En la última década, su primo y su legendario ejército habían hecho mucho para conservar la seguridad de Terrasen. Pero seguían sin arriesgarse, ni siquiera contra los lords que alguna vez habían sido los abanderados de su tío.

—Aunque es muy tentador —dijo Rowan mordisqueándole la oreja de una manera que le dificultaba pensar—, necesito salir en una hora.

Tenía que estudiar el terreno que les quedaba al frente para asegurarse de que no hubiera amenazas. Unos besos ligeros como plumas le acariciaron la mandíbula, la mejilla.

—Y lo que dije sigue siendo cierto. No voy a hacerte mía por primera vez contra un árbol.

—No sería contra un árbol... sería en un estanque.

Una risa oscura vibró contra la piel ardiente de su espalda. Le costaba trabajo no tomar una de las manos de Rowan y llevarla hacia su pecho, rogarle que la tocara, que la tomara, que la probara.

—Sabes, estoy empezando a pensar que eres un sádico.

—Créeme, para mí tampoco es fácil.

Tiró de ella con un poco más de fuerza para acercarla y le permitió sentir la evidencia que se presionaba con exigencia impresionante detrás de ella. Aelin casi gime también al sentirlo.

Entonces Rowan se alejó y ella frunció el ceño ante la pérdida de su calor, la ausencia de esas manos y ese cuerpo y esa boca. Se dio la vuelta y vio que sus ojos color verde pino estaban fijos en ella y una emoción recorrió su sangre con más vivacidad que cualquier magia.

Pero él dijo:

—¿Por qué *estás* coherente tan temprano?

Ella le sacó la lengua.

—Relevé la guardia de Aedion porque Lysandra y Ligera estaban roncando con tanta fuerza que despertarían a los muertos —dijo Aelin encogiéndose de hombros y la boca de Rowan empezó a formar una sonrisa—. No podía dormir de todas maneras.

La mandíbula de Rowan se tensó y miró hacia donde estaba oculto el amuleto, debajo de su camisa, con la chaqueta de cuero oscuro encima.

—¿Te está molestando la llave del Wyrd?

—No, no es eso.

Había empezado a usar el amuleto después de una ocasión en que Evangeline revisó sus alforjas y se puso el collar. Lo descubrieron sólo porque la niña regresó de lavarse con el Amuleto de Orynth orgullosamente colgado sobre su ropa de viaje. Gracias a los dioses habían estado en las profundidades de Oakwald en ese momento, pero Aelin no se arriesgaría más.

En especial porque Lorcan aún creía que él portaba el amuleto verdadero.

No habían vuelto a saber del guerrero inmortal desde que salió de Rifthold y Aelin se preguntaba con frecuencia qué tan lejos habría llegado hacia el sur, si se habría dado cuenta ya de que llevaba una llave del Wyrd falsa dentro de un Amuleto de Orynth igual de falso. Si habría descubierto dónde habían ocultado las otras dos el rey de Adarlan y el duque Perrington.

No Perrington, Erawan.

Un escalofrío le recorrió la espalda, como si la sombra de Morath hubiera tomado forma detrás de ella y le hubiera pasado una garra a lo largo de la columna.

—Es que... esta reunión —dijo Aelin con un aspaviento—. ¿No deberíamos haberla hecho en Orynth? Aquí en el bosque parece muy... clandestina.

Los ojos de Rowan volvieron a mirar el horizonte, hacia el norte. Al menos les quedaba una semana de viaje antes de llegar a la ciudad, al corazón antes glorioso del reino de Aelin. De este continente. Y cuando llegaran, habría una serie interminable de consejos y preparativos y decisiones que sólo ella podría tomar. Esta junta que había organizado Aedion era sólo el principio.

—Será mejor entrar a la ciudad con aliados establecidos que entrar sin saber qué podrías encontrar —dijo Rowan al fin. La miró con ironía y después posó la mirada en Goldryn, que colgaba envainada en la espalda de Aelin, así como en los diversos cuchillos que traía colgados del cuerpo—. Y además, pensé que "clandestina" era tu término preferido.

Ella le hizo una seña obscena.

Aedion fue muy cuidadoso con sus mensajes cuando organizó la reunión. Seleccionó el lugar alejado de posibles víctimas u ojos curiosos. Y a pesar de que confiaba en los lords, de quienes le había hablado a Aelin durante esas semanas, todavía no les había informado cuántos lo acompañaban ni cuáles eran sus talentos. Por si acaso.

No importaba que Aelin llevara un arma capaz de borrar del mapa todo el valle y las montañas Staghorn a su alrededor. Y eso contando solamente su magia.

Rowan estaba jugando con un mechón de su cabello, que otra vez le había crecido casi hasta los senos.

—Estás preocupada porque Erawan no ha hecho ningún movimiento todavía.

Ella se mordió los labios.

—¿Qué está esperando? ¿Somos unos tontos por estar esperando la invitación para empezar? ¿O nos está permitiendo juntar fuerzas, *me* está permitiendo regresar con Aedion para juntar al Flagelo y reunir un ejército más grande solamente para poder saborear nuestra completa desesperanza cuando fracasemos?

Rowan dejó de mover los dedos entre su cabello.

—Escuchaste al mensajero de Aedion. Esa explosión se llevó un buen trozo de Morath. Tal vez esté reconstruyendo también.

—Nadie se ha adjudicado la explosión. No confío en eso.

—No confías en nada.

Ella lo miró a los ojos.

—Confío en ti.

Rowan le rozó la mejilla con un dedo. La lluvia volvió a arreciar y el sonido suave de las gotas era lo único que se oía en kilómetros.

Aelin se puso de puntas. Percibió la mirada de Rowan sobre ella todo el tiempo, sintió cómo su cuerpo se quedaba quieto con la concentración de un depredador mientras ella le besaba la comisura de los labios, el centro, el otro lado.

Besos suaves y provocadores. Diseñados para ver quién de los dos cedía primero.

Fue Rowan.

Inhaló rápidamente, la tomó de la cadera y tiró de ella para acercarla mientras colocaba la boca sobre la suya, profundizando el beso hasta que las rodillas de Aelin amenazaron con doblarse. Rozó su lengua con la de ella, roces lentos y hábiles que le decían con precisión qué era capaz de hacer en otros lugares.

Las brasas empezaron a chisporrotear en su sangre y la lluvia que caía en el musgo bajo sus pies silbaba al convertirse en vapor.

Aelin terminó el beso con la respiración entrecortada, satisfecha de darse cuenta de que el pecho de Rowan subía y bajaba a un ritmo irregular. Esto que había surgido entre ellos, aún era tan nuevo, tan... crudo. La consumía por completo. El deseo era solamente el inicio.

Rowan hacía que su magia cantara. Y tal vez eso se debía al vínculo *carranam* que compartían pero... su magia quería bailar con la de él. Y por la escarcha que brillaba en los ojos de Rowan, Aelin supo que la magia de él exigía lo mismo.

Rowan se inclinó hasta recargar su frente en la de ella.

—Pronto —prometió con voz áspera y baja—. Vayamos a un sitio seguro, un sitio que se pueda defender.

Porque su seguridad siempre sería prioritaria. Para él, mantenerla protegida, mantenerla viva, siempre sería la prioridad. Lo había aprendido por las malas.

Ella sintió una tensión en el corazón y retrocedió un poco para tocarle la cara a Rowan. Él pudo leer la suavidad en los ojos y el cuerpo de Aelin y su ferocidad de guerrero se convirtió en una suavidad que pocos verían jamás. Ella sintió un nudo en la garganta por el esfuerzo de mantener las palabras dentro.

Ya llevaba un tiempo enamorada de él. Más de lo que estaba dispuesta a admitir.

Intentaba no pensar en eso, no pensar en qué pensaría él. Esas cosas, esos deseos, estaban hasta el final de una lista de prioridades muy, muy larga y sangrienta.

Así que Aelin besó suavemente a Rowan y sintió cómo él volvía a apretarla de la cadera.

—Corazón de fuego —le dijo en la boca.

—Zopilote —le murmuró ella.

Rowan rio y el eco de su risa retumbó en el pecho de Aelin.

Desde el campamento se escuchó la voz dulce de Evangeline que canturreaba entre la lluvia:

—¿Ya es hora de desayunar?

Aelin resopló con una risa. Y, dicho y hecho, Ligera y Evangeline ya estaban sacudiendo a la pobre de Lysandra, que en la forma de leopardo de las nieves estaba recostada al lado de la fogata inmortal que chisporroteaba. Aedion, del otro lado del fuego, estaba tan quieto como una roca. Ligera probablemente le saltaría encima después.

—Esto no va a terminar bien —murmuró Rowan.

Evangeline aulló:

—¡Comiiiiidaa!

El aullido de Ligera le hizo eco un instante después.

Luego se escuchó el gruñido de Lysandra que hizo enmudecer a la niña y a la perra.

Rowan volvió a reír y Aelin pensó que tal vez nunca se cansaría de escuchar esa risa. De ver esa sonrisa.

—Deberíamos ir a hacer el desayuno —dijo y dio vuelta en dirección al campamento—, antes de que Evangeline y Ligera destrocen todo el lugar.

Aelin rio pero miró por encima de su hombro al bosque que se extendía hacia las montañas Staghorn. Hacia los lords que esperaba estuvieran marchando en dirección al sur para decidir cómo procederían con la guerra... y con la reconstrucción de su reino destruido.

Cuando devolvió la mirada hacia el campamento, Rowan ya llevaba la mitad del camino recorrido, el cabello rojizo dorado de Evangeline brillaba mientras corría entre los árboles mojados rogándole al príncipe que preparara pan tostado y huevo.

Su familia... y su reino.

El viento del norte le revolvió el cabello y se dio cuenta de que eran dos sueños que hacía mucho tiempo había creído perdidos. Que haría cualquier cosa —arruinarse, venderse—, para protegerlos.

Aelin estaba a punto de dirigirse hacia el campamento para salvar a Evangeline de la cocina de Rowan, cuando notó que había un objeto encima de la roca del otro lado del arroyo.

Cruzó el arroyo de un salto y estudió con cuidado lo que había dejado el hada pequeña.

Había hecho un guiverno diminuto e inquietantemente real con ramitas, telarañas y escamas de pescado. Tenía las alas extendidas y rugía con su boca llena de dientes de espinas.

Aelin dejó el guiverno donde lo encontró, pero su mirada se dirigió hacia el sur, hacia el flujo antiguo de Oakwald y hacia Morath más allá. Hacia Erawan renacido, esperándola con su ejército de brujas Dientes de Hierro y sus soldados del Valg.

Y Aelin Galathynius, reina de Terrasen, supo que pronto llegaría el momento de demostrar exactamente cuánta sangre estaba dispuesta a derramar por Erilea.

Aedion Ashryver pensó que era conveniente viajar con dos personas con el don de la magia. En particular cuando el clima era tan malo.

Las lluvias continuaron durante el resto del día mientras se preparaban para la reunión. Rowan había volado dos veces hacia el norte para averiguar cómo avanzaban los lords, pero no los había visto ni los había olfateado.

Nadie se atrevía a recorrer los famosos caminos lodosos de Terrasen con ese clima. Pero Aedion sabía que Ren Allsbrook estaba en el grupo de lords y sabía que probablemente permanecerían ocultos hasta que se pusiera el sol. A menos que el clima los hubiera retrasado. Lo cual también era una posibilidad.

Cayó un relámpago tan cerca que los árboles se estremecieron. Destelló inmediatamente después y cubrió las hojas mojadas con una capa de plata; el fulgor fue tal que sus sentidos de hada quedaron cegados. Pero al menos estaba seco. Y sin frío.

Habían intentado mantenerse lejos de la civilización tanto tiempo, que Aedion no había podido ver ni llevar cuenta de cuántas personas con el don de la magia habían salido de sus escondites ni quién estaba ahora disfrutando ya del regreso de sus dones. Sólo había visto a una niña, de no más de nueve años, tejiendo listones de agua sobre la única fuente de su poblado para entretener y deleitar a un grupo de niños.

Los rostros serios y llenos de cicatrices de los adultos miraban desde las sombras, pero nadie había interferido ni para bien ni para mal. Los mensajeros de Aedion les confirmaron que la mayoría de la gente ya sabía que el rey de Adarlan había usado sus poderes oscuros para reprimir la magia en los últimos diez años. Pero a pesar de eso, Aedion dudó que quienes habían perdido sus dones y vivido la exterminación de los suyos estuvieran dispuestos a revelar pronto y despreocupadamente sus poderes.

Al menos hasta que la gente como los de su grupo y esa niña en la plaza le mostraran al mundo que se podía hacer con seguridad. Que una niña con un don de agua podía estar segura de que prosperaran su pueblo y sus tierras cultivadas.

Aedion frunció el ceño al ver el cielo que estaba oscureciéndose. Hizo girar la espada de Orynth entre las palmas de sus manos. Incluso antes de que desapareciera la magia, existía un tipo de poder que era más temido que todos los demás, que convertía a quienes lo poseían en parias, o en los peores casos, los llevaba a la muerte. Las cortes de todas las tierras los buscaron como espías y asesinos durante siglos. Pero *su* corte...

Un ronroneo satisfecho y ronco se escuchó por todo su pequeño campamento y Aedion dirigió su mirada a la dueña de sus pensamientos. Evangeline estaba hincada en su bolsa de dormir y canturreaba para sí misma mientras peinaba a Lysandra con el cepillo del caballo.

A Aedion le había tomado días acostumbrarse a la forma de leopardo de las nieves. Los años que pasó en las montañas Staghorn le habían dejado grabado en la mente un terror primitivo a esos felinos. Pero ahí estaba Lysandra, con las garras retraídas, extendida sobre la panza mientras su pupila la peinaba.

Espía y asesina, sí. Una sonrisa tiró de sus labios al ver los ojos verde pálido y los párpados que se le cerraban de placer al leopardo. Seguramente los lords se sorprenderían al verla en la reunión.

La metamorfa había aprovechado esas semanas de viaje para intentar asumir nuevas formas: aves, bestias, insectos que tenían la tendencia de zumbarle en el oído o picarlo. Rara vez, muy rara vez, Lysandra asumía la forma humana en la que la había conocido. Con todo lo que le habían hecho y todo lo que la habían obligado a hacer en ese cuerpo humano, a Aedion le parecía perfectamente entendible.

Aunque tendría que asumir una forma humana pronto, cuando la presentaran como una dama de la corte de Aelin. Aedion se preguntó si usaría ese rostro exquisito o si encontraría otra piel humana que le gustara más.

Además, con frecuencia se preguntaba qué se sentiría poder cambiar huesos y piel y color, aunque no le había preguntado. Básicamente porque Lysandra no había estado suficiente tiempo en su forma humana como para poderlo hacer.

Aedion miró a Aelin que estaba sentada del otro lado de la fogata con Ligera recostada sobre las piernas, jugando con las orejas largas de la perra, esperando, como todos. Sin embargo, su prima estaba estudiando la espada antigua, la espada de su padre, que Aedion hacía girar tan poco ceremoniosamente y que se pasaba de mano a mano. Cada centímetro de la empuñadura de metal y del pomo de hueso cuarteado le eran tan familiares a él como su propio rostro. Pudo ver un destello de dolor, en el rostro de Aelin, rápido como el rayo en el cielo aunque desapareció de inmediato.

Ella le devolvió la espada cuando salieron de Rifthold y eligió empuñar a Goldryn. Él había intentado convencerla de que se quedara con la espada sagrada de Terrasen, pero ella había insistido en que permaneciera en sus manos, que él se merecía el honor más que cualquier otra persona, incluida ella.

Se había vuelto más callada conforme avanzaban hacia el norte. Tal vez las semanas de viaje la habían agotado.

Después de esa noche, dependiendo de lo que los lords les informaran, intentaría encontrarle un sitio tranquilo para descansar por uno o dos días antes de empezar con el último trecho del recorrido a Orynth.

Aedion se puso de pie, envainó la espada junto al cuchillo que Rowan le había regalado y caminó hacia su prima. La cola peluda de Ligera se azotó contra el piso a modo de saludo cuando él se sentó al lado de su reina.

—Te vendría bien un corte de pelo —dijo ella. Era cierto, su cabello había crecido más de lo que acostumbraba—. Está casi del mismo largo que el mío —continuó frunciendo el ceño—. Parece que nos pusimos de acuerdo.

Aedion rio y acarició la cabeza de la perra.

—¿Y qué si lo hubiéramos hecho?

Aelin se encogió de hombros.

—Si también quieres empezar a usar ropa coordinada, por mí está bien.

Él sonrió.

—El Flagelo nunca me lo perdonaría.

Su legión estaba acampando justo en las afueras de Orynth, donde les había ordenado que reunieran las defensas de la ciudad y esperaran. Esperar a matar y morir por ella.

Y con el dinero que Aelin había logrado sacarle a su exmaestro después de todos sus planes en la primavera, tenían los recursos necesarios para comprarse un ejército que los siguiera detrás del Flagelo. Tal vez incluso mercenarios.

La chispa en la mirada de Aelin se apagó un poco, como si ella también estuviera considerando todo lo que implicaba comandar a su legión. Los riesgos y los costos, no en oro, sino en vidas. Aedion podría haber jurado que la fogata del campamento se había apagado un poco también.

Ella había masacrado, peleado y casi muerto una y otra vez durante los últimos diez años. Sin embargo, él sabía que ella vacilaría a la hora de enviar soldados, de enviarlo a él, a la batalla.

Eso, más que cualquier otra cosa, sería su primera prueba como reina.

Pero antes de llegar a eso... tenían la reunión.

—¿Te acuerdas de todo lo que te dije sobre ellos?

Aelin lo miró sin expresión.

—Sí, me acuerdo de todo, primo.

Le enterró un dedo con fuerza en las costillas, justo donde todavía sanaba el tatuaje que Rowan le había hecho tres días antes. Todos sus nombres, entrelazados en un complejo nudo de Terrasen junto a su corazón. Aedion se encogió de dolor cuando ella tocó la carne adolorida y le dio un manotazo para apartarla. Aelin empezó a recitar:

—Murtaugh es el hijo de un campesino pero se casó con la abuela de Ren. Aunque no nació de la línea Allsbrook, de todas maneras él es el dueño del puesto, a pesar de la insistencia para que Ren adopte el título —miró al cielo—. Darrow es el terrateniente más acaudalado después de tu servidora y, sobre todo, tiene influencia en los pocos lords que sobrevivieron, principalmente por los años que pasó tratando con cuidado a Adarlan durante la ocupación.

Miró a su primo con ojos que podrían haber cortado piel.

Aedion levantó las manos.

—¿Te molesta que quiera asegurarme de que todo marche sin problemas?

Ella se encogió de hombros pero no lo atacó.

—Darrow era el amante de tu tío —añadió él y estiró las piernas hacia el frente—. Lo fue por décadas. Nunca me ha hablado de tu tío pero... eran muy cercanos, Aelin. Darrow no estuvo de luto públicamente cuando murió Orlon más allá de lo que se requiere después de que muere un rey, pero después de eso se convirtió en un hombre muy distinto. Ahora es un bastardo muy duro, pero sigue siendo justo. Mucho de lo que ha hecho ha sido por su amor inquebrantable a Orlon y a Terrasen. Sus propias maniobras consiguieron que nosotros mismos no termináramos muertos de hambre y en la ruina. Recuerda eso.

En verdad, Darrow llevaba mucho tiempo en esa fina línea entre servir al rey de Adarlan y despreciarlo.

—Ya. Lo. Sé —dijo ella secamente.

Aedion estaba presionando demasiado. Ese tono era su primera y última advertencia de que estaba empezando a hacerla enojar. Había pasado muchos de los kilómetros que viajaron en esos días hablándole de Ren, Murtaugh y Darrow. Aedion sabía que era probable que ella ahora le recitara todas las tierras que poseían, qué cultivos y qué ganado tenían, sus ancestros y miembros —vivos y muertos— de sus familias en la última década. Pero él debía presionarla una última vez, confirmar que ella lo supiera... No podía acallar sus instintos que le pedían que se asegurara de que todo marchara bien. No ahora que había tantas cosas en juego.

Desde el sitio donde se había posado en una rama alta para vigilar el bosque, Rowan hizo un sonido con el pico y aleteó en la lluvia. Después entró en su escudo como si éste se abriera para él.

Aedion se puso de pie, miró el bosque y prestó atención. Lo único que le llegaba a los oídos era el sonido de la lluvia sobre las hojas. Lysandra se estiró y dejó ver sus dientes largos al hacerlo. Sus garras afiladas como agujas se liberaron y destellaron en la luz de la fogata.

Hasta que Rowan les dijera que todo estaba despejado, hasta que llegaran esos lords y nadie más, los protocolos de seguridad que habían establecido seguirían en pie.

Evangeline se acercó a la fogata, como le enseñaron. Las flamas se abrieron como cortinas para permitir que ella y Ligera, que percibía el miedo de la niña y se acercó, entraran a un anillo interior que no las quemaría, pero que derretiría los huesos de sus enemigos.

Aelin apenas miró en dirección a Aedion para darle una orden en silencio y él caminó hacia el lado oeste de la fogata. Lysandra ocupó un punto en el lado sur. Aelin tomó el del norte pero miró al oeste, en la dirección donde Rowan se había alejado volando.

Una brisa seca y cálida fluía en su pequeña burbuja y las chispas bailaban como luciérnagas en los dedos de Aelin, que colgaban despreocupadamente a su costado. Con la otra mano sostenía a Goldryn. El rubí de la empuñadura brillaba como una brasa encendida.

Se escuchó movimiento de hojas y el tronar de algunas ramas. Cuando Aedion la desenvainó, la espada de Orynth brilló con tonalidades doradas y rojas bajo las flamas de Aelin. En la otra mano, empuñó la daga antigua que Rowan le había regalado. Durante esas semanas, Rowan le había dado clases a Aedion —a todos, en realidad— sobre las Antiguas Costumbres. Sobre las tradiciones y los códigos del pueblo de las hadas olvidados hacía mucho tiempo, incluso en la corte de Maeve. Pero renacerían ahí, y se pondrían en práctica, conforme fueran adoptando los roles y deberes que habían discutido y decidido para sí mismos.

Rowan salió de la lluvia en su forma de hada, con el cabello plateado pegado a la cabeza, el tatuaje realzado en su rostro bronceado. No había señal de los lords.

Pero Rowan sostenía su cuchillo de caza contra la garganta desnuda de un hombre joven de nariz fina y lo escoltaba hacia la fogata. El desconocido traía la ropa sucia y empapada tras el recorrido pero se distinguía el escudo de armas de Darrow: un tejón en posición de ataque.

—Un mensajero —gruñó Rowan entre dientes.

Aelin decidió justo en ese momento que no le gustaban las sorpresas.

Los ojos azules del mensajero estaban muy abiertos, pero su rostro mojado y pecoso permaneció tranquilo. Sereno. Incluso cuando vio a Lysandra con los colmillos reflejando la luz de la fogata. Incluso cuando Rowan lo empujó para que avanzara con ese cuchillo cruel aún pegado a su garganta.

Aedion movió la barbilla en dirección a Rowan.

—No creo que pueda dar un mensaje si tiene un cuchillo en la tráquea.

Rowan retiró su arma pero no la volvió a envainar. No se alejó más de treinta centímetros del hombre.

—¿Dónde están? —Aedion exigió saber.

El hombre le hizo una reverencia rápida al primo de Aelin.

—En una taberna, a seis kilómetros de aquí, general...

Sus palabras murieron cuando Aelin al fin apareció detrás de la fogata. La estaba haciendo brillar con fuerza ya que Evangeline y Ligera estaban escondidas dentro. El mensajero dejó escapar un grito ahogado.

La reconoció. Por la manera en que miraba a Aelin y a Aedion, observando los mismos ojos, el mismo color de cabello... lo supo. Y como si la revelación lo hubiera golpeado, el mensajero hizo una reverencia.

Aelin estudió la manera en que el hombre bajó la mirada, la parte trasera de su cuello expuesta, su piel que brillaba con la lluvia. Su magia resplandeció en respuesta. Y esa cosa, el poder horrendo que colgaba entre sus senos, pareció abrir un ojo antiguo ante todo el escándalo.

El mensajero se tensó, con los ojos como platos al ver que Lysandra se aproximaba en silencio con los bigotes vibrando mientras olfateaba su ropa mojada. Tuvo inteligencia suficiente para permanecer quieto.

—¿Se canceló la reunión? —preguntó Aedion tenso y miró hacia el bosque de nuevo.

El hombre se encogió un poco.

—No, general, pero quieren que ustedes vengan a la taberna donde se están quedando. Por la lluvia.

Aedion puso los ojos en blanco.

—Ve a decirle a Darrow que arrastre su esqueleto para acá. El agua no lo va a matar.

—No es por lord Darrow —dijo el hombre rápidamente—. Con todo respeto, lord Murtaugh se ha visto muy cansado desde el verano. Lord Ren no quería que estuviera fuera en la oscuridad y en la lluvia.

El viejo había cabalgado a través de los reinos como un demonio salido del infierno en la primavera, recordó Aelin. Tal vez eso le había pasado factura en su salud. Aedion suspiró.

—Sabes que primero necesitaremos ir a inspeccionar la taberna. Esta junta tendrá que ser más tarde de lo que ellos quieren.

—Por supuesto, general. Ellos lo saben.

El mensajero se encogió un poco cuando por fin vio a Evangeline y Ligera dentro del anillo de seguridad de la flama. Y a pesar del príncipe hada armado a su lado, a pesar del leopardo de las nieves con las garras fuera que lo estaba olfateando, lo que lo hizo palidecer como la muerte fue contemplar el fuego de Aelin.

—Pero los están esperando —dijo—, y lord Darrow está impaciente. Se pone nervioso si está fuera de las paredes de Orynth. A todos nos pone nerviosos estos días.

Aelin resopló suavemente. "Vaya que sí".

# CAPÍTULO 3

Manon Picos Negros permaneció firme en uno de los extremos del puente largo y oscuro que llevaba a Morath y miró al aquelarre de su abuela descender desde las nubes grises.

Incluso con las columnas y torres de humo que salían de las incontables fraguas, las ropas voluminosas color obsidiana de la Bruja Mayor del Clan de Brujas Picos Negros eran inconfundibles. Nadie más se vestía como su matrona. Su aquelarre salió de la capa gruesa de nubes y se mantuvo a una distancia respetuosa de la matrona y la jinete que iba a su lado sobre un guiverno enorme.

Manon, y sus Trece en formación detrás de ella, no se movieron mientras los guivernos y sus jinetes aterrizaban en las rocas oscuras del patio del otro lado del puente. Muy abajo, rugía un río sucio y arruinado cuyo sonido competía con el raspar de las garras y el batir de las alas que se iban cerrando.

Su abuela había llegado a Morath.

O a lo que quedaba de él, ya que una tercera parte estaba reducida a escombros.

Asterin inhaló con fuerza cuando la abuela de Manon desmontó con un movimiento fluido y frunció el ceño a la fortaleza negra que se elevaba detrás de Manon y sus Trece. El duque Perrington ya la esperaba en su sala de consejo y Manon no dudaba que su mascota, lord Vernon, haría lo posible por menospreciarla y sorprenderla en toda oportunidad. Si Vernon intentara deshacerse de Manon, lo haría en ese momento, justo cuando su abuela viera con sus propios ojos lo que Manon había logrado.

Y en lo que había fallado.

Manon conservó la espalda recta mientras su abuela cruzaba el amplio puente de roca. Los pasos de la matrona no se alcanzaban a escuchar por el sonido del río, el batir de alas a la distancia y esas fraguas que no dejaban de trabajar ni de día ni de noche para equipar al ejército. Cuando alcanzó a ver la parte blanca en los ojos de su abuela, Manon hizo una reverencia.

El crujir de la ropa de cuero de sus Trece le indicó que ellas estaban haciendo lo mismo.

Cuando Manon levantó la cabeza, su abuela estaba delante de ella.

Muerte, crueldad y malicia habitaban en esa mirada de ónix con oro.

—Llévame con el duque —dijo la matrona a modo de saludo.

Manon sintió que sus Trece se tensaron. No por las palabras, sino por el aquelarre de la Bruja Mayor que ahora la venía siguiendo. Era muy raro que ellas la siguieran, que la vigilaran.

Pero ésta era una ciudadela de hombres... y de demonios. Y esta estancia sería larga, si no es que permanente, a juzgar por el hecho de que su abuela había llegado con la hermosa bruja joven de cabello oscuro que compartía su cama. Hubiera sido insensato de parte de la matrona no traer protección adicional.

Aunque las Trece siempre habían sido suficiente. Deberían haber sido suficiente.

Representaba un gran esfuerzo mantener sus uñas de hierro enfundadas al percibir esa amenaza.

Manon volvió a inclinar la cabeza y se dio la vuelta hacia las puertas altas y abiertas de Morath. Las Trece se separaron para dejar pasar a Manon y a la matrona y después cerraron filas tras ellas como un velo letal. No se arriesgarían, no ahora que se trataba de la heredera y la matrona.

Los pasos de Manon eran casi silenciosos mientras conducía a su abuela por los pasillos oscuros. Las Trece y el aquelarre de la matrona venían siguiéndolas de cerca. Los sirvientes, ya sea porque estaban espiando o a causa de algún instinto humano, no se veían por ninguna parte.

La matrona habló cuando subieron la primera de muchas escaleras en espiral en camino a la nueva sala de consejo del duque.

—¿Algún informe?

—No, abuela.

Manon reprimió la necesidad de mirar a la bruja de soslayo, de mirar su cabello oscuro con mechas plateadas, las facciones pálidas talladas con odio antiguo, los dientes oxidados permanentemente visibles.

El rostro de la Bruja Mayor que había marcado a la Segunda de Manon. La que había tirado al fuego a la cría de bruja de Asterin cuando nació muerta, negándole el derecho a cargarla una vez. La que después había golpeado y destrozado a su Segunda y la había arrojado a la nieve para que muriera, quien después de eso le había mentido a Manon durante casi un siglo.

Manon se preguntó qué pensamientos estarían pasando por la mente de Asterin mientras iban avanzando. Se preguntó que pasaría por las mentes de Sorrel y Vesta, quienes habían encontrado a Asterin en la nieve. Y la habían sanado.

Y quienes tampoco le habían dicho nada a Manon.

La niña de su abuela, eso era Manon. Nunca le había parecido algo odioso.

—¿Descubriste quién causó la explosión? —preguntó la matrona con su túnica ondeando detrás de ella cuando al fin entraron al pasillo largo y delgado que conducía a la sala de consejo del duque.

—No, abuela.

Esos ojos salpicados de dorado voltearon rápidamente hacia ella.

—Qué conveniente, Líder de la Flota, que te quejes sobre los experimentos de reproducción del duque y que unos días después las Piernas Amarillas terminen incineradas.

"Y valió la pena", casi respondió Manon. A pesar de los aquelarres que se perdieron en la explosión, había valido la pena que se detuviera la creación de esos seres mitad Piernas Amarillas y mitad Valg. Pero Manon sintió, más que ver u oír, que la atención de sus Trece se fijaba en la espalda de su abuela.

Y tal vez algo similar al miedo recorrió a Manon.

Miedo por la acusación de la matrona... y por la línea que sus Trece estaban trazando. La que habían trazado hacía ya un tiempo.

Desafío. Eso es lo que se estaba gestando en los últimos meses. Si la Bruja Mayor se enteraba de eso, ataría a Manon a un poste y le daría latigazos en la espalda hasta que la piel le colgara en tiras. Obligaría a las Trece a presenciarlo, para demostrar que no podían defender a su heredera, y luego les daría el mismo tratamiento. Tal vez les echaría agua salada encima al terminar. Luego lo volvería a hacer, día tras día.

Manon dijo fríamente:

—Escuché un rumor de que había sido la mascota del duque, esa humana. Pero ella terminó incinerada en la explosión así que nadie lo puede confirmar. No quise perder tu tiempo con chismes y teorías.

—Ella estaba atada a él.

—Al parecer su fuego de las sombras no.

Fuego de las sombras, el poderoso don que hubiera derretido a sus enemigos en un instante si se combinaba con las torres de espejos de las brujas que estaban construyendo las tres matronas en el Abismo Ferian. Pero ahora que Kaltain ya no estaba... también había desaparecido la amenaza de la aniquilación absoluta.

Aunque el duque ya no toleraría a ningún otro superior ahora que el rey estaba muerto. Había rechazado la legitimidad del príncipe heredero.

Su abuela no dijo nada el resto del trayecto.

La otra pieza que estaba en juego en el tablero era el príncipe de ojos color zafiro que alguna vez había estado bajo el dominio de un príncipe del Valg. Ahora era libre. Y estaba aliado con esa joven reina de cabello dorado.

Llegaron a las puertas de la sala de consejo y Manon se deshizo de todos los pensamientos que tenía en la mente cuando los guardias inexpresivos les abrieron la puerta de roca negra.

Los sentidos de Manon se afilaron hasta alcanzar una calma asesina en el momento en que puso la mirada en la mesa de vidrio color ébano y en quien estaba detrás de ella.

Vernon: alto, delgado, siempre con una sonrisa burlona, vestido de verde Terrasen.

Y un hombre de cabello dorado con la piel pálida como el marfil.

No había señal del duque. El desconocido giró hacia ellas. Incluso su abuela se detuvo un instante.

No por la belleza del hombre, no por la fuerza de su cuerpo escultural ni por las ropas negras muy finas que estaba vistiendo. Sino por los ojos dorados. Iguales a los de Manon.

Los ojos de los reyes del Valg.

Manon se fijó dónde estaban las salidas, las ventanas, las armas que podría usar cuando tuviera que pelear para salir de ahí. El instinto hizo que diera un paso frente a su abuela; el entrenamiento la hizo poner la mano sobre sus dos cuchillos antes de que el hombre de los ojos dorados pudiera siquiera parpadear.

Pero el hombre fijó esos ojos del Valg en ella. Sonrió.

—Líder de la Flota —dijo, y luego miró a su abuela e inclinó la cabeza—. Matrona.

La voz era lasciva, hermosa y cruel. Pero el tono, la exigencia que se podía percibir...

Algo en la sonrisa de Vernon parecía fingido, su tez bronceada lucía demasiado pálida.

—Quién eres tú —le preguntó Manon al desconocido en tono de orden más que de pregunta.

El hombre movió la barbilla en dirección a las sillas disponibles frente a la mesa.

—Sabes perfectamente bien quién soy, Manon Picos Negros.

Perrington. En otro cuerpo, de alguna manera. Porque...

Porque esa cosa asquerosa del otro mundo que a veces había alcanzado a observar a través de sus ojos... estaba aquí, encarnado.

El rostro tenso de la matrona le comunicó que ella ya había adivinado.

—Me cansé de estar usando esa piel fofa —dijo mientras se sentaba con gracia felina en la silla al lado de Vernon. Hizo un movimiento elegante con sus dedos largos y poderosos—. Mis enemigos saben quién soy. Es mejor que también lo sepan mis aliados.

Vernon inclinó la cabeza y murmuró:

—Mi lord Erawan, si le complace, permítame traer refrigerios para la matrona. Su viaje fue largo.

Manon miró al hombre alto y delgado. Les había dado dos regalos: respeto a su abuela y el nombre verdadero del duque: Erawan.

Manon se preguntó qué sabría de él Ghislaine, quien montaba guardia en el pasillo del otro lado de la puerta.

El rey del Valg asintió aprobatoriamente. El lord de Perranth se apresuró hacia una pequeña mesa de bufet que estaba contra la pared y tomó una jarra mientras Manon y la matrona se deslizaron a sus asientos frente al rey demonio.

Respeto: algo que Vernon no había ofrecido ni una sola vez sin una sonrisa burlona. Pero ahora...

Tal vez ahora que el lord de Perranth se había dado cuenta qué especie de monstruo lo tenía controlado, estaba desesperado por tener aliados. Sabía, quizá, que Manon podría haber participado en aquella explosión.

Manon aceptó las copas talladas en cuerno que Vernon puso frente a ellas, pero no bebió. Su abuela tampoco.

Del otro lado de la mesa, Erawan les sonrió ligeramente. No se le escapaba oscuridad ni corrupción, como si él fuera lo suficientemente poderoso para contenerla, ocultarla, excepto en esos ojos. Los mismos ojos de ella.

El resto de las Trece y el aquelarre de su abuela permanecieron en el pasillo. Solamente las Segundas se quedaron en la habitación cuando las puertas se volvieron a cerrar.

Atrapadas con el rey del Valg.

—Entonces —dijo Erawan mirándolas de arriba a abajo de una manera que obligó a Manon a apretar los labios para evitar que se salieran sus dientes de hierro—, ¿las fuerzas en el Abismo Ferian están preparadas?

Su abuela concedió una ligera inclinación de la barbilla.

—Empezarán a avanzar cuando se ponga el sol. Llegarán a Rifthold en dos días.

Manon no se atrevió a moverse de su asiento.

—¿Vas a enviar un ejército a Rifthold?

El rey demonio la miró con los ojos entrecerrados.

—Te voy a enviar a *ti* a Rifthold para que recuperes mi ciudad. Cuando hayas terminado tu encomienda, la legión de Ferian se quedará apostada allá bajo el mando de Iskra Piernas Amarillas.

A Rifthold. Para finalmente, *finalmente*, pelear. Para ver qué podían hacer sus guivernos en la batalla.

—¿Sospechan del ataque?

Una sonrisa inerte.

—Nuestras fuerzas se moverán demasiado rápido para que se alcancen a enterar.

Sin duda por eso se habían guardado la información hasta este momento.

Manon golpeó el piso de piedra con el pie, ansiosa por moverse, por dar órdenes a las demás para que empezaran con los preparativos.

—¿Cuántos aquelarres de Morath debo llevar al norte?

—Iskra sale con la segunda mitad de nuestra legión aérea. Creo que con unos cuantos aquelarres de Morath bastará.

Un desafío y una prueba.

Manon lo pensó.

—Volaré con mis Trece y dos aquelarres de escolta.

No había necesidad de que sus enemigos supieran cuántos aquelarres componían esa legión aérea, ni que viajaran todos ya que estaba segura de que sólo las Trece bastarían para arrasar con la capital.

Erawan solamente inclinó la cabeza para indicar su aprobación. Su abuela asintió de manera casi imperceptible, lo más cercano a la aprobación que jamás conseguiría de ella.

Pero Manon preguntó:

—¿Qué hay del príncipe?

Rey. El rey Dorian.

Su abuela le disparó con los ojos, pero el demonio respondió:

—Quiero que tú personalmente me lo traigas. Si sobrevive al ataque.

Ahora que su reina de fuego se había marchado, Dorian Havilliard y su ciudad estaban indefensos.

Eso le importaba poco a Manon. Era la guerra.

Debía pelear esta guerra y cuando terminara podría irse a casa, a los Yermos. Aun cuando este hombre, este rey demonio, probablemente no cumpliría su palabra.

Ya se encargaría de eso después. Pero antes... una batalla abierta. Ya escuchaba el canto salvaje en su sangre.

El rey demonio y su abuela empezaron a hablar de nuevo y Manon despejó su mente de la melodía de escudos chocando y espadas echando chispas para procesar lo que estaban diciendo.

—Cuando la capital esté asegurada, quiero esos botes en el Avery.

—¿Los hombres del Lago de Plata están de acuerdo? —preguntó su abuela mientras estudiaba el mapa que se mantenía estirado sobre la mesa gracias a unas piedras lisas que lo sostenían. Manon siguió la mirada de la matrona hasta el Lago de Plata, al otro lado del Avery, y a su ciudad, acunada junto a las montañas Colmillos Blancos: Anielle.

Perrington —Erawan—se encogió de hombros.

—Su lord no ha declarado su lealtad ni a mí ni al rey niño. Sospecho que cuando se entere de la caída de Rifthold, llegarán sus mensajeros a suplicar a nuestras puertas —sonrió ligeramente—. Su fortaleza a lo largo de las cascadas occidentales del lago todavía ostenta cicatrices de la última vez que marcharon mis ejércitos. He visto incontables monumentos en Anielle dedicados a esa guerra: su lord sabe qué fácilmente puedo convertir su ciudad en una carnicería.

Manon estudió el mapa nuevamente, intentando no hacer preguntas.

Viejo. El rey del Valg era tan viejo que la hacía sentir joven. Hacía que su abuela pareciera una niña también.

Una tonta. Su abuela tal vez había sido una tonta al venderlas en esa alianza irresponsable con esta criatura. Se obligó a ver a Erawan a los ojos.

—Con nuestras fuerzas en Morath, Rifthold y Anielle, se cubre sólo la mitad sur de Adarlan. ¿Qué hay del norte del Abismo Ferian? ¿Y al sur de Adarlan?

—Bellhaven sigue bajo mi control. Sus lords y sus comerciantes aman el oro demasiado. Melisande... —los ojos dorados del rey demonio se posaron en el país occidental del otro lado de las montañas—. Eyllwe está destrozada bajo ella, Fenharrow está arruinada al este. A Melisande le sigue conviniendo aliarse con mis fuerzas, en especial porque Terrasen no tiene ni una moneda de cobre —la mirada del rey se dirigió al norte—. Aelin Galathynius ya debe haber llegado a su reino. Y cuando Rifthold caiga, también se dará cuenta de lo sola que está en el norte. La heredera de Brannon no tiene aliados en este continente. Ya no.

Pero Manon notó la manera en que los ojos del rey demonio miraron rápidamente a Eyllwe, sólo por un instante.

Miró a su abuela, quien guardaba silencio pero observaba a Manon con una expresión que prometía la muerte si ella presionaba demasiado. Pero Manon le dijo a Erawan:

—Tu capital es el corazón de tu comercio. Si yo desato a mi legión ahí, tendrás pocos aliados humanos...

—Hasta donde yo sabía, Manon Picos Negros, era *mi* legión.

Manon le sostuvo la mirada penetrante a Erawan, a pesar de que sentía que dejaba todos sus secretos al descubierto.

—Si arruinas a Rifthold por completo —dijo sin expresión—, los gobernantes como el lord de Anielle o la reina de Melisande o los lords de Fenharrow muy probablemente consideren que vale la pena arriesgarse y unirse para formar una resistencia. Si destruyes tu propia capital, ¿por qué habrían de creer en tus propuestas de alianza? Envía un decreto que llegue antes que nosotras donde menciones que el rey y la reina son enemigos del continente. Así nos definirás como libertadoras de Rifthold, no conquistadoras, y eso hará que los otros gobernantes lo piensen dos veces antes de aliarse con Terrasen. Yo saquearé la ciudad lo suficiente para que puedas mostrar tu poderío, pero evitaré que las Dientes de Hierro dejen la ciudad hecha ruinas.

Los ojos dorados de Erawan se entrecerraron mientras meditaba las palabras de la bruja.

Manon sabía que su abuela estaba a punto de rasgarle la mejilla con las uñas de hierro si decía una palabra más, pero mantuvo los hombros rectos. No le importaba la ciudad ni sus habitantes. Pero esa guerra podía dar un vuelco en contra de ellos si la aniquilación de Rifthold generaba como resultado la unión de sus enemigos dispersos. Y eso retrasaría el regreso de las Picos Negros a los Yermos mucho más.

Los ojos de Vernon la miraron. Distinguió en ellos miedo y maquinación. Le murmuró a Erawan:

—La Líder de la Flota tiene razón, milord.

¿Qué sabía Vernon que ella no sabía?

Pero Erawan ladeó la cabeza y su cabello dorado se le deslizó por la frente.

—Por eso eres mi Líder de la Flota, Manon Picos Negros, y por eso Iskra Piernas Amarillas no se ganó esa posición.

La repulsión y el orgullo se debatieron en ella, pero asintió.

—Una cosa más —dijo Erawan.

Manon permaneció inmóvil, esperando.

El rey demonio se recargó en el respaldo de su asiento.

—Hay un muro de vidrio en Rifthold. Es imposible de pasar por alto —Manon lo sabía, se había posado sobre ese muro—. Destruye la ciudad lo suficiente para provocar miedo y mostrar nuestro poder. Pero ese muro... destrúyelo por completo.

Ella se limitó a preguntar:

—¿Por qué?

Esos ojos dorados brillaban como brasas encendidas.

—Porque destruir un símbolo puede aplastar el espíritu de los hombres tanto como un derramamiento de sangre.

El muro de cristal: el poder de Aelin Galathynius. Y su misericordia. Manon sostuvo la mirada de Erawan el tiempo suficiente para asentir. Entonces él movió la barbilla hacia las puertas cerradas indicándole en silencio que podía marcharse.

Manon ya estaba fuera de la habitación antes de que el rey devolviera la atención a Vernon. No se dio cuenta de que debería haberse quedado para proteger a la matrona hasta que ya tenía mucho tiempo de haberse marchado.

Las Trece no hablaron hasta que aterrizaron en su armería personal en el campamento militar abajo, ni siquiera se habían arriesgado a hacerlo mientras ensillaban a los guivernos en su nueva torre.

Los dos aquelarres de escolta que Manon había elegido, ambos Picos Negros, se abrieron paso entre el humo y la penumbra que siempre había sobre Morath para dirigirse a sus propias armerías. Bien.

De pie en el lodo del valle, en las afueras del laberinto desordenado de fraguas y carpas, Manon le dijo a las Trece ahí reunidas:

—Saldremos en treinta minutos.

Detrás de ellas, los herreros y los cuidadores de los guivernos ya estaban apresurándose para colocar la armadura a los animales encadenados.

Si se portaban inteligentes, o rápidos, no terminarían en sus mandíbulas. La hembra azul cielo de Asterin ya estaba mirando con atención al hombre que tenía más cerca.

Manon se sintió tentada a ver si lo mordería o no, pero le dijo a su aquelarre:

—Si tenemos suerte, llegaremos antes que Iskra y estableceremos la manera en que se realizará el saqueo. Si no, buscaremos a Iskra y a su aquelarre en cuanto lleguemos y detendremos la matanza. Déjenme al príncipe a mí —no se atrevió a mirar a Asterin al decirlo—. No dudo que las Piernas Amarillas intentarán reclamar su cabeza. Detengan a cualquiera que se atreva a hacerlo.

Y tal vez podrían terminar con Iskra también. Los accidentes eran algo común en las batallas.

Las Trece inclinaron sus cabezas para indicar que habían escuchado la orden. Manon miró por encima de su hombro hacia la armería que estaba bajo las carpas maltratadas de lona.

—Armadura completa —les sonrió con crueldad—. No queremos que nuestro aspecto maravilloso sea nada menos que el mejor.

Doce sonrisas iguales le respondieron y se alejaron hacia las mesas y maniquíes donde su armadura se había diseñado cuidadosa y meticulosamente a lo largo de los últimos meses.

Sólo Asterin permaneció a su lado y Manon agarró a Ghislaine del brazo cuando la centinela de cabello rizado pasó caminando a su lado.

Murmuró a un volumen apenas suficiente para que la alcanzara a escuchar por encima del sonido de las fraguas y el rugido de los guivernos:

—Dinos lo que sepas de Erawan.

Ghislaine abrió la boca y su piel oscura palideció. Manon aclaró con brusquedad:

—Sé *concisa*.

Ghislaine tragó saliva y asintió mientras el resto de las Trece se preparaban a la distancia. La guerrera estudiosa habló de manera que sólo Manon y Asterin la pudieran escuchar.

—Era uno de los tres reyes del Valg que invadieron este mundo al principio de los tiempos. A los otros dos los mataron o los enviaron de regreso a su mundo oscuro. Él se quedó aquí con un ejército pequeño. Huyó a este continente después de que Maeve y Brannon terminaron con sus fuerzas y se pasó mil años reconstruyendo su ejército en secreto, escondido en el fondo de las montañas Colmillos Blancos. Cuando estuvo listo, cuando se dio cuenta de que la flama del rey Brannon se estaba apagando, Erawan lanzó su ataque para reclamar este continente. La leyenda dice que lo derrotaron la hija de Brannon y su pareja humana.

Asterin resopló.

—Parece ser que la leyenda está equivocada.

Manon soltó el brazo de Ghislaine.

—Prepárate. Dile a las otras cuando puedas.

Ghislaine inclinó la cabeza y se dirigió al arsenal.

Manon no hizo caso de la mirada inquisitiva de Asterin. No era el momento de tener esa conversación.

Encontró al herrero mudo junto a su fragua usual; el sudor le escurría por la frente manchada de hollín. Pero sus ojos permanecieron impávidos y tranquilos cuando levantó la lona que cubría la mesa de trabajo para mostrarle su armadura. Pulida, lista.

Había hecho el traje de metal oscuro para que se asemejara a las escamas intrincadas de un guiverno. Manon pasó un dedo por las placas imbricadas y levantó un guantelete perfectamente formado para ajustarse a su propia mano.

—Es hermosa.

Terrible pero hermosa. Se preguntó qué pensaría el herrero al hacer esta armadura para que ella se la pusiera mientras ponía fin a las vidas de sus compatriotas. El rostro rojizo del hombre no revelaba nada.

Ella se quitó la capa roja y empezó a ponerse la armadura poco a poco. Se deslizaba sobre su cuerpo como una segunda piel, flexible y maleable donde era necesario e impenetrable en los sitios donde su vida dependía de ello.

Cuando terminó, el herrero la miró de arriba a abajo y asintió, luego buscó algo bajo la mesa y colocó otro objeto en su superficie. Por un instante, Manon se quedó mirando el casco con corona.

Lo había forjado con el mismo metal oscuro; las guardas de la nariz y la frente estaban elaboradas de tal modo que la mayor parte de su rostro permanecería en las sombras, salvo por su boca. Y sus dientes de hierro. Las seis lancetas de la corona brotaban hacia arriba como espadas pequeñas.

El casco de una conquistadora. El casco de un demonio.

Manon sintió las miradas de sus Trece, ya armadas, cuando metió su trenza en el cuello de su armadura y se puso el casco sobre la cabeza.

Le quedaba cómodo. El interior se sentía fresco contra su piel caliente. A pesar de las sombras que ocultaban la mayor parte de su rostro, podía ver al herrero con perfecta claridad y le asintió levemente para indicarle su aprobación.

No tenía idea de por qué se tomaba la molestia, pero Manon dijo:

—Gracias.

Otro movimiento breve de la cabeza fue la única respuesta que le dio el herrero antes de que ella se alejara rápidamente de su mesa.

Los soldados se alejaban de su paso vigoroso cuando hizo la señal a las Trece y se montó en Abraxos. El guiverno estaba muy orgulloso con su nueva armadura.

Cuando ascendieron hacia el firmamento gris no volvió a mirar hacia Morath.

# CAPÍTULO 4

Aedion y Rowan no permitieron que el mensajero de Darrow se adelantara para advertirles a los lores de su llegada. Si esto era una especie de maniobra para desbalancearlos, a pesar de todo lo que Murtaugh y Ren habían hecho por ellos en la primavera, entonces recuperarían cualquier ventaja posible.

Aelin supuso que debería haber tomado el clima tormentoso como señal. O quizá la edad de Murtaugh le proporcionaba a Darrow una excusa conveniente para ponerla a prueba. Intentó controlar su molestia al considerar esta opción.

La taberna estaba construida en un cruce de caminos justo en el centro de Oakwald. Debido a la lluvia y a la proximidad de la noche, el lugar estaba lleno y tuvieron que pagar el doble para meter a sus caballos al establo. Aelin estaba segura de que con una palabra de ella, con un centelleo de su fuego distintivo, no sólo los establos sino también la taberna se hubieran vaciado.

Lysandra se había alejado a un kilómetro de distancia y, cuando llegaron, salió de entre los arbustos y asintió con su cabeza peluda y empapada a Aelin. Todo en orden.

Dentro de la posada, no había habitaciones disponibles y la cantina estaba a reventar con viajeros, cazadores y todos los que querían escapar de la lluvia. Algunos incluso estaban sentados en el piso, recargados contra la pared. Aelin supuso que probablemente así sería como ella y sus amigos pasarían la noche después de que terminara la reunión.

Unas cuantas cabezas los voltearon a ver cuando entraron, pero sus capuchas y capas empapadas ocultaban sus rostros y armas y los curiosos rápidamente devolvieron la atención a sus bebidas, sus cartas o sus cantos de borrachos.

Lysandra finalmente había regresado a su forma humana y, tal como había jurado hacía unos meses, sus senos grandes ahora eran más pequeños. A pesar de lo que les aguardaba en el salón privado en la parte trasera de la posada, Aelin miró a la metamorfa a los ojos y sonrió burlonamente.

—¿Mejor? —murmuró por encima de la cabeza de Evangeline mientras el mensajero de Darrow, con Aedion al lado, se abría paso entre la multitud.

La sonrisa de Lysandra fue casi animal.

—Oh, no tienes idea.

Detrás de ellas, Aelin podría haber jurado que escuchó a Rowan reír.

El mensajero y Aedion dieron vuelta hacia un pasillo. La luz de vela se reflejaba en las gotas de lluvia que escurrían del escudo redondo y lleno de abolladuras colgado en la espalda de su primo. El Lobo del Norte, quien a pesar de haber ganado batallas con su velocidad y fuerza de hada, había obtenido el respeto y la lealtad de su legión como hombre, como humano. Aelin seguía en su forma de hada y se preguntó si debería haber cambiado también.

Ren Allsbrook estaba esperando dentro. Ren, otro amigo de la infancia, a quien casi había matado, a quien había *intentado* matar el invierno anterior, y no tenía idea de quién era ella en realidad. Él se había quedado en su departamento sin darse cuenta de que la dueña era su reina perdida. Y Murtaugh... Tenía vagos recuerdos del hombre, principalmente de verlo sentado en la mesa de su tío dándole a ella tartas de zarzamora.

Toda la bondad que quedaba, todo vestigio de seguridad, era gracias a Aedion, las abolladuras y rasguños que marcaban su escudo lo probaban, y gracias a los tres hombres que la esperaban.

Los hombros de Aelin empezaron a encorvarse, pero Aedion y el mensajero se detuvieron frente a la puerta de madera y tocaron una vez. Ligera se presionó contra su pantorrilla y movió la cola. Aelin le sonrió a la perra, quien volvió a sacudirse y lanzó gotas de agua por todas partes. Lysandra rio. Un perro mojado en una reunión secreta... muy digno de una reina.

Pero Aelin se había prometido a sí misma, hacía meses y meses, que no fingiría ser nadie que no fuera ella misma. Se había abierto camino a través de la oscuridad, la sangre y la desesperanza, y había sobrevivido. Y aunque lord Darrow les pudiera ofrecer hombres y recursos para la guerra... ella tenía ambas cosas también. Hubiera sido mejor conseguir más, pero no llegaba con las manos vacías. Ella lo había hecho sola. Por todos ellos.

Aelin enderezó los hombros cuando Aedion entró a la habitación y empezó a hablar a quienes estaban dentro:

—Típico de ustedes, infelices: obligarnos a caminar en la lluvia sólo porque no quieren mojarse. Ren: con tu carota de siempre. Murtaugh: un placer, como de costumbre. Darrow: tu cabello se ve tan mal como el mío.

Alguien dijo desde adentro con una voz seca y fría.

—Dado todo el secretismo para organizar esta reunión, uno podría pensar que te estás ocultando en tu propio reino, Aedion.

Aelin estiró la mano hacia la puerta entreabierta y se preguntó si valdría la pena empezar la conversación recordándoles a todos esos tontos que mantuvieran sus voces más bajas, pero...

Ahí estaban todos. Con sus oídos de hada ella lograba percibir más sonidos que el humano promedio. Se situó frente a Lysandra y Evangeline para que entraran tras ella y se detuvo en el umbral de la puerta con el fin de escudriñar el comedor privado.

Tenía una ventana abierta con una rendija para aliviar el calor sofocante de la posada. Una gran mesa rectangular frente a una chimenea encendida. La mesa estaba llena de platos vacíos, moronas y platones viejos. Había dos hombres mayores sentados a la mesa. El mensajero le estaba susurrando algo al oído a uno de ellos, en voz demasiado baja para alcanzar a escucharlo. Después, el mensajero hizo una reverencia a todos y salió de la habitación. Los dos hombres mayores se sentaron más erguidos para mirar detrás del sitio que ocupaba Aedion frente a la mesa y clavaron su vista en ella.

Pero Aelin se concentró en el joven inexpresivo de cabello oscuro y rostro bronceado lleno de cicatrices que apoyaba el brazo sobre la chimenea.

Ella se acordaba de esas espadas gemelas que traía colgadas de la espalda. Esos ojos oscuros y ardientes.

Antes de quitarse la capucha, Aelin sintió que la boca se le secaba un poco. Ren Allsbrook se quedó atónito.

Pero los hombres mayores se pusieron de pie. Conocía a uno de ellos.

A Aelin le pareció imposible no haber reconocido a Murtaugh aquella noche que ella llegó a la bodega y terminó con varios de sus hombres. En especial porque él fue quien detuvo la matanza.

El otro hombre mayor, sin embargo, a pesar de tener el rostro arrugado, se veía fuerte y severo. Sin rastro de alegría o calidez. Un hombre acostumbrado a salirse con la suya, a ser obedecido sin que se le cuestionara. Su cuerpo era delgado y musculoso, pero su espalda seguía estando recta. No era un guerrero de la espada sino de la mente.

Su tío abuelo, Orlon, había sido ambas cosas. Y era amable. Nunca había escuchado una palabra estricta o irritada de parte de Orlon. Este hombre, sin embargo... Aelin le sostuvo la mirada gris a Darrow, un depredador que reconocía a otro.

—Lord Darrow —dijo ella con una inclinación de la cabeza. No pudo evitar sonreír un poco—. Se ve usted muy guarecido.

El rostro de Darrow permaneció inmóvil. No estaba impresionado.

Muy bien, pues.

Aelin miró a Darrow, esperando, negándose a apartar la mirada hasta que hiciera una reverencia.

Lo más que hizo fue apenas inclinar la cabeza.

—Un poco más abajo —ronroneó ella.

Aedion volteó a verla rápidamente con la mirada llena de advertencia.

Darrow no hizo lo que ella pidió.

Murtaugh sí hizo una reverencia hasta la cintura y dijo:

—Su Majestad. Una disculpa por enviar al mensajero por ustedes, pero mi nieto se preocupa por mi salud —intentó sonreír—, para mi disgusto.

Ren no hizo caso de su abuelo y se apartó de la chimenea. Sus botas fueron el único sonido que se escuchó mientras le daba vuelta a la mesa.

—Tú sabías —le dijo a Aedion.

Lysandra, sabiamente, cerró la puerta y le indicó a Evangeline y Ligera que se quedaran junto a la ventana, vigilando para que nadie se asomara. Aedion le sonrió levemente a Ren.

—Sorpresa.

Antes de que el joven lord pudiera responder, Rowan avanzó al lado de Aelin y se quitó la capucha.

Los hombres se quedaron inmóviles y tensos cuando vieron en toda su gloria al guerrero hada que estaba debajo. La violencia se asomaba por sus ojos. Su mirada estaba centrada en lord Darrow.

—Vaya, esto sí que no lo he visto en mucho tiempo —murmuró Darrow.

Murtaugh dominó su sorpresa, y tal vez un poco de miedo, lo suficiente para extender la mano hacia las sillas vacantes ante de ellos.

—Por favor, siéntense. Les pido una disculpa por el cochinero. No pensamos que el mensajero los fuera a traer de vuelta tan rápidamente.

Aelin no hizo ningún movimiento para sentarse. Sus compañeros tampoco. Murtaugh agregó:

—Podemos ordenar más comida, si lo desean. Deben estar muertos de hambre.

Ren le lanzó a su abuelo una mirada incrédula que le comunicó a Aelin todo lo que necesitaba saber acerca de la opinión del rebelde sobre ella.

Lord Darrow la estaba observando de nuevo. Evaluándola.

Humildad... gratitud. Debería intentarlo; *podría* intentarlo, maldita sea. Darrow se había sacrificado por su reino; tenía hombres y dinero que ofrecerles para la batalla que se avecinaba contra Erawan. *Ella* había solicitado esta reunión; *ella* le había pedido a estos lords que se reunieran con ellos. ¿A quién le importaba si era en otro sitio? Todos estaban ahí. Con eso era suficiente.

Aelin se obligó a caminar hacia la mesa. A reclamar la silla frente a Darrow y Murtaugh.

Ren permaneció de pie, vigilándola con un fuego oscuro en la mirada.

Ella le dijo a Ren en voz baja:

—Gracias, por ayudar al capitán Westfall esta primavera.

Un músculo se movió en la mandíbula de Ren, pero dijo:

—¿Cómo está? Aedion mencionó sus lesiones en una carta.

—Lo último que supe era que estaba en camino hacia los sanadores en Antica. A la Torre Cesme.

—Bien.

Lord Darrow dijo:

—¿Les importaría ilustrarme sobre cómo se conocen o debo adivinarlo?

Aelin empezó a contar hasta diez al escuchar el tono. Pero Aedion fue quien, al tomar asiento, dijo:

—Cuidado, Darrow.

Darrow entrelazó sus dedos torcidos pero bien cuidados y los colocó sobre la mesa.

—¿O qué? ¿Me convertirás en cenizas, princesa? ¿Derretirás mis huesos?

Lysandra se sentó en una silla al lado de Aedion y preguntó con la cortesía dulce e inofensiva que se le había enseñado:

—¿Queda agua en esa jarra? Viajar por la tormenta fue agotador.

Aelin podría haber besado a su amiga por su intento de suavizar la tensión incisiva de la habitación.

—¿Y quién, se puede saber, eres tú? —dijo Darrow con el ceño fruncido en dirección a la exquisita belleza de ojos rasgados que no se apartaron de los de él a pesar de la amabilidad de sus palabras. Bien, él no sabía quién viajaba con ella y Aedion. Ni qué dones portaban.

—Lysandra —respondió Aedion mientras se quitaba el escudo y lo colocaba en el suelo detrás de ellos con un golpe fuerte—. Lady de Caraverre.

—No existe Caraverre —dijo Darrow.

Aelin se encogió de hombros.

—Ahora sí existe.

Lysandra había decidido ese nombre una semana antes. No sabía qué significaba pero despertó súbitamente en medio de la noche y prácticamente se lo gritó a Aelin en cuanto logró controlarse lo suficiente para volver a asumir una forma humana. Aelin dudaba poder olvidar pronto la imagen de un leopardo de las nieves con los ojos como platos intentando hablar. Sonrió un poco a Ren, que seguía observándola como halcón.

—Me tomé la libertad de comprar las tierras que tu familia cedió. Creo que serán vecinos.

—¿Y a qué línea de sangre —preguntó Darrow con la boca apretada al notar la marca que cubría el tatuaje de Lysandra, visible independientemente de la forma que asumiera— pertenece lady Lysandra?

—No organizamos esta reunión para discutir líneas de sangre ni árboles genealógicos —respondió Aelin impávida. Miró a Rowan, quien asintió para confirmarle que el personal de la posada estaba lejos de la habitación y que nadie los podría alcanzar a oír.

Su príncipe hada avanzó hasta la mesa que estaba contra la pared para ir por el agua que Lysandra había pedido. La olfateó, y ella sabía que su magia la había recorrido para buscar cualquier veneno o droga, mientras hacía flotar cuatro vasos hacia ellos en un viento fantasma.

Los tres lords miraron en silencio con los ojos muy abiertos. Rowan se sentó y sirvió el agua desenfadadamente. Después hizo llegar una quinta copa, la llenó, y la envió flotando hacia Evangeline. La niña sonrió por la magia y devolvió la mirada hacia la ventana salpicada de lluvia. Prestaba atención mientras fingía sólo ser una cara bonita, ser inútil y pequeña, como le había enseñado Lysandra.

Lord Darrow dijo:

—Al menos tu guerrero hada es bueno para algo aparte de violencia bruta.

—Si unas fuerzas enemigas interrumpen esta junta —dijo Aelin con suavidad—, estarás feliz de contar con esa violencia bruta, lord Darrow.

—¿Y qué hay de tus habilidades en particular? ¿Debería estar contento con ellas, también?

A ella no le importaba cómo lo había averiguado. Aelin ladeó la cabeza y eligió cada una de sus palabras con cuidado, obligándose a pensar bien lo que diría.

—¿Tienes preferencia por alguna habilidad en particular?

Darrow sonrió, pero la expresión no llegó hasta sus ojos.

—Su Alteza se beneficiaría con un poco de control.

A ambos lados, Rowan y Aedion se tensaron como arcos de flecha. Pero si *ella* podía controlar su temperamento, entonces ellos también podían...

*Su Alteza.* No *Majestad.*

—Lo tomaré en cuenta —respondió con una pequeña sonrisa—. En cuanto al motivo por el cual mi corte y yo queríamos reunirnos con ustedes hoy...

—¿Corte? —preguntó lord Darrow con las cejas plateadas arqueadas. Luego pasó lentamente la mirada hacia Lysandra, después a Aedion y finalmente a Rowan. Ren tenía la boca muy abierta, con algo parecido a la añoranza y la decepción—. ¿Esto es lo que consideras una corte?

—Obviamente la corte crecerá cuando lleguemos a Orynth...

—Sobre eso, no veo cómo puede siquiera *existir* una corte si no eres todavía una reina.

Aelin mantuvo la frente en alto.

—No estoy segura de entender a qué te refieres.

Darrow dio un trago a su tarro de cerveza. Cuando lo volvió a colocar sobre la mesa el sonido hizo eco por toda la habitación. A su lado, Murtaugh seguía inmóvil como la muerte.

—Todo gobernante de Terrasen debe ser aprobado por las familias gobernantes de cada territorio.

Sintió cómo algo helado, frío y antiguo recorría sus venas. Aelin deseó poder culpar de eso a la cosa que colgaba de su cuello.

—¿Me estás diciendo —dijo en voz demasiado baja mientras el fuego chisporroteaba en su estómago y bailaba por su lengua— que a pesar de que soy la última Galathynius viviente, mi trono todavía no me pertenece?

Sintió la atención de Rowan centrarse en su rostro, pero no apartó la vista de lord Darrow.

—Te estoy diciendo, princesa, que aunque quizá seas la única descendiente directa de Brannon que queda viva, hay otras posibilidades, otras direcciones en las cuales podemos ir, si decidiéramos que tú no eres adecuada para el trono.

—Weylan, por favor —interrumpió Murtaugh—. No aceptamos la propuesta de reunirnos para esto. Lo hicimos para discutir la reconstrucción, para *ayudarla* y trabajar con ella.

Nadie le hizo caso.

—¿Otras posibilidades como tú? —le preguntó Aelin a Darrow. Le salía un poco de humo de la boca. Se lo tragó y casi se ahogó al hacerlo.

Darrow no se inmutó.

—No puedes esperar que permitamos que llegue una asesina de diecinueve años a nuestro reino y empiece a ladrar órdenes, independientemente de su ascendencia.

*Piénsalo bien, respira profundo. Hombres, dinero, apoyo para tu gente que está en muy mal estado. Eso es lo que ofrece Darrow, lo que puedes ganar si tan sólo controlas tu tonto temperamento.*

Sofocó el fuego en sus venas y lo dejó hecho brasas murmurantes.

—Entiendo que mi historia personal puede considerarse problemática...

—Considero que todo sobre ti, princesa, es problemático. El menor de tus problemas es tu elección de amigos y miembros de la *corte*. ¿Puedes explicarme por qué una vulgar puta está con ustedes haciéndose pasar por una dama? ¿O por qué uno de los secuaces de Maeve está sentado ahora a tu lado? —miró a Rowan con desdén—. Príncipe Rowan, ¿no es así?

Seguramente había llegado a esa conclusión por lo que el mensajero le había susurrado al oído al llegar.

—Claro —continuó—, hemos escuchado sobre ti. Qué rumbo tan interesante han seguido los acontecimientos, qué curioso que cuando nuestro reino está más débil y su heredera es tan joven, uno de los guerreros de más confianza de Maeve logra conseguir su *confianza*, después de tantos años de anhelar nuestro reino. O quizá la pregunta es ¿por qué servir a los pies de Maeve cuando puedes gobernar al lado de la princesa Aelin?

Le costó mucho esfuerzo evitar que sus dedos se enroscaran para formar puños.

—El príncipe Rowan es mi *carranam*. Está por encima de cualquier duda.

—*Carranam*. Un término olvidado hace mucho. ¿Qué otras cosas te enseñó Maeve en Doranelle esta primavera?

Ella se tragó su respuesta cuando sintió que la mano de Rowan rozaba la suya debajo de la mesa. El rostro del guerrero se veía aburrido, desinteresado. La calma de una tormenta feroz congelada.

—¿Permiso para hablar, Majestad?

Aelin sintió que Rowan disfrutaría mucho, muchísimo la tarea de hacer pedazos a Darrow. También sintió que ella disfrutaría mucho ayudarle.

Aelin asintió levemente, no podía hablar por el esfuerzo de controlar su fuego.

Honestamente, se sintió un poco mal por Darrow cuando el príncipe hada lo miró con una violencia fría acumulada por trescientos años.

—¿Me estás acusando de hacer el juramento de sangre a mi reina con deshonor?

Sus palabras no tenían nada de humano, nada de misericordioso.

Había que reconocerle a Darrow que no se inmutó. Más bien, arqueó las cejas en dirección a Aedion y luego negó mirando a Aelin.

—¿Le diste el juramento sagrado a este... macho?

Ren abrió un poco la boca mientras estudiaba a Aedion; su cicatriz resaltaba en la piel bronceada. Ella no había estado para protegerlo de eso. Ni para proteger a las hermanas de Ren cuando su academia de magia se convirtió en una carnicería durante la invasión de Adarlan. Aedion se percató de la sorpresa de Ren y negó con la cabeza sutilmente como diciendo: "Te lo explicaré después".

Pero Rowan se recargó en la silla con una ligera sonrisa, un gesto horrible y aterrador.

—He conocido muchas princesas con reinos para heredar, lord Darrow, y puedo decirte que absolutamente ninguna de ellas era tan estúpida como para permitir que un macho las manipulara de esa manera, mucho menos mi reina. Pero si yo fuera a maquinar una manera de llegar a un trono, elegiría un reino mucho más pacífico y próspero —se encogió de hombros—. Además, no creo que ni mi hermano ni mi hermana, quienes se encuentran en esta habitación, me permitirían vivir mucho tiempo si sospecharan que mis intenciones con su reina, o con su reino, fueran malas.

Aedion asintió con seriedad, pero a su lado, Lysandra se enderezó, no con enojo ni sorpresa, sino con orgullo. A Aelin le partía el corazón al mismo tiempo que se lo alegraba.

Aelin sonrió lentamente a Darrow y sus flamas disminuyeron.

—¿Cuánto tiempo te tardaste en hacer una lista de todos los posibles insultos y acusaciones que podrías lanzarme durante esta reunión?

Darrow no le hizo caso y movió la barbilla en dirección a Aedion.

—Estás bastante callado esta noche.

—No creo que estés particularmente interesado en saber qué estoy pensando en este momento, Darrow —respondió Aedion.

—Un príncipe extranjero te roba tu juramento de sangre, tu reina es una asesina que nombra a putas comunes para servirle ¿y tú no tienes nada que decir?

La silla de Aedion crujió y Aelin se atrevió a mirar en su dirección. Lo vio agarrando los lados de la silla con tanta fuerza que sus nudillos estaban blancos.

Lysandra, aunque tenía la espalda tensa, no le dio el gusto a Darrow de sonrojarse con vergüenza.

Y Aelin ya había llegado a su límite. Le bailaban chispas en las puntas de los dedos debajo de la mesa.

Pero Darrow continuó antes de que Aelin pudiera hablar o incinerar la habitación.

—Tal vez, Aedion, si tienes esperanzas todavía de conseguir una posición oficial en Terrasen, podrías ver si tus parientes en Wendlyn han reconsiderado la propuesta de casamiento hecha hace tantos años. Puedes ver si te reconocen como familia. Qué distintas podrían haber sido las cosas si tú y nuestra amada princesa Aelin se hubieran comprometido, si Wendlyn no hubiera rechazado la oferta de unir formalmente nuestros reinos, probablemente por órdenes de Maeve.

Sonrió en dirección de Rowan.

El mundo de Aelin se desbalanceó un poco. El mismo Aedion palideció. Nunca nadie había siquiera sugerido que hubo un intento oficial por comprometerlos. Ni que los Ashryver realmente habían abandonado a Terrasen en la guerra y la ruina.

—¿Qué dirán las masas adoradoras de su princesa salvadora —musitó Darrow mientras ponía las palmas de las manos sobre la mesa— cuando se enteren de cómo ha pasado el tiempo mientras ellos sufrían?

Le estaba dando una bofetada en la cara, una tras otra.

—Pero —continuó Darrow— siempre has sido bueno para prostituirte, Aedion. Aunque me pregunto si la princesa Aelin sabe lo que...

Aelin se abalanzó.

No con flama, sino con acero.

La daga que quedó vibrando entre los dedos de Darrow centelleó bajo la luz de la chimenea chisporroteante.

Ella le gruñó al viejo en la cara. Rowan y Aedion empezaron a pararse de sus sillas, Ren se estiró para tomar su arma pero se veía descompuesto, alterado por la presencia de un leopardo de las nieves que ahora estaba sentado donde había estado Lysandra un momento antes.

Murtaugh se quedó con la boca abierta ante la metamorfa. Pero Darrow fulminó a Aelin con la mirada, la cara blanca de la rabia.

—Si quieres insultarme a mí, Darrow, adelante —siseó Aelin acercando tanto su cara que casi chocaban las narices—. Pero si insultas a los míos de nuevo, no volveré a tener mal tino.

Miró la daga entre los dedos extendidos del hombre, el cuchillo a un pelo de distancia de la carne manchada del anciano.

—Veo que heredaste el temperamento de tu padre —se mofó Darrow—. ¿Así es como planeas gobernar? ¿Cuando no te guste alguien, lo amenazarás? —retiró la mano del cuchillo, y retrocedió lo suficiente para cruzar los brazos—. ¿Qué pensaría Orlon de este comportamiento, de este acoso?

—Elige tus palabras sabiamente, Darrow —advirtió Aedion.

Darrow arqueó las cejas.

—Todo el trabajo que he realizado, todo lo que he sacrificado estos últimos diez años, ha sido en nombre de Orlon, para honrarlo y salvar su reino, *mí* reino. No planeo permitir que una niña mimada y arrogante lo destruya con sus rabietas. ¿Disfrutaste los lujos de Rifthold estos años, princesa? ¿Fue fácil olvidarnos en el norte cuando estabas comprándote ropa y al servicio del monstruo que masacró a tu familia y amigos?

*Hombres, y dinero, y un Terrasen unificado.*

—Incluso tu primo, a pesar de prostituirse, nos ayudó aquí en el norte. Y Ren Allsbrook —dijo con un ademán en dirección a Ren— mientras tú vivías entre lujos, ¿sabías que Ren y su abuelo reunían todas las monedas de cobre que podían, todo para encontrar la manera de mantener vivo el esfuerzo de los rebeldes? ¿Que vivieron en la miseria y durmieron debajo de caballos?

—Es suficiente —dijo Aedion.

—Déjalo que continúe —interrumpió Aelin y se recargó en la silla cruzándose de brazos.

—¿Qué más hay que decir, princesa? ¿Crees que la gente de Terrasen estará contenta de tener una reina que le sirvió al enemigo? ¿Una que compartió la cama con el hijo de su enemigo?

Lysandra gruñó suavemente e hizo vibrar los vasos.

Darrow no se inmutó.

—Y una reina quien ahora indudablemente comparte su cama con un príncipe hada que sirvió a otro enemigo a nuestras espaldas, ¿qué crees que nuestra gente va a pensar de *eso*?

No quiso detenerse a pensar cómo había adivinado eso Darrow, qué había alcanzado a leer entre ellos.

—Quién comparte mi cama —dijo Aelin— no es asunto tuyo.

—Y por eso no eres adecuada para gobernar. Quién comparte la cama de la reina es asunto de *todos*. ¿Le mentirás a nuestra gente sobre tu pasado? ¿Negarás que servías al rey derrocado, y también a su hijo, aunque de otra forma?

Debajo de la mesa, la mano de Rowan voló para sostener la de Aelin. Sus dedos estaban cubiertos de hielo para calmar el fuego que empezaba a arder en sus uñas. No a manera de advertencia ni reprimenda, sólo para comunicarle que él, también, estaba haciendo un esfuerzo por no usar el platón de peltre de la mesa para aplastarle la cara a Darrow.

Así que no apartó la mirada de Darrow aún cuando entrelazaba sus dedos con los de Rowan.

—Le diré a *mi* gente —dijo Aelin en voz baja pero sin debilidad— toda la verdad. Les mostraré las cicatrices de mi espalda del tiempo que pasé en Endovier, las cicatrices que llevo en el cuerpo por los años que pasé siendo Celaena Sardothien, y les diré que el nuevo rey de Adarlan no es un monstruo. Les diré que tenemos un enemigo: el bastardo de Morath. Y Dorian Havilliard es nuestra única oportunidad de supervivencia y de futura paz entre nuestros dos reinos.

—¿Y si no lo es? ¿Romperás su castillo de piedra al igual que destrozaste el de cristal?

Chaol había mencionado esto, hacía varios meses. Debería haberlo tomado más en cuenta, que los humanos comunes tal vez exigirían algún control sobre su poder. Sobre el poder de la corte que se estaba reuniendo a su alrededor. Pero permitiría que Darrow creyera que ella había destrozado el castillo de cristal, permitiría que creyera que ella había matado al rey. Eso era preferible a la verdad potencialmente desastrosa.

—Si aún deseas ser parte de Terrasen —continuó Darrow al ver que nadie respondía—, estoy seguro de que Aedion puede encontrarte alguna función en el Flagelo. Pero a mí no me sirves de nada en Orynth.

Ella arqueó las cejas.

—¿Hay algo más que me quieras decir?

Los ojos grises del hombre se volvieron duros como la roca.

—No reconozco tu derecho a gobernar; no te reconozco como la reina legítima de Terrasen. Tampoco te reconocen los lores Sloane, Ironwood y Gunnar, quienes conforman la mayoría restante que sobrevive de lo que fue alguna vez la corte de tu tío. Aunque la familia Allsbrook esté de tu lado, sigue siendo un voto contra cuatro. El general Ashryver no tiene tierras ni título aquí, por lo que no tiene voto en este asunto. En cuando a *lady* Lysandra, Caraverre no es un territorio reconocido ni reconocemos su linaje ni su *compra* de esas tierras —eran palabras formales para una declaración formal—. Si regresas a Orynth y tomas el trono sin invitación será considerado como un acto de guerra y traición —Darrow sacó un trozo de papel de su chaqueta, con escritura elegante y cuatro diferentes firmas en la parte inferior—. A partir de este momento, hasta nuevo aviso, permanecerás como princesa por tu sangre, pero no serás reina.

# CAPÍTULO 5

Aelin se quedó mirando ese trozo de papel durante un largo rato. Miró los nombres de las firmas que se habían puesto ahí mucho antes de esa noche, los nombres de los hombres que habían decidido en su contra sin reunirse con ella, los hombres que habían cambiado su futuro, su reino, solamente con sus firmas.

Tal vez debería haber esperado a convocar esa reunión hasta llegar a Orynth, hasta que su gente la viera regresar y así hubiera sido más difícil darle una patada para sacarla del palacio.

Aelin respiró.

—Se está reuniendo nuestra perdición al sur de Adarlan y ¿deciden concentrarse en esto?

Darrow rio con sorna.

—Cuando tengamos necesidad de tus... habilidades, te lo haremos saber.

Dentro de ella no ardía ningún fuego, ni siquiera una brasa. Como si Darrow hubiera apretado el puño y la hubiera apagado.

—El Flagelo —dijo Aedion con un rastro de esa insolencia legendaria— no responderá a nadie salvo a Aelin Galathynius.

—El Flagelo —espetó Darrow— es nuestro ahora y está bajo nuestro mando. En caso de que no haya alguien adecuado en el trono, los lores controlan los ejércitos de Terrasen —de nuevo observó a Aelin, como si percibiera el vago plan que ella estaba empezando a figurar para regresar públicamente a su ciudad y así impedir que la dejara fuera. Era como si aquel plan brillara conforme iba adquiriendo fuerza en su mente.

—Si pones un pie en Orynth, niña, pagarás.

—¿Eso es una amenaza? —gruñó Aedion. Una de sus manos voló hacia la empuñadura de la espada de Orynth que descansaba envainada a su costado.

—Es la ley —respondió Darrow simplemente—. Una que generaciones de gobernantes Galathynius han honrado.

Aelin sentía un gran rugido en su cabeza y un vacío inmóvil en el mundo exterior.

—Los Valg están avanzando hacia nosotros... Un *rey* del Valg está marchando hacia nosotros —presionó Aedion, el general encarnado—. Y *tu reina*, Darrow, podría ser la única persona capaz de controlarlo.

—La guerra es un juego de números, no de magia. Tú lo sabes, Aedion. Tú peleaste en Theralis.

La gran planicie frente a Orynth, donde se liberó la última y fatídica batalla cuando el imperio los había arrasado. La mayoría de las fuerzas de Terrasen y sus comandantes no huyeron del baño de sangre, que fue tal que los ríos se pintaron de rojo días después de la batalla. Si Aedion peleó en esa batalla... Dioses, debía tener apenas catorce años. A Aelin se le revolvió el estómago.

Darrow concluyó:

—La magia ya nos falló una vez antes. No volveremos a confiar en ella.

Aedion protestó:

—Necesitaremos aliados...

—No hay aliados —dijo Darrow—. A menos que su Alteza decida ser útil y nos consiga hombres y armas a través del matrimonio —miró a Rowan con severidad—, estamos solos.

Aelin dudó si debería revelar lo que sabía, el dinero que había estafado y a quién había matado para conseguirlo, pero...

Algo frío y aceitoso la recorrió. El matrimonio con un rey, príncipe o emperador extranjero.

¿Ése sería el precio? ¿No sólo derramamiento de sangre sino sueños perdidos? ¿Ser una princesa eterna pero nunca una reina? Pelear no sólo con magia sino con el otro poder en su sangre: realeza.

No podía mirar a Rowan, no podía enfrentar esos ojos color verde pino sin sentir náuseas.

Ella se había reído una vez de Dorian; se había *reído* y lo había regañado por afirmar que el matrimonio con cualquier persona que no fuera su alma gemela era algo aberrante. Le había llamado la atención por elegir el amor por encima de la paz de su reino.

Tal vez los dioses sí la odiaban. Tal vez esta era su prueba. Escapar de una forma de esclavitud para entrar en otra. Tal vez este era el castigo por todos esos años de lujos en Rifthold.

Darrow sonrió satisfecho.

—Encuéntrame aliados, Aelin Galathynius, y tal vez podamos considerar tu rol en el futuro de Terrasen. Piénsalo. Gracias por pedirnos que nos reuniéramos contigo.

En silencio, Aelin se puso de pie. Los demás hicieron lo mismo. Excepto Darrow.

Aelin tomó el pedazo de papel donde Darrow había firmado y examinó las palabras maldicientes, las firmas garabateadas. El único sonido era el crujir de la fogata.

Aelin lo silenció.

Apagó las velas. Y el candelero de hierro forjado que estaba sobre la mesa.

Cayó la oscuridad que sólo se vio alterada por dos rápidas inhalaciones simultáneas: Murtaugh y Ren. El sonido de la lluvia llenó la habitación negra.

Aelin habló hacia la oscuridad, hacia el lugar donde estaba sentado Darrow:

—Te sugiero, lord Darrow, que te acostumbres a esto. Porque si perdemos esta guerra, la oscuridad reinará para siempre.

Se escuchó un rasguño y un siseo, después un fósforo chisporroteó al encender la vela de la mesa. El rostro arrugado y odioso de Darrow se hizo visible.

—Los hombres pueden hacer su propia luz, heredera de Brannon.

Aelin miró la flama solitaria que Darrow había encendido. El papel que traía en las manos se convirtió en cenizas.

Antes de que pudiera hablar, Darrow dijo:

—Esa es nuestra ley, nuestro derecho. Si tú no haces caso de ese decreto, princesa, deshonrarás todo lo que tu familia representó y todo por lo que murieron. Los lores de Terrasen han hablado.

Aelin sentía la mano de Rowan apoyada firmemente en su espalda pero miró hacia Ren, quien tenía el rostro tenso. Y por encima del rugido en su cabeza, Aelin dijo:

—Ya sea que votes o no en mi favor, tendrás un lugar en esta corte. Por lo que ayudaste a hacer a Aedion y al capitán. Por Nehemia.

Nehemia, quien había trabajado con Ren y había peleado con él. Algo parecido al dolor centelló en los ojos de Ren y abrió la boca para hablar, pero Darrow lo interrumpió.

—Qué desperdicio de vida fue ése —espetó Darrow—. Una princesa realmente dedicada a su gente, que peleó hasta su último aliento por...

—Una palabra más —dijo Rowan en voz baja— y no me importa cuántos lores te apoyen o cuáles sean tus leyes. Una palabra más sobre eso y te sacaré las tripas antes de que puedas pararte de esa silla. ¿Entendido?

Por primera vez, Darrow miró a Rowan a los ojos y se sorprendió al ver la muerte que ahí le aguardaba. Pero las palabras del lord habían encontrado su blanco y habían dejado un adormecimiento profundo tras ellas.

Aedion tomó la daga de Aelin de la mesa.

—Tomaremos en cuenta sus ideas.

Tomó su escudo y le puso una mano a Aelin en el hombro para guiarla hacia el exterior de la habitación. Lo que finalmente la hizo mover los pies y avanzar a pesar de ese adormecimiento profundo fue ver el escudo abollado y raspado, la espada antigua que colgaba al costado de su primo.

Ren se movió para abrir la puerta y se adelantó al pasillo que quedaba tras ella para vigilarlo. Le dio un amplio espacio a Lysandra para que pasara cargando a Evangeline y a Ligera en su cola esponjosa, a ella ya no le importaba ser discreta.

Aelin miró al joven lord a los ojos e inhaló para decir algo cuando Lysandra gruñó al fondo del pasillo.

Aelin instantáneamente tomó la daga y la tuvo lista.

Pero era el mensajero de Darrow que corría hacia ellos.

—Rifthold —dijo jadeando mientras se patinaba para detenerse y los salpicaba de lluvia—. Uno de nuestros hombres que estaba en el Abismo Ferian acaba de pasar. El ejército de brujas Dientes de Hierro va volando hacia Rifthold. Planean saquear la ciudad.

Aelin estaba parada en un claro justo donde terminaba el brillo de la posada. La lluvia fría le aplastaba el cabello y le erizaba la piel. Todos se estaban empapando, porque Rowan se estaba colocando los cuchillos adicionales que ella le daba y estaba conservando cada gota de su magia para lo que estaba a punto de hacer.

Le pidieron al mensajero que les diera toda la información que había recibido, que resultó no ser mucha.

El contingente de las Dientes de Hierro que estaba en el Abismo Ferian ahora iba volando hacia Rifthold. Su blanco era Dorian Havilliard. Vivo o muerto.

Llegarían a la ciudad al anochecer del día siguiente y cuando tomaran Rifthold... La red de Erawan a lo largo de la parte central del continente estaría completa. No podrían llegar las fuerzas de Melisande, Fenharrow o Eyllwe, y ninguna de las fuerzas de Terrasen podría llegar con ellos tampoco. No sin desperdiciar meses para hacer el recorrido alrededor de las montañas.

—No se puede hacer nada por la ciudad —dijo Aedion en la lluvia.

Los tres estaban bajo la copa de un roble grande, sin perder de vista a Ren y Murtaugh que estaban hablando con Evangeline y Lysandra, de nuevo en su forma humana. Aedion continuó hablando mientras la lluvia rebotaba en el escudo que traía a la espalda.

—Si las brujas vuelan a Rifthold, entonces Rifthold ya está perdido.

Aelin se preguntó si Manon Picos Negros estaría al frente del ataque... como si eso fuera una bendición. La Líder de la Flota los había salvado una vez, pero sólo como pago por una deuda de vida. Dudaba que la bruja se sintiera obligada a hacer algo por ellos otra vez.

Aedion miró a Rowan a los ojos.

—Dorian debe salvarse cueste lo que cueste. Conozco el estilo de Perrington... de Erawan. No creas ninguna de las promesas que hagan y no permitas que vuelvan a capturar a Dorian. Ni a ti, Rowan —agregó Aedion después de pasarse la mano por el cabello empapado.

Fueron las peores palabras que ella había escuchado. El movimiento de cabeza de Rowan que las confirmó hizo que se le doblaran las rodillas. Intentó no pensar en los dos pequeños frascos de vidrio que Aedion le acababa de dar al príncipe. Trató de no pensar en lo que contenían. Ni siquiera sabía cuándo ni dónde los había adquirido.

Lo que fuera menos eso. Lo que fuera menos...

La mano de Rowan rozó la suya.

—Lo voy a salvar —murmuró.

—No te pediría esto si no fuera... Dorian es vital. Si lo perdemos, perderemos todo el apoyo de Adarlan.

Y a uno de los pocos portadores de magia que podía hacerle frente a Morath.

Rowan asintió con severidad.

—Yo te sirvo a ti, Aelin. No te disculpes por darme uso.

Sólo Rowan, volando en el viento con su magia, podría llegar a Rifthold a tiempo. Incluso para él tal vez ya fuera demasiado tarde. Aelin tragó saliva y luchó contra la sensación de que el mundo estaba desapareciendo debajo de sus pies.

Cerca de los árboles, un destello capturó su atención y Aelin devolvió su rostro a una expresión neutral mientras miraba lo que habían dejado las manitas delgadas en la base de un roble retorcido. Nadie más miró en esa dirección.

Rowan terminó de preparar sus armas y miró a Aelin y a Aedion con franqueza de guerrero.

—¿Dónde nos reuniremos cuando haya asegurado al príncipe?

Aedion dijo:

—Ve al norte. Evita el Abismo Ferian...

Darrow apareció al otro lado del claro y le ladró a Murtaugh una orden para que fuera con él.

—No —dijo Aelin.

Ambos guerreros voltearon.

Ella miró hacia el norte, hacia el centro de la tormenta y los rayos.

No iría a Orynth. No vería su hogar.

"Encuéntrame aliados", se había burlado Darrow.

No se atrevió a ver qué le había dejado la Gente Pequeña en la sombra de ese árbol azotado por la lluvia a pocos metros de distancia.

Aelin le dijo a Aedion:

—Si se puede confiar en Ren, dile que vaya con el Flagelo y que estén listos para avanzar y presionar desde el norte. Si no vamos a liderarlos nosotros, entonces tendrán que buscar cómo darle la vuelta a las órdenes de Darrow.

Aedion arqueó las cejas.

—¿Qué estás pensando?

Aelin hizo un movimiento con la barbilla en dirección a Rowan.

—Consigue un barco y viaja al sur con Dorian. Es muy arriesgado por tierra, pero tu viento en el mar puede hacerte llegar en unos cuantos días. A la Bahía de la Calavera.

—Mierda —dijo Aedion.

Pero Aelin señaló con el pulgar por encima de su hombro a Ren y Murtaugh y le dijo a su primo:

—Me dijiste que ellos estaban en contacto con el capitán Rolfe. Que uno de ellos nos escriba una carta de recomendación. Ahora.

—Pensaba que *tú* conocías a Rolfe —dijo Aedion.

Aelin le sonrió con desgano.

—Digamos que no nos separamos en los mejores términos. Pero si podemos hacer que Rolfe esté de nuestro lado...

Aedion terminó la idea:

—Entonces tendríamos una pequeña flota que podría unir al norte y al sur y evitar los bloqueos.

Había sido una gran fortuna haber tomado todo ese oro de Arobynn y poder permitirse esos gastos.

—La Bahía de la Calavera quizá sea el único sitio seguro para escondernos... para ponernos en contacto con otros reinos.

No se atrevió a decirles que Rolfe tal vez tendría mucho más que una flota de colocadores de bloqueos para ofrecerles, si ella jugaba bien sus cartas. Le dijo a Rowan:

—Espéranos allá. Esta noche saldremos hacia la costa y navegaremos hacia las Islas Muertas. Estaremos dos semanas detrás de ustedes.

Aedion palmeó el hombro de Rowan como despedida y se dirigió hacia Ren y Murtaugh. Un instante después, el anciano estaba cojeando hacia la posada y Darrow iba detrás de él exigiéndole respuestas.

Mientras Murtaugh escribiera esa carta para Rolfe, a ella no le importaba lo demás.

A solas con Rowan, Aelin dijo:

—Darrow espera que yo obedezca sus órdenes sin protestar. Pero si podemos reunir un contingente en el sur, podemos empujar a Erawan hacia las espadas del Flagelo.

—Es posible que ni siquiera eso convenza a Darrow y a los demás...

—Me encargaré de eso después —dijo ella y salpicó agua al sacudir la cabeza—. Por el momento, no tengo planes de perder esta guerra porque un viejo bastardo descubrió que le gusta jugar a ser el rey.

La sonrisa de Rowan era feroz y malvada. Se inclinó hacia ella y rozó su boca contra la de Aelin.

—Yo tampoco tengo planeado permitirle quedarse con ese trono, Aelin.

Ella sólo exhaló y dijo:

—Regresa a mí.

La noción de lo que le esperaba a Rowan en Rifthold volvió a golpearla. Dioses, oh, dioses. Si le pasaba cualquier cosa...

Él le rozó la mejilla húmeda con un nudillo y trazó el contorno de sus labios con el pulgar. Ella le puso la mano en el pecho musculoso, justo donde estaban ocultos ahora esos dos frascos de veneno. Por un instante, dudó si debía convertir el líquido mortífero en vapor.

Pero si capturaban a Rowan, si capturaban a Dorian...

—No puedo... no puedo dejarte ir.

—Sí puedes —dijo él de manera que no permitía mucha discusión. La voz de su príncipe comandante—. Y lo harás.

Rowan volvió a trazar el contorno de su boca.

—Cuando nos volvamos a encontrar, tendremos esa noche. No me importa dónde ni quién esté cerca —la besó en el cuello con fuerza y dijo hacia su piel mojada por la lluvia—: Tú eres mi corazón de fuego.

Ella le tomó el rostro entre las manos y lo acercó para que la besara.

Rowan la envolvió entre sus brazos y la apretó contra su cuerpo. Sus manos la recorrieron toda, como si quisiera grabarse la sensación en las palmas de las manos. Su beso fue salvaje: hielo y fuego entrelazados. Incluso la lluvia pareció hacer una pausa cuando al fin se separaron, jadeando.

Y a través de la lluvia y el fuego y el hielo, a través de la oscuridad y los rayos y los truenos, una palabra flotó en la cabeza de Aelin, una respuesta, un desafío y una verdad que ella inmediatamente negó e ignoró. No por ella, sino por él... por él...

Rowan cambió de forma con un destello más brillante que los relámpagos.

Cuando Aelin dejó de parpadear, un halcón grande aleteaba entre los árboles y se perdía en la noche lluviosa. Rowan dejó escapar un grito al dar vuelta hacia la derecha, hacia la costa, un sonido de despedida, una promesa y un grito de batalla.

Aelin se tragó el nudo que sentía en la garganta cuando Aedion se acercó y la tomó del hombro.

—Lysandra quiere que Murtaugh se lleve a Evangeline. Para "entrenarla como dama". La niña se niega a ir. Tal vez tengas que ir a... ayudar.

La niña estaba colgada de su nana. Los hombros le temblaban por la fuerza de su llanto. Murtaugh, que ya había regresado de la posada, miraba impotente.

Aelin avanzó entre el lodo, y sintió cómo se hundía en el suelo. Qué distante, en el tiempo y en el espacio, estaba su alegre mañana.

Tocó el cabello empapado de Evangeline y la niña levantó la vista lo suficiente para que Aelin le pudiera decir:

—Eres miembro de mi corte. Y, como tal, me tienes que responder a mí. Eres sabia, valiente y una dicha, pero nos dirigimos a lugares oscuros y horribles donde incluso a mí me da miedo entrar.

El labio de Evangeline empezó a temblar. Algo le presionó el pecho a Aelin, pero dejó escapar un silbido y Ligera, que había estado ocultándose de la lluvia debajo de los caballos, se acercó.

—Necesito que cuides de Ligera —dijo Aelin acariciando la cabeza húmeda y las orejas largas de la perra—. Porque en esos lugares oscuros y horribles, un perro estaría en peligro. Tú eres la única a quien le puedo confiar su seguridad. ¿Puedes cuidarla por mí?

Debería haberlos disfrutado más, esos momentos felices, tranquilos y aburridos del viaje. Debería haber saboreado cada segundo que estuvieron todos juntos, todos a salvo.

Por encima de la niña, el rostro de Lysandra estaba tenso, sus ojos brillaban con algo más que sólo lluvia. Pero asintió a Aelin, aunque estudió a Murtaugh una vez más con la atención de un depredador.

—Quédate con lord Murtaugh, aprende sobre esta corte y su funcionamiento y protege a mi amiga —le dijo Aelin a Evangeline mientras se agachaba para besar la cabeza empapada de Ligera. Una. Dos veces. La perra le limpió la lluvia de la cara.

—¿Puedes hacer eso? —repitió Aelin.

Evangeline se quedó mirando al perro, a su señora. Y asintió.

Aelin besó en la mejilla a la niña y le susurró al oído:

—Usa tu magia con esos ancianos miserables mientras estás ahí —se alejó un poco para guiñarle el ojo a la niña—. Recupera mi reino, Evangeline.

La niña estaba más allá de las sonrisas, pero volvió a asentir.

Aelin besó a Ligera una última vez y se dio la vuelta para regresar con su primo. Lysandra se puso de rodillas en el lodo frente a la niña, le apartó el cabello mojado de la cara y habló con ella en un tono que ni siquiera los oídos de hada podían detectar.

La boca de Aedion formaba una línea dura cuando apartó los ojos de Lysandra y la niña e inclinó la cabeza hacia Ren y Murtaugh. Aelin empezó a caminar a su lado y se detuvo a un metro de los lores de Allsbrook.

—Su carta, Majestad —dijo Murtaugh y le entregó un tubo sellado con cera.

Aelin lo tomó e inclinó la cabeza en agradecimiento.

Aedion le dijo a Ren:

—A menos que quieras cambiar un tirano por otro, te sugiero que hagas que el Flagelo y todos los que se unan estén listos para presionar desde el norte.

Murtaugh respondió por su nieto.

—Las intenciones de Darrow son buenas...

—Darrow —lo interrumpió Aedion— desde ahora tiene los días contados.

Todos la miraron. Pero Aelin miraba hacia la posada cuyas luces parpadeaban entre los árboles, el viejo avanzaba molesto hacia ellos, una fuerza de la naturaleza con derecho propio. Aelin dijo:

—No tocaremos a Darrow.

—¿Qué? —respondió Aedion.

Aelin dijo:

—Apostaría todo mi dinero a que ya hizo los arreglos necesarios para asegurarse de que si muere en circunstancias sospechosas nunca podamos volver a pisar Orynth.

Murtaugh asintió con seriedad para confirmar sus palabras. Aelin se encogió de hombros.

—Así que no lo tocaremos. Le seguiremos el juego, respetaremos reglas, leyes y juramentos.

A unos metros de distancia, Lysandra y Evangeline seguían hablando en voz baja y la niña ahora lloraba en brazos de su señora. Ligera ansiosamente le presionaba el hocico en la cadera.

Aelin le devolvió la mirada a Murtaugh.

—No te conozco, lord, pero fuiste leal a mi tío y a mi familia durante todos estos años.

Aelin sacó una daga de un lugar oculto en su muslo. Todos se sobresaltaron al verla cortarse la palma de la mano. Incluso Aedion se sorprendió. Ella apretó su palma ensangrentada para formar un puño, lo sostuvo en el aire entre ambos y dijo:

—Por esa lealtad, puedes entender lo que significan para *mí* las promesas de sangre cuando digo que si esa niña sufre algún daño físico o de cualquier otra índole, no me importan las leyes que existan o las reglas que rompa —Lysandra volteó hacia ellos cuando sus sentidos de metamorfa detectaron la sangre—. Si Evangeline sale lastimada, arderán. *Todos* ustedes.

—¿Estás amenazando a tu corte leal? —se burló la voz fría de Darrow a unos metros de distancia. Aelin no le hizo caso. Murtaugh tenía los ojos como platos, al igual que Ren.

La tierra sagrada absorbió la sangre de Aelin.

—Que ésta sea su prueba.

Aedion maldijo. Entendió. Si los lores de Terrasen no podían mantener a salvo a una niña en su reino, si no podían salvar a Evangeline, cuidar a alguien que no les podía aportar nada, que no les proporcionaba riquezas ni rango.... entonces merecerían perecer.

Murtaugh volvió a hacer una reverencia.

—Tu voluntad es la mía, Majestad.

Luego, agregó en voz baja:

—Perdí a mis nietas. No perderé a una más —el viejo caminó hacia el sitio donde esperaba Darrow y lo jaló a un lado.

Aelin sintió que le dolía el corazón, pero le dijo a Ren, con esa cicatriz oculta por las sombras de su capucha empapada:

—Me hubiera gustado que tuviéramos tiempo para hablar. Tiempo para que te explicara.

—Eres buena para irte de este reino. No sé por qué ahora debía ser distinto.

Aedion soltó un gruñido pero Aelin lo detuvo.

—Júzgame todo lo que quieras, Ren Allsbrook. Pero no le falles al reino.

Vio la respuesta silenciosa pasar por los ojos de Ren: "Como tú hiciste durante diez años".

El golpe bajo le pegó con fuerza pero se dio la vuelta. Al hacerlo, observó cómo la mirada de Ren se concentraba en la niña, en las cicatrices brutales que le cruzaban la cara a Evangeline. Eran casi iguales a las de él. Algo se suavizó en su mirada, sólo un poco.

Pero Darrow ya iba furioso hacia Aelin. Pasó empujando a Murtaugh con el rostro blanco de rabia.

—Tú... —empezó a decir.

Aelin levantó una mano y las llamas brotaron de las puntas de sus dedos. La lluvia se convirtió en vapor sobre ellos. La sangre le resbalaba de la muñeca por la cortada profunda. Era un corte gemelo al de su mano derecha, brillante como el rubí de Goldryn que se asomaba por encima de su hombro.

—Haré una promesa más —dijo Aelin cerrando el puño ensangrentado y bajándolo frente a Darrow. El lord se tensó.

La sangre de Aelin goteaba sobre el suelo sagrado de Terrasen y su sonrisa se volvió letal. Incluso Aedion contuvo la respiración a su lado.

—Te prometo que no importa qué tan lejos esté ni el costo, cuando pidas mi ayuda, vendré. Te prometo por mi sangre, por el nombre de mi familia, que no le daré la espalda a Terrasen como ustedes me dieron la espalda a mí. Te prometo, Darrow, que cuando llegue el día y te arrastres hacia mí para pedir mi ayuda, pondré mi reino antes que mi orgullo y no te mataré por esto. Creo que el verdadero castigo será verme en el trono el resto de tu miserable vida.

La cara de Darrow pasó de blanca a morada.

Aelin simplemente le dio la espalda.

—¿A dónde crees que vas? —exigió saber Darrow. Entonces Murtaugh no le contó su plan de ir a las Islas Muertas. Interesante.

Ella miró por encima de su hombro.

—Voy a cobrar viejas deudas y promesas. Voy a reunir un ejército de asesinos y ladrones, exiliados y gente común. Para terminar lo que empezó hace mucho, mucho tiempo.

El silencio fue la respuesta de él.

Así que Aelin y Aedion caminaron hacia el lugar donde Lysandra los observaba, con rostro solemne en la lluvia. Evangeline se abrazaba a sí misma y Ligera se recargaba en la niña que lloraba en voz baja.

Aelin le dijo a la metamorfa y al general, bloqueando el dolor de su corazón, aplacando la pena y la preocupación de su mente:

—Saldremos ahora.

Y cuando se dispersaron para ir por los caballos, Aedion le dio un beso rápido a la cabeza empapada de Evangeline antes de que Murtaugh y Ren la llevaran de regreso a la posada con gran cuidado. Darrow iba caminando adelante sin despedirse. Aelin se quedó sola y finalmente se acercó al árbol sombreado y retorcido.

La Gente Pequeña ya sabía del ataque de los guivernos desde la mañana.

Así que Aelin supuso que esta pequeña efigie, que ya se estaba desbaratando por la lluvia, también era una especie de mensaje. Uno sólo para ella.

El templo de Brannon en la costa estaba realizado con mucho cuidado. Era una construcción ingeniosa de ramitas y rocas para formar los pilares y el altar... Y en la roca sagrada al centro, habían creado un ciervo de lana cruda con cuernos hechos de espinas enroscadas.

Una orden, una orden sobre dónde tenía que ir y qué debía obtener. Estaba dispuesta a escuchar, a seguirles el juego. Aunque eso significara decirles a los demás una verdad a medias.

Aelin destruyó la reconstrucción del templo pero dejó el ciervo en la palma de su mano y permitió que la lluvia empapara la lana.

Los caballos que traían Aedion y Lysandra empezaron a relinchar, pero Aelin lo sintió un instante antes de que emergiera de los árboles distantes cubiertos por el velo de la noche. Demasiado lejos en el bosque para ser algo más que un fantasma, el producto del sueño de un dios antiguo.

Mientras ella lo miró tanto como se atrevió apenas pudo respirar, y cuando Aelin montó a su caballo se preguntó si sus compañeros se habían dado cuenta de que lo que brillaba en su rostro no era lluvia cuando se tapó con la capucha.

Se preguntó también si habrían visto al Señor del Norte que montaba guardia en lo profundo del bosque, el brillo inmortal del ciervo blanco más opaco bajo la lluvia, que había venido a despedir a Aelin Galathynius.

# CAPÍTULO 6

Dorian Havilliard, rey de Adarlan, odiaba el silencio.

Se había convertido en su compañero, caminaba a su lado por los pasillos casi vacíos de su castillo de roca, todas las noches se escondía en la torre en un rincón de su cuarto desordenado, se sentaba frente a él en cada comida.

Siempre había sabido que un día sería rey.

Pero no imaginó heredar un trono destrozado y una fortaleza vacante.

Su madre y su hermano menor seguían encerrados en su residencia de montaña en Ararat. No había mandado por ellos. De hecho, les había dado órdenes de permanecer allá.

Entre otras cosas, porque tenerlos ahí significaría tener de vuelta a la corte engreída de su madre y definitivamente prefería el silencio a sus risitas. Además tenerlos ahí significaría que tendría que ver el rostro de su madre, el de su hermano, y tendría que mentir acerca de quién había destruido el castillo de cristal, quién había matado a la mayor parte de los cortesanos y quién había asesinado a su padre. Mentir sobre *qué* era su padre, el demonio que vivía dentro de él.

Un demonio que se había reproducido con su madre, no una, sino dos veces.

De pie en el pequeño balcón de roca sobre su torre privada, Dorian miró hacia las luces de Rifthold que se extendían frente al sol poniente, vio el listón brillante que formaba el Avery en su andar sinuoso desde el mar, cómo ondulaba alrededor de la ciudad semejante a las curvas de una serpiente, y luego fluía directamente hacia el corazón del continente.

Levantó las manos ante la vista, con las palmas llenas de callos por los ejercicios y la práctica con espadas que se había obligado a volver a empezar. Sus guardias favoritos, los hombres de Chaol, estaban todos muertos.

Los habían torturado y matado.

Sus recuerdos del tiempo que pasó bajo el collar de piedra del Wyrd eran vagos y borrosos. Pero en sus pesadillas, a veces se veía en un calabozo muy por debajo de este castillo, con sangre que no era suya cubriéndole las manos, con gritos que no salían de su boca resonándole en los oídos, suplicando por misericordia.

No era él, se decía. El príncipe del Valg lo había hecho. Su *padre* lo había hecho.

Todavía tenía dificultades para ver al nuevo Capitán de la Guardia a los ojos. Era un amigo de Nesryn Faliq y le había pedido que le enseñara a pelear, a ser más fuerte y más rápido.

Nunca más. Nunca más sería débil, inútil y temeroso.

Dorian miró hacia el sur, como si alcanzara a ver hasta Antica. Se preguntaba si Chaol y Nesryn ya habrían llegado, si su amigo ya estaría en Torre Cesme, si los maestros ya habían curado su cuerpo destrozado.

El demonio dentro de su padre también había hecho eso: le había roto la columna a Chaol.

El hombre que estaba luchando dentro de su padre había logrado evitar que el golpe fuera mortal.

Dorian no había tenido ese control, ni esa fortaleza, cuando vio al demonio usar su propio cuerpo, cuando el demonio torturó, mató y tomó lo que quiso. Tal vez su padre había sido un hombre más fuerte al final. Un mejor hombre.

Aunque nunca había tenido oportunidad de conocerlo como hombre. Como humano.

Dorian flexionó los dedos y brotó escarcha de la palma de su mano. Era magia cruda pero no había nadie que le pudiera enseñar a dominarla. No se atrevía a pedírselo a nadie.

Se recargó contra el muro de piedra junto a la puerta del balcón.

Se llevó la mano a la franja pálida que marcaba su garganta.

A pesar de las horas que había pasado entrenando en el exterior, la piel donde había tenido el collar no se había bronceado como el resto. Tal vez siempre permanecería pálida.

Tal vez siempre lo perseguiría la voz sibilante de ese príncipe demonio en sus sueños. Tal vez siempre despertaría sintiendo que su sudor era la sangre de Sorscha en su cuerpo, la sangre de Aelin cuando la apuñaló.

Aelin. No había escuchado una palabra de ella ni de nadie sobre el regreso de la reina a su reino. Trataba de no preocuparse, de no contemplar el por qué de ese silencio.

Era un silencio más inquietante porque habían regresado algunos de los exploradores que salieron antes de Nesryn y Chaol y le traían reportes de que algo empezaba a moverse en Morath.

Dorian miró hacia el interior, hacia la pila de papeles que se acumulaban en su escritorio e hizo una mueca. Todavía tenía una cantidad repugnante de papeleo por hacer antes de dormir: cartas por firmar, planes que leer...

Se escuchó el murmullo de un trueno del otro lado de la ciudad.

Tal vez era una señal de que debería ponerse a trabajar, a menos que quisiera permanecer despierto hasta la madrugada nuevamente. Dorian se dio la vuelta para entrar otra vez y suspiró con fuerza por la nariz. Se escuchó otro trueno.

Era demasiado pronto, y el sonido demasiado breve.

Dorian miró el horizonte. No había nubes, nada salvo el cielo pintado de rojo, rosado y dorado.

Sin embargo, la ciudad que estaba a los pies de la colina del castillo pareció hacer una pausa. Incluso el lodoso Avery pareció detener su flujo serpenteante cuando se volvió a escuchar el tronido.

Dorian había escuchado ese sonido antes.

La magia le hirvió en las venas y se preguntó qué sería lo que percibía cuando vio que el hielo cubría el balcón contra su voluntad, con tal velocidad y frío que las piedras crujieron.

Intentó retomar el control, como si se tratara de una bola de estambre que se le hubiera caído de las manos, pero la magia no le hizo caso, se extendió y el hielo se hizo más grueso con más rapidez sobre las rocas. A lo largo del arco de la puerta detrás de él, por la fachada curvada de la torre...

Se escuchó un corno en el oeste. Una nota alta y lastimera. Algo la truncó antes de que terminara.

El ángulo del balcón no le permitió ver lo sucedido. Se apresuró a regresar a la habitación y dejó que su magia se siguiera encargando de congelar piedras. Corrió a toda velocidad hacia la ventana del lado oeste. Empezaba a asomarse entre las columnas de libros y papeles cuando alcanzó a ver el horizonte. En ese momento su ciudad empezó a gritar.

A la distancia, extendiéndose y tapando la puesta de sol como una tormenta de murciélagos, venía volando una legión de guivernos.

Cada uno traía una bruja armada que venía rugiendo su grito de batalla hacia el cielo manchado de colores.

Manon y sus Trece volaron sin parar, sin dormir. El día anterior dejaron atrás los dos aquelarres que las escoltaban porque sus guivernos estaban demasiado exhaustos para continuar. La condición física de las Trece era mejor porque habían cubierto los turnos adicionales y se habían encargado de las patrullas durante meses y eso había ayudado a aumentar su resistencia poco a poco pero sólidamente.

Volaron alto para mantenerse ocultas y a través de las nubes podían ver pasar el continente a toda velocidad con sus diversas tonalidades de verde veraniego, amarillo mantequilla y zafiro brillante. Ese día estuvo suficientemente despejado y no hubo nubes que ocultaran su entrada a Rifthold cuando el sol empezaba su descenso final hacia el oeste.

Hacia su tierra natal perdida.

Gracias a la altura y la distancia, Manon alcanzó a ver la carnicería cuando al fin avistó la capital en el horizonte.

El ataque había empezado sin ella. La legión de Iskra se abalanzaba sobre la ciudad, seguían avanzando hacia el palacio y el muro de vidrio que se elevaba sobre la ciudad en su extremo oriental.

Manon apretó las rodillas en los flancos de Abraxos. Para que avanzara más rápido, una orden silenciosa.

Abraxos obedeció, pero apenas logró acelerar un poco. Estaba agotado. Todos lo estaban.

Iskra quería llevarse la victoria. Manon no dudaba que la heredera de las Piernas Amarillas hubiera recibido órdenes de obedecer... pero hasta que Manon llegara. Perra. *Perra* por haber llegado primero y no esperar...

Volaron más y más cerca de la ciudad.

Los gritos se empezaron a oír muy pronto. La capa roja de Manon se sentía pesada en sus hombros.

Manon dirigió a Abraxos hacia la colina donde estaba el castillo de roca, que apenas se alcanzaba a asomar por encima del muro de vidrio brillante, el muro que le habían ordenado que destruyera. Deseó no haber llegado demasiado tarde para algo en especial.

Y deseó tener idea de qué diablos estaba haciendo.

# CAPÍTULO 7

Dorian hizo sonar la alarma, pero los guardias ya sabían. Y cuando bajó corriendo las escaleras de la torre, le bloquearon el paso y le dijeron que permaneciera donde estaba. Intentó salir otra vez, para ayudar, pero le rogaron que se quedara. Le *rogaron*... para no perderlo.

La desesperación, la *juventud* de esas voces, lo persuadieron de permanecer en la torre. Pero no como un inútil.

Dorian regresó a su balcón y extendió una mano al frente.

A la distancia, no podía hacer nada contra los guivernos que estaban destrozando todo más allá del muro de vidrio. Estaban despedazando edificios, arrancando techos con las garras, levantando a la gente, *su* gente, de la calle.

Cubrieron el cielo como una manta de colmillos y garras. Las flechas de los guardias de la ciudad acertaban en sus blancos pero eso no detuvo a los guivernos.

Dorian hizo acopio de su magia, la obligó a obedecer, invocó al hielo y al viento a las palmas de sus manos y dejó que se acumularan ahí.

Debería haber entrenado, debería haberle pedido a Aelin que le enseñara *algo* mientras pudo.

Los guivernos volaron más cerca del castillo y del muro de vidrio que seguía circundándolo, como si quisieran resaltar la inutilidad de Dorian antes de ir por él.

Que llegaran. Que se acercaran lo suficiente para que los alcanzara con su magia.

Tal vez no tenía el alcance de Aelin, tal vez no podía rodear la ciudad con su poder, pero si se acercaban lo suficiente...

No sería débil ni se acobardaría otra vez.

El primero de los guivernos pasó por encima del muro de vidrio. Era enorme, mucho más grande que la bestia llena de cicatrices que montaba la bruja de cabello blanco. Seis volaron directamente hacia su castillo, hacia su torre. Hacia el rey.

Si querían al rey, él se los daría.

Dejó que se acercaran más, apretó los puños y se adentró más y más profundamente en su magia. En el muro permanecieron la mayoría de las brujas que instruyeron a sus guivernos para que golpearan el vidrio opaco con la cola y así empezar a cuartearlo poco a poco. Como si bastara con esos seis guivernos que volaban hacia el castillo para eliminarlo.

Alcanzaba a ver ya sus figuras, la armadura de cuero y hierro; podía ver la puesta de sol reflejada en las pecheras enormes de los guivernos que surcaban el aire a toda velocidad sobre los jardines aún convalecientes del castillo.

Y cuando Dorian alcanzó a ver los dientes de hierro en las sonrisas de las jinetes, cuando se volvieron ensordecedores los gritos de los guardias que estaban disparando flechas valientemente desde las puertas y las ventanas, extendió la mano hacia las brujas.

El hielo y el viento se arremolinaron contra ellas, desgarrando tanto a las bestias como a las jinetes.

Los guardias gritaron alarmados pero un instante después se quedaron pasmados.

Cuando la magia salió de su cuerpo, Dorian tomó una bocanada de aire; respiró para recordar su nombre y su identidad. Había matado cuando estaba esclavizado por el demonio, pero nunca por su propia voluntad.

Y cuando la carne muerta empezó a llover sobre el piso, cuando se escuchó cómo cayó en los terrenos del castillo y la sangre voló por los aires... "Más" clamó su magia, y descendió y ascendió formando espirales simultáneas, arrastrándolo de nuevo hacia sus remolinos helados.

Detrás del muro de vidrio que se resquebrajaba, su ciudad sangraba. Gritaba aterrorizada.

Cuatro guivernos más cruzaron el muro de vidrio que se derrumbaba y desviaron el rumbo cuando las jinetes vieron a sus hermanas destrozadas. Unos gritos desgarradores brotaron de sus gargantas inmortales y las cintas amarillas que traían en las frentes se azotaron con el viento. Dirigieron a sus guivernos hacia el cielo, como si pensaran subir y subir para luego lanzarse directamente sobre él.

Una sonrisa se dibujó en los labios de Dorian cuando volvió a descargar su magia, un látigo doble que azotó a los guivernos ascendentes.

Más sangre y trozos de guiverno y bruja que cayeron al suelo. Estaban cubiertos con una capa de hielo tan gruesa que estallaban en pedazos contra las baldosas del patio.

Dorian se adentró más en su magia. Tal vez si pudiera ir a la ciudad podría lanzar una red más amplia.

En ese momento, llegó el otro ataque. No vino de adelante, ni de arriba, ni de abajo.

Sino de atrás.

La torre se balanceó de lado y Dorian salió volando hacia el frente, cayó en el balcón de piedra y estuvo a punto de salir volando por el borde.

La roca se cuarteó y la madera se astilló. Dorian logró salvarse de que lo aplastara un pedazo de piedra sólo porque se cubrió la cabeza con un escudo de su magia.

Giró para ver el interior de su recámara. La habitación tenía un agujero enorme en el techo y el costado. Y, posada sobre las rocas fragmentadas, le sonreía una bruja de complexión sólida con dientes de hierro desgarradores de carne y un listón de cuero amarillo decolorado en la frente.

Trató de hacer acopio de toda su magia, pero su poder parpadeó y sólo quedó una chispa.

Entendió que fue demasiado pronto, demasiado rápido, sin control. No tuvo suficiente tiempo para extraer su poder de la parte más profunda. La cabeza del guiverno irrumpió en la torre.

Detrás de él, otros seis guivernos pasaron sobre el muro y volaron hacia su espalda expuesta. Y el muro en sí... el muro de

Aelin... Debajo de esas garras y colas furiosas... se colapsó por completo.

Dorian miró la puerta que conducía a las escaleras de la torre. Sus guardias ya debían estar entrando por ahí. Sólo había silencio del otro lado.

Estaba tan cerca, pero para llegar a la puerta tendría que pasar frente a las fauces del guiverno. Justo por ese motivo, la bruja sonreía.

Tenía una oportunidad, una sola oportunidad para intentar hacerlo.

Dorian formó un puño y no le dio más tiempo a la bruja para estudiarlo.

Estiró la mano hacia el frente y el hielo salió volando de su palma hacia los ojos del guiverno. La bestia rugió, se alzó sobre las patas y él aprovechó ese instante para correr.

Sintió que algo afilado lastimaba su oreja para después se clavarse en la pared frente a él. Una daga.

Continuó corriendo hacia la puerta...

La cola del guiverno pasó por su campo de visión un instante antes de chocar contra su flanco.

Dorian estaba cubierto con una película de magia y eso protegió sus huesos y su cráneo cuando salió volando contra la pared. Chocó con tanta fuerza que se resquebrajaron las rocas. Fue un golpe que hubiera matado a casi cualquier humano.

Vio estrellas y oscuridad danzar frente a sus ojos. La puerta estaba tan cerca.

Dorian intentó ponerse de pie, pero sus extremidades no lo obedecieron.

Estaba aturdido; aturdido por...

Sintió una calidez húmeda justo debajo de las costillas. Sangre. No era un cortadura profunda, pero suficiente para doler. La había provocado una de las púas de esa cola. Púas que estaban recubiertas de un brillo verdoso.

Veneno. Alguna especie de veneno que debilitaba y paralizaba antes de matar...

No lo volverían a tomar prisionero, no iría a Morath, no iría con el duque y sus collares...

Su magia se agitó violentamente contra el beso paralizante y letal del veneno. Magia de sanación. Pero era lenta, estaba debilitada por el derroche descontrolado de unos momentos antes.

Dorian intentó arrastrarse hacia la puerta, jadeando entre dientes.

La bruja le ladró una orden a su guiverno y Dorian logró elevar la cabeza. La vio desenvainar las espadas y empezar a desmontar.

No, no, *no*...

La bruja no llegó a poner los pies en el piso.

En un instante estaba en su silla de montar y pasaba la pierna al otro lado.

Al siguiente, no tenía cabeza y su sangre estaba chorreando sobre su guiverno que volteó y rugió...

Y luego otro guiverno más pequeño, más fuerte, lleno de cicatrices y con alas brillantes, lo derribó violentamente de la torre.

Dorian no esperó a averiguar ni se preguntó qué había sucedido.

Se arrastró hacia la puerta mientras su magia devoraba el veneno que debería haberlo matado, un torrente furioso de luz que luchaba con todas sus considerables fuerzas contra la oscuridad verdosa.

Le picaba la piel cortada, el músculo y el hueso mientras se reconstruían y esa chispa empezó a parpadear en sus venas.

Dorian estaba extendiendo la mano hacia la manilla de la puerta cuando el guiverno pequeño aterrizó en el agujero arruinado de su torre, con los colmillos chorreando sangre sobre los papeles que le preocupaban hacía unos minutos y que ahora estaban tirados por todas partes. La jinete revestida de armadura desmontó con un salto ágil. Las flechas en la aljaba que le colgaba de la espalda hicieron ruido al chocar con la empuñadura de la poderosa espada que iba colgada a su costado.

Entonces se quitó el casco coronado con cuchillas delgadas como lanzas.

Dorian reconoció el rostro antes de recordar su nombre.

Conocía ese cabello blanco, como la luz de la luna sobre el agua, que se desparramaba sobre la oscura armadura imbricada; conocía esos ojos del color del oro quemado.

Conocía ese rostro imposiblemente hermoso, lleno de hambre de sangre y astucia malvada.

—De pie —gruñó Manon Picos Negros.

"Mierda".

Esa palabra se repetía como un canto constante en la mente de Manon cuando avanzó entre las ruinas de la torre del rey. Su armadura chocaba ruidosamente contra las rocas desperdigadas; había papeles volando por todas partes y libros regados.

"Mierda, mierda, mierda".

No veía a Iskra por ningún lado, no estaba junto al castillo, al menos. Pero su aquelarre sí.

Y cuando Manon vio a esa centinela Piernas Amarillas posada dentro de la torre, lista para robarse a su presa... un siglo de entrenamiento e instinto se arremolinaron en ella.

Le bastó un golpe de Hiendeviento cuando Abraxos pasó junto para matar a la centinela de Iskra.

"Mierda, mierda, mierda".

Después Abraxos atacó al guiverno, un macho de mirada apagada que no había tenido oportunidad ni de rugir antes de que Abraxos cerrara los dientes alrededor de su ancha garganta. La sangre y la carne empezaron a volar mientras ellos caían.

Manon no tenía un instante que desperdiciar para admirar a Abraxos, que no había dudado en entrar en la pelea, no había titubeado. Su guiverno con corazón de guerrero. Le daría una ración extra de carne.

La chaqueta sangrienta y oscura del joven rey estaba cubierta de polvo y tierra. Pero sus ojos color zafiro estaban lúcidos, aunque no muy abiertos, cuando volvió a gruñirle de modo que la escuchara bien a pesar del escándalo de los gritos de la ciudad.

—De pie.

Él estiró la mano hacia la manilla de hierro de la puerta. No para pedir ayuda ni para huir, observó Manon que estaba a menos de un metro de él, sino para ponerse de pie.

Manon miró con atención las piernas largas del rey, más musculosas que la última vez que lo había visto. Después notó la herida que se asomaba a un lado de su chaqueta desgarrada. No era profunda ni estaba sangrando profusamente, pero...

"Mierda, mierda, mierda".

El veneno de la cola del guiverno era mortal en el peor de los casos y paralizante en el mejor. Paralizaba con sólo un rasguño. Debería estar muerto. O muriendo.

—¿Qué quieres? —jadeó él.

La miró primero a ella y luego a Abraxos. El guiverno agitaba las alas con impaciencia mientras inspeccionaba el cielo para ver si venían otros ataques.

El rey estaba comprando un poco más de tiempo mientras su herida terminaba de sanar.

Magia. Sólo la magia más poderosa podría salvarlo de la muerte. Manon dijo bruscamente:

—Silencio.

Y lo puso de pie.

Él no reaccionó cuando lo tocó, ni siquiera cuando las uñas de hierro se atoraron en la chaqueta y la rasgaron. Pesaba más de lo que ella había calculado, como si también tuviera más músculos debajo de esa ropa. Pero con la fuerza inmortal de ella, levantarlo para ponerlo de pie no requería de mucha energía.

Se había olvidado de lo alto que era. Cuando estuvieron cara a cara, Dorian jadeó, la miró hacia abajo y dijo con el aliento entrecortado:

—Hola, brujita.

Una parte antigua y depredadora de Manon despertó con esa media sonrisa. Prestó atención y agudizó el oído. No había ni un rastro de miedo. Interesante.

Manon ronroneó de regreso:

—Hola, principito.

Abraxos emitió un gruñido de advertencia. Manon volteó de inmediato y se dio cuenta de que otro guiverno venía volando rápida y directamente hacia ellos.

—*Vete* —le dijo a Dorian y le permitió apoyarse en ella mientras abría la puerta de la torre.

Los gritos de los hombres en los niveles inferiores se elevaron hacia ellos. Dorian se recargó contra la pared, como si tuviera que emplear toda su atención en mantenerse de pie.

—¿Hay otra salida? ¿Otra manera de escapar?

El rey la contempló con una franqueza que la hizo gruñir.

Detrás de ellos, como si la Madre hubiera estirado la mano, un viento poderoso azotó al guiverno y su jinete, los apartó de la torre y los mandó dando tumbos hacia la ciudad. Incluso Abraxos rugió y se tuvo que sostener de la torre con tanta fuerza que las rocas se resquebrajaron bajo sus garras.

—Hay pasadizos —dijo el rey—. Pero tú...

—Entonces encuéntralos. Vete.

Él no se movió del sitio donde estaba recargado contra la pared.

—¿Por qué?

La línea pálida que todavía dividía su garganta contrastaba mucho con el resto de su piel dorada. Pero ella no aceptaba que los mortales la cuestionaran. Ni siquiera los reyes. Ya no.

Así que no le hizo caso a su pregunta y dijo:

—Perrington no es lo que parece. Es un demonio en un cuerpo mortal y ya se deshizo de su piel anterior y adoptó una nueva. Es un hombre de cabello dorado. Está criando maldad en Morath y planea liberarla en cualquier momento. Esto apenas es el inicio —hizo un ademán con sus uñas de hierro en dirección a la destrucción que los rodeaba—. Esto es su manera de desanimarte y ganarse a los otros reinos haciéndote parecer el enemigo. Reúne tus fuerzas antes de que él tenga oportunidad de incrementar sus filas hasta volverse invencible. Él no piensa tomar sólo este continente sino toda Erilea.

—¿Y por qué me ofrece esta información su jinete coronada?

—Mis motivos no te conciernen. Huye.

Nuevamente, un viento poderoso azotó el castillo, alejó a las fuerzas que se acercaban e hizo crujir las rocas. Un viento que olía a pino y nieve, un aroma familiar y extraño. Antiguo, astuto y cruel.

—Mataste a esa bruja.

Así fue. La sangre de la centinela manchaba las rocas. Cubría a Hiendeviento y el casco en la mano de Manon. "Asesina de brujas".

Manon apartó ese pensamiento de su mente junto con la pregunta implícita de Dorian.

—Tienes una deuda de vida conmigo, rey de Adarlan. Prepárate para el día en que venga a cobrarla.

Dorian tensó su boca sensual.

—Pelea con nosotros. Ahora... pelea con nosotros *ahora* en contra de él.

A través de la puerta se escuchaban los gritos de batalla y los alaridos que rasgaban el aire. Las brujas habían logrado aterrizar en alguna parte y se habían infiltrado al castillo. Sería cuestión de momentos antes de que los encontraran. Y si el rey no se había ido... Manon lo separó de la pared con fuerza y lo empujó hacia las escaleras.

A él se le doblaron las piernas y apoyó una de sus manos bronceadas contra la pared de roca antigua. Miró furioso a la bruja por encima del hombro. *Furioso.*

—¿No reconoces a la muerte cuando la tienes enfrente? —siseó ella en un tono grave y feroz.

—He visto la muerte y cosas peores —respondió él. Sus ojos color zafiro se veían duros mientras la estudiaba desde la punta de las botas hasta la cabeza y de regreso—. La muerte que me ofreces sería algo amable en comparación con eso.

Esas palabras tuvieron un efecto en ella, pero ya el rey se alejaba cojeando por las escaleras con una mano apoyada en la pared. Maldita sea, se movía muy lentamente en lo que el veneno se salía de su cuerpo. Seguramente su magia estaba librando una batalla ardua para mantenerlo en el mundo de los vivos.

La puerta en la base de la torre voló en pedazos.

Dorian se detuvo al ver a las cuatro centinelas Piernas Amarillas que entraron a toda velocidad gruñendo hacia el centro hueco de la torre. Las brujas se detuvieron un momento y se quedaron parpadeando en dirección a la Líder de la Flota.

Hiendeviento se sacudió un poco en su mano. Mátalo, mátalo ahora, antes de que puedan correr la voz de que te vieron con él... "Mierda, mierda, mierda".

Manon no tuvo que decidir. Las Piernas Amarillas murieron en un remolino de acero antes de que pudieran voltear a ver al guerrero que se abrió paso por la puerta.

Cabello plateado, rostro y cuello tatuados, orejas ligeramente puntiagudas. La fuente de ese viento.

Dorian maldijo y bajó titubeante un escalón. Sin embargo, los ojos del guerrero hada estaban posados en ella. Lo único que brillaba en ellos era una cólera letal.

Manon sintió cómo se le salía por completo el aire de los pulmones.

Un sonido de ahogamiento salió de su boca y tropezó hacia atrás. Se llevó las manos a la garganta como si pudiera abrirle paso al aire. Pero la magia del hada era firme.

Él la mataría por lo que ella intentó hacerle a su reina. Por la flecha que Asterin disparó con la intención de llegar al corazón de la reina. La flecha frente a la cual él saltó.

Manon cayó de rodillas. Instantáneamente el rey llegó a su lado y la miró un momento antes de gritar por las escaleras:

—¡NO!

No necesitó hacer más. El aire le llenó la boca, los pulmones, y Manon inhaló una bocanada que le arqueó la espalda.

Su especie no tenía escudos mágicos para defenderse de ataques como ese. Sólo cuando estaban más desesperadas, más enfurecidas, podían invocar ese núcleo de magia que poseían... aunque con consecuencias devastadoras. Hasta las más sanguinarias y desalmadas entre ellas apenas se atrevían a murmurar sobre ese acto: el Doblegamiento.

El rostro de Dorian se veía borroso. Manon seguía dando bocanadas de aire fresco y vital cuando él le dijo:

—Búscame cuando cambies de parecer, Picos Negros.

Luego el rey se fue.

# CAPÍTULO 8

Rowan Whitethorn había volado sin comer, beber ni descansar durante dos días.

De todas formas, llegó demasiado tarde a Rifthold.

La capital estaba hecha un caos bajo las garras de las brujas y sus guivernos. Él había atestiguado la caída de suficientes ciudades a lo largo de los siglos como para saber que estaba acabada.

Aunque la gente se uniera, serviría tan sólo para encontrarse de frente con su muerte. Las brujas ya habían derribado el muro de vidrio de Aelin. Otra jugada calculada de Erawan.

Rowan tuvo que hacer un gran esfuerzo para abandonar a los inocentes luchando solos y apresurarse a toda velocidad al castillo de piedra y a la torre del rey. Su reina le había dado una orden.

De todas maneras llegó demasiado tarde, pero no todo estaba perdido.

Dorian Havilliard tropezaba mientras juntos corrían por el pasillo del castillo. Los sentidos superiores del oído y del olfato de Rowan le permitían mantenerlos alejados de las áreas donde la batalla era más intensa. Si alguien estaba vigilando los túneles secretos, si no podían llegar al sistema de alcantarillado... Rowan iba analizando un plan tras otro. Ninguno terminaba bien.

—Por aquí —jadeó el rey. Eran las primeras palabras que pronunciaba desde que bajó la escalera. Estaban en la parte residencial del palacio que Rowan sólo conocía por sus sobrevuelos como halcón desde el exterior. Las habitaciones de la reina.

—Hay una salida secreta desde la recámara de mi madre.

Las puertas color blanco de la suite de la reina estaban cerradas.

Rowan las rompió en pedazos sin pensarlo dos veces y la madera se astilló y salió volando para enterrarse en los muebles lujosos, en las piezas de arte de las paredes. Los adornos y otros objetos valiosos volaron en pedazos.

—Perdón —le dijo Rowan al rey aunque no sonaba para nada como si realmente lo lamentara.

Su magia parpadeó dejándole saber que se estaba agotando. Dos días de generar un viento a gran velocidad y pelear con los guivernos empezaban a tener un efecto en él.

Dorian miró los daños.

—Alguien lo hubiera hecho de todas maneras.

Sus palabras carecían de sentimiento, no había ningún dolor detrás de ellas. Se apresuró por la habitación cojeando un poco. Si el rey tuviera una fracción menos de magia, habría muerto a causa de ese ataque de la cola venenosa del guiverno.

Dorian llegó hasta donde estaba un retrato grande y con marco dorado de una mujer hermosa de cabello cobrizo con un bebé de ojos color zafiro en sus brazos.

El rey miró el retrato un instante más de lo necesario, suficiente para comunicarle todo a Rowan. Luego tiró de la pintura. La separó de la pared para revelar una pequeña puerta.

Rowan se encargó de que el rey entrara primero, con una vela en mano, antes de usar su magia para colocar la pintura nuevamente en su sitio y cerrar la puerta detrás de ellos.

El pasillo era angosto y las rocas estaban polvosas. Pero el viento sugería que más adelante había espacios abiertos, humedad y moho. Rowan adelantó un listón de su magia para revisar las escaleras por las que iban bajando y los pasillos frente a ellos. No había señales de que hubiera derrumbes provocados por la destrucción de la torre del reloj. Tampoco había señales de que hubiera enemigos esperándolos ni la pestilencia corrupta de los Valg y sus bestias. Un pequeño consuelo.

Sus oídos de hada detectaron los gritos y alaridos de quienes morían en la superficie.

—Debería quedarme —dijo Dorian en voz baja.

Por lo visto, la magia del rey le había concedido otro don: un mejor oído. La magia cruda podía proporcionar cualquier don: hielo, fuego, sanación, sentidos mejorados y fuerza. Tal vez el rey incluso podría cambiar de forma, si lo intentaba.

—Le eres de más utilidad a tu gente si permaneces con vida —dijo Rowan y el eco de su voz se escuchó áspero al rebotar contra las piedras. El agotamiento le pisaba los talones pero lo apartó de su mente. Ya descansaría cuando estuvieran a salvo.

El rey no respondió.

—He visto caer muchas ciudades — dijo Rowan—. He visto caer reinos enteros. Y la destrucción que vi al pasar volando sobre Rifthold era tal que, a pesar de tus considerables dones, no podrías hacer nada.

No estaba seguro de qué harían si esa destrucción llegara a las puertas de Orynth. Ni por qué Erawan estaba esperando para hacerlo. Pensaría en eso después.

—Debería morir con ellos —fue la respuesta del rey.

Llegaron al final de las escaleras y el pasillo se amplió para dar paso a varias cámaras más ventiladas. Nuevamente, Rowan envió su magia por delante para que recorriera los túneles y escalinatas. El pasadizo a la derecha parecía conducir hasta una entrada a las alcantarillas. Bien.

—Me enviaron aquí para evitar que hicieras justo eso —dijo Rowan al fin.

El rey lo miró por encima del hombro e hizo una ligera mueca de dolor cuando el movimiento restiró su piel que seguía sanando. En el sitio en que Rowan pensaba que tenía una herida abierta unos minutos antes, ahora sólo quedaba una cicatriz roja encendida que se alcanzaba a ver bajo la chaqueta rasgada. Dorian dijo:

—Ibas a matarla.

Él supo a quién se refería el rey.

—¿Por qué me dijiste que no lo hiciera?

Así que el rey le contó sobre el encuentro mientras descendían más hacia las profundidades del castillo.

—Yo no confiaría en ella —dijo Rowan cuando Dorian terminó de hablar—, pero tal vez los dioses se compadezcan de nosotros. Tal vez la heredera de las Picos Negros se una a nuestra causa.

Eso si no se descubrían antes los delitos de la heredera. Pero aunque tuvieran sólo trece brujas y sus guivernos, si ese aquelarre era el más hábil de todas las Dientes de Hierro, eso podría significar la diferencia entre la caída de Orynth y tener una oportunidad de hacerle frente a Erawan.

Llegaron al sistema de drenaje del castillo. Incluso las ratas estaban huyendo por el pequeño arroyo, como si los gritos de los guivernos fueran un anuncio de muerte.

Pasaron a través de un arco bloqueado por las rocas derrumbadas, sin duda como consecuencia de la erupción de fuego infernal que usaron en el verano.

Era el pasadizo de Aelin, dedujo Rowan y sintió un tirón en el pecho. Unos pasos más adelante había un viejo charco de sangre seca que manchaba las piedras a la orilla del agua. El olor a humano aún flotaba a su alrededor, sucio y pestilente.

—Aquí ella evisceró a Archer Finn —dijo Dorian al ver dónde se dirigía la mirada de Rowan.

Rowan no se permitió pensarlo, así como tampoco pensó demasiado que esos inconscientes le habían dado a la asesina, sin saberlo, una habitación que se conectaba directamente con la recámara de la reina.

Había un bote atado a un poste de piedra. La embarcación estaba casi totalmente podrida, pero era lo suficientemente sólida para resistir. Y la reja que se abría hacia el pequeño río que serpenteaba al lado del castillo seguía abierta.

Rowan nuevamente envió su magia hacia el mundo exterior y probó el aire más allá de los drenajes. No detectó alas ni sangre en su camino. La parte oriental del castillo estaba en silencio. Si las brujas hubieran sido inteligentes, tendrían guardias monitoreando cada centímetro del lugar.

Pero a juzgar por los gritos y las súplicas que se escuchaban desde arriba, quedaba claro que las brujas estaban demasiado absortas en su sed de sangre para pensar racionalmente. Al menos por unos minutos.

Rowan movió la barbilla hacia el barco.

—Métete.

Dorian frunció el ceño por el moho y la podredumbre.

—Se nos va a desbaratar al poner un pie dentro.

—A ti —lo corrigió Rowan—. Yo no voy a subirme. Métete.

Dorian escuchó el tono con el que le hablaba y tuvo la inteligencia de obedecer.

—¿Qué vas...?

Rowan se quitó la capa y la usó para cubrir al rey.

—Recuéstate y tápate con eso.

Con el rostro algo pálido, Dorian obedeció. Rowan rompió las cuerdas con un destello de sus cuchillos.

Cambió de forma y batió las alas con fuerza. El sonido fue suficiente para informarle a Dorian lo que había sucedido. La magia de Rowan crujió y se esforzó para empujar lo que parecía ser un barco vacío y sin rumbo arrastrado por la corriente del drenaje, como si alguien lo hubiera desamarrado accidentalmente.

Mientras volaba por la salida del drenaje, escudó al bote con un muro de aire endurecido que contendría el olor del rey y lo cubriría de cualquier flecha perdida.

Rowan miró solamente una vez hacia atrás al volar río abajo, muy por arriba del pequeño bote.

Sólo una vez, hacia la ciudad que había forjado, destrozado y albergado a su reina.

De su muro de vidrio ya no quedaban más que trozos y astillas brillando en las calles y los jardines.

Las semanas del viaje habían sido una tortura: la necesidad de proclamarla como suya, de probarla, lo estaban volviendo loco. Pero en vista de lo que Darrow había dicho... tal vez, a pesar de la promesa que le había hecho antes de irse, era mejor que no hubieran dado aún ese paso final.

Era algo que estaba en el fondo de su mente desde mucho tiempo antes de escuchar a Darrow y sus decretos de mierda: él era un príncipe, pero sólo de nombre.

No tenía ejército ni dinero. Los fondos considerables que poseía estaban en Doranelle y Maeve nunca le permitiría reclamarlos. Probablemente ya se habían distribuido entre sus primos entrometidos, junto con sus tierras y sus residencias. No importaría si algunos de ellos, los primos con quienes había crecido, se negaran a aceptarlas por la típica lealtad y necedad Whitethorn. Lo único que tenía que ofrecer Rowan ahora a su reina era la fuerza de su espada, la profundidad de su magia y la lealtad de su corazón.

Esas cosas no ganaban guerras.

Había olido la desesperanza en ella, aunque su rostro lo ocultaba, cuando Darrow habló. Y él conocía su alma de fuego: lo haría. Consideraría el matrimonio con un príncipe o lord extranjero. Incluso si esto que había entre ellos... a pesar de que él sabía que no era sólo lujuria, ni siquiera era sólo amor.

Lo que había entre ellos, la fuerza que tenía, podía devorar el mundo.

Y si elegían eso, si se elegían a *ellos*, bien podría ser la causa del fin del mundo.

Por ese motivo no se había atrevido a pronunciar las palabras que tenía la intención de decirle desde hacía algún tiempo, a pesar de que todos sus instintos le rugían para que lo hiciera cuando se separaron. Y tal vez tener a Aelin sólo para perderla era su castigo por haber permitido que su pareja muriera; su castigo por finalmente haber dejado ir ese dolor y ese odio.

El movimiento de las olas apenas era perceptible a sus oídos debido al rugido de los guivernos y los gritos de los inocentes que solicitaban una ayuda que nunca llegaría. Tuvo que bloquear el dolor que sentía en el pecho, la necesidad de regresar.

Esto era la guerra. Estas tierras verían cosas mucho peores en los días y meses venideros. Su reina, sin importar cuánto intentara él protegerla, tendría que soportar cosas mucho peores.

Para cuando el bote salió del pequeño arroyo hacia el delta del Avery, con un halcón de cola blanca volando muy por encima de él, los muros del castillo de piedra estaban bañados en sangre.

# CAPÍTULO 9

Elide Lochan sabía que alguien la estaba cazando.

Desde hacía tres días había intentado escaparse de lo que fuera que la estaba rastreando por la extensión interminable de Oakwald. Y, durante el proceso, ella también se había perdido. Tres días de casi no dormir, de apenas detenerse lo suficiente para buscar comida y agua.

Una vez dio vuelta al sur para regresar por el camino que había llegado y perder al cazador que la perseguía. Terminó avanzando un día en esa dirección. Después hacia el oeste, hacia las montañas. Luego al sur, posiblemente al este; ya no estaba segura. Había estado corriendo en ese momento. Oakwald era tan denso que apenas podía distinguir la posición del sol. No tenía una noción clara de dónde estaban las estrellas y no se atrevió a detenerse para trepar un árbol, por lo que no había podido encontrar al Señor del Norte, su señal para encontrar el camino a su hogar.

Para el mediodía del tercer día, estaba a punto de ponerse a llorar. De agotamiento, de rabia, de miedo que le calaba hasta los huesos. El ser que la estaba persiguiendo se estaba tomando su tiempo y seguramente también se tomaría su tiempo para matarla.

El cuchillo le temblaba en la mano cuando se detuvo un momento en un claro donde pasaba un arroyo de aguas rápidas. Le dolía la pierna, la pierna arruinada e inútil. Le ofrecería su alma al dios oscuro a cambio de unas horas de paz y seguridad.

Elide dejó caer el cuchillo en el pasto a su lado y cayó de rodillas frente al arroyo para beber rápidamente varios tragos profundos. El agua rellenó los huecos que las bayas y las raíces dejaban en su estómago. Rellenó su cantimplora y las manos le temblaban sin control.

Le temblaban tanto que se le cayó la tapa metálica al arroyo.

Maldijo y metió el brazo hasta el codo en el agua helada para buscar la tapa, tanteando entre las rocas y las hierbas resbalosas que crecían en el fondo del río, rogando tener un poco de *suerte*...

Sus dedos se cerraron alrededor de la tapa cuando se escuchó el primer aullido en el bosque.

Elide y el bosque se quedaron inmóviles.

Había escuchado perros aullando, había escuchado los coros sobrenaturales de lobos cuando la llevaron de Perranth a Morath.

Esto no era ninguno de esos sonidos. Esto era...

Algunas noches en Morath la despertaban aullidos similares. Aullidos que pensaba se había imaginado cuando no los volvía a escuchar. Nadie los mencionaba jamás.

Pero ahí estaba el sonido. *Ese* sonido.

*Juntos crearemos maravillas que pondrán a temblar al mundo.*

Oh, dioses. Elide le puso a ciegas la tapa a la cantimplora. El ser que emitía ese sonido estaba acercándose rápidamente. Tal vez se podría salvar si subía a un árbol, algún lugar alto en el árbol. Esconderse. Tal vez.

Elide dio vuelta para guardar la cantimplora en su mochila.

Pero vio un guerrero agachado del otro lado del arroyo que blandía un cuchillo largo y amenazador y se balanceaba en sus rodillas.

El hombre la devoró con sus ojos negros. Tenía el rostro áspero y el cabello oscuro a la altura de los hombros. Con una voz como de granito, dijo:

—Niña, a menos que quieras convertirte en el almuerzo, te sugiero que me acompañes.

Una pequeña voz antigua le susurró al oído que al fin había encontrado al cazador incansable que la había estado persiguiendo.

Y que ahora ambos se habían convertido en las presas de alguien más.

Lorcan Salvaterre escuchó los gruñidos cada vez más claros en el bosque antiguo y supo que muy probablemente estaban a punto de morir.

Bueno, la chica estaba a punto de morir. Ya fuera entre las garras de lo que los iba persiguiendo o bien en la punta de la espada de Lorcan. No había decidido todavía.

Humano, el olor de canela y bayas de la chica era completamente humano, pero había *otro* olor debajo, un dejo de oscuridad que revoloteaba a su alrededor como las alas de un colibrí.

Podría haber sospechado que ella había invocado a las bestias de no ser por el olor de miedo que manchaba el aire. Y por el hecho de que había estado siguiéndola tres días mientras se perdía en el laberinto enredado de Oakwald y no había detectado ninguna señal de que ella estuviera bajo el poder de los Valg.

Lorcan se puso de pie y los ojos oscuros de Elide se abrieron como platos cuando se dio cuenta de su estatura. Permaneció arrodillada al lado del arroyo y con la mano sucia buscó la daga que tontamente había tirado en el pasto. No era estúpida ni estaba tan desesperada como para levantarla en su contra.

—¿Quién eres? —preguntó la chica.

Su voz era grave, no la voz dulce y aguda que esperaba escuchar de ese cuerpo delicado pero lleno de curvas. Era una voz grave, fría y firme.

—Si quieres morir —dijo Lorcan—, entonces adelante, sigue haciéndome preguntas.

Se dio la vuelta... hacia el norte.

Y en ese momento empezó a escucharse otro gruñido. De la otra dirección.

Dos grupos los estaban acorralando. Se escuchó el movimiento del pasto y la tela y cuando él volteó a ver, la chica ya estaba de pie con la daga lista y el rostro enfermizamente pálido al darse cuenta de lo que estaba sucediendo: los estaban cercando.

—Este u oeste —dijo Lorcan. En los cinco siglos que llevaba matando alrededor del mundo, nunca había escuchado gruñidos como esos de ninguna especie de bestia. Liberó su hacha del sitio donde la tenía colgada a su costado.

—Al este —jadeó la chica y miró rápidamente en ambas direcciones—. M-me dijeron que me mantuviera lejos de las montañas. Hay guivernos, grandes bestias aladas, patrullándolas.

—Sé qué es un guiverno —respondió él.

Un respingo de temperamento destelló en sus ojos oscuros al escuchar el tono de Lorcan, pero el miedo se lo llevó. Empezó a retroceder en la dirección que había elegido. Una de las criaturas dejó escapar un grito cortante. No era un sonido canino. No, esto era un alarido agudo, como un murciélago. Pero más grave. Más hambriento.

—Corre —dijo él.

Ella hizo lo que le dijo.

Lorcan tuvo que aceptar que la chica, a pesar de su pierna herida, a pesar del agotamiento que la había vuelto descuidada en los últimos días, corrió como gacela entre los árboles. Su terror probablemente le había quitado cualquier rastro de dolor. Lorcan saltó para cruzar el arroyo ancho con un movimiento desenfadado y acortó la distancia entre ambos en cuestión de instantes. Lentos; estos humanos eran tan estúpidamente lentos. La respiración de la chica ya estaba entrecortada al ir subiendo por la colina y hacía suficiente ruido como para llamar la atención de quienes los iban persiguiendo.

Venían abriéndose paso entre los arbustos detrás de ellos, desde el sur. Por cómo se escuchaban eran dos o tres. Eran grandes, a juzgar por las ramas que se rompían y el sonido de las pisadas.

La chica llegó a la cima de la colina a tropezones. Se mantuvo de pie y Lorcan miró nuevamente su pierna.

No tendría caso haberla perseguido durante tanto tiempo si moría ahora. Durante un instante, pensó en el peso que sentía en su chaqueta, la llave del Wyrd que tenía guardada. La magia de Lorcan era fuerte, la más fuerte de cualquier demi-hada macho en cualquier reino. Pero si usaba la llave...

Si usaba la llave, entonces se merecería la maldición que le caería encima.

Lorcan lanzó una red de su poder detrás de ellos, una barrera invisible que soltaba listones negros de viento. La chica se tensó y giró la cabeza rápidamente hacia él cuando el poder se empezó a diseminar como una ola. Su piel palideció aún más, pero ella continuó, medio cayendo, medio corriendo colina abajo. El impacto de cuatro cuerpos enormes contra su magia llegó un momento después.

El olor de la sangre de la chica le subió por la nariz cuando ella se cortó con una roca y una raíz. No estaba ni cerca de ser rápida.

Lorcan abrió la boca para ordenarle que se apresurara cuando el muro invisible cedió

No sólo cedió sino que se *cuarteó*, como si esas bestias lo hubieran abierto.

Imposible. Nadie podría traspasar esos escudos. Ni siquiera el maldito de Rowan Whitethorn.

Pero, no cabía duda, la magia había sido rota.

La chica cayó en la zanja al fondo de la colina, casi llorando al ver la gran extensión plana de bosque se expandía delante de ellos. Corrió con la trenza oscura azotándose y la mochila rebotando contra su espalda delgada. Lorcan se movió detrás de ella, mirando los árboles a ambos lados, cuando se volvió a escuchar el gruñido y el sonido entre las plantas.

Los estaban acorralando, pero, ¿hacia dónde? Y si estas cosas habían logrado romper su magia...

Hacía mucho, demasiado tiempo que no tenía un nuevo enemigo que estudiar, que derrotar.

—No te detengas —gruñó, y la chica ni siquiera volteó a ver cuando Lorcan se detuvo súbitamente entre dos robles enormes. Había estado preparando su magia durante días, planeaba utilizarla en la chica no-humana cuando se aburriera de perseguirla. Ahora su cuerpo estaba repleto y la magia ansiaba escapar.

Lorcan giró su hacha en su mano una, dos veces, y el metal cantó en el bosque denso. Un viento helado con un borde de niebla negra danzó entre los dedos de su otra mano.

No era un viento como el de Whitethorn, ni luz y llamas como la reina-perra de Whitethorn. Ni siquiera era magia cruda como la del nuevo rey de Adarlan.

No, la magia de Lorcan era la de la voluntad: la de la muerte, el pensamiento y la destrucción. No tenía nombre.

Ni siquiera su reina sabía exactamente qué era, de dónde procedía. Era un don del dios oscuro, de Hellas, pensaba Maeve, un don oscuro para su guerrero oscuro. Y no dijo más al respecto.

Una sonrisa salvaje se dibujó en los labios de Lorcan cuando dejó que su magia ascendiera a la superficie, cuando dejó que su rugido negro llenara sus venas.

Había derrumbado ciudades con ese poder.

No pensaba que esas bestias, sin importar cuán letales fueran, pudieran tener un mejor fin.

Empezaron a moverse con más lentitud cuando se acercaron, sintiendo que un depredador las estaba esperando, midiendo su fuerza.

Por primera vez en mucho tiempo, Lorcan se quedó sin palabras para describir lo que vio.

Tal vez debería haber matado a la chica. La muerte en sus manos hubiera sido piadosa comparada con lo que le podrían hacer las bestias que gruñían frente a él, agachadas sobre sus garras enormes para descuartizar carne. No era un mastín del Wyrd. No. Estas cosas eran mucho peores.

Su piel era de un color azul moteado, tan oscuro que era casi negra. Cada extremidad larga y ligeramente musculosa había sido diseñada y perfeccionada sin piedad. Sus largas garras al final de los cinco dedos de cada mano, se enroscaban como si anticiparan el golpe.

Pero lo que lo impresionó no fueron sus cuerpos.

Fue la manera en que las criaturas se detuvieron, sonrieron debajo de sus narices aplastadas, similares a las de murciélagos, para revelar una doble hilera de dientes como agujas, y luego se pararon sobre sus patas traseras.

Se irguieron, como lo haría un hombre que está en cuatro patas. Eran al menos treinta centímetros más grandes que él.

Y los atributos físicos que le parecían inquietantemente familiares se confirmaron cuando la bestia que estaba más cerca de él abrió su horrible boca y dijo:

—No hemos probado la carne de tu especie todavía.

El hacha de Lorcan se movió hacia arriba.

—No puedo decir que yo haya tenido el gusto tampoco.

Había muy, muy pocas bestias que podían hablar en las lenguas de los mortales y las hadas. La mayoría había desarrollado esa capacidad a través de la magia, ganada por medios oscuros o a través de una bendición.

Pero ahí, entrecerrados por el placer que anticipaba la violencia, brillaban ojos oscuros y humanos.

Whitethorn le había advertido sobre lo que estaba ocurriendo en Morath. Había mencionado que los mastines del Wyrd podrían ser las primeras de muchas bestias horribles que se liberarían. Lorcan no se había puesto a pensar que esas cosas medirían casi dos metros y medio y serían parte humanas y parte lo que fuera que Erawan había hecho para convertirlos en *eso*.

La bestia que estaba más cerca se atrevió a dar un paso adelante pero siseó... siseó ante la línea invisible que él había trazado. El poder de Lorcan parpadeó y empezó a latir al sentir las puntas de las garras envenenadas de la criatura empujando el escudo.

Cuatro contra uno. Era algo muy sencillo para él por lo general.

Por lo general.

Pero él traía la llave del Wyrd que ellos estaban buscando, y el anillo dorado que le había robado a Maeve y que luego le había entregado Aelin Galathynius para después volvérselo a robar. El anillo de Athril. Y si le llevaban cualquiera de los dos objetos a su amo...

Entonces Erawan poseería las tres llaves del Wyrd. Y sería capaz de abrir una puerta entre ambos mundos para liberar a las hordas del Valg que estaban esperando para atacar a todos. Y en cuanto al anillo dorado de Athril... Lorcan no albergaba ninguna duda de que Erawan destruiría el anillo forjado por la propia Mala, el único objeto en Erilea que proporcionaba inmunidad a su portador contra la piedra del Wyrd... y contra el Valg.

Así que Lorcan avanzó. Más rápido de lo que siquiera estas bestias podían detectar, lanzó su hacha hacia la criatura que quedaba más lejos de él, que estaba concentrada en su compañera que empujaba el escudo.

Todas voltearon a ver a su compañera cuando el hacha chocó contra su cuello y le hizo una herida profunda y permanente. Todas voltearon para verla caer. Letales por naturaleza pero sin entrenamiento. Cuando la atención de las bestias se distrajo por un segundo, Lorcan lanzó los siguientes dos cuchillos.

Ambos se enterraron hasta la empuñadura en sus frentes abultadas y sus cabezas se inclinaron hacia atrás cuando los golpes las hicieron caer de rodillas.

La bestia que estaba al centro, la que había hablado, dejó escapar un grito primigenio que hizo zumbar los oídos de Lorcan. Y se abalanzó sobre el escudo.

Rebotó contra la magia que ahora era más densa. Lorcan sacó su espada larga y un cuchillo.

Y sólo pudo quedarse observando cuando la bestia le rugió al escudo y se lanzó contra él con ambas manos llenas de garras arruinadas... y la magia de Lorcan, su escudo, se *derritió* cuando lo tocó.

Entró por su escudo como si fuera una puerta.

—Ahora ya podemos jugar.

Lorcan se agachó para adoptar una posición defensiva y se preguntó qué tan lejos habría llegado la chica, si siquiera habría volteado para mirar qué era lo que los venía persiguiendo. Los sonidos de su movimiento ya habían desaparecido.

Detrás de la criatura, sus compañeras estaban moviéndose un poco todavía.

No... estaban reviviendo.

Cada una levantó una de sus garras fuertes y se sacaron los cuchillos del cráneo de un tirón. Se escuchó cómo el metal raspaba el hueso.

Sólo la bestia que tenía la cabeza unida por unos cuantos tendones permaneció en el piso. Entonces, había que decapitarlas.

Aunque esto significara que se tenía que acercar a ellas lo suficiente.

La criatura frente a él sonrió con deleite salvaje.

—¿Qué eres? —dijo Lorcan.

Las otras dos bestias ya estaban de pie y las heridas en sus cabezas ya habían sanado. Empezaban a inquietarse de manera amenazante.

—Somos cazadores para Su Oscura Majestad —dijo el líder con una reverencia burlona—. Somos los ilken. Y nos han enviado a recuperar nuestra presa.

¿Las brujas habían enviado a esas bestias a buscarlo? Cobardes por no cazar sus propias presas.

Los ilken continuaron avanzando hacia él sobre sus piernas que se doblaban hacia atrás.

—Como regalo, te íbamos a conceder una muerte rápida —dijo con las fosas nasales muy abiertas, percibiendo el olor del bosque silencioso—. Pero como te has interpuesto entre nosotros y nuestra presa... saborearemos tu muerte prolongada.

No lo buscaban a él. Los guivernos no lo habían estado persiguiendo estos días, él no era la presa. No tenían idea de qué traía, de quién era.

—¿Qué quieren con ella? —preguntó Lorcan muy atento al avance lento de las tres bestias.

—Eso no es de tu incumbencia —dijo el líder.

—Si hay una recompensa, les ayudaré.

Unos ojos oscuros y desalmados voltearon a verlo con atención.

—¿No estás protegiendo a la chica?

Lorcan se encogió de hombros y rezó para que no pudieran olfatear su mentira mientras le conseguía más tiempo a la humana, mientras él conseguía más tiempo para resolver el acertijo de su poder.

—Ni siquiera sé su nombre.

Los tres ilken se miraron entre sí, una mirada inquisitiva y buscando una decisión. El líder dijo:

—Ella es importante para nuestro rey. Si la llevas con él, él te llenará con poder mucho más fuerte que tus escudos débiles.

¿Ese era el precio que tuvieron que pagar como los humanos que habían sido alguna vez? ¿Magia que de cierta manera era inmune a lo que fluía de manera natural en este mundo? ¿O esa decisión también les había sido robada, como seguramente les habían robado sus almas?

—¿Por qué es importante ella?

Estaban ya muy cerca. Se preguntó cuánto tiempo tardarían en recuperar el poder que les permitía abrir los escudos mágicos. Tal vez las bestias también estaban ganando tiempo.

El ilken dijo:

—Ella es una ladrona y una asesina. La debemos llevar con nuestro rey para que se haga justicia.

Lorcan podría haber jurado que una mano invisible le tocaba el hombro.

Conocía esa mano, había confiado en ella durante toda su vida. Lo había mantenido vivo todo este tiempo.

Una mano en su espalda para que avanzara, para que peleara, matara y respirara la muerte. Una mano en el hombro para indicarle que corriera. Para saber que lo único que le aguardaba era una muerte segura y que la vida estaba en otra parte.

El ilken volvió a sonreír y sus dientes brillaron en la penumbra del bosque.

A modo de respuesta, un grito resquebrajó el silencio del bosque a sus espaldas.

# CAPÍTULO 10

Elide Lochan se quedó parada frente a una criatura gestada en las pesadillas de un dios oscuro.

Se alzaba frente a ella del otro lado del claro con las garras clavadas en el suelo franco del bosque.

—Ahí estás —siseó a través de sus dientes más afilados que los de un pez—. Ven conmigo, niña, y te garantizaré un fin rápido.

Mentiras. Ella podía ver cómo la evaluaba, cómo enroscaba las garras imaginando el placer que le daría enterrarlas en su vientre suave. La bestia se le apareció en el camino como si hubiera descendido de una nube de noche; y se rio al oírla gritar. Elide alzó su cuchillo, pero le temblaba la mano.

La cosa estaba erguida como un hombre, hablaba como un hombre. Y sus ojos... eran totalmente carentes de alma pero tenían forma... humana también. Era monstruoso. ¿Qué mente terrible había soñado con semejante ser?

Ya sabía la respuesta.

Ayuda. Necesitaba ayuda. Pero el hombre del arroyo probablemente ya había sucumbido ante las garras de las otras bestias. Se preguntó cuánto tiempo habría resistido su magia.

La criatura avanzó hacia ella. Recorrió la distancia a gran velocidad gracias a sus piernas musculosas. Elide retrocedió hacia los árboles, por donde había venido.

—¿Tu sangre es tan dulce como tu cara, niña? —preguntó la bestia. Su lengua grisácea probaba el aire que los separaba.

"Piensa, piensa, piensa".

¿Qué haría Manon frente a una criatura como ésta?

Entonces recordó que Manon estaba equipada con sus propias garras y colmillos.

Pero una pequeña voz le dijo al oído: "Tú también. Usa lo que tienes".

Habías más armas que aquellas hechas de hierro y acero.

Aunque le temblaban las rodillas, Elide levantó la barbilla y miró los ojos negros y humanos de la criatura.

—Cuidado —dijo con un tono de voz grave imitando el ronroneo que Manon solía usar para aterrorizar a todo el mundo.

Elide buscó en el bolsillo de su chaqueta, sacó la astilla de piedra y la apretó en su puño, invocando a esa presencia sobrenatural para que llenara el claro, que llenara el mundo. Rezó para que la criatura no mirara su puño, para que no se preguntara qué ocultaba ahí, y dijo:

—¿Crees que el Rey Oscuro quedará complacido si me lastimas? —miró a la bestia con desprecio. O al menos lo intentó, ya que era mucho más pequeña que él—. Me enviaron para buscar a la chica. No interfieras.

La criatura pareció reconocer el traje de cuero que traía puesto.

Pareció detectar ese olor extraño y *diferente* que envolvía la roca.

Y titubeó.

Elide mantuvo la expresión de desagrado inmutable.

—Piérdete de vista.

Casi vomitó cuando empezó a caminar hacia la criatura, hacia su muerte segura. Pero se obligó a seguir caminando, con un andar depredador que le había visto a Manon muchas veces. Elide se obligó a mirar el horrendo rostro de murciélago de la criatura al pasar a su lado.

—Dile a tus compañeros que si vuelven a interferir, yo personalmente me encargaré de supervisar a qué deleites los someterán en las mesas de Morath.

La duda seguía visible en su mirada, junto con un miedo real. Por pura suerte Elide había adivinado las palabras y frases que debía decir basándose en lo que había alcanzado a oír. No se permitió considerar qué le habrían hecho a esa criatura para que reaccionara con ese estremecimiento.

Elide se había alejado cinco pasos, muy consciente de que su columna quedaba vulnerable a esas garras y dientes que la podrían despedazar, cuando la criatura le preguntó:

—¿Por qué huiste cuando nos acercamos?

Ella dijo, sin voltear a verla, con esa voz fría y feroz de Manon Picos Negros:

—No tolero que me hagan preguntas mis inferiores. Ya interrumpiste mi cacería e hiciste que me lastimara el tobillo con tu ataque inútil. Reza para que no recuerde tu rostro cuando regrese a la fortaleza.

Supo que había cometido un error cuando escuchó que la bestia inhalaba con un sonido sibilante.

Sin embargo, mantuvo sus piernas en movimiento y su espalda erguida.

—Qué coincidencia —dijo la criatura— que nuestra presa tenga la misma pierna lastimada.

Que Anneith la salvara. Tal vez no había notado que cojeaba hasta ese momento. Tonta. *Tonta*.

No le serviría de nada correr, correr le aclararía a la criatura que había ganado, que tenía razón. Se detuvo, como si su temperamento la hubiera obligado a parar y volteó a ver a la criatura bruscamente:

—¿Qué tanto estás siseando?

Convicción pura, rabia pura.

Nuevamente, la criatura hizo una pausa. Tenía una oportunidad, sólo una. Muy pronto se daría cuenta de que la había engañado.

Elide le sostuvo la mirada. Era como mirar una serpiente muerta a los ojos.

Dijo con esa voz baja y letal que preferían las brujas:

—No me obligues a revelar lo que Su Oscura Majestad puso dentro de *mí* en esa mesa.

En respuesta, la roca en su mano empezó a latir y podría jurar que vio un parpadeo de oscuridad.

La criatura tembló y retrocedió un paso.

Elide no pensó en lo que tenía en la mano cuando miró con desdén a la critura una última vez y se alejó caminando.

Avanzó aproximadamente un kilómetro antes de que el bosque volviera finalmente a la vida con todos sus sonidos. Cayó de rodillas y vomitó.

No vomitó nada salvo bilis y agua. Estaba demasiado ocupada vomitando de miedo y alivio y no se percató de que alguien se acercaba hasta que fue demasiado tarde.

Una mano ancha la tomó del hombro y la hizo voltear. Sacó su daga, pero su reacción fue muy lenta. Esa misma mano la soltó y aventó el cuchillo al pasto.

Elide se quedó mirando el rostro manchado de lodo del hombre del arroyo. No, no era lodo. Era sangre pestilente, sangre negra.

—¿Cómo? —preguntó y tropezó al retroceder.

—*Tú primero* —gruñó él, pero giró la cabeza hacia el bosque que quedaba detrás de ellos. Ella siguió su mirada. No vio nada.

Cuando Elide devolvió la mirada al rostro áspero, el hombre ya le había puesto una espada contra la garganta.

Trató de dar un paso atrás, pero él la sostuvo del brazo y no le permitió moverse. El metal se enterraba en su piel.

—¿Por qué hueles como uno de ellos? ¿Por qué te persiguen?

Ella ya había guardado la piedra, si no tal vez se la hubiera mostrado. Pero si se movía podría provocar que la atacara y esa pequeña voz le susurró que mantuviera la roca oculta.

Le ofreció otra verdad:

—Porque pasé varios meses en Morath viviendo entre esa pestilencia. Me buscan porque logré escapar. Voy al norte, hacia un lugar seguro.

Más rápido de lo que ella podía percibir, él bajó la espada y le hizo un corte en el brazo. Un rasguño, apenas un susurro de dolor.

Ambos observaron cómo brotaba y escurría su sangre roja.

Para él eso fue una respuesta.

—Puedes llamarme Lorcan —dijo él aunque ella no le había preguntado. Y al decir eso, la cargó, se la puso al hombro como un costal de papas y corrió.

Elide entendió dos cosas en cuestión de segundos:
Que las criaturas restantes, sin importar cuántas fueran, debían estar siguiéndolos más de cerca cada vez. Tenían que haberse dado cuenta ya de que las había engañado.

Y ese hombre que se movía tan rápido como el viento entre los robles era demihada.

Lorcan corrió y corrió. Metía grandes bocanadas del aire sofocante del bosque a sus pulmones. Sobre su hombro, la chica no emitió ni una queja con el paso de los kilómetros. Él había cargado bultos más grandes a lo largo de cordilleras enteras.

Lorcan disminuyó la velocidad cuando su fuerza al fin empezó a flaquear. Se cansó más rápido porque usó magia para controlar a las bestias, que golpeaban para sobrepasar su escudo, y mató a dos mientras detenía a la tercera el suficiente tiempo para salir corriendo detrás de la chica.

Había corrido con suerte.

La chica, al parecer, se había portado de manera inteligente.

Él empezó a trotar hasta que se detuvo y la bajó con tanta fuerza que ella hizo una mueca de dolor y saltó un poco sobre su tobillo lastimado. Su sangre era roja, no el líquido negro pestilente que implicaba posesión por el Valg, pero eso no explicaba cómo había logrado intimidar a ese ilken hasta someterlo.

—¿A dónde vamos? —preguntó ella mientras buscaba en su mochila para sacar la cantimplora. Él esperaba lágrimas, rezos y súplicas. Ella simplemente destapó el contenedor forrado de cuero y dio un gran trago. Luego, para sorpresa de Lorcan, le ofreció un poco de agua.

No aceptó. Ella volvió a beber.

—Vamos a la orilla del bosque, al río Acanthus.

—¿Dónde... dónde estamos?

El titubeo en la voz de la joven le comunicó suficiente: ella calculó el riesgo de revelarle su vulnerabilidad al hacer esa pregunta... y luego decidió que estaba demasiado desesperada por conocer la respuesta.

—¿Cómo te llamas?

—Marion —respondió ella.

Lo vio a los ojos con una mirada férrea y firme que lo hizo ladear la cabeza.

Una respuesta por una respuesta.

—Estamos en el centro de Adarlan —contestó él—. Tú estabas como a un día de distancia del Avery.

Marion parpadeó. Él se preguntó si ella siquiera sabría eso, o si había considerado cómo cruzaría el gran cuerpo de agua que hundía barcos capitaneados por los hombres y mujeres con más experiencia.

—¿Vamos a seguir corriendo o puedo sentarme por un momento? —preguntó ella.

Él prestó atención a los sonidos del bosque para detectar cualquier señal de peligro y luego movió la barbilla.

Marion suspiró y se sentó en el musgo y las raíces. Lo estudió.

—Pensé que todos los miembros del pueblo de las hadas habían muerto. Incluso los demihadas.

—Soy de Wendlyn. Y tú —dijo con las cejas ligeramente arqueadas— eres de Morath.

—No soy de ahí. *Me escapé* de ahí.

—¿Por qué... y cómo?

La mirada de Marion con los ojos entrecerrados le dijo suficiente: sabía que él todavía seguía sin creerle, a pesar de su sangre roja. Sin embargo ella no respondió y se inclinó sobre sus piernas para desatarse una bota. Los dedos le temblaban un poco pero logró desatar las cintas y se quitó la bota, luego la calceta y se enrolló el pantalón para revelar...

Mierda. Él había visto bastantes cuerpos arruinados en su vida, él era el responsable de mucho de ese daño, pero rara vez se quedaban sin tratamiento. La pierna de Marion era un desastre de tejido cicatrizado y huesos torcidos. Y justo por encima de su tobillo deformado tenía heridas que todavía no terminaban de sanar donde, a Lorcan no le cupo duda, había tenido grilletes.

Ella dijo en voz baja:

—Los aliados de Morath por lo general están enteros. Su magia oscura seguramente puede curar a una lisiada y seguramente no les sirve de nada alguien así.

Por eso se las había arreglado tan bien con su cojera. Había tenido años para dominarla a juzgar por la coloración del tejido cicatrizado.

Marion volvió a desenrollar el pantalón pero se quedó descalza y se masajeó el pie. Siseó entre los dientes.

Él se sentó en un tronco caído a poco más de un metro de distancia y se quitó su propia mochila para rebuscar en ella.

—Dime lo que sepas de Morath —dijo y le lanzó una latita de bálsamo traído directamente de Doranelle.

La chica lo miró. Sus ojos astutos se dieron cuenta de quién era él, de dónde venía y de lo que probablemente contenía esa lata. Cuando levantó la vista para mirarlo a la cara, asintió en silencio aceptando su oferta: alivio del dolor a cambio de respuestas. Desenroscó la tapa de la lata, y él notó la manera en que ella abrió la boca para inhalar las hierbas de olor penetrante.

Una mezcla de dolor y placer se reflejó en su rostro cuando empezó a frotar el bálsamo en sus viejas lesiones.

Y, mientras lo hacía, habló.

Marion le contó sobre el ejército de Dientes de Hierro, sobre la Líder de la Flota y las Trece, sobre los ejércitos que estaban acampados alrededor de la montaña en la fortaleza, los lugares donde sólo se escuchaba el eco de los gritos y las incontables fraguas y herreros. Describió su propio escape: sin previo aviso, no sabía cómo, el castillo había explotado. Ella lo vio como una oportunidad, se disfrazó con las ropas de las brujas, tomó una de sus mochilas y salió corriendo. Entre todo el caos, nadie la había perseguido.

—Llevo semanas corriendo —dijo—. Aparentemente, apenas llevo la mitad de la distancia recorrida.

—¿La distancia a dónde?

Marion miró hacia el norte.

—Terrasen.

Lorcan ahogó un gruñido.

—No te estás perdiendo de mucho.

—¿Tienes noticias sobre Terrasen? —preguntó con una mirada llena de alarma.

—No —respondió él encogiéndose de hombros.

Ella terminó de masajear su pie y su tobillo.

—¿Qué hay en Terrasen? —preguntó él—. ¿Tu familia?

No le había preguntado por qué la habían llevado a Morath. No le interesaba en particular escuchar su triste historia. Él ya sabía que todo el mundo tenía una.

El rostro de la chica se puso serio.

—Tengo una deuda con una amiga... alguien que me ayudó a salir de Morath. Ella me pidió que encontrara a una persona llamada Celaena Sardothien. Así que esa es mi primera tarea: averiguar quién es y dónde está. Terrasen me parece un mejor lugar para empezar que Adarlan.

No había malicia, no había ninguna pista de que este encuentro se debiera a algo distinto a la casualidad.

—Y después —continuó la chica con más brillo en los ojos— necesito encontrar a Aelin Galathynius, la reina de Terrasen.

A Lorcan le costó trabajo no buscar su espada.

—¿Por qué?

Marion miró en su dirección, como si hubiera olvidado que él estaba ahí.

—Escuché un rumor de que está juntando un ejército para detener al de Morath. Planeo ofrecerle mis servicios.

—¿Por qué? —preguntó él nuevamente.

Aparte de su astucia, que la había salvado de las garras del ilken, no le veía otra cualidad por la que la reina perra pudiera necesitar a la chica.

Los labios carnosos de Marion se tensaron.

—Porque soy de Terrasen y creía que mi reina había muerto. Y ahora está viva y está luchando, así que pelearé a su lado. Para que ninguna otra niña sea robada de su hogar, llevada a Morath y olvidada.

Lorcan dudó si debía decirle lo que él sabía: que sus dos misiones eran la misma. Pero eso provocaría que ella le hiciera más preguntas y él no estaba de humor...

—¿Y tú por qué quieres ir a Morath? El resto del mundo está huyendo de ahí.

—Me envió mi señora a detener la amenaza que representa.

—Eres sólo un hombre... un macho.

No lo dijo como insulto, pero Lorcan de todas maneras la miró con severidad.

—Tengo mis habilidades así como tú tienes las tuyas.

Los ojos de Marion se fijaron en las manos del guerrero, cubiertas de sangre negra seca. Lorcan se preguntó, sin embargo, si ella se estaría imaginando la magia que había brotado de ahí.

Esperó a que Marion hiciera más preguntas, pero ella sólo se puso la calceta, luego la bota y se la ató.

—No deberíamos descansar demasiado tiempo.

Era cierto.

Se puso de pie e hizo una mueca de dolor, pero miró agradecida su pierna. Lorcan tomó eso como una respuesta suficiente sobre la eficiencia del bálsamo. Ella se agachó para recoger la lata y una cortina de cabello oscuro le tapó el rostro. En algún momento se le había soltado de la trenza.

Ella se enderezó y le lanzó la lata. Él la atrapó con una mano.

—Cuando lleguemos al Acanthus, ¿qué haremos?

Él se guardó la lata en la capa.

—Hay incontables caravanas de comerciantes y carnavales de temporada recorriendo las planicies, pasé al lado de muchos de camino hacia acá. Algunos tal vez estén intentando cruzar el río. Nos meteremos con alguno de esos grupos. Nos ocultaremos entre ellos. Cuando crucemos y ya hayamos avanzado lo suficiente en el pastizal, tú irás al norte y yo al sur.

Ella entrecerró un poco los ojos. Pero dijo:

—¿Por qué viajarías conmigo?

—Hay más detalles acerca del interior de Morath que quiero que me des. Te mantendré a salvo y tú me darás esa información.

El sol ya había empezado su descenso final y bañaba el bosque de dorado. Marion frunció el ceño ligeramente.

—¿Juras que me protegerás?

—No te dejé sola con los ilken hoy, ¿o sí?

Ella lo miró con una claridad y franqueza que lo hizo titubear.

—Júralo.

Él puso los ojos en blanco.

—Lo prometo.

La chica no tenía idea de que en los últimos cinco siglos las promesas eran la única moneda de cambio que él realmente usaba.

—No te abandonaré.

Ella asintió, aparentemente satisfecha con eso.

—Entonces te diré lo que sé.

Él empezó a caminar hacia el este con la mochila colgada sobre el hombro.

Pero Marion dijo:

—Nos estarán buscando en todos los cruces, estarán buscando en las carretas. Si me pudieron encontrar aquí, me encontrarán en cualquier camino importante.

Y también lo encontrarían a él si las brujas seguían buscándolo.

—¿Y tienes alguna idea para evitar eso? —preguntó Lorcan.

Una ligera sonrisa se dibujó en su boca de botón de rosa, a pesar de los horrores de los que acababan de escapar, a pesar de su miseria en el bosque.

—Puede ser.

# CAPÍTULO 11

Manon Picos Negros aterrizó en Morath más que dispuesta a empezar a cortar gargantas.

Todo se había ido a la mierda.

Todo.

Mató a esa perra Piernas Amarillas y a su guiverno, salvó al rey de los ojos de zafiro y vio al príncipe hada masacrar a esas otras cuatro centinelas Piernas Amarillas.

Cinco. Cinco brujas Piernas Amarillas estaban muertas, por su propia mano o por su falta de acción. Cinco miembros del aquelarre de Iskra.

Al final, ella casi no había participado en la destrucción de Rifthold, le dejó la tarea a las demás. Pero sí se había puesto nuevamente su casco coronado y luego le ordenó a Abraxos que volara a la torre más alta del castillo de piedra para declarar su victoria, y su mando, con un rugido.

Hasta en los muros blancos y distantes de la ciudad, los guivernos que estaban destrozando guardias y personas que huían hicieron una pausa cuando Abraxos dio la orden de detener el ataque. Ningún aquelarre desobedeció.

Las Trece la encontraron unos momentos después. No les dijo lo que había sucedido, pero tanto Sorrel como Asterin la escudriñaron: la primera para inspeccionar si había recibido cortadas o heridas durante el "ataque" que Manon decía había sucedido, la segunda porque había estado con Manon el día que volaron a Rifthold para pintar el mensaje a la reina de Terrasen con sangre de Valg.

Las Trece se posaron en las torres del castillo y algunas de ellas se estiraron sobre ellas como gatos o serpientes. Manon esperó ahí a Iskra Piernas Amarillas.

Cuando Manon iba caminando por los pasillos oscuros y pestilentes de Morath, con el casco coronado en el brazo, Asterin y Sorrel a sus espaldas, recordó nuevamente esa conversación. Iskra había aterrizado en el único espacio que quedaba: un pedazo de techo debajo de Manon. Esa posición era intencional. El cabello castaño de Iskra se había salido de su trenza apretada y tenía el rostro insolente salpicado de sangre humana cuando le gruñó a Manon:

—*Esta era mi victoria.*

El rostro de Manon estaba oculto en las sombras del casco y respondió:

—La ciudad es mía.

—Rifthold era para *mí*, tú sólo debías supervisar.

La bruja sacó los dientes de hierro. En la torre a la derecha de Manon, Asterin gruñó como advertencia. Iskra miró a la centinela rubia con sus ojos oscuros y volvió a gruñir.

—Dile a tu jauría de perras que se salga de mi ciudad.

Manon miró a Fendir, el guiverno macho de Iskra.

—Ya dejaste suficiente marca. Se tomará en cuenta tu trabajo.

Iskra temblaba de rabia. No por las palabras.

El viento había cambiado de dirección y empezó a soplar hacia Iskra.

Le empezó a llegar el olor de Manon.

—¿Quién? —preguntó hirviendo de furia—. ¿A quien de las mías masacraste?

Manon no cedió, no permitió que un dejo de arrepentimiento o preocupación se notara.

—¿Por qué habría yo de saber sus nombres? Ella me atacó cuando estaba acercándome a mi presa. Quería al rey para ella y estaba dispuesta a atacar a la heredera para conseguirlo. Se merecía su castigo. En especial porque mi presa se escapó mientras yo lidiaba con ella.

"Mentirosa, mentirosa, mentirosa".

Manon sacó los dientes de hierro, la única parte visible de su rostro debajo del casco.

—Otras cuatro murieron dentro del castillo a manos del príncipe hada que vino a rescatar al rey mientras *yo* lidiaba con tu perra rebelde. Considérate afortunada, Iskra Piernas Amarillas, de que no me vengue por esa pérdida contigo también.

El rostro bronceado de Iskra se puso pálido. Miró a Manon, a las Trece reunidas a su alrededor. Luego dijo:

—Haz lo que quieras con la ciudad. Es tuya.

Sonrió ligeramente cuando levantó la mano para señalar a Manon. Las Trece se tensaron a su alrededor y sacaron sus flechas en silencio para apuntarlas a la heredera de las Piernas Amarillas.

—Pero *tú*, Líder de la Flota... —la sonrisa creció y empezó a mover las riendas de su guiverno preparándose para despegar—. Tú eres una mentirosa, *asesina de brujas*.

Luego se marchó.

No voló hacia la ciudad, sino hacia el cielo.

En cuestión de minutos ya se había perdido de vista. Volaba hacia Morath.

Hacia la abuela de Manon.

Manon miró a Asterin, y luego a Sorrel, cuando doblaron una esquina del pasillo y empezaron a caminar con mayor lentitud antes de llegar a la sala de consejo de Erawan. Manon sabía que ahí la estarían esperando Iskra, su abuela y las otras matronas. De hecho, al dar la vuelta pudieron ver a las Terceras y Cuartas de varios aquelarres montando guardia, mirándose unas a otras con la misma desconfianza que miraban a los hombres de rostros inexpresivos que estaban apostados fuera de las puertas dobles.

Manon le dijo a su Segunda y a su Tercera:

—Esto se pondrá feo.

Sorrel dijo en voz baja:

—Nos las arreglaremos.

Manon apretó el casco un poco más.

—Si las cosas salen mal, debes tomar a las Trece e irte.

Asterin dijo con una exhalación:

—No puedes entrar ahí, Manon, aceptando la derrota. Niégalo hasta el día que mueras.

Si Sorrel sabía que Manon había matado a esa bruja para salvar a su enemigo, no lo dejó saber. Asterin preguntó:

—¿A dónde iríamos, a todo esto?

Manon respondió:

—No sé y no me importa. Pero cuando yo muera las Trece serán el objetivo de cualquiera que tenga alguna cuenta pendiente conmigo.

Era una lista muy, muy larga. Le sostuvo la mirada a su Segunda.

—Sácalas de aquí. No importa el precio.

Se miraron entre sí. Sorrel dijo:

—Haremos lo que pides, Líder de la Flota.

Manon esperó, esperó que su Segunda objetara, pero los ojos oscuros de Asterin brillaron cuando inclinó la cabeza y accedió en voz baja.

A Manon se le aflojó un poco el nudo que sentía en el pecho y destensó los hombros una vez antes de darles la espalda. Pero Asterin la tomó con fuerza de la mano:

—Sé cuidadosa.

Manon dudó si debería responder con brusquedad y decirle que no fuera una tonta sin agallas, pero... había visto lo que su abuela era capaz de hacer. Estaba grabado en la carne de Asterin.

No entraría con aspecto culpable, con aspecto de mentirosa. No... haría que Iskra se arrastrara cuando terminaran.

Así que Manon inhaló profundamente antes de recuperar su paso normal y poderoso, con la capa roja flotando detrás de ella en un viento fantasma.

Todas las miraron cuando se acercaron. Pero eso era de esperarse.

Manon no se dignó a hacer un gesto de reconocimiento a las Terceras y Cuartas reunidas, aunque las mantuvo en su vista periférica. Dos jóvenes del aquelarre de Iskra. Seis viejas, con los dientes de hierro manchados de óxido, de los aquelarres de las matronas. Y...

Había otras dos centinelas jóvenes en el pasillo, llevaban en la frente bandas de cuero trenzado teñido de azul.

Petrah Sangre Azul había venido.

Si las herederas y sus matronas estaban reunidas...

No tenía espacio en su corazón hueco para albergar miedo.

Manon abrió las puertas de golpe con Asterin en sus talones. Sorrel permaneció con las demás en el pasillo.

Diez brujas voltearon a ver a Manon cuando entró. Erawan no estaba por ningún lado.

Y a pesar de que su abuela estaba en el centro del sitio donde todas estaban paradas, y su Segunda estaba recargada contra la pared de piedra detrás de Manon, alineada con las otras cuatro Segundas reunidas, la atención de Manon se fue directamente a la heredera de cabello dorado.

A Petrah.

No había visto a la heredera de las Sangre Azul desde el día de las Competencias Militares, cuando Manon le había salvado la vida tras una caída que la habría matado con certeza. Le salvó la vida pero no había podido salvar la del guiverno de Petrah, a quien el macho de Iskra le destrozó el cuello.

La heredera de las Sangre Azul estaba al lado de su madre, Cresseida, ambas eran altas y delgadas. La matrona llevaba sobre la frente pálida una corona de estrellas de hierro, su expresión no le comunicó nada a Manon.

A diferencia de la de Petrah. Una advertencia brillaba en sus ojos azules profundos: precaución. Vestía su ropa de vuelo y una capa de color azul media noche que amarraba en sus hombros con broches de bronce. Su trenza dorada bajaba por encima de su pecho. Petrah siempre había sido rara, con la cabeza en las nubes, como era el estilo de las Sangre Azul. "Místicas, fanáticas, idólatras" eran algunos de los términos más agradables que se usaban para describir a ellas y a su adoración por la Diosa de las Tres Caras.

Pero la cara de Petrah reflejaba cierto vacío, algo que no estaba ahí unos meses antes. Corría el rumor de que perder a su guiverno la había destrozado y que no se había levantado de la cama durante semanas.

Las brujas no guardaban luto, porque las brujas no amaban lo suficiente para permitir que una pérdida las afectara. Aunque Asterin, quien tomó su sitio al lado de la Segunda de la matrona de las Picos Negros, demostró lo contrario.

Petrah asintió con una inclinación ligera de la barbilla. Fue más que un simple reconocimiento de una heredera a la otra. Antes de que alguien lo notara, Manon volteó a mirar a su abuela.

Su abuela vestía sus ropas negras voluminosas. Tenía una trenza de cabello oscuro en la coronilla; en el sitio que ocuparía la corona que su abuela buscaba para ambas: para ella y para Manon. "Las Reinas Mayores de los Yermos", le había prometido a Manon. Aunque eso significara vender a todas las demás brujas en la habitación.

Manon hizo una reverencia a su abuela y a las otras dos matronas presentes.

Iskra gruñó al lado de la matrona Piernas Amarillas, una anciana antigua y de espalda jorobada que todavía tenía restos de la carne del almuerzo en los dientes. Manon dedicó una mirada fría a la heredera y se paró derecha.

—Las tres están reunidas —empezó a decir su abuela y Manon sintió que se tensaban todos sus huesos—. Tres matronas, para honrar los tres rostros de nuestra Madre.

Doncella, Madre, Anciana. Por eso la matrona de las Piernas Amarillas siempre era anciana, por eso la de las Picos Negros siempre era una bruja en la flor de la edad y por eso Cresseida, la matrona de las Sangre Azul se seguía viendo joven y fresca.

Pero a Manon no le importaba eso. No cuando se estaban pronunciando las palabras.

—La Hoz de Crone cuelga sobre nosotras —cantó Cresseida—. Que sea la espada justiciera de la Madre.

Esto no era una reunión.

Era un juicio.

Iskra empezó a sonreír.

Como si un hilo las uniera, Manon sintió que Asterin se enderezaba detrás de ella, sintió a su Segunda preparándose para lo peor.

—La sangre reclama sangre —dijo con voz rasposa la anciana Piernas Amarillas—. Decidiremos cuánto se debe.

Manon se mantuvo inmóvil. No se atrevió a mostrar ni un ápice de miedo, de titubeo.

Los juicios de las brujas eran brutales, exactos. Usualmente, los problemas se resolvían con tres golpes, a la cara, las costillas y el estómago. Rara vez, sólo en las circunstancias más graves, se reunían las tres matronas para expedir un juicio.

La abuela de Manon dijo:

—Estás acusada, Manon Picos Negros, de matar a una centinela Piernas Amarillas sin mayor provocación que tu propio orgullo.

Los ojos de Iskra estaban absolutamente encendidos.

—Y, como la centinela era parte del aquelarre de la heredera de las Piernas Amarillas, también es un delito contra Iskra —el rostro de la abuela de Manon estaba tenso con rabia, no por lo que Manon había hecho, sino porque la habían descubierto—. Ya sea por tu descuido o tu mala planeación, las vidas de otras cuatro integrantes del aquelarre terminaron. Su sangre, también, mancha tus manos —los dientes de hierro de su abuela brillaron a la luz de las velas—. ¿Niegas estas acusaciones?

Manon mantuvo la espalda recta y las miró a todas a los ojos.

—No niego que maté a la centinela de Iskra cuando intentó quedarse con el premio que me pertenecía por derecho. No niego que las otras cuatro murieron a manos del príncipe hada. Pero sí niego haber hecho algo mal.

Iskra siseó.

—Pueden oler la sangre de Zelta en ella, oler el miedo y el *dolor*.

Manon se burló de Iskra.

—Tú hueles eso, Piernas Amarillas, porque tu centinela tenía un corazón cobarde y atacó a otra hermana en armas.

Cuando se dio cuenta de que no ganaría en nuestra pelea ya era demasiado tarde para ella.

El rostro de Iskra se contorsionó con rabia.

—*Mentirosa*...

—Dinos, heredera Picos Negros —dijo Cresseida— qué sucedió en Rifthold hace tres días.

Así que Manon relató lo sucedido.

Y por primera vez en un siglo de su existencia miserable, le mintió a sus mayores. Tejió un intrincado tapiz de falsedades, *creyendo* que las historias que estaba contando eran verdad. Cuando terminó, señaló a Iskra Piernas Amarillas.

—Se sabe que la heredera de las Piernas Amarillas quiere mi posición desde hace mucho tiempo. Tal vez se apresuró a regresar aquí a lanzar acusaciones en mi contra para poder robar mi posición como Líder de la Flota, así como su centinela intentó robarme mi presa.

Iskra se alteró pero mantuvo la boca cerrada. Sin embargo, Petrah dio un paso al frente y habló:

—Yo tengo preguntas para la heredera Picos Negros, si no es una impertinencia.

La abuela de Manon se veía como si prefiriera que le arrancaran sus propias uñas, pero las otras dos asintieron.

Manon se enderezó y se preparó para lo que fuera que planeara Petrah.

Los ojos azules de Petrah estaban tranquilos cuando miró a Manon a los ojos.

—¿Me considerarías tu enemiga o tu rival?

—Te considero una aliada cuando la ocasión así lo exige, pero el resto del tiempo una rival, sí.

Era la primera cosa verdadera que decía Manon.

—Sin embargo, me salvaste de una muerte segura en las Competencias Militares. ¿Por qué?

Las matronas se miraron entre sí aunque sus rostros eran inescrutables.

Manon levantó la barbilla.

—Porque Keelie murió peleando por ti. No permitiría que su muerte se desperdiciara. No podía ofrecerle menos a una compañera guerrera.

Al sonido del nombre de su guiverno muerto, el dolor recorrió el rostro de Petrah.

—¿Recuerdas su nombre?

Manon supo que esa pregunta no estaba premeditada. Pero de todas maneras asintió.

Petrah miró a las matronas.

—Ese día, Iskra Piernas Amarillas casi me mató y su guiverno mató a la mía.

—Eso ya lo discutimos —interrumpió Iskra con un destello de dientes— y se decidió que había sido accidental...

Petrah levantó una mano.

—No he terminado, Iskra Piernas Amarillas.

Las palabras que usó para dirigirse a la otra heredera no contenían nada salvo acero brutal. Una pequeña parte de Manon se sentía agradecida de no estar recibiendo ese tono.

Iskra notó el resentimiento que aún quedaba en esa voz y dejó de insistir.

Petrah bajó la mano.

—Manon Picos Negros tuvo la oportunidad de dejarme morir ese día. La opción más fácil hubiera sido dejarme morir, y ella no estaría acusada como lo está ahora. Pero arriesgó su vida, y la de su montura, para salvarme de la muerte.

Una deuda de vida, eso era lo que había entre ellas. ¿Petrah pensaba pagarla hablando a su favor ahora? Manon controló su sonrisa burlona.

Petrah continuó:

—No entiendo por qué Manon Picos Negros me salvaría para después ir en contra de sus hermanas Piernas Amarillas. La coronaron la Líder de la Flota por su obediencia, disciplina y brutalidad. No permitan que la rabia de Iskra Piernas Amarillas contamine las cualidades que notaron en ella entonces, y que siguen brillando hoy. No pierdan a su Líder de la Flota por un malentendido.

Las matronas nuevamente se miraron entre sí cuando Petrah inclinó la cabeza y retrocedió a su lugar a la derecha de su madre. Pero las tres brujas continuaron esa discusión silenciosa que mantenían entre ellas. Hasta que la abuela de Manon dio un paso al frente y las otras dos permanecieron atrás para cederle a ella la decisión. Manon casi se desplomó de alivio.

Ya arrinconaría a Petrah la siguiente vez que la heredera fuera lo suficientemente imprudente para salir a solas y la obligaría a revelar por qué había hablado a favor de Manon.

La mirada negra y dorada de su abuela era dura. Despiadada.

—Petrah Sangre Azul ha hablado con la verdad.

El hilo tenso y restirado que se había formado entre Manon y Asterin también se aflojó.

—Sería un desperdicio perder a nuestra Líder de la Flota obediente y *fiel*.

A Manon la habían golpeado en el pasado. Podría soportar los puños de su abuela nuevamente.

—¿Por qué habría de ceder su vida la heredera del clan de brujas Picos Negros a cambio de la vida de una simple centinela? Líder de la Flota o no, este asunto sigue siendo la palabra de una heredera contra la otra. Pero se derramó sangre. Y la sangre debe pagarse.

De nuevo Manon apretó su casco. Su abuela sonrió un poco.

—El derramamiento de sangre deberá ser igual —entonó su abuela y su atención pasó a alguien detrás del hombro de Manon—. Así que tú, nieta, no morirás por esto. Pero una de tus Trece sí.

Por primera vez en un largo, largo tiempo, Manon supo a qué sabían el miedo y la impotencia de los humanos, cuando su abuela dijo con un relámpago de triunfo en sus ojos antiguos:

—Tu Segunda, Asterin Picos Negros, deberá pagar la deuda de sangre entre nuestros clanes. Morirá mañana al amanecer.

# CAPÍTULO 12

Sin Evangeline retrasándolos, Aelin, Aedion y Lysandra viajaron hacia la costa descansando poco.

Aelin permaneció en su forma de hada para poder seguirle el paso a Aedion, quien tenía que aceptar de mala gana era mucho mejor jinete, mientras Lysandra cambiaba entre diversas formas de ave para estudiar el terreno frente a ellos en busca de peligros. Durante las semanas que pasaron viajando, Rowan le enseñó cómo hacerlo, en qué cosas fijarse y qué evitar o a qué prestarle más atención. Pero Lysandra no tenía mucho que informar desde los cielos y Aelin y Aedion encontraron pocos peligros al nivel del suelo mientras cruzaron valles y planicies en las tierras bajas de Terrasen.

Quedaba tan poco del territorio que había sido rico alguna vez.

Aelin intentó no pensarlo demasiado, estas casas en ruinas, las granjas abandonadas, la gente de rostros enjutos que veían cuando se atrevían a entrar a una población, con capuchas y disfraces, para reponer las provisiones que necesitaban con urgencia. Aunque se había enfrentado a la oscuridad y había emergido llena de luz, una voz le susurraba en la cabeza: "Tú hiciste esto, tú hiciste esto, tú hiciste esto".

Esa voz con frecuencia tenía los tonos helados de la voz de Weylan Darrow.

Aelin dejaba monedas de oro a su paso: metidas debajo de una taza de té aguado que le ofrecieron a ella y a Aedion una mañana tormentosa; en la caja de pan de un granjero que les había dado unas rebanadas y un poco de carne para Lysandra, que estaba en forma de halcón; en el cajón de monedas de un posadero que les había ofrecido un tazón adicional de guisado cuando vio lo rápido que habían devorado sus almuerzos.

Pero ese oro no calmaba el dolor de su corazón resquebrajado, ni esa voz odiosa que la acosaba de noche y de día. Para cuando llegaron al antiguo puerto de Ilium una semana después, ya no seguía dejando oro.

Había empezado a sentir que era un soborno. No a su gente, que no tenía idea de que ella caminaba entre ellos, sino para su propia conciencia.

Las planicies verdes eventualmente cambiaron y se convirtieron en una costa árida y rocosa muchos kilómetros antes de que vieran surgir el poblado de muros blancos entre el mar inquieto color turquesa y la amplia desembocadura del río Florine que se adentraba en la tierra, hasta Orynth. El poblado de Ilium era tan antiguo como Terrasen, y probablemente ya habría sido olvidado por los comerciantes y la historia de no ser porque el templo en ruinas en el extremo noreste de la ciudad atraía a suficientes peregrinos para mantener a la ciudad próspera.

El Templo de la Piedra, como se le conocía, estaba construido alrededor de la primera roca que el propio Brannon había pisado en el continente antes de navegar por el Florine hasta su fuente en la base de las montañas Staghorn. Aelin no tenía idea de cómo le había hecho la Gente Pequeña para saber representar el templo.

El edificio era ancho y amplio y estaba erigido sobre un risco pálido, con una gran vista del bello pueblo desgastado por las tormentas que quedaba detrás de él y el océano del otro lado. El agua era tan azul que le recordaba a Aelin los mares tranquilos del sur.

Eran las aguas hacia las cuales Rowan y Dorian deberían dirigirse en ese momento, si habían tenido suerte. Aelin intentó no pensar demasiado en eso tampoco. Sin el príncipe hada a su lado, habría un horrible silencio sin fin.

Casi tan silencioso como los muros blancos del pueblo y la gente en su interior. Aelin y Aedion iban encapuchados y armados hasta los dientes debajo de sus capas pesadas. Cabalgaron por las puertas abiertas, aparentaban ser sólo un par de peregrinos precavidos de camino al templo. Disfrazados para pasar desapercibidos y por el hecho de que Ilium estaba bajo ocupación de Adarlan.

Lysandra les había dado la noticia esa mañana cuando regresó de su vuelo de exploración. Permaneció en forma humana apenas el tiempo necesario para informarles.

—Deberíamos haber ido al norte, a Eldrys —murmuró Aedion mientras cabalgaban junto a un grupo de guardias adarlanianos de rostro duro y con armadura. Los soldados sólo voltearon a verlos para fijarse en el halcón de ojos inteligentes y pico muy afilado que iba montado en el hombro de Aelin. Nadie se había percatado del escudo oculto entre las alforjas de Aedion y cubierto cuidadosamente con su capa. Tampoco se veían las espadas que llevaban escondidas. Damaris estaba donde Aelin la había guardado durante las semanas del viaje: amarrada debajo de las bolsas pesadas que contenían antiguos libros de hechizos que había tomado *prestados* de la biblioteca real de Dorian en Rifthold.

—Aún estamos a tiempo de darnos la vuelta —dijo Aedion.

Aelin lo miró con severidad, con los ojos ocultos en la sombra de su capucha.

—Si crees por un momento que voy a dejar esta ciudad en las manos de Adarlan, puedes irte al infierno.

Lysandra hizo sonar su pico para indicar que estaba de acuerdo.

La Gente Pequeña no se equivocó al enviar el mensaje de que fueran a ese lugar. Su versión del templo era casi perfecta. A través de la magia que poseían, habían previsto las noticias mucho antes de que le llegaran a Aelin en el camino: Rifthold sí había caído, su rey había desaparecido y las brujas habían saqueado la ciudad. Envalentonados por esto, y por el rumor de que *ella* no estaba reclamando su trono sino más bien también huyendo, el lord de Meah, padre de Roland Havilliard y uno de los lords más poderosos de Adarlan, envió a su guarnición de tropas justo al otro lado de la frontera dentro de Terrasen. Y declaró que el puerto era de él.

—Hay cincuenta soldados acampando aquí —le advirtió Aedion a ella y a Lysandra.

La metamorfa se limitó a esponjar sus plumas como para decir: ¿Y qué?

Él apretó la mandíbula.

—Créeme. Yo también quiero vengarme, pero...

—No voy a esconderme en mi propio reino —lo interrumpió Aelin—. Y no voy a irme sin enviar un recordatorio de a quién le pertenecen estas tierras.

Aedion se mantuvo en silencio cuando dieron la vuelta en una esquina para dirigirse hacia la pequeña posada al lado del mar que Lysandra también había explorado esa mañana. En el extremo opuesto del templo.

El templo que los soldados se habían *atrevido* a usar como barracas.

—¿La intención de esto es mandar un mensaje a Adarlan, o a Darrow? —preguntó al fin Aedion.

—Es liberar a mi gente, quienes han lidiado con esta mierda de Adarlan por demasiado tiempo —respondió molesta Aelin mientras controlaba a su yegua para que se detuviera frente al patio de la posada.

Lysandra le clavó las garras en el hombro para indicarle en silencio que estaba de acuerdo. Apenas a un par de metros de distancia del muro desgastado del patio, el mar resplandecía brillante como un zafiro.

—Avanzaremos al anochecer —dijo Aelin.

Aedion permaneció en silencio y con el rostro semioculto cuando el dueño de la posada salió y consiguieron una habitación para pasar la noche. Aelin le permitió a su primo estar de mal humor un rato y se esforzó por controlar su magia. No había liberado nada esa mañana porque quería tener toda su fuerza para lo que iban a hacer en la noche, pero la tensión ya le molestaba, una comezón sin alivio, una sensación que no podía acallar.

Hasta que estuvieron seguros en su diminuta habitación de dos camas, ya que Lysandra estaba sobre el alféizar de la ventana, Aedion dijo:

—Aelin, ya sabes que te voy a ayudar... sabes que quiero que esos bastardos se vayan de aquí. Pero la gente de Ilium lleva siglos viviendo aquí consciente de que en una guerra ellos serán los primeros en ser atacados.

Y no necesitó agregar que esos soldados podrían regresar fácilmente en cuanto ellos se fueran.

Lysandra picoteó en la ventana: una petición silenciosa. Aelin caminó hacia ella y abrió la ventana para permitir que la brisa marina entrara.

—Los símbolos tienen poder, Aedion —dijo mientras miraba a la metamorfa extender sus alas moteadas.

Había leído libros y libros sobre eso durante esa ridícula competencia en Rifthold.

Aedion resopló.

—Lo sé. Créeme, los he usado para mi beneficio siempre que he podido —tocó el pomo de la espada de Orynth para enfatizar su punto—. Ahora que lo pienso, una vez le dije exactamente lo mismo a Dorian y a Chaol —sacudió la cabeza al recordar ese momento.

Aelin se recargó contra el alféizar.

—Ilium solía ser la fortaleza de los micenianos.

—Los micenianos no son más que un mito: fueron desterrados hace trecientos años. Si estás buscando un símbolo, ellos ya están bastante pasados de moda y son divisivos.

Ella lo sabía. Los micenianos fueron los gobernantes de Ilium, pero no como nobleza sino como señores del crimen. Y durante una guerra hacía mucho tiempo, su flotilla letal fue un factor importante en la victoria a tal grado que fueron legitimados por el rey que gobernaba entonces. Hasta que siglos después los exiliaron por negarse a ayudar a Terrasen en otra guerra.

Aelin miró los ojos verdes de Lysandra cuando la metamorfa bajó las alas después de haberse refrescado lo necesario. Esa semana durante el camino estuvo distante. Se decidió más por las plumas y el pelaje que por la piel. Tal vez porque un pedazo de su corazón iba camino a Orynth con Ren y Murtaugh. Aelin acarició la cabeza sedosa de su amiga.

—Los micenianos abandonaron Terrasen para no morir en una guerra en la que no creían.

—Y poco después de eso se dispersaron y desaparecieron, nunca más fueron vistos —contradijo Aedion—. ¿Cuál es tu punto? ¿Crees que liberar a Ilium los traerá de vuelta? Hace mucho que se fueron, Aelin, con todo y sus dragones marinos.

Era verdad que en esta ciudad no había ninguna señal de ellos, ni de la flota legendaria ni de los guerreros que navegaban a las batallas atravesando mares distantes y violentos, guerreros que defendían las fronteras con su propia sangre derramada sobre las olas y cuyo rastro se veía más allá de las ventanas. Y la sangre de sus dragones marinos, sus aliados y sus armas. Cuando el último de los dragones murió, nostálgico por haber sido exiliado de las aguas de Terrasen, se perdieron verdaderamente los micenianos. Los micenianos no volverían a su hogar hasta que los dragones marinos regresaran también. O así decían sus antiguas profecías.

Aedion sacó los cuchillos ocultos en sus alforjas, excepto a Damaris, y se los puso, uno por uno. Revisó dos veces que el cuchillo de Rowan estuviera fijo con seguridad en su costado antes de decirle a Aelin y Lysandra, que seguían junto a la ventana:

—Sé que las dos piensan que los hombres están aquí para proporcionarles una vista bonita y alimento, pero soy un general de Terrasen. Tenemos que encontrar un ejército real, no perder nuestro tiempo persiguiendo fantasmas. Si no tenemos un ejército en el norte a mediados de otoño, las tormentas de invierno evitarán que podamos llegar por tierra y por mar.

—Si estás tan versado en los símbolos y el poder que portan, Aedion —dijo ella—, entonces sabes por qué Ilium es vital. No podemos permitir que Adarlan se quede con este lugar. Por una docena de razones.

Estaba segura de que su primo ya había calculado todas las opciones.

—Entonces toma el pueblo, pero necesitamos salir al amanecer —la retó Aedion.—El templo —dijo entrecerrando los ojos—, todo esto es que porque se apropiaron del templo, ¿no?

—El templo es mi derecho de nacimiento —dijo Aelin—. No puedo permitir que ese insulto continúe sin castigo.

Aflojó los hombros. Revelar sus planes, explicar lo que pensaba... Eso le costaba trabajo y tendría que acostumbrarse. Pero había prometido que intentaría ser más... abierta sobre sus planes. Y para esta situación, al menos, podía serlo.

—Tanto para Adarlan como para Darrow. No si algún día voy a reclamar mi trono.

Aedion lo consideró. Después resopló y se le empezó a formar una sonrisa en la cara.

—Una reina indisputable no sólo por sangre sino también por las leyendas —su rostro permaneció contemplativo—. Serías la reina indisputable si consiguieras que la flama del rey volviera a florecer.

—Qué pena que Lysandra sólo puede transformarse a ella misma y no a las cosas —murmuró Aelin. Lysandra hizo ruido con el pico para indicar que estaba de acuerdo y esponjó las plumas.

—Dicen que la flama del rey floreció una vez durante el reino de Orlon —murmuró Aedion—. Sólo una flor que encontraron el Oakwald.

—Lo sé —dijo Aelin en voz baja—. La conservaba entre dos trozos de vidrio sobre su escritorio.

Todavía recordaba esa pequeña flor roja y anaranjada, tan simple en su diseño, pero tan vibrante que siempre le robó el aliento. Florecieron en campos y montañas por todo el reino el día en que Brannon pisó por primera vez el continente. Y después de eso, durante siglos, si alguien encontraba una sola flor, ese rey se consideraba bendecido, sabía que el reino estaba verdaderamente en paz.

Antes de que se encontrara la flor en la segunda década del reinado de Orlon, la última se había visto noventa y cinco años antes. Aelin tragó saliva.

—¿Adarlan...?

—Darrow la tiene —dijo Aedion—. Fue la única pertenencia de Orlon que logró rescatar antes de que los soldados tomaran el palacio.

Aelin asintió y su magia chisporroteó en respuesta. Incluso la espada de Orynth había caído en manos de Adarlan, hasta que Aedion la ganó de vuelta. Sí, su primo tal vez entendía, más que cualquier otra persona, el poder que poseía un sólo símbolo. Cómo la pérdida o la recuperación de uno podía destrozar o levantar a un ejército, a un pueblo.

Suficiente: ya era *suficiente* destrucción y dolor en su reino.

—Vamos —le dijo a Lysandra y a Aedion dirigiéndose a la puerta—. Será mejor que comamos antes de que empecemos a armar un escándalo.

# CAPÍTULO 13

Hacía mucho tiempo que Dorian no veía tantas estrellas.

Detrás de ellos, a lo lejos, el humo todavía manchaba el cielo, las columnas estaban iluminadas por la luna creciente. Al menos los gritos se dejaron de escuchar hacía varios kilómetros. Junto con el batir de las alas poderosas.

Sentado detrás de él en el esquife con un sólo mástil, el príncipe Rowan Whitethorn miraba hacia el mar negro y tranquilo. Navegaban hacia el sur impulsados por la magia del príncipe, hacia las Islas Muertas. El guerrero hada los acercó rápidamente a la costa, donde no tuvo ningún problema en robarse esta embarcación mientras el dueño estaba concentrado en la ciudad llena de pánico al oeste. Y todo el tiempo, Dorian permaneció en silencio, no hizo nada. Así estuvo cuando destruían su ciudad, mientras asesinaban a su gente.

—Deberías comer —dijo Rowan del otro lado del pequeño barco.

Dorian miró hacia el costal de provisiones que Rowan también se robó. Pan, queso, manzanas, pescado seco... A Dorian se le revolvió el estómago.

—Te enterraron una púa envenenada —dijo Rowan con una voz tan baja que apenas se alcanzaba a escuchar por encima del sonido de las olas que golpeaban suavemente a su embarcación, mientras el viento veloz los empujaba desde atrás—. Tu magia se agotó para mantenerte con vida y caminando. Necesitas comer o la magia no se recuperará —una pausa—. ¿No te advirtió sobre esto Aelin?

Dorian tragó saliva.

—No. Realmente no tuvo tiempo de enseñarme sobre la magia.

Miró hacia la parte trasera del barco, donde estaba sentado Rowan con una mano recargada sobre el timón. La imagen de esas orejas puntiagudas seguía siendo sorprendente, incluso meses después de haber conocido al hada. Y ese cabello plateado...

No era como el cabello de Manon, que era blanco puro como la luz de la luna sobre la nieve.

Se preguntó qué habría sido de la Líder de la Flota, quien había matado por él, quien le perdonó la vida.

No le perdonó la vida. Lo rescató.

No era ningún tonto. Sabía que lo había hecho por motivos que le eran de utilidad. Ella era tan ajena a él como el guerrero sentado al otro lado del bote... tal vez más.

Y sin embargo, esa oscuridad, esa violencia y honestidad cruda de ver el mundo... No habría secretos con ella. No habría mentiras.

—Necesitas comer para mantener tu fuerza —continuó Rowan—. Tu magia se alimenta de tu energía... se alimenta de *ti*. Mientras más descansado estés, más fuerza tendrás. Y lo más importante es que tendrás un mayor control. Tu poder es parte de ti y también es una entidad independiente. Si no te ocupas de él, te consumirá, te usará a *ti* como una herramienta —vio un destello en los dientes de Rowan mientras sonreía—. A cierta persona que conocemos le gusta desviar un poco de su poder hacia cosas frívolas para controlar su intensidad —Dorian sintió cómo Rowan lo miraba con dureza, como si lo golpeara—. Tú decidirás cuánta permites que entre en tu vida, cómo usarla, pero si sigues sin dominarla, Majestad, te destruirá.

Dorian sintió que un escalofrío le recorría la columna.

Tal vez era el mar abierto, o las estrellas infinitas en el cielo, pero Dorian dijo:

—No fue suficiente. Ese día... el día que Sorscha murió, no fue suficiente para salvarla —extendió las manos sobre su regazo—. Sólo quiere destruir.

El silencio que siguió a sus palabras fue tan largo que Dorian se preguntó si Rowan se habría quedado dormido. No se atrevió a preguntar cuándo había sido la última vez que el príncipe había dormido. Ciertamente comió como si estuviera muerto de hambre.

—Yo tampoco pude salvar a mi pareja cuando la asesinaron —dijo al fin Rowan.

Dorian se enderezó. Aelin le contó varias cosas sobre la historia del príncipe, pero no eso. Supuso que no era una parte de la historia que le correspondiera a Aelin compartir, no era su dolor.

—Lo lamento —dijo Dorian.

Su magia percibió el vínculo entre Aelin y Rowan, el vínculo que era más profundo que la sangre, que su magia, y asumió que se debía a que eran una pareja y aún no se lo habían dicho a nadie. Pero si Rowan ya había tenido una pareja y la perdió...

Rowan continuó:

—Vas a odiar el mundo, Dorian. Te vas a odiar a ti mismo. Odiarás tu magia y odiarás cualquier momento de paz o felicidad. Pero yo tuve el lujo de tener un reino en paz y de que nadie dependía de mí. Tú no.

Rowan movió el timón y ajustó su curso para adentrarse más en el mar cuando la costa salió un poco hacia ellos, un muro alto de riscos empinados. Sabía que viajaban rápidamente, pero ya habían recorrido casi la mitad del camino hacia la frontera sur, y protegidos por la oscuridad viajaban mucho más rápido de lo que consideró.

Al fin Dorian dijo:

—Soy el soberano de un reino destrozado. Mi gente no sabe quién los gobierna. Y ahora estoy huyendo... —sacudió la cabeza y sintió cómo el agotamiento le carcomía los huesos—. ¿Le cedí mi reino a Erawan? ¿Qué... qué *hago* ahora?

El crujir del bote y el fluir del agua eran los únicos sonidos que se escuchaban.

— Para este momento tu gente ya debe saber que no estás entre los muertos. A ti te corresponde decirles cómo interpretar eso: si van a pensar que los abandonaste o si te van a ver como un hombre que está partiendo en busca de ayuda, para salvarlos. Debes dejar eso claro.

—Con este viaje a las Islas Muertas.

Rowan asintió.

—No nos debería sorprender saber que Aelin tiene una historia complicada con el lord de los piratas. Tú no. Te conviene que te vea como un aliado favorable. Aedion me dijo que el general Narrok y un grupo de fuerzas de Erawan una vez arrasaron con las Islas Muertas. Rolfe y su flota huyeron, y como ahora Rolfe es el gobernante de la Bahía de la Calavera, esa desgracia podría ser tu manera de ganártelo. Convéncelo de que no eres el hijo de tu padre y que les concederás privilegios a Rolfe y sus piratas.

—Quieres decir que los convierta en corsarios.

—Tienes oro, nosotros tenemos oro. Si prometerle a Rolfe dinero y el derecho de saquear los barcos de Erawan nos ayudará a tener una armada en el sur, seríamos muy tontos de no aprovecharla.

Dorian consideró las palabras del príncipe.

—Nunca he conocido a un pirata.

—Conociste a Aelin cuando ella fingía ser Celaena —dijo Rowan secamente—. Te prometo que Rolfe no será mucho peor.

—Eso no me tranquiliza.

Una risa apagada. Se volvió a hacer el silencio entre ellos. Después de un rato, Rowan dijo:

—Lamento... lo de Sorscha.

Dorian se encogió de hombros y se odió por ese gesto, como si él menospreciara lo que Sorscha significó, lo valiente que fue, lo especial.

—Sabes —dijo el rey—, a veces deseo que Chaol estuviera aquí, para ayudarme. Y a veces me da gusto que no esté, para que no se ponga otra vez en riesgo. Me da gusto que esté en Antica con Nesryn —estudió al príncipe, las líneas letales de su cuerpo, la quietud depredadora con la que estaba sentado mientras conducía el barco—. ¿Podrías... podrías enseñarme sobre la magia? No todo, digo, pero... lo que puedas, cuando puedas.

Rowan lo consideró por un momento y luego dijo:

—He conocido muchos reyes en mi vida, Dorian Havilliard. Y es excepcional un hombre que pide ayuda cuando la necesita, un hombre que hace a un lado su orgullo.

Dorian estaba bastante seguro de que su orgullo había terminado hecho trizas bajo las garras del príncipe del Valg.

—Te enseñaré tanto como pueda antes de que lleguemos a la Bahía de la Calavera —dijo Rowan—. Tal vez encontremos a alguien que se haya escapado de los carniceros, alguien que te pueda instruir más que yo.

—Tú le enseñaste a Aelin.

Nuevamente, se hizo el silencio.

—Aelin es mi corazón. Le enseñé lo que sabía y funcionó porque nuestras magias se entendían a profundidad, igual que nuestras almas. Tú eres... distinto. Tu magia es algo que yo rara vez he encontrado. Necesitas alguien que la entienda, o al menos que sepa cómo entrenarte. Pero puedo enseñarte a controlarla; puedo enseñarte cómo introducirte en tu poder y cuidarte.

Dorian asintió para darle las gracias.

—La primera vez que viste a Aelin, ¿supiste...?

Un resoplido.

—No. Dioses, no. Queríamos matarnos —su tono divertido titubeó—. Ella estaba... en un lugar muy oscuro. Ambos lo estábamos. Pero nos ayudamos a salir de ese lugar. Encontramos una manera, juntos.

Durante un instante, Dorian sólo pudo quedársele viendo. Como si estuviera leyendo su mente, Rowan dijo:

—Tú también encontrarás tu camino, Dorian. Encontrarás cómo salir.

Él no tenía las palabras indicadas para transmitirle lo que tenía en su corazón, así que suspiró mirando el cielo estrellado e infinito.

—A la Bahía de la Calavera, entonces.

La sonrisa de Rowan era una mancha de blancura en la oscuridad.

—A la Bahía de la Calavera.

# CAPÍTULO 14

Vestido de negro de los pies a la cabeza para la batalla, Aedion Ashryver se mantuvo en las sombras de la calle al otro lado del templo y observó a su prima que escalaba el edificio a su lado.

Ya habían logrado conseguir pasaje en un buque para la mañana siguiente, también consiguieron que otro barco mensajero llevara cartas firmadas tanto por Aelin como por Aedion a Wendlyn, en las que les suplicaban a los Ashryver que ayudaran. Porque lo que habían averiguado ese día...

Él había ido a Ilium varias veces durante la última década y sabía moverse en el lugar. Por lo general, él y su Flagelo acampaban fuera de los muros de la población y se divertían tanto en las tabernas que él terminaba vomitando en su casco a la mañana siguiente. Era algo muy distinto al silencio aturdido que los acompañaba a Aelin y a él mientras caminaban por las calles pálidas y polvosas, disfrazados y poco sociables.

En todas esas visitas al pueblo, nunca imaginó recorrer esas calles con su reina, ni que su rostro estaría tan serio cuando viera a la gente asustada e infeliz, las cicatrices de la guerra.

No les arrojaron flores a su paso, no había trompetas que anunciaran su regreso. Sólo el tronar del mar, el aullido del viento y el sol ardiente sobre ellos. Y la rabia que brotaba de Aelin al ver a los soldados apostados por todo el pueblo...

Todos los desconocidos estaban muy vigilados en ese lugar, así que tuvieron que poner cuidado de asegurar bien su transporte. Para el pueblo, para el mundo, estarían abordando el barco *Dama del Verano* a media mañana y se dirigirían al norte, a Suria. Pero en realidad abordarían el *Canto al Viento* justo antes del amanecer para navegar al sur antes de que saliera el sol. Pagaron en oro para garantizar el silencio del capitán. Y por su información. Estaban a punto de irse de la cabina de ese hombre cuando les dijo:

—Mi hermano es comerciante. Se especializa en bienes de tierras distantes. Me trajo noticias la semana pasada de que habían visto barcos reuniéndose en la costa oeste del territorio de hadas.

—¿Para navegar hacia acá? —Aelin preguntó. Al mismo tiempo, Aedion exigió saber:

—¿Cuántos barcos?

—Cincuenta, todos de guerra —respondió el capitán y los observó cuidadosamente. Sin duda asumió que eran agentes de una de las muchas coronas que estaban participando en esa guerra—. Un ejército de guerreros hada acampó en la playa. Parecen estar esperando órdenes para salir.

Esta noticia probablemente se dispersaría rápidamente. Haría que la gente entrara en pánico. Aedion hizo una nota para advertirle a su Segundo y que preparara al Flagelo para eso y para que pudieran enfrentar cualquier rumor extraño.

El rostro de Aelin había palidecido un poco y él le colocó una mano tranquilizante en la espalda. Pero ella sólo se paró más erguida cuando él la tocó y le preguntó al capitán:

—¿Tu hermano percibió que la reina Maeve estaba aliada con Morath o que ella viene a ayudar a Terrasen?

—Ninguna de las dos —interrumpió el capitán—. Sólo iba pasando por ahí, aunque si había una armada como esa, dudo que fuera secreta. No sabemos nada más, tal vez los buques eran para otra guerra.

El rostro de su reina no mostraba nada más en la oscuridad de su capucha. Aedion hizo que su rostro fuera igual de inexpresivo.

Excepto que la expresión de ella permaneció así todo el camino de regreso, y en las horas que siguieron, mientras afilaban sus armas y después, cuando salieron a las calles bajo el cobijo de la oscuridad. Si Maeve de verdad estaba juntando una armada para hacerles frente...

SARAH J. MAAS

Aelin se detuvo un segundo cuando llegó a la azotea, vio la empuñadura de Goldryn envuelta en un trapo para ocultar su brillo y Aedion echó un vistazo a su figura sombreada y a los vigilantes de Adarlan que patrullaban los muros del templo a pocos metros de distancia.

Pero su prima volteó hacia el océano cercano, como si pudiera ver hasta el sitio donde estaba Maeve con su flota aguardando. Si la perra inmortal se aliaba con Morath... Seguramente Maeve no sería tan estúpida. Tal vez los dos gobernantes oscuros se destruirían entre sí en su lucha por el poder. Y probablemente destruirían al continente en el proceso.

Pero un Rey Oscuro y una Reina Oscura unidos contra la Portadora de Fuego...

Tenían que actuar rápidamente. Cortar la cabeza de una de las serpientes antes de tener que lidiar con la otra.

Escuchó el silbido de tela sobre piel y Aedion miró al sitio donde Lysandra estaba esperando detrás de él, en espera de la señal de Aelin. Lysandra vestía su ropa de viaje, un poco vieja y sucia. Había estado leyendo un libro de aspecto antiguo toda la tarde. *Criaturas olvidadas de la oscuridad* o algo así. Una sonrisa tiró de los labios de Aedion cuando se preguntó si ella habría pedido prestado el libro o si lo habría robado.

La dama miró al sitio en la azotea donde Aelin estaba, apenas vio una sombra. Lysandra se aclaró la garganta un poco y dijo con tanta suavidad que nadie más la podría escuchar, ni la reina ni los soldados al otro lado de la calle:

—Aceptó el decreto de Darrow con demasiada tranquilidad.

—Yo no llamaría a esto tranquilidad —respondió Aedion. Pero sabía a qué se refería la metamorfa.

Desde que se fue Rowan, desde que llegó la noticia de la caída de Rifthold, Aelin había estado semipresente. Distante.

Los ojos verde claro de Lysandra lo clavaron en el sitio.

—Es la calma antes de la tormenta, Aedion.

Cada uno de sus instintos depredadores se puso alerta.

Los ojos de Lysandra volvieron a volar hacia la figura esbelta de Aelin.

—Se aproxima una tormenta. Una gran tormenta.

No eran las fuerzas que se ocultaban en Morath, ni Darrow haciendo planes en Orynth, ni Maeve reuniendo su armada, sino la mujer que estaba en esa azotea, quien tenía las manos apoyadas en el borde mientras se agachaba.

—¿No te da miedo...? —no pudo decir el resto. De alguna manera se acostumbró a que la metamorfa le protegiera las espaldas a Aelin, le gustaba mucho esa imagen. Rowan a su derecha, Aedion a su izquierda, Lysandra a la espalda: nadie ni nada podía acercarse a la reina.

—No... no, nunca —dijo Lysandra. Algo se aflojó en el pecho de Aedion—. Pero, mientras más lo pienso, más me parece... me da más la impresión de que todo esto se planeó hace mucho tiempo. Erawan tuvo décadas antes de que naciera Aelin para atacar, décadas durante las cuales nadie con sus poderes, ni los de Dorian, existía para desafiarlo. Sin embargo, la suerte o la fortuna quisieron que se moviera ahora. En un momento en que la Portadora de Fuego camina sobre la tierra.

—¿A qué quieres llegar? —preguntó Aedion. Había considerado todo eso antes, durante las guardias largas que tenían que hacer en el recorrido. Era aterrorizante, imposible, pero gran parte de sus vidas desafiaban la lógica o la normalidad. La metamorfa a su lado era prueba de eso.

—Morath está desatando sus horrores —dijo Lysandra—. Maeve se mueve del otro lado del océano. Dos diosas caminan mano a mano con Aelin. Más que eso, Mala y Deanna la han estado cuidando toda su vida. O tal vez no la estaban cuidando. Tal vez la estaban... formando. Para un día poder liberarla también. Y me pregunto si los dioses consideraron el costo de esta tormenta. Y si estimaron que las pérdidas valdrían la pena.

Un escalofrío le recorrió la espalda a Aedion.

Lysandra continuó, en voz tan baja que Aedion se preguntó si su temor no era que la reina los estuviera escuchando, sino esos dioses:

—Todavía no hemos visto el alcance completo de la oscuridad de Erawan. Y creo que todavía no hemos visto tampoco el alcance completo del fuego de Aelin.

—Ella no es un peón sin conciencia —respondió Aedion. Desafiaría a los dioses, encontraría alguna manera de terminar con ellos, si amenazaban a su prima, si consideraban que estas tierras se podían sacrificar para derrotar al Rey Oscuro.

—¿Realmente es *tan* difícil que estés de acuerdo conmigo por una vez?

—Nunca estuve en *desacuerdo*.

—Siempre tienes una respuesta para todo —dijo ella negando con la cabeza—. Es insufrible.

Aedion sonrió.

—Es bueno saber que por fin te estoy sacando de quicio. ¿O debería decir erizando la piel?

Ese rostro increíblemente hermoso se volvió realmente malévolo.

—Cuidado, Aedion. Que yo muerdo.

Aedion se inclinó un poco hacia ella. Sabía dónde había un límite con Lysandra, sabía dónde estaban las fronteras que no cruzaría, que no presionaría. No después de lo que ella había soportado desde la niñez, no después de que ganó su libertad. No después de lo que le pasó a él.

Aunque él no le había dicho nada a Aelin todavía. ¿Cómo podría? ¿Cómo podría explicar lo que le habían hecho a él, lo que lo habían forzado a hacer en esos primeros años de la conquista?

Pero coquetear con Lysandra era inofensivo, para él y para la metamorfa. Y, dioses, era bueno hablar con ella más de un minuto entre sus distintas formas. Así que hizo un chasquido y le dijo:

—Por suerte yo sé hacer ronronear a las mujeres.

Ella rio suavemente, pero el sonido murió en cuanto miró de nuevo a su reina mientras la brisa marina movía su cabello oscuro y sedoso.

—En cualquier momento —le advirtió a Aedion.

A Aedion no le importaba un carajo lo que pensara Darrow ni de qué se burlara. Lysandra le salvó la vida, peleó por su reina y arriesgó todo, incluyendo a su protegida, para rescatarlo de la ejecución y reunirlo con Aelin. Él observó que la metamorfa miraba hacia atrás los primeros días, como si pudiera ver a Evangeline con Murtaugh y Ren. Sabía que incluso ahora parte de ella permanecía con la niña, igual que parte de Aelin permanecía con Rowan. Se preguntó si él alguna vez sentiría eso, ese grado de amor.

Por Aelin, sí, pero eso era parte de él, como lo eran sus extremidades. Eso nunca había sido algo elegido, así como Lysandra eligió ser generosa con esa niña, como Rowan y Aelin eligieron estar uno con la otra. Tal vez era estúpido pensarlo, debido a lo que estaba entrenado para hacer y lo que les aguardaba en Morath, pero... Nunca le diría esto en mil años, pero al mirar a Aelin y Rowan, a veces los envidiaba.

Ni siquiera quería pensar sobre qué más había implicado Darrow al afirmar que una unión entre Wendlyn y Terrasen se *intentó* hacía más de diez años, a cambio de un matrimonio entre él y Aelin, sólo para que sus parientes del otro lado del mar los rechazaran.

Amaba a su prima, pero la noción de tocarla de esa manera, hacía que se le revolviera el estómago. Tenía la impresión de que ella compartía ese sentimiento.

Ella no le había mostrado la carta que escribió a Wendlyn. No se le había ocurrido pedir verla hasta ese momento. Aedion miró la figura solitaria frente al gran océano oscuro.

Y se dio cuenta de que en realidad no quería saber.

Él era un general, un guerrero perfeccionado a fuerza de sangre, rabia y pérdida; había visto y hecho cosas que todavía lo despertaban en las noches, noche tras noche, pero... No quería saber. Todavía no.

Lysandra dijo:

—Deberíamos irnos antes del amanecer. No me gusta el olor de este lugar.

Él inclinó la cabeza hacia los cincuenta soldados que acampaban dentro de los muros del templo.

—Obviamente.

Pero antes de que ella pudiera hablar, unas llamas azules surgieron de las puntas de los dedos de Aelin. La señal.

Lysandra se convirtió en un leopardo de las nieves y Aedion se escondió entre las sombras cuando ella soltó un rugido que hizo temblar las casas de los alrededores y despertó a sus dueños. La gente empezó a salir de sus casas justo cuando los soldados abrieron las puertas del templo para ver de dónde venía el escándalo.

Aelin se bajó del techo con un par de movimientos ágiles y aterrizó con gracia felina cuando los soldados avanzaron hacia la calle con las armas listas y los ojos muy abiertos.

Los ojos de todos se abrieron todavía más cuando Lysandra avanzó hacia Aelin, gruñendo y cuando Aedion avanzó hacia su otro lado. Al mismo tiempo, se quitaron las capuchas. Alguien en la parte de atrás dejó escapar un grito ahogado.

No por su cabello dorado ni sus rostros, sino por la mano envuelta en flamas azules que Aelin levantó sobre su cabeza cuando les dijo a los soldados que les apuntaban con sus ballestas:

—Lárguense de mi templo.

Los soldados parpadearon. Detrás de ellos, uno de los habitantes del pueblo empezó a llorar cuando apareció una corona de fuego encima del cabello de Aelin. Cuando la tela que cubría a Goldryn se quemó y el rubí color rojo sangre empezó a brillar.

Aedion sonrió a los bastardos de Adarlan, se quitó el escudo de la espalda y dijo:

—Milady les da a elegir: pueden irse ahora... o no irse nunca.

Los soldados intercambiaron miradas. La flama alrededor de la cabeza de Aelin ardió con más fuerza, un faro en la oscuridad. "Los símbolos tienen mucho poder".

Ahí estaba, coronada en llamas, un bastión en contra de la noche reunida. Entonces Aedion sacó la espada de Orynth de la funda en su espalda. Alguien gritó al ver esa espada antigua y poderosa.

Más y más soldados empezaron a llenar el patio abierto del templo tras las puertas. Y algunos dejaron caer sus armas y levantaron los brazos. Retrocedieron.

—Cobardes repugnantes —gruñó un soldado y se colocó al frente del grupo.

Era un comandante, a juzgar por las condecoraciones que tenía en su uniforme rojo y dorado. Era un humano. Ninguno tenía anillos negros. Hizo un gesto de desagrado al mirar a Aedion, notó el escudo y la espada que sostenía, lista para derramar sangre.

—El Lobo del Norte —dijo con una sonrisa burlona—. Y la perra escupefuego en persona.

Había que reconocerle a Aelin que sólo se veía aburrida. Y dijo una última vez a los soldados humanos que estaban reunidos ahí, moviéndose incómodos.

—Vivan o mueran, es su decisión, tómenla ahora.

—No escuchen a la perra —ladró el comandante—. Sus trucos sólo son para engañar, dijo lord Meah.

Pero otros cinco soldados dejaron caer sus armas y corrieron. Corrieron descaradamente hacia las calles.

—¿Alguien más? —preguntó Aelin suavemente.

Quedaban treinta y cinco soldados, con las armas desenvainadas y los rostros duros. Aedion había peleado contra y junto a hombres como ellos. Aelin lo miró inquisitivamente. Aedion asintió. El comandante tenía las garras enterradas en esos hombres, sólo retrocederían cuando lo hiciera su jefe.

—Vamos, entonces. Veamos qué tienen que ofrecernos —los desafió el comandante—. Me está esperando la hermosa hija de un campesino que quiero terminar...

Como si apagara una vela, Aelin exhaló en dirección al hombre.

Al principio, el comandante se quedó en silencio. Como si cada uno de sus pensamientos, cada sensación se hubiera detenido. Luego su cuerpo se quedó tieso, como si se hubiera convertido en roca.

Y por un instante Aedion pensó que el hombre *sí* se había convertido en roca porque su piel y su uniforme de Adarlan, se pusieron de varias tonalidades de gris.

Pero cuando sopló una leve brisa marina, el hombre simplemente se *deshizo* en cenizas. Aedion estaba muy sorprendido por lo que hizo Aelin.

Lo quemó vivo. De adentro hacia afuera. Alguien gritó. Aelin se limitó a decirles:

—Se los advertí.

Unos cuantos soldados salieron huyendo.

Pero la mayoría se quedó en su sitio y sus ojos brillaron con odio y aborrecimiento al ver la magia, a la reina, a Aedion.

Y Aedion sonrió como el lobo que era cuando levantó la espada de Orynth y se lanzó sobre la línea de guerreros que estaban levantando sus armas a la izquierda. Lysandra se abalanzó a la derecha con un gruñido gutural y Aelin hizo llover flamas doradas y rojas sobre el mundo.

Recuperaron el templo en veinte minutos.

En sólo diez ya tenían control del lugar. Algunos soldados murieron y los que se rindieron fueron llevados al calabozo del pueblo por los hombres y las mujeres que se unieron a la pelea. Los otros diez minutos los pasaron buscando en el lugar para confirmar que no hubiera nadie ocultándose. Pero sólo encontraron sus objetos y su basura, y vieron que el templo estaba completamente en ruinas, las paredes sagradas tenían grabados los nombres de los brutos de Adarlan, las antiguas urnas de fuego eterno desaparecidas o utilizadas como orinales...

Aelin permitió que todos observaran cómo enviaba un fuego abrasador por el templo que terminó con todo rastro de los soldados, removió años de tierra, polvo y guano de gaviota, y dejó a la vista los grabados gloriosos y antiguos que había abajo, tallados en cada pilar, escalón y pared.

El complejo del templo incluía tres edificios alrededor de un patio enorme: los archivos, la residencia de las sacerdotisas muertas hacía mucho tiempo y el templo en sí, donde estaba la Roca Antigua. En los archivos, el área más defendible, por mucho, Aelin dejó a Aedion y a Lysandra para que buscaran algo que les sirviera para dormir. Rodeó todo el sitio con un muro de flamas.

Los ojos de Aedion todavía brillaban con la emoción de la batalla cuando Aelin dijo que quería un momento a solas junto a la Roca. Aedion peleó perfectamente y ella se aseguró de dejar a algunos hombres vivos para que él los derrotara. Ella no era el único símbolo ahí esa noche, no era la única que estaba siendo observada.

Y la metamorfa desgarró a esos soldados con tal salvajismo feroz... Aelin la dejó nuevamente en su forma de halcón, posada sobre una viga podrida de los archivos cavernosos, miraba una representación enorme de un dragón marino tallada en el piso que quedó visible tras el fuego abrasador. Uno de muchos grabados que había por todo el lugar, la herencia de un pueblo exiliado hacía mucho tiempo.

Desde todos los espacios en el interior del templo, el sonido de las olas en la costa abajo susurraba o rugía. No había nada para absorber el sonido, para suavizarlo. Estas habitaciones y patios enormes, donde debería haber altares, estatuas y jardines para reflexionar, estaban completamente vacíos. El humo de su fuego todavía permanecía.

Bien. El fuego podía destruir pero también podía purificar.

Avanzó por el terreno del templo oscurecido hacia el sitio donde estaba el santuario más interno y sagrado extendiéndose hacia una saliente al mar. Luz dorada se filtraba hacia el suelo rocoso frente a los escalones que conducían al santuario interno: la luz de los contenedores de flama ahora eternamente encendida para honrar el don de Brannon.

Aelin todavía iba vestida de negro, lucía apenas más grande que una sombra cuando hizo que esos fuegos ardieran solamente como brasas adormiladas e ingresó al corazón del templo.

Había un gran rompeolas para contener la furia de las tormentas y proteger la roca en sí, pero a pesar de eso, el lugar estaba húmedo y la sal se podía respirar en el aire.

Aelin recorrió la antecámara enorme y pasó entre los dos pilares gruesos que enmarcaban el santuario interior. En el extremo del lugar, abierto hacia la furia del mar, estaba la gran Roca negra.

Era lisa como vidrio, sin duda por el roce de tantas manos reverentes a lo largo de los milenios, y tal vez tan grande como una carreta de mercado. Apuntaba hacia arriba, sobresalía del mar, y la luz de las estrellas se reflejó en su superficie agujerada cuando Aelin apagó todas las flamas salvo la solitaria vela blanca que centelleaba en el centro de la Roca.

Los grabados del templo no revelaron marcas del Wyrd ni más mensajes de la Gente Pequeña. Sólo había espirales y venados.

Esto se tendría que hacer a la usanza antigua, entonces.

Aelin subió las pequeñas escaleras que le permitían a los peregrinos mirar la Roca sagrada y luego se trepó encima de ella.

# CAPÍTULO 15

El mar pareció hacer una pausa.

Aelin sacó la llave del Wyrd de su chaqueta y la dejó colgar entre sus senos mientras se sentaba sobre la saliente de la roca y miraba hacia el mar oculto por el velo de la noche.

Y esperó.

La hoz de la luna creciente estaba empezando a descender cuando escuchó una grave voz masculina a sus espaldas:

—Te ves más joven de lo que pensaba.

Aelin siguió mirando al mar aunque sintió que el estómago le daba un vuelco.

—Pero igual de guapa, ¿verdad?

No había escuchado pasos pero la voz estaba definitivamente más cerca cuando dijo:

—Al menos mi hija tenía razón sobre tu humildad.

—Qué curioso, ella nunca dijo que tuvieras sentido del humor.

Un susurro de viento a su derecha y luego unas piernas largas y musculosas debajo de una armadura antigua aparecieron junto a las suyas. Unos pies envueltos en sandalias quedaron colgando a su lado. Al fin se atrevió a girar la cabeza y se dio cuenta de que la armadura estaba conectada a un cuerpo masculino poderoso y a una cara ancha y apuesta. Podría haber pasado por un hombre de carne y hueso, de no ser por el brillo débil de luz azul que irradiaba en sus bordes.

Aelin inclinó la cabeza ligeramente a Brannon.

Una sonrisa a medias fue su único reconocimiento. Su cabello dorado rojizo se movió bajo la luz de la luna.

—Fue una batalla brutal pero eficiente —dijo él.

Ella se encogió de hombros.

—Me dijeron que viniera al templo. Lo encontré ocupado. Así que lo desocupé. De nada.

Los labios de Brannon empezaron a formar una sonrisa.

—No puedo quedarme mucho tiempo.

—¿Pero vas a darme todas las advertencias crípticas que puedas en este rato, verdad?

Las cejas de Brannon se arquearon y sus ojos color brandy se arrugaron divertidos.

—Le pedí a mis amigos que te dieran el mensaje de que vinieras por un motivo, ¿sabes?

—Ah, eso sin duda —de lo contrario ella no se habría arriesgado a reclamar el templo—. Pero primero cuéntame de Maeve.

Esperó bastante a que *ellos* le dejaran un mensaje. Ella tenía sus propias preguntas, maldita sea.

La boca de Brannon se tensó.

—¿Qué es exactamente lo que necesitas saber.

—¿Se le puede matar?

El rey giró la cabeza rápidamente hacia ella.

—Es vieja, heredera de Terrasen. Ya era vieja cuando yo era un niño. Sus planes son a gran escala...

—Lo sé, lo sé. ¿Pero morirá si le entierro una espada en el corazón? ¿Si le corto la cabeza?

Una pausa.

—No lo sé.

—¿Qué?

Brannon negó con la cabeza.

—No lo sé. Todos los miembros del pueblo de las hadas pueden morir, pero ella ha vivido más allá de nuestros ciclos de vida y su poder... nadie entiende realmente su poder.

—Pero tu viajaste con ella para conseguir las llaves...

—No lo sé. Pero ella le temió siempre a mi flama. Y a la tuya.

—Ella no es Valg, ¿o sí?

Una risa grave.

—No. Es tan fría como uno de ellos, pero no.

Los bordes de Brannon empezaron a borrarse un poco.

Pero él vio la pregunta en su mirada y asintió para que continuara.

Aelin tragó saliva y apretó la mandíbula un poco al exhalar.

—¿El poder se vuelve más fácil de manejar con el tiempo?

La mirada de Brannon se suavizó un poco.

—Sí y no. Su impacto en las relaciones con quienes te rodean es más complicado que manejar el poder, pero también está atado a él. La magia no es un don sencillo en ninguna de sus formas, sin embargo, el fuego... Ardemos no sólo por nuestra magia sino también por nuestras propias almas. Para bien o para mal —su atención pasó a Goldryn que asomaba por encima del hombro de Aelin y rio sorprendido—. ¿La bestia de la cueva está muerta?

—No, pero me dijo que te extraña y que deberías ir a visitarlo. Se siente solo.

Brannon volvió a reír.

— Tú y yo nos hubiéramos divertido juntos.

—Estoy empezando a desear que te hubieran mandado a ti a lidiar conmigo en vez de a tu hija. El sentido del humor debe brincarse una generación.

Quizá no debió decir esto. Porque ese sentido del humor instantáneamente desapareció del hermoso rostro bronceado, los ojos color brandy se pusieron fríos y duros. Brannon intentó apretarle la mano, pero sus dedos atravesaron los de Aelin y se detuvieron en la piedra.

—El candado, Heredera de Terrasen. Te llamé aquí para decirte eso. En los Pantanos Rocosos hay una ciudad sumergida, ahí está oculto el candado. Lo necesitas para unir a todas las llaves y colocarlas nuevamente en la puerta rota del Wyrd. Es la única manera de conseguir que vuelvan a entrar por esa puerta y sellarla permanentemente. Mi hija te ruega...

—¿Qué candado...?

—Encuentra el candado.

—¿*Dónde* en los Pantanos Rocosos? No es precisamente un lugar pequeño...

Brannon ya se había ido.

Aelin frunció el ceño y volvió a guardar el Amuleto de Orynth dentro de su camisa.

—Por supuesto que tenía que haber un maldito candado —murmuró entre dientes.

Se quejó un poco al ponerse de pie y frunció las cejas frente al mar oscuro que chocaba con la tierra a pocos metros de distancia. Hizo este gesto a la reina antigua que preparaba su armada del otro lado de esas aguas.

Aelin sacó la lengua.

—Bueno, si Maeve no pensaba atacar, eso sin duda la provocará —dijo lentamente Aedion desde las sombras de un pilar cercano.

Aelin se enderezó, siseando.

Su primo le sonrió con sus dientes blancos como la luna.

—¿Crees que no sabía que tenías algo planeado cuando recuperamos este templo? ¿O crees que esta primavera en Rifthold no me enseñó nada sobre tu tendencia a planear varias cosas simultáneamente?

Ella puso los ojos en blanco y bajó de la piedra sagrada dando pisotones en las escaleras.

—Asumo que escuchaste todo.

—Brannon incluso me guiñó el ojo antes de desaparecer.

Ella apretó la mandíbula.

Aedion recargó el hombro contra el pilar tallado.

—¿Un candado, eh? ¿Y cuándo, exactamente, nos ibas a informar sobre este nuevo cambio de dirección?

Ella avanzó molesta hacia su primo.

—Cuando se me diera mi regalada gana, justo entonces. Y no es un cambio en la dirección, todavía no. Los aliados siguen siendo nuestra meta, no las órdenes crípticas de los reyes muertos.

Aedion sólo sonrió. Un movimiento en las sombras oscuras del templo capturó la atención de Aelin quien suspiró.

—Honestamente, los dos son insufribles.

Lysandra voló hacia la punta de una estatua cercana e hizo sonar el pico de manera traviesa.

Aedion abrazó a Aelin y la llevó de regreso hacia la residencia en ruinas dentro del complejo.

—Nueva corte, nuevas tradiciones, dijiste. Incluso para *ti*. Empezando con menos planes y secretos que le restan años a mi vida cada vez que haces una gran revelación. Aunque realmente me gustó ese nuevo truco con las cenizas. Es muy artístico.

Aelin le dio un codazo en las costillas.

—*No...*

Aelin dejó de hablar cuando en el patio cercano se escuchó el crujir de pasos en la tierra seca . El viento cambió de dirección y les hizo llegar un olor que conocían demasiado bien.

Valg. Uno poderoso si podía atravesar su muro de flamas.

Aelin sacó a Goldryn y la espada de Orynth también silbó suavemente cuando Aedion la desenvainó. Bajo la luz de la luna brillaba como si fuera acero recién forjado. Lysandra permaneció en el aire y se ocultó un poco más en las sombras.

—¿Nos delataron o es pura mala suerte? —murmuró Aedion.

—Probablemente ambas —susurró Aelin cuando vieron aparecer la figura entre los dos pilares.

Era un hombre ancho, un poco pasado de peso, para nada la belleza imposible que los príncipes del Valg preferían cuando habitaban un cuerpo humano. Pero la peste inhumana, incluso con ese collar alrededor de su cuello grueso... era mucho más fuerte que lo habitual.

Por supuesto, Brannon no se pudo tomar la molestia de advertirle.

El hombre del Valg dio un paso hacia la luz de los braseros sagrados.

La cabeza de Aelin se vació de pensamientos cuando reconoció su rostro.

Y Aelin supo que Aedion tenía razón: sus acciones de esa noche *sí* habían enviado un mensaje. Una declaración precisa de su ubicación. Erawan había estado esperando esta reunión mucho más que unas cuantas horas. Y el rey del Valg conocía ambos lados de su historia.

Porque quien les sonreía en ese momento era el supervisor en jefe de Endovier.

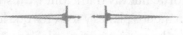

Ella todavía tenía pesadillas con ese hombre.

Recordaba ese rostro rojizo y ordinario que la veía con lujuria, así como a las otras mujeres de Endovier. Se acordaba de sus carcajadas cuando la desnudaron hasta la cintura y la azotaron a la vista de todos y luego la dejaron colgando de sus grilletes en el frío horrible o en el sol ardiente. De su risita cuando la metían en esos agujeros sin luz, de la sonrisa que todavía se extendía por toda su cara cuando la sacaban de esos lugares, días o semanas después.

La empuñadura de Goldryn se sintió resbaladiza en su mano. Una flama empezó a arder instantáneamente en los dedos de la otra. Maldijo a Lorcan por haberle vuelto a robar el anillo dorado, por haberle quitado ese poco de inmunidad, de redención.

Aedion miraba a los dos, leyó el reconocimiento que había en sus ojos.

El supervisor de Endovier se burló de ella.

—¿No nos vas a presentar, esclava?

La quietud absoluta que recorrió el rostro de su primo le dijo que había logrado entender lo suficiente, junto con la mirada que lanzó a las cicatrices débiles de sus muñecas, donde había tenido los grilletes.

Aedion se deslizó un paso entre ellos, sin duda estaba pendiente de todos los sonidos, sombras y olores para saber si el hombre venía solo y calcular qué tan fuerte y cuánto tiempo tendrían que pelear para salir de ese lugar. Lysandra voló a otro pilar, lista para transformarse y saltar en cuanto le dieran la orden.

Aelin intentó reunir toda la insolencia que la había protegido y que le había ayudado a salir de toda clase de situaciones. Pero lo único que podía ver era a ese hombre que arrastraba a las mujeres detrás de los edificios; lo único que podía escuchar era el golpe de esa puerta de hierro encima de su agujero sin luz; lo único que podía oler era la sal, la sangre y los cuerpos sin lavar; lo único que podía sentir era cómo se deslizaba la sangre caliente y húmeda por su espalda destrozada...

"No tengo miedo, no tengo miedo...".

—¿Ya se quedaron sin chicos guapos en el reino para usarlos como piel? —preguntó Aedion con insolencia para ganar un poco de tiempo y calcular las probabilidades de éxito que tenían.

—Acércate un poco más —dijo el supervisor con una sonrisa— y veremos si tú eres un mejor cuerpo, general.

Aedion rio un poco y levantó más la espada de Orynth.

—No creo que salieras caminando de tu intento.

Y al ver esa espada, la espada de su padre, la espada de su gente...

Aelin levantó la barbilla y las flamas que circulaban su mano izquierda brillaron con más fuerza.

Los ojos color azul claro del supervisor se movieron hacia ella y se cerraron un poco, divertidos.

—Qué mal que no tenías ese pequeño don cuando te metí a esos agujeros. O cuando pinté la tierra con tu sangre.

Un gruñido grave fue la respuesta de Aedion.

Pero Aelin se obligó a sonreír.

—Es tarde. Acabo de terminar con tus soldados. Acabemos con esta plática para que pueda descansar un poco.

El supervisor hizo una mueca.

—Aprenderás modales pronto, niña. Todos ustedes aprenderán.

El amuleto que descansaba entre sus senos pareció gruñir, un destello de poder crudo y antiguo.

Aelin no le hizo caso y apartó sus pensamientos del amuleto. Si el Valg, si Erawan, sospechaba qué era lo que ella poseía, si sabía que tenía lo que él buscaba con desesperación...

El supervisor volvió a abrir la boca. Ella atacó.

El fuego lo lanzó contra la pared más cercana, le entró por la garganta, por los oídos, por la nariz. Era una flama que no quemaba, que era pura luz, cegadoramente blanca.

El supervisor rugió y fue golpeado cuando la magia de Aelin lo recorrió y se fundió con él.

Pero no había nada en el interior para sostenerse. No había oscuridad para quemar, no había brasas restantes para infundirles vida. Sólo...

Aelin retrocedió, la magia desapareció y las rodillas se le doblaron como si la hubieran golpeado. La cabeza le empezó a latir y las náuseas hirvieron en su estómago. Conocía esa sensación, ese sabor.

Hierro. Como si el centro de ese hombre estuviera hecho de eso. Y ese sabor repugnante y aceitoso... piedra del Wyrd.

El demonio dentro del supervisor dejó escapar una risa ahogada.

—¿Qué son los collares y los anillos comparados con un corazón sólido? Un corazón de hierro y piedra del Wyrd para reemplazar el corazón del cobarde que latía dentro.

—¿Por qué? —exhaló ella.

—Me colocaron aquí para demostrarte lo que te aguarda si tú y tu corte se acercan a Morath.

Aelin lanzó su fuego contra el hombre, le quemó el interior, atacó ese centro de oscuridad pura dentro de él. Una y otra y otra vez. El supervisor siguió rugiendo, pero Aelin siguió atacando hasta que...

Vomitó en las rocas que estaban entre ellos. Aedion la ayudó a enderezarse.

Aelin levantó la cabeza. Le había quemado la ropa, pero no había tocado la piel.

Y ahí, latiendo contra sus costillas como si fuera un puño tratando de abrirse paso, estaba su corazón.

Chocaba contra su piel y estiraba el hueso y la carne.

Aelin retrocedió un poco. Aedion colocó una mano en su camino, mientras el supervisor se retorcía de agonía con la boca abierta en un grito silencioso.

Lysandra bajó volando del techo, se transformó en leopardo y gruñendo se posicionó a su lado.

Nuevamente, ese puño golpeó desde el interior. Y entonces los huesos se rompieron, reventaron hacia el exterior, desgarraron músculo y piel como si su cavidad pectoral estuviera hecha de los pétalos de una flor que abría. No había nada dentro. No había sangre, ni órganos.

Sólo una oscuridad poderosa y sin edad... y dos brasas doradas brillantes en su centro.

No eran brasas sino ojos que brillaban con una malicia antigua. Se entrecerraron por el reconocimiento y el placer.

Aelin necesitó toda la fuerza de su fuego para fortalecer su columna, inclinar la cabeza en un ángulo insolente y decir:

—Al menos sabes cómo impresionar a los espectadores, Erawan.

# CAPÍTULO 16

El supervisor habló, pero la voz no era la suya. Y la voz tampoco era la de Perrington.

Era una voz diferente, una voz vieja, una voz de otro mundo y de otra vida, una voz que se alimentaba de gritos, sangre y dolor. La magia de Aelin se resistía a ese sonido e incluso Aedion maldijo en voz baja, cuando todavía intentaba colocar a Aelin detrás de él.

Pero Aelin se mantuvo firme contra la oscuridad que los observaba desde el pecho abierto de ese hombre. Y ella sabía que incluso si su cuerpo no estuviera irreparablemente roto, de todas maneras ya no había nada en su interior que salvar. Nada que valiera la pena salvar.

Ella apretó los puños a sus costados y reunió su magia contra la oscuridad que giraba y se retorcía en el pecho destrozado de ese hombre.

Erawan dijo:

—Me parece que deberías estar agradecida, heredera de Brannon.

Ella arqueó las cejas y su boca reconoció el sabor del humo. "Tranquila", le murmuró a su magia. Con cuidado. Tendría que ser muy cuidadosa para que él no viera el amuleto alrededor de su cuello, que no sintiera la presencia de la última llave del Wyrd dentro. Ya tenía las primeras dos y si Erawan sospechaba que la tercera estaba en ese templo, que su dominio absoluto sobre esa tierra y todas las que la rodeaban estaba al alcance de su mano... Tenía que mantenerlo distraído.

Así que Aelin resopló:

—¿Por qué, exactamente, debería agradecerte?

Los ojos de brasas subieron un poco, como si revisaran el cuerpo hueco del supervisor.

—Por esta advertencia en forma de pequeño regalo. Por liberar al mundo de una plaga más.

"Y por hacer que te des cuenta de lo inútil que será luchar contra mí", le dijo esa voz directamente dentro de su cabeza.

A ciegas ella lanzó fuego y tropezó con Aedion al sentir la caricia de esa voz repugnante y hermosa. A juzgar por la palidez de su primo, se dio cuenta de que él también la había escuchado, había sentido su roce violador.

Erawan rio.

—Me sorprende que intentaras salvarlo a él primero. Dado lo que te hizo en Endovier. Mi príncipe casi no podía soportar estar dentro de su mente, ya era tan repugnante. ¿Te provoca algún placer decidir quién se salvará y quién está más allá de la salvación? Es tan fácil convertirse en un pequeño dios ardiente.

Ella sintió el golpe de la náusea verdadera y fría.

Pero Aedion sonrió y respondió:

—Pensaría que tienes mejores cosas que hacer, Erawan, que venir a retarnos en la madrugada. ¿O acaso todo esto es una manera de hacerte sentir mejor de que Dorian Havilliard se te haya escapado de entre las manos?

La oscuridad siseó. Aedion apretó el hombro de su prima en advertencia silenciosa. Era hora de ponerle fin. Antes de que Erawan pudiera atacar. Antes de que pudiera percibir que la llave del Wyrd que buscaba estaba a metros de distancia.

Así que Aelin inclinó la cabeza hacia la fuerza que los miraba entre la carne y los huesos.

—Te sugiero que descanses y reúnas tu fuerza, Erawan —le ronroneó y le guiñó el ojo con toda la valentía que le quedaba—. La vas a necesitar.

Él soltó una risa grave mientras las flamas empezaron a bailar ante los ojos de Aelin, y calentaron su sangre con esa bienvenida calidez deliciosa.

—Así será. En especial considerando los planes que tengo para quien quiere ser el rey de Adarlan.

A Aelin se le detuvo el corazón.

—Tal vez deberías haberle dicho a tu amante que se disfrazara antes de robarse a Dorian Havilliard de Rifthold —los ojos se entrecerraron y se convirtieron en ranuras—. ¿Cómo se llamaba?... Ah, sí... —exhaló Erawan, como si alguien se lo hubiera susurrado—. El príncipe Rowan Whitethorn de Doranelle. Qué gran premio será.

Aelin cayó en su fuego y oscuridad y se negó a ceder un centímetro al terror que se extendía en su interior.

Erawan dijo con voz dulce:

—Mis cazadores ya van detrás de ellos. Y los voy a lastimar, Aelin Galathynius. Voy a convertirlos en mis generales más leales. Empezando por tu príncipe hada...

Un golpe de la flama azul más caliente chocó contra el centro de la cavidad torácica de ese hombre, hacia esos ojos ardientes.

Aelin mantuvo su magia enfocada en ese pecho, en los huesos y la carne que se derritieron, dejando sólo ese corazón de hierro y piedra del Wyrd intacto. Su magia fluía alrededor de él como un río que pasa al lado de una roca, quemaba su cuerpo y esa *cosa* en su interior...

—No te molestes en salvar ninguna parte de él —gruñó Aedion suavemente.

Cuando la magia salía de ella rugiendo, Aelin miró por encima de su hombro. Lysandra, ahora en su forma humana, estaba junto a Aedion y veía al supervisor con los dientes apretados.

Esa mirada le costó.

Escuchó el grito de Aedion antes de sentir el golpe de oscuridad de Erawan que chocó contra su pecho.

Sintió el aire romperse contra ella cuando la lanzó hacia atrás. Sintió que su cuerpo ladraba de dolor al chocar contra la pared de piedra antes de que la agonía de esa oscuridad la abarcara por completo. Su respiración se detuvo, su sangre también...

"De pie de pie de pie".

Erawan rio ligeramente al ver que Aedion estaba de inmediato a su lado, sosteniéndola para ayudarla a ponerse de pie mientras su mente y su cuerpo intentaban volverse a poner en orden...

Aelin lanzó nuevamente su poder y dejó que Aedion creyera que la sostenía simplemente porque ella olvidó alejarse, no porque las rodillas le temblaban con tal violencia que no estaba segura siquiera de *poder* permanecer de pie.

Pero su mano permaneció estable, al menos, cuando la extendió al frente.

El templo a su alrededor se estremeció con la fuerza del poder que ella lanzó. Empezó a caer polvo y algunos trozos de material del techo alto. Las columnas se balancearon como amigos borrachos.

Los rostros de Aedion y Lysandra brillaron bajo la luz azul de su flama. Tenían los ojos muy abiertos pero fijos con determinación inamovible e ira. Ella se recargó un poco más en Aedion y la magia salió rugiendo de ella. Él la sostuvo con más fuerza de la cintura.

Cada latido duraba una eternidad, cada respiración le dolía.

Pero el cuerpo del supervisor al fin se rompió bajo su poder y los escudos que lo protegían empezaron a ceder.

Y una pequeña parte de ella se dio cuenta de que sólo lo había podido hacer cuando Erawan se dignó a irse, cuando esos ojos como brasas que los miraban divertidos se apagaron y desaparecieron.

Cuando el cuerpo del hombre se convirtió en cenizas, Aelin retrajo su magia, se protegió el corazón con ella. Tomó el brazo de Aedion, intentaba no respirar con demasiada fuerza para evitar que él escuchara el sonido áspero de sus pulmones golpeados, que no se diera cuenta con cuanta fuerza la golpeó ese solitario listón de oscuridad.

Un sonido pesado hizo eco en el templo silencioso cuando cayó ese trozo de hierro y piedra del Wyrd.

Ese fue el costo, la estrategia de Erawan. Así fue como ella se dio cuenta de que la única misericordia que ella le podía ofrecer a su corte sería la muerte.

Si los capturaban alguna vez... él se encargaría de que ella viera cuando los destrozaba a todos y los llenaba de su poder. Y cuando él terminara la obligaría a ver sus caras para que notara que dentro ya no quedaba ni un resto de sus almas. Luego empezaría a trabajar en ella.

Y Rowan y Dorian... Si Erawan los estaba cazando en ese momento, si sabía que estaban en la Bahía de la Calavera y cuánto daño le había hecho él a ella...

Las flamas de Aelin se convirtieron en una brasa tranquila y finalmente recuperó suficiente fuerza en sus piernas para apartarse de Aedion.

—Necesitamos estar en ese barco antes del amanecer, Aelin —dijo él—. Si Erawan no estaba alardeando...

Aelin asintió. Tenían que llegar a la Bahía de la Calavera tan rápido como pudieran llevarlos el viento y las corrientes.

En cuanto avanzó hacia el arco para salir del templo, con dirección a los archivos, miró su pecho, intacto, aunque el poder de Erawan la golpeó como una lanza.

Falló. Por menos de diez centímetros Erawan no le atinó al amuleto. Y probablemente no sintió la llave del Wyrd en su interior.

Sin embargo, el golpe resonó contra sus huesos provocándole ondas de dolor.

Un recordatorio de que tal vez ella era la Heredera de Fuego... pero Erawan era el Rey de la oscuridad.

# CAPÍTULO 17

La última mañana de la vida de Asterin, Manon Picos Negros observó que los cielos oscuros de Morath sangraban hasta ponerse de color gris putrefacto.

No durmió en toda la noche. No comió ni bebió nada. No hizo nada salvo afilar a Hiendeviento en la helada zona abierta de la torre de los guivernos. Una y otra vez afiló la espada, recargada contra el costado cálido de Abraxos, hasta que sus dedos estaban demasiado rígidos por el frío para poder sostener la espada o la piedra.

Su abuela ordenó que encerraran a Asterin en el fondo de los calabozos de la fortaleza, estaba tan vigilada que escapar era imposible. Rescatarla también.

Manon consideró esa idea durante las primeras horas después de que se pronunció la sentencia. Pero rescatar a Asterin sería traicionar a su matrona, a su clan. Era su error, su *propio* error, sus malditas decisiones habían terminado en esto.

Y si volvía a desobedecer, el resto de las Trece también serían ejecutadas. Tenía suerte de que no le hubieran quitado el título de Líder de la Flota. Al menos todavía podía liderar a su gente, protegerlas. Era preferible a permitir que alguien como Iskra asumiera el mando.

Bajo el mando de Iskra, el ataque de la legión del Abismo Ferian en Rifthold había sido desordenado y caótico. No el saqueo sistemático y cuidadoso que Manon hubiera planeado si se lo hubieran pedido a ella. Ya no importaba si la ciudad estaba completamente en ruinas o sólo medio destruida. Eso no cambiaba el destino de Asterin.

Así que había poco que hacer además de afilar su antigua espada y memorizar las *palabras de petición*. Manon tendría que pronunciarlas en el momento correcto. Era el último regalo que podía darle a su prima. Su único regalo.

No la muerte larga, la tortura lenta y la decapitación que eran típicas de la ejecución de una bruja.

Sino la piedad rápida de la propia espada de Manon.

Escuchó el sonido de unas botas que raspaban la roca y hacían crujir la paja del piso de la torre. Manon conocía esos pasos, los conocía tan bien como los pasos de Asterin.

—¿Qué? —le dijo a Sorrel sin voltear.

—Se acerca el amanecer —dijo su Tercera.

Que pronto sería su Segunda. Vesta se convertiría en su Tercera y... y tal vez Asterin al fin podría ver a ese cazador suyo, ver a la brujita que tuvieron y que nació muerta.

Nunca más volaría Asterin en el viento; nunca más ascendería montada en su guiverno color azul cielo. Los ojos de Manon se dirigieron hacia la guiverno del otro lado de la torre. Se movía sobre las dos patas, despierta a pesar de que los demás dormían.

Parecía que pudiera sentir cómo se acercaba con cada momento la condena de su ama.

¿Qué le sucedería a esa guiverno cuando Asterin ya no estuviera?

Manon se puso de pie. Abraxos le empujó suavemente la parte de atrás de los muslos con el hocico. Ella se acachó y acarició la cabeza escamosa. No sabía quién estaba consolando a quién. Su capa roja, tan sangrienta y sucia como el resto de su cuerpo, todavía colgaba de su cuello.

Las Trece se volverían doce.

Manon miró a Sorrel a los ojos. Pero la atención de su Tercera estaba en Hiendeviento, estaba desenvainada en la mano de Manon.

—Estás pensando pronunciar las *palabras de petición* —dijo su Tercera.

Manon intentó hablar. Pero no podía abrir la boca. Así que sólo asintió.

Sorrel miró hacia el arco abierto detrás de Abraxos.

—Desearía que ella hubiera tenido la oportunidad de ver los Yermos. Sólo una vez.

Manon se obligó a levantar la barbilla.

—Nosotras no deseamos. No tenemos esperanza —le dijo a su próxima Segunda. Los ojos de Sorrel volaron a los de Manon con algo similar al dolor. Manon aceptó el golpe en su interior—. Nosotras seguimos adelante, nos adaptamos.

Sorrel dijo en voz baja pero sin debilidad:

—Ella se dirige a la muerte para guardar tus secretos.

Fue lo más cerca que había estado Sorrel de desafiarla abiertamente. Lo más cercano al resentimiento.

Manon envainó a Hiendeviento a su costado y caminó hacia la escalera, incapaz de enfrentar la mirada curiosa de Abraxos.

—Entonces me habrá servido bien como Segunda y será recordada por ello.

Sorrel no dijo nada.

Así que Manon descendió hacia la oscuridad de Morath para matar a su prima.

La ejecución no se realizaría en los calabozos.

En vez de eso su abuela eligió una veranda amplia con vista hacia uno de los barrancos interminables que rodeaban Morath. Las brujas estaban arremolinadas en el balcón, prácticamente vibrando con sed de sangre.

Las matronas estaban paradas al frente del grupo. Cresseida y la matrona Piernas Amarillas tenían a sus herederas a su lado y todas veían hacia la puerta abierta por la cual Manon y sus Trece salieron de la fortaleza.

Manon no escuchó el murmullo de la multitud; no escuchó el viento que rugía y rasgaba entre las torretas altas; no escuchó el golpe de los martillos en las fraguas del valle de abajo.

No... porque toda su atención estaba en Asterin, arrodillada frente a las matronas. Ella también miraba a Manon. Todavía traía puesto su traje de cuero para montar. Su cabello rubio colgaba sin vida, todo anudado y salpicado de sangre. Asterin levantó la cara...

—Fue lo justo —dijo la abuela de Manon con voz lenta y la multitud guardó silencio— permitir que Iskra Piernas Amarillas también vengara a las cuatro centinelas que murieron durante tu guardia. Tres golpes por cada una de las centinelas muertas. Doce golpes en total. Pero, a juzgar por las cortaduras y moretones en el rostro de Asterin, el labio abierto y la manera en que protegía su cuerpo al doblarse sobre sus rodillas... había sido mucho más que eso.

Lentamente, Manon miró a Iskra. Tenía raspones en los nudillos, todavía frescos por la golpiza que le propinó a Asterin en el calabozo.

Mientras Manon estuvo pensando en el piso de arriba.

Manon abrió la boca, la rabia era una cosa viviente que se arremolinaba en su interior, en su sangre. Pero Asterin habló.

—Te alegrará saber Manon —dijo su Segunda con una sonrisa leve e insolente— que tuvo que encadenarme para golpearme.

Los ojos de Iskra destellaron.

—De todas maneras gritaste, perra, cuando te di latigazos.

—Suficiente —interrumpió la abuela de Manon con un movimiento de su mano.

Manon apenas escuchó la orden.

Le habían dado *latigazos* a su centinela, como si fuera alguien inferior, como una bestia mortal...

Alguien a su derecha gruñó en tono bajo y con ferocidad.

Se le fue el aliento cuando vio que Sorrel, la roca inamovible e insensible, le enseñaba los dientes a Iskra, a todas las que estaban ahí reunidas.

La abuela de Manon dio un paso al frente, rebozando irritación. Detrás de Manon, las Trece formaban un muro silencioso e inquebrantable.

Asterin empezó a mirarlas a todas a la cara y Manon se dio cuenta de que su Segunda entendía que era la última vez que lo haría.

—La sangre se pagará con sangre —dijeron la abuela de Manon y la matrona de las Piernas Amarillas al unísono, recitando sus rituales más antiguos. Manon se preparó, esperando el momento adecuado—. Si alguna bruja quiere extraer sangre en nombre de Zelta Piernas Amarillas puede dar un paso al frente.

Las uñas de hierro salieron de las manos de todo el aquelarre de Piernas Amarillas.

Asterin sólo miró a las Trece. Su rostro ensangrentado no se conmovió, sus ojos permanecieron despejados.

La matrona de las Piernas Amarillas dijo:

—Formen una fila.

Manon se lanzó.

—Invoco el derecho de ejecución.

Todas se quedaron congeladas.

El rostro de la abuela de Manon palideció de rabia. Pero las otras dos matronas, incluso la Piernas Amarillas, sólo esperaron.

Manon dijo con la cabeza en alto:

—Reclamo mi derecho a la cabeza de mi Segunda. La sangre se pagará con sangre pero será mi espada la que lo haga. Es mía y su muerte también será mía.

Por primera vez, la boca de Asterin se tensó y le brillaron los ojos. Sí, ella entendía que era el único regalo que Manon podía ofrecerle, el único honor que le quedaba.

Cresseida Sangre Azul interrumpió antes de que cualquiera de las otras dos matronas pudieran hablar.

—Por salvar la vida de mi hija, Líder de la Flota, se te concederá.

La matrona Piernas Amarillas rápidamente volteó a ver a Cresseida con un reclamo en los labios, pero era demasiado tarde. Se habían pronunciado las palabras y las reglas debían obedecerse a cualquier costo.

La capa roja de la bruja Crochan revoloteaba detrás de ella en el viento y Manon se atrevió a mirar en dirección de su abuela. Lo único que brillaba en esos ojos antiguos era odio, y un destello de satisfacción de que vería el fin de Asterin después de décadas de considerarla como una segunda inapropiada.

Pero al menos esa muerte ahora le pertenecía a Manon.

Y en el este, asomándose sobre las montañas como oro fundido, el sol empezó a levantarse.

Vivió cien años con Asterin. Siempre pensó que tendrían cien más.

Manon le dijo a Sorrel en voz baja:

—Dale la vuelta. Mi Segunda verá el amanecer una última vez.

Sorrel obedientemente dio un paso al frente y giró a Asterin para que le diera la cara a las Brujas Mayores, a la multitud junto al barandal, y al raro amanecer que logró penetrar la oscuridad de Morath.

La parte trasera de la ropa de cuero de Asterin estaba bañada en sangre.

Y, sin embargo, Asterin se arrodilló, con los hombros derechos y la cabeza en alto, no cuando miró el amanecer sino a Manon mientras caminaba alrededor de su Segunda para tomar su posición a unos metros delante de las matronas.

—Si pudiera ser antes del desayuno, Manon —dijo su abuela desde atrás.

Manon sacó a Hiendeviento y la espada zumbó ligeramente al liberarse de su funda.

La luz del sol pintó el balcón de dorado y Asterin murmuró, en voz tan baja que sólo Manon la pudo escuchar:

—Lleva mi cuerpo de regreso a la cabaña.

Algo se quebró en el pecho de Manon. Algo se quebró de manera tan violenta que se preguntó si lo habrían podido escuchar las demás.

Manon levantó la espada.

Si Asterin decía una sola palabra, podría salvar su propio pellejo. Podía confesar los secretos de Manon, sus traiciones y quedaría libre. Sin embargo, su Segunda no pronunció una palabra.

Y Manon entendió en ese momento que había fuerzas superiores a la obediencia, la disciplina y la brutalidad. Entendió que ella no nació sin alma, que ella no nació sin corazón.

Porque ambos estaban rogándole que no usara esa espada.

Manon miró a las Trece, paradas alrededor de Asterin en un medio círculo.

Una por una, levantaron dos dedos al nivel de sus frentes.

Un murmullo recorrió a la multitud. El gesto no era para honrar a una Bruja Mayor.

Sino a una Reina Bruja.

No había habido una Reina de las Brujas en quinientos años, ni entre las Crochans ni entre las Dientes de Hierro. Ni una sola.

El perdón brilló en los rostros de sus Trece. El perdón, la comprensión y la lealtad que no era obediencia ciega sino algo que se había forjado con dolor en la batalla, en las victorias y derrotas compartidas. Forjado con la esperanza de una vida mejor, de un mundo mejor.

Al fin, Manon miró a Asterin a los ojos. Las lágrimas resbalaban por el rostro de su Segunda. No era por dolor o miedo, sino de despedida. Cien años y Manon de todas maneras deseaba tener más tiempo.

Por un instante, pensó en la bestia color azul cielo que estaba en la torre, el guiverno que esperaría y esperaría a su jinete que nunca regresaría. Pensó en la tierra verde y rocosa que se extendía hacia el mar en el oeste.

Con la mano temblorosa, Asterin colocó dos dedos en su frente y los extendió.

—Lleva a nuestra gente a casa, Manon —exhaló.

Manon inclinó a Hiendeviento, preparándose para dar el golpe.

La matrona de las Picos Negros espetó:

—Ya hazlo, Manon.

Manon miró a Sorrel a los ojos y luego a Asterin. Y Manon le dio a sus Trece la última orden.

—*Corran.*

Entonces Manon Picos Negros se dio la vuelta y dejó caer a Hiendeviento sobre su abuela.

# CAPÍTULO 18

Manon sólo pudo ver el destello de los oxidados dientes de hierro de su abuela, el brillo de sus uñas de hierro cuando las levantó para protegerse de la espada, pero era demasiado tarde.

Manon golpeó con Hiendeviento, un golpe que hubiera cortado a la mayoría de los hombres a la mitad.

Sin embargo su abuela logró retroceder rápidamente de modo que la espada sólo le hizo una herida en el torso, rompió la tela y la piel al hacer un corte poco profundo entre sus senos. La sangre azul brotó, pero la matrona se movía y evadía el siguiente ataque de Manon con sus uñas de hierro, tan fuerte que Hiendeviento rebotó.

Manon no miró si las Trece obedecieron. Pero Asterin rugía, rugía y le pedía que se detuviera. Los gritos se hicieron más distantes y luego hicieron eco, como si la arrastraran por el pasillo.

No se escucharon sonidos de persecución, como si las que las estaban observando estuvieran demasiado asombradas. Bien.

Iskra y Petrah sacaron las espadas y los dientes de hierro para pararse entre sus matronas y Manon. Empezaron a alejar a las Brujas Mayores.

El aquelarre de la matrona Picos Negros se abalanzó pero la abuela de Manon extendió una mano y les ordenó:

—No se acerquen.

La matrona jadeaba mientras Manon daba vueltas a su alrededor. La sangre azul escurría por la frente de su abuela. Dos centímetros más y hubiera muerto.

Muerto.

Su abuela le mostró los dientes oxidados.

—Es mía —dijo con un movimiento de la barbilla hacia Manon—. Haremos esto a la manera antigua.

A Manon le dio un vuelco el estómago pero envainó su espada.

Con un movimiento de las muñecas sacó las uñas y un golpe de la mandíbula hizo que bajaran sus dientes.

—Veamos qué tan buena eres, Líder de la Flota —siseó su abuela y atacó.

Manon nunca había visto pelear a su abuela, nunca había entrenado con ella.

Y cierta parte de Manon se preguntó si sería porque su abuela no quería que otras se enteraran de lo hábil que era.

Manon apenas podía moverse con la suficiente rapidez para evitar que las uñas le rasgaran la cara, el cuello, el vientre, cediendo paso tras paso.

Sólo debía hacer esto lo suficiente para ganar tiempo para que las Trece pudieran ascender a los cielos.

Su abuela intentó rasgarle la mejilla y Manon bloqueó el golpe con un codo. Golpeó el antebrazo de su abuela con fuerza. La bruja ladró de dolor y Manon giró para quedar fuera de su alcance y empezó a rodearla otra vez.

—No es tan fácil atacar ahora, ¿verdad, Manon Picos Negros? —jadeó su abuela mientras se miraban fijamente la una a la otra.

Nadie a su alrededor se atrevía a moverse. Las Trece habían desaparecido, todas y cada una de ellas. Ella casi se cae del alivio. Ahora debía mantener a su abuela ocupada el tiempo suficiente para evitar que diera la orden a las que las observaban de que salieran en su persecución.

—Es mucho más fácil con una espada, el arma de esos humanos cobardes —dijo su abuela con furia—. Con dientes y uñas... tiene que ser *en serio*.

Se lanzaron una hacia la otra y algunas partes fundamentales de Manon tronaban con cada zarpazo, golpe y bloqueo. Se volvieron a separar.

—Eres tan patética como tu madre —escupió su abuela—. Tal vez morirás como ella también, con mis dientes en tu garganta.

Su madre, a quien ella había matado al nacer, quien había muerto dándola a luz...

—Por años intenté entrenarte para quitarte su debilidad —dijo su abuela y escupió sangre azul hacia las rocas—. Por el bien de las Dientes de Hierro te convertí en una fuerza de la naturaleza, una guerrera sin igual. Y así es como me lo pagas...

Manon no permitió que las palabras la alteraran. Se lanzó hacia la garganta sólo para engañar y rasgar.

Su abuela ladró con dolor, *dolor* genuino, cuando las garras de Manon le destrozaron el hombro.

La sangre le llovió en la mano y la carne se le quedó pegada en las uñas.

Manon dio un paso atrás y sintió que la bilis le quemaba la garganta.

Pudo ver venir el golpe pero no tuvo tiempo de detenerlo cuando la mano derecha de su abuela le abrió el vientre.

Cuero, tela y piel se desgarraron. Manon gritó.

La sangre caliente y azul empezó a brotar de ella antes de que su abuela retrocediera.

Manon se llevó una mano al abdomen y presionó contra la piel rota. La sangre le brotaba entre los dedos y salpicaba las rocas.

En lo alto, un guiverno rugió.

Abraxos.

La matrona Picos Negros rio y se sacudió la sangre de Manon de las uñas.

—Voy a hacer picadillo a tu guiverno y se lo voy a dar de comer a los perros.

A pesar de la agonía que sentía en el vientre, Manon recuperó la claridad.

—No si yo te mato antes.

Su abuela rio mientras seguía dándole vueltas a Manon, estudiándola.

—Te quito tu título como Líder de la Flota. Te quito tu título como heredera —paso tras paso, acercándose cada vez más, una serpiente dando vueltas alrededor de su presa—. A partir de este día serás Manon la asesina de brujas, Manon, la asesina de su propia sangre.

Las palabras la golpearon como rocas. Manon retrocedió hacia el barandal del balcón mientras presionaba la herida de su estómago para mantener la sangre en el interior. La multitud se abrió como el agua a su alrededor. Un poco más, sólo un par de minutos más.

Su abuela hizo una pausa y parpadeó hacia las puertas abiertas, como si se diera cuenta de que las Trece habían desaparecido. Manon atacó nuevamente antes de que pudiera dar la orden de que las persiguieran.

Un zarpazo, un ataque, un corte, esquivar: se movían como un torbellino de hierro, sangre y cuero.

Pero cuando Manon se torció para alejarse, las heridas de su vientre cedieron más y se tropezó.

Su abuela no perdió la oportunidad y atacó.

No con las uñas ni con los dientes, sino con el pie.

La patada que le dio a Manon en el estómago la hizo gritar. Abraxos respondió nuevamente al rugido de su ama desde su posición arriba de ella. Estaba cercano a la muerte, como ella. Ella rezó por que las Trece lo perdonaran, que le permitieran quedarse con ellas donde fuera que hubieran huido.

Manon chocó contra el barandal de roca del balcón y cayó en posición fetal en las baldosas negras. La sangre azul brotaba de ella y manchaba los muslos de sus pantalones.

Su abuela se acercó lentamente, jadeando.

Manon se sostuvo del barandal del balcón y se puso de pie una última vez.

—¿Quieres saber un secreto, asesina de tu propia sangre? —jadeó su abuela.

Manon se recargó contra el barandal y miró la caída infinita debajo de ella y sintió alivio. La llevarían a los calabozos, para usarla para los experimentos de Erawan o para torturarla hasta que rogara que la mataran. Probablemente ambas cosas.

Su abuela habló en voz tan baja que Manon apenas alcanzaba a escucharla entre su respiración entrecortada.

—Cuando tu madre luchaba para parirte, me confesó quién era tu padre. Dijo que tú... que *tú* serías quien rompería la maldición, quien nos salvaría. Dijo que tu padre era un príncipe Crochan de los que muy rara vez nacían. Y dijo que tu sangre mezclada sería la clave —levantó las uñas hacia su boca y lamió la sangre azul de Manon.

No.

*No.*

—Así que has sido una asesina de tu propia sangre toda la vida —le ronroneó su abuela—. Cuando ibas a cazar a esos Crochans, tus *parientes*. Cuando eras una cría de bruja, tu padre te buscó por todas partes. Nunca dejó de amar a tu madre. *Amarla* —escupió—. Ni de amarte a ti. Así que lo maté.

Manon miró hacia la caída, la muerte la llamaba.

—Su impotencia fue deliciosa cuando le dije lo que le había hecho a tu madre. Lo que haría contigo. En qué te convertiría. No en una niña para la paz, sino para la guerra.

*Convertida.*

*Convertida.*

*Convertida.*

Las uñas de Manon rompieron la roca oscura del barandal del balcón. Y entonces su abuela dijo las palabras que la destrozaron:

—¿Sabes por qué estaba espiando esa Crochan en el Abismo Ferian esta primavera? La enviaron para buscarte a *ti*. Después de ciento dieciséis años de búsqueda, al fin supieron la identidad de la hija desaparecida de su príncipe muerto.

La sonrisa de su abuela era horrible en su triunfo absoluto. Manon pidió que la fuerza le llegara a los brazos, a las piernas.

—Su nombre era Rhiannon, en honor a la última reina Crochan. Y era tu media hermana. Me lo confesó en una de nuestras mesas. Pensó que con eso salvaría su vida. Y cuando vio en qué te habías convertido, eligió llevarse a la tumba lo que sabía.

—Soy una Picos Negros —dijo Manon con la voz áspera, se ahogaba con su propia sangre.

Su abuela dio un paso, sonreía mientras dijo:

—Eres una Crochan. La última de su línea real después de que mataste a tu propia hermana. Eres una *reina* Crochan.

Las brujas que las rodeaban guardaban un silencio absoluto.

Su abuela extendió la mano hacia ella.

—Y vas a morir como una para cuando haya terminado contigo.

Manon no permitió que las uñas de su abuela la tocaran.

Se escuchó un tronido cerca.

Manon usó la fuerza que le quedaba en los brazos, en las piernas, para subirse al barandal del balcón.

Y para rodar hacia la caída.

Aire, roca, viento y sangre...

Manon chocó contra una piel cálida y áspera y sus heridas la hicieron gritar de dolor y perder momentáneamente la vista.

En lo alto, en algún lugar alejado, su abuela gritaba órdenes...

Manon clavó las uñas profundamente en la piel. Debajo de ella, surgió un grito de incomodidad que reconoció. Abraxos.

Pero se sostuvo con firmeza y él aceptó el dolor al girar hacia uno de los lados para salir de la sombra de Morath.

Ella las sintió a su alrededor.

Manon logró abrir los ojos y deslizó su párpado transparente a su posición para protegerse del viento.

Edda y Briar, sus Sombras, la iban flanqueando. Sabía que habían estado ahí, esperando entre las sombras con sus guivernos y que escucharon cada una de esas últimas palabras condenatorias.

—Las demás se adelantaron. Nos enviaron por ti —gritó Edda, la mayor de las hermanas, para que Manon la escuchara a pesar del rugido del viento—. Tu herida...

—Es poco profunda —ladró Manon e hizo el dolor a un lado para concentrarse en el momento. Estaba en el cuello de

Abraxos. La silla estaba un poco más atrás. Una por una, sintiendo una agonía con cada respiración, fue liberando sus uñas de la piel del guiverno y se deslizó hacia la silla. Él enderezo su vuelo para que ella pudiera abrocharse el arnés.

La sangre brotaba de las heridas de su abdomen. Pronto la silla estaba resbalosa de sangre.

Detrás de ellos se escucharon varios rugidos que pusieron a temblar las montañas.

—No podemos permitir que encuentren a las demás —logró decir Manon.

Briar, con el cabello negro volando detrás de ella, se acercó.

—Tenemos a seis Piernas Amarillas detrás. Del aquelarre personal de Iskra. Se acercan a toda velocidad.

Tenían una cuenta pendiente y sin duda les habían dado autorización de matarlas.

Manon miró los picos y barrancos de las montañas que las rodeaban.

—Dos por cabeza—ordenó.

Los guivernos de las Sombras eran enormes, hábiles para ocultarse pero devastadores al pelear.

—Edda, tú lleva a dos al oeste; Briar, tú lleva a las otras dos al este. Déjenme a mí a las últimas dos.

No había señal del resto de las Trece en las nubes grises ni en las montañas.

Bien, habían escapado. Eso era suficiente.

—Mátenlas y luego encuentren a las demás —ordenó Manon con un brazo sobre la herida.

—Pero, Líder de la Flota...

El título casi la hizo perder toda su voluntad, pero Manon ladró:

—¡Es una orden!

Las Sombras inclinaron la cabeza. Luego, como si compartieran una misma mente, un mismo corazón, volaron en ambas direcciones y se alejaron de Manon como pétalos al viento.

Cuatro Piernas Amarillas, como sabuesos que siguen un rastro, se separaron del grupo para ir tras cada Sombra.

Las dos del centro volaron más rápidamente, con más ímpetu, y se apartaron un poco para cerrarse sobre Manon. A ella se le nubló la vista.

No era buena señal, no era ninguna buena señal.

Le dijo a Abraxos:

—Hagamos que nuestra última batalla sea digna de un cantar.

Él rugió en respuesta.

Las Piernas Amarillas se acercaron lo suficiente a Manon para que ella alcanzara a contar sus armas. Un grito de batalla brotó de la que estaba a su derecha.

Manon enterró el talón izquierdo en el costado de Abraxos.

Como una estrella fugaz, él se lanzó hacia el suelo, hacia los picos de las montañas cenizas. Las Piernas Amarillas se clavaron detrás de ellos.

Manon se dirigió a un barranco que recorría la cima de la cordillera, su visión variaba entre negra, blanca y borrosa. Un escalofrío recorrió sus huesos.

Los muros de la barranca empezaron a cerrarse a su alrededor como las fauces de una bestia poderosa y ella tiró una vez de las riendas.

Abraxos abrió las alas y voló por un lado del barranco con la idea de usar una de las corrientes de aire para enderezarse y aletear con furia a fin de avanzar por el corazón de la cañada. Los pilares de roca salían del suelo como lanzas.

Las Piernas Amarillas, aunque demasiado envueltas en su sed de sangre, dudaron antes de entrar al barranco porque tenían unos guivernos demasiado grandes y estorbosos, y en una curva cerrada...

Un golpe, un grito y todo el barranco tembló.

Manon se tragó su grito de agonía para mirar hacia atrás. Uno de los guivernos se aterrorizó por ser demasiado grande para el espacio y chocó contra una columna de roca. Empezaron a llover huesos y sangre.

Pero el otro guiverno logró girar y ahora volaba hacia ellos, con las alas tan grandes que casi rozaban ambos lados del barranco.

Manon jadeó a través de sus dientes ensangrentados:

—*Vuela, Abraxos*.

Y su montura amable con corazón de guerrero voló.

Manon se concentró en permanecer en la silla, en mantener el brazo presionado contra su herida tratando de contener la sangre, para alejar ese frío letal.

Había recibido suficientes heridas para saber que el ataque de su abuela había sido profundo y certero.

El barranco giró hacia la derecha y Abraxos dio la vuelta de manera experta. Ella rezó para escuchar el golpe y el rugido del guiverno al chocar contra las paredes, pero no se escuchó nada.

Pero Manon conocía esos cañones mortíferos. Había volado por ese camino incontables veces durante sus interminables patrullas inútiles de los últimos meses. Las Piernas Amarillas, encerradas en el Abismo Ferian, no lo habían hecho.

—Hasta el final, Abraxos —dijo.

Su rugido de respuesta fue la única confirmación.

Una oportunidad. Ella tenía sólo una oportunidad. Luego podría morir felizmente, sabiendo que nadie perseguiría a sus Trece. Al menos no ese día.

Vuelta tras vuelta, Abraxos avanzaba a toda velocidad por el barranco. Golpeaba la roca con la cola para que salieran volando piedras hacia la centinela Piernas Amarillas.

La jinete esquivaba las piedras y su guiverno subía y bajaba con el viento. Más cerca... Manon necesitaba que se acercara más. Tiró de las riendas de Abraxos y él frenó un poco.

Vuelta tras vuelta tras vuelta, la roca negra pasó a su lado a toda velocidad, como un borrón en su vista de por sí nublada.

La Piernas Amarillas estaba suficientemente cerca para lanzar una daga.

Manon miró por encima del hombro, su visión le falló justo a tiempo para verla.

No llevaba una daga, sino dos, el metal brilló en la luz débil del cañón.

Manon se preparó para el impacto del metal en carne y hueso.

Abraxos tomó la última curva cuando la centinela lanzó las dagas contra Manon. Un muro alto e impenetrable de roca negra se elevaba a unos cuantos metros.

Pero Abraxos se elevó, gracias a una corriente ascendente y salió del corazón del barranco, tan cerca de la roca que Manon la podría haber tocado.

Las dos dagas chocaron contra la roca en el lugar donde Manon había estado instantes antes.

Y la centinela Piernas Amarillas, en su guiverno grande y pesado, también chocó.

La roca crujió cuando el guiverno y su jinete se aplastaron contra ella. Y cayeron al fondo del barranco.

Jadeando, con sangre en su aliento rasposo, Manon le acarició el costado a Abraxos. Incluso ese movimiento fue débil.

—Bien —logró decirle.

Las montañas se volvieron a hacer pequeñas. Oakwald se extendía frente a ella. Los árboles, la cubierta de árboles podría ocultarla...

—Oak... —alcanzó a jadear.

Manon no terminó de dar la orden porque la oscuridad la cubrió para reclamarla.

# CAPÍTULO 19

Elide Lochan se mantuvo en silencio durante los dos días que ella y Lorcan viajaron por los bordes orientales de Oakwald, se dirigían a las planicies que quedaban más allá.

Ella no le había hecho a él las preguntas más importantes, lo dejó creer que era una chica tonta cegada por la gratitud de que él la hubiera salvado.

Él olvidó rápidamente que, aunque él la había cargado, ella se salvó sola. Y aceptó su nombre, el nombre de su *madre*, sin cuestionarla. Si Vernon la estaba siguiendo... Había sido un error de tontos, pero no había manera de deshacerlo, no sin hacer que Lorcan sospechara.

Así que mantuvo la boca cerrada y se tragó sus preguntas. Como por qué la había estado siguiendo. O quién era su ama que controlaba a un guerrero tan poderoso, por qué quería ir a Morath, por qué no dejaba de tocar un objeto debajo de su chaqueta oscura. Y por qué se sorprendió tanto, aunque lo trató de disimular, cuando mencionó a Celaena Sardothien y a Aelin Galathynius.

Elide no tenía duda de que el guerrero también le ocultaba secretos, y tampoco dudaba que, a pesar de su promesa de protegerla, en cuanto tuviera todas las respuestas que necesitaba, esa protección dejaría de existir.

De todas maneras ella durmió bien las últimas dos noches, gracias a que tenía el estómago lleno de carne por el talento de cazador de Lorcan. Consiguió dos conejos y cuando ella se terminó el suyo en minutos, él le dio la mitad de lo que quedaba del suyo. Ella no se molestó en ser cortés y rechazar su oferta.

Ya era media mañana cuando la luz en el bosque empezó a ser más brillante y el aire se sentía más fresco. Y entonces se escuchó el rugido de las aguas poderosas, el Acanthus.

Lorcan continuó avanzando y Elide podría jurar que incluso los árboles se apartaron de su camino cuando levantó una mano para indicar en silencio que esperara un poco.

Ella obedeció y permaneció en la penumbra de los árboles, rezaba para que él no la obligara a regresar al enredado bosque de Oakwald, para que no le negara entrar a este mundo brillante y abierto.

Lorcan volvió a hacer un movimiento, indicándole que avanzara. Todo estaba despejado.

Elide permaneció en silencio y dio un paso al frente, parpadeó al entrar a la luz del sol y salir de la última hilera de árboles, se paró a un lado de Lorcan en lo alto de la ribera rocosa del río.

El río era enorme, sombras grises y pardas pasaban a toda velocidad, el último deshielo de las montañas. Era tan grande y salvaje que Elide supo que no podría nadar en él y que tendrían que cruzar en otra parte. Pero del otro lado del río, como si el agua fuera una frontera entre dos mundos...

Las colinas y las planicies del otro lado del Acanthus estaban tapizadas de pastos altos color esmeralda que se balanceaban, como un mar siseante debajo del cielo azul despejado que se extendía hacia el infinito en dirección al horizonte.

—No puedo recordar —murmuró ella con palabras apenas perceptibles por la canción y el rugido del río— la última vez que vi...

En Perranth, encerrada en aquella torre, sólo veía la ciudad, tal vez el lago si el día estaba muy despejado. Luego estuvo en ese carruaje de prisioneros, luego en Morath, donde sólo había montañas, ceniza y ejércitos. Y durante el vuelo con Manon y Abraxos iba demasiado perdida por el terror y el dolor para notar otra cosa. Pero ahora... No podía recordar la última vez que había visto la luz del sol bailar sobre una planicie, o a los pequeños pájaros color marrón que subían y bajaban con la brisa cálida que soplaba.

—El camino está como a un kilómetro y medio río arriba
—dijo Lorcan. Sus ojos oscuros no se veían conmovidos por el
Acanthus ni por los pastizales en movimiento del otro lado—. Si
quieres que tu plan funcione, este es el momento para prepararse.

Ella volteó a verlo.

—Tú tienes que prepararte más.

El movimiento rápido de las cejas negras de Lorcan hizo que
Elide aclarara:

—Si este truco va a tener éxito, al menos tienes que... fingir
ser humano.

Este hombre no tenía nada que sugiriera que su herencia
humana era dominante.

—Oculta tus armas —continuó ella—. Quédate sólo con la
espada.

Incluso esa espada poderosa sería una señal inequívoca de
que Lorcan no era un viajero ordinario.

Ella sacó una tira de cuero de su bolsillo.

—Recógete el cabello. Te verás menos... —se distrajo con la
mirada ligeramente divertida pero con un toque de advertencia
que le dedicó Lorcan— salvaje —se obligó a decir y le extendió
la tira de cuero. Los dedos anchos de Lorcan la tomaron y obedeció con una mueca en los labios—. Y desabotónate la chaqueta —agregó ella pensando en su catálogo mental de rasgos que
había notado parecían menos amenazantes, menos intimidantes.
Lorcan obedeció esa orden también y quedó a la vista su camisa
gris oscuro debajo de la chaqueta negra ajustada y su pecho amplio y musculoso. Parecía más adecuado para trabajos pesados
que para el campo de batalla.

—¿Y tú? —preguntó él con las cejas arqueadas.

Elide se estudió y dejó su mochila en el suelo. Primero, se quitó la chaqueta de cuero, aunque se sentía como si le hubieran
quitado una capa de piel. Luego se remangó la camisa blanca.
Pero al quitarse la prenda de cuero ajustada, el tamaño de sus
senos grandes ya no se disimulaba. Eso la marcaba como una mujer y no como la joven muy delgada que todo el mundo asumía
que era. Luego empezó a cambiar su cabello. Se quitó la trenza y

se acomodó el pelo en un chongo sobre la cabeza. El peinado de una mujer casada, no el cabello libre ni las trenzas de la juventud. Guardó su chaqueta en la mochila y se enderezó para mirar a Lorcan.

Los ojos de él viajaron de su cabeza a sus pies y volvió a fruncir el entrecejo.

—Unas tetas más grandes no demostrarán ni ocultarán nada.

Ella sintió cómo se ruborizaba.

—Tal vez mantengan a los hombres distraídos lo necesario para que no hagan preguntas.

Con ese comentario, empezó a caminar río arriba. Intentaba no pensar en los hombres que la habían tocado y se habían burlado en aquella celda. Pero si eso le ayudaba a cruzar el río sin llamar la atención, entonces aprovecharía su cuerpo. Los hombres verían lo que quisieran ver: una joven bonita que no se irritaba con su atención, que hablaba con amabilidad y calidez. Alguien confiable, alguien dulce pero sin ninguna característica llamativa.

Lorcan empezó a seguirla y luego la alcanzó para caminar a su lado como si fuera un compañero de verdad y no un escolta comprometido a cuidarla en el último trecho antes del lugar donde el río daba la vuelta.

Escucharon caballos, carretas y gritos antes de ver cualquier cosa.

Y luego apareció un puente ancho y desgastado de roca. Las carretas, carros y jinetes estaban formados en grandes grupos a ambos lados del río. Y unos veintitantos guardias uniformados de los colores de Adarlan vigilaban cada uno de los lados, cobraban la cuota y...

Estaban revisando los carruajes, cada rostro y cada persona.

Los ilken sabían sobre su pierna.

Elide empezó a caminar más lentamente y se mantuvo cerca de Lorcan mientras se aproximaban a las derruidas barracas de dos pisos de ese lado del río. Por la carretera, flanqueados por los árboles, había otra serie de edificios en mal estado donde la gente estaba muy activa. La posada y la taberna. Para que los viajeros esperaran a que avanzaran las filas mientras se tomaban un trago o comían algo, o tal vez para que rentaran una habitación si el clima era malo.

Había mucha gente... humanos. Nadie parecía estar asustado ni herido ni enfermo. Y los guardias, a pesar de sus uniformes, se movían como hombres mientras examinaban las carretas que pasaban por las barracas que servían de casetas de cobro y para que los vigilantes durmieran.

Le dijo en voz baja a Lorcan mientras avanzaban por la carretera de tierra hacia el final lejano de la fila:

—No sé qué magia poseas, pero si puedes hacer que mi cojeo sea menos notorio...

Antes de que pudiera terminar, una fuerza similar a un viento nocturno fresco presionó su tobillo y su pantorrilla y luego se envolvió a su alrededor con fuerza. Una férula.

Sus pasos se hicieron más estables y tuvo que hacer un esfuerzo para no quedarse con la boca abierta al tener la sensación de caminar derecha y con seguridad. No se permitió disfrutarlo ni saborearlo porque probablemente sólo duraría hasta que llegaran del otro lado del puente.

Las carretas de los comerciantes esperaban, llenas de bienes de quienes no se habían querido arriesgar a navegar por el río Avery hacia el norte. Los conductores tenían los rostros tensos por la espera y las inspecciones que les aguardaban. Elide miró a los conductores, los comerciantes, los demás viajeros... Cada uno de ellos hacía que sus instintos gritaran que los iban a traicionar en el instante en que pidieran que les hicieran un espacio en sus carruajes o cuando les ofrecieran una moneda para que guardaran silencio.

Si se ponían a preguntar entre la gente de la fila, los guardias seguro se darían cuenta, así que Elide aprovechó cada uno de sus pasos para estudiar a las personas mientras avanzaban hacia el final. Pero llegó al sitio donde terminaba y no encontró nada.

Sin embargo, Lorcan miró detrás de ella, hacia la taberna de paredes encaladas que ocultaban las rocas a punto de desmoronarse.

—Vayamos por algo de comer antes de esperar —dijo con un tono lo suficientemente alto para que la carreta frente a ellos los escuchara y no les prestara atención.

Ella asintió. Podría haber alguien más dentro y el estómago ya le pedía comida. Pero...

—No tengo dinero —murmuró ella mientras se acercaban a la puerta de madera clara. Era una mentira. Tenía el oro y la plata que Manon le dio. Pero no lo iba a sacar frente a Lorcan, con o sin sus promesas.

—Yo tengo suficiente —dijo él secamente.

Elide se aclaró la garganta.

Él arqueó las cejas.

—No nos vas a ayudar a conseguir aliados si sigues viéndote así —le dijo ella con una sonrisita dulce—. Si entras allá con aspecto de guerrero, seguro que no pasarás desapercibido.

—¿Entonces qué debería ser?

—Lo que necesitemos que seas cuando llegue el momento. Pero... quítate esa mirada amenazadora.

Abrió la puerta y para cuando los ojos de ella se ajustaron al brillo de los candeleros de hierro forjado, Lorcan ya había cambiado su cara. Tal vez sus ojos nunca se verían cálidos, pero tenía una sonrisa insulsa en la cara, los hombros relajados, como si le molestara un poco la espera pero estuviera ansioso por conseguir una buena comida.

Se veía casi humano.

La taberna estaba a reventar y el ruido era ensordecedor. Elide apenas pudo lograr que la mesera más cercana la escuchara para ordenar el almuerzo. Avanzaron con dificultad entre las mesas apretadas y Elide se dio cuenta de que más de un par de ojos se fijaban en su pecho y después en su cara. Y no apartaban la vista.

Ella hizo a un lado la sensación de incomodidad y trató de avanzar sin prisa hacia una mesa en la pared trasera que una pareja cansada acababa de desocupar.

Alrededor de la mesa vecina había un grupo ruidoso de ocho personas amontonadas. Se notaba que su líder era una mujer madura con una risa sonora. Los demás que estaban en la mesa: una mujer hermosa con cabello negro como cuervo, un hombre barabado de pecho ancho y manos tan grandes como platos, y otras personas de aspecto rudo miraban a la mujer mayor, evaluaban sus respuestas y escuchaban con atención lo que ella decía.

Elide se sentó en la silla de madera desgastada y Lorcan ocupó la que estaba frente a ella. Su tamaño hizo que el hombre barbado y la mujer madura se fijaran en él.

Elide sopesó esas miradas. Eran de evaluación. No para pelear, no amenazantes. Sino una apreciación y un cálculo.

Elide se preguntó por un instante si la misma Anneith hizo que la otra pareja se fuera para dejarles esa mesa libre a ellos. Por esa misma mirada.

Elide estiró la mano sobre la mesa, con la palma hacia arriba, y miró a Lorcan con una sonrisa perezosa que le había visto a una trabajadora de la cocina de Morath cuando miraba al cocinero.

—Esposo —dijo con dulzura y movió los dedos.

Lorcan apretó la boca pero la tomó de la mano. Los dedos de ella eran mucho más pequeños.

Los callos de la mano de Lorcan rasparon los de Elide. Él lo notó en el mismo momento que ella, cuando deslizó su mano para sostener la suya e inspeccionar su palma. Ella cerró la mano y la giró para volver a sostener la de él.

—Hermano —murmuró Lorcan de modo que nadie los pudiera escuchar—. Soy tu hermano.

—Eres mi esposo —dijo ella con la voz igual de baja—. Llevamos tres meses de casados. Sígueme la corriente.

Él miró a su alrededor, no se percató de las miradas evaluadoras que les dedicaron los vecinos. En sus ojos todavía se agitaba la duda junto con una pregunta silenciosa.

Ella simplemente dijo:

—Los hombres no temerán la amenaza de un hermano. Yo seguiría sin ser de nadie, seguiría abierta a las... invitaciones. He visto el poco respeto que tienen los hombres por lo que creen que tienen derecho a poseer. Así que eres mi esposo —siseó— hasta que yo diga lo contrario.

Una sombra recorrió los ojos de Lorcan, junto con otra pregunta. Una que ella no quería ni podía responder. Él le apretó la mano para exigirle que lo viera a los ojos. Ella se negó.

Afortunadamente la comida llegó antes de que Lorcan pudiera preguntar.

Guisado: tubérculos y conejo. Ella empezó a comer de inmediato y casi se derrite su paladar con el primer bocado.

El grupo que estaba detrás de ellos empezó a hablar nuevamente, ella escuchaba mientras comía, seleccionaba fragmentos de la conversación como si fueran conchas en una playa.

—Tal vez les podamos ofrecer un espectáculo y ellos reducirán la cuota a la mitad —dijo el hombre rubio de barba.

—Es poco probable —dijo su líder—. Esos hijos de puta nos cobrarían a *nosotros* para tener el derecho de actuar. Lo que es peor, qué tal que les gusta el espectáculo y nos exigen que nos quedemos un tiempo. No nos podemos dar el lujo de esperar. No ahora que otras compañías ya están en camino. No queremos llegar a las poblaciones de las planicies después de todos los demás.

Elide casi se atragantó con su guiso. En ese caso Anneith *seguramente* liberó esa mesa. Su plan era encontrar un grupo de actores o un carnaval y unirse a ellos, disfrazarse de trabajadores, y esto...

—Si pagamos la cuota completa en el puente —dijo la mujer hermosa—, tal vez lleguemos a ese primer pueblo medio muertos de hambre e incapaces de actuar.

Elide levantó la mirada para ver a Lorcan. Él asintió.

Ella dio otro sorbo a su guiso y se preparó pensando en Asterin Picos Negros. Encantadora, segura, valiente. Siempre tenía la cabeza inclinada con insolencia, cierta soltura en sus extremidades y un esbozo de sonrisa en los labios. Elide respiró y se preparó para fijar esos recuerdos en sus propios músculos, carne y huesos.

Luego giró en su silla, recargó su brazo en el respaldo, se inclinó hacia la otra mesa y dijo con una sonrisa:

—Discúlpenme por interrumpir su comida, pero no pude evitar escuchar su conversación.

Todos voltearon a mirarla, con las cejas arqueadas. Los ojos de la líder se fueron directamente a la cara de Elide. Ella notó que la estaba evaluando: joven, bonita, sin marcas de una vida dura. Elide mantuvo una expresión placentera e hizo que sus ojos brillaran.

—¿Son un grupo de actores? —ladeó la cabeza hacia Lorcan—. Mi esposo y yo hemos estado buscando uno durante semanas sin suerte, todos están completos.

—Nosotros también —dijo su líder.

—Claro —respondió Elide alegremente—. Pero la cuota es cara, para todos. Y si estuviéramos juntos en el negocio, tal vez de manera temporal... —la rodilla de Lorcan rozó la suya como advertencia. Ella no le hizo caso—. Con gusto cooperaríamos para la cuota, cubriríamos lo que haga falta.

La mirada de la mujer se volvió cuidadosa.

—Sí somos un carnaval. Pero no necesitamos nuevos miembros.

El hombre barbado y la mujer hermosa miraron a su líder con recriminación.

Elide se encogió de hombros.

—Muy bien. En caso de que cambien de opinión antes de irse, mi esposo —hizo un ademán hacia Lorcan que hacía un esfuerzo por sonreír con soltura— es un lanzador de espadas experto. Y en nuestro grupo anterior, ganaba buen dinero peleando contra hombres que buscaban derrotarlo en desafíos de fuerza.

La líder miró con atención a Lorcan, su altura, sus músculos y su postura.

Elide supo que había adivinado correctamente qué tipo de profesión necesitaban en el grupo cuando la mujer le preguntó:

—¿Y tú de qué trabajabas?

—Yo trabajaba como adivinadora, me llamaban su oráculo —se encogió de hombros—. Principalmente sombras y adivinanzas.

Tendría que ser así, considerando el hecho de que ella no sabía leer.

La mujer no estaba impresionada.

—¿Y cómo se llamaba su grupo?

Era probable que los conocieran, que identificaran a todos los grupos que recorrían las planicies.

Ella buscó en su memoria buscando algo útil, cualquier cosa... Piernas Amarillas. Las brujas de Morath alguna vez mencionaron a Baba Piernas Amarillas, quien viajó en un carnaval para evitar que la detectaran y que murió en Rifthold el invierno anterior sin explicación... Detalle tras detalle fueron brotando de las catacumbas de su memoria.

—Estábamos en el Carnaval de los Espejos —dijo Elide. Lo conocían: los ojos de la líder brillaron con sorpresa y respeto—. Hasta que Baba Piernas Amarillas, la dueña, murió en Rifthold, el invierno pasado. Nos separamos y hemos estado buscando trabajo desde entonces.

—¿De dónde venían? —preguntó el hombre barbado.

Lorcan respondió:

—Mi familia vive en el lado occidental de los Colmillos. Pasamos los últimos meses con ellos, esperando a que se derritieran las nieves porque el trayecto es muy peligroso. Han estado sucediendo cosas extrañas —añadió— durante esto días, en las montañas.

La compañía se quedó inmóvil.

—Así es —respondió la mujer de cabello negro. Miró a su líder—. Podrían ayudar a pagar la cuota, Molly. Y desde que se fue Saul no hemos encontrado alguien que haga ese acto...

Probablemente se refería al lanzador de espadas.

—Como dije —intervino Elide con la sonrisa bonita de Asterin—, estaremos aquí un rato, así que, si cambian de opinión... avísenos. Si no... —los saludó con su cuchara maltratada—, que tengan un viaje seguro.

Algo destelló en la mirada de Molly, pero la mujer los estudió nuevamente.

—Viaje seguro —murmuró de regreso.

Elide y Lorcan devolvieron la atención a su comida.

Y cuando la mesera llegó para cobrar, Elide buscó en su bolsillo interior y sacó una moneda de plata.

Los ojos de la mesera se abrieron como platos, pero lo que Elide quería ver era la mirada sagaz de Molly, la de todos los comensales de esa mesa, cuando la chica se fue con la moneda y regresó con el cambio.

Lorcan se mantuvo en silencio a dejar Elide una propina generosa sobre la mesa, pero ambos le dedicaron sonrisas amables al grupo al abandonar su mesa y la taberna.

Elide regresó directamente al final de la fila, todavía sonriente y con la espalda erguida.

Lorcan se acercó, furtivo, sin llamar la atención por el frente.

—¿No que no tenías dinero?

Ella lo miró de soslayo.

—Estaba equivocada, al parecer.

De sus dientes blancos surgió un destello cuando Lorcan sonrió, genuinamente esta vez.

—Bueno, pues será mejor que tengamos lo suficiente entre ambos, Marion, porque Molly está a punto de hacerte una oferta.

Elide se dio la vuelta al escuchar el crujido de la tierra bajo botas negras y vio que Molly ya estaba frente a ellos. El resto del grupo se había quedado atrás. Algunos fueron a la parte trasera de la taberna, sin duda para ir por las carretas.

El rostro de Molly era severo y estaba ruborizado, como si hubiera estado discutiendo. Ella simplemente chasqueó la lengua y dijo:

—Que sea un trabajo temporal. Si no sirven, los echaremos y no les devolveremos el dinero de la cuota.

Elide sonrió y no tuvo que fingirlo del todo.

—Marion y Lorcan, a sus órdenes, madame.

Su esposa. Dioses.

Él tenía más de quinientos años y esta... esta niña, esta muchacha, súcubo, lo que fuera, acababa de engañar y mentir para conseguirle un trabajo. De lanzador de espadas, para colmo.

Lorcan permaneció fuera de la taberna con Marion a su lado. El grupo era pequeño, por eso la falta de fondos, Lorcan se dio cuenta de que habían tenido épocas mejores al mirar cómo retumbaban y se tambaleaban las dos carretas pintadas de amarillo tiradas por cuatro caballos viejos.

Marion observó con cuidado a Molly, que se subía al asiento del conductor junto a la mujer hermosa de cabello negro, quien no le prestó ninguna atención a Lorcan.

Bueno, tener a Marion como su *esposa*, malditos fueran los dioses, ciertamente le puso fin a cualquier otra cosa además del aprecio de la mujer despampanante.

Le costó trabajo no gruñir. Llevaba meses sin estar con una mujer. Y, por supuesto, *por supuesto*, ahora que tenía el tiempo y el interés en una... estaba atado por las mentiras de otra.

Su esposa.

No era que Marion fuera fea, él la observó mientras obedecía la orden que ladró Molly de subir a la parte trasera de la segunda carreta. Algunos de los otros miembros del grupo los siguieron en sus caballos miserables.

Marion tomó la mano extendida del hombre barbado y él la metió con facilidad a la carreta. Lorcan venía atrás, mirando a todos en el grupo, a todos en ese pequeño pueblo improvisado. Varios hombres, y algunas mujeres, habían prestado atención a Marion cuando pasó a su lado.

La cara dulce junto con las curvas pecaminosas, sin cojear y con el cabello fuera de la cara... Ella sabía exactamente lo que estaba haciendo. Sabía que la gente notaría esas cosas, pensaría en esas cosas, en vez de prestar atención a la mente astuta y las mentiras que les estaba diciendo.

Lorcan ignoró la mano extendida del hombre barbado y saltó a la parte trasera de la carreta. Recordó que debía sentarse cerca de Marion, abrazar sus hombros delgados y parecer aliviado y feliz de pertenecer nuevamente a un grupo.

La carreta estaba llena de provisiones, junto con otras cinco personas que le sonrieron a Marion y luego apartaron la vista de él rápidamente.

Marion le puso una mano en la rodilla y Lorcan tuvo que esforzarse por no retraerse ante el contacto. Fue una sorpresa para él, en la taberna, sentir lo áspero de esas manos delicadas. No sólo había sido prisionera en Morath, sino esclava. Los callos eran viejos y densos, lo cual indicaba que probablemente trabajó durante años. Labores forzadas, por su aspecto, y con esa pierna arruinada...

Intentó no pensar en el olor a miedo y dolor que percibió cuando le contó lo poco que creía en la amabilidad y la decencia de los hombres. No permitió que su imaginación profundizara demasiado en el por qué de esos sentimientos.

El aire dentro de la carreta estaba caliente e impregnado de sudor humano, paja, estiércol de los caballos formados frente a ellos y el olor al hierro de las armas.

—¿No tienen muchas pertenencias? —preguntó el hombre barbado. Se hacía llamar Nik.

Mierda. Olvidó que los humanos viajaban con equipaje como si fueran a mudarse a alguna parte.

—Perdimos casi todo en nuestro viaje para salir de las montañas. Mi *esposo* —dijo Marion con una molestia encantadora— insistió en que cruzáramos un arroyo rápido. Tengo suerte de que se haya molestado en ayudarme a *mí*, porque ciertamente no fue tras nuestras pertenencias.

Una risa suave de parte de Nik.

—Sospecho que estaba más concentrado en salvarte a ti que al equipaje.

Marion puso los ojos en blanco y le dio unas palmadas a Lorcan en la rodilla. Él casi se encogía al sentir cada uno de sus roces.

Incluso con sus amantes, fuera de la cama no le gustaba el contacto físico constante y descuidado. A algunas eso les parecía intolerable. Otras pensaban que podían convertirlo en un hombre decente que sólo quisiera un hogar y una buena mujer que trabajara a su lado. Ninguna había tenido éxito.

—Yo me puedo salvar sola —dijo Marion animadamente—. Pero sus espadas, nuestros implementos de cocina, mi *ropa*

—negó con la cabeza—. Su acto tal vez no luzca tanto hasta que podamos encontrar algún sitio donde comprar más cosas.

Nik miró a Lorcan a los ojos y le sostuvo la mirada más tiempo de lo que se atrevían la mayoría de los hombres. Lorcan no estaba seguro de qué era lo que hacía en el carnaval. A veces probablemente actuaba pero en definitiva era parte de la seguridad. La sonrisa de Nik se desvaneció un poco.

—La tierra más allá de los Colmillos no es buena. Tu gente debe ser resistente si vive en esa zona.

Lorcan asintió.

—Es una vida más dura —dijo— y no quiero eso para mi esposa.

—La vida de un espectáculo ambulante no es mucho mejor —respondió Nik.

—Ah —intervino Marion—, ¿de verdad no? Una vida bajo los cielos y en los caminos, de viajar a donde te lleve el viento, sin responder a nadie ni a nada. Una vida de libertad... —negó con la cabeza—. ¿Qué más puedo pedir además de una vida sin jaulas?

Lorcan sabía que esas palabras no eran mentira. Vio su rostro cuando estaban frente a la planicie y sus pastos.

—Hablaste como alguien que ha pasado suficiente tiempo viajando —dijo Nik—. Siempre es una de dos opciones con nuestro tipo de personas: o encuentras un sitio, te estableces y nunca vuelves a viajar o viajas para siempre.

—Quiero ver la vida, el mundo —dijo Marion con voz más suave—. Quiero verlo todo.

Lorcan se preguntó si Marion lograría hacer eso si él fracasaba en su misión, si la llave del Wyrd que llevaba terminaba en las manos equivocadas.

—Es mejor no viajar demasiado lejos —dijo Nik con el entrecejo fruncido—. No con lo que sucedió en Rifthold, o lo que está sucediendo en Morath.

—¿Qué sucedió en Rifthold? —interrumpió Lorcan, tan abruptamente que Marion le advirtió apretándole la rodilla.

Nik se rascó despreocupadamente la barba color trigo.

—Toda la ciudad fue saqueada, tomada, dicen, por unos terrores voladores y mujeres demonio como jinetes. Brujas, si creemos los rumores. Dientes de hierro, como cuentan las leyendas.

Se estremeció.

Dioses. La destrucción debía ser algo impresionante. Lorcan se obligó a escuchar, a concentrarse y no empezar a calcular el número de víctimas y lo que eso significaría para la guerra. Mientras tanto, Nik continuó:

—No se sabe nada del joven rey. Pero la ciudad le pertenece a las brujas y sus bestias. Dicen que viajar al norte es ahora enfrentarse a una trampa mortal; viajar al sur, otra trampa mortal... Así que —se encogió de hombros— nos dirigiremos al este. Tal vez encontremos una manera de evadir lo que está esperando en las otras direcciones. Tal vez nos alcance la guerra y quedemos diseminados a los cuatro vientos —dijo Nik y miró a Lorcan con cuidado—. Tal vez recluten a los hombres como tú y yo.

Lorcan se aguantó la risa. Nadie podía forzarlo a hacer nada... salvo una persona. Y ella... Su pecho se tensó. Era mejor no pensar en su reina.

—¿Crees que alguno de los lados haga eso? ¿Que obliguen a los hombres a pelear? —preguntó Marion sin aliento.

—No lo sé —respondió Nik, el aroma y el sonido del río empezaron a ser tan fuertes que Lorcan dedujo que estaban cerca de la caseta. Buscó el dinero que Molly les pidió en su chaqueta. Era mucho más de lo justo, pero no le importaba. Estas personas se podían ir al demonio en el momento que estuvieran a salvo, ocultos en las profundidades de esas planicies eternas.

—Tal vez las fuerzas del duque Perrington ni siquiera nos quieran, si tienen a las brujas y sus bestias de su lado.

Y mucho peor, quiso agregar Lorcan. Mastines del Wyrd e ilken y sepan los dioses qué más.

—Pero Aelin Galathynius —siguió pensando Nik en voz alta. La mano de Marion se quedó inmóvil sobre la rodilla de Lorcan—. Quién sabe qué hará. No ha pedido ayuda, no ha pedido soldados. Sin embargo, tuvo a Rifthold en sus manos, mató al rey, destruyó su castillo. Pero devolvió la ciudad.

La banca de la carreta crujió cuando Marion se inclinó al frente.

—¿Qué sabes de Aelin?

—Rumores por aquí y por allá —dijo Nik encogiéndose de hombros—. Dicen que es pecaminosamente bella y más fría que el hielo. Dicen que es una tirana, una cobarde, una puta. Dicen que está bendecida, o maldecida, por los dioses. ¿Quién sabe? Diecinueve años me parecen muy pocos para tener semejantes cargas... Aunque los rumores dicen que tiene una corte fuerte. Una metamorfa le cuida la espalda y tiene un príncipe guerrero a cada lado.

Lorcan pensó en esa metamorfa que le vomitó encima tan desvergonzadamente, no una sino dos veces. Pensó en los dos príncipes guerreros. Uno de ellos, el hijo de Gavriel.

—¿Nos salvará o nos condenará a todos? —pensó Nik quien ahora estaba vigilando la línea larga que se había formado detrás de su carreta—. No sé si me gusta mucho la idea de que todo dependa de ella pero... si gana, tal vez el continente esté mejor, tal vez la vida esté mejor. Y si fracasa... tal vez todos merezcamos esa condena.

—Va a ganar —dijo Marion con fuerza silenciosa. Las cejas de Nik se arquearon.

Se escucharon gritos de hombres.

—Yo me ahorraría la plática sobre ella para otra ocasión —dijo Lorcan.

Se escuchó el crujido de botas y luego aparecieron unos hombres uniformados para mirar en la parte trasera de la carreta.

—Fuera —ordenó uno—. Fórmense.

Los ojos del hombre se fijaron en Marion.

Lorcan la abrazó con más fuerza cuando una luz desagradable y demasiado familiar llenó los ojos del soldado.

Lorcan se esforzó por no gruñir y dijo:

—Vamos, esposa.

El soldado lo vio entonces. Dio un paso atrás, palideció un poco, y luego ordenó que buscaran entre las provisiones.

Lorcan salió primero de un salto y luego sostuvo a Marion de la cintura para ayudarle a bajar de la carreta. Cuando ella intentó apartarse, tiró de ella para mantenerla cerca con un brazo sobre su abdomen. Miró a cada uno de los soldados a los ojos cuando pasaban frente a ellos y se preguntó quién estaría cuidando a la belleza de cabello oscuro que iba al frente de la carreta.

Un momento después, ella y Molly aparecieron. La mujer bella traía un sombrero oscuro y con ribete sobre la cabeza que le oscurecía la mitad del rostro moreno claro. Su cuerpo venía oculto en un abrigo pesado que apartaba la atención de sus curvas femeninas. Incluso la expresión de su boca era desagradable, como si la mujer se hubiera metido en la piel de otra persona por completo.

De todas maneras, Molly colocó a la mujer entre Lorcan y Nik. Luego tomó la bolsa con dinero de la mano libre de Lorcan sin molestarse en dar las gracias.

La mujer bella de cabello oscuro se inclinó hacia Marion y le murmuró:

—No los veas a los ojos y no les discutas.

Marion asintió, bajó la barbilla y enfocó la vista en el suelo. Así como estaba, recargada en él, Lorcan podía sentir su corazón desbocado, salvaje a pesar de la sumisión tranquila que se podía leer en todas las líneas de su cuerpo.

—Y tú —le dijo la mujer bella mientras los soldados buscaban entre sus pertenencias y se llevaban lo que querían—. Molly dice que si buscas una pelea te puedes largar y no te sacaremos de prisión. Así que déjalos que hablen y se rían pero no interfieras.

Lorcan pensó si debería decirle que podría matar a toda esa guarnición si se le pegara la gana, pero asintió.

Después de cinco minutos, gritaron otra orden. Molly entregó el dinero de Lorcan y el suyo para pagar la caseta además de una cuota adicional para un "paso agilizado". Luego todos se subieron a la carreta de nuevo. Nadie se atrevió a ver qué les habían robado. Marion temblaba ligeramente entre sus brazos, pero su rostro lucía impasible, aburrido.

Los guardias ni siquiera los interrogaron, no preguntaron sobre la mujer que cojeaba.

El Acanthus rugía debajo de ellos al cruzar el puente. Las ruedas de la carreta traqueteaban sobre las rocas antiguas. Marion seguía temblando.

Lorcan volvió a estudiar su rostro, el tono ligeramente ruborizado de sus pómulos pronunciados, su boca apretada.

Cuando la olió, se dio cuenta de que no temblaba de miedo. Tal vez tenía un ligero toque de temor pero, en su mayor parte, era algo al rojo vivo, algo salvaje, furioso y...

Rabia. Era rabia hirviendo lo que la hacía temblar. Por la inspección y las burlas de los guardias.

Una idealista, eso era Marion. Alguien que quería pelear por su reina, alguien que creía, al igual que Nik, que este mundo podría ser mejor.

Cuando salieron del otro extremo del puente, los soldados los dejaron pasar sin más por la fila de *ese* lado y salir hacia las planicies, Lorcan pensó en esa rabia, en esa certeza de la posibilidad de un mundo mejor.

No sentía ganas de decirles, ni a Marion ni a Nik, que su sueño era ingenuo.

Marion se relajó lo suficiente para asomarse por la parte trasera de la carreta y miró los pastos que flanqueaban el camino ancho de tierra, el cielo azul, el río que bramaba y la extensión enorme de Oakwald detrás de ellos. Y a pesar de toda su rabia, una especie de asombro precavido empezó a aflorar en sus ojos oscuros. Él ignoró eso.

Lorcan había visto lo mejor y lo peor de los hombres durante quinientos años.

No existía un mundo mejor, no existían los finales felices.

Porque no había finales.

Y nada los esperaba en esa guerra, nada le esperaba a una esclava que se había fugado, salvo una tumba poco profunda.

# CAPÍTULO 20

Rowan Whitethorn sólo necesitaba un lugar para descansar. Le importaba un carajo si era una cama, o un montón de paja, o incluso debajo de un caballo en un establo. Mientras estuviera tranquilo y hubiera un techo para protegerse de la lluvia, no le importaba.

La Bahía de la Calavera era como se la había imaginado y al mismo tiempo no. Tenía edificios en ruinas pintados de todos los colores pero en su mayoría estaban en un estado muy malo. Los residentes estaban muy ocupados, cerraban las ventanas y metían la ropa preparándose para la tormenta que unos minutos antes siguió a Rowan y Dorian hasta el puerto.

Vestidos con sus capas y capuchas, nadie les preguntó nada cuando Rowan le lanzó una moneda de cinco cobres al jefe de puerto. Suficiente para que mantuviera la boca cerrada pero no tanto como para garantizarle que unos ladrones no los acecharan en los muelles para robarlos.

Dorian mencionó dos veces que no sabía cómo Rowan seguía funcionando. Para ser honestos, Rowan tampoco lo sabía. Se permitió dormitar sólo unas cuantas horas en los últimos días. El agotamiento estaba cerca y cada vez carcomía más su control sobre la magia, su concentración.

Cuando Rowan no estaba controlando los vientos para mover su esquife en las aguas cálidas y vibrantes del archipiélago de las Islas Muertas, estaba volando en el cielo en busca de enemigos. No había visto ninguno cerca. Sólo el océano color turquesa y las arenas blancas manchadas de roca volcánica oscura. Todo eso rodeado del follaje denso color esmeralda de las islas montañosas que se extendían más allá de donde alcanzaba a ver el ojo de un halcón.

Se escuchó el resonar de un trueno en la bahía y el mar color turquesa frente al muelle pareció brillar, como si un rayo distante hubiera encendido todo el océano. En los muelles se podía ver una taberna color cobalto que todavía tenía unos guardias en la puerta, a pesar de la tormenta que les estaba cayendo encima. El *Dragón del Mar*. Era el centro de operaciones del propio Rolfe y tenía el mismo nombre que su barco, a juzgar por los informes de Aelin. Rowan dudó si debería ir directamente ahí y fingir que eran solamente dos viajeros perdidos en busca de un refugio durante la tormenta.

Pero él y el joven rey escogieron otra ruta. Durante las muchas horas que pasaron juntos cumplió con su promesa de enseñarle a Dorian sobre la magia. Habían estado trabajando sólo unos minutos cada vez, ya que no hubiera sido conveniente que el rey destruyera la embarcación si su poder se le salía de control. Así que habían estado haciendo ejercicios con hielo: hacer que apareciera una bola de escarcha en su mano, permitir que se derritiera. Una y otra vez.

Incluso en ese momento, mientras esperaba como roca entre el río de gente, que metía sus pertenencias para protegerlas de la furia de la tormenta, el rey estiraba y relajaba los dedos, Rowan deducía su ubicación mientras él miraba del otro lado de la bahía en forma de herradura, hacia la cadena enorme que se extendía por la entrada y que en ese momento estaba bajo la superficie.

Rompenavíos, se llamaba la cadena. Estaba incrustada de moluscos, cubierta con bufandas de algas y se conectaba en cada extremo de la bahía a una torre de vigilancia donde unos guardias la subían y la bajaban para permitir que salieran los barcos. O para mantenerlos dentro hasta que pagaran las cuotas elevadas. Habían corrido con suerte de que la cadena ya estuviera abajo como precaución contra la tormenta.

Porque su plan para anunciar su presencia sería... calmado. Diplomático.

Así tenía que ser, dado que la última vez que Aelin estuvo en la Bahía de la Calavera, dos años antes, destrozó esa cadena.

Y derrumbó una de las torres que ahora estaba reconstruida (al parecer Rolfe le agregó otra torre gemela del otro lado de la bahía) además de medio pueblo. Y descompuso los timones de todos los barcos en el muelle, incluyendo el preciado *Dragón del Mar* de Rolfe.

Rowan no estaba sorprendido, pero al ver la *magnitud* del desastre que ella hizo... Dioses.

Así que el anuncio de la llegada de Dorian sería lo opuesto a *eso*. Buscarían alojamiento en una posada decente y luego solicitarían una audiencia con Rolfe. De manera propia y digna.

Se vio la luz de un rayo y Rowan rápidamente estudió la calle frente a ellos. Se sostenía la capucha con una mano para evitar que el viento revelara su raza hada.

Vieron una posada pintada de color esmeralda al otro extremo de la cuadra. Tenía un letrero dorado que se agitaba con el viento salvaje. LA ROSA DEL OCÉANO.

Era la mejor posada del pueblo, según les dijo el jefe de puerto cuando preguntaron. Tenían que aparentar que tenían el dinero que le ofrecerían a Rolfe.

Y descansar, aunque fuera sólo por unas horas. Rowan empezó a caminar hacia allá casi desplomándose de alivio y miró por encima de su hombro para indicarle al rey que lo siguiera.

Pero como si los mismos dioses quisieran ponerlo a prueba, una ráfaga de viento frío y lluvia les salpicó la cara y puso en alerta los sentidos de Rowan. Un cambio en el aire. Como si hubiera un gran depósito de poder reunido cerca, llamándolos.

El cuchillo estuvo en sus manos empapadas instantáneamente y buscó entre las azoteas, donde sólo pudo ver columnas de lluvia. Rowan tranquilizó su mente y escuchó la ciudad y la tormenta a su alrededor.

Dorian se quitó el cabello mojado de la cara y abrió la boca para hablar hasta que notó el cuchillo.

—Tú también lo sentiste.

Rowan asintió y la lluvia le escurrió por la nariz.

—¿Qué sientes tú?

El poder crudo del rey podría detectar cosas distintas, claves diferentes a lo que su viento, hielo e instinto podían detectar. Pero sin el entrenamiento, tal vez no fuera claro.

—Se siente... viejo —dijo Dorian con una mueca y en voz alta para que Rowan lo pudiera escuchar a pesar de la tormenta—. Indomable. Despiadado. No logro explicar lo demás.

—¿Te recuerda al Valg?

Si había una persona que pudiera saberlo, sería el rey que estaba frente a él.

—No —respondió Dorian con los ojos cerrados—. Ellos resultan repulsivos a mi magia. Esto que está afuera... sólo le da curiosidad a mi magia. Se comporta precavida pero curiosa. Pero es algo que de alguna manera está oculto.

Rowan volvió a guardar el cuchillo.

—Entonces mantente cerca y alerta.

Dorian nunca había estado en un lugar como la Bahía de la Calavera.

Incluso con la fuerte lluvia que los azotaba mientras buscaban la fuente de ese poder en la calle principal, se sentía maravillado ante la mezcla de falta de ley y el orden perfecto de la isla-ciudad. No obedecía a ningún rey de sangre real, sino que era gobernada por el Señor de los Piratas que ascendió al poder gracias a sus manos tatuadas con un mapa de los océanos del mundo.

Los rumores decían que el mapa revelaba dónde estaban sus enemigos, los tesoros y las tormentas. El costo: su alma eterna.

Aelin una vez confirmó que Rolfe de verdad era desalmado y de verdad tenía un tatuaje. En cuanto el mapa... ella se encogió de hombros y dijo que según Rolfe dejó de moverse el día que cayó la magia. Dorian se preguntó si el mapa le estaría mostrando ahora que Rowan y él estaban recorriendo su ciudad, si los marcaría como enemigos.

Tal vez la llegada de Aelin se anunciaría mucho antes de que ella pusiera un pie en la isla.

Con sus capuchas y capas totalmente empapadas, Dorian y Rowan hicieron un circuito amplio por las calles circundantes. La gente había desaparecido rápidamente y los barcos en el muelle se mecían con fuerza a causa de las olas que rompían sobre el embarcadero amplio y en las rocas. Las palmeras se azotaban y siseaban y ni siquiera las gaviotas se movían.

Su magia permaneció latente, moviéndose un poco si él se ponía alerta por algún ruido fuerte proveniente de las tabernas, posadas, hogares o tiendas por las que pasaban. A su lado, Rowan cruzaba la tormenta. El viento y la lluvia parecían abrirle el paso.

Llegaron al muelle y vieron el enorme barco de Rolfe en las aguas agitadas con las velas amarradas por la tormenta.

Al menos Rolfe sí estaba en la isla. Por lo menos eso había salido bien.

Dorian estaba tan ocupado observando el barco que casi chocó con la espalda de Rowan cuando el príncipe guerrero se detuvo.

Dorian dio un paso atrás y afortunadamente Rowan no comentó nada. Después se puso a estudiar el edificio que capturó la atención del príncipe.

Su magia se puso alerta como un ciervo asustado.

—No debería sorprenderme —gruñó Rowan, el letrero azul rebotaba con el viento en la entrada de la taberna. EL DRAGÓN DEL MAR.

Dos vigilantes montaban guardia a media cuadra. No se reconocían como guardias por su uniforme sino por el hecho de que estaban parados bajo la lluvia con las manos en las espadas.

Rowan ladeó la cabeza de una manera que le comunicó a Dorian que el príncipe estaba considerando si valía la pena lanzar a esos hombres a las aguas agitadas del puerto. Pero nadie los detuvo cuando Rowan miró a Dorian para advertirle y abrió la puerta de la taberna personal del Señor de los Piratas. Una luz dorada, aroma a especias y pisos y paredes de madera pulida les dieron la bienvenida.

Estaba vacía, a pesar de la tormenta. Totalmente vacía salvo por una docena de mesas.

Rowan cerró la puerta detrás de Dorian y estudió la habitación y las escaleras pequeñas al fondo. Desde donde estaban parados, Dorian podía ver las letras que cubrían la mayoría de las mesas.

*Caza-Tormentas. Lady Ann. Estrella-Tigre.*

Las popas de barcos. Cada una de las mesas estaba hecha de una popa.

No fueron rescatadas de naufragios. No, esto era una habitación de trofeos, un recordatorio a quienes se encontraban con el Señor de los Piratas para informarles cómo, exactamente, él se ganó su corona.

Todas las mesas estaban centradas alrededor de una más grande y más desgastada que estaba en la parte trasera. *Zorro Marino*. Los tablones enormes estaban marcados con quemaduras y raspones, pero las letras seguían distinguiéndose con claridad. Como si Rolfe no quisiera olvidar nunca qué buque usaba a modo de mesa personal.

Pero en cuanto al hombre en sí y el poder que sintieron... No había señal de ninguno de los dos.

Se abrió una puerta detrás del bar y emergió una joven de cabello castaño. Su delantal la distinguía como la cantinera pero tenía los hombros derechos, la cabeza en alto y unos ojos grises y pentrantes con los cuales los miró y no se impresionó para nada.

—Se estaba preguntando cuánto tiempo tardarían en asomarse por aquí —dijo con un acento pronunciado y fuerte, parecido al de Aedion.

Rowan respondió:

—¿Ah sí?

La cantinera señaló con su barbilla delicada en dirección a las escaleras angostas de madera al fondo.

—El capitán quiere verlos, en su oficina. Un piso arriba, segunda puerta.

—Por qué.

Incluso Dorian sabía que no debía ignorar ese tono. Pero la chica simplemente tomó un vaso, lo miró contra la luz de la vela en busca de manchas y sacó un trapo de su delantal. Tenía tatuajes gemelos de dragones marinos rugiendo que se envolvían alrededor de sus antebrazos bronceados. Las bestias parecían serpentear cuando sus músculos se movían.

Se dio cuenta de que las escamas eran justo del tono de sus ojos cuando volteó a ver a Dorian y Rowan una vez más para decir tranquilamente:

—No lo dejen esperando.

Dorian le murmuró a Rowan cuando iban ascendiendo por las escaleras oscuras y chirriantes:

—Podría ser una trampa.

—Es posible —dijo Rowan también en voz baja—. Pero considera que nos están permitiendo subir con él. Si fuera una trampa sería más inteligente tomarnos por sorpresa.

Dorian asintió y algo se aflojó en su pecho.

—¿Y tu... tu magia ya está... mejor?

El rostro duro de Rowan no le dejó saber nada.

—Me las arreglaré —dijo.

No era una respuesta.

En el pasillo del segundo piso encontraron apostados a cuatro jóvenes de mirada dura. Cada uno estaba armado con espadas finas con empuñaduras en forma de dragones marinos atacando, sin duda la marca de su capitán. Ninguno de ellos se molestó en hablar cuando él y Rowan avanzaron hacia la puerta indicada.

El príncipe hada tocó una vez. Lo único que recibieron como respuesta fue un gruñido.

Dorian no sabía qué esperar del Señor de los Piratas.

Pero ciertamente no era ese hombre de cabello oscuro, apenas de treinta años, si acaso, descansando en una silla de terciopelo rojo frente a unas ventanas curvadas salpicadas por la lluvia.

# CAPÍTULO 21

El Señor de los Piratas de la Bahía de la Calavera no se movió de la silla donde estaba descansando. A su lado había torres de papeles sobre la alfombra desgastada color cobalto. Dorian alcanzó a distinguir, desde donde estaban parados, que las columnas de los documentos parecían estar llenas de listas de bienes o de gastos, mal habidos o lo que fuera.

Pero Rolfe continuó mirando los barcos que subían, bajaban y se inclinaban en el agua frente al muelle. La sombra de Rompenavíos moviéndose con los vientos de la tormenta se veía al fondo.

Rolfe probablemente no se había enterado de su llegada por algún mapa mágico, sino por estar sentado en ese sitio. De hecho, tenía puestos unos guantes de cuero oscuro. El material estaba desgastado y marcado por el uso. No se alcanzaba a ver nada de los tatuajes legendarios ocultos debajo.

Rowan no se movió y apenas parpadeó cuando vio al capitán y su oficina. Dorian a su vez había participado en suficientes maniobras políticas para conocer la utilidad del silencio, el poder contenido en quién pronunciaba las primeras palabras. El poder de hacer esperar a alguien.

La lluvia golpeaba las ventanas y se podía escuchar el sonido apagado de las gotas que caían de sus ropas empapadas sobre la alfombra desgastada.

El capitán Rolfe hizo sonar un dedo enguantado sobre el brazo de la silla y miró hacia el puerto un instante más, como si quisiera asegurarse de que el *Dragón del Mar* seguía a flote, y finalmente giró para verlos.

—Quítense las capuchas. Quiero ver con quién estoy hablando.

Dorian se quedó inmóvil ante la orden, pero Rowan dijo:

—Tu cantinera nos dio a entender que tú sabes bien quiénes demonios somos.

Una sonrisa astuta tiró de los labios de Rolfe. Tenía una pequeña cicatriz en la esquina superior izquierda. Con suerte no se la había provocado Aelin.

—Mi cantinera habla demasiado.

—¿Entonces por qué la conservas?

—Es agradable a la vista y eso no es algo fácil de conseguir por aquí —dijo Rolfe y se puso de pie. Era más o menos de la altura de Dorian y vestía con prendas sencillas negras de hechura fina. Tenía un florete elegante colgado a un lado y un cuchillo de pelea que le hacía juego.

Rowan rio pero, para sorpresa de Dorian, se quitó la capucha.

Los ojos color verde mar de Rolfe se abrieron un poco, sin duda por el cabello plateado, las orejas puntiagudas y los colmillos ligeramente alargados. O por el tatuaje.

—Un hombre a quien le gusta la tinta tanto como a mí —dijo Rolfe y asintió en reconocimiento—. Creo que tú y yo nos llevaremos bien, príncipe.

—No hombre, macho —corrigió Rowan—. Los machos del pueblo de las hadas no son hombres humanos.

—Es cuestión de semántica —dijo Rolfe, y su atención pasó a Dorian—. Así que tú eres el rey que tiene a todo el mundo enloquecido.

Dorian finalmente se quitó la capucha.

—¿Y qué con eso?

Con una mano enguantada Rolfe señaló hacia su escritorio cubierto de papeles y las dos sillas tapizadas que estaban frente a él. Al igual que él, era elegante pero desgastado, por la edad, el uso, o las batallas del pasado. Y esos guantes... ¿Eran para cubrir los mapas que tenía tatuados?

Rowan asintió a Dorian para que se sentara. Las flamas de las velas parpadearon cuando avanzaron para tomar sus asientos.

Rolfe le dio la vuelta a las torres de papel en el piso y tomó asiento detrás del escritorio. Su silla de madera tallada y respaldo alto bien podría ser el trono de un reino distante.

—Te ves sorprendentemente tranquilo para ser un rey que acaba de ser declarado traidor a su corona y a quien le robaron el trono.

Dorian se alegró de estar sentándose en ese momento.

Rowan arqueó una ceja:

—¿Según quién?

—Según los mensajeros que llegaron ayer —dijo Rolfe, se recargó en el respaldo de su silla y se cruzó de brazos—. El duque Perrington —¿o ahora debería llamarlo rey Perrington?— emitió un decreto, firmado por la mayoría de los lores y ladies de Adarlan donde te nombraban a *ti*, Majestad, un enemigo para tu reino y afirmaban que él liberó a Rifthold de *tus* garras después de que tú y la reina de Terrasen mataran a tantos inocentes en la primavera. También se afirma que cualquier aliado —un gesto hacia Rowan— es un enemigo. Y que serás aplastado por sus ejércitos si no cedes.

El silencio llenó la mente de Dorian. Rolfe continuó, quizás un poco más amablemente:

Tu hermano fue nombrado el heredero de Perrington y el príncipe heredero.

Oh, dioses. Hollin era un niño pero de todas maneras... tenía algo podrido, algo echado a perder...

Dorian los dejó allá. En vez de lidiar con su madre y su hermano, les dijo que se quedaran en aquellas montañas. Donde ahora habían quedado como borregos rodeados por una manada de lobos.

Deseó que Chaol estuviera con él. Deseó que el tiempo simplemente... *se detuviera* para poder ordenar todas esas piezas fracturadas de sí mismo, al menos para acomodarlas si no podía volverse a armar por completo.

Rolfe dijo:

—Por tu expresión, creo que tu llegada sí tiene algo que ver con el hecho de que Rifthold está en ruinas y su gente está huyendo a donde sea que pueda.

Dorian apartó los pensamientos insidiosos y dijo con voz lenta:

—Vine a averiguar de qué lado estás, capitán, en este conflicto.

Rolfe se inclinó hacia el frente y recargó los antebrazos en el escritorio.

—Debes estar realmente desesperado, entonces —miró a Rowan—. ¿Tu reina está igual de desesperada por mi ayuda?

—Mi reina —respondió Rowan— no es parte de esta discusión.

Rolfe simplemente le sonrió a Dorian.

—¿Quieres saber de qué lado estoy? Estoy del lado que se mantiene fuera de mi maldito territorio.

—Dicen por ahí —intervino Rowan con diplomacia— que la parte oriental de este archipiélago ya no es tu territorio para nada.

Rolfe miró a Rowan a los ojos. Pasó un instante. Luego otro. Empezó a moverse un músculo de la mandíbula de Rolfe.

Entonces se quitó los guantes para revelar sus manos tatuadas de la punta de los dedos hasta la muñeca. Las volteó con las palmas hacia arriba y reveló un mapa del archipiélago y...

Dorian y Rowan se inclinaron hacia enfrente al ver que las aguas azules fluían de verdad y tenían pequeños puntos que navegaban en ellas. Y en el extremo oriental del archipiélago, curvándose hacia el mar...

Esas aguas eran grises y las islas de color marrón rojizo. Pero nada se movía ahí, no había puntos que indicaran la presencia de barcos. Como si el mapa se hubiera congelado.

—Tienen escudos mágicos que los protegen incluso de esto —dijo Rolfe—. No puedo saber cuántos barcos, hombres o bestias tienen. Los exploradores no regresan nunca. Este invierno escuchamos rugidos provenientes de las islas... algunos eran casi humanos, algunos definitivamente no lo eran. Con frecuencia veíamos... cosas paradas sobre esas rocas. Hombres, pero no. Dejamos esa situación desatendida por demasiado tiempo y pagamos el precio.

—Bestias —dijo Dorian—. ¿Qué tipo de bestias?

Una sonrisa apagada y una cicatriz que se estiraba.

—Unas bestias que te harán considerar huir del continente, Majestad.

La manera de hablar condescendiente alteró el temperamento de Dorian.

—He recorrido muchas más pesadillas de las que sabes, capitán.

Rolfe resopló pero su mirada se posó en la línea pálida que cruzaba la garganta de Dorian.

Rowan se recargó en su asiento con gracia tranquila, el comandante de guerra encarnado.

—Debes tener una tregua sólida, entonces, si sigues aquí acampando con pocos barcos en tu puerto.

Rolfe simplemente se volvió a poner sus guantes desgastados.

—Mi flota tiene que hacer una que otra misión de piratería de vez en cuando, ¿sabes? Tenemos cuentas que pagar y ese tipo de cosas.

—Seguro. En especial si empleas a cuatro guardias para que vigilen tu pasillo.

Dorian entendió en qué estaba pensando Rowan y le dijo al príncipe hada:

—Yo no percibí el olor de los Valg en el pueblo.

No, no sabía qué había sido ese poder... y ahora ya se había desvanecido.

—Eso es porque —interrumpió Rolfe con tono indiferente— matamos a la mayoría.

El viento hizo vibrar las ventanas y la lluvia se deslizó por su superficie.

—Y en lo que respecta a los cuatro hombres del pasillo, son lo único que me queda de mi tripulación. Gracias a la batalla que tuvimos en la primavera para recuperar esta isla después de que el general Perrington nos la robó.

Dorian maldijo en voz baja. El capitán asintió.

—Pero nuevamente soy el Señor de los Piratas de la Bahía de la Calavera y si las islas orientales son lo más que planea avanzar

Morath, entonces Perrington y sus bestias pueden quedarse con ellas. El Callejón sin Salida no es más que cuevas y roca de todas maneras.

—¿Qué tipo de bestias? —volvió a decir Dorian.

Los ojos verde claro de Rolfe se oscurecieron.

—Guivernos marinos. Las brujas son las dueñas de los cielos con sus guivernos, pero estas aguas son gobernadas por bestias que fueron creadas para la batalla naval, una corrupción repugnante de un modelo antiguo. Imaginen una criatura de la mitad del tamaño de un buque de primera, más veloz que un delfín, y el daño que puede causar con dientes, garras y púas envenenadas en la cola del tamaño de un mástil. Lo peor es que si matas a una de sus crías feroces, los adultos te perseguirán hasta el fin del mundo —dijo Rolfe y se encogió de hombros—. Así que, Majestad, te darás cuenta de que no tengo ningún interés en molestar las islas orientales si ellas no me molestan más. No tengo interés en hacer nada salvo seguir sacando provecho de mis misiones.

Hizo un ademán con la mano para señalar todos los papeles tirados por su oficina.

Dorian tuvo que morderse la lengua. La oferta que había estado planeando hacer... Sus cofres ahora le pertenecían a Morath. Dudaba que los corsarios trabajaran de manera voluntaria a crédito.

Rowan lo miro de una manera que le comunicó lo mismo. Necesitarían otra ruta para convencer a Rolfe de que se uniera a su causa. Dorian miró a su alrededor en la oficina. Vio que el gusto del pirata se inclinaba por las cosas finas, pero casi todo estaba muy desgastado. El poblado a medio destruir a su alrededor. Cuatro sobrevivientes de su tripulación. La manera en que Rolfe se había fijado en la banda blanca alrededor de su cuello.

Rowan abrió la boca, pero Dorian empezó a decir:

—No sólo mataron a tu tripulación. Se llevaron a algunos ¿no?

Los ojos verde mar de Rolfe se volvieron fríos.

Dorian continuó presionando:

—Capturados, junto con los otros, y llevados a las Islas Muertas. Los usaron para sacarles información sobre dónde y cómo atacarte. Cuando te los enviaron de regreso la única manera de liberarlos de esos demonios que usaban sus cuerpos, era decapitarlos. Quemarlos.

Rowan preguntó con voz ronca:

—¿Usaban anillos o collares, capitán?

Rolfe tragó saliva visiblemente. Después de una pausa larga, dijo:

—Anillos. Dijeron que los habían liberado. Pero no eran los hombres que... —negó con la cabeza—. Demonios —exhaló como si esto explicara algo—. Eso es lo que les pone dentro.

Entonces Rowan le contó. Del Valg, sus príncipes y de Erawan, el último rey del Valg.

Incluso Rolfe tuvo la sensatez de verse perturbado cuando Rowan concluyó:

—Ya descartó el disfraz de Perrington. Ahora sólo es Erawan, rey Erawan, aparentemente.

Los ojos de Rolfe volvieron al cuello de Dorian y a él le costó trabajo no tocarse la cicatriz.

—¿Cómo sobreviviste? Nosotros incluso les cortamos los anillos para quitárselos, pero mis hombres... estaban perdidos.

Dorian negó con la cabeza.

—No lo sé.

No se le ocurría ninguna respuesta que no hiciera parecer a los hombres de Rolfe... inferiores por no haber sobrevivido. Tal vez él había sido infestado por un príncipe del Valg que disfrutaba de tomarse su tiempo.

Rolfe movió un papel sobre su escritorio y lo leyó nuevamente por un instante, como si fuera una mera distracción mientras pensaba. Al final, dijo:

—Eliminar lo que queda de ellos en las Islas Muertas no hará nada contra el poderío de Morath.

—No —respondió Rowan—, pero si tenemos el control del archipiélago, podemos usar estas islas para pelear desde el mar mientras atacamos por tierra. Podemos usar estas islas para que lleguen aquí las flotas de otros reinos, de otros continentes.

Dorian agregó:

—Yo ya tengo a mi Mano en el continente del sur, en Antica. Él los convencerá de que envíen una flota.

Chaol no haría menos por él, por Adarlan.

—No vendrá nadie —dijo Rolfe—. No vinieron hace diez años, ciertamente no vendrán ahora —miró a Rowan y agregó—: en especial con las noticias más recientes.

Esto no podía terminar bien, decidió Dorian, cuando Rowan preguntó directamente:

—¿Qué noticias?

Rolfe no respondió y se quedó mirando hacia la bahía tormentosa, o lo que fuera que capturaba su interés en el exterior. Dorian se dio cuenta de que los últimos meses habían sido difíciles para este hombre. Se aferraba a este sitio por pura arrogancia y voluntad. Y todas esas mesas en el piso de abajo, armadas a partir de lo que quedaba de los barcos conquistados... ¿Cuántos enemigos circulaban a su alrededor, esperando su oportunidad para vengarse?

Rowan abrió la boca, sin duda para exigir una respuesta, cuando Rolfe azotó su bota tres veces en los tablones desgastados del piso. Se escuchó un golpe en la pared como respuesta.

Se hizo el silencio. Dado el odio de Rolfe contra el Valg, Dorian dudaba que Morath estuviera a punto de hacerlos caer en una trampa pero... se introdujo en su magia cuando escuchó pasos que se acercaban por el pasillo. Por la expresión tensa del rostro tatuado de Rowan, supo que el príncipe estaba haciendo lo mismo. Particularmente cuando Dorian sintió que su magia se acercaba a la del príncipe hada, como sucedió aquel día con Aelin en la cumbre del castillo de cristal.

Los pasos se detuvieron fuera de la puerta de la oficina y entonces nuevamente ese latido de una magia extraña y poderosa se empezó a sentir. La mano de Rowan se acercó imperceptiblemente al cuchillo de caza que traía en el muslo.

Dorian se concentró en su respiración, en tirar de pequeñas líneas y trozos de su magia. Sintió el hielo en las palmas de sus manos cuando se abrió la puerta de la oficina.

En el umbral aparecieron dos machos del pueblo de las hadas.

Cuando Rowan vio los músculos, las orejas puntiagudas, las bocas abiertas que dejaban a la vista los colmillos alargados... soltó un gruñido que vibró por todos los tablones del piso y que Dorian sintió en los pies.

Los dos desconocidos, la fuente de ese poder... eran hadas.

Uno de ellos, con ojos color negro noche y una sonrisa torcida, miró a Rowan con cuidado y dijo lentamente:

—Me gustaba más tu pelo largo.

La única respuesta de Rowan fue una daga que se clavó en la pared a un par de centímetros de la oreja de quien habló.

# CAPÍTULO 22

Dorian no vio al príncipe hada lanzar la daga hasta que la cuchilla chocó contra la pared de madera. La empuñadura vibraba por el impacto.

Pero el macho de ojos oscuros y piel color bronce, tan apuesto que Dorian parpadeó, se rio al ver la daga que temblaba al lado de su cabeza.

—¿Tenías tan mala puntería cuando te cortaste tu propio pelo?

El otro macho a su lado, bronceado, de ojos color miel y un silencio sólido en su temperamento, levantó las manos anchas y tatuadas.

—Rowan, baja tus armas. No estamos aquí por ti.

Porque ya había más armas en las manos de Rowan. Dorian ni siquiera lo había escuchado ponerse de pie, mucho menos desenvainar la espada, ni el hacha elegante que ya traía en la otra mano.

La magia de Dorian se retorcía en sus venas mientras estudiaba a los dos desconocidos. "Aquí están" cantaba.

A solas con Rowan, su magia se acostumbró al abismo impresionante de poder del príncipe, pero los tres juntos, antiguos, poderosos y primitivos... Eran una tormenta en sí mismos. Podrían destruir la ciudad sin siquiera intentarlo. Se preguntó si Rolfe estaría consciente de ello.

El Señor de los Piratas dijo secamente:

—Entiendo que ya se conocían.

El solemne de ojos dorados asintió. Su ropa de color claro era muy similar a la que usaba Rowan: varias capas, telas eficientes, listo para el campo de batalla. Tenía un círculo de tatuajes

negros alrededor del cuello musculoso. El estómago de Dorian
dio un vuelco. A la distancia bien podría haberlo confundido por
otro tipo de collar negro.

Rowan dijo con voz tensa:

—Gavriel y Fenrys solían... trabajar conmigo.

Los ojos verde mar de Rolfe pasaron de uno a otro, evaluaban, sopesaban.

Fenrys... Gavriel. Dorian conocía esos nombres. Rowan los
mencionó durante su viaje hacia acá... Dos miembros del equipo
de Rowan.

Rowan le explicó a Dorian:

—Tienen un juramento de sangre con Maeve. Igual al que
yo tenía.

Eso significaba que estaban en ese lugar bajo sus órdenes.
Y si Maeve envió no sólo a uno sino a *dos* de sus tenientes a este
continente, y Lorcan ya estaba aquí...

Rowan guardó sus armas pero dijo entre dientes:

—¿Qué asunto tienen con Rolfe?

Dorian soltó la magia que había estado preparando en su interior. El poder se acomodó en su centro como un trozo de listón
que cae al suelo.

Rolfe hizo un ademán con la mano hacia los dos machos.

—Traen las noticias que te prometí... entre otras cosas.

—Y estábamos a punto de sentarnos para almorzar —dijo
Fenrys y sus ojos oscuros bailaron—. ¿Nos acompañan?

Fenrys no los esperó antes de marcharse por el pasillo.

El tatuado, Gavriel, suspiró suavemente.

—Es una larga historia, Rowan, y es algo que tú y el rey de
Adarlan —miró rápidamente a Dorian con sus ojos color miel—
deben escuchar —hizo un ademán hacia el pasillo y dijo con seriedad absoluta—. Ya sabes lo malhumorado que se pone Fenrys
cuando no come.

—Te oí —se escuchó responder a la voz grave desde el pasillo.

Dorian intentó controlar su sonrisa y miró a Rowan para
ver cómo reaccionaba. Pero el príncipe hada sólo movió la cabeza

hacia Gavriel en una orden silenciosa para que les mostrara el camino.

Ninguno de ellos, ni siquiera Rolfe, habló cuando bajaron al salón principal. La cantinera ya se había ido y la única pista de que estuvo ahí eran los vasos brillantes detrás de la barra. Y Fenrys, quien ya comía algo que olía como guisado de pescado, los esperaba en una mesa de la parte trasera.

Gavriel se deslizó en el asiento al lado del guerrero. Su tazón casi lleno se movió y casi se volcó cuando empujó la mesa. Le dijo a Rowan cuando el príncipe se detuvo a media habitación:

—¿Está... —el guerrero hada hizo una pausa, como si midiera las palabras y la reacción Rowan si hacía la pregunta de la manera equivocada. Dorian supo por qué un instante después—. ¿Está Aelin Galathynius contigo?

Dorian no sabía dónde ver: a los guerreros sentados en la mesa, a Rowan a su lado o a Rolfe quien tenía las cejas arqueadas y se recargaba contra el barandal de las escaleras sin tener idea de que la reina era su gran enemiga.

Rowan negó con la cabeza una vez, un movimiento rápido y cortante.

—Mi reina no está con nosotros.

Fenrys arqueó las cejas, pero continuó devorando su comida. Tenía una chaqueta gris desabotonada para revelar su pecho moreno y musculoso, que se asomaba debajo del cuello en v de su camisa blanca. Tenía bordados dorados en las solapas, la única señal de riqueza entre ellos.

Dorian no sabía bien qué sucedió en la primavera con el equipo de Rowan pero... obviamente no se despidieron en buenos términos. Al menos de parte de Rowan.

Gavriel se puso de pie para jalar dos sillas, más cerca de la salida, se fijó Dorian. Tal vez Gavriel era quien mantenía la paz en el equipo.

Rowan no se movió en dirección a ellas. Era muy fácil olvidar que el príncipe llevaba siglos moviéndose entre cortes extranjeras, había ido a la guerra y de regreso. Con estos individuos.

Sin embargo, Rowan no se preocupó de ser diplomático cuando dijo:

—Díganme de una vez la maldita noticia.

Fenrys y Gavriel intercambiaron una mirada. El primero solamente puso los ojos en blanco y señaló a Gavriel con la cuchara para indicarle que hablara.

—La armada de Maeve viene en camino a este continente.

Dorian se alegró de no tener nada en el estómago.

Las palabras que Rowan pronunció entonces sonaron guturales:

—¿Esa perra se va a aliar con Morath? —miró a Rolfe con una mirada que Dorian calificaría como helada—. ¿*Ustedes* se van a aliar con ella?

—No —respondió tranquilamente Gavriel.

Rolfe, a su favor, sólo se encogió de hombros.

—Te dije, yo no quiero ser parte de esta guerra.

—Maeve no es del tipo de persona que comparte el poder —dijo Gavriel sin alterarse—. Antes de que saliéramos preparaba su armada para salir con rumbo a... Eyllwe.

Dorian dejó escapar una exhalación.

¿Por qué Eyllwe? ¿Es posible que envíe ayuda?

Por el gesto de Rowan, Dorian se dio cuenta de que el príncipe ya cataloga ba y analizaba todo lo que sabía de su reina anterior, de Eyllwe, y cómo eso se vinculaba con todo lo demás.

Dorian intentó controlar su corazón desbocado porque sabía que probablemente ellos podían escuchar el cambio en su ritmo.

Fenrys dejó la cuchara en el plato.

—Dudo que envíe ayuda a alguien, al menos no en lo que concierne a este continente. Y nuevamente, no nos dio sus motivos específicos.

—Siempre nos dice —lo contradijo Rowan—. Nunca se ha guardado información como esa.

Los ojos oscuros de Fenrys centellearon.

—Eso fue antes de que la humillaras y la dejaras por Aelin del Fuego Salvaje. Y antes de que Lorcan también la abandonara. Ya no confía en ninguno de nosotros.

Eyllwe... Maeve debía saber cuánto apreciaba Aelin ese reino. Pero enviar una armada... Tenía que haber algo ahí, algo que valiera la pena su tiempo. Dorian intentó recordar todas las lecciones que recibió acerca de ese reino, todos los libros que leyó. Pero no se le ocurrió nada.

Rowan dijo:

—Maeve no puede estar pensando que va a conquistar Eyllwe, al menos no por un periodo extendido de tiempo, no sin traer acá a todos sus ejércitos y arriesgarse a dejar su reino sin defensas.

Pero tal vez eso tendría a Erawan demasiado ocupado en varios frentes, aunque el costo de la invasión de Maeve sería muy alto...

—*De nuevo* —dijo Fenrys lentamente—, no conocemos los detalles. Sólo le dijimos —movió la barbilla hacia el sitio donde Rolfe seguía recargado en el barandal con los brazos cruzados— como una advertencia de cortesía, entre otras cosas.

Dorian notó que Rowan no preguntó si habrían tenido la cortesía si no hubieran estado ahí. Ni qué, exactamente, eran esas otras *cosas*. El príncipe le dijo a Rolfe:

—Necesito enviar unos mensajes. De inmediato.

Rolfe estudió sus manos enguantadas.

—¿Para qué molestarse? ¿El destinatario no llegará aquí pronto?

—¿Qué? —preguntó Rowan y Dorian se preparó para lo que sucedería debido al tono de voz que usó.

Rolfe sonrió.

—Dicen los rumores que Aelin Galathynius destruyó al general Narrok y a sus tenientes en Wendlyn. Y que logró eso con un príncipe hada a su lado. Es impresionante.

Rowan mostró los colmillos.

—¿Y cuál es tu punto, capitán?

—Sólo deseo saber si su Majestad, la reina de fuego, espera un gran desfile de recepción cuando llegue.

Dorian pensó que Rolfe no estaría muy contento si supiera de su otro título: la Asesina de Adarlan.

El gruñido de Rowan fue suave:

—Lo voy a repetir: no vendrá para acá.

—¿Ah? ¿Quieres decir que el amante de la reina rescata al rey de Adarlan y, en vez de llevarlo al norte, lo trae *aquí*, y eso no significa que pronto seré su anfitrión?

Cuando pronunció la palabra "amante", Rowan le dedicó a Fenrys una mirada letal. El macho hermoso, realmente no había otra manera de describirlo, simplemente se encogió de hombros.

—Me pidió que trajera al rey Dorian para convencerte de que te unieras a nuestra causa. Pero dado que no tienes interés en ninguna agenda salvo la tuya, parece que nuestro viaje fue un desperdicio. Así que no tenemos más uso para ti en esta mesa, en especial si eres incapaz de enviar mensajeros —Rowan miró hacia la escalera detrás de Rolfe—. Así que puedes irte.

Fenrys se atragantó por soltar una carcajada oscura, pero Gavriel se enderezó y Rolfe siseó:

—No me importa quién seas ni qué poderes tengas. A mí no me darás órdenes en mi territorio.

—Más vale que te vayas acostumbrando a recibirlas —dijo Rowan con esa voz tranquila que hacía que todos los instintos de Dorian se prepararan para correr—. Porque si Morath gana esta guerra, no se van a conformar con permitir que te andes contoneando por estas islas fingiendo ser el rey. Te bloquearán el paso a todos los puertos y ríos, te negarán el comercio con ciudades de las cuales dependes. ¿Quiénes serán tus compradores cuando no quede nadie más para comprar tus bienes? Dudo que Maeve se moleste, o siquiera te recuerde.

Rolfe respondió con brusquedad:

—Si saquean estas islas, navegaremos a otras, y a otras. El mar es mi refugio, sobre las olas siempre seremos libres.

—Yo no diría que estar escondido en tu taberna por miedo a los asesinos del Valg sea ser libre.

Las manos enguantadas de Rolfe se cerraron para formar un puño y luego se volvieron a abrir, y Dorian se preguntó si intentaría sacar el florete que tenía en un costado. Pero el Señor de los Piratas le dijo a Fenrys y Gavriel:

—Nos reuniremos aquí mañana a las once —luego se dirigió a Rowan y su mirada se endureció—. Envía cuantos malditos mensajes quieras. Puedes quedarte hasta que llegue tu reina, cosa que no dudo que *sucederá*. En ese momento escucharé lo que la legendaria Aelin Galathynius tiene que decir. Hasta ese momento, *lárgate de aquí* —movió la barbilla en dirección a Gavriel y Fenrys—. Puedes hablar con los *príncipes* en tu propio maldito alojamiento.

Rolfe salió caminando furioso hacia la puerta principal y la abrió de golpe. Afuera se veían un muro de lluvia y los cuatro jóvenes de aspecto resistente que seguían en el muelle empapado. Sus manos volaron hacia sus armas, pero Rolfe no hizo ningún movimiento para llamarlos. Sólo apuntó hacia la puerta.

Rowan se quedó mirando al hombre por un momento y luego le dijo a sus excompañeros:

—Vámonos.

No fueron tan estúpidos como para contradecirlo.

✦ ✦

Esto estaba mal. Innegablemente mal.

La magia de Rowan ya estaba muy desgastada mientras intentaba mantener los escudos alrededor de él y de Dorian intactos. Pero no permitió que Fenrys ni Gavriel se dieran cuenta de ese agotamiento, no reveló ni un ápice del esfuerzo que le estaba costando mantener la magia y concentrarse.

Rolfe probablemente era una causa perdida contra Erawan o Maeve, en especial en cuanto viera a Aelin. Si Aelin hubiera estado presente en esa conversación, Rowan presentía que la plática habría terminado con ambos *Dragones del Mar*, tanto la posada como el barco anclado frente al muelle, en llamas. Pero esos guivernos marinos... Y la armada de Maeve... Tendría que pensar en eso después. Pero mierda. Sólo... *mierda*.

La dueña de la posada Rosa del Océano no les hizo preguntas cuando Rowan compró dos habitaciones, las mejores que tenía la posada. Tampoco preguntó nada cuando le puso una moneda de oro sobre el mostrador. Era suficiente para la renta de las habitaciones durante dos semanas, más todas las comidas, más el establo para sus caballos, si es que los tenían, y servicio ilimitado de lavandería, que les ofreció al ver el estado de su ropa.

Y todos los huéspedes que quisiera, le dijo cuando Rowan silbó con fuerza y entraron Dorian, Fenrys y Gavriel por el patio de piedra, todos con las capuchas puestas mientras pasaban junto a la fuente borboteante. La lluvia caía sobre las palmeras en macetas y sobre la buganvilia color magenta que trepaba por los muros hacia los balcones pintados de blanco que seguían cerrados para protegerlos de la tormenta.

Rowan le pidió a la mujer que enviara comida para ocho personas y luego se alejó hacia las escaleras pulidas y a la parte trasera del comedor. Los demás lo siguieron. Fenrys, por fortuna, mantuvo la boca cerrada hasta que llegaron a la habitación de Rowan, se quitaron las capas y esperaron a que Rowan encendiera unas velas. El puro acto le dejó un hueco en el pecho.

Fenrys se dejó caer en una de las sillas acolchadas frente a la chimenea oscura y pasó su dedo por el descansabrazos pintado de negro.

—Qué habitaciones tan finas. Entonces ¿cuál de los reyes lo paga?

Dorian, quien estaba a punto de tomar el asiento junto al escritorio pequeño que estaba frente a las ventanas cerradas, se quedó inmóvil. Gavriel miró a Fenrys como diciendo "Por favor, no peleen".

—¿Importa? —preguntó Rowan mientras iba de pared a pared, levantando las pinturas de flora exuberante para comprobar que no hubiera agujeros para espiar ni otros puntos de acceso. Después revisó debajo de la cama de sábanas blancas y postes de madera retorcida y pintada de negro que brillaba bajo el beso de la luz de las velas. Intentaba no pensar que a pesar de todas sus resoluciones... ella compartiría esa habitación con él. Esa cama.

El espacio era seguro, incluso sereno, gracias al golpeteo rítmico de la lluvia en el patio y el techo, el olor de fruta dulce en el aire.

—Alguien tiene que tener dinero para financiar esta guerra —ronroneó Fenrys y vio cómo Rowan se recargaba finalmente contra un vestidor pequeño junto a la puerta— Aunque considerando el decreto de ayer de Morath, tal vez deberían mudarse a unas habitaciones más... económicas.

Bueno, eso decía bastante acerca de lo que sabían Fenrys y Gavriel sobre el decreto de Erawan acerca de Dorian y sus aliados.

—Preocúpate por tus propios asuntos, Fenrys —dijo Gavriel.

Fenrys resopló y se puso a jugar con un pequeño rizo de cabello dorado en su nuca.

—Cómo logras siquiera caminar con tanto acero encima, Whitethorn, siempre ha sido un misterio para mí.

Rowan dijo suavemente:

—Cómo nadie te ha cortado la lengua aunque sea para que te calles, siempre ha sido un misterio para mí también.

Una risa nerviosa.

—Me han dicho que es mi mejor rasgo. Al menos eso piensan las mujeres.

Una risa grave se le escapó a Dorian, era el primer sonido de ese tipo que Rowan había visto de parte del rey.

Rowan apoyó las manos en el vestidor.

—¿Cómo mantuvieron su olor oculto?

Los ojos color miel de Gavriel se ensombrecieron.

—Es un truco nuevo de Maeve que nos permite permanecer prácticamente invisibles en una tierra que no recibe a los de nuestro tipo con los brazos abiertos —movió la barbilla hacia Dorian y Rowan—. Aunque al parecer no es absolutamente efectiva.

Rowan dijo:

—Más les vale a los dos darme una muy buena explicación de por qué están aquí, y por qué tenían que involucrar a Rolfe en lo que sea que estén tramando.

Fenrys habló lentamente:

—Tú tienes todo lo que quieres, Rowan, pero sigues siendo un bastardo duro y frío como las piedras. Lorcan estaría orgulloso.

—¿Dónde está Connall? —preguntó Rowan burlonamente.

Era el nombre del gemelo de Fenrys.

Fenrys se puso serio.

—¿Dónde crees? Uno de nosotros siempre es el ancla.

—Ella no se quedaría con él como garantía si tú no hicieras tan obvio tu descontento.

Fenrys siempre había sido una molestia. Y Rowan no había olvidado que Fenrys era quien quería la tarea de manejar a Aelin Galathynius la primavera anterior. Fenrys amaba todo lo que era salvaje y hermoso, y ponerle a Aelin frente... Maeve sabía que lo estaba torturando.

Tal vez también era una tortura para Fenrys estar tan lejos del poder de Maeve, pero saber que su gemelo estaba en Doranelle, que si Fenrys no regresaba... Connall sería castigado de maneras innombrables. Así fue como los atrapó la reina desde el principio: era raro que los miembros del pueblo de las hadas tuvieran hijos, pero, ¿gemelos? Era todavía más excepcional. Y que unos gemelos nacieran con dones de fuerza, que se convirtieran en machos cuyo dominio rivalizaba con el de guerreros varios siglos mayores que ellos...

Maeve siempre los quiso. Fenrys rechazó la oferta de unirse a su servicio. Así que fue por Connall, el equivalente oscuro al dorado de Fenrys, el silencio contra el rugido de Fenrys, el pensativo contra la impetuosidad de Fenrys.

Fenrys siempre conseguía lo que quería: mujeres, gloria, riqueza. Connall, aunque tenía habilidades, siempre estaba a la sombra de su gemelo. Así que cuando la reina se acercó a él para solicitarle el juramento de sangre, en un momento en el que Fenrys y no Connall fue seleccionado para pelear en la guerra contra los Akkadians... Connall aceptó.

Y cuando Fenrys regresó y se dio cuenta de que su hermano estaba atado a la reina y se enteró de lo que Maeve lo obligó a hacer tras puertas cerradas... Fenrys negoció: haría el juramento, pero con la condición de que Maeve dejara en paz a su hermano. Fenrys llevaba más de un siglo de servidumbre en la habitación de la reina, se había sentado, encadenado con grilletes invisibles, detrás de su trono oscuro.

A Rowan podría agradarle el macho. Lo podría haber respetado. Si no fuera por esa maldita boca que tenía.

—Entonces —dijo Fenrys muy consciente de que no había respondido a la petición de información de Rowan—, ¿pronto tendremos que llamarte rey Rowan?

—Dioses, Fenrys — Gavriel murmuró y suspiró como lo hacen los que llevan mucho tiempo sufriendo. Continuó hablando antes de que Fenrys pudiera volver a abrir su estúpida boca—: Tu llegada, Rowan, fue un giro afortunado en la situación.

Rowan miró al macho que estaba a su lado, asumió el puesto de segundo de Maeve cuando Rowan se fue y dejó el puesto vacante. Como si el guerrero de cabello dorado pudiera leer el nombre en sus ojos, Gavriel preguntó:

—¿Dónde está Lorcan?

Rowan había estado dudando cómo responder a esa pregunta desde el momento en que los vio. Que Gavriel preguntara... ¿Por qué *habían* venido a la Bahía de la Calavera?

—No sé dónde está Lorcan —dijo Rowan.

No era mentira. Si tenían suerte, su excomandante conseguiría las otras dos llaves del Wyrd, se daría cuenta de que Aelin lo había engañado y regresaría corriendo, junto con las otras dos llaves, para que Aelin las destruyera.

Si tenían suerte.

—No sabes dónde está, pero lo has visto — dijo Gavriel.

Rowan asintió.

Fenrys resopló.

—¿Realmente nos vamos a poner a jugar verdad o reto? Ya di lo que sepas, infeliz.

Rowan le clavó la mirada a Fenrys. El Lobo Blanco de Doranelle le contestó con una sonrisa.

Que los dioses los ayudaran si Fenrys y Aedion alguna vez compartían la misma habitación.

Rowan dijo:

—¿Están aquí antes que la armada por órdenes de Maeve?

Gavriel negó con la cabeza.

—Nuestra presencia no tiene nada que ver con la armada. Ella nos envió para que lo cazáramos. Ya sabes cuál es el delito que cometió.

Era un acto de amor, aunque sólo lo fuera de la manera retorcida en que Lorcan podía amar las cosas. Sólo de la manera retorcida que amaba a Maeve.

—Dice que lo está haciendo porque es lo que más le conviene a ella —dijo Rowan con indiferencia, consciente de que el rey estaba a su lado. Rowan sabía que la mayoría de la gente subestimaba la inteligencia aguda que se ocultaba debajo de esa sonrisa encantadora. Sabía que el valor de Dorian no era su magia casi divina sino su mente. Percibió el miedo y el trauma de Rolfe a manos de los Valg y sembró una duda, algo que seguramente Aelin aprovecharía.

—Lorcan siempre ha sido arrogante de esa manera —dijo Fenrys—. Esta vez, cruzó un límite.

—¿Así que los enviaron para que lleven a Lorcan de regreso?

Los tatuajes del cuello de Gavriel, marcas que el mismo Rowan dejó marcadas, se movieron con cada una de las palabras que pronunció:

—Nos enviaron a matarlo.

# CAPÍTULO 23

Dioses.

Rowan se quedó inmóvil.

—Eso explica por qué los mandaron a los dos.

Fenrys se quitó el cabello de los ojos con un movimiento de la cabeza.

—Tres, de hecho. Vaughan salió ayer en la tarde para volar hacia el norte mientras nosotros vamos hacia el sur.

Vaughan, en su forma de águila pescadora, podía cubrir el terreno más agreste con mayor facilidad.

—Nosotros llegamos a este pueblo de mierda de para ver si Rolfe tenía tratos con Lorcan, para sobornarlo y que nos informara si Lorcan había pasado por aquí buscando rentar un barco.

La Bahía de la Calavera era uno de los pocos puertos donde Lorcan podría hacer algo así sin levantar sospechas.

—Advertirle a Rolfe sobre la armada de Maeve era parte de lo que usaríamos para convencer al bastardo de ayudarnos. Empezaremos nuestro recorrido por el continente aquí e iremos al sur para cazarlo. Y como estas tierras son un poco grandes... —un destello de dientes blancos y una sonrisa feroz—. Cualquier información sobre su ubicación general sería muy bienvenida, *príncipe*.

Rowan lo pensó. Pero si atrapaban a Lorcan y el comandante tenía al menos una de las llaves del Wyrd... Si llevaban al comandante y a las llaves de regreso con Maeve, en especial si ya había enviado fuerzas hacia Eyllwe por los motivos que fueran...

Rowan se encogió de hombros.

—Yo me lavé las manos de todos ustedes en la primavera. Los asuntos de Lorcan son sólo de él.

—Hijo de *puta*... —gruñó Fenrys.

Gavriel intervino.

—¿Podríamos negociar?

Había algo similar al dolor, y al arrepentimiento, en la mirada de Gavriel. De todos ellos, probablemente Gavriel había sido su único amigo.

Rowan dudó si debería decirle sobre el hijo que ahora venía en camino. Dudó si Aedion tendría otra oportunidad de conocer a su padre... Tal vez antes de que la guerra los convirtiera a todos en cadáveres.

Pero Rowan dijo:

—¿Maeve te autorizó a que negociaras en su nombre?

—Sólo recibimos nuestras órdenes —dijo Fenrys— y el permiso de usar los medios necesarios para matar a Lorcan. No mencionó a tu reina para nada. Así que todo eso significa que *sí*.

Rowan cruzó los brazos.

—Si me mandas un ejército de guerreros de Doranelle, te diré dónde está Lorcan y dónde planea ir.

Fenrys dejó escapar una risa seca.

—Por las tetas de mi madre, Rowan. Aunque pudiéramos, esa armada ya está en uso.

Supongo que entonces tendré que conformarme con ustedes dos.

Dorian fue sensato y no lució tan sorprendido como los excompañeros de armas de Rowan.

Fenrys soltó una carcajada.

—¿Qué? ¿Trabajar para tu reina? ¿Pelear en tus batallas?

—¿No es eso lo que quieres, Fenrys? —preguntó Rowan mirándolo fijamente—. ¿Servir a mi reina? Has estado tirando de la correa por meses. Esta es tu oportunidad.

Toda la diversión desapareció del rostro hermoso de Fenrys.

—Eres un hijo de puta, Rowan.

Rowan volteó a ver a Gavriel y dijo:

—Supongo que Maeve no les especificó *cuándo* tenían que hacer esto —Gavriel asintió para confirmar eso—. Y técnicamente estarían cumpliendo con sus órdenes.

El juramento de sangre operaba con exigencias específicas y claras. Y se basaba en un contacto físico para poder *hacer* que el cuerpo obedeciera. A esa distancia... debían obedecer las órdenes de Maeve, pero podían valerse de cualquier tecnicismo del lenguaje para su propia ventaja.

—Lorcan tal vez ya se haya ido para cuando consideres que hemos pagado nuestra parte del trato —dijo Fenrys.

Rowan sonrió un poco.

—Ah, pero la cosa es que... el camino de Lorcan eventualmente lo llevará de vuelta conmigo. Con mi reina. No sé cuánto tiempo tome, pero nos encontrará de nuevo. En ese momento, será suyo —tocó su bíceps con el dedo—. La gente hablará de esta guerra por mil años. Más tiempo —Rowan hizo un movimiento de la barbilla en dirección a Fenrys—. Nunca antes se han alejado de una oportunidad de pelear.

—Eso es, si sobrevivimos —dijo Fenrys—. ¿Y qué hay de los dones de Brannon? ¿Cuánto tiempo durará una flama solitaria contra la oscuridad que se está reuniendo? Maeve ocultó los motivos por los que enviaba una armada hacia Eyllwe, pero al menos nos dijo quién gobierna realmente en Morath.

Cuando Rowan pasó por la puerta del *Dragón del Mar*, se preguntó qué dios los impulsó hacia la bahía con la tormenta para llegar justo en ese día, a esa hora.

Junto con su equipo había enfrentado una legión de fuerzas de Adarlan en la primavera y ganaron, fácilmente.

E incluso si Lorcan, Vaughan y Connall no estaban con ellos... Un guerrero hada era equivalente a cien soldados mortales. Tal vez más.

Terrasen necesitaba más tropas. Bueno, ahí tenía un ejército de tres machos.

Y contra las legiones aéreas de las Dientes de Hierro, necesitarían de la velocidad, fortaleza y siglos de experiencia de las hadas.

Juntos habían saqueado ciudades y reinos para Maeve; juntos, habían hecho la guerra y le habían puesto fin.

Rowan dijo:

—Hace diez años, no hicimos nada para frenar esto. Si Maeve hubiera enviado una fuerza, tal vez podríamos haber evitado que se saliera tanto de control. Cazaron, mataron y torturaron a nuestros hermanos. Maeve permitió que sucediera por rencor, porque la madre de Aelin no cedió a sus deseos. Así que sí, mi Corazón de Fuego es sólo una flama en un mar de oscuridad. Pero está dispuesta a luchar, Fenrys. Está dispuesta a enfrentar a Erawan, enfrentar a Maeve y a los mismos dioses si eso significa que se puede alcanzar la paz.

Del otro lado de la habitación, Dorian había cerrado los ojos. Rowan sabía que el rey pelearía, que moriría en la batalla si era necesario, y que su don podría marcar la diferencia entre la victoria y la derrota. Sin embargo... no tenía entrenamiento. Todavía no se había puesto a prueba, a pesar de todo lo que había soportado.

—Pero Aelin es una persona —continuó Rowan—. E incluso sus dones podrían no ser suficientes para ganar. Sola —exhaló y miró a Fenrys y luego a Gavriel a los ojos— morirá. Y cuando se apague esa flama, habremos perdido todo. No habrá una segunda oportunidad. Cuando se apague esa flama todos estaremos perdidos, en todas las tierras, en todos los mundos.

Las palabras eran como veneno en su lengua, los huesos le dolían al siquiera pensar en esa muerte, lo que haría si sucediera.

Gavriel y Fenrys se miraron entre sí y hablaron de esa manera silenciosa como él solía hablar con ellos. Rowan todavía tenía una carta oculta para convencerlos, para convencer a Gavriel.

Aunque la especificidad de las órdenes de Maeve lo podrían permitir, era muy probable que los castigara por actuar *alrededor* de sus órdenes. Lo había hecho antes y todos tenían las cicatrices para probarlo. Conocían el riesgo igual de bien que Rowan. Gavriel negó ligeramente con la cabeza a Fenrys.

Antes de que pudieran voltear a decir que no, Rowan le dijo a Gavriel:

—Si no peleas en esta guerra, Gavriel, entonces también estarás condenando a tu hijo a su muerte.

Gavriel se quedó petrificado.

Fenrys escupió:

—Mentira.

Incluso Dorian se quedó con la boca abierta.

Rowan se preguntó qué tan molesto se pondría Aedion, pero dijo:

—Piensa en mi propuesta. Debo decirte que tu hijo avanza hacia la Bahía de la Calavera. Tal vez quieras esperar a decidir hasta después de conocerlo.

—¿Quién? —Rowan no estaba seguro de que Gavriel estuviera respirando bien. El guerrero tenía las manos tan apretadas que las cicatrices sobre sus nudillos se veían blancas como la luna—. ¿Tengo un hijo?

De cierta forma, cuando Rowan asintió se sintió como el hijo de puta que Fenrys creía que era y no como el macho que Aelin pensaba que era.

La información hubiera salido a la luz tarde o temprano.

Si Maeve se hubiera enterado primero, probablemente habría hecho un plan para atrapar a Aedion, tal vez habría enviado al equipo a matarlo o secuestrarlo. Pero ahora, supuso Rowan, él había atrapado al equipo para él. Dependía sólo de qué tan desesperadamente quisiera Gavriel conocer a su hijo... Y qué tanto miedo tuvieran de fallarle a Maeve en caso de no encontrar a Lorcan.

Así que Rowan dijo fríamente:

—Manténganse apartados de nuestro camino hasta que ellos lleguen y nosotros haremos lo mismo.

Darles la espalda iba contra todos sus instintos, pero Rowan mantuvo sus escudos cerrados, su magia extendida para que le alertara si alguno de los dos siquiera respiraba mal mientras él se daba la vuelta para abrir la puerta de la recámara y despedirlos en silencio. Tenía mucho que hacer. Empezando por escribir una advertencia a la realeza de Eyllwe y a las fuerzas de Terrasen. Y terminando por intentar averiguar cómo diablos iban a poder pelear dos guerras al mismo tiempo.

Gavriel se puso de pie, con el rostro flojo y pálido. Algo similar a la devastación se podía leer en su expresión.

Rowan alcanzó a ver la chispa de entendimiento que pasó por la mirada de Dorian un instante antes de que el rey la ocultara. Sí, a primera vista, Aedion y Aelin parecían hermanos, pero la sonrisa de Aedion delataba su ascendencia. Gavriel lo sabría en un instante... si el olor de Aedion no lo delataba primero.

Fenrys se acercó más a Gavriel y le puso una mano en el hombro mientras salían al pasillo. Gavriel siempre había sido el consejero tanto de Rowan como de Fenrys. Nunca hablaban entre ellos, no, él y Fenrys... era mucho más fácil siempre estar atacándose.

Rowan le dijo a sus dos excompañeros:

—Si me entero que le mencionan cualquier cosa sobre el hijo de Gavriel a Maeve, nuestro trato se cancela. Nunca encontrarán a Lorcan. Y si Lorcan sí aparece... con gusto lo ayudaré para que los mate.

Rowan rezó para que no llegara a eso, a una pelea así de brutal y devastadora.

Sin embargo, eso era la guerra. Y él no tenía ninguna intención de perderla.

# CAPÍTULO 24

El *Canto al Viento* salió de Ilium al amanecer. Su tripulación y capitán no se dieron cuenta de que dos individuos encapuchados y su mascota, un halcón, pagaron en oro, no tenían ninguna intención de viajar hasta Leriba. Si se dieron cuenta de que estos dos individuos también eran el general y la reina que habían liberado al pueblo la noche anterior, no lo hicieron notorio.

Se consideraba un viaje sencillo por la costa del continente, aunque Aelin se preguntó si decir eso en voz alta no sería garantía de que sucediera justo lo *contrario*. En primer lugar, tenían que cruzar aguas de Adarlan, específicamente cerca de Rifthold. Si las brujas estaban patrullando en el mar...

Pero no tenían alternativa, no ahora que la red de Erawan se había extendido por todo el continente. No con la amenaza de encontrar y capturar a Rowan y a Dorian, que seguía sonando con claridad en la mente de Aelin, junto con el moretón doloroso y púrpura que se había formado en su pecho, justo sobre su corazón.

De pie en la cubierta del barco, mientras el sol manchaba la bahía color turquesa de Ilium con colores dorados y rosados, Aelin se preguntó si la siguiente vez que viera estas aguas estarían rojas. Se preguntó cuánto tiempo permanecerían los soldados de Adarlan de su lado de la frontera.

Aedion avanzó hacia ella después de terminar su *tercera* inspección.

—Todo se ve bien.

—Lysandra dijo que todo estaba despejado.

Así era, desde la parte superior del mástil principal del barco, los ojos de halcón de Lysandra no pasaban nada por alto.

Aedion frunció el ceño.

—Sabes, ustedes las damas nos *pueden* permitir a los machos hacer algunas cosas de vez en cuando.

Aelin arqueó una ceja.

—¿Y eso qué tendría de divertido?

Pero sabía que ésta sería una discusión constante, ceder para que otros, como Aedion, pudieran luchar por ella. Las cosas estaban mal desde Rifthold, lo suficiente para saber que esos anillos y collares podían esclavizarlos, pero lo que Erawan le había hecho a ese supervisor... como *experimento*.

Aelin miró a la tripulación que corría por todas partes y tuvo que morderse la lengua para no pedirles que se *apresuraran*. Cada minuto que se retrasaban era un minuto que Erawan se acercaba a Rowan y Dorian. Era sólo cuestión de tiempo antes de que recibiera un informe de que los habían visto. Aelin hizo sonar su pie contra la cubierta.

El vaivén del barco sobre las olas tranquilas hizo eco del movimiento de su pie. A ella siempre le había encantado el olor y la sensación del mar. Pero en ese momento, incluso las olas que los golpeaban parecían estar diciendo: "apresúrense, apresúrense".

—El rey de Adarlan, y Perrington supongo, me tuvieron en sus garras durante años —dijo Aedion.

Su voz se oía tensa, tanto como para que Aelin apartara la vista del mar y volteara a verlo. Tenía apretado el barandal de madera. Las cicatrices de sus manos contrastaban mucho con su piel bronceada por el verano.

—Se reunieron conmigo en Terrasen, en Adarlan. Estuve encerrado en su maldito *calabozo*, por los dioses. Y sin embargo no me hizo *eso* a mí. Me ofreció el anillo pero no se dio cuenta de que usaba uno falso. ¿Por qué no me partió en dos y me corrompió? Tenía que saber... *tenía* que saber que vendrías por mí.

—El rey dejó a Dorian en paz todo el tiempo que pudo, tal vez su bondad se extendió a ti también. Tal vez sabía que si tú te ibas, yo bien podría decidir mandar al mundo al infierno y nunca liberarlo en venganza.

—¿Hubieras hecho eso?

*Las personas que amas son tan sólo armas que se utilizarán en tu contra,* le había dicho Rowan una vez.

—No desperdicies tu energía preocupándote sobre lo que podría haber sido.

Sabía que no le había respondido a su pregunta.

Aedion no la miró cuando dijo:

—Sabía sobre Endovier, Aelin, pero al ver a ese supervisor, al escuchar lo que dijo... —tragó saliva—. Yo estaba tan cerca de las minas de sal. Ese año estuve acampando justo en la frontera con el Flagelo durante tres meses.

Ella volteó a verlo rápidamente.

—No vamos a empezar a pensar así. Erawan mandó a ese hombre por una razón, por *esta* razón. Conoce mi pasado, *quiere* que yo sepa que lo conoce, y que lo usará en mi contra. En nuestra contra. Usará a todos los que conocemos, si hace falta.

Aedion suspiró.

—¿Me hubieras dicho lo que sucedió anoche si no hubiera estado ahí?

—No lo sé. Apuesto a que hubieras despertado en cuanto le lancé mi poder.

Él resopló.

—Es difícil de ignorar.

Los gritos de las gaviotas que volaban sobre ellos llenaron el silencio que siguió a su conversación. A pesar de haber dicho que no quería pensar en el pasado, Aelin dijo con cuidado:

—Darrow dijo que peleaste en Theralis.

Había querido preguntarle durante semanas pero no se había atrevido.

Aedion se quedó con la mirada fija en el agua revuelta.

—Fue hace mucho tiempo.

Ella sintió cómo se le hacía un nudo en la garganta y tragó saliva.

—Apenas tenías catorce años.

—Sí —dijo Aedion con la mandíbula tensa. Aelin podía imaginar la matanza. Y el horror, no sólo de un niño que mataba y luchaba, sino de ver morir a las personas que le importaban. Una por una.

—Lo siento —dijo Aelin con una exhalación—. Siento que hayas tenido que soportar eso.

Aedion volteó a verla. No le quedaba ni un rastro de esa arrogancia altiva e insolencia.

—Theralis es la batalla que veo más... en mis sueños —dijo y empezó a rascar una mancha en el barandal—. Darrow se aseguró de mantenerme alejado de lo más intenso, pero rápidamente nos superaron. Era inevitable.

Nunca le había dicho... que Darrow había intentado protegerlo. Ella puso una mano sobre la de Aedion y apretó.

—Lo siento —dijo de nuevo.

No se atrevió a hacer más preguntas.

Aedion encogió un hombro.

—Mi vida como guerrero estaba decidida mucho antes de entrar a ese campo de batalla.

En realidad ella no podía imaginárselo sin su espada y su escudo: ambos atados a su espalda en ese momento. No podía decidir si eso era algo bueno.

El silencio se asentó entre ellos, pesado, viejo y cansado.

—No lo culpo —dijo Aelin al fin—. No culpo a Darrow por impedirme el paso a Terrasen. Yo haría lo mismo, juzgaría de la misma manera, si fuera él.

Aedion frunció el ceño.

—Pensé que ibas a pelear su decreto.

—Lo haré —juró ella—. Pero... entiendo por qué lo hizo Darrow.

Aedion la observó y luego asintió. Un movimiento serio, de un soldado a otra.

Ella se puso la mano sobre el amuleto debajo de su ropa. El poder antiguo de otro mundo se frotó contra ella y la hizo sentir un escalofrío en la espalda. "Encuentra el candado."

Era una suerte que la Bahía de la Calavera quedara de camino a los Pantanos Rocosos de Eyllwe.

Y era una suerte que su gobernante tuviera un mapa mágico tatuado en las manos. Un mapa que revelaba enemigos, tormentas... y tesoros ocultos. Un mapa para encontrar cosas que no deseaban ser encontradas.

Aelin bajó la mano, apoyó ambas en el barandal y examinó las cicatrices de sus dos palmas. Había hecho tantas promesas y juramentos. Tenía tantas deudas y favores aún sin cobrar.

Aelin se preguntó qué respuestas y juramentos podría encontrar esperándola en la Bahía de la Calavera.

Si es que llegaban antes que Erawan.

# CAPÍTULO 25

Manon Picos Negros despertó al escuchar el viento soplando entre las hojas, un llamado distante de aves que cantaban su advertencia y el olor a tierra y madera antigua.

Gimió y abrió los ojos un poco para ver la luz del sol que entraba fragmentada entre el follaje denso de los árboles.

Conocía esos árboles. Oakwald.

Seguía amarrada a la silla de montar. Abraxos estaba recostado debajo de ella, con el cuello torcido para poder vigilar su respiración. Sus ojos oscuros se abrieron atemorizados cuando ella gimió e intentó sentarse. Había caído de espaldas e indudablemente llevaba un rato ahí, a juzgar por la sangre azul que cubría los flancos de Abraxos.

Manon levantó la cabeza para mirar su vientre y tuvo que contener el grito cuando los músculos se movieron.

Una calidez húmeda empezó a gotear de su abdomen. Las heridas apenas habían coagulado, entonces, se abrirían con facilidad.

La cabeza le dolía como si los martillos de mil fraguas estuvieran trabajando dentro de ella. Y tenía la boca tan seca que apenas podía mover la lengua.

Lo que tenía que hacer era bajarse de la silla de montar. Luego intentar evaluar cuál era su estado. Después conseguir agua.

Se escuchaba un río borboteando cerca, lo suficiente para hacerla pensar que Abraxos había elegido el sitio deliberadamente.

Él resopló y cambió de posición con preocupación y ella siseó al sentir que su abdomen se rasgaba más.

—Alto —jadeó—. Estoy… bien.

No estaba bien. Para nada.

Pero no estaba muerta.

Y eso era algo.

La demás mierda: su abuela, las Trece, lo que le dijeron de las Crochans... Lidiaría con eso cuando ya no tuviera un pie en la oscuridad.

Manon se quedó ahí tendida por minutos que se le hicieron eternos, controlando su respiración para manejar el dolor.

Tenía que limpiar la herida y detener el sangrado.

No tenía nada salvo su ropa de cuero y su camisa... No tenía la fuerza necesaria para hervir la tela antes.

Tendría que rezar por que la inmortalidad que bendecía su sangre fuera suficiente para alejar cualquier infección.

La sangre Crochan que tenía dentro...

Manon se sentó de golpe, sin darse oportunidad para arrepentirse, y se mordió los labios con el fin de no gritar, con tal fuerza que se sacó sangre y sintió un sabor a cobre en la boca.

Sin embargo, estaba erguida. La sangre empezó a fluir debajo de su ropa de cuero, pero ella se concentró en desamarrar la silla de montar y los cinturones uno por uno.

No estaba muerta.

La Madre todavía tenía un uso para ella.

Ya libre del arnés, Manon miró la caída que le esperaba desde Abraxos hasta el suelo musgoso.

Que la oscuridad la salvara, eso iba a doler.

Tuvo que apretar los dientes para controlar los sollozos, sólo por mover el cuerpo para pasar la pierna al otro lado. Si las uñas de su abuela hubieran estado envenenadas, estaría muerta.

Pero estaban desafiladas y descuidadas, llenas de óxido.

Una cabeza grande le tocó la rodilla y encontró a Abraxos ahí, con el cuello estirado, la cabeza justo bajo sus pies y una oferta en la mirada.

No confiaba en poder mantenerse consciente mucho tiempo más, así que Manon se trepó a su cabeza ancha y amplia y respiró para controlar las oleadas de dolor ardiente. El aliento del guiverno calentó su piel helada y la bajó con cuidado hacia la zona de pastos.

Ella se acostó boca arriba y dejó que Abraxos la olfateara. Un leve gemido salía de él.

—Bien.... —jadeó—. Estoy...

Manon despertó con el crepúsculo.

Abraxos estaba acurrucado a su alrededor y la cubría con su ala.

Al menos estaba caliente. Pero la sed...

Manon gimió y el ala instantáneamente se levantó para dejar a la vista una cabeza de piel gruesa y ojos preocupados.

—Tú... mamá gallina —logró decir, y se recargó sobre los brazos para levantarse.

Oh dioses, oh dioses, oh dioses...

Pero ya estaba sentada.

Agua. Ese arroyo.

Abraxos era demasiado grande para llevarla a través de los árboles, pero ella necesitaba agua. Rápido. ¿Cuántos días habían pasado? ¿Cuánta sangre había perdido?

—Ayuda —exhaló.

Las mandíbulas poderosas de Abraxos se cerraron en el cuello de su túnica y la levantaron con tal cuidado que a Manon se le estrujó el corazón. Se balanceó y se recargó en el flanco del animal, manteniéndose de pie.

Agua... luego podría dormir más.

—Espera aquí —dijo y se tambaleó hacia el árbol más cercano con una mano en el abdomen y el peso de Hiendeviento en la espalda. Pensó dejar la espada, pero cualquier movimiento adicional, incluso desabrocharse el cinturón del pecho, era algo impensable.

De árbol a árbol fue tambaleándose. Enterraba las uñas en cada tronco para mantenerse en pie y el sonido de su jadeo llenaba el bosque silencioso.

Estaba viva; estaba viva...

El arroyo era apenas poco más que un listón de agua sobre unas rocas con musgos. Pero era transparente y se movía rápido y era lo más hermoso que había visto jamás.

Manon estudió el agua. Si se arrodillaba, ¿podría volver a pararse?

Se dormiría ahí, si tenía que hacerlo. Después de beber.

Con cuidado, con los músculos temblándole, se hincó en la orilla. Se tragó el grito que quería salir de su garganta cuando se agachó sobre el arroyo y sintió cómo le salía más sangre. Bebió los primeros tragos sin detenerse y luego más lentamente. El estómago le dolía ahora por dentro y por fuera.

Una rama se rompió y Manon se puso de pie rápidamente. El instinto fue más poderoso que el dolor y no sintió la agonía hasta un instante después. Pero miró entre los árboles, las rocas, las copas y las pequeñas colinas.

Oyó una voz femenina y fría que le dijo desde el otro lado del arroyo:

—Parece ser que caíste muy lejos de tu torre, Picos Negros.

Manon no podía reconocer a la dueña de la voz, con qué bruja se había encontrado...

Desde las sombras de un árbol salió una joven hermosa.

Su cuerpo era flexible y ágil, traía el cabello rojizo suelto y le cubría parcialmente su desnudez. No tenía ni un fragmento de tela para cubrir su piel color crema. No tenía ni una sola cicatriz ni marca en la carne pura como la nieve. El cabello sedoso de la mujer se movía a su ritmo mientras caminaba.

Pero la mujer no era una bruja. Y sus ojos azules...

Corre. *Corre*.

Unos ojos color azul glaciar brillaron desde el bosque sombreado. Y una boca roja y carnosa hecha para la recámara se abrió con una sonrisa demasiado blanca al ver bien a Manon, su sangre, su herida. Abraxos rugió como advertencia y el sonido sacudió el piso, los árboles, las hojas.

—¿Quién eres? —preguntó Manon con voz rasposa.

La joven ladeó la cabeza, como un gorrión que estudia una lombriz retorciéndose.

—El Rey Oscuro me llama su Sabueso.

Manon juntó todas las fuerzas que pudo y respiró profundamente.

—Nunca había oído de ti —jadeó Manon.

Algo demasiado oscuro para ser sangre se deslizó debajo de la piel color crema del abdomen de la mujer y luego desapareció. Ella pasó su mano hermosa y pequeña sobre la superficie de su vientre firme, por donde había aparecido el movimiento.

—No tendrías por qué haber oído de mí. Hasta que cometiste tu traición, me mantuvieron debajo de esas otras montañas. Pero cuando él aumentó el poder dentro de mi propia sangre... —los ojos azules perforaron a Manon y pudo distinguir la locura que brillaba ahí dentro—. Él podría hacer tanto contigo, Picos Negros. Tanto. Me mandó para llevar a su jinete coronada de regreso a su lado...

Manon retrocedió un paso, sólo uno.

—No hay ningún lugar donde huir. No así con tus entrañas apenas contenidas dentro de ti —se echó el cabello rojizo por encima del hombro—. Oh, cuánto nos vamos a divertir ahora que te encontré, Picos Negros. Todos.

Manon se preparó y sacó a Hiendeviento cuando la forma de la mujer brilló como un sol negro y luego empezó a ondularse, se empezó a expandir en los bordes, transformándose, hasta que...

La mujer había sido una ilusión. Un hechizo. La criatura que estaba frente a ella había nacido en la oscuridad, era tan blanca que dudaba que hubiera sentido el calor del sol hasta ese momento. Y la mente que la había creado... La imaginación de alguien nacido en otro mundo, un mundo donde las pesadillas recorrían la tierra oscura y fría.

El cuerpo y la cara eran vagamente humanos. Pero... Sabueso. Sí, eso le quedaba bien. Tenía unas fosas nasales enormes, ojos muy grandes y sin párpados, tanto que Manon se preguntó si Erawan mismo le habría quitado los párpados, y la boca... Sus dientes eran muñones negros, la lengua gruesa y roja, para probar el aire. Y de ese cuerpo blanco se extendía el método de transporte de Manon: alas.

—¿Ves? —ronroneó el Sabueso—. ¿Ves lo que él puede darte? Yo puedo probar el viento, puedo oler su médula misma. Igual que te olí desde el otro lado de esta tierra.

Manon tenía todavía el brazo presionando su abdomen y con el otro levantaba a Hiendeviento con la mano temblorosa.

El Sabueso rio suavemente y en voz baja.

—Disfrutaré esto, creo —dijo... Y se lanzó hacia ella.

Viva... Estaba *viva* y así permanecería.

Manon saltó hacia atrás y se deslizó entre dos árboles que estaban tan cerca uno del otro que la criatura chocó con un muro de madera cuando intentó atacarla. Esos ojos de becerro se entrecerraron furiosos y las manos blancas, con garras para escarbar en la tierra, se enterraron en la madera para retroceder.

Pero se quedó atorada.

Tal vez la Madre sí la estaba cuidando.

El Sabueso se había quedado atorado, entre los dos árboles, mitad dentro, mitad fuera, gracias a esas alas. Aprisionada en la madera...

Manon corrió. El dolor la iba desgarrando con cada paso y sollazaba entre dientes al correr entre los árboles. Escuchó un tronido y cómo caían madera y hojas detrás de ella.

Manon se obligó a ir más rápido, con una mano sosteniéndose la herida y con la otra a Hiendeviento. Iba cogiendo la espada con tanta fuerza que temblaba. Pero ahí estaba Abraxos, con los ojos enloquecidos, las alas ya batiendo, preparándose para volar.

—*Vamos* —jadeó Manon y se lanzó hacia él mientras la madera crujía a sus espaldas.

Abraxos la agarró cuando ella saltó no sobre él, sino a sus garras, hacia las garras poderosas que se envolvieron bajo sus senos. Su vientre se desgarró un poco más mientras él la levantaba más y más alto, entre bosque, hoja y nido.

El aire tronó debajo de sus botas y Manon, con los ojos llorosos, miró hacia abajo y alcanzó a ver las garras desesperadas del Sabueso. Pero era demasiado tarde.

Escuchó el grito de furia en sus labios, el Sabueso retrocedió hacia la orilla del claro, preparándose para correr y saltar al aire, mientras las alas de Abraxos se batían como nunca...

Salieron de la cubierta de árboles. Las alas del guiverno rompieron ramas que le llovieron al Sabueso.

El viento azotaba a Manon mientras Abraxos volaba con ella, más y más alto, en dirección al este, hacia las planicies... al este y al sur...

Esa cosa no se detendría mucho tiempo. Abraxos también lo sabía.

Había previsto eso.

Un destello blanco salió entre las copas de los árboles debajo de ellos.

Abraxos se lanzó en una picada rápida y letal. Su rugido de rabia hizo que a Manon le zumbara la cabeza.

El Sabueso no tuvo tiempo de girar y la poderosa cola de Abraxos chocó contra ella. Sus púas de acero cubiertas de veneno dieron en el blanco.

La sangre negra y putrefacta empezó a salir a chorros. Las alas membranosas color marfil se desgarraron.

Luego se elevaron otra vez mientras el Sabueso caía entre los árboles, muerta o herida, a Manon no le importaba.

—*Te encontraré* —gritó el Sabueso desde el fondo del bosque.

Recorrieron kilómetros antes de que las palabras que gritó se desvanecieran.

Manon y Abraxos sólo se detuvieron lo necesario para que ella volviera a subirse a su lomo y se pusiera el arnés. No había más señales de otros guivernos en el cielo, ninguna señal de que el Sabueso fuera detrás de ellos. Tal vez el veneno la mantendría alejada durante un tiempo, o permanentemente.

—A la costa —dijo Manon para que Abraxos la escuchara a pesar del sonido del viento, mientras el cielo sangraba en rojos antes de sumergirse en una negrura final—. Hacia un sitio seguro.

La sangre le goteaba entre los dedos, más rápido, más fuerte que antes, sólo un momento antes de que la oscuridad volviera a reclamarla.

# CAPÍTULO 26

Incluso después de pasar dos semanas en la Bahía de la Calavera sin que Rolfe les hiciera caso a pesar de sus solicitudes de reunirse con él, Dorian seguía sin acostumbrarse al calor y la humedad. Lo perseguían día y noche, despertaba de su sueño bañado en sudor, lo perseguían al interior de la posada cuando el sol estaba en su cenit.

Y como Rolfe se había negado a verlos, Dorian intentó llenar sus días con cosas *distintas* a quejarse del calor. Las mañanas las usaba para practicar su magia en un claro de la jungla a unos kilómetros de distancia. Lo peor era que Rowan lo había obligado a correr de ida y de regreso y cuando regresaban para almorzar podía "elegir" entre comer antes o después de una de sus rutinas.

Honestamente, Dorian no tenía idea de cómo Aelin había sobrevivido a meses de eso, sin mencionar cómo se había enamorado del guerrero mientras lo hacía. Aunque supuso que tanto la reina como el príncipe tenían un lado sádico que los hacía compatibles.

Algunos días, Fenrys y Gavriel se reunían con ellos en el patio de la posada para ejercitarse o para dar sugerencias no deseadas a Dorian sobre su técnica con la espada y la daga. Algunos días, Rowan les permitía quedarse; otros, los sacaba a patadas con un gruñido.

Lo último, se dio cuenta Dorian, por lo general sucedía cuando ni siquiera el calor y el sol podían alejar las sombras de los últimos meses, cuando despertaba sintiendo el sudor como si fuera la sangre de Sorscha, cuando no podía tolerar ni siquiera que la túnica le rozara el cuello.

No estaba seguro si debía agradecer al príncipe hada por darse cuenta u odiarlo por la amabilidad.

Durante las tardes, él y Rowan recorrían la ciudad para enterarse de cualquier chisme o noticia. Observaban a los hombres de Rolfe con la misma atención que ellos eran observados. Sólo había siete capitanes de la armada desplegada de Rolfe en la isla, ocho si se incluía a Rolfe, y había menos barcos anclados en la bahía. Algunos habían salido huyendo después del ataque del Valg; otros dormían en el fondo del mar con todo y sus barcos.

Los informes de Rifthold llegaban constantemente: de la ciudad bajo el mando de las brujas, de que casi toda estaba en ruinas, de que la nobleza y los comerciantes huyeron a sus casas de campo y dejaban que los pobres se defendieran solos. Las brujas controlaban las puertas de la ciudad y los muelles, nada ni nadie podía entrar sin que ellas se enteraran. Y lo peor, unos buques del Abismo Ferian iban navegando por el Avery hacia Rifthold llenos de soldados y bestias extrañas que convertirían la ciudad en su zona de cacería personal.

Erawan no había planeado esa guerra a la ligera. Esos barcos que iban en el Avery eran demasiado pequeños, decía Rowan, y no había manera de que el contingente del Callejón sin Salida fuera la totalidad de la armada de Erawan. ¿Entonces dónde había estado la flota de Adarlan todo ese tiempo?

Rowan averiguó la respuesta a los cinco días de haber llegado: en el Golfo de Oro. Una parte de la flota estaba posicionada cerca de la costa noroeste de Eyllwe y otra parte estaba escondida en los puertos de Melisande donde, según los rumores, la reina les había permitido a los soldados de Morath entrar y dirigirse a donde quisieran. Erawan había dividido su flota con habilidad y la había colocado en suficientes puntos clave de manera que Rowan le informó a Dorian que tendrían que sacrificar algunas tierras, alianzas y ventajas geográficas para poder conservar otras.

Dorian odió admitir ante el guerrero hada que en los años anteriores no se había enterado de ninguno de esos planes. Sus juntas de consejo siempre habían sido sobre políticas, comercio y esclavos. Se dio cuenta de que eran una distracción, una manera de mantener a los lores y gobernantes del continente concentrados en otra cosa mientras se echaban a andar los otros planes. Y ahora... si Erawan había llamado a la flota del golfo, probablemente navegarían por la costa sur de Eyllwe y saquearían todas las ciudades a su paso hasta llegar a la puerta de Orynth.

Tal vez correrían con suerte y la flota de Erawan chocaría con la de Mæve. Aunque no habían escuchado nada sobre la segunda. Ni siquiera un susurro de hacia dónde o qué tan rápido iban navegando sus barcos. Ni un murmullo de dónde estaba Aelin Galathynius. Dorian sabía que Rowan recorría las calles de la ciudad para ver si alguien tenía noticias de ella.

Así que Dorian y Rowan iban recolectando fragmentos de información y luego regresaban a la posada cada noche para analizar lo que habían averiguado, mientras cenaban langostinos picantes de las aguas tibias del archipiélago y platos de arroz humeante de los comerciantes del continente del sur. Sus vasos con agua de infusión de naranja descansaban sobre los mapas o cartas de navegación que habían comprado en la ciudad. La información era en su mayoría de segunda o tercera mano y una prostituta común en las calles parecía saber lo mismo que los marineros que trabajaban en los muelles.

Pero ni las prostitutas ni los marineros ni los comerciantes tenían noticias de qué había sido del príncipe Hollin o de la reina Georgina. Se aproximaba la guerra y el destino de un niño y una reina frívola que nunca se había molestado por hacerse con algo de poder era de poco interés para todos salvo Dorian, al parecer.

Una tarde particularmente calurosa que empezaba a refrescar gracias a la llegada de una tormenta eléctrica deslumbrante, Dorian bajó el tenedor al lado de su plato de peces de arrecife al vapor y le dijo a Rowan:

—Me estoy cansando de esperar a que Rolfe se reúna con nosotros.

El tenedor de Rowan hizo un ruido contra el plato cuando lo bajó y se quedó esperando con inmovilidad sobrenatural. No le importaba dónde estaban Gavriel y Fenrys esa tarde. Dorian de hecho estaba agradecido por su ausencia cuando dijo:

—Necesito papel... y un mensajero.

Rolfe los llamó a ellos y al equipo a la taberna del *Dragón del Mar* tres horas más tarde.

Rowan le había estado enseñando a Dorian en esos días cómo usar un escudo y Dorian levantó uno a su alrededor mientras Rolfe llevaba a los cuatro por el pasillo superior de la taberna camino a su oficina.

Su idea había funcionado bien... perfectamente.

Nadie se había dado cuenta de que la carta que Rowan había mandado después del almuerzo era la misma que le entregaron más tarde a Dorian en la posada.

Pero los espías de Rolfe se dieron cuenta de la sorpresa que Dorian mostró cuando la leyó, la decepción, el miedo y la rabia por las noticias que había recibido. Rowan, en su papel, había caminado de un lado a otro y había gruñido con las *noticias* que él recibió. Se aseguraron de que el sirviente que estaba lavando el pasillo escuchara que mencionaban la información que alteraría la guerra y que Rolfe podría ganar mucho con eso... o perderlo todo.

Y entonces, de camino a la oficina del pirata, Dorian no podía distinguir si le complacía o le molestaba que los estuvieran vigilando tan cercanamente que el plan había funcionado. Gavriel y Fenrys, afortunadamente, no hicieron preguntas.

El Señor de los Piratas, vestido con una chaqueta desteñida color azul y dorado, hizo una pausa frente a la puerta de roble de su oficina. Traía los guantes puestos y su rostro se veía un poco demacrado. Dudó que la expresión de Rolfe cambiara cuando se diera cuenta de que no había ninguna noticia y que tendrían esa junta lo quisiera o no.

Dorian vio que los tres machos hada evaluaban cada respiración de Rolfe, su postura, escuchaban los sonidos del primer oficial y del intendente en el piso de abajo. Los tres intercambiaron un gesto apenas perceptible. Aliados... al menos hasta que Rolfe los escuchara.

Rolfe abrió la puerta y murmuró:

—Más vale que esto valga mi tiempo —dijo y avanzó hacia la oscuridad del interior.

Luego se paró en seco.

A pesar de la luz débil, Dorian podía ver perfectamente a la mujer sentada tras el escritorio de Rolfe, su ropa negra sucia, sus armas brillantes y los pies recargados en la superficie de madera oscura.

Aelin Galathynius, con las manos entrelazadas en la nuca, les sonrió a todos y dijo:

—Me gusta esta oficina mucho más que la anterior, Rolfe.

# CAPÍTULO 27

Dorian no se atrevió a moverse cuando Rolfe gruñó.

—Recuerdo bien, Celaena Sardothien, haberte dicho que si volvías a poner un pie en mi territorio estarías renunciando a tu vida.

—Ah —dijo Aelin mientras bajaba las manos, pero con los pies todavía sobre el escritorio de Rolfe—, eso no tendría nada de divertido.

Rowan seguía a su lado, inmóvil como la muerte. La sonrisa de Aelin se volvió felina cuando finalmente bajó los pies y pasó las manos por ambos costados del escritorio, sintiendo la madera suave como si fuera un caballo premiado. Inclinó la cabeza hacia Dorian.

—Hola, Majestad.

—Hola, Celaena —respondió él con toda la calma que pudo, muy consciente de que los dos machos hada a sus espaldas podían escuchar su corazón desbocado. Rolfe volteó a verlo rápidamente.

Porque era Celaena quien estaba sentada ahí, para el propósito que fuera, la que estaba en esa habitación era Celaena Sardothien.

Ella movió la barbilla en dirección de Rolfe.

—Has visto mejores épocas, pero considerando que la mitad de tu flota te abandonó, diría que luces suficientemente decente.

—Quítate de mi silla —dijo Rolfe en voz demasiado baja.

Aelin no hizo caso. Simplemente recorrió a Rowan de los pies a la cabeza con una mirada sensual. La expresión de Rowan permaneció ilegible, sus ojos atentos, casi brillantes. Y luego Aelin le dijo a Rowan con una sonrisa secreta:

—A ti no te conozco. Pero me gustaría.

Los labios de Rowan empezaron a formar una sonrisa.

—Desafortunadamente no estoy disponible.

—Qué pena —dijo Aelin ladeando la cabeza al darse cuenta de que había un pequeño tazón con esmeraldas sobre el escritorio de Rolfe. *No lo hagas, no...*

Aelin tomó las esmeraldas en una mano y las empezó a mirar con cuidado mientras veía en dirección a Rowan por debajo de sus pestañas.

—Debe ser una belleza excepcional y deslumbrante para volverte tan fiel.

Que los dioses los salvaran. Podría haber jurado que escuchó a Fenrys toser detrás de él.

Aelin echó las esmeraldas al plato de metal como si fueran trozos de cobre. El único sonido era el que hacían al caer.

—Debe ser muy inteligente —*plop*— y fascinante —*plop*— y muy, *muy* talentosa. *Plop, plop, plop* hicieron las esmeraldas. Examinó las cuatro gemas que le quedaban en la mano—. Debe ser la persona más maravillosa que jamás ha existido.

Otra tos a sus espaldas, de Gavriel en esa ocasión. Pero Aelin sólo tenía ojos para Rowan cuando el guerrero le dijo:

—Sí es todas esas cosas. Y más.

—Mmm —dijo Aelin haciendo girar las esmeraldas en sus palmas con cicatrices con mucha habilidad.

Rolfe gruñó.

—Qué. Estás. Haciendo. Aquí.

Aelin tiró las esmeraldas a su platón.

—¿Así le hablas a una vieja amiga?

Rolfe avanzó hacia el escritorio y Rowan temblaba del esfuerzo de controlarse cuando el Señor de los Piratas apoyó las manos en la superficie de madera.

—Según supe, tu maestro está muerto y le vendiste el gremio a sus inferiores. Eres una mujer libre. ¿Qué estás haciendo en *mí* ciudad?

Aelin miró los ojos color verde mar con una irreverencia tal que Dorian se preguntó si habría nacido así o si había adquirido esa habilidad a través de trabajo, sangre y aventura.

—Se acerca la guerra, Rolfe. ¿No puedo sopesar mis opciones? Pensé venir a ver qué era lo que *tú* tenías planeado hacer.

Rolfe miró a Dorian por encima del hombro.

—Los rumores dicen que ella fue tu campeona en el otoño. ¿Deseas lidiar con *esto*?

Dorian dijo suavemente:

—Te enterarás, Rolfe, que uno no *lidia* con Celaena Sardothien. Uno la sobrevive.

Una sonrisa de Aelin. Rolfe puso los ojos en blanco y le dijo a la reina-asesina:

—Entonces, ¿cuál es el plan? Negociaste para salirte de Endovier, convertirte en la campeona del rey y, ahora que está muerto, ¿deseas ver cómo puedes sacar provecho?

Dorian intentó no reaccionar. Muerto... su padre estaba muerto y él lo había matado.

—Ya sabes cómo son mis gustos —dijo Aelin—. Incluso con la fortuna de Arobynn y la venta del gremio... La guerra puede ser un momento lucrativo para la gente que es inteligente en los negocios.

—¿Y dónde quedó la mocosa santurrona de dieciséis años que destruyó seis de mis barcos, se robó dos y arrasó con mi pueblo sólo por la vida de doscientos esclavos?

Una sombra pasó por la mirada de Aelin. Al verla Dorian sintió escalofríos.

—Pasa un año en Endovier, Rolfe, y rápidamente aprenderás a jugar un juego diferente.

—Te advertí —dijo Rolfe destilando veneno— que un día pagarías por esa arrogancia.

La sonrisa de Aelin se volvió letal.

—Y así fue. Y también pagó Arobynn Hamel.

Rolfe parpadeó, sólo una vez, y luego se enderezó.

—Quítate de mi silla. Y devuelve la esmeralda que te metiste en la manga.

Aelin resopló y con un movimiento rápido de sus dedos, una esmeralda, la cuarta que Dorian había olvidado, apareció entre sus dedos.

—Bien. Al menos tu vista no te está fallando en la vejez.

—Y la otra —dijo Rolfe entre dientes.

Aelin volvió a sonreír. Y luego se recargó en la silla de Rolfe, inclinó la cabeza y escupió una esmeralda que de alguna manera tenía oculta bajo la lengua. Dorian vio cómo la gema dibujaba un arco por el aire.

El sonido que hizo al caer en el tazón fue lo único que se escuchó.

Dorian miró a Rowan. Pero en los ojos del príncipe brillaba el deleite, el orgullo y una lujuria a fuego bajo. Dorian rápidamente apartó la mirada.

Aelin le dijo al Señor de los Piratas:

—Tengo dos preguntas para ti.

La mano de Rolfe se movió hacia su florete.

—No estás en ninguna puta posición para hacer preguntas.

—¿Ah, no? Después de todo yo te hice una promesa hace dos años y medio. Una promesa que firmaste.

Rolfe gruñó.

Aelin recargó la barbilla en su puño.

—¿Tú o alguno de tus barcos ha comprado, comerciado o transportado esclavos desde... aquel día desafortunado?

—No.

Un movimiento satisfecho de la cabeza.

—¿Y les has proporcionado santuario aquí?

—No los buscamos activamente, pero si alguno llega aquí, sí.

Cada una de las palabras era más tensa que la anterior, un resorte a punto de saltar y ahorcar a la reina. Dorian rezó por que el hombre no fuera tan estúpido como para sacar sus armas. No en ese momento que Rowan estaba poniéndole atención a cada una de sus respiraciones.

—Bien y bien —dijo Aelin—. Fue inteligente de tu parte no mentirme. Porque cuando llegué esta mañana me puse a investigar en tus bodegas, a preguntar en los mercados. Y luego vine aquí... —pasó las manos sobre los papeles y libros del escritorio—. Para ver tus libros personalmente —pasó el dedo por una página que tenía varias columnas y cifras—. Textiles, especias, vajillas de porcelana, arroz del continente del sur, y contrabando variado pero... nada de esclavos. Debo admitir que estoy impresionada. De que hayas cumplido tu palabra y de tu minuciosa contabilidad.

Un gruñido grave.

—¿Sabes lo que me costó tu gracia?

Aelin miró un trozo de pergamino que estaba en la pared, con varias dagas, espadas e incluso tijeras enterradas: para practicar la puntería de Rolfe, aparentemente.

—Bueno, yo dejé sin pagar una cuenta del bar... —dijo del documento que sí era una lista de artículos y, dioses, era una suma grande de dinero.

Rolfe volteó a ver a Rowan, Fenrys y Gavriel.

—¿Quieren mi ayuda en esta guerra? Este es mi precio. Mátenla. Ahora. Entonces mis barcos y mis hombres serán suyos.

Los ojos oscuros de Fenrys brillaron, pero no a Rolfe sino cuando Aelin se puso de pie. Sus ropas negras estaban gastadas, su cabello dorado brillaba en la luz grisácea. E incluso en esa habitación llena de asesinos profesionales, ella era el león de la manada.

—Oh, no creo que lo hagan —dijo ella—. O siquiera que puedan.

Rolfe giró hacia ella.

—Verás que no eres tan hábil cuando te enfrentas a guerreros hada.

Ella señaló una de las sillas frente al escritorio.

—Tal vez quieras sentarte.

—*Lárgate* de mi...

Aelin dejó escapar un silbido.

—Permíteme presentarte, capitán Rolfe, a la *incomparable*, la hermosa, la absoluta y totalmente perfecta reina de Terrasen.

Dorian frunció el entrecejo. Pero entonces se escucharon pasos y luego...

Los hombres voltearon y vieron a Aelin Galathynius entrar verdaderamente a la habitación vestida con una túnica color verde oscuro también sucia y desgastada, el cabello suelto, sus ojos turquesa y dorado, se rio al pasar junto a Rolfe que tenía la boca abierta, y se sentó en el brazo de la silla de Aelin.

Dorian no distinguía, sin el sentido del olfato de las hadas, no podía darse cuenta.

—Qué, qué magia es ésta —siseó Rolfe y retrocedió un paso.

Aelin y Aelin se miraron. La de negro le sonrió a la que acababa de llegar.

—Oh, *sí que eres* hermosa, ¿verdad?

La de verde sonrió, pero a pesar de todo su deleite, toda su malicia traviesa... era una sonrisa más suave, hecha con una boca que tal vez no estaba tan acostumbrada a gruñir, a mostrar los dientes y a decir cosas horribles e insolentes. Se trataba de Lysandra.

Las dos reinas miraron a Rolfe.

—Aelin Galathynius no tenía gemelas —gruñó con una mano en la espada.

Aelin de negro, la verdadera, que había estado con ellos desde el principio, puso los ojos en blanco.

—Ay, Rolfe. Arruinas mi diversión. *Por supuesto* que no tengo una gemela.

Hizo un movimiento con la barbilla hacia Lysandra y la piel de la metamorfa brilló y se derritió. Su cabello se hizo pesado y oscuro, su piel besada por el sol y sus ojos rasgados ligeramente de un color verde impactante.

Rolfe ladró alarmado y casi cayó hacia atrás. No cayó porque Fenrys lo detuvo con una mano en el hombro al dar un paso al frente con los ojos muy abiertos.

—Una metamorfa —exhaló Fenrys.

Aelin y Lysandra vieron al guerrero con una mirada poco impresionada, que hubiera hecho que alguien menos valiente saliera corriendo.

Incluso el rostro plácido de Gavriel quedó atónito al ver a la metamorfa. Sus tatuajes subieron y bajaron cuando tragó saliva. El padre de Aedion. Y si Aedion estaba aquí con Aelin...

—Aunque me siento intrigada de encontrar aquí al equipo —dijo Aelin—, ¿podrían verificarle a su Pirateza que soy quien soy para poder empezar a hablar de temas más urgentes?

La cara de Rolfe estaba blanca de rabia cuando se dio cuenta de que todos sabían quién estaba realmente sentada frente a ellos.

Dorian dijo:

—Ella es Aelin Galathynius. Y Celaena Sardothien.

Pero Rolfe volteó a ver a Fenrys y a Gavriel, los que venían de fuera. Gavriel asintió y Fenrys fijó la mirada en la reina.

—Ella es quien dice ser.

Rolfe miró a Aelin, pero la reina estaba mirando a Lysandra con el ceño fruncido. La metamorfa le estaba dando un tubo sellado con cera.

—Tienes el pelo más corto.

—Tú intenta tenerlo así de largo y a ver si duras más de un día —dijo Lysandra y se tocó el cabello que le llegaba a la clavícula.

Rolfe se quedó con la boca abierta. Aelin le sonrió a su compañera y enfrentó al Señor de los Piratas.

—Entonces, Rolfe —dijo la reina lentamente mientras pasaba el tubo de una mano a la otra— discutamos este asuntito de que te niegas a ayudar a mi causa.

# CAPÍTULO 28

Aelin Galathynius no se molestó en disimular su arrogancia cuando Rolfe le señaló una mesa grande en el lado derecho de su oficina, mucho más elegante que la oficina de mierda donde una vez ella y Sam se habían reunido con él.

Ella logró dar un paso hacia su lugar designado antes de que Rowan estuviera a su lado con una mano en su codo.

Su rostro, oh dioses, cómo había extrañado ese rostro áspero y severo, estaba tenso cuando se acercó para susurrarle con suavidad de hada:

—El equipo está trabajando con nosotros con la condición de que los conduzca a Lorcan, porque Maeve los envió para matarlo. Me negué a divulgar dónde está. La mayor parte de la flota de Adarlan está en el Golfo de Oro gracias a un acuerdo sucio con Melisande de usar sus puertos y la flota de la propia Maeve va en camino a Eyllwe, no sabemos si para atacar o ayudar.

Bueno, era agradable saber que el infierno los estaba aguardando y que la información sobre la armada de Maeve era correcta. Pero luego, Rowan agregó:

—Y te extrañé muchísimo.

Ella sonrió a pesar de todo lo demás que él le había dicho y retrocedió un poco para mirarlo. Sin un rasguño, ileso.

Era más de lo que podía esperar. Incluso con las noticias que le había dado.

Aelin decidió que no le importaba mucho quién carajos estuviera viéndolos y se puso de puntas para rozar su boca con la de él. Había tenido que usar todo su ingenio y habilidades para evitar dejar rastros de su olor ese día y que él no la detectara. La sorpresa y el deleite de su cara habían valido la pena.

La mano de Rowan, que tenía en el brazo, la apretó cuando quiso separarse.

—El sentimiento, príncipe —murmuró—, es mutuo.

Los demás estaban haciendo lo posible por no verlos, salvo por Rolfe, quien seguía furioso.

—Oh, capitán, no te veas tan molesto —dijo cuando dejó de ver a Rowan y se sentó frente a Rolfe—. Tú me odias, yo te odio, *ambos* odiamos que los imperios metiches y absolutos nos digan qué hacer. Somos la pareja perfecta.

Rolfe escupió:

—Casi arruinas todo para lo que he trabajado. Tu lengua de plata y tu arrogancia no te salvarán de esta.

Sólo por molestar, ella sonrió y le sacó la lengua. No la real, sino una lengua bífida de fuego plateado que se movía como la de una serpiente en el aire.

Fenrys trató de disimular una risa oscura. Ella no le hizo caso. Ya hablarían de *su* presencia más tarde. Sólo rezó por poder advertirle a Aedion antes de que se encontrara con su padre, quien ahora estaba a dos asientos de ella, mirándola con los ojos muy abiertos como si Aelin tuviera diez cabezas.

Dioses, incluso su expresión era como la de Aedion. ¿Cómo no se había dado cuenta durante la primavera en Wendlyn? Aedion era un niño la última vez que lo vio, pero como hombre... Gracias a la inmortalidad de Gavriel, incluso parecían de la misma edad. Diferentes de muchas maneras, pero ese aspecto... era un reflejo.

Rolfe no estaba sonriendo.

—Una reina que juega con fuego no es una aliada muy confiable.

—Y un pirata cuyos hombres lo abandonaron tras la primera prueba de lealtad es un comandante naval de mierda, sin embargo, aquí estoy, en esta mesa.

—Cuidado, niña. Tú me necesitas más de lo que yo a ti.

—¿Ah, sí?

Esto era un baile. Mucho antes de poner un pie en esa isla horrible ya era un baile y ahora estaba a punto de entrar al segundo movimiento. Aelin colocó en la mesa entre ellos la carta de recomendación con el sello de Murtaugh.

—Yo lo veo así. Yo tengo el oro, y tengo la capacidad de elevarte a ti de un criminal común y corriente a un hombre de negocios respetado. Fenharrow puede disputar quién es propietario de estas islas, pero... ¿qué pasaría si yo te apoyara? ¿Qué pasaría si te convirtiera no en el Señor de los Piratas sino en el Rey Pirata?

—¿Y quién verificaría la palabra de una princesa de diecinueve años?

Ella movió la barbilla hacia el tubo sellado.

—Murtaugh Allsbrook lo haría. Te escribió una carta linda y larga al respecto.

Rolfe tomó el tubo, lo estudió, y lo lanzó limpiamente directo a un bote de basura. El golpe hizo eco por toda la oficina.

—Y yo también —dijo Dorian inclinándose al frente antes de que Aelin pudiera gruñirle por la carta desechada—. Ganamos esta guerra y tú tendrás a los dos reinos más grandes de este continente proclamándote como el rey indisputable de todos los piratas. La Bahía de la Calavera y las Islas Muertas no se convierten en el escondite de tu gente, sino en un hogar oficial. Un nuevo reino.

Rolfe dejó escapar una risa grave.

—Ésas son palabras de idealistas y soñadores jóvenes.

—Los soñadores —dijo Aelin— serán quienes reconstruyan y salven el mundo, Rolfe.

—Los guerreros, los hombres y las mujeres que derramen su sangre por el mundo, serán quienes lo salven. No las promesas vacías y los sueños dorados.

Aelin puso las manos sobre la mesa.

—Tal vez. Pero si ganamos esta guerra, el mundo será nuevo, será libre. Esa es mi promesa, a ti y a quien sea que marche bajo mi bandera. Un mundo mejor. Y tú tendrás que decidir cuál será tu sitio en él.

—Esa es la promesa de una niñita que todavía no sabe cómo funciona el mundo en realidad —dijo Rolfe—. Los maestros son necesarios para mantener el orden, para mantener todo funcionando y lucrativo. Las cosas no terminarán bien para los que busquen alterar el orden existente.

Aelin ronroneó:

—¿Quieres oro, Rolfe? ¿Quieres un título? ¿Quieres la gloria o las mujeres o el territorio? ¿O lo que te mueve es sólo la sed de sangre? —miró deliberadamente las manos enguantadas—. ¿Cuál fue el precio del mapa? ¿Cuál era la meta final si tuviste que hacer ese sacrificio?

—No hay nada que puedas ofrecer o decir, Aelin Galathynius, que yo no pueda conseguir por mí mismo —una sonrisa astuta—. A menos que planees ofrecerme tu mano y hacerme rey de tu territorio... lo cual podría ser una propuesta interesante.

Infeliz. Infeliz horrible y egoísta. La había visto con Rowan. Estaba disfrutando la quietud en la que ambos estaban en ese momento, la muerte en la mirada de Rowan.

—Parece que le apostaste al caballo equivocado —canturreó Rolfe y luego miró en dirección a Dorian—. ¿Qué noticias recibiste?

Pero ese caballo equivocado intervino sin alterarse.

—No había noticias. Pero te dará gusto saber que tus espías en la Rosa del Océano ciertamente están haciendo su trabajo. Y que su Majestad es un excelente actor.

Aelin contuvo su risa.

El rostro de Rolfe se oscureció.

—Lárguense de mi oficina.

Dorian dijo fríamente:

—¿Por un rencor sin importancia te niegas a considerar aliarte con nosotros?

Aelin resopló y dijo:

—Yo no diría que destrozar su ciudad de mierda y sus barcos sea un "rencor sin importancia".

—Tienen dos días para irse de la isla —dijo Rolfe mostrándoles los dientes—. Después de eso, mi promesa de hace dos años y medio sigue en pie —miró a sus compañeros burlonamente—. Llévate a tu... zoológico contigo.

El humo se le retorció en la boca a Aelin. Había anticipado un debate, pero... Era hora de reagruparse, era hora de ver qué habían hecho Rowan y Dorian y planear la siguiente etapa.

Que Rolfe creyera que ella iba a dejar el baile inconcluso.

Aelin llegó al pasillo angosto rodeada por una pared de músculos a su espalda y a su lado y se enfrentó a otro dilema: Aedion.

Estaba esperando afuera de la posada para interceptar cualquier fuerza enemiga. Si iba directamente hacia él lo llevaría de cara con su padre perdido.

Aelin logró dar tres pasos por el pasillo cuando Gavriel dijo detrás de ella.

—¿Dónde está?

Lentamente, ella miró hacia atrás. El rostro bronceado del guerrero era serio y sus ojos estaban llenos de tristeza y acero. Ella sonrió.

—Si te refieres al dulce y encantador Lorcan...

—Ya sabes a quién me refiero.

Rowan se interpuso entre ellos pero no reveló nada en su rostro serio. Fenrys salió al pasillo tras cerrar la oficina de Rolfe y los miró divertido. Oh, Rowan le había contado mucho sobre él. Un rostro y un cuerpo que tanto mujeres como hombres matarían por poseer. Lo que Maeve lo había obligado a hacer, lo que dio a cambio de su gemelo.

Pero Aelin se mordió los labios y le dijo a Gavriel:

—¿No sería una mejor pregunta "¿Quién es?"?

Gavriel no sonrió. No se movió. Necesitaba ganar tiempo, ganar tiempo para Aedion...

—Tú no decides cuándo y dónde lo conocerás —dijo Aelin.

—Es mi maldito hijo. Yo pienso que sí.

Aelin se encogió de hombros.

—Ni siquiera puedes decidir si estás autorizado a llamarlo así.

Los ojos color miel centellearon y las manos tatuadas se cerraron para formar puños. Pero Rowan le dijo:

—Gavriel, ella no tiene intención de mantenerte lejos de él.

—Dime dónde está mi hijo. *Ahora*.

Ah... ahí estaba. El rostro del León de Doranelle. El guerrero que había derrotado ejércitos, cuya reputación ponía a temblar a los soldados más experimentados. Cuyos guerreros caídos estaban tatuados en su cuerpo.

Pero Aelin se limpió las uñas y luego frunció el ceño hacia el pasillo vacío detrás de ella.

—Yo qué diablos voy a saber dónde se habrá ido.

Sólo parpadearon y luego se sorprendieron al ver el sitio donde antes había estado Lysandra. Donde desapareció, voló o se deslizó o se arrastró por la ventana abierta. Para decirle a Aedion que se marchara.

Aelin sólo le dijo a Gavriel con una voz inexpresiva y fría:

—Nunca me des órdenes.

---

Aedion y Lysandra ya estaban esperándolos en la Rosa del Océano y cuando entraron al patio hermoso, Aelin apenas logró tener la energía suficiente para comentarle a Rowan que estaba sorprendida de que no hubiera optado por un hospedaje miserable como barracas militares.

Dorian, a unos pasos atrás, rio en voz baja, lo cual era bueno, supuso. Bueno que estuviera riendo. No lo hacía la última vez que lo vio.

Y habían pasado semanas desde que ella misma había reído. No había sentido que el peso se levantara suficiente tiempo como para reír.

Miró a Rowan de una manera que le indicaba que lo alcanzaría arriba y se detuvo a medio camino en el patio. Dorian, que percibió su intención, también se detuvo.

El aire de la noche se sentía pesado con su olor a frutas dulces y enredaderas en flor; la fuente del centro borboteaba suavemente. Aelin se preguntó si la dueña de la posada sería originaria del Desierto Rojo, si había visto el uso del agua, la roca y las plantas en la fortaleza de los Asesinos Silenciosos.

Pero Aelin le murmuró a Dorian:

—Lo lamento. Por lo de Rifthold.

El rostro del rey, bronceado por el sol veraniego, se quedó serio.

—Gracias... por la ayuda.

Aelin se encogió de hombros.

—Rowan siempre está buscando un pretexto para lucirse. Los rescates dramáticos le dan propósito y satisfacción a su vida aburrida e inmortal.

Se escuchó una tos intencional desde las puertas abiertas del balcón sobre ellos, suficientemente fuerte para informarle a Aelin que Rowan había oído sus palabras y que no olvidaría ese pequeño comentario cuando estuvieran a solas.

Ella controló su sonrisa. Había sido una sorpresa y un deleite, supuso, que hubiera una calma tranquila y respetuosa entre Rowan y Dorian en el camino hacia aquí.

Hizo una señal al rey para que caminara con ella y dijo en voz baja, muy consciente de cuántos espías tenía Rolfe en el edificio:

—Parece ser que tú y yo estamos sin coronas por el momento, gracias a unos cuantos trozos de papel de porquería.

Dorian no le devolvió la sonrisa. Las escaleras crujieron bajo sus pasos mientras se dirigían al segundo piso. Ya casi estaban en la habitación que Dorian le había indicado cuando respondió:

—Tal vez eso sea bueno.

Ella abrió y cerró la boca. Optó, por una vez, mantenerse en silencio y negó con la cabeza un poco al entrar a la recámara.

Su reunión fue murmurada y exhustiva. Rowan y Dorian le explicaron con precisión lo que les había ocurrido. Aedion presionó para que le dieran una cifra aproximada de las brujas, su armadura, cómo volaban, qué formaciones usaban. Lo que fuera que le pudiera ser útil al Flagelo, para ampliar sus defensas al norte, independientemente de quién estuviera al mando. El general del norte, quien tomaría todas esas piezas y construiría su resistencia. Pero la facilidad con la que la legión de las Dientes de Hierro tomó la ciudad...

—Manon Picos Negros —dijo Aedion pensativo— sería una aliada valiosa si podemos lograr que se vuelva de las nuestras.

Aelin miró al hombro de Rowan, donde ahora tenía una ligera cicatriz que marcaba la piel dorada debajo de su ropa.

—Tal vez lograr que Manon le dé la espalda a su gente iniciaría una batalla interna entre las brujas —dijo Aelin—. Tal vez nos ahorren la tarea de matarlas y se destruyan entre ellas.

Dorian se enderezó en su silla, pero lo único que se arremolinó en sus ojos fue un cálculo frío cuando dijo:

—¿Pero qué quieren? Además de nuestras cabezas, claro. ¿Por qué aliarse con Erawan para empezar?

Y entonces todos ellos vieron el collar de delgadas cicatrices que marcaba la base de la garganta de Aelin, donde el olor la marcaba permanentemente como asesina de brujas. Baba Piernas Amarillas había visitado el castillo en el invierno en busca de esa alianza pero, ¿habría algo más?

—Podemos contemplar los porqués y los cómos después —declaró Aelin—. Si encontramos a alguna de las brujas la capturaremos viva. Quiero que me respondan algunas preguntas.

Luego explicó lo que habían visto en Ilium. La orden que le había dado Brannon: encontrar el candado. Bueno, él y su pequeña misión podían aguardar su turno.

Era algo interminable, ella supuso mientras cenaban cangrejo con pimienta y arroz especiado esa noche. Esa carga, esas amenazas.

Erawan había planeado esto por décadas. Tal vez por siglos, mientras dormía, había planeado todo esto. Y ella no recibía más que órdenes oscuras de reyes muertos hacía muchos años para encontrar la manera de detenerlo, y apenas unos malditos *meses* para reunir una fuerza en su contra.

Dudaba que fuera coincidencia que Maeve avanzara hacia Eyllwe en el mismo momento que Brannon le ordenó que fuera a los Pantanos Rocosos en su península suroeste. O que la maldita flota de Morath estuviera en el Golfo de Oro, justo del otro lado.

No había suficiente tiempo, no había suficiente *tiempo* para hacer todo lo que necesitaba hacer, para *arreglar* las cosas.

Pero... un paso a la vez.

Primero tenía que lidiar con Rolfe. Ese pequeño asunto de asegurar la alianza de su gente. Y todavía necesitaba persuadirlo de que usara su mapa para ayudarla a buscar ese candado.

Pero primero... lo mejor sería asegurarse de que ese mapa infernal verdaderamente funcionara.

# CAPÍTULO 29

Demasiados animales recorrían las calles, a esa hora seguramente llamarían la atención de personas indeseables.

Pero de todas maneras, Aedion deseó que la metamorfa estuviera usando piel o plumas y no... eso.

No era que fuera desagradable a los ojos como una joven de cabello rojizo y ojos verdes. Podría haber pasado por una de las hermosas doncellas de las montañas del norte de Terrasen con ese color. Lo que le molestaba era *quién* se suponía que era ella mientras esperaban en la entrada de un callejón. También lo incomodaba quién se suponía que era él.

Lysandra se recargó contra la pared de ladrillo con la pierna flexionada para dejar a la vista un tramo de su muslo color crema. Y Aedion, con la mano apoyada contra la pared junto a su cabeza, no era más que un cliente que buscaba comprar una hora.

En el callejón lo único que se oía era el ruido de las ratas escarbando en la fruta podrida de la basura. La Bahía de la Calavera era precisamente el agujero infernal que él anticipaba, con todo y su Señor de los Piratas.

Quien ahora tenía, sin saberlo, el único mapa para encontrar el candado que le ordenaron buscar a Aelin. Cuando Aedion se quejó de que *por supuesto* tenía que ser un mapa que no pudieran robar, Rowan fue quien sugirió este... plan. Trampa. Lo que fuera.

Miró la cadena de oro delicada que colgaba alrededor de la garganta pálida de Lysandra y la recorrió completa hasta la parte delantera de su corpiño, donde ahora estaba oculto el Amuleto de Orynth.

—¿Estás admirando la vista?

Aedion levantó los ojos de los montes generosos de sus senos.

—Perdón.

Pero la metamorfa de alguna manera podía ver los pensamientos que se revolvían en su cabeza.

—¿Crees que esto no va a funcionar?

—Creo que hay muchas cosas valiosas en esta isla. ¿Por qué se molestaría Rolfe en venir por esto? Lo que el mapa mostraba eran tormentas, enemigos y tesoros. Y como él y Lysandra no entraban en las primeras dos categorías... sólo uno, al parecer, debería aparecer en el mapa tatuado en las manos de Rolfe.

—Rowan dice que Rolfe se interesará por el amuleto y saldrá a buscarlo.

—Rowan y Aelin tienden a decir una cosa y querer decir otra por completo —dijo Aedion inhalando por la nariz—. Ya llevamos aquí una hora.

Ella arqueó la ceja pelirroja.

—¿Tienes que estar en otra parte?

—Estás cansada.

—Todos estamos cansados —repuso ella bruscamente.

Él cerró la boca porque todavía no tenía ganas de que le arrancaran la cabeza.

Cada transformación le costaba a Lysandra. Mientras más grande fuera el cambio, mientras más grande el animal, mayor el costo. Aedion la había visto transformarse de mariposa a abejorro a colibrí a murciélago en unos cuantos minutos. Pero les había mostrado que pasar de humana a leopardo de las nieves a oso o alce o caballo, tomaba más tiempo entre transformaciones porque la magia necesitaba reunir la fuerza necesaria para *volverse* de ese tamaño, para llenar el cuerpo con todo su poder inherente.

Se oyeron unos pasos que se acercaban acentuados por un silbido de dos notas. La respiración de Lysandra le rozó la mandíbula al escuchar ese sonido. Sin embargo, Aedion se quedó ligeramente tenso al sentir que los pasos se acercaban y se encontró de frente con el hijo de su gran enemigo. El rey, ahora.

Pero seguía siendo un rostro que había odiado, del que se había burlado, al que había pensado cortar en pedacitos durante muchos, muchos años. Un rostro que había visto perdido de borracho en fiestas hacía unas cuantas estaciones, un rostro que había visto enterrado en los cuellos de mujeres de quienes nunca se molestó en aprender su nombre, un rostro que se había burlado de él en la celda del calabozo.

Ese rostro ahora estaba encapuchado y, para todos los demás, parecía como si viniera a preguntar sobre los servicios de Lysandra una vez que Aedion terminara con ella. El general apretó los dientes.

—¿Qué?

Dorian miró a Lysandra, como si estudiara la mercancía, y Aedion tuvo que contenerse para no reaccionar violentamente.

—Rowan me envió para ver si habían tenido algún progreso.

El príncipe y Aelin estaban en la posada, bebiendo en el comedor, donde todos los ojos espías de Rolfe podían verlos y reportar sobre sus actividades. Dorian miró a la metamorfa sorprendido.

—Y, dioses en los cielos, realmente *puedes* adoptar cualquier forma humana.

Lysandra se encogió de hombros en su papel de prostituta callejera irreverente que regateaba su cuota.

—No es tan interesante como piensas. Me gustaría ver si puedo convertirme en planta. O en viento.

—¿Puedes... *hacer* eso?

—Por supuesto que puede —dijo Aedion y se separó de la pared para cruzarse de brazos.

—No —dijo Lysandra, y fulminó a Aedion con la mirada—. Y no hay nada que reportar. Ni una señal de Rolfe ni de sus hombres.

Dorian asintió y se metió las manos a los bolsillos. Silencio.

A Aedion le dolió el tobillo cuando Lysandra lo pateó sutilmente.

Controló su expresión para decirle al rey:

—¿Entonces tú y Whitethorn no se mataron?

Dorian frunció el ceño.

—Salvó mi vida y casi agotó su magia haciéndolo. ¿Por qué no estaría agradecido?

Lysandra sonrió orgullosa a Aedion.

Pero el rey le preguntó:

—¿Vas a ver a tu padre?

Aedion respingó. Se alegró de tener una misión esa noche para evitar tomar la decisión. Aelin no lo había mencionado y él se había conformado con salir a ese sitio, aunque lo pusiera en riesgo de toparse con Gavriel.

—Por supuesto que lo veré —respondió Aedion cortante.

El rostro blanco como la luna de Lysandra continuó tranquilo e inmutable mientras lo veía, el rostro de una mujer entrenada para escuchar a los hombres, para no mostrar sorpresa...

Él no tenía problema con la profesión que había ejercido Lysandra, la que estaba representando en ese momento, sólo con los monstruos que habían visto la belleza en la cual se convertiría la niña y la habían llevado a ese burdel. Aelin le dijo lo que Arobynn le había hecho a Sam, el hombre que amaba. Era un milagro que la metamorfa pudiera siquiera sonreír.

Aedion hizo un movimiento de la barbilla en dirección a Dorian.

—Ve a decirle a Aelin y a Rowan que no necesitamos que nos estén vigilando. Podemos hacer esto solos.

Dorian se tensó un poco pero regresó por el callejón como si fuera un cliente molesto.

Lysandra empujó a Aedion en el pecho y siseó:

—Ese hombre ya ha pasado por *suficiente*, Aedion. No te mataría ser un poco amable.

—Él *acuchilló* a Aelin. Si lo conocieras como yo, no estarías tan dispuesta a admirarlo...

—Nadie quiere que lo admires. Pero una palabra amable, algo de *respeto*...

Aedion puso los ojos en blanco.

—Baja la voz.

Ella lo hizo, pero continuó:

—Estuvo esclavizado; lo *torturaron* por meses. No sólo fue su padre sino también esa *cosa* dentro de él. Fue *violado* y aunque no puedas perdonarlo por haber acuchillado a Aelin contra su propia voluntad, al menos podrías intentar tener un poco de compasión por *eso*.

El corazón de Aedion tartamudeó al percibir la rabia y el dolor de su rostro. Y esa palabra que ella usó...

Tragó saliva y se asomó hacia la calle que quedaba detrás de ellos. No había señal de nadie que estuviera buscando el tesoro que tenían.

—Yo conocí a Dorian cuando era arrogante e imprudente...

—Yo conocí a tu reina igual. Éramos niños entonces. Podemos cometer errores, decidir quién queremos ser. Si le vas a conceder a Aelin el regalo de tu aceptación...

—No me importa si fue tan arrogante y vanidoso como Aelin, no me *importa* si estuvo esclavizado por un demonio que controlaba su mente. Lo veo y veo a mi familia *masacrada*, veo esas huellas hacia el río, y escucho a Quinn diciéndome que Aelin se había ahogado y que estaba *muerta*.

Empezó a respirar con dificultad y le ardía la garganta, pero ignoró las sensaciones.

—Aelin lo perdonó —dijo Lysandra—. Aelin nunca le guardó resentimiento.

Aedion le gruñó. Lysandra también le gruñó y le sostuvo la mirada con un rostro no entrenado o hecho para las recámaras sino el oculto, el verdadero, salvaje, inquebrantable e indomable. Sin importar el cuerpo que usara, era la encarnación de las Staghorns, el corazón de Oakwald.

Aedion dijo con voz ronca:

—Lo intentaré.

—Intenta con más ganas. Intenta mejor.

Aedion volvió a recargar la palma de la mano contra la pared y molesto se acercó para mirarla muy de cerca. Ella no retrocedió ni un centímetro.

—En nuestra corte hay un orden y un rango, *lady*, y hasta donde tengo entendido, tú *no* eres la número tres. No me das órdenes a mí.

—Esto no es un campo de batalla —siseó Lysandra—. Los rangos son formalidades. Y, hasta donde *yo* tengo entendido...
—le picó el pecho con un dedo, justo entre los pectorales, y él podría jurar que la punta de una garra le cortó la piel—. *Tú* no eras tan patético como para valerte del rango para escudarte cuando estás equivocado.

La sangre le empezó a hervir a Aedion. Se dio cuenta de que observaba las curvas sensuales de su boca que estaban presionadas en una línea delgada por el enojo.

El enojo ardiente de sus ojos desapareció y retiró su dedo como si se hubiera quemado, él se quedó inmóvil por el gesto de pánico de ella. Mierda. *Mierda...*

Lysandra retrocedió un paso, algo demasiado indiferente para ser otra cosa que un movimiento calculado. Pero Aedion intentó, por ella, intentó dejar de pensar en su boca...

—¿Realmente quieres conocer a tu padre? —preguntó tranquilamente. Demasiado tranquilamente.

Él asintió y tragó saliva. Había sido demasiado pronto. Ella no iba a querer que un hombre la tocara durante mucho tiempo. Tal vez para siempre. Y él definitivamente no la presionaría para que lo hiciera antes de que estuviera dispuesta. Y, por los dioses en los cielos, si Lysandra alguna vez veía a *cualquier* hombre con ese tipo de interés... le daría gusto por ella. Le daría gusto que eligiera por ella misma, aunque no lo eligiera a él...

—Yo —dijo Aedion y tragó saliva forzándose a recordar lo que ella le había preguntado. Su padre. Cierto—. ¿Él quería verme?

Fue lo único que se le ocurrió preguntar.

Ella ladeó la cabeza con un movimiento tan felino que él se preguntó si no estaría pasando demasiado tiempo como leopardo fantasma.

—Casi le arrancó la cabeza a Aelin de una mordida cuando se negó a decirle dónde estabas y quién eras —Aedion sintió que las venas se le llenaban de hielo. No sabría qué haría si su padre había sido grosero con ella—. Pero me dio la impresión —aclaró Lysandra rápidamente al percibir su tensión— de ser el tipo de hada que respetará tus deseos si decides no verlo. Pero en este pueblo pequeño, con la gente con la que estamos... eso podría resultar imposible.

—¿También te dio la sensación de que lo podríamos convencer de ayudarnos? ¿Que lo lograríamos si le ofrecemos conocerme?

—No creo que Aelin te pidiera eso nunca —dijo Lysandra y le puso una mano sobre el brazo que seguía recargado junto a su cabeza.

—¿Qué le podría decir? —murmuró Aedion—. He escuchado tantas historias sobre él, el León de Doranelle. Es un maldito caballero blanco. No creo que acepte a un hijo al que la mayoría conoce como la Puta de Adarlan —Lysandra chasqueó la lengua pero Aedion la miró fijamente—. ¿Qué harías tú?

—No puedo responder esa pregunta. Mi propio padre... —dijo ella y negó con la cabeza.

Él sabía sobre eso, su padre metamorfo que abandonó a su madre o que ni siquiera se enteró de que estaba embarazada. Y luego la madre que echó a Lysandra a la calle cuando descubrió su herencia.

—Aedion, ¿qué quieres hacer *tú*? No por nosotros, no por Terrasen, sino por *ti*.

Él inclinó la cabeza un poco y miró hacia la calle tranquila nuevamente.

—En toda mi vida... nada ha sido por que yo quiero. No sé cómo elegir esas cosas.

No, desde el momento que llegó a Terrasen a los cinco años, lo empezaron a entrenar, su camino había sido elegido. Y cuando Terrasen ardió bajo las antorchas de Adarlan, otra mano tomó el control de su destino. Incluso ahora, con la guerra inminente... ¿Verdaderamente nunca había deseado algo para él? Lo único que quería había sido el juramento de sangre. Y Aelin se lo había dado a Rowan. Él ya no le recriminaba eso, pero... No se había dado cuenta de que pedía tan poco.

Lysandra dijo en voz baja:

—Lo sé. Sé cómo se siente.

Él levantó la mirada y nuevamente encontró sus ojos verdes en la oscuridad. A veces deseaba que Arobynn Hamel siguiera con vida sólo para poder matar al Rey de los Asesinos con sus propias manos.

—Mañana en la mañana —murmuró—. ¿Me acompañarías a ir a verlo?

Ella se quedó callada por un momento y luego dijo:

—¿Realmente quieres que vaya contigo?

Sí. No podía explicar por qué pero quería que lo acompañara. Lysandra sabía cómo irritarlo pero... también le daba estabilidad. Tal vez porque era algo nuevo. Algo con lo que nunca se había topado, algo que no había llenado con esperanza, dolor y deseos. Al menos no demasiados.

—Si no te importa... sí. Quiero que vayas.

Ella no respondió. Él volvió a abrir la boca pero se escucharon unos pasos.

Ligeros. Demasiado despreocupados.

Se ocultaron más en las sombras del callejón, casi hasta llegar a la pared del fondo. Si esto salía mal...

Si salía mal, él tenía a su lado a una metamorfa capaz de hacer pedazos a montones de hombres a su lado. Aedion le sonrió a Lysandra y se inclinó sobre ella una vez más. Su nariz quedó tan cerca del cuello de ella que casi la rozaba.

Cuando esos pasos se acercaron más, Lysandra exhaló y su cuerpo se puso dócil.

Desde las sombras de su capucha, Aedion miraba el callejón, las sombras y los rayos de luna, preparándose. Habían elegido el callejón sin salida por un motivo.

La chica se dio cuenta de su error un paso demasiado tarde.

—Oh.

Aedion levantó la vista, oculto bajo la capucha, y Lysandra le ronroneó a la joven que era idéntica a la descripción que Rowan hizo de la cantinera de Rolfe:

—Terminaré en dos minutos, si quieres esperar tu turno.

La chica se ruborizó pero su mirada era dura. Los vio de pies a cabeza.

—Me perdí —dijo.

—¿Estás segura? —canturreó Lysandra—. Es un poco tarde para salir a pasear.

La cantinera de Rolfe se les quedó viendo con una mirada seria y regresó a la calle.

Esperaron. Un minuto. Cinco. Diez. No vino nadie más.

Aedion al fin se separó, Lysandra vigilaba la entrada al callejón. La metamorfa se enredó un rizo cobrizo alrededor del dedo.

—No me parece una ladrona.

—Algunos dirían cosas parecidas de ti y Aelin.

Lysandra canturreó con un sonido afirmativo y Aedion continuó pensando en voz alta:

—Tal vez sólo era una misión de exploración, los ojos de Rolfe.

—¿Para qué tomarse la molestia? ¿Por qué no quitarnos la cosa?

Aedion miró nuevamente el amuleto que desaparecía debajo del corpiño de Lysandra.

—Tal vez pensaba que estaba buscando otra cosa.

Lysandra, sabiamente, no sacó el Amuleto de Orynth de debajo de su vestido. Pero las palabras de Aedion se quedaron flotando entre ambos cuando empezaron a recorrer el camino de regreso a la Rosa del Océano.

# CAPÍTULO 30

Después de dos semanas de avanzar por las planicies lodosas abiertas, Elide ya se había cansado de usar el nombre de su madre.

Estaba cansada de tener que estar alerta siempre para escucharlo si lo ladraba Molly para que limpiara después de cada comida (un error, sin duda, haberle dicho a la mujer que tenía algo de experiencia lavando platos en cocinas ajetreadas), cansada de escuchar a Ombriel, la belleza de cabello negro que no tenía un acto en el carnaval, era sobrina de Molly y guardaba el dinero, que le preguntaba cómo se había lastimado la pierna, de dónde era su familia y cómo había aprendido a observar a los demás con tanto cuidado que podía ganarse la vida como oráculo.

Al menos Lorcan casi no usaba el nombre, ya que apenas habían intercambiado palabras mientras la caravana avanzaba por los campos llenos de lodo. El piso estaba tan saturado de la lluvia diaria de las tardes de verano que las carretas frecuentemente se quedaban atascadas. Apenas habían logrado recorrer una distancia corta. Cuando Ombriel descubría a Elide viendo al norte le preguntaba —otra de sus preguntas recurrentes— qué había en el norte que le llamaba la atención con tanta frecuencia. Elide siempre mentía, siempre evadía. La situación a la hora de dormir entre Elide y su *esposo*, afortunadamente, se pudo evitar con más facilidad.

La tierra estaba tan empapada que era casi imposible dormir sobre ella. Así que las mujeres se recostaban donde podían en las dos carretas y los hombres sorteaban cada noche quién se quedaría en el espacio restante y quién dormiría en el suelo sobre un piso de juncos. Lorcan, por alguna razón, siempre terminaba perdiendo, ya fuera por sus habilidades, un truco de Nik, quien se encargaba de la seguridad y del sorteo diario, o simplemente por pura mala suerte.

Pero al menos mantenía a Lorcan alejado de ella y mantenía sus interacciones al mínimo indispensable.

Esas pocas conversaciones que tuvieron cuando él la acompañaba a traer agua del arroyo crecido o a recolectar toda la madera que pudiera encontrar en la planicie, tampoco le molestaban mucho a Elide. Él la presionaba para que le contara más detalles sobre Morath, más información sobre la ropa de los guardias, los ejércitos que acampaban alrededor del lugar, los sirvientes y las brujas.

Ella empezó en la parte superior de la fortaleza: con las torres, los guivernos y las brujas. Luego descendió piso por piso. Les tomó dos semanas llegar a los niveles bajo tierra y sus compañeros no tenían idea de que mientras la joven pareja se iba a buscar más "leña", susurrarse palabras cariñosas era lo último que hacían.

Cuando la caravana se detuvo esa noche, Elide se dirigió a un pequeño bosquecillo en el centro de la planicie para ver qué podrían usar en la gran fogata del campamento. Lorcan fue con ella, tan silencioso como los pastos silbantes a su alrededor. El relinchar de los caballos y el clamor de sus compañeros que se preparaban para la comida de la noche se desvaneció tras ellos y Elide frunció el ceño cuando su bota se hundió en una zona lodosa. Tiró de ella y su tobillo reclamó por tener que soportar su peso. Apretó los dientes hasta que...

La magia de Lorcan presionó contra su pierna, una mano invisible que liberó su bota, y Elide se tropezó hacia él. Su brazo y costado eran tan duros e inflexibles como la magia que había usado, así que rebotó y cayó con un crujido entre los pastos altos.

—Gracias —murmuró.

Lorcan siguió avanzando y dijo, sin mirar atrás:

—Nos quedamos en los tres calabozos y sus entradas, anoche. Dime qué hay dentro de ellos.

A ella se le secó un poco la boca al recordar la celda donde había estado, la oscuridad y el aire escaso...

—No sé qué hay dentro —mintió y lo empezó a seguir—. Gente que sufre, sin duda.

Lorcan se agachó y su cabeza oscura desapareció debajo de una ola de pastos. Cuando emergió, traía dos palos en sus enormes manos. Los rompió sin esfuerzo.

—Me describiste todo lo demás sin problemas. Pero tu olor acaba de cambiar. ¿Por qué?

Ella caminó para adelantarse, se agachó y recogió la madera tirada que encontró.

—Hicieron cosas horribles en ese lugar —dijo por encima de su hombro—. A veces podías escuchar a la gente gritar.

Rezó por que Terrasen fuera mejor. *Tenía* que serlo.

—¿A quién tenían ahí abajo? ¿Soldados enemigos?

Aliados potenciales, sin duda, para lo que él planeaba hacer.

—A quien fuera que quisieran torturar —recordó las manos de esos guardias, sus risas—. ¿Asumo que te irás en cuanto termine de describir la última catacumba de Morath?

Iba recogiendo una rama tras otra y su tobillo reclamaba cada cambio en su equilibrio.

—¿Hay algún problema si lo hago? Ése fue nuestro trato. Me he quedado más tiempo del que pretendía.

Ella giró y lo vio con los brazos llenos de ramas más grandes. Él se los depositó en los brazos bruscamente, y sacó el hacha de su costado antes de acercarse a la rama curvada que había caído detrás de él.

—¿Entonces tendré que hacer el papel de la esposa abandonada?

—Ya estás haciendo el papel de oráculo, así que ¿qué diferencia hay con representar otro?

Lorcan dejó caer el hacha en la rama con un golpe sólido. La cuchilla se enterró muy profundamente y la madera crujió.

—Describe los calabozos.

Era lo justo y era lo que habían acordado, después de todo: su protección y ayuda para sacarla del peligro a cambio de lo que ella sabía. Y él había tolerado todas las mentiras que ella les decía a sus compañeros. Guardaba silencio pero le seguía la corriente.

—Los calabozos ya no están —logró decir Elide—. O la mayoría de ellos, tampoco las catacumbas.

*Chas, chas, chas.* Lorcan cortó la rama y la madera se rompió con un sonido de astillas. Empezó a cortar otra sección.

—¿Desaparecieron en la explosión? —levantó el hacha y los músculos de su espalda poderosa se movieron bajo su camisa oscura, pero hizo una pausa—. Dijiste que tú estabas cerca del patio cuando ocurrió la explosión. ¿Cómo sabes que ya no están los calabozos?

De acuerdo. Había mentido sobre eso. Pero...

—La explosión vino de las catacumbas y derrumbó algunas de las torres. Supongo que los calabozos también quedaron en el camino de la explosión.

—Yo no hago planes con base en suposiciones —volvió a empezar a darle hachazos a la rama y Elide puso los ojos en blanco a sus espaldas—. Dime cómo es el calabozo del lado norte.

Elide volteó hacia el sol que se ponía y que teñía los campos de color naranja y dorado a sus espaldas.

—Averígualo tú solo.

El golpe del metal en madera se detuvo. Incluso el viento que soplaba entre los pastos se detuvo.

Pero ella había soportado la muerte, la desesperanza y el terror y ya le había dicho suficiente, ya había volteado cada una de las piedras espantosas de sus recuerdos para contarle lo que había debajo, ya había revisado todos los rincones oscuros de Morath para describírselos. Su falta de educación, su arrogancia... Se podía ir al infierno.

Apenas puso un pie en los pastos que se mecían y Lorcan ya estaba frente a ella, no más que una sombra letal. Incluso el sol parecía evadir los planos amplios de su rostro bronceado, aunque el viento se atreviera a alborotar los mechones negros y sedosos de su cabello.

—Tenemos un trato, niña.

Elide miró directo a esos ojos sin fondo.

—No me especificaste cuándo te lo tenía que decir. Así que puedo tardarme lo que quiera para recordar los detalles, si es que quieres exprimirme todos y cada uno de ellos.

Él le enseñó los dientes.

—No *juegues* conmigo.

—¿O qué? —dijo ella.

Le dio la vuelta como si no fuera más que una roca en un arroyo. Por supuesto, caminar enojada era un poco difícil cuando uno de cada dos pasos era cojeando, pero mantuvo la barbilla en alto.

—Mátame, lastímame... de todas maneras te quedarás sin más respuestas.

Más rápido de lo que alcanzó a ver, él estiró el brazo y la tomó con fuerza del codo.

—Marion —gruñó.

Ese *nombre*. Miró el rostro severo y salvaje: un rostro que había nacido en otra era, en un mundo diferente.

—Quítame la mano de encima.

Lorcan, para su sorpresa, lo hizo de inmediato.

Pero su rostro no cambió, ni un detalle, cuando dijo:

—Me dirás lo que deseo saber...

La piedra que traía Elide en el bolsillo empezó a vibrar y latir, el latido de un corazón fantasma en sus huesos.

Lorcan dio un paso atrás y sus fosas nasales se ensancharon delicadamente. Como si hubiera sentido el despertar de esa roca.

—¿Qué eres? —preguntó en voz baja.

—No soy nada —respondió ella con voz hueca.

Tal vez cuando encontrara a Aelin y Aedion, encontraría un propósito, una manera de ser útil para el mundo. Por el momento, era una mensajera, y entregaría esa piedra, a Celaena Sardothien. Sin embargo, no sabía cómo encontraría a esa persona en ese mundo vasto e interminable. Tenía que ir al norte, y rápido.

—¿Por qué vas con Aelin Galathynius?

Esa pregunta fue demasiado tensa para ser casualidad. No, cada centímetro del cuerpo de Lorcan parecía tenso. Rabia contenida e instintos depredadores.

—Conoces a la reina —exhaló ella.

Él parpadeó. No por sorpresa sino para ganar tiempo.

Sí la conocía y estaba considerando qué decirle, cómo decirle...

—Celaena Sardothien trabaja para la reina —dijo—. Tus dos caminos son el mismo. Encuentra a una y encontrarás a la otra.

Hizo una pausa, esperando.

¿Entonces así sería su vida? ¿Gente miserable siempre viendo por ella misma, todo gesto amable con un precio? ¿Su propia reina al menos la vería con calidez en sus ojos? ¿Aelin siquiera la recordaría?

—Marion —repitió él y la palabra salió envuelta en un gruñido.

El nombre de su madre. Su madre... y su padre. Las últimas personas que la habían visto con afecto real. Incluso Finnula, después de todos esos años encerradas en la torre, siempre la había visto con una mezcla de lástima y miedo.

No podía recordar la última vez que la habían abrazado. O consolado. O sonreído con amor genuino por quien ella era.

De pronto se le dificultó pronunciar las palabras, no tuvo la energía para buscar una mentira o una respuesta. Así que Elide no hizo caso de la orden de Lorcan y siguió caminando hacia el grupo de carretas pintadas.

Manon había regresado por ella, se recordaba con cada paso. Manon, Asterin y Sorrel. Pero incluso ellas la habían dejado sola en el bosque.

La autocompasión, se recordó, no le haría ningún bien. No ahora que faltaban tantos kilómetros entre ella y cualquier leve esperanza de futuro que tenía posibilidades de encontrar. Pero incluso cuando llegara, cuando entregara lo que venía cargando y encontrara a Aelin... ¿qué tenía para ofrecer? Dioses, ni siquiera sabía leer. Sólo de pensar en explicarle eso a Aelin, a quien fuera...

Lo pensaría después. Lavaría la ropa de la reina si fuera necesario. Al menos no tenía que saber leer para hacer eso.

Elide no escuchó a Lorcan acercarse con los brazos llenos de troncos enormes.

—Me dirás lo que sabes —dijo entre dientes.

Elide casi suspiró pero Lorcan añadió:

—Cuando estés... mejor.

Supuso que para él, la pena y la desesperanza serían como una especie de enfermedad.

—Bien.

—Bien —repitió él.

Sus compañeros sonreían cuando Lorcan y ella regresaron. Habían encontrado una zona con piso seco del otro lado de las carretas: suficientemente sólida para poner las carpas.

Elide miró de reojo la que habían armado para ella y Lorcan y deseó que lloviera.

Lorcan había entrenado a suficientes guerreros como para saber distinguir cuándo no debía seguir presionando. Había torturado a suficientes enemigos como para saber cuándo estaban a una cortada o golpe de desmoronarse de manera que se volvían inservibles.

Así que cuando Marion cambió su olor, cuando sintió que incluso el extraño poder de otro mundo oculto en su sangre se transformaba en dolor... peor, en desesperanza...

Quiso decirle que no confiara en la esperanza.

Pero ella apenas estaba empezando a ser mujer. Tal vez la esperanza, por tonta que fuera, había permitido que saliera de Morath. Al menos lo había logrado con su inteligencia, mentiras y todo.

Había tratado con suficientes personas, había matado y se había acostado con suficientes personas, para saber que Marion no era malvada, ni conspiradora, ni totalmente egoísta. Deseaba que lo fuera porque eso haría que las cosas fueran más sencillas, haría que su misión fuera mucho más fácil.

Pero si ella no le decía sobre Morath, si él la destrozaba por presionarla demasiado... Necesitaba todas las ventajas posibles para cuando entrara a la fortaleza. Y para salir de ella.

Ella lo había hecho una vez. Tal vez Marion era la única persona que había logrado escapar con vida.

Estaba a punto de explicarle eso a ella cuando la vio mirando... la carpa.

*Su* carpa.

Ombriel avanzó y lo miró con desconfianza, como siempre. Luego le informó disimuladamente a Marion que al fin tendrían una noche juntos *a solas*.

Lorcan traía los brazos llenos de troncos y sólo pudo ver cómo ese rostro pálido de pena y desesperanza se transformaba en uno de juventud y picardía, ruborizado por la anticipación, con tanta facilidad como si Marion se hubiera puesto una máscara. Incluso lo miró con coquetería antes de sonreír a Ombriel y apresurarse para dejar su carga de ramas y palitos en el agujero que habían hecho para la fogata de la noche.

Él tenía suficiente criterio para saber que al menos debía sonreírle a la mujer que se suponía era su esposa, pero para cuando dejó su carga con las demás ramas, ella ya iba camino a la carpa que estaba apartada de las demás.

Era pequeña, se dio cuenta Lorcan con algo de horror. Probablemente había sido del lanzador de espadas anterior. La figura esbelta de Marion entró por la apertura de lona blanca y apenas la movió. Lorcan frunció un poco el ceño y luego se agachó y entró.

Y dentro permaneció agachado. La cabeza le saldría entre la lona si se enderezaba completamente. Había unos tapetes tejidos encima de una cama de pastos en el pequeño interior. Marion estaba del otro lado de la carpa, haciendo una mueca al saco de dormir que estaba en el piso improvisado.

La carpa probablemente tenía suficiente espacio para una cama de verdad y una mesa, si hiciera falta, pero a menos de que fueran a acampar más de una noche, dudaba que fueran a conseguir los muebles.

—Yo dormiré en el piso —dijo él sin expresión—. Tú usa el saco.

—¿Y si alguien entra?

—Entonces les dirás que nos peleamos.

—¿Todas las noches? —preguntó Marion y lo miró con sus ojos profundos. Ese rostro frío y cansado estaba de vuelta.

Lorcan consideró sus palabras.

—Si alguien entra a nuestra carpa esta noche sin permiso, nadie volverá a cometer el mismo error jamás.

Había castigado hombres en los campamentos militares por menos.

Pero los ojos de Marion permanecieron cansados, sin impresionarse ni conmoverse.

—Bien —dijo ella de nuevo.

Demasiado cerca, estaba demasiado cerca de desmoronarse por completo.

—Podría buscar unos baldes, calentar agua y podrías bañarte aquí dentro, si quieres. Yo puedo montar guardia afuera.

Comodidades, podía ofrecerle eso para que confiara en él, para que le estuviera agradecida, para que quisiera ayudarlo. Para suavizar esa fragilidad peligrosa.

Y tal como pensó, Marion miró hacia abajo, hacia su propio cuerpo. La camisa blanca estaba llena de tierra, los pantalones de cuero color marrón estaban asquerosos, las botas...

—Le ofreceré una moneda a Ombriel para que lave toda la ropa esta noche.

—No tengo otra ropa para ponerme.

—Puedes dormir sin ella.

El cansancio se convirtió en un destello de desaliento.

—¿Contigo aquí dentro?

Él evitó poner los ojos en blanco.

Ella balbuceó:

—¿Qué hay de tu propia ropa?

—¿Qué tiene?

—Tú... tu ropa también está asquerosa.

—Puedo esperar otra noche.

Probablemente le rogaría dormir en la carreta si él estuviera desnudo en la carpa...

—¿Por qué habría yo de ser la única desnuda? ¿No funcionaría mejor el engaño si ambos aprovechamos la oportunidad al mismo tiempo?

—Eres muy joven —dijo él con precaución—. Y yo soy muy viejo.

—¿Qué tan viejo?

Nunca le había preguntado.

—Viejo.

Ella se encogió de hombros.

—Un cuerpo es un cuerpo. Apestas igual que yo. Duerme afuera si no te vas a bañar.

Era una prueba, aunque no estaba impulsada por el deseo ni por la lógica sino... para comprobar si le haría caso. Quién estaba en control. Conseguirle un baño, hacer lo que ella pedía... Que recuperara una sensación de control sobre la situación. Le sonrió levemente.

—Bien —repitió.

Cuando Lorcan entró nuevamente a la carpa, cargando agua, descubrió a Marion sentada en el saco de dormir enrollado, sin las botas, con ese tobillo y pie arruinados estirados frente a ella. Sus manos pequeñas estaban sosteniendo la piel deformada y decolorada, como si hubiera estado dándose un masaje para aliviar el dolor.

—¿Cuánto te duele todos los días? —preguntó.

A veces usaba su magia para crearle una férula a su tobillo. *Cuando* se acordaba. Que no era muy frecuente.

Sin embargo, la atención de Marion se fue directamente al caldero humeante que había colocado en el piso, luego al balde que traía sobre el hombro para que también lo usara.

—Así estoy desde que era niña —dijo distraída, como si estuviera hipnotizada por el agua limpia. Se puso de pie e hizo una mueca de dolor al mover la pierna lastimada—. Aprendí a vivir con eso.

—Eso no es una respuesta.

—¿Por qué te importa siquiera?

Las palabras apenas fueron más que una exhalación mientras ella se deshacía la trenza de cabello largo y grueso, con la atención fija en el baño.

Tenía curiosidad; quería saber cómo, cuándo y por qué. Marion era hermosa, seguramente esa lesión se había hecho con alguna mala intención. O para prevenir algo peor.

Al fin Marion volteó a verlo.

—Dijiste que montarías guardia. Pensé que te referías *afuera*.

Él resopló. Así era.

—Diviértete —dijo y salió nuevamente de la carpa.

Lorcan se quedó parado entre los pastos, monitoreando el campamento lleno de actividad, el gran tazón de cielo se oscurecía sobre su cabeza. Odiaba las planicies. Era demasiado espacio abierto, demasiada visibilidad.

Detrás de él, sus oídos detectaron el suspiro y el sonido del cuero que se deslizaba sobre la piel, el crujido de la ropa tejida gruesa que estaba siendo descartada. Luego sonidos más débiles y suaves de tela más delicada. Luego silencio, seguido por un sonido muy, muy débil. Como si ella no quisiera que ni siquiera los dioses escucharan lo que estaba haciendo. Escuchó el crujido de la paja. Luego el sonido del saco de dormir que se levantaba y volvía a caer...

La brujita ocultaba algo. La paja volvió a crujir cuando regresó al caldero.

Esconder algo debajo del colchón, algo que llevaba con ella y no quería que él supiera. Se escuchó el salpicar del agua y Marion dejó escapar un gemido de sorprendente profundidad y sinceridad. Él bloqueó el sonido.

Pero a pesar de hacerlo, los pensamientos de Lorcan se fueron a Rowan y su reina perra.

Marion y la reina eran aproximadamente de la misma edad: una oscura, la otra dorada. ¿La reina se molestaría siquiera en voltear a ver a Marion? Probablemente, si le despertaba curiosidad por qué quería ver a Celaena Sardothien, pero ¿después?

Eso no le debía importar. Había dejado su conciencia en las piedras de los callejones de Doranelle hacía cinco siglos. Había matado hombres que rogaban por sus vidas, había destrozado ciudades enteras y nunca había visto hacia atrás, hacia los escombros ardientes.

Rowan también. El maldito Whitethorn había sido su general, asesino y verdugo más eficiente durante siglos. Destrozaron reinos enteros y luego celebraban la batalla en las ruinas, bebían y se acostaban con mujeres hasta perder la conciencia por días enteros.

Ese invierno, había tenido a su disposición a un buen comandante, brutal y despiadado y dispuesto a hacer lo que Lorcan ordenara.

La siguiente vez que vio a Rowan, el príncipe rugía, desesperado por lanzarse hacia la oscuridad letal para salvar la vida de una princesa sin trono. Lorcan lo supo, en ese momento.

Lorcan supo, cuando detuvo a Rowan en el pasto afuera de Mistward, mientras el príncipe luchaba y gritaba por Aelin Galathynius, que todo estaba a punto de cambiar. Supo que su valioso comandante estaba irrevocablemente alterado. Ya no se hartarían de vino y mujeres juntos; Rowan ya no volvería a ver hacia el horizonte sin un destello de añoranza en sus ojos.

El amor había destruido una máquina de matar perfecta. Lorcan se preguntó si le tomaría varios siglos más dejar de estar molesto por eso.

Y la reina, princesa, como fuera que se autodenominara Aelin... era una tonta. Podría haber negociado con el anillo de Athril por los ejércitos de Maeve, por una alianza que borraría a Morath de la tierra. Incluso sin saber lo que era el anillo, lo podría haber usado para su provecho.

Pero eligió a Rowan. Un príncipe sin corona, sin ejército, sin aliados.

Merecían perecer juntos.

La cabeza empapada de Marion se asomó desde la carpa y Lorcan volteó para verla envuelta con una manta pesada de lana como si fuera un vestido.

—¿Puedes llevar la ropa?

Lanzó las prendas al exterior. Envolvió su ropa interior en la camisa blanca y la ropa de cuero... No había manera de que se secara antes de la mañana y probablemente se encogería sin remedio si la lavaban mal.

Lorcan se agachó, recogió el paquete de ropa e intentó no asomarse dentro de la carpa para averiguar qué había escondido debajo del saco de dormir.

—¿Y la guardia?

Ella tenía el cabello aplastado contra la cabeza, lo cual enfatizaba las líneas definidas de sus pómulos, su nariz fina. Pero tenía los ojos brillantes otra vez, sus labios carnosos nuevamente parecían un botón de rosa, y dijo:

—Por favor que laven la ropa. Pronto.

Lorcan no se molestó en confirmar nada y se llevó la ropa. La dejó sentada en su semidesnudez dentro de la carpa. Ombriel estaba cocinando algo en una olla sobre la fogata. Probablemente era guiso de conejo. De nuevo. Lorcan examinó la ropa en sus manos.

Media hora después, regresó a la carpa con un plato de comida en la mano. Marion estaba sentada en el saco de dormir enrollado con el pie estirado frente a ella y la manta enrollada bajo sus hombros.

Su piel era tan pálida. Nunca había visto una piel tan blanca y sin marcas.

Como si nunca le hubieran permitido salir al exterior.

Ella frunció el ceño al ver el plato y luego el paquete que traía bajo el brazo.

—Ombriel estaba ocupada, así que yo lavé tu ropa.

Ella se sonrojó.

—Un cuerpo es un cuerpo —le repitió él simplemente—. La ropa interior también.

Ella frunció el ceño, pero tenía la atención fija en el plato. Él lo puso frente a ella.

—Te traje de cenar porque supuse que no querrías ir a sentarte con todos envuelta en una manta —dejó caer la ropa sobre el saco de dormir—. Y te traje ropa de Molly. Te va a cobrar, por supuesto, pero al menos no dormirás desnuda.

Ella empezó a comer el guiso sin siquiera agradecerle.

Lorcan estaba a punto de irse cuando ella dijo:

—Mi tío... él es comandante en Morath.

Lorcan se quedó inmóvil. Y miró directamente al saco de dormir.

Pero Marion continuó entre bocados:

—Él... me encerró una vez en el calabozo.

El viento entre los pastos se calló; la fogata del campamento alejada de su carpa titiló y los que estaban sentados a su alrededor se acercaron unos a otros. Los insectos nocturnos se quedaron en silencio y las criaturas pequeñas y peludas de las planicies se metieron a sus madrigueras.

Marion tal vez no notó el aumento repentino de su poder oscuro, de la magia besada por la misma muerte, o no le importó. Dijo:

—Se llama Vernon, es inteligente y cruel, y probablemente intentaría mantenerte con vida si te captura. Utiliza a la gente para conseguir poder. No tiene piedad, no tiene alma. No existe ningún código moral que lo guíe.

Ella devolvió su atención a la comida. Ya había terminado de hablar por esa noche.

Lorcan dijo en voz baja:

—¿Quieres que lo mate por ti?

Los ojos límpidos y oscuros de Marion se posaron sobre su cara. Y, por un momento, pudo ver la mujer que era, en la que se estaba convirtiendo. Alguien que, independientemente del sitio donde había nacido, cualquier reina valoraría a su lado.

—¿Habría un costo?

Lorcan ocultó su sonrisa. Bruja inteligente y astuta.

—No —dijo, y lo dijo en serio—. ¿Por qué te encerró en el calabozo?

La garganta blanca de Marion se movió una vez. Dos veces. Le sostenía la mirada por pura fuerza de voluntad, se negaba a retroceder no frente a él sino a sus propios miedos.

—Porque deseaba ver si su línea de sangre se podía cruzar con el Valg. Por eso me llevaron a Morath. Para producir crías como una yegua.

A Lorcan se le vaciaron todos los pensamientos de la cabeza.

Él mismo había presenciado y había hecho muchas cosas que no tenían nombre, pero esto...

—¿Tuvo éxito? —logró preguntar.

—No conmigo. Hubo otras antes que yo que... La ayuda llegó demasiado tarde para ellas.

—Esa explosión no fue accidental, ¿verdad?

Ella negó suavemente con la cabeza.

—¿Tú lo hiciste? —miró el saco de dormir, lo que escondía debajo.

Ella nuevamente negó con la cabeza.

—No diré quién ni cómo. No porque podría poner en riesgo las vidas de las personas que me salvaron.

—¿Los ilken...?

—No. Los ilken no son las criaturas que se criaron en las catacumbas. Esas... esas vinieron de las montañas alrededor de Morath. A través de métodos más oscuros.

Maeve tenía que saber. Tenía que saber lo que estaban haciendo en Morath. Los horrores de lo que se estaba gestando, el ejército de demonios y bestias que rivalizaría con cualquier leyenda. Ella nunca se aliaría con tal maldad, nunca sería lo suficientemente tonta para aliarse con el Valg. No cuando ella misma había peleado contra ellos hacía milenios. Pero si no luchaba... ¿Cuánto tiempo tardarían esas bestias en empezar a aullar alrededor de Doranelle? ¿Cuánto tiempo antes de que su propio continente estuviera sitiado?

Doranelle podría resistir. Pero él probablemente moriría después de encontrar alguna manera de destruir las llaves, debido al castigo de Maeve que eso implicaría. Y si él estaba muerto y Whitethorn también... ¿Cuánto duraría Doranelle? ¿Décadas? ¿Años?

Una pregunta entró a la mente de Lorcan que lo trajo de vuelta al presente, a la carpita calurosa.

—Tu pie lleva muchos años arruinado. ¿Te tuvo tanto tiempo encerrada en el calabozo?

—No —respondió ella sin siquiera inmutarse ante su descripción poco delicada—. Estuve en el calabozo sólo una semana. El tobillo, el grillete... eso me lo hizo mucho antes.

—Qué grillete.

Ella parpadeó. Y él supo que ella no había querido decirle ese detalle en particular.

Pero entonces prestó atención y pudo notar, entre el amasijo de cicatrices, una banda blanca. Y ahí, alrededor de su otro tobillo perfecto y hermoso, tenía su gemela.

Un viento cargado del polvo y la frialdad de la tumba avanzó por la planicie.

Marion simplemente dijo:

—Cuando mates a mi tío, tú pregúntale.

# CAPÍTULO 31

Bueno, por un lado, al menos habían comprobado que el mapa de Rolfe sí servía.

Había sido idea de Rowan, de hecho. Y ella se podría sentir un poco culpable por haber permitido que Aedion y Lysandra creyeran que el Señor de los Piratas iría sólo en busca del Amuleto de Orynth, pero... al menos ahora ya sabían que su maldito mapa sí funcionaba. Y que el Señor de los Piratas vivía aterrorizado de que el Valg regresara a su puerto.

Se preguntó qué pensaría Rolfe de eso, qué le habría mostrado su mapa sobre la llave del Wyrd. Si le revelaba la diferencia entre eso y los anillos de piedra del Wyrd con los que habían esclavizado a sus hombres. Por la razón que fuera, el Señor de los Piratas había enviado a su cantinera para que buscara si había una pista del Valg sin darse cuenta de que Rowan seleccionó ese callejón sin salida para asegurarse de que *sólo* alguien enviado por Rolfe se atreviera a adentrarse tanto. Y como Aelin no tenía duda de que Aedion y Lysandra habían pasado por las calles sin que los vieran... Bueno, al menos esa parte de su noche había salido bien.

En cuanto al resto... Apenas acababa de dar la media noche cuando Aelin se preguntó cómo demonios volverían a la normalidad ella y Rowan si sobrevivían a esa guerra. Si habría algún día en el cual no fuera normal saltar entre azoteas como si fueran piedras en un río, o meterse a la habitación de alguien para ponerle un cuchillo en la garganta.

Hicieron ambas cosas en un lapso de quince minutos.

Y como encontraron a Gavriel y Fenrys esperándolos en su habitación compartida en la posada *Dragón del Mar*, Aelin supuso que ni siquiera tendría que molestarse en pensar la tercera. Tanto ella como Rowan mantenían la mano cerca de sus dagas mientras se recargaban en la pared al lado de la ventana cerrada. La habían abierto con el viento de Rowan y una vela se encendió en el momento que la ventana se abrió. A la vista quedaron dos guerreros hada con gesto serio, ambos vestidos y armados.

—Podrían haber utilizado la puerta —dijo Fenrys con los brazos cruzados y despreocupación exagerada.

—¿Por qué molestarnos si la entrada dramática es mucho más divertida? —respondió Aelin.

El rostro hermoso de Fenrys se movió ligeramente con un gesto de diversión que no le llegaba del todo a los ojos.

—Qué pena sería privarlos de eso.

Ella le sonrió. Él le sonrió de regreso.

Ella supuso que sus sonrisas no eran tanto sonrisas sino... mostrarse los dientes.

Aelin resopló.

—Parece que disfrutaron su verano en Doranelle. ¿Cómo está la dulce tía Maeve?

Las manos tatuadas de Gavriel se apretaron para formar unos puños.

—Me niegas el derecho a ver a mi hijo, pero te metes sin avisar a mi recámara a media noche y exiges que divulguemos información sobre nuestra reina con quien tenemos un juramento de sangre.

—Uno, *yo* no te negué nada, gatito.

Fenrys dejó escapar algo que podría ser el sonido de quien se ahoga.

—Es decisión de tu hijo, no mía. No tengo tiempo para supervisar eso ni me importa en realidad.

Mentiras.

—Debe ser difícil encontrar tiempo para que te importe cualquier cosa —interrumpió Fenrys— cuando sabes que vivirás lo mismo que un mortal —miró a Rowan disimuladamente—. ¿O ella va a establecerse pronto?

Oh, era un bastardo. Un bastardo amargado y sin tacto, el lado risueño de la moneda que tenía del otro lado el mal humor taciturno de Lorcan. Maeve ciertamente tenía un tipo.

El rostro de Rowan no comunicaba nada.

—El asunto del establecimiento de Aelin no es de tu incumbencia.

—¿No? Saber que es inmortal cambia las cosas. Muchas cosas.

—Fenrys —advirtió Gavriel.

Ella sabía lo suficiente sobre el tema, la transición que las hada de pura sangre y algunas demihadas sufrían cuando sus cuerpos quedaban fijos en la juventud inmortal. Era un proceso difícil, sus cuerpos y su magia necesitaban meses para ajustarse al congelamiento repentino y la reordenación del proceso de envejecimiento. Algunas hadas no tenían control sobre su poder, otras lo perdían por completo durante el tiempo que les tomaba establecerse.

Y los demihadas... algunos podían vivir más tiempo, otros podían recibir el don verdadero de la inmortalidad. Como Lorcan. Y posiblemente Aedion. Averiguarían en los siguientes años si él sería como su madre... o como el macho que estaba sentado del otro lado de la habitación. Eso si sobrevivían a la guerra.

En cuanto a ella... no se permitió pensar sobre eso. Precisamente por las razones que sostenía Fenrys.

—No veo qué podría cambiar —le dijo—. Ya hay una reina inmortal. Seguramente otra no sería nada nuevo.

—¿Y estarás repartiendo juramentos de sangre a los machos que te gusten o sólo será Whitethorn a tu lado?

Ella podía sentir la agresión que empezaba a desbordarse de Rowan y estaba tentada a gruñirle *Son tus amigos, tú lidia con ellos*. Pero él se mantuvo en silencio, controlándose, mientras ella decía:

—No parecías tan interesado en mí aquel día en Mistward.

—Créeme, sí lo estaba —murmuró Gavriel.

Aelin arqueó una ceja. Pero Fenrys estaba mirando a Gavriel de una manera que prometía una muerte lenta.

Rowan explicó.

—Fenrys fue quien... se ofreció como voluntario para entrenarte cuando Maeve nos dijo que irías a Wendlyn.

¿Ah, sí?... Interesante.

—¿Por qué?

Rowan abrió la boca para hablar pero Fenrys lo interrumpió.

—Eso me hubiera sacado de Doranelle. Y de todos modos, tú y yo nos hubiéramos divertido mucho más. Sé lo insufrible que se puede poner Whitethorn cuando está entrenando a alguien.

—Ustedes dos se hubieran quedado en esa azotea de Varese, bebiendo hasta la muerte —dijo Rowan—. Y en cuanto al entrenamiento... Estás vivo hoy por ese entrenamiento, niñito.

Fenrys puso los ojos en blanco. Ella se dio cuenta de que entonces él era más joven. Seguía siendo viejo para los estándares humanos, pero Fenrys se veía y se sentía más joven. Más salvaje.

—Hablando de Varese —dijo Aelin divertida—. Y Doranelle...

—Te voy a advertir —dijo Gavriel en voz baja—, que sabemos poco sobre los planes de Maeve y es menos lo que podemos revelar debido a las limitaciones del juramento de sangre.

—¿Cómo lo hace ella? —preguntó Aelin directamente—. Con Rowan, no es... Cada orden que le doy, incluso las que no tienen importancia, él decide si las obedecerá o no. Sólo cuando activamente tiro del vínculo puedo hacerlo... ceder. E incluso en ese caso es más una sugerencia.

—Es distinto con ella —dijo Gavriel en voz baja—. Depende de a qué gobernante se haga el juramento. Ustedes hicieron el juramento uno al otro con amor en sus corazones. No tenías el deseo de poseer o de gobernar sobre él.

Aelin intentó no reaccionar ante la verdad de esa palabra: *amor*. Ese día... cuando Rowan la vio a los ojos y bebió su sangre... ella empezó a darse cuenta de qué era. La sensación que fluía entre ambos, era tan poderosa que no existían palabras para describirla... No era una mera amistad sino algo que había nacido de ella y se fortalecía de ella.

—Maeve —agregó Fenrys— sí ofrece el juramento con esas cosas en mente. Así que el vínculo en sí nace a partir de la obediencia, sin importar nada más. Ella ordena y nosotros nos sometemos. Para lo que sea que desee.

Aelin vio sombras bailar en esa mirada y sus manos se cerraron para formar puños. Que Maeve sintiera la necesidad de forzar a cualquiera de ellos en su cama... Rowan le había dicho que su relación de sangre, aunque distante, seguía siendo lo suficientemente cercana para evitar que Maeve lo buscara a él, pero a los demás...

—Entonces no podrían romperlo por su cuenta.

—Nunca... si lo hiciéramos, la magia que nos une a ella nos mataría en el proceso —dijo Fenrys. Aelin se preguntó si lo habría intentado, y cuántas veces. Él ladeó la cabeza con un movimiento puramente lupino—. ¿Por qué preguntas?

*Porque si Maeve de alguna manera reclama la posesión de la vida de Aedion debido a su línea de sangre, no puedo hacer ni una maldita cosa para ayudarlo.*

Aelin se encogió de hombros.

—Porque me distrajiste.

Le sonrió de una manera que sabía que enfurecía a Rowan y Aedion y, sí. Era una manera certera de fastidiar a *cualquier* macho hada porque la ira brilló en la cara estúpidamente perfecta de Fenrys.

Ella se empezó a limpiar las uñas.

—Ya sé que ustedes son viejos y que ya pasó su hora de dormir así que seremos breves: la armada de Maeve está navegando hacia Eyllwe. Ahora somos aliados. Pero mi camino me podría llevar hacia un conflicto directo con esa flota, quizá con ella, lo quiera o no.

Rowan se tensó ligeramente y ella deseó que no pareciera muy débil voltearlo a ver para tratar de leer en su mirada qué le había provocado esa reacción.

Fenrys vio a Rowan, como si fuera un hábito.

—Creo que la mayor preocupación es saber si Maeve va a aliarse con Erawan. Ella podría hacer cualquier cosa.

—Nuestra... su red de información es demasiado vasta —dijo Rowan—. No hay posibilidades de que no sepa ya que la flota del imperio está acampando en el Golfo de Oro.

Aelin se preguntó con cuánta frecuencia su príncipe hada tendría que corregirse en silencio sobre los términos que usaba. *Nuestra, su...* Se preguntó si a veces extrañaría a los dos machos que en ese momento les fruncían el ceño.

—Maeve podría ir en camino para interceptarlos —musitó Gavriel—. Derrotar la flota de Morath como prueba de sus intenciones de ayudarte y luego... introducir ese factor en lo que sea que tenga planeado después.

Aelin chasqueó la lengua.

—Incluso con soldados hada en esos barcos, no podría ser tan estúpida como para arriesgar unas pérdidas tan catastróficas sólo para agradarme de nuevo.

Aelin aceptaría cualquier oferta de ayuda de Maeve, con o sin riesgo.

Fenrys sonrío ligeramente.

—Oh, las pérdidas de vidas de hadas le preocupan muy poco. Lo más probablemente es que aumenten su entusiasmo.

—Cuidado —dijo Gavriel.

Dioses, sonaba casi idéntico a Aedion con ese tono.

—Es igual —Aelin continuó—. Ustedes dos saben a lo que nos enfrentamos con Erawan y saben lo que Maeve quería de mí en Doranelle. Lo que Lorcan salió a hacer —los rostros de los dos guerreros regresaron a su calma y no se inmutaron cuando ella preguntó—: ¿Maeve les dio la orden de quitarle esas llaves a Lorcan también? ¿Y el anillo? ¿O lo único que quiere es su vida?

—Si decimos que nos ordenó que le lleváramos todo —dijo Fenrys lentamente con las manos apoyadas detrás de él sobre la cama—, ¿nos matarás, Heredera de Fuego?

—Dependerá de qué tan útiles demuestren ser como aliados —dijo Aelin simplemente.

El peso que colgaba entre sus senos debajo de su camisa vibró en respuesta.

—Rolfe tiene armamento —dijo Gavriel en voz baja—. O lo recibirá pronto.

Aelin arqueó la ceja.

—¿Y saber eso me costará?

Gavriel no era tan estúpido como para preguntar por Aedion. El guerrero se limitó a decir:

—Se llaman lanzas de fuego. Los alquimistas del continente del sur las desarrollaron para sus propias guerras territoriales. Más que eso, no sabemos, pero un solo hombre puede manejar el arma y sus resultados son devastadores.

Y con los usuarios de magia que todavía eran tan inexpertos para manejar los dones que acababan de regresar o, incluso, la mayoría muertos gracias a Adarlan...

Ella no estaría sola. No sería la única portadora de fuego en el campo de batalla.

Pero sólo si el ejército de Rolfe se aliaba con ella. Si él hacía lo que ella lo estaba guiando a hacer con mucho, mucho cuidado. Pedir ayuda al continente del sur podría tomar meses con los que no contaban. Pero si Rolfe ya había pedido un cargamento... Aelin le volvió a asentir a Rowan y se separaron de la pared.

—¿Eso es todo? —exigió saber Fenrys—. ¿Nosotros nos enteraremos de qué planean hacer con esta información o también somos tus lacayos?

—Ustedes no confían en mí, yo no confío en ustedes —dijo Aelin—. Es más fácil de esa manera —empujó la ventana con el codo para abrirla—. Pero gracias por la información.

Fenrys arqueó las cejas muy alto, tanto que ella se preguntó si Maeve habría pronunciado esas palabras en su audiencia. Y honestamente deseó haber derretido a su tía aquel día en Doranelle.

Ella y Rowan salieron saltando por las azoteas de la Bahía de la Calavera. Las antiguas tejas seguían resbalosas por la lluvia del día.

Cuando la Rosa del Océano brillaba como una joya serena a una cuadra de distancia, Aelin se detuvo entre las sombras al lado de una chimenea y murmuró:

—No hay margen para equivocarse.

Rowan le puso una mano en el hombro.

—Lo sé. Lo lograremos.

A ella le empezaron a arder los ojos.

—Estamos jugando contra dos monarcas que han gobernado y maquinado más tiempo del que han existido la mayoría de los reinos —e, incluso para ella, las probabilidades de ser más inteligente y ganarles en sus maniobras...—. Al ver al equipo, cómo los contiene Maeve... Estuvo muy cerca de separarnos esta primavera. Tan cerca.

Rowan le pasó el pulgar sobre la boca.

—Aunque Maeve me hubiera mantenido esclavizado, yo hubiera peleado en su contra. Todos los días, a todas horas, con cada respiración —la besó suavemente en los labios—. Hubiera peleado el resto de mi vida para encontrar un camino de regreso a ti. Lo supe en el momento que saliste de la oscuridad del Valg y me sonreíste a través de tus flamas.

Ella se tragó el nudo que sentía en la garganta y arqueó una ceja.

—¿Estabas dispuesto a hacer eso antes de todo esto? Había muy pocos beneficios en esa época.

Los ojos de Rowan brillaron con diversión y algo más profundo.

—Lo que sentí por ti en Doranelle, y lo que siento por ti ahora son lo mismo. Simplemente nunca pensé que tendría la posibilidad de actuar sobre mis deseos.

Ella sabía por qué necesitaba escuchar eso y él lo sabía también. Las palabras de Darrow y de Rolfe seguían dándole vueltas en la cabeza, un coro eterno de amenazas amargas. Pero Aelin sólo le sonrió.

—Entonces, actúa sobre ellos, príncipe.

Rowan rio y no dijo nada más, tomó su boca, empujándola contra la chimenea en ruinas. Ella abrió la boca para recibirlo y la lengua de él entró, minuciosa, lenta.

Oh, dioses... esto. Esto era lo que la enloquecía, este fuego entre ellos.

Podrían incendiar todo el mundo hasta convertirlo en cenizas con eso. Él era de ella y ella era de él, y se habían encontrado a través de siglos de derramamiento de sangre y pérdida, a través de océanos, reinos y guerra.

Rowan retrocedió, respirando con dificultad, y le susurró en los labios:

—Aunque estés en otro reino, Aelin, tu fuego siempre está en mi sangre, en mi boca.

Ella dejó escapar un gemido suave y se acercó más a su cuerpo. La mano de Rowan le tocó el trasero y no les importó si alguien los veía en las calles.

—Dijiste que no me harías tuya contra un árbol la primera vez —dijo ella con las manos en sus brazos, recorriendo la amplitud de su pecho esculpido—. ¿Qué tal una chimenea?

Rowan resopló con otra risa y le mordisqueó el labio inferior.

—Recuérdame otra vez por qué te extrañaba.

Aelin rio pero el sonido fue silenciado pronto cuando Rowan volvió a tomar su boca y la besó profundamente a la luz de la luna.

# CAPÍTULO 32

Aedion llevaba más de media noche despierto, considerando los méritos de todos los lugares posibles donde podría reunirse con su padre. En la playa parecía sugerir que quería una conversación privada que no estaba seguro de querer tener; en la oficina de Rolfe le parecía un sitio muy público; en el patio de la posada parecía demasiado formal... Daba una y otra vuelta en su catre y apenas se estaba quedando dormido cuando escuchó que Aelin y Rowan *regresaban* pasada la medianoche. No le sorprendió que se hubieran salido sin decirle a nadie. Pero por lo menos ella había ido acompañada del príncipe hada.

Lysandra, quien dormía como los muertos, no se movió cuando los pasos de Aelin y Rowan rechinaron en el pasillo de afuera. Apenas había entrado por la puerta unas horas antes. Dorian ya dormía en su catre antes de que ella regresara a su cuerpo usual y se quedara meciéndose de pie.

Aedion casi no había notado su desnudez, porque cuando empezó a caer se abalanzó para detenerla antes de que ella se tragara la alfombra.

Ella parpadeó sorprendida frente a él, su piel perdió el color. Gentilmente él la acomodó en la orilla de la cama, tomo una cobija y la cubrió con ella.

—Has visto a suficientes mujeres desnudas —dijo ella sin molestarse en mantener la manta en su lugar—. Hace demasiado calor para la lana.

Así que la manta se le escurrió de la espalda cuando se inclinó hacia adelante y apoyó los antebrazos en las rodillas para respirar profundamente.

—Dioses, me marea tanto.

Aedion le puso la mano en la espalda desnuda y la acarició suavemente. Ella se tensó al sentirlo, pero él siguió haciendo círculos amplios y suaves sobre su piel suave como el terciopelo. Después de un momento, dejó escapar un sonido que podría haber sido un ronroneo.

El silencio continuó durante un tiempo hasta que Aedion se dio cuenta de que ella se había quedado dormida. Y no era un sueño normal, sino el sueño que tenían a veces Aelin y Rowan cuando dejaban que su magia se recuperara. Era tan profundo y absoluto que no había entrenamiento capaz de evitarlo, no había instinto que pudiera superarlo. El cuerpo reclamaba lo que necesitaba, a cualquier costo, a pesar de cualquier vulnerabilidad.

La cargó en brazos antes de que pudiera irse de bruces y la puso sobre su hombro para acomodarla en la cama. Abrió las sábanas frescas de algodón con una mano y luego la recostó. Su cabello que nuevamente estaba largo le cubría sus senos firmes. Eran mucho más pequeños que los primeros que le había visto. No le importaba el tamaño, eran hermosos de las dos formas.

Ella no volvió a despertar y él se fue a su propio catre. Sólo logró dormir cuando la luz ya empezaba a adquirir ese tono grisáceo acuoso que precede al amanecer. Despertó justo después de que salió el sol y se dio por vencido en su intento de dormir. Dudaba ser capaz de descansar hasta después de la reunión con su padre.

Así que Aedion se bañó y se vistió, aunque no sabía si era un tonto por cepillarse el cabello para conocer a su padre.

Lysandra ya estaba despierta cuando él regresó a la recámara. El color, afortunadamente, ya le había vuelto a las mejillas. El rey seguía dormido en su catre.

La metamorfa vio a Aedion y dijo:

—¿*Eso* es lo que te vas a poner?

Lysandra lo obligó a quitarse la ropa sucia del viaje y entró a la habitación de Aelin y Rowan cubierta sólo con la sábana para llevarse lo que quiso del armario del príncipe hada.

El grito de "¡Fuera!" de Aelin probablemente se escuchó del otro lado de la bahía y Lysandra sonrió con maldad felina al regresar con una chaqueta verde y pantalones para Aedion.

Cuando salió del baño, la dama ya se había vestido también. No tenía idea de dónde había sacado la ropa. Su atuendo era sencillo: pantalones negros ajustados, botas a la rodilla y una camisa blanca fajada. Ella se había dejado el cabello semisuelto, su pelo sedoso descansaba sobre sus hombros. Lysandra lo estudió con una sonrisa aprobatoria.

—Mucho mejor. Mucho más principesco y menos... indigente.

Aedion hizo una reverencia burlona.

Dorian se movió y una brisa fresca revoloteó en la habitación como si su magia también hubiera despertado. El rey los miró con los ojos entrecerrados y luego miró el reloj sobre la chimenea. Se puso la almohada sobre los ojos y volvió a dormir.

—Muy digno de un rey —le dijo Aedion camino a la puerta.

Dorian murmuró algo a través de la almohada que Aedion eligió no escuchar.

Él y Lysandra desayunaron en silencio en el comedor de la posada, aunque él se tuvo que obligar a terminarse la comida. La metamorfa no le hizo preguntas, ya fuera por consideración o porque estaba demasiado ocupada comiéndose todos y cada uno de los trozos de comida que se ofrecían en la mesa del bufet.

Dioses, las mujeres de esa corte comían más que él. Supuso que la magia quemaba sus reservas de energía con tal rapidez que era un milagro que no le hubiera arrancado la cabeza de un mordisco.

También caminaron en silencio hacia la taberna de Rolfe. Los guardias apostados en la entrada se hicieron a un lado para dejarlos pasar sin hacer preguntas. Él estiró la mano para tomar la manilla de la puerta y Lysandra le dijo finalmente:

—¿Estás seguro?

Él asintió. Y eso fue todo.

Aedion abrió la puerta y encontró al equipo precisamente donde había adivinado que estaría a esa hora: desayunando en el bar. Los dos machos se detuvieron cuando ellos entraron.

Los ojos de Aedion se dirigieron al hombre de cabello dorado, uno de los dos que estaban ahí, pero... no había duda de quién era el... suyo.

Gavriel colocó su tenedor en el plato a medio terminar.

Usaba ropa parecida a la de Rowan y, al igual que el príncipe hada, estaba armado hasta los dientes, incluso en el desayuno.

Aelin era la otra cara de su moneda y Gavriel era su reflejo borroso. Las facciones labradas y amplias, la boca áspera, de ahí la había sacado. El cabello dorado corto era diferente: más luz de sol comparado con el dorado miel de Aedion que le llegaba a los hombros. Y la piel de Aedion era dorada como Ashryver, no bronceada por el sol.

Lentamente, Gavriel se puso de pie. Aedion se preguntó si él también había heredado esa gracia, esa inmovilidad depredadora, el rostro ilegible y atento, o si ambos habían sido entrenados para ser así.

El León encarnado.

Había decidido hacerlo así, casi como una emboscada, para que su padre no tuviera tiempo de preparar bonitos discursos. Quería ver lo que haría su padre cuando lo confrontara, qué tipo de macho era, cómo reaccionaba a *lo que fuera*...

El otro guerrero, Fenrys, estaba mirándolos a ambos con el tenedor todavía frente a su boca abierta.

Aedion se obligó a caminar, con las rodillas sorprendentemente estables, aunque su cuerpo se sentía como si le perteneciera a otra persona. Lysandra se mantuvo a su lado, firme y con los ojos brillantes. A cada paso que daba, su padre lo estudiaba con el rostro inmutable, hasta que...

—Te pareces... —dijo Gavriel y se volvió a sentar—. Te pareces tanto a ella.

Aedion sabía que Gavriel no se refería a Aelin. Incluso Fenrys vio al León entonces, el dolor que recorrió esos ojos color miel.

Pero Aedion no se acordaba de su madre. Apenas recordaba algo más que su rostro moribundo y devastado.

Así que dijo:

—Ella murió para que tu *reina* no pudiera enterrar sus garras en mí.

No estaba seguro de que su padre estuviera respirando. Lysandra dio un paso para acercarse, una roca sólida en el mar tumultuoso de su ira.

Aedion miró a su padre fijamente, sin saber de dónde habían salido las palabras, la ira, pero ahí estaban, saliendo de sus labios como látigos.

—La podrían haber sanado en los complejos de las hadas, pero se negó a acercarse y no dejó que se acercaran a ella por miedo a que Maeve —escupió su nombre— se enterara de mi existencia. Por miedo a que me esclavizara a ella como *tú* lo estabas.

El rostro bronceado de su padre había perdido todo el color. A Aedion no le importaba lo que Gavriel hubiera sospechado hasta ese momento. El Lobo le gruñó al León.

—Tenía veintitrés años. Nunca se casó y su familia la rechazó. Se negó a decirle a nadie quién era mi padre y aceptó su desprecio, su humillación, sin sentir autocompasión. Lo hizo porque me amaba a *mí* no a ti.

Y de pronto deseó haberle pedido a Aelin que lo acompañara para pedirle que convirtiera a ese guerrero en cenizas tal como había hecho con el comandante de Ilium, porque al ver esa cara, *su cara...* lo odió. Lo odió por la joven de veintitrés años que era su madre, más joven que él cuando murió sola y llena de tristeza.

Aedion gruñó:

—Si tu perra reina intenta buscarme, le cortaré el cuello. Si lastima a mi familia más de lo que ya ha hecho, también te lo cortaré a ti.

Su padre dijo con la voz ronca:

—Aedion.

El sonido del nombre que le había dado su madre en sus labios...

—No quiero nada de ti. A menos que planeen ayudarnos, en cuyo caso no objetaré el... apoyo. Pero más allá de eso, no quiero saber nada de ti.

—Lo siento —dijo su padre. Los ojos del León estaban llenos de tanto dolor que Aedion se preguntó si no habría atacado a un macho que ya estaba en el piso.

—No tienes que disculparte conmigo —dijo y se dio la vuelta hacia la puerta.

La silla de su padre se deslizó por el suelo.

—Aedion.

Aedion siguió caminando y Lysandra fue tras él.

—Por favor —dijo su padre cuando ya tenía la mano envuelta en la manilla de la puerta.

—Vete al infierno —dijo Aedion y se fue.

No regresó a la Rosa del Océano. Y no podía soportar estar con gente, estar cerca de sus sonidos y olores. Así que avanzó hacia la montaña de vegetación densa sobre la bahía y se perdió en la selva de hojas, sombra y suelo húmedo. Lysandra seguía un paso atrás de él, en silencio.

Cuando encontró una saliente rocosa que emergía del lado de la montaña y tenía vista a la bahía, al pueblo y más allá a las aguas transparentes, se detuvo. Hasta entonces se sentó. Y respiró.

Lysandra se sentó a su lado sobre la roca plana y cruzó las piernas debajo de su cuerpo.

—No esperaba decir nada de eso —dijo él.

Ella miraba hacia la torre de observación más cercana que salía de la base de la montaña. Él miró cómo sus ojos verdes estudiaban el nivel inferior donde Rompenavíos estaba enrollada alrededor de una rueda enorme, la escalinata exterior que subía en espiral por la torre hasta los niveles más altos, donde había una catapulta y un arpón enorme montados en una torreta, ¿o era un arco gigante? Había un asiento para el que manejaba el arma y la flecha apuntaba a un enemigo invisible en la bahía abajo. Con el tamaño del arma y la máquina que estaba lista para disparar hacia la bahía, no le quedaba duda de que podría atravesar el casco de un barco y dañarlo de manera letal. O atravesar a tres hombres.

Lysandra dijo simplemente:

—Hablaste desde el corazón. Tal vez es bueno que haya escuchado eso.

—Necesitamos que trabajen con nosotros. Puede ser que ya lo haya convertido en un enemigo.

Ella se acomodó el cabello detrás del hombro.

—Créeme, Aedion, no hiciste eso. Si le hubieras pedido que se arrastrara sobre brasas encendidas, lo hubiera hecho.

—Pronto se dará cuenta de quién soy exactamente y tal vez no se sienta tan desesperado.

—¿Quién, exactamente, crees que eres? —preguntó Lysandra con el ceño fruncido—. ¿La Puta de Adarlan? ¿Eso es lo que sigues pensando de ti mismo? El general que mantuvo a su reino unido, que salvó a su gente cuando incluso su propia reina los había olvidado, ese es el hombre que yo conozco —gruñó suavemente, pero no a él—. Y si empieza a señalarte, le recordaré que él ha estado al servicio de esa perra en Doranelle durante siglos sin cuestionarla.

Aedion resopló.

—Pagaría un buen dinero para verte enfrentarlo. Y a Fenrys.

Ella le dio un codazo.

—Tú me dices cuándo, general, y yo me transformaré en el rostro de sus pesadillas.

—¿Y qué criatura es esa?

Ella le sonrió con complicidad.

—Algo en lo que he estado trabajando.

—No quiero saber, ¿verdad?

Ella le mostró los dientes blancos.

—No, realmente no.

Él rio, sorprendido de siquiera poder hacerlo.

—Es un bastardo apuesto, debo admitirlo.

—Creo que a Maeve le gusta coleccionar hombres bonitos.

Aedion resopló.

—¿Por qué no? Tiene que lidiar con ellos por toda la eternidad. Es preferible que sean agradables de ver.

Ella volvió a reír y el sonido le levantó a él un peso de los hombros.

Con Goldryn y Damaris en cada mano, Aelin entró al *Dragón del Mar* dos horas después y deseó que llegara el día en que pudiera dormir sin que la ansiedad o la urgencia de *algo* tiraran de ella.

Deseó que llegara el día en el que pudiera tener tiempo de acostarse con su maldito amante y no elegir dormir unas cuantas horas mejor.

Quería. La noche anterior, cuando regresaron a la posada se bañó más rápido que nunca. Incluso salió desnuda del baño... y encontró a su príncipe hada dormido en la cama tan blanca que brillaba, todavía vestido, como si sólo hubiera querido cerrar los ojos mientras ella se bañaba.

Y el cansancio que pesaba sobre él... Dejó que Rowan descansara. Se acurrucó a su lado sobre las mantas, todavía desnuda, y se quedó inconsciente antes de que su cabeza se acomodara en el pecho del guerrero. Sabía que llegaría el momento en que no podrían dormir tan seguros ni tan profundamente.

Cinco minutos antes de que Lysandra entrara, Rowan despertó y empezó el proceso de despertarla a ella también. Lentamente, con caricias insinuantes y posesivas por su torso desnudo, sus muslos, acentuando todo con pequeños besos mordelones en su boca, su oreja, su cuello.

Pero en cuanto Lysandra se metió a su recámara con el fin de robarse ropa para Aedion, en cuanto les explicó *dónde* iría Aedion... la interrupción ya fue irreversible. La hizo recordar qué, exactamente, tenía que lograr ese día. Con un hombre que gustoso la mataría y una flota dispersa y petrificada.

Gavriel y Fenrys estaban sentados con Rolfe a la mesa en la parte trasera del bar, no había señales de Aedion, ambos abrieron los ojos como platos cuando ella entró caminando con seguridad.

Tal vez se hubiera pavoneado un poco, pero Rowan entró detrás de ella listo para cortar gargantas.

Rolfe se puso de pie de un salto.

—¿Qué estás haciendo aquí?

—Yo pondría mucho, mucho cuidado con cómo le hablas hoy, capitán —dijo Fenrys con más precaución y consideración de lo que lo había visto usar el día anterior. Tenía los ojos fijos en Rowan, quien realmente veía a Rolfe como si fuera su cena—. Elige tus palabras con mucho cuidado.

Rolfe miró a Rowan, vio su expresión y pareció entender. Tal vez esa advertencia haría que Rolfe estuviera más dispuesto a estar de acuerdo con su propuesta ese día. Si jugaba bien sus cartas. Si había jugado todas sus cartas bien.

Aelin le sonrió un poco a Rolfe y se recargó contra la mesa vacía al lado de la de ellos. Las letras doradas en los tablones decían *Cortaniebla*. Rowan ocupó el sitio a su lado y su rodilla rozaba la de ella. Como si un metro de distancia entre ellos fuera insoportable.

Pero ella le sonrió un poco más a Rolfe:

—Vine a ver si habías cambiado de opinión. Sobre nuestra alianza.

Rolfe golpeó sus dedos tatuados sobre la mesa, justo sobre unas letras doradas que decían *Zorro Marino*. Y a su lado... había un mapa del continente extendido entre Rolfe y los guerreros hada.

No era el mapa que realmente necesitaba en ese momento ahora que ya sabía que la maldita cosa funcionaba, pero... Aelin se quedó paralizada con lo que vio.

—Qué es eso —dijo mientras observaba las figurillas plateadas colocadas a lo largo del centro del continente, una línea impenetrable desde el Abismo Ferian hasta la boca del Avery. Y las figuras adicionales en el Golfo de Oro. Y en Melisande, Fenharrow y cerca de la frontera norte de Eyllwe.

Gavriel, quien se veía como si alguien le hubiera golpeado la cabeza (dioses, ¿cómo había estado la reunión con Aedion?) dijo antes de que Rowan le pudiera arrancar la garganta a Rolfe si respondía lo que estaba pensando:

—El capitán Rolfe recibió un mensaje esta mañana. Quería nuestro consejo.

—¿Qué *es* esto? —dijo ella señalando con un dedo la línea principal de figuras extendidas por el centro del continente.

—Es el último informe —dijo Rolfe tranquilamente— de las posiciones de los ejércitos de Morath. Se han puesto en posición. La ayuda del norte es imposible ahora. Y están listos para atacar Eyllwe.

# CAPÍTULO 33

—Eyllwe no tiene ejército permanente —dijo Aelin, y sintió que la sangre se le iba del rostro—. No hay nada ni nadie para luchar después de lo sucedido en la primavera, excepto por unas cuantas bandas de milicia rebelde.

Rowan le dijo a Rolfe:

—¿Tienes las cifras exactas?

—No —respondió el capitán—. La noticia me la dieron sólo como advertencia, para que mantuviera el envío de mi mercancía lejos del Avery. Yo quería sus opiniones —hizo un ademán con la barbilla en dirección al equipo— sobre cómo manejarlo. Aunque supongo que también debería haberte invitado a ti porque al parecer ellos tienen muchas ganas de comunicarte mis asuntos.

Ninguno de ellos se dignó a responder. Aelin estudió la línea... esa línea de *ejércitos*.

—¿Qué tan rápido se mueven? —preguntó Rowan.

—Las legiones salieron de Morath hace casi tres semanas —intervino Gavriel—. Se mueven más rápido que cualquier ejército que yo haya visto.

En el momento en que esto sucedía...

No. No, no podía ser por lo de Ilium, porque ella lo había desafiado...

—Es un exterminio —dijo Rolfe secamente.

Ella cerró los ojos y tragó saliva. Ni siquiera el capitán se atrevía a hablar.

Rowan le puso una mano en la parte baja de la espalda, un consuelo silencioso. Él también lo sabía, lo estaba deduciendo.

Ella abrió los ojos. Tenía esa línea grabada en su visión, en su corazón, y dijo:

—Es un mensaje. Para mí.

Abrió su puño y miró la cicatriz que tenía en la mano.

—¿Pero por qué atacar Eyllwe? —preguntó Fenrys—. ¿Y por qué ponerse en posición pero no saquearlo?

Ella no podía decir las palabras en voz alta. Que ella había provocado que esto le sucediera a Eyllwe al burlarse de Erawan, porque él sabía quién le importaba a Celaena Sardothien y quería devastarla, destruir su espíritu y su corazón, mostrándole lo que sus ejércitos podían hacer. Lo que *harían* cuando a él se le diera la gana. No a Terrasen... sino al reino de la amiga que amaba tanto.

El reino que había jurado proteger, salvar.

—Tenemos lazos personales con Eyllwe. Él sabe que le importa a ella —dijo Rowan.

Los ojos de Fenrys se quedaron mirándola, estudiándola. Pero Gavriel, con voz calmada, dijo:

—Erawan ahora tiene todo al sur del Avery. Salvo este archipiélago. E incluso aquí, tiene un pie puesto en el Callejón sin Salida.

Aelin miró el mapa, el espacio que ahora parecía tan pequeño al norte.

Al oeste, la gran extensión de los Yermos se expandía más allá de la cordillera montañosa que dividía el continente. Y su mirada se fijó en un pequeño nombre en la costa oeste.

Briarcliff.

El nombre resonó en ella, la despertó, y se dio cuenta de que habían estado hablando, debatiendo sobre cómo podría ese ejército moverse tan rápido sobre el terreno.

Se frotó las sienes y miró ese punto en el mapa.

Consideró la deuda de vida que se le debía.

Su mirada fue más hacia abajo, hacia el sur. Al Desierto Rojo. Donde había otra deuda de vida, varias deudas, esperando ser cobradas.

Aelin se dio cuenta de que le habían preguntado algo pero no se preocupó por recordar qué era y le dijo en voz baja a Rolfe:

—Me vas a dar tu armada. Vas a proporcionarnos las armas con esas lanzas de fuego que sé que ordenaste y enviarás todo lo demás con la flota de micenianos cuando lleguen.

Silencio.

Rolfe soltó una risotada y se volvió a sentar.

—Por supuesto que no —movió la mano tatuada sobre el mapa. Las aguas de su tatuaje se movían y cambiaban en un patrón que tal vez sólo él podía leer, un patrón que ella *necesitaba* leer para encontrar ese candado—. Esto sólo demuestra qué sobrepasada estás —masticó sus palabras—. La flota de micenianos es poco más que un mito. Un cuento que se lee en las noches.

Aelin miró la empuñadura de la espada de Rolfe, después observó la posada y a su barco anclado justo afuera.

—Tú eres el heredero de los micenianos —dijo Aelin—. Y yo vine a reclamar la deuda que tienes con mi línea de sangre.

Rolfe no se movió, no parpadeó.

—¿O todas las referencias a los dragones marinos son una especie de fetiche personal? —preguntó Aelin.

—Los micenianos ya no existen —dijo Rolfe secamente.

—No lo creo. Creo que se han estado escondiendo aquí, en las Islas Muertas, por mucho, mucho tiempo. Y de alguna manera tú lograste subir nuevamente al poder.

Los tres machos hada se miraban entre sí.

Aelin le dijo a Rolfe:

—Yo liberé Ilium de Adarlan. Recuperé la ciudad, tu antiguo hogar, para ti. Para los micenianos. Es tuya, si te atreves a reclamar la herencia de tu pueblo.

A Rolfe le temblaban ligeramente las manos. Apretó el puño y lo metió bajo la mesa.

Ella permitió que un destello de magia saliera a la superficie en ese momento y que sus ojos brillaran como una flama. Gavriel y Fenrys se enderezaron cuando su poder llenó la habitación, la ciudad. La llave del Wyrd que colgaba entre sus senos empezó a vibrar, a susurrar.

Ella sabía que su rostro no tenía nada de humano, nada de mortal.

Lo sabía porque la piel bronceada de Rolfe palideció y tenía un brillo enfermizo.

Aelin cerró los ojos y exhaló.

El listón de poder que había reunido se alejó ondeando en una línea invisible. El mundo tembló a su paso. La campana de la ciudad sonó una, dos veces con su fuerza. Incluso las aguas de la bahía temblaron cuando pasó por ahí y salió hacia el archipiélago. Cuando Aelin abrió los ojos, la mortalidad había regresado.

—¿Qué carajos fue eso? —exigió saber al fin Rolfe.

Fenrys y Gavriel estaban *muy* interesados en el mapa que tenían frente a ellos.

Rowan dijo sin sobresaltos:

—Milady tiene que liberar un poco de su poder diariamente o la podría consumir.

Contra su voluntad, a pesar de lo que había hecho, decidió que quería que Rowan la llamara *milady* al menos una vez al día.

Rowan continuó y presionó a Rolfe sobre el ejército. El Señor de los Piratas, quien unas semanas antes Lysandra confirmó *sí era* miceniano gracias al espionaje de Arobynn sobre sus socios, apenas parecía capaz de hablar tras la oferta que ella le había hecho. Pero Aelin se limitó a esperar.

Aedion y Lysandra llegaron después de un rato. Su primo sólo le dedicó una mirada veloz a Gavriel cuando se paró frente al mapa y entró en su papel de general, exigiendo saber todos los detalles, grandes y pequeños.

Pero Gavriel miraba a su hijo en silencio, miraba los ojos de su primo moverse sobre el mapa, escuchaba el sonido de su voz como si fuera una canción que intentara memorizar.

Lysandra se fue hacia la ventana para monitorear la bahía. Como si pudiera ver esa onda que Aelin había lanzado al mundo.

La metamorfa le había dicho a Aedion por qué verdaderamente habían ido a Ilium. No sólo a ver a Brannon, no sólo a salvar a su gente... sino por esto. Ella y la metamorfa habían pensado ese plan durante sus guardias largas cuando viajaban, considerando todas las ventajas y desventajas.

Dorian llegó diez minutos después y sus ojos se detuvieron en Aelin. Él también lo había sentido.

El rey saludó amablemente a Rolfe y luego permaneció en silencio en lo que le informaban sobre las posiciones de los ejércitos de Erawan. Luego se sentó al lado de ella mientras los demás discutían rutas de abastecimiento y armas, liderados por Rowan. Dorian la miró de una manera que ella no pudo leer y cruzó la pierna.

El reloj dio las once y Aelin se puso de pie en medio de lo que estaba diciendo Fenrys sobre diferentes tipos de armadura y que Rolfe tal vez podría invertir en el metal para abastecer la demanda.

Nuevamente se hizo el silencio. Aelin le dijo a Rolfe:

—Gracias por tu hospitalidad.

Y luego se dio la vuelta. Avanzó un paso antes de que él exigiera saber:

—¿Eso es todo?

Ella volteó a verlo por encima del hombro. Rowan ya se aproximaba a su lado. Aelin permitió que un poco de esa flama subiera a la superficie.

—Sí. Si no me darás una armada, si no unirás lo que queda de los micenianos ni regresarás a Terrasen, entonces encontraré alguien más que lo haga.

—No hay nadie más.

Nuevamente, los ojos de ella se posaron en el mapa sobre la mesa.

—Una vez me dijiste que pagaría por mi arrogancia. Y así fue. Muchas veces. Pero Sam y yo nos enfrentamos a toda tu ciudad y tu flota y las destruimos. Todo por doscientas vidas que tú considerabas infrahumanas. Así que tal vez me he estado subestimando. Tal vez, después de todo, no te necesito.

Se volvió a dar la vuelta y Rolfe se burló.

—¿Sam murió llorando por ti o al final lo dejaste de tratar como basura?

Se escuchó como si alguien se ahogara, luego un golpe y la vibración de los vasos. Aelin miró a Rowan que tenía su mano alrededor del cuello de Rolfe. El capitán estaba presionado contra el mapa, las figurillas regadas por todas partes. Los dientes de Rowan estaban cerca de arrancarle la oreja a Rolfe.

Fenrys sonrió burlonamente.

—Te dije que pensaras bien tus palabras, Rolfe.

Aedion parecía estar haciendo su mejor esfuerzo para ignorar a su padre y le dijo al capitán:

—Fue un placer conocerte.

Luego caminó hacia donde lo esperaban Aelin, Dorian y Lysandra junto a la puerta.

Rowan se acercó a Rolfe y le murmuró algo al oído que lo hizo palidecer. Luego lo empujó con más fuerza hacia la mesa antes de salir tras Aelin.

Rolfe colocó las manos sobre la mesa y se levantó para ladrarle algunas palabras seguramente estúpidas, pero se quedó petrificado. Como si algo se moviera por su cuerpo.

Volteó las manos y juntó las palmas.

Levantó la vista, pero no para verla a ella. A las ventanas.

Hacia las campanas que habían empezado a sonar en las torres de vigilancia gemelas que estaban a ambos lados de la entrada de la bahía.

El tañido frenético había hecho que las calles frente a ellos se detuvieran, se silenciaran.

El significado de cada sonido era claro.

Rolfe palideció.

Aelin vio algo negro, más oscuro que la tinta que estaba ahí tatuada, extenderse por sus dedos hacia sus palmas. Negro como sólo el Valg podía producir.

Oh, ahora no cabía duda de que el mapa funcionaba.

—Nos iremos. Ahora —dijo ella a sus compañeros.

Rolfe corría hacia ella, hacia la puerta. No dijo nada cuando la abrió de golpe y salió al muelle, donde su primer oficial y su intendente ya corrían hacia él.

Aelin cerró la puerta detrás de Rolfe y se quedó viendo a sus amigos. Y al equipo.

Fenrys habló primero. Se puso de pie y miró por la ventana mientras Rolfe y sus hombres corrían.

—Recuérdame nunca hacerte enojar.

Dorian dijo en voz baja:

—Si esa fuerza llega al puerto, esta gente...

—No lo hará —dijo Aelin y miró a Rowan a los ojos. Una mirada color verde pino sostenía la de ella.

"Muéstrales por qué tú eres quien hizo el juramento de sangre", le dijo en silencio.

Rowan respondió con apenas un viso de sonrisa malvada. Volteó a verlos y dijo:

—Vamos.

—¿Vamos? —preguntó Fenrys y apuntó a la ventana—. ¿Dónde?

—Hay un barco —dijo Aedion— anclado del otro lado de la isla —inclinó la cabeza hacia Lysandra—. Uno creería que alguien se daría cuenta de que un tiburón jalaba un esquife hacia el mar anoche, pero...

La puerta se abrió de golpe y entró la figura alta de Rolfe.

—*Tú*.

Aelin se puso la mano en el pecho.

—¿Yo?

—*Tú* enviaste esa magia allá afuera; *tú* los llamaste.

Ella rio y se separó de la mesa.

—Si alguna vez aprendo ese talento tan útil, creo que lo usaré para llamar a mis aliados. O a los micenianos, que pareces tan convencido de que no existen —miró por encima de su hombro, el cielo seguía despejado—. Buena suerte —dijo y dio un paso al lado para empezar a alejarse.

Dorian dijo abruptamente:

—¿Qué?

Aelin miró al rey de Adarlan.

—Esta no es nuestra batalla. Y no voy a sacrificar el destino de mi reino por una pelea con el Valg. Si fueras sensato, tampoco lo harías.

El rostro de Rolfe se contorsionó de rabia, pero el miedo, profundo y real brillaba en sus ojos. Aelin dio un paso hacia las calles en caos, se detuvo un momento y volteó a ver al Señor de los Piratas.

—Supongo que el equipo vendrá conmigo también. Porque ahora son mis aliados.

En silencio, Fenrys y Gavriel se acercaron y Aelin casi suspiró aliviada de que lo hicieran sin cuestionarla, que Gavriel estuviera dispuesto a hacer lo que fuera necesario para seguir cerca de su hijo.

—¿Crees que quitarme su asistencia me convencerá de que yo te ayude a ti?—siseó Rolfe.

En ese momento, más allá de la bahía, entre los montículos de las islas se empezó a formar una nube de oscuridad.

—Lo dije en serio, Rolfe. Me las puedo arreglar perfectamente sin ti, con o sin tu armada. Con o sin los micenianos. Y esta isla se ha vuelto peligrosa para mi causa —inclinó la cabeza hacia el mar—. Haré una oración a Mala en tu nombre —dio unas palmadas a la empuñadura de Goldryn—. Te doy un consejo, de una criminal profesional a otro: córtales la cabeza. Es la única manera de matarlos. A menos que los quemes vivos, pero apuesto que la mayoría se aventaría al agua y nadaría a la playa antes de que tus flechas incendiadas puedan hacer mucho daño.

—¿Y qué hay de tu idealismo? ¿Qué hay de la *niña* que me robó doscientos esclavos? ¿Vas a dejar morir a la gente de esta isla?

—Sí —respondió ella simplemente—. Te dije, Rolfe, que Endovier me había enseñado algunas cosas.

Rolfe maldijo.

—¿Crees que *Sam* aprobaría de esto?

—Sam está muerto —dijo Aelin— porque hombres como tú y Arobynn tienen poder. Pero el reino de Arobynn está acabado —sonrió al horizonte que se hacía más oscuro—. Parece que pronto el tuyo también se va a terminar.

—*Perra*...

Rowan gruñó y no dio ni un paso antes de que Rolfe se alejara un poco.

Se oyeron unos pasos apresurados y el intendente de Rolfe entró por la puerta. Estaba jadeando y se recargó en el umbral con una mano. Con la otra tenía sostenido el pomo en forma de dragón marino de su espada.

—Estamos metidos en problemas serios.

Aelin hizo una pausa. El rostro de Rolfe se tensó.

—¿Qué tan serios? —preguntó el capitán.

El hombre se limpió el sudor de la frente.

—Ocho buques de guerra repletos de soldados, al menos cien en cada uno, más en los niveles inferiores que no alcancé a ver. Vienen flanqueados por dos guivernos marinos. Todos se mueven tan rápido que parece que los viene arrastrando el viento de una tormenta.

Aelin miró a Rowan.

—¿Qué tan rápido podemos llegar a ese bote?

Rolfe veía los pocos barcos en el muelle con la cara pálida como la muerte. La cadena Rompenavíos en la bahía colgaba debajo de la superficie tranquila del agua. Fenrys, al ver la mirada del capitán, dijo:

—Esos guivernos marinos romperán la cadena. Saca a tu gente de la isla. Usa todos los esquifes y balandras que tengas y *sácalos*.

Rolfe lentamente volteó a mirar a Aelin con los ojos verdes desbordando odio. Y resignación.

—¿Esto es un intento por hacerme ceder?

Aelin jugó con la punta de su trenza.

—No. Llega en un momento conveniente, pero no.

Rolfe los miró a todos con cuidado, el poder que podría ayudar a su isla si así lo deseara. Cuando al fin habló, su voz se oía ronca:

—Quiero ser almirante. Quiero todo este archipiélago. Quiero Ilium. Y, cuando termine la guerra, quiero tener un *lord* antes de mi nombre, como lo tenían los nombres de mis ancestros. ¿Qué hay de mi pago?

Aelin también se tomó el tiempo de estudiarlo mientras en toda la habitación reinaba un silencio absoluto, comparado con el caos del exterior.

—Por cada barco de Morath que saquees, puedes quedarte con el oro y el tesoro que traigan. Pero las armas y las municiones van al frente. Te daré la tierra, pero ningún título nobiliario aparte de lord de Ilium y rey del archipiélago. Si tienes hijos, los reconoceré como tus herederos, igual que reconocería cualquier hijo que pudiera tener Dorian.

Dorian asintió con seriedad.

—Adarlan reconocerá a ti, a tus herederos y a estas tierras como tuyas.

Rolfe dijo:

—Manden a esos bastardos de regreso a su negrura y mi flota es suya. Sin embargo, no puedo garantizarles que los micenianos se levanten. Hemos estado muy dispersos por demasiado tiempo. Aquí sólo viven unos pocos y no se moverán sin la... motivación adecuada —miró hacia el bar como si esperara que alguien estuviera detrás de la barra.

Pero Aelin le extendió la mano y sonrió levemente.

—De eso me encargo yo.

La piel tatuada se juntó con la llena de cicatrices cuando Rolfe y Aelin se dieron un apretón de manos. La apretó con suficiente fuerza como para romperle los huesos, pero ella contestó con la misma fuerza. E hizo que una pequeña flama le quemara los dedos.

Rolfe siseó y retiró la mano. Aelin sonrió.

—Bienvenido al ejército de su Majestad, corsario Rolfe —hizo un ademán hacia la puerta abierta—. ¿Vamos?

Dorian se dio cuenta de que Aelin estaba loca. Era brillante y malvada, pero loca.

Y quizás era la mejor y más cínica mentirosa que jamás se hubiera topado.

Sintió cómo su llamado había recorrido el mundo. Sintió que el fuego vibraba contra su piel. No había duda de a quién pertenecía. Y no se podía ignorar que se había ido directamente al Callejón sin Salida, donde estaban apostadas unas fuerzas que sabrían que había una persona con vida con ese tipo de fuego a su disposición y que rastrearían la magia de regreso aquí.

No supo qué fue lo que la provocó, ni por qué eligió ese momento, pero...

Pero Rowan le informó a Aelin cómo Rolfe se sentía perseguido por el Valg. Cómo hacía que vigilaran su ciudad día y noche, aterrado de su regreso. Así que Aelin lo usó para su provecho. Los micenianos, dioses. Eran apenas poco más que una historia de niños y un cuento precautorio. Pero ahí estaban, cuidadosamente ocultos. Hasta que Aelin los obligó a salir.

Y mientras el Señor de los Piratas y la reina de Terrasen se daban la mano y ella le sonreía a Rolfe, Dorian se dio cuenta de que él... tal vez podría usar un poco más de maldad y locura también.

Esa guerra no se ganaría con sonrisas y buenos modales.

La ganaría una mujer dispuesta a jugarse todo, con una *isla* llena de gente, para conseguir lo que necesitaba para salvarlos a todos. Una mujer cuyos amigos estaban igualmente dispuestos a seguirle el juego, a romper sus almas en pedazos si eso significaba salvar a la mayor parte de la población. Conocían el peso de las vidas que corrían en estado de pánico a su alrededor si su apuesta se equivocaba. Aelin tal vez más que nadie.

Aelin y Rolfe salieron por la puerta de la taberna a la calle. Detrás de él, Fenrys dejó escapar un silbido:

—Que los dioses te ayuden, Rowan, esa mujer es...

Dorian no esperó a escuchar el resto y siguió al pirata y a la reina a la calle. Aedion y Lysandra salieron tras él. Fenrys se mantuvo a cierta distancia de los demás, pero Gavriel se quedó cerca, con la mirada todavía fija en su hijo. Dioses, se parecían tanto, se *movían* igual, el León y el Lobo.

Rolfe le ladró a sus hombres que esperaban en una fila frente a él.

—Todos los barcos que puedan transportar hombres salen *ahora*.

Empezó a dar órdenes y le delegó varios barcos sin tripulación a sus hombres, incluido el suyo, mientras Aelin se quedó ahí parada, con las manos en la cadera, mirándolos a todos.

Le dijo al capitán:

—¿Cuál es tu barco más rápido?

Él apuntó al suyo.

Ella le sostuvo la mirada y Dorian esperó para escuchar su plan salvaje e intrépido. Pero ella dijo sin mirar a ninguno de ellos:

—Rowan, Lysandra, Fenrys y Gavriel, conmigo. Aedion, ve a la torre de observación norte y maneja el arpón. Cualquier barco que se acerque demasiado a la cadena le abres un agujero en el maldito costado.

Dorian se quedó inmóvil cuando al fin se dirigió a él y distinguió las órdenes en su mirada. Abrió la boca para objetar pero Aelin dijo simplemente:

—Esta batalla no es sitio para un rey.

—¿Y sí lo es para una reina?

La mirada de Aelin no tenía nada de divertida, nada salvo una tranquilidad helada cuando le dio la espada que él no se había dado cuenta que traía cargando. Damaris.

Goldryn seguía a su espalda y su rubí brillaba como una brasa ardiente cuando dijo:

—Uno de nosotros tiene que vivir, Dorian. Tú toma la torre del sur, mantente en la base y prepara tu magia. Cualquier fuerza que quiera cruzar la cadena, la destruyes.

No con el acero sino con la magia. Se puso a Damaris en el cinturón y su peso le resultó ajeno.

—¿Y tú qué vas a hacer? —exigió saber.

Como respuesta, su poder se retorció en su interior, como una víbora preparándose para atacar.

Aelin miró a Rowan, a su mano tatuada.

—Rolfe, consigue todas las cadenas de hierro que te queden de tus negocios con esclavos. Las vamos a necesitar.

Para ella... para Rowan. Como un control contra su magia por si las cosas se salían de control.

Porque Aelin... Aelin iba a ir en ese barco directo al corazón de la flota enemiga y los iba a expulsar del agua.

# CAPÍTULO 34

Era una mentirosa, una asesina y una ladrona y Aelin tenía la sensación de que le darían calificativos mucho peores para cuando terminara la guerra. Pero cuando se reunió esa oscuridad sobrenatural en el horizonte, se preguntó si tal vez habría mordido más de lo que ella y sus amigos con colmillos podían masticar.

No le cedió ni un centímetro de espacio a su miedo.

Sólo le cedió espacio dentro de ella al fuego negro que la recorría.

Conseguir esa alianza sólo era una parte del plan. La otra parte, la más grande... era el mensaje. No a Morath.

Sino al mundo.

A todos los aliados potenciales que observaban ese continente, quienes se preguntaban si de verdad sería una causa perdida.

Ese día, su mensaje recorrería todos los reinos.

Ella no era una princesa rebelde que destrozara castillos enemigos y matara reyes.

Era una fuerza de la naturaleza. Era un desastre natural y una comandante de guerreros inmortales de leyenda. Y si esos aliados no se unían a su causa... quería que recordaran ese día, lo que haría, y que se preguntaran si tal vez la encontrarían en sus costas, en sus puertos, algún día también.

Diez años antes ellos no acudieron. Ella quería que supieran que no lo había olvidado.

Rolfe terminó de ladrarle órdenes a sus hombres y se apresuró a abordar el *Dragón del Mar*. Aedion y Dorian corrieron por caballos para ir a sus respectivas torres. Aelin volteó a ver a Lysandra. La metamorfa tranquilamente monitoreaba a todos.

Aelin le dijo en voz baja:

—¿Sabes lo que necesito que hagas?

Los ojos color musgo de Lysandra se veían brillantes cuando asintió.

Aelin no se permitió abrazar a la metamorfa. No se permitió siquiera tocar la mano de su amiga. No mientras Rolfe las estuviera observando. No cuando los ciudadanos del pueblo, y los micenianos que estaban entre ellos, las observaban. Así que Aelin se limitó a decir:

—Feliz cacería.

Fenrys dejó escapar un sonido ahogado, como si de pronto se diera cuenta de qué le estaba pidiendo a la metamorfa. A su lado, Gavriel seguía muy ocupado mirando a Aedion, quien ni siquiera había volteado en dirección a su padre antes de colocarse el escudo y la espada en la espalda, montar una yegua de aspecto miserable y galopar hacia la torre.

El viento ya hacía bailar el cabello plateado del príncipe guerrero. Aelin le dijo a Rowan:

—Salimos ahora.

Así que eso hicieron.

La gente en las calles ya estaba en estado de pánico porque la fuerza oscura iba adquiriendo forma en el horizonte: barcos enormes con velas negras que se acercaban a la bahía como si de verdad los estuviera impulsando un viento preternatural.

Pero Aelin, con Lysandra cerca, caminó hacia el gran *Dragón del Mar*; Rowan y sus dos compañeros las seguían un paso atrás.

La gente se detenía y los miraba con la boca abierta cuando subieron por la plancha asegurando y acomodando su armamento. Cuchillos y espadas, el hacha de Rowan brillaba cuando se la colgó al costado, un arco y una aljaba llena de flechas con plumas negras que Aelin supuso Fenrys disparaba con puntería mortífera, y más armas cortantes. Cuando subieron al *Dragón del Mar*, sintieron el leve movimiento de su cubierta de madera meticulosamente pulida, Aelin supuso que juntos formaban un arsenal ambulante.

En cuanto Gavriel terminó de subir, los hombres de Rolfe retiraron la plancha y la subieron. Los demás, sentados en bancas a los lados de la cubierta, levantaron sus remos. Había dos hombres por asiento. Rowan movió la barbilla hacia Gavriel y Fenrys y los dos, sin decir palabra, se unieron a los hombres. El equipo obedecía a rangos y ritmos que eran más antiguos que algunos reinos.

Rolfe avanzó hacia una puerta que sin duda llevaba a sus habitaciones con dos hombres detrás de él cargando grandes cadenas de hierro.

Aelin caminó en su dirección.

—Anclen las cadenas al mástil principal y asegúrense de que haya suficiente espacio para que lleguen... aquí —señaló el sitio donde estaba parada en el centro de la cubierta.

Suficiente espacio para que no alcanzaran a nadie, suficiente espacio para que ella y Rowan trabajaran.

Rolfe ladró la orden de empezar a remar y miró una vez en dirección de Fenrys y Gavriel, que tenían cada uno un remo para ellos solos y mostraban los dientes al utilizar su fuerza considerable para iniciar el movimiento.

Lentamente, el barco empezó a moverse. Los demás alrededor de ellos entraron en acción.

Pero primero tenían que salir de la bahía, tenían que pasar la barrera de Rompenavíos.

Los hombres de Rolfe enredaron las cadenas alrededor del mástil y dejaron un tramo suficiente para alcanzar a Aelin.

El hierro le daría algo para mantenerla centrada, un recordatorio de quién era, qué era. El hierro la mantendría fija cuando la dimensión de su magia, de la magia de Rowan, amenazara con arrastrarla y llevársela.

El *Dragón del Mar* avanzó lentamente por el puerto. Los gritos y gemidos de los hombres de Rolfe mientras remaban ahogaban el escándalo del pueblo que dejaban atrás.

Ella miró hacia ambas torres y vio llegar a Dorian y después vio el cabello dorado de Aedion que corría por la escalinata espiral hacia el enorme arpón montado en la parte superior. Sintió que su corazón le dolía un instante cuando le vino a la mente el momento en que Sam corría por esas mismas escaleras, no para defender ese pueblo sino para destrozarlo.

Se sacudió el yugo helado del recuerdo y volteó a ver a Lysandra que estaba en el barandal de la cubierta y que también observaba a su primo.

—Ahora.

Incluso Rolfe dejó de dar órdenes al escuchar la palabra.

Lysandra se sentó con gracia en el barandal amplio de madera, giró las piernas hacia afuera y... se dejó caer al agua.

Los hombres de Rolfe corrieron hacia el barandal. La gente que iba en los barcos a su lado hizo lo mismo al ver a la mujer que se había lanzado hacia el azul brillante.

Pero lo que emergió no fue una mujer.

Debajo, en lo profundo, Aelin alcanzó a distinguir el brillo, el cambio y la extensión. Los hombres empezaron a maldecir.

Pero Lysandra seguía creciendo y creciendo debajo de la superficie a lo largo del fondo arenoso del puerto.

Los hombres empezaron a remar más rápido.

Pero la velocidad del barco no era nada comparada con la velocidad de la criatura que emergió de las olas.

Tenía un hocico ancho color verde jade con una franja de dientes blancos desgarradores. La criatura respiró y luego hizo un arco para regresar bajo el agua. El movimiento dejó a la vista un instante la cabeza enorme y los ojos inteligentes antes de desaparecer bajo el mar.

Algunos hombres gritaron. Rolfe apoyó la mano en el timón. Su primer oficial, con esa espada de dragón marino recién pulida al costado, cayó de rodillas.

Lysandra se sumergió y permitió que vieran el cuerpo largo y poderoso que iba asomándose a la superficie poco a poco mientras ella se hundía más. Sus escamas de jade brillaban como joyas en el sol cegador del mediodía. Que vieran la leyenda que provenía directamente de sus profecías: los micenianos sólo regresarían cuando regresaran los dragones marinos.

Así que Aelin se aseguró de que uno apareciera justo en su maldito puerto.

—Dioses en los cielos —murmuró Fenrys desde el sitio donde remaba.

De verdad, esa fue casi la única reacción que Aelin pudo pensar cuando el dragón marino se hundió en las aguas y luego salió nadando delante de ellos.

Lysandra extendió esas grandes aletas, *alas*, debajo del agua y pegó las patas delanteras y traseras a su cuerpo. Su cola enorme y con púas servía como timón.

Algunos de los hombres de Rolfe empezaron a murmurar: "Un dragón... un dragón para defender nuestro propio barco... Las leyendas de nuestros padres...".

En verdad, el rostro de Rolfe palideció al mirar hacia el sitio donde Lysandra había desaparecido en el mar azul y no soltó el timón como si se agarrara para no caerse.

Dos guivernos marinos... contra un dragón marino.

Porque ni todo el fuego del mundo funcionaría debajo del mar. Para tener posibilidades de diezmar esos barcos, no debían tener ninguna interferencia debajo del agua.

—Vamos, Lysandra —dijo Aelin en voz baja y le rezó a Temis, la diosa de las cosas salvajes, para que le ayudara a la metamorfa a mantenerse rápida y certera debajo de las olas.

Aedion se quitó el escudo de la espalda y se metió rápidamente al asiento frente al arpón de hierro gigante. Era tal vez unos veinte centímetros más largo que su cuerpo y la punta era más grande que su cabeza. Sólo había tres lanzas. Tendría que aprovechar bien sus tiros.

Del otro lado de la bahía apenas alcanzaba a ver al rey adoptando su posición a lo largo de la almena en el nivel más bajo de la torre. En la bahía en sí, el barco de Rolfe iba acercándose cada vez más a la cadena Rompenavíos.

Aedion pisó uno de los tres pedales que le permitían girar en el lanzador montado y sostuvo las manillas a ambos lados para posicionar la lanza en su sitio. Con cuidado y precisión apuntó el arpón hacia el extremo exterior de la bahía, donde las dos puntas de la isla se acercaban una a otra formando la entrada angosta hacia el puerto.

Podía ver que las olas rompían un poco más atrás... un arrecife. Era bueno para destrozar los barcos y sin duda era el sitio donde Rolfe plantaría su barco para engañar a la flota de Morath y que encallaran en el arrecife.

—¿Qué demonios es eso? —dijo uno de los guardias y apuntó hacia las aguas de la bahía.

Vieron una sombra poderosa y larga que nadaba debajo del agua frente al *Dragón del Mar*, más rápida que el barco, más rápida que un delfín. Tenía un cuerpo largo y serpentino que volaba por el mar en alas que también podrían ser aletas.

El corazón de Aedion se detuvo.

—Es un dragón marino —logró decir.

Bueno, al menos ya sabía cuál era el secreto que guardaba Lysandra.

Y por qué Aelin había insistido en entrar al templo de Brannon. No sólo para ver al rey, no sólo para reclamar la ciudad para los micenianos y Terrasen, sino... para que Lysandra estudiara los detallados grabados de tamaño natural de los dragones marinos. Para poder convertirse en un mito viviente.

Esas dos... Oh, esas brujas ingeniosas y maquinadoras. Una reina de leyendas, en verdad.

—¿Cómo... cómo...? —dijo el guardia a los demás y empezaron a balbucear entre ellos—. ¿Nos va a defender?

Lysandra se acercó a Rompenavíos que seguía bajo la superficie. Hizo giros y arcos, dio la vuelta a lo largo de las rocas como si estuviera acostumbrándose a su nueva forma. Experimentaba con ese cuerpo en el poco tiempo que tenía.

—Sí —exhaló Aedion aunque sintió que el terror le inundaba las venas—. Sí lo hará.

El agua estaba tibia, silenciosa y eterna.

Y ella era una sombra con escamas que hacía que los peces de colores, como si fueran joyas, salieran disparados a esconderse en sus casas de coral; era una amenaza veloz que recorría el agua y que hacía que los pájaros blancos que flotaban en la superficie salieran volando al sentir que ella pasaba debajo.

Los rayos de sol entraban en columnas a través del agua y Lysandra, en la pequeña parte de ella que seguía siendo humana, sentía como si estuviera deslizándose en un templo de luz y sombras.

Pero ahí, lejos, arrastrados por los ecos del sonido y las vibraciones, los podía sentir.

Incluso los depredadores más grandes de esas aguas huyeron y se dirigieron al mar abierto más allá de las islas. Ni siquiera la promesa de un mar manchado de rojo los podía mantener en el camino de las dos fuerzas que estaban a punto de chocar.

Delante, los eslabones enormes de Rompenavíos se hundían hacia las profundidades como si fuera el collar gigantesco de una diosa que se inclinaba para beber el mar.

Había leído sobre ellos, los dragones marinos muertos y olvidados hacía mucho tiempo, a petición de Aelin. Porque su amiga sabía que intimidar a Rolfe con los micenianos era algo que duraría poco, pero si se valían del poder del mito... su gente tal vez se uniría a la causa. Y como tenían un hogar y una familia que ofrecerles entre estas islas y en Terrasen...

Lysandra estudió los grabados de los dragones marinos en el templo después de que Aelin quemó la tierra que tenían encima. Su magia había llenado las partes que los grabados no mostraban. Como las fosas nasales que distinguían todos los olores en la corriente, las orejas que descifraban varias capas de sonido.

Lysandra avanzó rápidamente hacia el arrecife que quedaba justo después de la abertura de la bahía. Tendría que retraer las alas pero... ahí, ahí se posaría.

Ahí dejaría correr todos sus instintos salvajes sin hacer caso a la parte de ella que sentía y se preocupaba.

Estas bestias, sin importar cómo las hubieran hecho, eran sólo eso: bestias. Animales.

No pelearían con moralidad o con códigos. Pelearían a muerte y lucharían por sobrevivir. No mostrarían piedad ni compasión.

Tendría que pelear como ellas. Ya lo había hecho antes... se había vuelto salvaje no sólo aquel día de la caída del castillo de cristal, sino la noche que la habían capturado y esos hombres habían intentado llevarse a Evangeline. Esta vez no sería distinto.

Lysandra enterró sus garras curvas capaces de romper huesos en la plataforma del arrecife para mantener su posición a pesar de la corriente y observó el azul silencioso que se extendía hacia el infinito frente a ella.

Así empezó su vigilia de muerte.

# CAPÍTULO 35

Sentada en el barandal del *Dragón del Mar* mientras sostenía la escalera de cuerda que salía del mástil, Aelin saboreó la brisa fresca que le salpicaba el rostro mientras el barco iba abriéndose paso entre las olas. Cuando el barco dejó atrás a los demás, Rowan permitió que su viento llenara las velas e hizo que el *Dragón del Mar* volara en dirección a la cadena gigante.

Era difícil no mirar hacia atrás al pasar por encima de la cadena sumergida... y luego ver a Rompenavíos empezar a salir del agua.

Los estaba dejando fuera de la bahía, donde esperarían a salvo el resto de los barcos de Rolfe detrás de la cadena para cuidar el pueblo que ahora los observaba en silencio.

Si todo salía bien, sólo necesitarían ese barco, le dijo a Rolfe.

Y si las cosas salían mal, entonces sus barcos no harían ninguna diferencia de todas maneras.

Sosteniéndose con fuerza de la cuerda, Aelin se inclinó al frente y vio pasar el azul y blanco vibrante debajo en un borrón de movimiento. "No demasiado rápido" le dijo a Rowan. "No desperdicies tu fuerza... apenas dormiste anoche".

Él se acercó para darle un mordisco en la oreja antes de sentarse junto a Gavriel para concentrarse.

Él seguía ahí y su poder permitió que los hombres dejaran de remar y se prepararan para lo que se aproximaba. Aelin volvió a mirar al frente, hacia esas velas negras que cubrían el horizonte.

La llave del Wyrd que tenía en el pecho murmuró en respuesta.

Ella podía sentirlos, su magia podía *probar* la corrupción que contaminaba el viento. No había seña de Lysandra, pero estaba ahí.

El sol se reflejó con un brillo enceguecedor en las olas cuando la magia de Rowan se hizo más lenta y los dejó continuar deslizándose hacia los dos picos de la isla que se curvaban uno hacia el otro.

Era hora.

Aelin se bajó del barandal y sus botas hicieron un ruido sordo en la madera empapada de la cubierta. Muchos ojos voltearon a verla, a ver las cadenas que se extendían por la cubierta principal. Rolfe bajó del alcázar elevado donde estaba personalmente a cargo del timón y avanzó hacia ella.

Aelin tomó una cadena pesada de hierro y se preguntó a quién habría sostenido antes. Rowan se puso de pie con un movimiento sencillo y ágil. Llegó con ella al mismo tiempo que Rolfe.

El capitán exigió saber:

—¿Ahora qué?

Aelin movió la barbilla hacia los barcos que ya estaban tan cerca que se alcanzaban a distinguir las figuras amontonadas en las varias cubiertas. Muchas, *muchas* figuras.

—Haremos que se acerquen lo más posible. Cuando alcances a distinguir el blanco de sus ojos nos gritas.

Rowan añadió:

—Y entonces tira el ancla del lado de estribor. Danos la vuelta.

—¿Por qué? —preguntó Rolfe mientras Rowan le ayudaba a Aelin a abrocharse el grillete alrededor de la muñeca.

Ella sintió repulsión al hierro y su magia se retorció. Rowan le sostuvo la barbilla entre el pulgar y el dedo índice y la obligó a verlo a los ojos, su mirada inquebrantable, mientras le respondía a Rolfe:

—Porque no queremos que los mástiles estén en el camino cuando abramos fuego. Parecen ser una parte importante del barco.

Rolfe gruñó y se alejó caminando.

Los dedos de Rowan se acomodaron alrededor de la mandíbula de Aelin y le acarició la mejilla con el pulgar.

—Sacamos el poder lenta y constantemente.

—Lo sé.

Él ladeó la cabeza y arqueó las cejas. Su boca pecaminosa se movió para formar una media sonrisa:

—Llevas días metiéndote en tu poder, ¿verdad?

Ella asintió. Le había costado casi toda su concentración. Había sido un enorme esfuerzo mantenerse en el presente, mantenerse activa y consciente mientras se enterraba más y más profundamente para poder extraer tanto poder como pudiera sin llamar la atención.

—No quería arriesgarme con esto. No si tú estabas agotado después de salvar a Dorian.

—Has de saber que ya me recuperé. Así que esa muestra en la mañana...

—Fue una manera de quitarme un poco la tensión del poder —dijo ella con ironía—. Y para hacer que Rolfe se orinara.

Él rio y le soltó la cara para ponerle el otro grillete. Ella odiaba la sensación antigua y asquerosa sobre su piel, sobre la de él, cuando ella se los puso en las muñecas tatuadas.

—Apresúrense —dijo Rolfe desde en su posición en el timón.

Era verdad, los barcos se estaban acercando. No había señal de esos guivernos marinos, aunque la metamorfa también se mantenía fuera de su vista.

Rolfe tomó su cuchillo de cacería y el acero brilló en el sol quemante. Era el mediodía.

Era precisamente el motivo por el cual había ido a la oficina de Rolfe hacía casi dos horas.

Prácticamente había hecho sonar la campana para que el contingente del Callejón sin Salida viniera a comer. Se había arriesgado a que no esperaran hasta el anochecer, aparentemente ellos temían la ira de su amo si ella se les volvía a escapar más que el temor que le tenían a la luz. O eran demasiado estúpidos para darse cuenta de que la heredera de Mala estaría en su punto más poderoso.

—¿Quieres hacer los honores o lo hago yo? —preguntó Rowan.

Fenrys y Gavriel estaban de pie y con las armas listas mientras veían la escena desde una distancia segura. Aelin estiró la mano que tenía libre, con la palma llena de cicatrices, y le quitó el cuchillo. Un corte rápido hizo que le ardiera la piel y la sangre empezó a calentar la piel pegajosa por el agua de mar.

Rowan tomó el cuchillo un instante después y el olor de su sangre le llenó la nariz, puso sus sentidos en alerta. Ella extendió la palma ensangrentada.

Su magia salió al mundo con su sangre, crujiendo en sus venas, en sus oídos. Ella controló su necesidad de dar golpes en el piso con el pie, de aflojar los hombros.

—Lentamente —repitió Rowan como si pudiera percibir lo cerca que estaba de liberar su poder— y de manera constante —le pasó el brazo con el grillete por la cintura para acercarla a él—. Estaré contigo todo el tiempo.

Ella levantó la cabeza para estudiar su rostro, los planos ásperos y el tatuaje curvado. Él se acercó para besarla rápidamente en la boca. Y cuando unieron sus labios, unieron también sus palmas sangrantes.

La magia la invadió, antigua, malvada y astuta, y ella se acercó a Rowan, las rodillas se le doblaban al sentir un poder cataclísmico rugir en su interior.

Lo único que veían los demás en la cubierta era a dos amantes abrazándose.

Pero Aelin se metió más y más profundamente en su poder y sintió cómo él hacía lo mismo en el suyo. Sintió todo el hielo, el viento y los relámpagos que entraban de golpe en ella. Y cuando la alcanzó, el centro de su poder cedió ante el de ella, se derritió y se convirtió en brasas y fuego salvaje. Se convirtió en el corazón derretido de la tierra, el que le da forma al mundo y genera nuevas tierras.

Se metió más profundamente, cada vez más.

Aelin percibía vagamente la sensación del barco que se mecía bajo sus pies, sentía el hierro que rechazaba su magia, sentía la presencia de Fenrys y Gavriel que centelleaban alrededor de ellos como velas.

Hacía muchos meses que no se introducía tanto en el abismo de su poder.

Cuando entrenó con Rowan en Wendlyn, se había autoimpuesto el límite a su poder. Y luego ese día con el Valg, había roto ese límite, había descubierto un nivel nuevo debajo. Ese fue el poder que usó cuando rodeó a Doranelle con su magia y se tardó todo un día en llegar así de profundamente, para sacar lo que necesitaba.

Aelin había empezado este descenso hacía tres días.

Esperaba llegar al final después del primer día. Llegar al fondo que había sentido antes.

No llegó.

Y ahora... ahora que el poder de Rowan se unía al suyo...

El brazo de Rowan seguía sosteniéndola con firmeza y ella percibía la sensación lejana de su abrigo que le raspaba un poco la cara, la dureza de las armas debajo, el olor de Rowan que la cubría, la tranquilizaba.

Era como una piedra lanzada al mar de su poder, del poder de ambos.

Más profundo

y

más profundo

y

más profundo

Ahí, ahí estaba el fondo. El fondo lleno de cenizas, el centro de un cráter inactivo.

Lo único que evitaba que se hundiera en esa ceniza, en el sueño que podría estar debajo, era la sensación de la cubierta de madera contra sus pies.

Su magia le susurró que empezara a cavar entre la ceniza y el limo. Pero Rowan la apretó de la cintura.

—Lento —le murmuró en el oído—, lento.

Ella seguía sintiendo más de su poder fluir hacia su cuerpo, viento y hielo que se mezclaban con su poder y se arremolinaban en un torbellino.

—Ya están cerca —advirtió Rolfe desde un sitio cercano, desde otro mundo.

—Apunta al centro de la flota —le ordenó Rowan—. Haz que los barcos de los lados se dispersen hacia el arrecife.

Chocarían y los supervivientes quedarían en el agua donde Fenrys y los hombres de Rolfe los podrían acabar con flechas. Rowan tenía que estar alerta, observar la fuerza que se acercaba.

Ella podía sentirlos. Podía sentir que su magia le erizaba la piel en respuesta a la negrura que se reunía más allá del horizonte de su conciencia.

—Ya casi están en rango —gritó Rolfe.

Ella empezó a tirar hacia arriba, a jalar ese abismo de flamas y brasas con ella.

—Tranquila —murmuró Rowan.

Más y más alto fue subiendo Aelin de regreso hacia el mar y la luz de sol.

"Aquí" sintió que la llamaba la luz de sol. "Hacia mí".

Su magia se dirigió a eso, a esa voz.

—¡Ahora! —ladró Rolfe.

Y como una bestia salvaje liberada de su correa, su magia hizo erupción.

Había hecho un buen trabajo cuando Rowan le cedió su poder. Se había sobresaltado y había titubeado un par de veces, pero... el descenso lo tenía controlado.

Aunque su poder... el pozo era más profundo que antes. Era fácil olvidar que ella todavía estaba creciendo, que su poder maduraría con ella.

Y cuando Rolfe gritó "¡Ahora!", Rowan se dio cuenta de que no había sido bueno no recordarlo.

Una columna de fuego que no quemaba brotó de Aelin y salió hacia el cielo, volviendo el mundo rojo, anaranjado y dorado.

El poder hizo que Aelin saliera volando de sus brazos y Rowan le apretó la mano con fuerza, negándose a perder esa línea de contacto. Los hombres a su alrededor retrocedieron dando traspiés, cayeron de sentón mientras veían boquiabiertos hacia arriba con terror y asombro.

La columna de flamas subió más alto, un torbellino de muerte, vida y renacimiento.

—Dioses —susurró Fenrys a sus espaldas.

La magia de Aelin seguía brotando hacia el mundo. Ella empezó a arder con más calor, de manera más salvaje.

Tenía los dientes apretados y la espalda arqueada. Jadeaba con los ojos cerrados.

—Aelin —le advirtió Rowan.

La columna de flamas empezó a expandirse y ahora tenía toques azules y turquesa. Eran flamas que derretirían huesos, que resquebrajarían la tierra.

Era demasiado. Él le había dado demasiado y ella se sumergió demasiado en su poder...

A través de las flamas que los envolvían, Rowan alcanzó a ver la flota enemiga enloquecida que empezaba a moverse para escapar, para salir de su alcance.

La muestra de poder de Aelin no era para ellos.

Porque no había escapatoria, no con el poder que ella había sacado.

La muestra era para los otros, para la ciudad que los observaba.

Para que el mundo supiera que ya no era solamente la princesa jugando con brasas.

—Aelin —volvió a decir Rowan e intentó tirar del vínculo que los unía.

Pero no había nada.

Sólo las fauces abiertas de una bestia inmortal y antigua. Una bestia que había abierto un ojo, una bestia que hablaba en la lengua de mil mundos.

El hielo le inundó las venas. Traía puesta la llave del Wyrd.

—*Aelin*.

Pero entonces Rowan lo sintió. Sintió que el fondo de su poder se cuarteaba y se abría como si la bestia dentro de la llave del Wyrd hubiera dado un pisotón y la ceniza y la roca se desmoronaran debajo.

Y quedó a la vista el centro fundido y turbulento de la magia debajo.

Como si fuera el corazón en llamas de la misma Mala.

Aelin entró a ese poder. Se bañó en él.

Rowan intentó moverse, intentó gritarle que se detuviera...

Pero Rolfe, con los ojos abiertos por algo que sólo podía ser terror y asombro, le rugió:

—¡Abre fuego!

Ella lo escuchó. Y con la misma violencia que había perforado el cielo, esa columna de fuego bajó, bajó de regreso a *ella*, enredándose y envolviéndose en su interior, fundiéndose en un núcleo de poder tan caliente que ardió en él, quemando su alma...

Las flamas se apagaron en el mismo segundo que ella buscó en el interior de Rowan con las manos ardientes y le *arrancó* el poder restante.

Y también le soltó la mano de un tirón violento. Justo en el momento en que su poder y el de la llave del Wyrd entre sus senos se fusionaron.

Rowan cayó de rodillas y se escuchó un crujido dentro de su cabeza, como si lo hubiera partido un trueno.

Cuando Aelin abrió los ojos, Rowan se dio cuenta de que no había sido un trueno, sino el sonido de una puerta que se abría de golpe.

El rostro de Aelin no tenía expresión. Era frío como el espacio entre las estrellas. Y sus ojos...

El turquesa brillaba ardiente... alrededor de un centro plateado. No había rastro del dorado.

—Esa no es Aelin —exhaló Fenrys.

Una sonrisa ligera se asomó a los labios de la reina, un gesto nacido de la crueldad y la arrogancia, y examinó la cadena de hierro que se envolvía alrededor de su muñeca.

El hierro se fundió y los trozos de metal abrieron un agujero en la cubierta y el nivel de abajo. La criatura que se asomaba desde los ojos de Aelin dobló los dedos para formar un puño. La luz se le escapaba entre los dedos apretados.

Luz fría y blanca. Se podían ver unas tiras... flama plateada...

—Aléjate —le advirtió Gavriel—. *Aléjate y no mires.*

Gavriel estaba de rodillas, con la cabeza inclinada y desviaba la mirada. Fenrys hizo lo mismo.

Porque lo que estaba mirando a la flota frente a ellos, lo que había llenado el cuerpo de su amada... Rowan lo supo. Un instinto básico e intrínseco en él lo supo.

—Deanna —susurró Rowan.

Ella volteó rápidamente hacia él a modo de pregunta y confirmación.

Y le dijo, en una voz profunda y hueca, joven y vieja:

—Todas las llaves tienen un candado. Dile a la Reina Prometida que vaya por él pronto, porque no bastarán todos los aliados del mundo si no tiene el candado, si no pone esas llaves de regreso en él. Dile que la flama y el hierro, fusionados, se funden en la plata para reconocer lo que debe encontrarse. Sólo será necesario un paso.

Luego volvió a apartar la vista.

Y Rowan se dio cuenta de lo que era el poder que tenía ella en la mano. Se dio cuenta de que la flama que iba a liberar sería tan fría que quemaría, se dio cuenta de que era el frío de las estrellas, el frío de la luz robada.

No fuego salvaje, sino fuego de la luna.

✦ ✦

Un instante ella estaba ahí. Y al siguiente no.

Y luego la hicieron a un lado, la encerraron en una caja sin llave y el poder ya no era de ella, su cuerpo no era de ella, su nombre no era de ella.

Y podía sentir a lo Otro ahí, llenándola, riendo en silencio mientras se maravillaba del calor del sol en su rostro, la brisa marina húmeda que cubría sus labios de sal, y el dolor de la mano cuya herida ya había sanado.

Había pasado tanto tiempo... tanto tiempo desde la última vez que lo Otro había sentido esas cosas, desde que las había sentido *por completo* y no como algo intermedio y diluido.

Y esas flamas, *sus* flamas y la magia de su amado... le pertenecían a lo Otro ahora.

A una diosa que había entrado por el portal temporal que colgaba entre sus senos y había usado su cuerpo como una máscara. No tenía palabras, porque no tenía voz, no tenía identidad, *nada*...

Y sólo podía observar, como si viera desde una ventana, mientras sentía cómo la diosa, quien tal vez no la había estado protegiendo sino *cazando* durante toda su vida para llegar a este momento, a esta oportunidad, examinaba la flota oscura que estaba frente a ellos.

Sería muy sencillo destruirla.

Pero había más vida que brillaba... *detrás*. Más vida por destruir, escuchar sus gritos moribundos con sus propios oídos, presenciar de primera mano lo que era dejar de existir de una manera en que una diosa nunca podría...

Ella miró su propia mano, envuelta en flamas pulsantes blancas, que empezó a moverse de la flota oscura donde estaba apuntando.

Hacia la ciudad desprotegida en el corazón de la bahía.

El tiempo se volvió más lento y se alargó mientras su cuerpo giraba hacia ese pueblo, mientras su propio brazo se levantaba y su puño apuntaba hacia el corazón del lugar. Había gente en los muelles, los vástagos de un clan perdido. Algunos corrieron para alejarse de la muestra de fuego que había liberado unos momentos antes. Sus dedos empezaron a abrirse.

—¡No!

La palabra fue un rugido, una súplica, y la plata y el verde le pasaron frente a los ojos.

Un nombre. Un nombre la recorrió cuando él se lanzó frente a ese puño, ese fuego de luna, no sólo para salvar a los inocentes de la ciudad, sino para salvar *su* alma de la agonía si los destrozaba a todos...

Rowan. Y cuando pudo enfocar su rostro, el tatuaje que contrastaba bajo el sol, cuando ese puño lleno de poder inimaginable se abrió hacia *su* corazón...

No existía fuerza en el mundo que pudiera sujetarla.

Y Aelin Galathynius recordó su propio nombre cuando destrozó la jaula en la que la había metido la diosa, cuando tomó a la diosa de la maldita *garganta* y la lanzó *fuera, fuera, fuera* de regreso a ese agujero por el que se había infiltrado y lo selló.

Aelin regresó a su cuerpo, a su poder.

El fuego de hielo, el fuego robado de las estrellas...

El cabello de Rowan seguía moviéndose cuando se detuvo frente al puño de Aelin que se abría.

El tiempo empezó a correr normalmente otra vez, rápido e implacable. Aelin sólo logró lanzarse de lado para que ese puño ahora apuntara lejos de él, a *cualquier parte* salvo a él...

El barco bajo ella, el centro y el lado izquierdo de la flota más allá y la parte exterior de la isla que quedaba detrás volaron en pedazos en una tormenta de fuego y hielo.

# CAPÍTULO 36

Debajo de las olas reinaba el silencio a pesar de que los sonidos apagados de gritos, choques y muerte le llegaban como ecos.

Aelin descendía, como lo había hecho hacia su poder, y el peso de la llave del Wyrd en su cuello se sentía como una roca. Deanna. No sabía cómo, no sabía por qué...

*La Reina Prometida.*

Los pulmones se le contrajeron y le quemaron.

Choque. Tal vez estaba en estado de choque.

Siguió avanzando más profundamente, intentando sentir nuevamente su cuerpo, su mente.

El agua salada le ardía en los ojos.

Una mano grande y fuerte la tomó de la parte de atrás de la ropa y *tiró* de ella, arrastrándola a tirones con un ritmo constante.

Qué había hecho qué había hecho qué había hecho...

El aire y la luz reventaron a su alrededor y esa mano que la sostenía del cuello la tomó alrededor del pecho y tiró de ella contra un cuerpo duro y masculino que mantuvo su cabeza encima de las olas agitadas.

—Te tengo —dijo una voz que no era la de Rowan.

Otros. Había otros en el barco y ella posiblemente los había matado a todos...

—Majestad —dijo el macho a modo de pregunta y de orden en voz baja.

Fenrys. Ese era su nombre.

Ella parpadeó y su nombre, su título, su poder destrozado regresaron de golpe: el mar, la batalla y la amenaza de Morath que se cernía sobre ellos.

Después. Después ya trataría con esa maldita diosa que pensó que podía usarla a *ella* como una sacerdotisa en el templo. Después, consideraría cómo se abriría paso por todos los mundos para encontrar a Deanna y hacerla pagar.

—Sostente —le dijo Fenrys.

Empezó a escuchar todo el caos que los rodeaba: los gritos de los hombres, el crujir de las cosas que se rompían, el crepitar de las flamas.

—No te sueltes —dijo el guerrero.

Antes de que ella pudiera recordar cómo hablar desaparecieron en... la nada. En una oscuridad que era al mismo tiempo sólida e insustancial y la apretaba con fuerza.

Luego estaban nuevamente en el agua, flotando entre las olas mientras ella se reorientaba y escupía para respirar. Él los había movido, de alguna manera, había saltado entre distancias, a juzgar por lo que flotaba a su alrededor que era completamente distinto.

Fenrys la sostuvo contra su cuerpo y su respiración se escuchaba agitada. Como si la magia que usó para saltar esa distancia corta lo hubiera agotado. Inhaló profundamente.

Luego se fueron otra vez, a ese espacio oscuro, hueco pero a la vez apretado. Pasaron unos instantes y el agua y el cielo regresaron.

Fenrys gruñó y la apretó con un brazo mientras con el otro nadaba hacia la costa y apartaba los escombros. Su respiración se oía como un jadeo húmedo. Lo que fuera su magia, ya se había agotado.

Pero Rowan, dónde estaba *Rowan*...

Emitió un sonido que podría haber sido su nombre o podía haber sido un sollozo.

Fenrys jadeó:

—Está en el arrecife. Está bien.

No le creyó. Empezó a luchar contra el brazo del guerrero hada hasta que la soltó y ella se movió en el agua fría y giró en la dirección que iba Fenrys. Emitió otro pequeño sonido cuando vio a Rowan parado en el arrecife con el agua que le llegaba a las rodillas. Ya tenía el brazo estirado aunque todavía los separaban treinta metros.

Bien. Ileso. Vivo. Gavriel, igual de empapado, estaba a su lado, mirando.

Oh, dioses, oh, dioses.

El agua estaba teñida de sangre. Había cuerpos por todas partes. Y la flota de Morath.

La mayor parte había desaparecido. No quedaba más que madera negra y astillada tirada por todo el archipiélago y trozos ardientes de lona y cuerda. Pero quedaban tres barcos.

Tres barcos que ahora convergían sobre las ruinas del *Dragón del Mar* que empezaba a hundirse. Los barcos se acercaban como nubes de tormenta.

—Tienes que nadar —le gruñó Fenrys a su lado con el cabello empapado pegado a la cabeza—. Ahora. Lo más rápido que puedas.

Ella volteó a verlo y parpadeó para sacar el agua salada de sus ojos.

—Nada *ahora* —le gritó Fenrys y le enseñó los colmillos.

Ella no se detuvo a pensar qué estaría acechándolos *abajo* cuando la tomó del cuello de la ropa de nuevo y prácticamente la *lanzó* frente a él.

Aelin no esperó. Se concentró en la mano estirada de Rowan al nadar, su rostro tan estudiadamente tranquilo, el comandante en el campo de batalla. La magia de Aelin estaba vacía, su magia era un páramo, y la de él... Ella le había robado su poder.

Pensaría en eso después. Aelin avanzó y esquivó trozos más grandes de escombros, pasó...

Pasó al lado de hombres. Hombres de Rolfe. Muertos en el agua. ¿El capitán estaría en alguna parte entre ellos?

Ella probablemente había matado a su primer y único aliado humano en esa guerra, y su único camino directo al candado. Y si la noticia de eso se extendía...

—¡Más rápido! —ladró Fenrys.

Rowan envainó su espada, dobló las rodillas...

Y luego nadaba hacia ella, rápido y hábil, abriéndose paso entre y debajo de las olas, como si el agua fuera parte de él. Quiso gruñirle que ella podía sola, pero...

Él estiró la mano hacia ella y no dijo nada antes de ponerse detrás. Vigilando junto con Fenrys.

¿Y él qué podía hacer en el agua sin magia, contra las fauces enormes de un guiverno marino?

No hizo caso a la tensión que le aplastaba el pecho y avanzó a toda velocidad hacia el arrecife. Gavriel ya estaba esperando en el sitio donde estaba Rowan antes. Debajo de ella, la plataforma del coral finalmente se extendió y casi sollozó, con los músculos temblando, cuando Gavriel se agachó para que ella pudiera alcanzar su mano.

El León la sacó fácilmente del agua. Se le doblaron las rodillas en lo que sus botas se estabilizaban sobre los corales irregulares, pero Gavriel la sostuvo y la dejó que se recargara en él discretamente. Rowan y Fenrys salieron un instante después y el príncipe de inmediato llegó a su lado, le puso las manos en la cara y le apartó el cabello mojado para mirarla a los ojos.

—Estoy bien —dijo ella con tono ronco. Por la magia o por la diosa o por el agua salada que había tragado—. Soy yo.

Eso fue suficiente para Rowan, que veía en dirección a los tres barcos que se acercaban a ellos velozmente.

Del otro lado, Fenrys estaba agachado, con las manos en las rodillas y jadeando. Levantó la cabeza cuando la sintió observándolo, con el cabello goteando, pero le dijo a Rowan:

—Yo estoy agotado... tendremos que esperar a que me recupere o nadar a la costa.

Rowan asintió de una manera que Aelin interpretó como comprensión y agradecimiento, y ella miró detrás de ellos. El arrecife parecía ser una extensión de la costa rocosa y negra que quedaba atrás, pero con la marea alta tendrían que nadar en varios lugares. Tendrían que arriesgarse a lo que estaba debajo del agua.

Debajo del agua. Con Lysandra.

No había señal ni de guivernos ni del dragón.

Aelin no sabía si eso era bueno o malo.

Aelin y los machos hada llegaron al arrecife y estaban parados sobre él con agua hasta las rodillas.

Lo que sea que pasó... había salido horriblemente mal. Tan mal que Lysandra podría haber jurado que la presencia salvaje y fiera que nunca la había olvidado se había escondido en su sombra cuando el mundo superior explotó.

Ella se cayó del coral, la corriente se arremolinaba. Empezó a llover madera, cuerda y lona en la superficie, algunos trozos se hundían mucho. Luego empezaron a caer cuerpos, brazos y piernas.

Ahí estaban el capitán y su primer oficial enredados entre escombros flotantes que amenazaban con arrastrarlos al fondo arenoso.

Lysandra se sacudió la sorpresa y salió disparada en dirección de los hombres.

Rolfe y el oficial se quedaron petrificados al verla acercarse, buscaron sus armas debajo de las olas. Pero ella rompió todos los escombros que los estaban ahogando y luego se quedó quieta, permitió que se sostuvieran de su cuerpo. No tenía mucho tiempo...

Rolfe y el oficial se sostuvieron de sus piernas y se aferraron a ella como balanos mientras avanzaba a toda velocidad por el agua, a través de las ruinas quemadas. En un minuto los dejó en una plataforma rocosa y luego salió a la superficie sólo el tiempo suficiente para tomar aire antes de sumergirse.

Había más personas luchando en el agua. Se dirigió a ellos, esquivando los escombros cuando...

Percibió un toque de sangre arrastrado por la corriente. Era distinto a los manchones que abundaban en el agua desde la explosión del barco.

Esto eran nubes enormes y revueltas de sangre. Como si unas mandíbulas gigantes se hubieran cerrado alrededor de un cuerpo y hubieran apretado.

Lysandra se lanzó hacia el frente, su cola poderosa se movió de un lado a otro, y su cuerpo ondulante avanzó veloz hacia los tres barcos que se acercaban a los supervivientes. Tenía que actuar en ese momento, mientras los guivernos estaban distraídos comiendo.

La peste del barco negro la alcanzó incluso debajo de las olas. Como si la madera oscura estuviera impregnada de sangre podrida.

Cuando se acercó a la parte inferior del casco del barco, aparecieron dos formas poderosas en el azul.

Lysandra sintió cómo fijaban su atención en ella en el momento que azotó la cola contra el casco.

Una vez. Dos.

La madera se cuarteó. Se escucharon gritos sordos desde la superficie.

Retrocedió, enroscándose e hizo chocar la cola contra el casco una tercera vez.

La madera se rompió y golpeó su cuerpo, quitándole algunas escamas, pero ya le había hecho el daño que quería. El agua empezó a entrar más y más al barco, abriéndose paso por la madera mientras la herida mortal crecía y crecía. Se alejó de la corriente del agua que tiraba de ella y se sumergió más, más y más. Los dos guivernos que se estaban hartando de carne de hombres hicieron una pausa.

Lysandra aceleró hacia el siguiente barco. Si lograba hundir los barcos, sus aliados podrían empezar a rescatar a los soldados en el agua uno por uno mientras nadaban hacia la playa.

El segundo barco fue más sabio.

Lanzas y flechas entraban al agua apuntándole. Ella se sumergió hacia el suelo arenoso y luego subió a toda velocidad, más y más, apuntando hacia el casco del barco, preparando su cuerpo para el impacto.

No había llegado al barco cuando sintió otro impacto.

Más rápido de lo que ella había logrado percibir, un guiverno marino llegó por el costado del barco y chocó contra ella.

Las garras abrían y rebanaban y ella giró por instinto y golpeó al guiverno con la cola tan fuerte que el guiverno salió girando del agua.

Lysandra volvió a atacar y se dio cuenta de que la criatura la miraba.

Oh, dioses.

Era casi del doble de su tamaño, hecho del color azul más profundo en el lomo y la parte de abajo blanca y manchada de azul más claro. El cuerpo era casi serpentino, con alas apenas un poco más grandes que aletas a los lados. Estaba diseñado no para ser veloz ni para cruzar océanos, sino... sino para tener esas garras largas y curvas, para tener esas fauces que ahora estaban abiertas, que probaban la sangre, la sal y su olor, revelando dientes tan angostos y puntiagudos como los de una anguila.

Dientes curvos. Para morder y rasgar.

Detrás del guiverno, el otro tomó su posición.

Los hombres salpicaban y gritaban en la superficie sobre ella. Si no lograba hundir esos barcos enemigos...

Lysandra pegó las alas al cuerpo. Deseó haber respirado más profundamente, haber llenado sus pulmones al máximo. Movió la cola con la corriente y dejó que la sangre que todavía le salía en el sitio donde la había lastimado la madera del barco fluyera en dirección a los guivernos.

Se dio cuenta del momento preciso en que los alcanzó.

El momento en que se dieron cuenta de que no era un animal ordinario.

Y entonces Lysandra se sumergió.

Rápida y hábilmente avanzó hacia las profundidades. Si esas bestias habían sido creadas para matar de manera salvaje, ella se valdría de la velocidad.

Lysandra aceleró debajo de ellos, pasó bajo sus sombras oscuras antes de que ellos pudieran siquiera girar. Avanzó hacia el mar abierto.

"Vamos, vamos, vamos..."

Como sabuesos detrás de una liebre, salieron detrás de ella.

Había un banco de arena rodeado de arrecifes al norte.

Nadó hacia allá, acelerando como nunca.

Uno de los guivernos era más rápido que el otro, lo suficiente para sentir cómo abría y cerraba sus fauces en el agua detrás de su cola...

El agua se hizo más transparente, más brillante. Lysandra se dirigió al arrecife que salía de las profundidades, una columna de vida y actividad que se había quedado inmóvil. Ella dio la vuelta al banco de arena...

El otro guiverno apareció frente a ella y el segundo seguía persiguiéndola de cerca.

Eran inteligentes.

Pero Lysandra se lanzó a uno de los lados, hacia la parte poco profunda del banco de arena y dejó que su impulso la hiciera girar una y otra vez, más y más cerca de esa franja delgada de arena. Clavó las garras profundamente para frenar, arena salió volando, levantó la cola, su cuerpo era mucho más pesado fuera del agua...

El guiverno que pensaba sorprenderla apareciendo del otro lado se salió del agua hacia el banco de arena.

Ella lo atacó rápido, como una víbora.

El guiverno tenía el cuello expuesto y ella lo mordió ahí con toda su fuerza.

La bestia se sacudió y movió la cola salvajemente, pero Lysandra la golpeó con la cola en la columna. Le rompió la espalda al mismo tiempo que le rompió el cuello.

La sangre negra que sabía a carne podrida le inundó la garganta.

Dejó caer al guiverno muerto y luego miró hacia los mares color turquesa, lo que flotaba sobre la superficie, los dos barcos restantes y el puerto.

¿Dónde estaba el otro guiverno? ¿Dónde demonios estaba?

Eran suficientemente inteligentes para saber cuándo los aguardaba la muerte y cuándo buscar una presa más sencilla.

Porque alcanzó a ver una espina dorsal que se sumergía. Y se dirigía hacia...

Hacia el lugar donde Aelin, Rowan, Gavriel y Fenrys estaban parados sobre el arrecife, con las espadas desenvainadas. Rodeados de agua por todos lados.

Lysandra se sumergió hacia las olas que la limpiaron de sangre y arena. Uno más, sólo un guiverno más y podría destruir los barcos....

El guiverno restante llegó a la saliente de coral. Iba aumentando la velocidad, como si quisiera saltar del agua y tragarse entera a la reina.

No logró cruzar los cinco metros que le faltaban para llegar a la superficie.

Lysandra se lanzó hacia el guiverno y ambos chocaron contra el coral con tanta fuerza que el arrecife tembló bajo su peso. Tenía las garras en su espalda, la boca alrededor de su nuca y lo sacudía, obedeciendo sólo a su instinto de supervivencia, a las exigencias de su cuerpo que le gritaban *mata, mata, mata*...

Dieron vueltas hacia el mar abierto. El guiverno seguía luchando y empezaba a soltársele del cuello...

*No*. Un buque de guerra quedaba sobre ellos y Lysandra hizo acopio de todas sus fuerzas para clavar más los dientes una última vez. Luego extendió las alas y se movió hacia *arriba*...

Hizo chocar al guiverno marino contra el casco del barco que estaba arriba de ellos. La bestia rugió con furia. Lo azotó una y otra vez. El casco se rompió. Y también el cuerpo del guiverno.

Vio cómo el cuerpo de la bestia se quedaba flácido. Vio que el agua entraba al fondo roto del barco. Escuchó a los soldados en la superficie que empezaban a gritar.

Ella sacó las garras del guiverno y dejó que se fuera hacia el fondo del mar.

Un barco más. Sólo uno más...

Estaba tan cansada. Tal vez no podría siquiera volver a su forma original durante algunas horas.

Lysandra salió a la superficie a respirar y se preparó.

El grito de Aelin le llegó antes de poder volver a sumergirse.

No era de dolor... era una advertencia. Una palabra, una y otra vez. Una palabra para ella.

"Nada".

Lysandra movió la cabeza hacia el lugar donde estaba la reina sobre el arrecife. Pero Aelin apuntaba detrás de Lysandra. No al barco restante... Al mar abierto.

De donde venían tres figuras enormes a toda velocidad entre las olas, directamente hacia ella.

# CAPÍTULO 37

La reina de Aedion estaba en el arrecife, Rowan a su lado, su padre y Fenrys acompañándolos. Rolfe y la mayoría de sus hombres habían logrado llegar al lado opuesto de la entrada angosta a la bahía, sobre el arrecife.

Y en el canal entre ellos...

Un buque de guerra.

Un dragón marino.

Y tres guivernos marinos.

Guivernos marinos *adultos*. Los primeros dos... no eran del tamaño de un adulto todavía.

—Oh, mierda —dijo el guardia al lado de Aedion en la torre—. Oh, mierda. Oh, mierda. Oh, mierda —continuó repitiendo.

Los guivernos marinos que, según Rolfe, irían hasta el fin del mundo para encontrar a quien matara a sus crías. La única manera de salvarse era estar en el centro del continente, pero incluso así los ríos nunca serían seguros.

Y Lysandra acababa de matar dos.

Al parecer no iban solos. Y a juzgar por los gritos de los soldados del Valg que quedaban en el buque... había sido una trampa. Las crías habían sido la carnada.

Ellas eran apenas más grandes que Lysandra. Los adultos, los machos, eran tres veces más grandes que ella.

Eran más grandes que el buque de guerra que estaba ahí, desde el cual los arqueros le disparaban a los hombres que intentaban nadar a la playa en el canal que se había convertido en una trampa mortal para el dragón marino verde.

El dragón marino verde que estaba ahora entre esas tres bestias monstruosas y su reina, atrapada en esas rocas sin una brasa de magia en las venas. Su reina que gritaba una y otra y otra vez a Lysandra que *nadara,* que se *transformara,* que *corriera.*

Pero Aedion había visto a Lysandra enfrentar a las dos crías.

Cuando atacó a la segunda ya se movía más lentamente.

Y Aedion la había visto transformarse tantas veces en los últimos meses que sabía que ahora ya no podría transformarse rápidamente, tal vez ni siquiera tendría la fuerza suficiente para hacerlo.

Estaba atrapada en su forma de la misma manera que sus compañeros estaban atrapados en el arrecife. Y si Lysandra siquiera intentaba salir a la costa... Él sabía que los machos la alcanzarían antes de que pudiera sacar su cuerpo de la zona poco profunda.

Cada vez más rápido se iban acercando esos machos. Lysandra permaneció en la boca de la bahía.

Mantenía su posición.

A Aedion se le detuvo el corazón.

—Está muerta —siseó uno de los guardias—. Oh, dioses, está muerta...

—*Cállate la maldita boca* —gruñó Aedion mientras miraba hacia la bahía.

Entró en ese estado frío y calculador que le permitía tomar decisiones en la batalla, sopesar los costos y los riesgos.

Sin embargo, Dorian captó la idea antes que él.

Del otro lado de la bahía, con la mano levantada y brillante como una estrella, Dorian hizo una señal a Lysandra una y otra vez con su poder. *Ven hacia mí, ven hacia mí, ven hacia mí,* parecía decir el rey.

Los tres machos se sumergieron debajo de las olas.

Lysandra dio la vuelta y se sumergió.

Pero no hacia Dorian.

Aelin dejó de gritar. Y la magia de Dorian se apagó.

Aedion sólo podía observar cómo la metamorfa volaba hacia los tres machos para encontrarse con ellos de frente.

Los tres guivernos se separaron. Eran tan grandes que a Aedion se le secó la garganta.

Y, por primera vez, odió a su prima.

Odió a Aelin por pedirle eso a Lysandra, para defenderlos y para asegurarse de que los micenianos pelearan por Terrasen. Odió a la gente que le había dejado esas cicatrices a la metamorfa que la volvían tan dispuesta a entregar su vida. Odió... se odió a sí mismo por estar atrapado en esa torre inútil, con una máquina de guerra que sólo podía hacer un disparo a la vez.

Lysandra se dirigió al guiverno del centro y cuando estuvo a sólo cien metros de él, giró a la izquierda.

Los guivernos rompieron sus filas. Uno se sumergió, otro se mantuvo en la superficie y el otro se quedó atrás. La iban a arrear. La arrearían hasta un sitio donde pudieran rodearla desde todos los ángulos y la harían pedazos. Sería un violento baño de sangre.

Pero Lysandra voló a través del canal. Se dirigió...

Fue directamente hacia el buque de guerra restante.

Le llovieron flechas.

La sangre brotaba, pues algunas saetas atravesaron sus escamas color jade.

Ella siguió nadando y su sangre hizo que el macho que estaba más cerca de ella, el que estaba cerca de la superficie, entrara en frenesí y acelerara para atacarla, morderla...

Lysandra se acercó al barco, recibía una flecha tras otra, y saltó del agua.

Chocó contra los soldados, la madera y el mástil. Rodó, se retorció y se sacudió. Rompió los mástiles gemelos con la cola.

Llegó al otro lado y se dejó caer al agua. La sangre roja brillaba por todas partes.

Justo cuando el guiverno que la venía persiguiendo saltó hacia el barco haciendo un arco enorme que le robó la respiración a Aedion. Pero los restos de los mástiles salían como lanzas del barco...

El macho aterrizó sobre ellos con un crujido que Aedion escuchó hasta el otro lado de la bahía.

Intentó zafarse pero... la madera le había perforado la espalda.

Y bajo su enorme peso... el barco empezó a romperse y a hundirse.

Lysandra no desperdició ni un instante para alejarse del lugar y Aedion apenas podía respirar al verla cruzar la bahía de nuevo. Los dos machos que la perseguían estaban tan cerca que las estelas que dejaban en el agua se fusionaron.

Uno se sumergió y se perdió de vista en la profundidad. Pero el segundo seguía persiguiéndola de cerca...

Lysandra llevó a ese justo dentro del rango de Dorian.

Se acercó lo más que pudo a la playa y a la torre, detrás de ella venía el segundo macho. El rey extendió ambas manos.

El macho pasó a su lado pero tuvo que detenerse cuando el hielo empezó a cruzar el agua. Hielo sólido como nunca había habido en ese lugar.

Los guardias al lado de Aedion se quedaron en silencio. El macho rugió e intentó liberarse pero el hielo del rey se hizo más grueso y lo atrapó dentro. Cuando la bestia dejó de moverse tenía escarcha como escamas desde la punta del hocico hasta la cola.

Dorian dejó escapar un grito de batalla.

Y Aedion tuvo que admitir que el rey no era tan inútil después de todo cuando la catapulta detrás de Dorian se liberó y una roca del tamaño de una carreta salió volando hacia la bahía.

Justo sobre el guiverno congelado.

La roca chocó con el hielo y la carne. Y el guiverno se rompió en mil pedazos.

Rolfe y algunos de sus hombres ovacionaban al igual que algunas personas desde el muelle en el poblado.

Pero todavía había un macho en la bahía. Y Lysandra estaba...

No tenía idea de dónde estaba el guiverno.

El gran cuerpo verde se sacudió en el agua y se sumergió debajo de las olas, casi frenético.

Aedion estudió la bahía y giró en su silla para buscar cualquier pista de esa sombra oscura y enorme...

— ¡*A la izquierda!* —rugió Gavriel del otro lado de la bahía, sin duda amplificando su voz con magia.

Lysandra giró y ahí venía el macho, a toda velocidad desde las profundidades como un tiburón que embosca a su presa.

Lysandra empezó a moverse. Estaba rodeada de un campo de escombros flotantes. Los barcos enemigos que se hundían eran como islas de muerte y ahí estaba la cadena... Tal vez si pudiera subir a ella y trepar... No, era demasiado pesada, demasiado lenta.

Nuevamente pasó junto a la torre de Dorian pero el macho no se acercaba. Sabía que ahí lo aguardaba la muerte. Se mantuvo fuera de rango, retándola mientras ella se lanzó de regreso a la zona de escombros entre los barcos enemigos.

Hacia el mar abierto.

Aelin y los otros desde el arrecife miraban con impotencia cuando los dos monstruos pasaron a toda velocidad. El macho lanzaba fragmentos de los cascos y mástiles hacia el aire intentando golpear a la metamorfa.

Uno de los trozos golpeó a Lysandra en el costado y se sumergió.

Aedion salió disparado de su asiento con un rugido en los labios. Pero ahí estaba ella. Nadaba sin parar a pesar de la sangre que le chorreaba del cuerpo. Dirigió al macho hacia el centro de los escombros y luego giró repentinamente. El macho la iba siguiendo a través de la sangre que enturbiaba el agua, chocaba contra los escombros que ella esquivaba con habilidad.

Lo había hecho enloquecer con su sangre.

Y Lysandra, maldita sea, lo dirigió hacia los restos de los barcos enemigos, donde los soldados del Valg intentaban salvarse. El macho se abrió paso entre los soldados y la madera como si fueran telarañas.

Lysandra saltó por el agua y se enredó entre los escombros, el coral y los cuerpos. El sol brillaba en sus escamas verdes y en su sangre color rubí, condujo al macho a un baile mortal.

Cada movimiento de Lysandra era más lento por la sangre que iba perdiendo en el agua.

Y entonces cambió de dirección. Se dirigió a la bahía. A la cadena.

Y giró al norte, hacia él.

Aedion examinó la lanza masiva que estaba frente a él.

Lo separaban trescientos metros de agua para que la bestia entrara en el rango de su flecha.

—¡NADA! —rugió Aedion, aunque ella no lo podía escuchar—. ¡NADA, LYSANDRA!

Se hizo el silencio en toda la Bahía de la Calavera mientras ese dragón marino de color jade nadaba por su vida.

El macho la iba alcanzando y se sumergió.

Lysandra pasó bajo los eslabones de la cadena y la sombra del macho se extendió debajo de ella.

Se veía tan pequeña. Tan pequeña comparada con él, que una sola mordida bastaría.

Aedion se dejó caer nuevamente en la silla, tomó las palancas e hizo girar la maquinaria mientras ella nadaba y nadaba en su dirección.

Un tiro. Era lo único que tenía. Un maldito tiro.

Lysandra se lanzó hacia adelante y Aedion supo que estaba consciente de la muerte que la amenazaba. Sabía que estaba forzando ese corazón de dragón marino hasta el límite. Sabía que el macho había llegado al fondo y ahora iba subiendo más y más y más hacia su panza vulnerable.

Sólo unos cuantos metros más, sólo un par de instantes.

El sudor corría por la frente de Aedion y su corazón latía con tal violencia que lo único que podía oír era su sonido atronador. Movió la lanza, ligeramente, para ajustar su puntería.

El macho subió desde las profundidades con las fauces abiertas, listo para romperla a la mitad con un golpe.

Lysandra pasó por la zona donde llegaría la flecha y saltó, saltó fuera del agua, sus escamas brillantes estaban bañadas en sangre. El macho saltó detrás de ella. El agua chorreaba de sus fauces abiertas al ascender por los aires.

Aedion disparó, golpeó las palmas de las manos contra la palanca.

El cuerpo largo de Lysandra hizo un arco que la alejó de las mandíbulas del macho cuando él salió por completo del agua dejando expuesta su garganta blanca.

Y la lanza enorme de Aedion lo atravesó completamente.

La sangre brotó de la boca abierta y la criatura abrió los ojos como platos al retroceder.

Lysandra chocó contra el agua y se levantó una columna de agua tan alta que no se alcanzó a ver cuando ambos chocaron contra el mar.

Cuando se pudo ver nuevamente, sólo había una sombra y una mancha creciente de sangre negra.

—Tú... tú... —balbuceó el guardia.

—*Carga otra lanza* —ordenó Aedion de pie en su asiento para estudiar el agua burbujeante.

Dónde estaba, dónde estaba...

Aelin estaba montada en los hombros de Rowan, buscando en la bahía.

Y entonces una cabeza verde salió disparada del agua. Un chorro de sangre negra como espuma brotó cuando lanzó la cabeza del macho por encima de las olas.

Una ovación salvaje y desenfrenada estalló desde todos los rincones de la bahía.

Pero Aedion ya estaba de pie, corría, bajaba las escaleras a saltos para llegar a la playa hacia la que nadaba Lysandra. La sangre roja del dragón reemplazaba el icor negro que teñía el agua.

Eran muy lentos, todos los movimientos de Lysandra eran dolorosamente lentos. Aedion la perdió de vista cuando entró a la maleza y los árboles. El pecho le subía y bajaba.

Se tropezó con las raíces y las rocas, pero sus pies rápidos de hada volaron sobre la tierra hasta que se convirtió en arena, hasta que la luz penetró los árboles y ahí estaba ella, extendida sobre la playa, sangraba por todas partes.

Más allá, en la bahía, Rompenavíos bajó y la flota de Rolfe salió rápidamente a recoger a los soldados supervivientes y a salvar a los suyos que seguían allá afuera.

Aedion alcanzó a darse cuenta de que Aelin y los demás se echaban al mar para nadar a tierra firme.

Aedion cayó de rodillas e hizo una mueca al notar que le estaba echando arena a Lysandra. La cabeza escamosa era casi de su tamaño, pero los ojos... esos ojos verdes, del mismo color de las escamas...

Llenos de dolor. Y de cansancio.

Levantó una mano hacia ella pero el dragón le mostró los dientes y se le salió un gruñido grave.

Él levantó las manos y retrocedió.

No lo estaba viendo la mujer sino la bestia en la que se había convertido. Se había entregado de lleno a sus instintos como la única manera de sobrevivir.

Tenía cortes profundos y superficiales por todas partes. La sangre escurría de todas las heridas y manchaba la arena blanca.

Rowan y Aelin... alguno de ellos podría ayudar. Si lograban sacar algo de poder después de lo que había hecho la reina. Lysandra cerró los ojos y su respiración se volvió superficial.

—Abre los malditos ojos —le gruñó Aedion.

Ella le gruñó en respuesta pero abrió uno de sus ojos.

—Ya llegaste hasta acá. No te vas a morir en la maldita playa.

El ojo se entrecerró con un toque de carácter femenino. Tenía que hacer volver a la mujer. Que ella tomara el control. O la bestia nunca les permitiría acercarse lo suficiente para ayudar.

—Me puedes agradecer cuando no estés en un estado tan deplorable.

De nuevo, ese ojo lo miró cautelosamente y el mal humor destellaba en él. Pero seguía ahí el animal.

Aedion dijo lentamente, a pesar de que su alivio empezaba a desmoronar su máscara de calma arrogante:

—La mitad de los inútiles guardias de la torre ahora están enamorados de ti —mintió—. Uno dijo que quiere casarse contigo.

Otro gruñido. Él retrocedió un poco, pero no dejó de mirarla a los ojos mientras sonreía.

—¿Pero sabes qué les dije? Les dije que no tenían ninguna posibilidad —Aedion bajó la voz y le sostuvo la mirada a esos ojos adoloridos y exhaustos—. Porque *yo* me voy a casar contigo —le prometió—. Algún día. Me voy a casar contigo. Me veré muy generoso y te permitiré elegir cuándo, aunque sea dentro de diez años. O veinte. Pero un día, vas a ser mi esposa.

Los ojos volvieron a entrecerrarse con una expresión que sólo podía describir como rabia y exasperación femenina.

Él se encogió de hombros.

—La princesa Lysandra Ashryver suena bien, ¿no crees? Y entonces el dragón bufó. Divertido. Exhausto pero... divertido.

Abrió la boca como si quisiera hablar pero se dio cuenta de que no podía en ese cuerpo. La sangre brotaba entre sus enormes dientes y se estremeció de dolor.

La maleza empezó a sonar con ramas que se rompían y hojas que crujían y llegaron Aelin y Rowan, su padre y Fenrys. Todos venían empapados, cubiertos de arena y grises como la muerte.

Su reina avanzó a traspiés hacia Lysandra sollozando y se lanzó hacia la arena antes de que Aedion pudiera ladrarle una advertencia.

Pero Lysandra sólo hizo un gesto de dolor cuando la reina le puso una mano encima mientras decía una y otra vez:

—Lo lamento, lo lamento tanto.

Fenrys y Gavriel, quien tal vez le había salvado la vida con ese grito amplificado sobre dónde estaba el macho, se quedaron cerca de los árboles y Rowan se aproximó para ver las heridas.

Fenrys vio la mirada de Aedion y se percató de la expresión iracunda de advertencia que tenía por si alguno de ellos dos se acercaba a la metamorfa y dijo:

—Fue un excelente tiro, niño.

Su padre asintió en silencio.

Aedion no le hizo caso a ninguno. El pozo de magia que su prima y Rowan habían vaciado ya empezaba a llenarse. Las heridas de la metamorfa empezaron a cerrarse una por una. Con lentitud, con dolorosa lentitud, pero... el sangrado se detuvo.

—Perdió mucha sangre —dijo Rowan a nadie en particular—. Demasiada.

—Nunca había visto algo así en mi vida —murmuró Fenrys. Ninguno de ellos lo había visto.

Aelin temblaba y tenía puesta una mano sobre su amiga. Su rostro estaba tan pálido y angustiado que todas las palabras duras que Aedion le había reservado salían sobrando. Su reina sabía cuál era el costo. Le había tomado tanto maldito tiempo confiarle algo a alguno de ellos. Si Aedion le rugía en ese momento, aunque siguiera sintiendo ganas de hacerlo... Aelin tal vez nunca volvería a delegar. Porque si Lysandra no hubiera estado en el agua cuando las cosas se habían puesto tan, tan mal...

—¿Qué pasó? —exhaló y miró a Aelin—. ¿Qué demonios pasó allá afuera?

—Perdí el control —dijo Aelin con voz ronca.

Como si no pudiera evitarlo, se puso la mano en el pecho. Donde, a través de la camisa blanca, se distinguía el Amuleto de Orynth.

Entonces él lo supo. Supo precisamente qué era lo que Aelin traía colgado. Qué era lo que había capturado el interés de Rolfe en su mapa. Lo suficientemente parecido a la esencia del Valg para que llegara corriendo.

Entendió por qué era tan importante, tan vital, que ella arriesgara todo para recuperarlo de las manos de Arobynn Hamel. Supo que ella había usado una *llave del Wyrd* ese día y que casi los había matado a todos.

Temblando, la rabia estaba tomando el control. Pero Rowan le gruñó con violencia:

—Guárdatelo para después.

Porque Fenrys y Gavriel estaban tensos, observando.

Aedion le gruñó de regreso. Rowan lo miró con una frialdad serena que le comunicó que si siquiera empezaba a sugerir qué era lo que tenía la reina le arrancaría la lengua. Literalmente.

Aedion se tragó la rabia.

—No podemos cargarla y está demasiado débil para transformarse.

—Entonces esperaremos aquí hasta que pueda —dijo Aelin.

Pero los ojos de la reina se movieron hacia la bahía, al lugar donde Rolfe subía a uno de esos barcos de rescate. Y a la ciudad a la distancia donde seguían las ovaciones.

Una victoria... pero casi una derrota. Los restos de los micenianos salvados por uno de sus dragones perdidos hacía mucho. Aelin y Lysandra tejieron las profecías antiguas para convertirlas en hechos tangibles.

—Yo me quedaré —dijo Aedion—. Tú encárgate de Rolfe.

Su padre ofreció detrás de él:

—Puedo traer provisiones de la torre.

—Bien —respondió él.

Aelin gimió y se puso de pie, pero lo miró fijamente antes de tomar la mano extendida de Rowan:

—Lo lamento —dijo con suavidad.

Aedion supo que lo decía en serio. De todas formas no se molestó en responder.

Lysandra gimió y la vibración subió por sus rodillas y se fue directo a su estómago. Aedion giró para verla.

Aelin se fue sin decir adiós.

---

El León seguía en la maleza, donde el Lobo no lo veía ni lo escuchaba mientras cuidaba al dragón extendido en la playa.

Durante horas, el Lobo permaneció ahí. Mientras la marea bajaba y limpiaba el puerto de la sangre. Mientras los barcos del Señor de los Piratas echaban los cuerpos enemigos al mar azul. Mientras la reina joven regresaba a la ciudad en el corazón de la bahía para encargarse de los efectos colaterales.

Cuando el sol empezó a ponerse, el dragón se movió y lentamente su forma empezó a brillar y encogerse, las escamas se suavizaron y se convirtieron en piel, el hocico se fundió para volver a formar un rostro humano perfecto, las extremidades cortas se alargaron y se convirtieron en piernas doradas. Tenía arena pegada a su cuerpo desnudo e intentó sin éxito ponerse de pie. Entonces el Lobo se movió, la cubrió con su capa y la levantó en sus brazos.

La metamorfa, con la cabeza recargada en el pecho de Aedion, no objetó y sus ojos estaban cerrados otra vez cuando el Lobo empezó a caminar por la playa hacia los árboles.

El León permaneció fuera de su vista y se aguantó las ganas de ofrecer ayuda. Se aguantó las palabras que necesitaba decirle al Lobo, quien mató a un guiverno marino con una flecha. Tenía veinticuatro años y ya era un mito del que se hablaba en voz baja alrededor de las fogatas.

Los acontecimientos de ese día sin duda se contarían alrededor de las fogatas en tierras donde el León no había puesto un pie durante todos sus siglos de vida.

El León miró al Lobo desaparecer entre los árboles, dirigiéndose hacia el poblado en el extremo del camino arenoso con la metamorfa inconsciente en los brazos.

Y el León se preguntó si él algún día sería mencionado en esos relatos susurrados, si su hijo siquiera le permitiría al mundo saber quién era su padre. O si siquiera le importaba.

# CAPÍTULO 38

Una vez que el puerto quedó asegurado, la reunión con Rolfe fue rápida. Franca.

Y Aelin sabía que si no se iba de esa ciudad por una hora o dos ella podría explotar nuevamente.

"Toda llave tiene un candado", le había dicho Deanna: un pequeño recordatorio de la orden de Brannon. Usando *su* voz. Y la había llamado con ese título... ese título que le provocaba horror y comprensión, que la conmovía tan profundamente que todavía seguía pensando en lo que significaba: la *Reina Prometida*.

Aelin salió disparada hacia una franja de playa en el extremo de la isla. Había corrido hasta allá porque necesitaba hacer que su sangre rugiera, necesitaba eso para silenciar los pensamientos en su mente. Detrás de ella, los pasos de Rowan eran silenciosos como la muerte.

Sólo ellos dos estuvieron en la reunión con Rolfe. Ensangrentado y empapado, el Señor de los Piratas se reunió con ellos en la habitación principal de su posada, el nombre de la cual ahora era un recordatorio permanente del barco que ella había arruinado. El pirata exigió saber:

—¿Qué *demonios* pasó?

Ella estaba tan cansada, tan enojada y tan llena de repugnancia y desesperación, que le había sido casi imposible reunir suficiente seguridad para responder.

—Cuando Mala te bendice, a veces puedes perder un poco el control.

—¿Un *poco*? No sé de qué hablaron ustedes, pero desde donde yo estaba parecía como si hubieran enloquecido por completo y fueran a incendiar a *mi* pueblo.

Rowan se recargó contra el borde de una mesa cercana y explicó:

—La magia es algo vivo. Cuando estás metido tan profundamente en ella, recordar quién eres, tu propósito, es un esfuerzo. Que mi reina lo lograra antes de que fuera demasiado tarde fue un logro en sí mismo.

Rolfe no se sentía impresionado.

—A mí me pareció que eras una niñita jugando con un poder demasiado grande para manejarlo y lo único que te forzó a *no* matar a mi gente inocente fue que tu príncipe se puso en el camino.

Aelin cerró los ojos por un instante y le vino a la mente la imagen de Rowan que saltaba frente a ese puño de fuego de luna que pulsaba frente a ella. Cuando abrió los ojos, permitió que la seguridad que se resquebrajaba se convirtiera en algo congelado y duro.

—A *mí* me parece —dijo—, que el Señor de los Piratas de la Bahía de la Calavera y heredero perdido de los micenianos se acaba de aliar con una reina tan poderosa que ella puede diezmar *ciudades* si así lo desea. Me parece que te has vuelto intocable con esa alianza y que cualquier tonto que busque lastimarte o usurparte, tendrá que vérselas *conmigo*. Así que te sugiero que rescates lo que puedas de tu preciado barco, que le llores a la docena de hombres que me hago responsable por haber perdido y a cuyas familias compensaré, y te calles la maldita boca.

Se dio la vuelta hacia la puerta y sintió cómo el agotamiento y la rabia le carcomían los huesos.

Rolfe le respondió:

—¿Quieres saber cuál fue el precio de este mapa?

Ella se detuvo y Rowan, que estaba parado entre los dos, los miró con una expresión ilegible.

Ella sonrió por encima de su hombro:

—¿Tu alma?

Rolfe dejó escapar una risa ronca.

—Sí... de cierta manera. Cuando tenía dieciséis años, era poco más que un esclavo en uno de esos barcos podridos. Mi

ascendencia miceniana era sólo una garantía de que me golpearan —puso la mano tatuada sobre las letras de *Zorro Marino*—.
Cada moneda que ganaba regresaba aquí, con mi madre y mi
hermana. Y un día una tormenta atrapó el barco en el que iba.
El capitán era un bastardo arrogante y se negó a encontrar un
puerto seguro. El barco quedó destruido. La mayor parte de la
tripulación se ahogó. Yo quedé a la deriva durante un día y llegué a una isla en el borde del archipiélago. Cuando desperté vi
a un hombre que me miraba. Le pregunté si estaba muerto, él
rio y me dijo que qué quería. Yo estaba delirando, así que le dije
que quería ser capitán, que quería ser el Señor de los Piratas de
la Bahía de la Calavera y que los tontos arrogantes como el capitán que había matado a mis amigos me hicieran *reverencias*. Pensé
que estaba soñando cuando me explicó que si él me concedía las
habilidades para hacer eso, tendría un precio. Lo que yo valoraba
más en el mundo, él se quedaría con eso. Dije que le pagaría, no
me importaba el precio. No tenía pertenencias, ninguna riqueza, ninguna persona. Unas cuantas monedas de cobre no serían
nada. Sonrió antes de desaparecer en la niebla marina. Desperté
con el tatuaje en mis manos.

Aelin esperó.

Rolfe se encogió de hombros.

—Logré regresar porque pude encontrar barcos amistosos
usando el mapa que me había tatuado el desconocido. Un don
de un dios, al menos eso pensé. Pero luego vi las mantas negras
que cubrían las ventanas de mi cabaña y empecé a preocuparme.
Y entonces supe que mi madre y mi hermana habían usado el
poco dinero que tenían para contratar un esquife que fuera a
buscarme. Y que el esquife había regresado al puerto pero ellas
no. Y entonces me di cuenta de cuál era el precio que había pagado. Eso fue lo que me quitó el mar. Lo que él me quitó. Se
llevó gran parte de mi alma, de modo que me volqué sobre esta ciudad, este archipiélago —los ojos verdes de Rolfe eran tan
despiadados como el dios marino que le dio un don y lo maldijo—. Ese fue el precio de mi poder. ¿Cuál será el tuyo, Aelin
Galathynius?

Ella no le respondió y salió furiosa. Aunque la voz de Deanna seguía haciendo eco en su mente.

"La Reina Prometida".

Ahora, de pie en esa playa vacía mientras observaba la extensión de mar que brillaba con con la última luz del atardecer, escuchó que Rowan decía a su lado:

—¿Usaste la llave voluntariamente?

No estaba juzgándola ni condenándola. Sólo era curiosidad... y preocupación.

Aelin dijo con voz ronca:

—No. No sé qué pasó. En un momento éramos nosotros... y luego llegó *ella*.

Se frotó el pecho y evitó tocar la cadena dorada que traía colgando. Sintió que se le hacía un nudo en la garganta cuando vio ese mismo punto en el pecho de Rowan, justo entre sus pectorales. Donde el puño de ella lo había golpeado.

—¿Cómo pudiste? —exhaló y sintió que la recorría un estremecimiento—. ¿Cómo pudiste ponerte frente a mí de esa manera?

Rowan se acercó un paso nada más. Las olas que rompían y los gritos de las gaviotas camino a casa para dormir llenaban el espacio entre ellos.

—Si hubieras destruido esa ciudad, eso te hubiera destruido a *ti*, y a cualquier esperanza de una alianza.

El temblor empezó en sus manos y luego se extendió a sus brazos, su pecho, sus rodillas. Sintió que tenía flamas y cenizas agolpadas en la lengua.

—Si te hubiera matado —siseó pero se ahogó con las palabras y no le fue posible terminar el pensamiento, la pura noción. Le ardió la garganta y cerró los ojos con fuerza. Sentía llamas cálidas que ondeaban alrededor de ella—. Pensé que había encontrado el fondo de mi poder —admitió. La magia ya estaba desbordándose de ella, tan pronto, tan rápido después de vaciarse—. Pensé que lo que encontré en Wendlyn era el fondo. No tenía idea de que era sólo una... antecámara.

Aelin levantó las manos y abrió los ojos para ver sus dedos envueltos en flamas. La oscuridad se extendió por el mundo.

A través de un velo de dorado, azul y rojo, miró a su príncipe. Levantó las manos ardientes en un gesto de impotencia—. *Ella me robó...* ella me *tomó*. Yo podía sentirla; podía sentir su conciencia. Como si ella fuera una araña, esperando en una red durante *décadas*, sabiendo que algún día yo sería lo suficientemente fuerte y estúpida para usar mi magia y la llave al mismo tiempo. Fue como haber tocado la campana para llamarla a cenar.

Su fuego empezó a arder con más fuerza, con más brillo, y ella dejó que aumentara, se elevara y centelleara.

Una sonrisa irónica y amarga.

—Parece ser que la prioridad es que encontremos ese candado porque ya nos dieron el mensaje *dos veces*.

Vaya que sí.

—¿No es suficiente tener que lidiar con Erawan y Maeve, también hay que hacer lo que piden Brannon y Elena? ¿Ahora tengo que lidiar con los dioses quienes también me presionan?

—Tal vez fue una advertencia... tal vez Deanna quería mostrarte cómo podría utilizarte un dios no tan amistoso si no pones cuidado.

—Ella disfrutó cada maldito segundo. *Quería* ver qué podía hacer mi poder, qué podía hacer con mi cuerpo, con la llave —sus flamas empezaron a arder a más temperatura y quemaron su ropa hasta que se convirtió en ceniza, hasta que quedó desnuda, cubierta sólo por su propio fuego—. Y la manera en que se refirió a mí: la Reina Prometida. ¿Prometida cuándo? ¿Prometida a quién? ¿Para hacer qué? Nunca había oído esa frase en mi vida, ni siquiera antes de que cayera Terrasen.

—Ya lo averiguaremos.

Y eso fue todo.

—¿Cómo puedes estar tan... *bien* con todo esto?

Las brasas salían de ella como un enjambre de luciérnagas.

Rowan apretó los labios.

—Créeme, Aelin, estoy muy lejos de estar *bien* con la noción de que esos bastardos inmortales puedan jugar contigo. Estoy muy lejos de estar *bien* con la idea de que me puedan apartar de ti así. Si pudiera, cazaría a Deanna y la haría pagar por esto.

—Ella es la diosa de la cacería. Tal vez estarías un poco en desventaja.

Las flamas cedieron un poco.

Una media sonrisa.

—Es una inmortal arrogante. Seguramente se equivocará. Y además... —Rowan se encogió de hombros—. Tengo a su hermana de mi lado —ladeó la cabeza y miró con atención su fuego y su rostro—. Tal vez por eso Mala se me apareció esa mañana, tal vez por eso me dio su bendición.

—¿Porque tú eres el único suficientemente arrogante y loco para cazar a una diosa?

Rowan se quitó las botas y las lanzó hacia la arena seca detrás de él.

—Porque soy el único suficientemente arrogante y loco para pedirle a Mala la Portadora de Fuego que me permita quedarme con la mujer que amo.

Sus flamas se convirtieron en oro puro al escuchar esas palabras, esa palabra. Pero dijo:

—Tal vez eres el único suficientemente arrogante y loco para amarme a *mí*.

Esa máscara ilegible empezó a resquebrajarse.

—Esta nueva dimensión de tu poder, Aelin, no cambia nada. Lo que hizo Deanna no cambia nada. Todavía eres joven, tu poder está creciendo. Y si este nuevo pozo de poder nos da por lo menos una ligera ventaja contra Erawan, entonces hay que agradecerle a la maldita oscuridad por él. Tú y yo aprenderemos a manejar tu poder juntos. No te enfrentarás a esto sola; tú no decides que no eres digna de amor porque tienes poderes que pueden salvar y destruir. Si empiezas a tener resentimiento por tu poder... —negó con la cabeza—, no creo que podamos ganar esta guerra si empiezas a descender por ese camino.

Aelin entró hacia las olas y se arrodilló en la orilla del mar. Empezó a brotar vapor a su alrededor en grandes columnas.

—A veces —admitió con el sonido sibilante del agua— desearía que alguien más peleara esta guerra.

Rowan entró al agua hirviente. Su magia lo protegía contra el calor de la de ella.

—Ah —dijo y se arrodilló a su lado mientras ella seguía mirando hacia el mar oscuro—, ¿pero quién más podría irritar así a Erawan? No subestimes el poder de esa arrogancia insufrible.

Ella rio y empezó a sentir la caricia fresca del agua en su cuerpo desnudo.

—Si mal no recuerdo, príncipe, esa arrogancia insufrible fue la que se ganó tu corazón inmortal y enojón.

Rowan se acercó al velo delgado de flamas que ahora se fundía con el aire dulce de la noche y le mordió el labio inferior. Una mordida fuerte e intencional.

—Ésa es mi Corazón de Fuego.

Aelin le permitió que le diera la vuelta en el agua y la arena para mirarlo de frente, le permitió deslizar su boca a lo largo de su mandíbula, la curvatura de su pómulo, la punta de su oreja de hada.

—Estas —le dijo mientras mordisqueaba el lóbulo de su oreja— me han estado provocando durante meses.

Recorrió la punta delicada con la lengua y ella arqueó la espalda. Las manos fuertes en su cadera la apretaron con más fuerza.

—A veces, cuando estabas dormida junto a mí en Mistward, tenía que hacer acopio de toda mi concentración para *no* acercarme a ti y morderlas. Morderte por todas partes.

—Mmm —dijo ella e inclinó la cabeza hacia atrás para que él pudiera acercarse a su cuello.

Rowan hizo lo que ella pedía en silencio y empezó a besarla, a darle mordiscos suaves y a gruñirle en la garganta.

—Nunca he estado con una mujer en la playa —le ronroneó en la piel y succionó suavemente el espacio entre su cuello y su hombro—. Y mira... estamos lejos de cualquier... efecto secundario.

Una de sus manos subió de su cadera para acariciarle las cicatrices de la espalda y la otra bajó para tomar su trasero y la acercó completamente a su cuerpo.

Aelin extendió las manos sobre su pecho y le sacó la camisa blanca por encima de la cabeza. Las olas cálidas chocaban contra ellos pero Rowan la sostenía con fuerza: inamovible, firme.

Aelin logró pensar un momento y dijo:

—Alguien podría venir a buscarnos.

Rowan resopló y rio contra su cuello.

—Algo me dice —dijo y su aliento le recorrió la piel— que tal vez no te importaría si nos descubren. Si alguien viera la manera tan exhaustiva en que planeo idolatrarte.

Ella sintió las palabras que quedaron colgando entre ellos, sintió que ella estaba colgando ahí, en el borde de un precipicio. Tragó saliva. Pero Rowan la había atrapado cada vez que había caído: primero cuando cayó en ese abismo de desesperanza y dolor; segundo cuando el castillo se rompió y ella cayó hacia la tierra. Y ahora esta vez, esta tercera vez... No sentía miedo.

Aelin miró a Rowan a los ojos y dijo de manera clara y directa, sin un asomo de duda:

—Te amo. Estoy enamorada de ti, Rowan. Desde hace un tiempo. Y sé que hay límites a lo que puedas darme, y sé que tal vez necesites tiempo...

Él presionó sus labios sobre los de ella y le dijo en la boca, depositando palabras más preciosas que rubíes, esmeraldas y zafiros en su corazón, en su alma:

—Te amo. No hay ningún límite a lo que pueda ofrecerte, no necesito ningún tiempo. Cuando este mundo sea un suspiro olvidado de polvo entre las estrellas, te seguiré amando.

Aelin no supo en qué momento había empezado a llorar, cuándo empezó a sacudirse su cuerpo con la fuerza de los sollozos. Nunca le había dicho esas palabras... a nadie. Nunca se había permitido ser tan vulnerable, nunca había sentido esta *cosa* quemante e infinita, tan abrasadora que podría morir por su pura fuerza.

Rowan retrocedió un poco y le limpió las lágrimas con los pulgares, una tras otra. Dijo con suavidad, apenas audible por el sonido de las olas que rompían a su alrededor:

—Corazón de fuego.

Ella contuvo un poco su llanto y dijo:

—Zopilote.

Él rugió de risa y ella le permitió que la recostara en la arena con una suavidad que se aproximaba a la reverencia. Su pecho esculpido subió y bajó ligeramente al recorrer su cuerpo desnudo con la mirada.

—Eres... tan hermosa.

Ella sabía que él no se refería sólo a la piel, las curvas y los huesos.

Pero Aelin sonrió de todas maneras y canturreó:

—Lo sé —dijo.

Levantó los brazos y colocó el Amuleto de Orynth en una parte segura y alta de la playa. Enterró los dedos en la arena suave mientras arqueaba su espalda estirándola lentamente.

Rowan siguió todos sus movimientos, por pequeños que fueran, en sus músculos y en su piel. Cuando su mirada se quedó en sus senos que brillaban por el agua de mar, su expresión se volvió voraz.

Luego bajó la mirada. Más abajo. Y cuando permaneció en la parte superior de sus muslos y su mirada se puso vidriosa, Aelin le dijo:

—¿Vas a quedarte ahí parado viendo toda la noche?

Rowan abrió la boca ligeramente, con la respiración entrecortada, su cuerpo ya le mostraba a ella en dónde precisamente iba a terminar eso.

Un viento fantasma silbó entre las palmeras, susurró sobre la arena. Aelin sintió el cosquilleo de su magia cuando percibió que Rowan colocaba un escudo alrededor de ellos. Ella envió también su poder al escudo y donde lo golpeaba salían chispas.

Los colmillos de Rowan brillaron en la oscuridad.

—Nada puede pasar por ese escudo. Y nada me va a lastimar a mí tampoco.

Ella sintió que una tensión en su pecho se relajaba.

—¿Es tan diferente? ¿Con alguien como yo?

—No sé —admitió Rowan. Nuevamente sus ojos recorrieron todo su cuerpo, como si pudiera ver a través de su piel y hasta su corazón en llamas—. Nunca he estado con una... igual. Y nunca me he permitido liberarme así.

Todo poder que ella le lanzaba él se lo lanzaba de regreso. Ella se apoyó en los codos y levantó su boca hacia la nueva cicatriz que tenía en el hombro. La herida era pequeña y de bordes rugosos, del tamaño de una punta de flecha. La besó una, dos veces.

El cuerpo de Rowan estaba tan tenso sobre el de ella que Aelin pensó que sus músculos se romperían. Pero las manos de Rowan se sentían delicadas en su espalda, mientras él acariciaba las cicatrices y los tatuajes que le había hecho.

Las olas la cosquilleaban y la acariciaban, él empezó a colocarse sobre ella pero ella levantó una mano a su pecho y lo detuvo en seco. Ella sonrió contra su boca:

—Si somos iguales, entonces no entiendo por qué tu sigues medio vestido.

No le dio oportunidad de explicar y pasó su lengua por la unión de sus labios mientras sus dedos desabrochaban la hebilla del cinturón donde colgaba sus espadas. No estaba segura de que él estuviera respirando.

Y sólo para ver qué haría él, lo sintió a través de los pantalones.

Rowan ladró una mala palabra.

Ella rio en voz baja y volvió a besar la cicatriz más reciente de Rowan. Luego arrastró un dedo lentamente, con indolencia y lo miró a los ojos mientras tocaba cada centímetro.

Y cuando Aelin volvió a colocar la palma de su mano contra él, dijo:

—Eres mío.

Rowan volvió a respirar otra vez, abrupta y salvajemente como las olas que rompían a su alrededor. Ella abrió el botón superior de sus pantalones.

—Soy tuyo —gimió él.

Otro botón desabrochado.

—Y tú me amas —dijo ella.

No era una pregunta.

—Hasta cualquier fin —jadeó él.

Ella desabrochó el tercer y último botón y él la soltó para lanzar los pantalones hacia la arena con todo y la ropa interior. A Aelin se le secó la boca al verlo.

Rowan había sido criado y perfeccionado para la batalla y cada centímetro de su cuerpo era el de un guerrero de pura sangre. Era lo más hermoso que ella hubiera visto. Era suyo y él era de *ella* y...

—Eres mía —exhaló Rowan y ella sintió el llamado de él en sus huesos, en su alma.

—Soy tuya —respondió.

—Y me amas.

Había tanta esperanza y dicha silenciosa en su mirada debajo de toda esa ferocidad.

—Hasta cualquier fin.

Demasiado tiempo. Él llevaba demasiado tiempo solo y sin rumbo. Ya no sería así.

Rowan volvió a besarla. Lenta. Suavemente. Una mano subió por su torso y Rowan colocó su cuerpo encima y su cadera se acomodó sobre la de ella. Aelin ahogó un grito al sentirlo y otro cuando sus nudillos rozaron la parte inferior de su seno. Cuando él se inclinó para besar el otro.

Rozó su pezón con los dientes y ella sintió que se le cerraban los ojos. Un gemido escapó de su garganta.

Oh, dioses. Oh, malditos dioses en llamas. Rowan sabía lo que hacía, realmente sabía lo que hacía, malditos fueran los dioses.

Movió su lengua contra su pezón y ella inclinó la cabeza hacia atrás, le enterró los dedos en los hombros y lo instó a que tomara más, que tomara con más *fuerza*.

Rowan mostró su aprobación con un gruñido, con su seno todavía en la boca, en su lengua, mientras la acariciaba lentamente de las costillas a la cintura, hasta los muslos, y de regreso. Ella se arqueó en una exigencia silenciosa...

Un toque fantasma, como el viento del norte encarnado, pasó por su seno desnudo.

Aelin estalló en llamas.

Rowan rio maliciosamente al ver los rojos, dorados y azules que estallaban a su alrededor, que iluminaron las palmeras que bordeaban la playa y las olas que rompían detrás de él. Ella podría haber sentido pánico, podría haberse mortificado, de no ser porque él llevó su boca a la de ella, de no ser porque esas manos fantasmas de viento besado por el hielo siguieron acariciando sus senos, de no ser porque su mano continuó rozándola, más y más cerca del lugar donde ella lo necesitaba.

—Eres espléndida —le murmuró a sus labios y su lengua se deslizó dentro de su boca.

Ella podía sentir su dureza presionada contra su cuerpo y movió la cadera. Sentía la necesidad de restregarse contra él, de hacer lo que fuera para calmar la sensación que crecía entre sus piernas. Rowan gimió y ella se preguntó si habría otro macho en el mundo que estuviera dispuesto a estar desnudo sobre una mujer en llamas, que no viera esas llamas con temor.

Puso su mano entre sus cuerpos y cuando cerró los dedos alrededor de él se maravilló del acero envuelto en terciopelo que sostenía en su mano. Rowan volvió a gemir y empujó la mano de Aelin. Ella separó su boca de la de él, miró los ojos color verde pino y deslizó su mano. Él bajó la cabeza no para besarla sino para ver cómo lo tocaba.

Un viento feroz lleno de hielo y nieve estalló a su alrededor. Y fue el turno de ella para reír. Pero Rowan la tomó de la muñeca y quitó su mano. Ella abrió la boca para protestar porque quería tocar más, quería *probar* más.

—Déjame —le gruñó Rowan hacia la piel resbalosa por el agua de mar entre sus senos—. Déjame tocarte.

Su voz temblaba lo suficiente para que Aelin le levantara la barbilla con el pulgar y el dedo índice.

Un destello de temor y de alivio brilló debajo de la lujuria. Como si tocarla, fuera la manera de recordar que ella había sobrevivido ese día, que estaba segura, y también una manera de darle placer. Ella se acercó a él y le rozó los labios con la boca.

—Haz lo que quieras, príncipe.

Rowan sonrió con malicia y su mano recorrió desde su garganta hasta la unión de sus muslos. Ella se estremeció al sentir la posesividad de sus manos, su respiración se hizo entrecortada cuando él tomó sus muslos y abrió sus piernas para dejarla completamente expuesta frente a él.

Otra ola reventó y avanzó alrededor de ellos. El agua fresca se sentía como mil besos sobre su piel. Rowan le besó el ombligo y luego la cadera.

Aelin no podía separar la vista de su cabello plateado que brillaba con el agua salada y la luz de la luna, no podía apartar la vista de las manos que la sostenían abierta mientras la cabeza de Rowan se sumergía entre sus piernas.

Y cuando Rowan la probó en esa playa, rio contra su piel mientras ella gritaba su nombre y el sonido avanzaba entre las palmeras, la sal y el agua, Aelin abandonó todo intento de razonar.

Se movió, con la cadera ondulante, rogándole que *ya, ya, ya*. Así que Rowan lo hizo y metió un dedo en ella mientras usaba la lengua en el punto preciso y, oh, dioses, ella iba a explotar con fuego de estrellas...

—Aelin —gruñó él, su nombre era una súplica.

—Por favor —gimió ella—. *Por favor.*

Esa palabra lo hizo perder el control. Rowan volvió a colocarse sobre ella y ella emitió un sonido que podría haber sido un gemido o podría haber sido su nombre.

Luego Rowan apoyó una mano en la arena al lado de su cabeza, con los dedos enredados en su cabello, mientras con la otra guiaba su cuerpo dentro de ella. Al sentir la primera presión, ella olvidó su propio nombre. Y cuando se deslizó en su interior con movimientos suaves y ondulantes, llenándola centímetro a centímetro, olvidó que era reina y que tenía un cuerpo separado, un reino y un mundo que cuidar.

Cuando Rowan estaba profundamente dentro de ella, temblaba para controlarse mientras le daba tiempo a ella para que se acomodara. Ella levantó sus manos en llamas hacia su rostro. El viento y el hielo giraban y rugían a su alrededor, bailaban entre

SARAH J. MAAS

las olas con listones de flama. No había palabras en su mirada, en la de ella tampoco.

Las palabras no le hacían justicia. En ningún idioma, en ningún mundo.

Él se inclinó hacia ella y reclamó su boca mientras se empezaba a mover, hasta que se dejaron ir por completo.

Tal vez ella estaba llorando, o tal vez eran las lágrimas de él las que se convertían en vapor entre sus flamas.

Ella acarició la espalda poderosa y musculosa, pasó las manos por encima de cicatrices de batallas y terrores pasados. Y cuando sus movimientos fueron más profundos, ella le clavó los dedos y le arrastró las uñas por la espalda, proclamándolo como suyo, marcándolo. La cadera de Rowan chocó con el sitio preciso, la hizo contraerse, arquear la espalda, mostrarle el cuello. Para él... sólo para él.

La magia de Rowan enloqueció aunque fue muy cuidadoso con la boca en su cuello, incluso cuando le rozó la piel con los colmillos. Y al sentir esos dientes letales contra su piel, la muerte que contenían y las manos que siempre serían suaves con ella, que siempre la amarían...

El alivio la recorrió como las flamas de un incendio. Y aunque no podía recordar su propio nombre, sí recordó el de Rowan y lo gritó mientras él seguía moviéndose, exprimiéndole todo el placer posible. El fuego estaba convirtiendo en vidrio la arena que los rodeaba.

Al mirarla el alivio de Rowan lo recorrió violentamente y gruñó su nombre y ella al fin lo recordó, los relámpagos se unieron al viento y al hielo sobre el agua.

Aelin lo sostuvo entonces y envió el ópalo de fuego de su magia para que se enredara con su poder. Más y más él se vació en ella y los relámpagos y las flamas bailaron sobre el mar.

Los relámpagos continuaron cayendo, silenciosos y hermosos, incluso después de que él se quedó quieto. Los sonidos del mundo empezaron a regresar. La respiración de Rowan era tan entrecortada como el siseo de las olas que rompían mientras él la besaba suavemente en la sien, la nariz, la boca. Aelin apartó la vista de la belleza de su magia, la belleza de *ellos*, y le pareció que lo más hermoso era el rostro de Rowan.

Ella estaba temblando. Rowan también y permaneció dentro de ella. Enterró la cabeza entre su cuello y su hombro; su aliento entrecortado le calentaba la piel.

—Nunca —dijo con la voz ronca—. No sabía que podía ser...

Ella le pasó los dedos por la espalda llena de cicatrices una y otra vez.

—Lo sé —exhaló—. Lo sé.

Ella ya quería más, ya calculaba cuánto tiempo tendría que esperar.

—Una vez me dijiste que no mordías a las hembras de otros machos —Rowan se tensó un poco. Pero ella continuó con coquetería—. ¿Eso significa... que morderás a la tuya?

Esos ojos verdes brillaron al entender y él levantó la cabeza de su cuello para estudiar el lugar donde esos colmillos le perforaron la piel.

—Esa fue la primera vez que perdí el control contigo, sabes. Quería tirarte por un precipicio pero te mordí antes de darme cuenta de qué estaba haciendo. Creo que mi cuerpo sabía, mi magia sabía. Y tu sabor... —Rowan exhaló tembloroso—. Era tan bueno. Te odié por eso. No podía dejar de pensar en eso. Despertaba en las noches con ese sabor en mi lengua, despertaba pensando en tu boca sucia y hermosa —le pasó el dedo sobre los labios—. No quieres saber cuántas cosas depravadas he pensado sobre esta boca.

—Mmm, igualmente, pero no contestaste mi pregunta —dijo Aelin y sintió que los dedos de sus pies se enroscaban en la arena húmeda y el agua tibia.

—Sí —dijo Rowan con la voz ronca—. A algunos machos les gusta. Para marcar su territorio, por placer...

—¿Las hembras muerden a los machos?

Él empezó a endurecerse dentro de ella mientras pensaba en la pregunta. Oh, dioses, los amantes hada. Todo el mundo debería tener la suerte de tener uno.

Rowan contestó con dificultad:

—¿*Quieres* morderme?

Aelin miró su garganta, su cuerpo glorioso, y el rostro que alguna vez había odiado con vehemencia. Y se preguntó si sería posible amar tanto a alguien como para morir de eso. Si sería posible amar a alguien lo suficiente como para que el tiempo, la distancia y la muerte no fueran un problema.

—¿Sólo puedo morderte el cuello?

A Rowan se le abrieron los ojos y su movimiento dentro de ella fue suficiente respuesta.

Se movieron juntos, ondulando como el mar ante ellos y cuando Rowan volvió a rugir su nombre hacia el cielo salpicado de estrellas, Aelin esperó que los dioses mismos los hubieran escuchado y que supieran que tenían los días contados.

# CAPÍTULO 39

Rowan no sabía si sentirse divertido, emocionado o ligeramente
aterrado de haber sido bendecido con una reina y amante que
se preocupaba tan poco por la decencia pública. La había tomado tres veces en la playa. Dos veces en la arena y una tercera en
las aguas tibias. Y de todas maneras su sangre seguía electrizada.
Y todavía quería más.

Nadaron hacia la parte poco profunda para limpiarse la arena pero Aelin le envolvió la cintura con las piernas, le besó el
cuello y luego le lamió la oreja de la misma manera que él la había mordisqueado, y entonces de nuevo él ya estaba enterrado en
ella. Ella sabía por qué necesitaba él el contacto, por qué necesitaba probarla con la lengua y luego con el resto del cuerpo. Ella
necesitaba lo mismo.

Él todavía lo necesitaba. Cuando terminaron después de la
primera vez, él se quedó tambaleándose, intentando reunir su
cordura después de esa unión que lo había... liberado. Lo había
roto y lo había reconstruido. Su magia se había convertido en
una canción y ella...

Nunca había tenido a nadie como ella. Todo lo que él le
daba, ella se lo había devuelto. Y cuando lo mordió durante esa
segunda vez en la arena... Su magia convirtió en astillas a seis palmeras cercanas al llegar al clímax con tanta violencia que pensó
que su cuerpo se rompería.

Cuando terminaron, cuando ella empezó a avanzar hacia la
Bahía de la Calavera vestida sólo con sus flamas, él le dio su camisa y cinturón. La cubrían poco, en especial sus piernas hermosas,
pero era menos probable que provocaran un levantamiento en
la ciudad.

Pero apenas. Y sería obvio lo que habían hecho en esa playa en cuanto estuvieran dentro del rango de cualquiera con un sentido del olfato preternatural.

Él la había marcado, con un olor más fuerte que el que tenía antes. La había marcado profunda y verdaderamente y no había manera de deshacerlo, no había manera de lavarlo. Ella lo había proclamado como suyo y él a ella, y él sabía que ella estaba muy consciente de qué significaba eso, al igual que él... Él sabía que ella lo había decidido. Una decisión terminal respecto a quién estaría en su lecho real.

Él intentaría ser digno de ese honor, intentaría encontrar *alguna* manera de demostrar que lo merecía. Que ella no le había apostado al caballo equivocado. De alguna manera. Se lo ganaría. Aunque tuviera muy poco que ofrecerle aparte de su magia y su corazón.

Pero también conocía a su reina. Sabía que a pesar de la enormidad de lo que habían hecho, Aelin también lo había mantenido en esa playa para evadir a los demás. Para no responder a sus preguntas y sus exigencias. Pero en cuanto dio un paso en la posada Rosa del Océano, vio que la luz estaba encendida en la habitación de Aedion y supo que sus amigos no se darían por vencidos fácilmente.

Y Aelin también frunció el ceño a causa de la luz, aunque la preocupación rápidamente reemplazó su expresión al recordar a la metamorfa que había estado completamente inconsciente. Subió las escaleras descalza, sin hacer ruido, y recorrió el pasillo rápidamente hacia la habitación. No se molestó en tocar a la puerta y la abrió de par en par.

Rowan exhaló rápidamente e intentó reunir su magia para enfriar el fuego que todavía tenía en la sangre. Calmar los instintos que le rugían y se revolvían dentro de él. No de tomarla sino de eliminar cualquier otra amenaza.

Era peligroso para los machos hada cuando empezaban a tener una amante. Era peor cuando la relación era más profunda.

Dorian y Aedion se quedaron sentados en las dos sillas frente a la chimenea con los brazos cruzados.

Y el rostro de su primo palideció a causa de algo que podría ser terror al oler a Aelin, al detectar las marcas visibles e invisibles en ambos.

Lysandra estaba sentada en la cama con el rostro serio y los ojos entrecerrados al ver a la reina. La metamorfa fue quien ronroneó:

—¿Te divertiste?

Aedion no se atrevió a moverse y le advirtió a Dorian con la mirada que hiciera lo mismo. Rowan controló la rabia que sintió al ver a los otros machos cerca de su reina, recordó que eran sus amigos, pero...

La rabia primigenia titubeó cuando sintió el alivio tembloroso de Aelin al encontrar a la metamorfa casi recuperada y lúcida. La reina se encogió de hombros y respondió:

—¿Acaso no es para lo único que sirven los machos hada?

Rowan arqueó las cejas y rio un poco mientras pensaba si debía recordarle cuántas veces le había rogado, cuántas veces ella había dicho palabras como "por favor" y "oh dioses" y unos cuantos "por favores" más para terminar. Disfrutaría haciéndola mostrar otra vez esos buenos modales que raramente tenía.

Aelin lo miró, desafiándolo a que lo dijera. Y a pesar de que la acababa de tener, a pesar de que todavía la podía saborear en su boca, Rowan supo que en cuanto llegaran de nuevo a la cama ella no descansaría.

Aelin se sonrojó como si pudiera ver sus planes, se quitó el amuleto que traía al cuello, lo dejó caer en la mesa entre Aedion y Dorian y dijo:

—Me enteré de que este amuleto era la tercera llave del Wyrd cuando estaba todavía en Wendlyn.

Silencio.

Luego, como si no acabara de destrozar todo sentido de seguridad que todavía poseían, Aelin sacó el Ojo de Elena maltratado de su bolsa, lo lanzó al aire y movió la barbilla en dirección al rey de Adarlan.

—Creo que es hora de que conozcas a tu antepasada.

Dorian escuchó la historia de Aelin.

Sobre la llave del Wyrd que portaba en secreto, sobre lo que había sucedido en la bahía, cómo había engañado a Lorcan y cómo esperaba que el guerrero eventualmente regresara con las otras dos llaves en las manos. Y, si tenían suerte, ellos ya tendrían el candado que le habían ordenado dos veces que sacara de los Pantanos Rocosos, porque era el único objeto capaz de unir las llaves del Wyrd nuevamente en la puerta de la cual se habían fabricado y así poner fin a la amenaza de Erawan para siempre.

No importaría cuántos aliados tuvieran si no podían evitar que Erawan utilizara esas llaves para liberar a las hordas del Valg de su propio reino en Erilea. Su posesión de dos llaves ya había llevado a mucha oscuridad. Si conseguía la tercera y lograba controlar la puerta del Wyrd y abrirla a cualquier mundo a voluntad, usarla para llamar un ejército... Tenían que encontrar el candado y neutralizar esas llaves.

Cuando la reina terminó de hablar, Aedion estaba furioso y en silencio, Lysandra fruncía el ceño y Aelin apagaba las velas de la habitación con un movimiento de la mano. Había dos tomos antiguos, retirados de las alforjas repletas de Aedion, abiertos sobre la mesa. Conocía esos libros y no tenía idea de que ella los había traído de Rifthold. El metal retorcido del amuleto del Ojo de Elena estaba sobre uno de ellos. Aelin estudiaba las marcas en una de las páginas manchadas por el paso del tiempo.

La oscuridad cayó cuando ella usó su propia sangre para grabar esas marcas en el piso de madera.

—Parece que tendremos que pagar más por los daños a esta ciudad —dijo Lysandra.

Aelin resopló:

—Vamos a tapar las marcas con un tapete.

Aelin terminó de hacer la marca, que Dorian reconoció, con un escalofrío, como una marca del Wyrd, y dio un paso atrás con el Ojo en el puño.

—¿Ahora qué? —preguntó Aedion.

—Ahora mantenemos la boca cerrada —dijo Aelin con dulzura.

La luz de la luna se extendió por el piso, devorada por las líneas oscuras que ella había grabado. Aelin se dirigió hacia donde Rowan estaba sentado en la orilla de la cama, aún sin camisa porque la reina estaba *usando* su camisa, y se sentó junto a él con una mano en su rodilla.

Lysandra fue la primera en darse cuenta.

Se enderezó en la cama, con un brillo animal en sus ojos verdes cuando la luz de la luna en las marcas de sangre pareció empezar a brillar. Aelin y Rowan se pusieron de pie. Dorian solamente miraba las marcas, la luz de la luna, el rayo que entraba por las puertas abiertas del balcón.

Como si la luz en sí fuera una puerta, el rayo de luna se convirtió cn una figura humanoide.

Parpadeó, apenas lograba conservar su forma. Como el producto de un sueños.

El vello en los brazos de Dorian se erizó. Y tuvo la sensatez de pararse de la silla e hincarse sobre una rodilla con la cabeza inclinada.

Fue el único que lo hizo. El único, se dio cuenta, que había hablado con la pareja de Elena, Gavin. Mucho tiempo atrás, hacía una vida. Intentó no pensar qué significaba que ahora él trajera la espada de Gavin, Damaris. Aelin no se la había pedido y al parecer no lo haría.

Se escuchó una voz amortiguada, como si hablara desde muy lejos, que parpadeaba con la imagen.

—Demasiado... lejos —dijo una voz ligera y joven.

Aelin dio un paso al frente, cerró los libros antiguos de hechizos y los apiló con un golpe.

—Bueno, Rifthold no está precisamente disponible y tu tumba está destruida, así que *ni modo*.

Dorian levantó la cabeza y miró a la figura parpadeante de luz de luna y a la reina joven de carne y hueso.

El cuerpo difuso de Elena desapareció y luego reapareció, como si incluso el viento la perturbara.

—No puedo... mantenerme...

—Entonces seré rápida —dijo Aelin con una voz cortante como un cuchillo—. No más juegos. No más verdades a medias. *¿Por qué* llegó Deanna hoy? Entiendo: encontrar el candado es importante. ¿Pero *qué* es? Y dime qué quiso decir al llamarme la Reina Prometida.

Como si esas palabras hubieran golpeado a la reina muerta como un rayo, la antepasada de Dorian apareció completamente corpórea.

Era exquisita: su rostro era joven y serio, su cabello largo y blanco platinado, como el de Manon, y sus ojos... de un azul sorprendente y deslumbrante. Ahora estaban fijos en él. Su vestido claro volaba con una brisa fantasma.

—De pie, joven rey.

Aelin resopló.

—¿Podemos no jugar este juego del espíritu antiguo reverenciado?

Pero Elena estudió a Rowan, a Aedion. Su cuello delgado y pálido se movió como si tragara saliva.

Y Aelin, dioses, le tronó los dedos a la reina, una, dos veces, para atraer su atención.

—Hola, Elena —dijo lentamente—. Es un gusto verte. Ha pasado un tiempo. ¿Me podrías responder unas preguntas?

La irritación se hizo visible por un instante en los ojos de la reina muerta. Pero Elena permaneció con la barbilla en alto y los hombros delgados hacia atrás.

—No tengo mucho tiempo. Me es muy difícil mantener una conexión tan lejos de Rifthold.

—Qué sorpresa.

Las dos reinas se miraron fijamente.

Elena, maldito fuera el Wyrd, fue la primera en ceder.

—Deanna es una diosa. No tiene las reglas y moral y códigos que nosotros tenemos. Para ella el *tiempo* no existe como para nosotros. Tú permitiste que tu magia tocara la llave, la llave abrió una puerta y Deanna estaba observando en ese momento exacto. Que siquiera te haya dirigido la palabra fue un regalo.

Que lograras sacarla antes de que ella estuviera lista... No olvidará pronto ese insulto, *Majestad*.

—Puede formarse con los demás —dijo Aelin.

Elena negó con la cabeza.

—Hay... hay tantas cosas que no logré decirte.

—¿Como el hecho de que Gavin y tú nunca mataron a Erawan, le mintieron a todo el mundo al respecto, y luego nos lo dejaron para que nosotros lidiáramos con él?

Dorian se atrevió a mirar a Aedion pero el general estaba en su papel, con el rostro duro y calculador, la mirada fija en la reina muerta que ahora estaba en la habitación con ellos. Lysandra... Lysandra ya no estaba.

No, estaba en su forma de leopardo, moviéndose entre las sombras. La mano de Rowan estaba despreocupadamente puesta sobre su espada, aunque la magia de Dorian recorrió la habitación y se dio cuenta de que el arma sería la distracción física del golpe de magia que le daría a Elena si se atrevía siquiera a ver raro a Aelin. De hecho, había un escudo de aire duro entre las dos reinas y también estaba sellando la habitación.

Elena negó con la cabeza y su cabello plateado se movió ondulante.

—Se suponía que recuperarías las llaves del Wyrd antes de que Erawan pudiera llegar tan lejos.

—Bueno, pues no fue así —respondió Aelin—. Perdóname pero no fuiste totalmente *clara* con tus instrucciones.

Elena dijo:

—No tengo tiempo de explicar, pero debes saber que era la única alternativa. Para salvarnos, salvar a Erilea, era la única alternativa que tenía —y a pesar de que se hablaban en tono molesto, la reina le mostró las palmas de las manos a Aelin—. Deanna y mi padre hablaron con la verdad. Pensé... pensé que estaba roto, pero si ellos te dijeron que encontraras el candado... —se mordió el labio.

Aelin dijo:

—Brannon dijo que fuera a los Pantanos Rocosos de Eyllwe para encontrar el candado. ¿*Dónde* precisamente en los pantanos?

—Alguna vez existió una gran ciudad en el corazón de los pantanos —exhaló Elena—. Ahora está medio hundida en el agua de la planicie. En el centro de un templo, ahí colocamos los restos del candado. Yo no... Mi padre pagó un precio terrible para conseguir el candado. El costo... fue el cuerpo de mi madre, su vida mortal. Un candado para las llaves del Wyrd, para sellar la puerta y unir las llaves dentro para siempre. Yo no entendía para qué estaban hechas, mi padre nunca me dijo nada hasta que fue demasiado tarde. Lo único que sabía era que el candado sólo se podía utilizar una vez y que su poder era capaz de sellar *lo que quisiéramos*. Así que lo robé. Lo usé para mí misma, para mi gente. Llevo desde entonces pagando por ese crimen.

—Lo usaste para sellar a Erawan en su tumba —dijo Aelin en voz baja.

La súplica desapareció del rostro de Elena.

—Mis amigos murieron en ese valle de las Montañas Negras aquel día para que yo tuviera oportunidad de detenerlo. Escuché sus gritos, incluso en el centro del campamento de Erawan. No me disculparé por intentar poner fin a la matanza para que los supervivientes pudieran tener un futuro. Para que *ustedes* pudieran tener un futuro.

—¿Entonces usaste el candado y luego lo lanzaste a unas ruinas?

—Lo colocamos dentro de la ciudad sagrada de la planicie, para que fuera una conmemoración de las vidas perdidas. Pero un gran cataclismo golpeó la tierra décadas después y la ciudad se hundió. El agua del pantano se filtró y el candado quedó olvidado. Nadie lo extrajo. Su poder ya se había usado. Era sólo un trozo de metal y vidrio.

¿Y ahora ya no?

—Si lo mencionaron mi padre y Deanna, entonces debe ser vital para detener a Erawan.

—Disculpa si no confío en la palabra de una diosa que intentó usarme como títere para volar este pueblo en pedacitos.

—Sus métodos son extraños, pero probablemente no deseaba lastimarte...

—Eso es una mentira.

La imagen de Elena parpadeó otra vez.

—Ve a los Pantanos Rocosos. Encuentra el candado.

—Le dije a Brannon, y te lo diré a ti: tenemos cosas más importantes que resolver...

—Mi madre *murió* para que se forjara ese candado —respondió Elena bruscamente y los ojos le brillaban—. Tuvo que dejar ir su cuerpo mortal para poder forjar el candado para mi padre. Yo fui quien rompió la promesa de cómo se usaría.

Aelin parpadeó y Dorian se preguntó si debería preocuparse si incluso ella se había quedado sin palabras. Pero Aelin sólo susurró:

—¿Quién fue tu madre?

Dorian trató de recordar, repasó todas sus lecciones de historia sobre su casa real, pero no podía recordar.

Elena emitió un sonido que podría haber sido un sollozo y su imagen se desvaneció en telarañas y luz de luna.

—La que amó más a mi padre. La que lo bendijo con dones tan poderosos y luego se ató a un cuerpo mortal y le ofreció el don de su corazón.

Aelin sintió que los brazos se caían sin fuerza.

Aedion dijo sin pensar:

—Mierda.

Elena rio sin humor y le dijo a Aelin:

—¿Por qué crees que tu flama brilla tanto? No sólo tienes la sangre de Brannon en tus venas. También la de Mala.

—Mala la Portadora de Fuego era tu madre —susurró Aelin.

Elena ya se había ido.

Aedion dijo:

—Honestamente, es un milagro que no se mataran.

Dorian no se molestó en corregirlo diciéndole que eso era técnicamente imposible ya que una de las dos estaba muerta. En vez de eso, consideró todo lo que la reina había dicho y lo que había exigido. Rowan, en silencio, parecía estar haciendo lo mismo. Lysandra olisqueó alrededor de las marcas de sangre, como si estuviera buscando si habían quedado restos de la reina antigua.

Aelin miró hacia las puertas abiertas del balcón, con los ojos entrecerrados y la boca apretada. Abrió el puño y examinó el Ojo de Elena que todavía traía en la palma de la mano. El reloj marcó la una de la mañana. Lentamente, Aelin volteó a verlos. A verlo.

—La sangre de Mala fluye en nuestras venas —dijo con voz ronca y los dedos cerrados alrededor del Ojo antes de meterlo al bolsillo de su camisa.

Él parpadeó y se dio cuenta de que era cierto. Que tal vez ambos tenían esos dones considerables por ese motivo. Dorian le preguntó a Rowan, porque quizá él había visto algo en todos sus viajes:

—¿Realmente es posible que un dios se vuelva mortal así?

Rowan, quien había estado mirando a Aelin con reserva, giró hacia él.

—Nunca había escuchado algo así. Pero... las hadas han renunciado a su inmortalidad para atar sus vidas a las de sus parejas mortales —Dorian percibió que Aelin estaba demasiado atenta a una mancha en su camisa—. Ciertamente es posible que Mala haya encontrado una manera de hacerlo.

—No sólo es posible —murmuró Aelin—. Lo *hizo*. Ese centro de poder que descubrí hoy... Eso era de la misma Mala. Elena tal vez sea muchas cosas, pero no mintió sobre eso.

Lysandra volvió a adoptar forma humana y se balanceó lo suficiente para caer en la cama donde Aedion se pudo mover para estabilizarla.

—¿Entonces qué hacemos ahora? —preguntó con la voz seca—. La flota de Erawan está en el Golfo de Oro; Maeve está camino a Eyllwe. Pero ninguno sabe que nosotros tenemos esta llave del Wyrd, ni que existe ese candado... ni que está entre sus fuerzas.

Durante un instante, Dorian se sintió como un tonto inútil cuando todos, incluido él, voltearon a ver a Aelin. Él era rey de Adarlan, se recordó. Era igual a ella. Aunque le hubieran robado sus tierras y su gente, aunque hubieran capturado su capital.

Pero Aelin se frotó los ojos con el pulgar y el índice y exhaló largamente.

—De verdad odio a ese vejestorio —dijo y levantó la cabeza para mirarlos a todos—. Saldremos mañana en la mañana hacia los Pantanos Rocosos para buscar ese candado.

—¿Y Rolfe y los micenianos? —preguntó Aedion.

—Que él se lleve a la mitad de su flota a buscar al resto de los micenianos, donde sea que se estén escondiendo. Luego todos navegarán al norte, a Terrasen.

Rifthold está entre ambos lugares y guivernos patrullan el lugar —dijo Aedion—. Y este plan depende de *si* podemos confiar en que Rolfe cumplirá con su parte de la promesa.

—Rolfe sabe cómo mantenerse fuera de rango —dijo Rowan—. No tenemos mucha opción salvo confiar en él. Y él honró la promesa que le hizo a Aelin respecto a los esclavos hace dos años y medio.

Sin duda por eso Aelin lo había obligado a confirmarlo por completo.

—¿Y la otra mitad de la flota de Rolfe? —presionó Aedion.

—Algunos permanecerán para controlar el archipiélago —dijo Aelin—. Y algunos vendrán con nosotros a Eyllwe.

—No puedes pelear contra la armada de Maeve con una fracción de la flota de Rolfe —dijo Aedion cruzando los brazos. Dorian se aguantó las ganas de darle la razón y dejó al general continuar—. Eso sin mencionar las fuerzas de Morath.

—No voy a ir a pelear —fue lo único que dijo Aelin. Y eso fue todo.

Se dispersaron. Aelin y Rowan fueron a su propia habitación.

Dorian se quedó despierto incluso cuando la respiración de sus compañeros se volvió profunda y lenta. Pensó en cada una de las palabras que Elena pronunció, pensó en la aparición de Gavin hacía mucho tiempo, que lo había despertado para evitar que Aelin abriera el portal. Tal vez Gavin lo hizo no para salvar a Aelin de la condena sino para evitar que los ojos fríos que aguardaban la tomaran igual que Deanna lo había hecho ese día.

Se guardó su especulación para reconsiderarla en un momento que estuviera menos propenso a llegar a conclusiones precipitadas. Pero los hilos ya se habían entretejido en su mente, eran de color de rojo, verde, dorado y azul, brillaban y vibraban, suspiraban sus secretos en idiomas que no se hablaban en ese mundo.

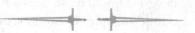

Una hora después del amanecer, salieron de la Bahía de la Calavera en el barco más rápido que Rolfe les pudo dar. Rolfe no se molestó en despedirse porque ya estaba ocupado preparando su flota, antes de que salieran del puerto deslumbrante y se alejaran hacia el archipiélago exuberante más allá. Le dio a Aelin un regalo de despedida: coordenadas vagas del sitio donde encontrar el candado. Su mapa lo había encontrado o, más bien encontró el área por la que podía estar. El capitán les advirtió que debía haber alguna especie de protección a su alrededor si el tatuaje no podía definir el sitio exacto donde estaba. Pero era mejor que nada, supuso Dorian. Aelin gruñó lo mismo.

Rowan volaba en lo alto en forma de halcón, vigilaba atrás y adelante. Fenrys y Gavriel iban en los remos y los ayudaron a salir del puerto. Aedion estaba haciendo lo mismo a una buena distancia de su padre.

Dorian estaba en el timón al lado de la capitana de baja estatura y malhumorada: era una mujer mayor que no tenía interés en hablar con él, fuera o no un rey. Lysandra nadaba en el mar en alguna u otra de sus formas y los vigilaba de las amenazas debajo de la superficie.

Aelin estaba sola en la proa, llevaba el cabello dorado desatado y revoloteaba detrás de ella. Iba tan quieta que podría haber sido la gemela del mascarón del barco, a poco más de un metro debajo. El sol saliente la iluminó de un dorado brillante, ni un resto del fuego de luna que había amenazado con destruirlos a todos.

Pero aun cuando la reina se erguía luminosa frente a las sombras del mundo... un toque de frío tocó el contorno del corazón de Dorian.

Y se preguntó si Aelin veía el archipiélago, los mares, y los cielos como si nunca más los fuera a ver.

Tres días después ya casi habían salido de las garras del archipiélago. Dorian estaba nuevamente al timón, Aelin en la proa, los demás repartidos en diferentes rondas de vigilancia o descansando. La magia del rey lo percibió antes que él. Una sensación de conciencia, de advertencia y de despertar.

Buscó en el horizonte. Los guerreros hada se quedaron en silencio antes que los demás.

Al principio parecía una nube, una pequeña nube que el viento movía en el horizonte. Después un pájaro grande.

Cuando los soldados empezaron a buscar sus armas, la mente de Dorian al fin escupió el nombre de la bestia que se acercaba hacia ellos con alas anchas y brillantes. *Guiverno.*

Sólo era uno. Y tenía una sola jinete. Una jinete que no se movía, cuyo cabello blanco iba desatado y caía hacia uno de los costados. La jinete también iba colgada.

El guiverno bajó más y voló casi tocando el agua. Lysandra estaba lista instantáneamente, esperaba la orden de la reina para transformarse en la forma necesaria para pelear contra él.

—No —salió la palabra rasgando los labios de Dorian antes de que él pudiera pensar. Pero luego la repitió, una y otra vez, cuando el guiverno y su jinete se fueron acercando al barco.

La bruja iba inconsciente, su cuerpo iba de lado porque no estaba despierta, porque estaba llena de sangre azul por todas partes. "No disparen; no disparen..."

Dorian rugía la orden mientras corría hacia el sitio donde Fenrys tenía el arco tenso y una flecha de punta negra apuntada hacia el cuello expuesto de la bruja. Los gritos de los soldados y su capitán ahogaron las palabras de Dorian. Su magia aumentó y desenvainó a Damaris...

Pero entonces la voz de Aelin se escuchó por encima del escándalo.

—¡No disparen!

Todos se detuvieron. El guiverno voló cerca, luego dio la vuelta y circuló el barco.

La bestia tenía costras de sangre azul en los flancos. Tanta sangre. La bruja apenas lograba permanecer en la silla. Su rostro bronceado carecía de color y sus labios eran más pálidos que un hueso de ballena.

El guiverno completó su círculo, volaba más bajo esta vez, preparándose para aterrizar lo más cerca posible del barco. No para atacar... sino para pedir ayuda.

En un segundo, el guiverno volaba suavemente sobre las olas color cobalto. Y un segundo después la bruja se ladeó tanto que parecía como si su cuerpo no tuviera huesos. Como si en ese instante, cuando la ayuda estaba a unos pocos metros de distancia, la suerte que la había mantenido sobre el animal la hubiera abandonado.

El barco se quedó en silencio cuando Manon Picos Negros se desplomó de su silla, cayó entre el viento y la espuma, y entró al agua.

# PARTE DOS

## CORAZÓN DE FUEGO

# CAPÍTULO 40

El humo llevaba gran parte de la mañana gris y húmeda haciendo que a Elide le ardieran los ojos.

Eran sólo campesinos que quemaban sus campos en barbecho, dijo Molly, con el fin de que las cenizas puedan fertilizar de nuevo la tierra para la cosecha del año siguiente. Tenían que estar a kilómetros de distancia, pero el humo y la ceniza viajarían hasta donde estaban ellos si soplaba un viento en dirección al norte. Un viento que soplaba a casa, a Terrasen.

Pero ellos no iban a Terrasen. Iban al este y directo hacia la costa.

Pronto tendría que girar hacia el norte. Habían pasado por sólo un pueblo, uno, donde sus habitantes ya estaban cansados de carnavales y actores itinerantes. Aunque la noche apenas iniciaba, Elide supo que sólo ganarían suficiente dinero para cubrir los gastos de su estancia.

Ella había logrado atraer un total de cuatro clientes a su pequeña carpa hasta el momento. La mayoría eran hombres jóvenes que querían saber a qué jovencitas del pueblo les gustaban. Ninguno se dio cuenta de que Elide, debajo del maquillaje espeso como crema en su rostro, no era mayor que ellos. Otros jóvenes pasaron cerca de la carpa y se escuchó detrás de la lona estrellada que un lanzador de espadas estaba montando el mejor espectáculo de la vida y que sus brazos eran casi del tamaño de troncos de árbol. Los clientes de Elide salieron detrás de sus amigos.

Elide frunció el ceño, a los jóvenes que desaparecieron, uno de ellos sin pagar, y a Lorcan, por robarse la atención de todo el público.

Esperó dos minutos y salió de la carpa. El tocado enorme y ridículo que Molly le había puesto en el cabello se quedó atorado en la entrada de la carpa. El peinado hacía un gran arco y de la cresta le colgaban cuentas y amuletos. Elide se los apartó de los ojos y casi tropezó con su túnica color rojo sangre al asomarse a ver el motivo de tanto alboroto.

Si los jóvenes del pueblo estaban impresionados con los músculos de Lorcan, eso no se comparaba con el impacto que esos músculos tenían en las jóvenes.

Y también en las mayores, se dio cuenta Elide. No se molestó en pasar entre toda la gente amontonada frente al estrado improvisado desde el que Lorcan malabareaba espadas y cuchillos.

Lorcan no era un actor natural. No, de hecho tenía la audacia de lucir *aburrido* en el escenario, casi llegando a lo descaradamente hosco.

Pero lo que le faltaba de encanto lo compensaba con ese cuerpo *aceitado* sin camisa. Y santos dioses...

Lorcan hacía que los jóvenes que visitaban la carpa parecieran... niños.

Balanceó y lanzó sus armas como si no pesaran nada y ella tuvo la sensación de que el guerrero sólo estaba realizando una de sus rutinas diarias de ejercicio. Pero la multitud seguía haciendo "oooh" y "ahhh" con cada movimiento, lanzamiento y atrapada. Las monedas caían constantemente en el recipiente a la orilla del escenario.

Con las antorchas a su alrededor, el cabello oscuro de Lorcan parecía tragarse la luz. Sus ojos color ónix se veían apagados y sin expresión. Elide se preguntó si estaría contemplando matar a todos los que babeaban por él como perros alrededor de un hueso.

No podía culparlo.

Un hilo de sudor se deslizó por el mechón de cabello oscuro en su pecho esculpido. Elide lo miró, un poco hipnotizada, mientras esa gota de sudor avanzaba por los surcos musculosos de su abdomen. Más abajo.

Ella no era mejor que esas mujeres que se lo comían con los ojos, se dijo a sí misma. Estaba a punto de regresar a su carpa cuando Molly a su lado le dijo:

—Tu esposo podría estar ahí sentado simplemente zurciendo una calceta y las mujeres vaciarían sus bolsillos para tener oportunidad de verlo.

—Tenía ese efecto en nuestro carnaval anterior donde quiera que fuéramos —mintió Elide.

Molly chasqueó la lengua.

—Tienes suerte —murmuró mientras Lorcan lanzaba la espada a las alturas y la gente contuvo un grito— de que él te siga viendo como te ve.

Elide se preguntó si Lorcan la miraría así si le dijera su nombre, quién era, qué traía. Él había dormido en el piso de la carpa todas las noches. Ella nunca se molestó en ofrecerle el saco. Por lo general llegaba a la carpa cuando ella ya estaba dormida y se iba antes de que ella despertara. No sabía qué hacía cuando se iba, tal vez iba a ejercitarse ya que su cuerpo estaba... así.

Lorcan lanzó tres cuchillos al aire e hizo una reverencia sin ninguna humildad ni diversión. La gente volvió a contener un grito al ver que los cuchillos iban directo a su columna expuesta.

Pero con una maniobra sencilla y hermosa, Lorcan rodó y atrapó cada cuchillo, uno por uno.

La multitud gritó y Lorcan miró fríamente su recipiente de monedas.

Más cobre, algo de plata, empezó a caer como el golpeteo de la lluvia.

Molly dejó escapar una risa grave.

—El deseo y el miedo pueden aflojar cualquier bolsillo —volteó a mirarla—. ¿No deberías estar en tu carpa?

Elide no se molestó en responder cuando se fue y podría haber jurado que sintió la mirada de Lorcan fijarse en ella, en el peinado y las cuentas que se mecían, en la túnica larga y voluminosa. Continuó avanzando y soportó otros cuantos jóvenes, y algunas mujeres, que le preguntaron sobre sus vidas amorosas antes de volver a quedarse sola en esa carpa tonta donde la única iluminación eran unas esferas de cristal con velas diminutas dentro.

Esperaba a que Molly gritara por fin que ya había terminado el carnaval cuando Lorcan entró a la carpa limpiándose la cara con un trozo de tela que definitivamente no era su camisa.

Elide dijo:

—Molly te va a rogar que te quedes, ¿lo sabes?

Él se sentó en la silla plegadiza frente a su mesa redonda.

—¿Esa es tu predicción profesional?

Ella se quitó de un manotazo una tira de cuentas que le colgaba frente a los ojos.

—¿También vendiste tu camisa?

Lorcan le sonrió con ferocidad.

—La esposa de un granjero me dio diez monedas de cobre por ella.

Elide frunció el ceño.

—Qué asco.

—Dinero es dinero. Supongo que tú no tienes que preocuparte por eso con todo el oro que tienes guardado.

Elide lo miró a los ojos y no se preocupó por portarse agradable.

—Estás de demasiado buen humor.

—Suele suceder cuando dos mujeres y un hombre te ofrecen un lugar en sus camas.

—¿Entonces por qué estás aquí? —preguntó con un tono más fuerte del que quería.

Él miró las esferas colgantes, la alfombra tejida, el mantel negro, y luego sus manos pequeñas con cicatrices y callos, que sostenían con fuerza el borde de la mesa.

—¿Eso no arruinaría nuestra historia, si me fuera a pasar la noche con alguien más? Entonces todos esperarían que me corrieras, que tuvieras roto el corazón y que pasaras el resto del tiempo aquí furiosa.

—Pues podrías aprovechar para divertirte —dijo ella—. Te vas a ir pronto de todas maneras.

—Tú también —le recordó él.

Elide golpeó el mantel con un dedo y sintió la tela áspera contra su piel.

—¿Qué pasa? —exigió saber él como si fuera una molestia portarse amable.

—Nada.

Pero no era nada. Ella sabía por qué había estado retrasando ese cambio de dirección hacia el norte, la partida inevitable con este grupo y el trecho final a solas.

Apenas había logrado hacer algo en un carnaval de pacotilla. ¿Qué demonios haría en una corte con gente tan poderosa, en especial sin saber leer? Mientras Aelin podría destruir reyes y salvar ciudades, ¿ella qué demonios haría para demostrar su valor? ¿Lavarles la ropa? ¿Lavar los platos?

—Marion —dijo él secamente.

Ella levantó la vista y se sorprendió un poco de encontrarlo ahí todavía. Los ojos oscuros de Lorcan no se alcanzaban a leer con la poca luz.

—Hubo varios jóvenes que no podían quitarte la vista de encima esta noche. ¿Por qué no te divertiste con ellos?

—¿Por qué? —le respondió ella bruscamente. La idea de que un desconocido la tocara, de que un hombre sin cara ni nombre la manoseara en la oscuridad...

Lorcan se quedó inmóvil. Dijo con demasiada calma:

—Cuando estabas en Morath, ¿alguien...?

—No —respondió porque comprendió a qué se refería—. No, no llegó tan lejos.

Pero el recuerdo de esos hombres que la tocaban, que se reían de su desnudez... Lo apartó de su mente.

—Nunca he estado con un hombre. Nunca he tenido la oportunidad ni el interés.

Él ladeó la cabeza y su cabello oscuro y sedoso se deslizó sobre su rostro.

—¿Prefieres a las mujeres?

Ella se quedó mirándolo y parpadeó.

—No... no creo. No sé qué prefiero. De nuevo, yo nunca... nunca he tenido la oportunidad de sentir... eso.

Deseo, lujuria, no lo sabía. Y no sabía cómo ni por qué estaban hablando de eso.

—¿Por qué?

Y con toda la atención de Lorcan puesta en ella, con la manera en que miraba su boca pintada de rojo, Elide quiso contarle. Sobre la torre, Vernon y sus padres. Sobre por qué, si alguna vez sintiera deseo, sería el resultado de confiar tanto en alguien que esos horrores se desvanecerían, el resultado de saber que ellos lucharían a muerte para mantenerla libre y nunca la encerrarían ni la lastimarían ni la abandonarían.

Elide abrió la boca. Entonces empezaron los gritos.

Lorcan no sabía qué demonios estaba pasando en la ridícula carpita de adivinadora de Marion. Necesitaba lavarse. Necesitaba limpiarse el sudor, el aceite y la *sensación* de todos esos ojos comiéndoselo.

Pero alcanzó a ver a Marion en la multitud cuando terminaba su rutina patética. No la había visto más temprano, antes de que se pusiera el tocado y la túnica pero... tal vez eran los cosméticos, el kohl alrededor de sus ojos, la manera en que los labios pintados de rojo hacían que su boca pareciera un pedazo de fruta fresca, pero... la había notado.

También había notado que otros hombres la veían. Algunos con la boca abierta descaradamente, con asombro y lujuria escritos por todo su cuerpo, mientras Marion se quedaba, sin darse cuenta, en la orilla de la multitud mirándolo a él.

Hermosa. Después de unas semanas de comer, de seguridad, la joven aterrada y demacrada había pasado de ser bonita a ser hermosa. Él terminó su actuación antes de lo que había planeado y para cuando levantó la vista de nuevo, Marion ya se había ido.

Como un maldito perro, él siguió su olor entre la multitud hasta llegar a la carpa.

Bajo las sombras y las luces que brillaban dentro, con ese tocado, con las cuentas que colgaban y con la túnica color rojo oscuro... era un oráculo encarnado. Serena, exquisita... y completamente prohibida.

Y él estaba tan concentrado en maldecirse a sí mismo por no poder dejar de ver esa boca pecaminosa y madura mientras ella admitía que nadie la había tocado, que no detectó que algo sucedía hasta que empezaron los gritos.

No, había estado demasiado ocupado imaginando qué sonidos podrían salir de esos labios carnosos si él le enseñaba lenta y cuidadosamente el arte de la recámara.

Lorcan supuso que el ataque era la manera de Hellas de decirle que mantuviera el pene en los pantalones y su mente fuera de la alcantarilla.

—*Métete debajo de una carreta y quédate ahí* —le dijo rápidamente antes de salir corriendo de la carpa. No esperó a ver si ella obedecía. Marion era lista, sabía que tendría mejores probabilidades de sobrevivir si le hacía caso y buscaba refugio.

Lorcan dejó salir su don entre la gente llena de pánico del carnaval, una ola de poder oscuro y terrible que barrió como una onda y luego regresó a decirle lo que había percibido. Su poder estaba alegre, sin aliento de una manera que él conocía demasiado bien: muerte.

En uno de los extremos de la explanada estaban las afueras del poblado. Del otro, un bosquecillo y la noche eterna... y alas.

Unas figuras altas, delgadas y musculosas descendían del cielo. Su magia detectó cuatro. Cuatro ilken que aterrizaron con las garras de fuera y que enseñaban sus dientes para desgarrar carne. Las alas como de cuero, al parecer, los distinguían como una ligera variante de los que los siguieron en Oakwald. Una variante o un refinamiento de un cazador ya despiadado.

La gente gritaba y corría hacia el pueblo, a refugiarse en los campos oscuros a la distancia.

Esas fogatas distantes no habían sido de campesinos que quemaban sus sembradíos después de la cosecha.

Las habían encendido para nublar los cielos, para ocultar el olor de las bestias. Esconderlas de él. O de cualquier otro guerrero con dones.

Marion. Estaban cazando a Marion.

El carnaval era un caos, los caballos gritaban y coceaban. Lorcan se lanzó a la zona donde habían aterrizado los cuatro ilken en el centro del campamento, justo donde había actuado unos minutos antes. Llegó exactamente en el momento en que uno de ellos aterrizaba sobre un joven que huía y lo tiraba de espaldas.

El joven seguía gritándole a dioses que no le responderían cuando el ilken se inclinó hacia él, sacó una de sus garras largas y le abrió el abdomen de un zarpazo limpio. Él seguía gritando cuando el ilken bajó su cara mutilada y empezó a darse un festín.

—¿Qué demonios *son* esas bestias?

La que preguntó fue Ombriel. Había sacado una espada larga y, por la manera en que la sostenía, Lorcan notó que sabía utilizarla. Nik llegó corriendo detrás de ella con dos espadas burdas y casi oxidadas en sus manos regordetas.

—Soldados de Morath —les dijo Lorcan.

Nik vio el cuchillo y el hacha que sacó Lorcan; no fingió no saber cómo usarlas ni ser un hombre simple del campo y dijo con precisión fría:

—Tienen la habilidad natural de atravesar la mayor parte de la magia y lo único que los detiene es la decapitación.

—Miden casi dos metros y medio —dijo Ombriel con la cara pálida.

Lorcan los dejó con sus observaciones y su miedo y entró a un círculo de luz en el centro del campamento en lo que los cuatro ilken terminaban de jugar con el joven. El humano seguía vivo y movía la boca en silencio pidiendo ayuda.

Lorcan lanzó su poder y podría haber jurado que el joven tenía gratitud en la mirada cuando la muerte le dio el beso de bienvenida.

Los ilken levantaron la vista al mismo tiempo y sisearon suavemente. Les escurría sangre de los dientes.

Lorcan se sumergió en su poder, se preparó para distraerlos y confundirlos si su resistencia a la magia seguía existiendo. Tal vez Marion tendría tiempo de escapar. Los ilken que le habían abierto el abdomen al joven le dijeron, con risa en sus lenguas grises:

—¿Tú estás al mando?

Lorcan simplemente contestó:

—Sí.

Su pregunta le había comunicado suficiente. No sabían quién era él, su papel en el escape de Marion.

Los cuatro ilken sonrieron.

—Buscamos una chica. Mató a nuestros hermanos y a varios más.

¿La culpaban por la muerte de los ilken hacía unas semanas? ¿O era una excusa para perseguir sus propios fines?

—La seguimos hasta el cruce del Acanthus... Podría estar escondida aquí, entre tu gente.

Una risa.

Lorcan hizo que Nik y Ombriel mantuvieran la boca cerrada. Si siquiera empezaban a delatarlos, el hacha en sus manos se movería.

—Revisen otro carnaval. Nosotros llevamos meses con las mismas personas.

—Es pequeña —siguió diciendo el ilken con un brillo en sus ojos demasiado humanos—. Cojea de una pierna.

—No conocemos a nadie así.

La cazarían hasta el fin del mundo.

—Entonces trae a tu grupo para que podamos... inspeccionarlos.

Hacerlos caminar. Mirarlos. Buscar una joven de cabello oscuro y que cojeaba y cualquier otro rasgo distintivo que les hubiera podido proporcionar el tío.

—Ya los asustaron a todos. Tal vez tarden días en regresar. Y, de nuevo —dijo Lorcan y movió el hacha un poco más arriba— no hay nadie en mi caravana con esa descripción.

Detrás de él, Nik y Ombriel guardaban silencio. Su terror era una peste que se le metía a la nariz. Lorcan pensó en Marion y deseó que se mantuviera escondida.

El ilken sonrió: la sonrisa más horrenda que Lorcan había visto en todos sus siglos.

—Tenemos oro —dijo, y Lorcan vio la bolsa que traía a la cadera—. Se llama Elide Lochan. Su tío es lord de Perranth. Te dará una recompensa jugosa si la entregas.

Las palabras golpearon a Lorcan como rocas. Marion... *Elide* había... mentido. Había logrado evitar que él detectara la mentira, había usado suficientes verdades y su propio miedo para mantener el olor oculto.

—No conocemos a nadie con ese nombre —dijo Lorcan nuevamente.

—Es una pena —dijo el centinela—. Porque si estuviera en su compañía la hubiéramos tomado y nos hubiéramos ido. Pero ahora... —el ilken le sonrió a sus tres compañeros y sus alas oscuras sonaron—. Ahora, al parecer, volamos una gran distancia por nada. Y estamos muy hambrientos.

# CAPÍTULO 41

Elide había logrado meterse en el compartimento del piso de una de las carretas más grandes y rezó por que nadie la descubriera. O empezara a quemar cosas. Su aliento frenético era el único sonido. El aire se hizo más tenso y caliente, le temblaban las piernas y se le empezaban a adormecer por estar doblada, pero siguió esperando, oculta.

Lorcan había salido corriendo, se había metido en medio de la pelea. Ella huyó hacia la carpa justo después de ver cuatro ilken, ilken *alados*, descender sobre el campamento. No esperó a ver qué sucedía después.

Pasó el tiempo, minutos o tal vez horas, no podría decirlo. Ella había provocado eso. Ella le había causado eso a esas personas, a la caravana...

Los gritos se escucharon más fuerte, luego se empezaron a desvanecer. Luego no se escuchó nada.

Lorcan podría estar muerto. Todos podrían estar muertos.

Intentó oír y acallar su respiración para poder *escuchar* cualquier señal de vida, de acción fuera del pequeño espacio caliente donde estaba escondida. Sin duda, estaba diseñado para traficar contrabando, no a un ser humano.

No podía permanecer oculta mucho tiempo más. Si los ilken los habían matado a todos, probablemente estarían buscando supervivientes. Probablemente la podrían olfatear.

Ella podía intentar correr. Tendría que salir, observar lo que pudiera y luego correr hacia los campos en la oscuridad y rezar que nadie la estuviera esperando ahí. Tenía dormidos los pies y las pantorrillas desde hacía varios minutos, y le cosquilleaban incesantemente. Tal vez ni siquiera podría caminar, y su estúpida pierna inútil...

Escuchó de nuevo y le rezó a Anneith para que hiciera que la atención de los ilken se concentrara en otra parte.

Sólo le respondió el silencio. No había más gritos.

En ese momento. Debía irse en *ese momento* mientras pudiera aprovechar la oscuridad para cubrirse.

Elide no le concedió a su miedo otro instante para susurrarle veneno en la sangre. Había sobrevivido a Morath, había sobrevivido semanas sola. Lo lograría, *tenía* que lograrlo, y no le importaría para nada ser la maldita lavandera de la reina si eso significaba que podría *vivir*...

Elide se desenrolló y sintió el dolor en los hombros al abrir la compuerta y mover la pequeña alfombra del lugar. Buscó en el interior de la carreta, en las bancas vacías a cada lado, y luego estudió la noche que la llamaba a lo lejos. La luz entraba del campamento detrás de ella, pero al frente... un mar de negrura. El campo estaba como a unos diez metros de distancia.

Elide hizo una mueca de dolor al escuchar crujir la madera cuando levantó la puerta lo necesario para deslizarse, panza abajo, sobre el piso. Pero se le atoró la túnica y la forzó a detenerse. Elide apretó los dientes y tiró de la túnica sin ver. Se había quedado atorada en el espacio debajo. Que Anneith la salvara...

—Dime —dijo lentamente una voz masculina grave desde atrás, cerca del asiento del conductor—, ¿qué habrías hecho si yo fuera un soldado ilken?

El alivio hizo que sintiera los huesos líquidos y Elide controló su sollozo. Se dio la vuelta para ver a Lorcan, cubierto de sangre negra, sentado en la banca detrás del asiento del conductor con las piernas estiradas. Tenía el hacha y la espada a su lado, cubiertas de esa sangre negra también, y masticaba tranquilamente una espiga de trigo mientras miraba la pared de lona de la carreta.

—Lo primero que yo hubiera hecho en tu lugar —dijo Lorcan sin voltear a verla todavía— hubiera sido quitarme esa túnica. Te hubieras caído de bruces si intentabas correr y ese tono de rojo es como si estuvieras llamando a todos a cenar.

Ella volvió a tirar de la túnica y por fin la tela se rompió. Con el ceño fruncido, sintió el lugar donde se había soltado y encontró un trozo suelto de madera.

—Lo segundo —continuó Lorcan, que ni siquiera se había molestado en limpiarse la sangre salpicada en la cara— sería decirme la maldita verdad. ¿Sabías que a esas bestias les *encanta* hablar si les das la oportunidad? Y me dijeron unas cosas muy, muy interesantes —los ojos oscuros al fin voltearon a verla, completamente furiosos—. Pero no me dijiste la verdad, ¿o sí, Elide?

---

Ella abrió los ojos como platos y la piel se le quedó sin color debajo de los cosméticos. En alguna parte había perdido el tocado y su capa oscura de cabello se liberó de algunos de sus broches al salir del compartimento. Lorcan observaba cada uno de sus movimientos mientras consideraba, valoraba y pensaba exactamente qué debía hacer con ella.

Mentirosa. Astuta mentirosa.

Elide Lochan, heredera legítima de Perranth, terminó de salir de su escondite, cerró la puerta con un golpe y fulminó a Lorcan con la mirada desde donde estaba hincada en el piso. Él la miró de la misma manera.

—¿Por qué habría de confiar en ti —dijo con impresionante frialdad— si llevabas *días* acechándome en el bosque? ¿Por qué debería haberte dicho algo de mí si me hubieras vendido al mejor postor?

Él sentía el cuerpo adolorido, le dolía la cabeza por la matanza a la que apenas había logrado sobrevivir. Los ilken cayeron pero no sin pelear. Y el que mantuvo vivo, el que Nik y Ombriel le rogaron que matara pronto, de hecho le había dicho muy poco.

Pero Lorcan decidió que su *esposa* no tenía que enterarse de eso. Decidió que era el momento de ver qué podría revelar si permitía que algunas de sus propias mentiras la engañaran.

Elide miró sus armas y la sangre pestilente que las cubría como aceite.

—¿Los mataste a todos?

Él bajó la espiga de su boca.

—¿Crees que estaría sentado aquí si no los hubiera matado?

Elide Lochan no era sólo una simple humana que intentaba regresar a su casa y servir a su reina. Era una *lady* de sangre real que quería regresar con esa perra escupefuego en el norte para ofrecerle la ayuda que pudiera. Él decidió que ella y Aelin estaban hechas una para la otra. La mentirosa de rostro dulce y la princesa altanera insufrible.

Elide se dejó caer en la banca y se empezó a masajear los pies y las pantorrillas.

—Estoy jugándome el cuello por ti —dijo él en voz demasiado baja— y tú decidiste no decirme que tu tío no es sólo un simple comandante en Morath sino la mano derecha de Erawan y que *tú* eres su valiosa posesión.

—Te dije suficiente de la verdad. Quién soy no hace ninguna diferencia. Y no soy la posesión de nadie.

Él sintió que su temperamento empezaba a soltarse a pesar de que estaba poniendo cuidado de mantenerlo bajo control desde antes de encontrar su rastro y seguirlo hasta la carreta. Afuera, los otros empacaban rápidamente, preparándose para huir en la noche antes de que los habitantes del pueblo decidieran culparlos a ellos por el desastre.

—Sí importa quién eres. Con tu reina en movimiento, tu tío sabe que ella pagaría un precio alto para recuperarte. No sólo eres un bien para reproducir, eres un arma de negociación. Bien podrías ser lo que ponga de rodillas a esa perra.

La ira se asomó en la cara de facciones finas.

—Tú también tienes bastantes secretos, *Lorcan* —dijo su nombre como si fuera una mala palabra—. Y todavía no he podido decidir si me parece insultante o divertido que pienses que soy demasiado estúpida como para darme cuenta. Que pensaras que era una chica temerosa, demasiado agradecida por la presencia de un guerrero tan fuerte y taciturno para siquiera cuestionar por qué estabas ahí o qué querías o qué sacabas tú de todo esto. Te di exactamente lo que querías ver: una joven perdida necesitada de ayuda, tal vez con algunas habilidades para mentir y engañar, pero que al final no valía más de dos segundos de consideración. Y tú, con toda tu arrogancia inmortal, no lo pensaste dos veces. ¿Por qué habrías de pensarlo, si los humanos son tan inútiles? ¿Por qué te habrías siquiera de molestar, si planeabas abandonarme en el momento en el que consiguieras lo que querías?

Lorcan parpadeó y apoyó los pies en el suelo. Ella no retrocedió ni un centímetro.

No podía recordar la última vez que alguien le había hablado así.

—Yo pondría cuidado con lo que me dices.

La sonrisa de Elide fue odiosa.

—¿O qué? ¿Me enviarás a Morath? ¿Me usarás para entrar?

—No había pensado eso, pero gracias por la idea.

Ella tragó saliva, la única señal de su miedo. Y dijo claramente y sin un rastro de titubeo:

—Si me llevas a Morath terminaré con mi propia vida antes de que me puedas cargar para cruzar el puente de la fortaleza.

Esa amenaza, la promesa, controló su furia, su *rabia* absoluta... de que ella en verdad se había aprovechado de sus expectativas, su arrogancia y sus prejuicios. Dijo con cuidado:

—¿Qué es lo que traes contigo que los hace cazarte tan implacablemente? No es tu sangre real, no es tu magia ni tu utilidad para gestar criaturas. El objeto que traes contigo... ¿qué es?

Tal vez era una noche para decir la verdad, tal vez la muerte estaba suficientemente cerca como para hacerla sentir intrépida, pero Elide dijo:

—Es un regalo, para Celaena Sardothien. De una mujer que tenían presa en Morath y que esperó mucho tiempo para pagarle una atención que tuvo con ella en el pasado. No sé más.

Un regalo para una asesina, no para la reina. Tal vez no sería nada notable, pero...

—Déjame verlo.

—No.

Se quedaron mirándose nuevamente. Y Lorcan sabía que, si quisiera, podría esperar a que ella estuviera dormida, llevárselo y desaparecer. Así sabría por qué protegía tanto al objeto.

Pero sabía... una parte pequeña y estúpida de él sabía que si le quitaba algo a esta mujer a quien ya le habían quitado tanto... No sabía si ella podría recuperarse después de algo así. Lorcan había hecho tantas cosas despreciables y malvadas a lo largo de los siglos sin pensarlo dos veces. Las había disfrutado, había sentido placer en esa crueldad.

Pero esto... había un límite. De alguna manera... de alguna manera había un maldito límite ahí.

Ella pareció detectar su decisión con el don que tenía. Sus hombros se encorvaron y posó la mirada vacía en el muro de lona mientras los sonidos de su grupo se iban acercando, urgiéndolos a apurarse y empacar, a dejar todo lo que no fuera imprescindible.

Elide dijo en voz baja:

—Marion era el nombre de mi madre. Murió defendiendo a Aelin Galathynius de su asesino. Mi madre ganó tiempo para que Aelin corriera, para que huyera, para que algún día pudiera regresar a salvarnos a todos. Mi tío, Vernon, miró y sonrió cuando ejecutaron a mi padre, el lord de Perranth, afuera de nuestro castillo. Luego se adueñó del título, tierras y casa de mi padre. Y durante los siguientes diez años, mi tío me encerró en la torre más alta del castillo de Perranth y mi nana fue mi única compañía. Cuando me rompí el pie y el tobillo no confió en los sanadores para que me trataran. Tenía barrotes en las ventanas de la torre para evitar que me suicidara y me puso grilletes en los tobillos para que no huyera. La primera vez que salí en una década fue cuando me metió en una carreta de prisioneros y me llevaron a Morath. Ahí me hizo trabajar como sirviente, por la humillación y el terror que lo deleitan. Yo planeaba y soñaba con escapar todos los días. Y cuando llegó la oportunidad... la aproveché. No sabía sobre los ilken, sólo escuché rumores de cosas terribles que estaban siendo criadas en las montañas alrededor de la fortaleza. No tengo tierras, dinero, ni ejército que ofrecerle a Aelin Galathynius. Pero la encontraré y le ayudaré como pueda. Aunque sea para evitar que otra niña, aunque sea sólo una, tenga que vivir lo que yo viví.

Él dejó que la verdad de sus palabras se asentara en su mente. Dejó que ajustaran su visión de ella. Sus... planes.

Lorcan dijo con aspereza:

—Tengo más de quinientos años de edad. Tengo un juramento de sangre con la reina Maeve del pueblo de las hadas, soy su segundo al mando. He hecho cosas maravillosas y terribles en su nombre y haré más antes de que la muerte venga a reclamarme. Nací como un bastardo en las calles de Doranelle, era un niño salvaje junto con otros niños desechables hasta que me di cuenta de que mis talentos eran distintos. Maeve también lo notó. Puedo matar más rápidamente, puedo sentir cuando la muerte está cerca. Creo que mi magia *es* la muerte, que me la dio Hellas mismo. Estoy en estas tierras por mi reina, aunque vine sin su permiso. Probablemente me esté cazando y me mate por ello. Si sus centinelas llegan a buscarme, te conviene más fingir que no sabes quién y qué soy.

Había más, pero... Elide también tenía otros secretos. Se habían dicho suficiente por el momento.

No había miedo en su olor, ni siquiera un rastro. Lo único que Elide dijo fue:

—¿Tienes familia?

—No.

—¿Tienes amigos?

—No.

Su grupo de guerreros no contaba. Al maldito de Whitethorn no pareció importarle cuando los abandonó para servir a Aelin Galathynius. Fenrys no ocultaba que odiaba el vínculo. Vaughan apenas estaba. No podía soportar el inquebrantable control de Gavriel y Connall estaba demasiado ocupado acostándose con Maeve como un animal la mayor parte del tiempo.

Elide ladeó la cabeza y su cabello se deslizó frente a su cara. Él casi levantó una mano para apartarlo y poder leer sus ojos oscuros. Pero tenía las manos llenas de esa sangre asquerosa. Y tenía la sensación de que Elide Lochan no deseaba que la tocaran a menos que lo pidiera.

—Entonces —murmuró ella—, tú y yo somos iguales al menos en ese aspecto.

Sin familia, sin amigos. No le había parecido tan patético hasta que lo dijo ella, hasta que de pronto se vio a sí mismo a través de sus ojos.

Pero Elide se encogió de hombros y se puso de pie al escuchar la voz de Molly que ladraba cerca.

—Deberías limpiarte, otra vez pareces un guerrero.

No estaba seguro si se lo había dicho como un cumplido.

—Nik y Ombriel, desafortunadamente, se dieron cuenta de que tú y yo tal vez no somos lo que parecemos.

Se vio la alarma en la mirada de Elide.

—¿Nos deberíamos marchar?

—No. Ellos guardarán nuestros secretos —aunque sólo sea porque vieron cómo Lorcan atacó a esos ilken, y sabían con precisión lo que les haría si siquiera respiraban mal en su dirección—. Podemos quedarnos un rato, en lo que salimos de esto.

Elide asintió y su cojeo se hizo más visible al dirigirse a la parte de atrás de la carreta. Se sentó en el borde antes de salir porque su tobillo arruinado estaba demasiado débil y adolorido como para brincar. Sin embargo, se movía con una dignidad silenciosa, siseando un poco cuando su pie hacía contacto con el piso.

Lorcan la vio cojear hacia la noche sin siquiera voltear a verlo una vez.

Y se preguntó qué demonios estaba haciendo.

# CAPÍTULO 42

La muerte olía a sal y sangre y madera y podredumbre.

Y dolía.

La oscuridad la abrazó, y dolió muchísimo. Las Antiguas le mintieron al decirle que curaba todos los males, si ese corte de dolor en su abdomen era un indicio. Eso sin mencionar el enorme dolor de cabeza, la sequedad de su boca, el ardor del otro corte en su brazo.

Tal vez la oscuridad era otro mundo, otro reino. Tal vez estaba en el reino del infierno que tanto temían los humanos.

Odiaba a la muerte.

Y la muerte también podía irse al infierno...

Manon Picos Negros empezó a abrir los párpados que le pesaban demasiado, que le quemaban demasiado y miró la luz de la linterna que se mecía en los paneles de madera de la habitación con los ojos entrecerrados.

Se percató de que no era una recámara real sino un camarote, por el olor a sal, el movimiento y el crujir del mundo a su alrededor.

Era un camarote pequeño y sucio que apenas tenía espacio para esa cama, una portilla demasiado pequeña para poder pasar siquiera los hombros...

Se sentó de golpe. Abraxos. Dónde estaba *Abraxos*...

—Relájate —le dijo lentamente una voz femenina que le resultaba familiar desde el espacio entre sombras cerca del pie de la cama.

El dolor estalló en su vientre, una respuesta retardada por su movimiento repentino. Manon miró a los vendajes blancos que ahora le raspaban los dedos y a la reina joven que estaba sentada en una silla junto a la puerta. Paseó sus ojos por la mujer y luego por las cadenas que le habían puesto en las muñecas y los tobillos. Las cadenas estaban ancladas a las paredes en lo que parecían ser agujeros recién hechos.

—Parece que otra vez tienes una deuda de vida conmigo, Picos Negros —dijo Aelin Galathynius con humor frío en sus ojos color turquesa. *Elíde.* ¿Elide había logrado llegar aquí...?

—Tu nana quisquillosa de guiverno está bien, por cierto. No sé cómo terminaste con un ser así de dulce como montura, pero está contento de tirarse al sol en la cubierta de proa. No te puedo decir que los marineros estén particularmente felices, en especial porque tienen que limpiar lo que hace.

"Encuentra un sitio seguro", le había dicho a Abraxos. ¿De alguna manera encontró a la reina? ¿De alguna manera sabía que este era el único sitio donde tendría posibilidades de sobrevivir?

Aelin bajó los pies al suelo y sus botas hicieron un sonido suave. Tenía una franca impaciencia con cualquier tipo de mentiras, actitud que no tenía la última vez que se vieron. Como si la guerrera que se había reído durante toda su batalla en el templo de Temis hubiera perdido un poco de esa diversión malévola, pero ganado más crueldad calculadora.

El vientre de Manon le dio una punzada de dolor que la obligó a morderse el labio para evitar sisear en voz alta.

—Quien sea que te haya hecho esa herida no estaba bromeando —dijo la reina—. ¿Problemas en casa?

No era asunto de la reina ni de nadie más.

—Permíteme que me cure y me apartaré de tu camino —dijo Manon con voz rasposa. Sentía la lengua como un cascarón pesado y seco.

—Oh, no —ronroneó Aelin—. No irás a ninguna parte. Tu montura puede hacer lo que le plazca, pero tú ahora eres oficialmente nuestra prisionera.

La cabeza de Manon empezó a dar vueltas, pero se obligó a preguntar:

—¿Nuestra?

Una sonrisita de complicidad. La reina se puso de pie con gracia. Tenía el cabello más largo, la cara más delgada y los ojos color turquesa duros y atormentados. La reina dijo simplemente:

—Estas son las reglas, Picos Negros. Intentas escapar, mueres. Lastimas a alguien, mueres. Si de alguna manera nos traes cualquier problema... creo que entiendes a dónde voy con esto. Si te sales un paso de las reglas, terminaré lo que empecé aquel día en el bosque, deuda de vida o no. Esta vez no necesito acero para hacerlo.

Cuando habló, unas flamas doradas parecieron centellear en sus ojos. Y Manon se dio cuenta con no poco entusiasmo, incluso a pesar de su dolor, de que la reina sí podría terminarla antes de que ella se pudiera acercar lo suficiente para matar.

Aelin se dio vuelta hacia la puerta y puso la mano con cicatrices sobre la manilla.

—Encontré unas astillas de hierro en tu vientre antes de sanarte. Te sugiero que no le mientas a quien sea que pueda tolerar estar contigo suficiente tiempo para que le cuentes toda la historia —movió la barbilla hacia el piso donde había una jarra y una taza—. El agua está junto a la cama. Si puedes alcanzarla.

Luego se fue.

Manon escuchó sus pasos firmes alejarse. No se oían otras voces ni sonidos además del golpeteo de las olas contra el barco, el crujido de la madera y... gaviotas. Entonces tendrían que estar todavía cerca de la costa. Navegando hacia... eso todavía lo tendría que averiguar.

Cuando estuviera sana. Cuando la liberaran de esos grilletes. Cuando se volviera a montar en Abraxos.

¿Pero a dónde iría? ¿Con quién?

No había ninguna torre para recibirla, ningún Clan que la pudiera proteger de su abuela. Y las Trece... ¿Dónde estarían ahora? ¿Las estarían cazando?

El vientre de Manon le ardió, pero se inclinó para tomar el agua. Sintió un golpe de dolor tan fuerte que se dio por vencida después de un instante.

Habían escuchado, sin duda, quién era. Las Trece habían escuchado.

No sólo era mitad Crochan... sino la última Reina Crochan.

Y su hermana... su media hermana...

Manon miró hacia el techo de madera oculto entre sombras. Podía sentir la sangre de esa Crochan en las manos. Y su capa... esa capa roja que estaba colgada en el extremo de la cama. La capa de su hermana. Que su abuela la había obligado a usar, sabiendo a quién pertenecía, sabiendo de quién era la garganta que Manon había cortado.

Ya no era la heredera Picos Negros, con o sin la sangre Crochan.

La desesperación se enroscó como gato alrededor del dolor en el vientre de Manon. No era nadie ni nada.

No recordaba cuándo se había quedado dormida.

La bruja durmió por tres días después de que Aelin informó que había despertado.

Dorian entraba a ese camarote apretado con Rowan y la reina, cada vez la sanaban un poco más, observaban la manera en que funcionaba su magia, pero no se atrevían a usarla cuando la Picos Negros estaba inconsciente.

Incluso inconsciente, todas las respiraciones de Manon, cada movimiento involuntario, era un recordatorio de que era una depredadora de nacimiento. Su rostro agonizantemente bello era una máscara cuidadosa hecha para atraer a los desprevenidos a su muerte.

Era adecuado de cierta manera, considerando que *ellos* probablemente iban en camino a su propia muerte.

Mientras los dos barcos de Rolfe los escoltaron por la costa de Eyllwe, se mantuvieron lejos de la playa. Una tormenta fuerte los hizo anclar en un conjunto pequeño de islas en las aguas de Leriba y sólo lograron sobrevivir porque los vientos de Rowan los protegieron. De todas maneras la mayoría pasó todo el tiempo con la cabeza en un balde. Incluido él.

Ahora estaban cerca de Banjali y Dorian había intentado sin éxito no pensar en su querida amiga muerta con cada legua que se acercaban a la hermosa ciudad. Intentó sin éxito no considerar si Nehemia hubiera estado con ellos en ese mismo barco si las cosas no hubieran salido tan terriblemente mal. Intentó sin éxito no contemplar si ese toque que le dio una vez, una marca del Wyrd que le trazó en el pecho, no habría de alguna manera... despertado su poder. Si había sido tanto una bendición como una maldición.

No se había atrevido a preguntarle a Aelin qué sentía, aunque la encontraba con frecuencia mirando hacia la costa, aunque no pudieran ver, aunque no pudieran acercarse.

Una semana más, tal vez menos si la magia de Rowan les ayudaba, y llegarían al extremo este de los Pantanos Rocosos. Y cuando estuvieran dentro del rango... tendrían que confiar en las coordenadas vagas que les proporcionó Rolfe.

Y evitar el ejército de Melisande, que, supuso, ahora sería de Erawan, y que los aguardaba a la vuelta de la península del Golfo de Oro.

Por el momento... Dorian estaba de guardia en el cuarto de Manon. No se arriesgarían en este asunto de la heredera Picos Negros.

Se aclaró la garganta cuando vio que sus párpados se movían y sus pestañas oscuras subían y luego se levantaban por completo.

Unos ojos dorados y todavía adormilados lo miraron.

—Hola, brujita —dijo.

Su boca carnosa y sensual se tensó un poco, en una mueca o una sonrisa, no logró descifrarlo. Pero se sentó, su cabello blanco como la luna se deslizó hacia adelante y sus cadenas sonaron.

—Hola, principito —dijo.

Dioses, su voz sonaba como lija.

Dorian miró la jarra de agua.

—¿Quieres un poco de agua?

Tenía que estar muerta de sed. Apenas habían podido echarle un chorrito por la garganta porque no querían arriesgarse a que se ahogara o a liberar esos dientes de hierro que no sabían dónde tenía guardados.

Manon miró la jarra y luego lo miró a él.

—¿También soy tu prisionera?

—Mi deuda de vida ya está pagada —dijo él simplemente—. No eres nada mío.

—¿Qué pasó? —dijo con voz rasposa. Era una orden y era una que él le permitió dar.

Él llenó el vaso de agua intentando que no se notara que estaba calculando el alcance de esas cadenas cuando se lo dio. No había señal de las uñas de hierro cuando sus dedos delgados se envolvieron alrededor del vaso. Hizo una mueca ligera, un poco más cuando lo levantó hacia sus labios aún pálidos y bebió. Y bebió.

Vació el vaso. Dorian se lo rellenó en silencio. Una vez. Dos. Tres.

Cuando al fin terminó, dijo:

—Tu guiverno voló directo como flecha hacia nosotros. Te caíste de la silla de montar al agua a unos cincuenta metros de nuestro barco. No sabemos cómo nos encontró. Te sacamos del agua. Rowan tuvo que unir tu vientre temporalmente en la cubierta antes de que pudiéramos siquiera moverte aquí. Es un milagro que no estés muerta por la pura pérdida de sangre. Eso sin mencionar la infección. Estuviste aquí una semana, Aelin y Rowan te sanaron. Te tuvieron que abrir otra vez en algunos lugares para retirar la carne que ya estaba descompuesta. Has estado entrando y saliendo de la conciencia desde entonces.

Dorian no sentía ganas de mencionar que él había sido quien había saltado al agua. Simplemente había... actuado. Igual que Manon actuó cuando lo salvó en la torre. Él no le debía menos. Lysandra, en su forma de dragón marino, los alcanzó unos momentos después y él sostuvo a Manon en sus brazos y se subió al lomo de la metamorfa. La bruja estaba tan pálida y la herida de su vientre... Casi vomitó el desayuno al verla. Parecía un pescado que habían eviscerado mal.

Eviscerada, lo confirmó Aelin una hora después y le enseñó una astilla pequeña de metal, por alguien con uñas de hierro muy, muy afiladas.

Nadie mencionó que podría haber sido un castigo... por salvarlo.

Manon veía la habitación con ojos que se iban despejando rápidamente.

—¿Dónde estamos?

—En el mar.

Aelin le ordenó no darle más información sobre sus planes ni decirle dónde estaban.

—¿Tienes hambre? —preguntó Dorian. En ese momento se dio cuenta de que no sabía qué, exactamente, comería ella.

Y sí, esos ojos dorados se dirigieron a su garganta.

—¿En serio? —preguntó él arqueando una ceja.

Ella abrió un poco las fosas nasales.

—Sólo por deporte.

—¿No eres... parcialmente humana al menos?

—No en las formas importantes.

Claro, porque las otras partes... hada, Valg... La sangre Valg era la que dio forma a las brujas. El mismo príncipe que lo infectó compartía sangre con ella. Desde el fondo negro de sus recuerdos empezaron a escapar algunas palabras e imágenes, en las que ese príncipe veía los ojos dorados que Dorian tenía enfrente ahora, y le gritaba que se alejara... Ojos de los reyes del Valg. Dorian dijo con cuidado:

—¿Entonces te considerarías más Valg que humana?

—Los Valg son mis enemigos, Erawan es mi enemigo.

—¿Eso nos convierte en aliados?

Ella no le reveló nada que pudiera indicar una cosa o la otra.

—¿Viene con ustedes una joven que se llama Elide?

—No —¿quién diablos era ésa?—. No nos hemos topado con nadie llamado así.

Manon cerró los ojos por un instante. Su garganta delgada subió y bajó.

—¿Han tenido noticias de mis Trece?

—Eres la primera jinete montada sobre un guiverno que vemos en semanas —Dorian pensó por qué le preguntaría eso, por qué se habría quedado tan quieta.

—No sabes si siguen vivas.

Y con esos fragmentos de hierro en su vientre...

La voz de Manon respondió inexpresiva y fría como la muerte.

—Dile a Aelin Galathynius que no se moleste en usarme para hacer negociaciones. La matrona de las Picos Negros no me reconocerá, ni como su heredera ni como bruja, y lo único que sacarán de eso sería revelar su localización precisa.

Él sintió un aleteo en su magia.

—¿Qué pasó después de Rifthold?

Manon se volvió a recostar y apartó la cabeza de él. Un poco de brisa marina entró por la portilla abierta y se quedó en su cabello blanco haciéndolo brillar en el camarote oscuro.

—Todo tiene un precio.

Y esas palabras, el hecho de que se volteara y que parecía estar esperando que la muerte se la llevara, lo hicieron decir:

—Alguna vez te dije que me buscaras otra vez, parece que no pudiste esperar a volver a ver mi hermoso rostro.

A Manon se le tensaron un poco los hombros.

—Tengo hambre.

Él sonrió lentamente.

Como si ella hubiera oído esa sonrisa, le dijo en tono molesto:

—*Comida*.

Pero todavía tenía una capa de fragilidad que cubría todas las líneas de su cuerpo. Lo que fuera que había sucedido, lo que había tenido que soportar... Dorian puso el brazo en el respaldo de la silla.

—Va a llegar en unos minutos. Odiaría que te acabaras por no comer. Sería una pena perder a la mujer más hermosa del mundo cuando su vida inmortal y malvada apenas empieza.

—No soy una mujer —fue todo lo que dijo, pero su temperamento volátil se podía notar en esos ojos de oro fundido.

Él se encogió de hombros con indolencia, quizá sólo porque ella estaba encadenada, quizá porque, aunque la muerte que ella irradiaba lo emocionaba, no le provocaba miedo.

—Bruja, mujer... mientras las partes importantes estén en su lugar, ¿cuál es la diferencia?

Ella se sentó, su rostro perfecto mostraba incredulidad e indignación exhausta. Le mostró los dientes en un gruñido silencioso.

A cambio Dorian le ofreció una sonrisa perezosa.

—Aunque no lo creas, este barco tiene un número poco natural de hombres y mujeres atractivos. Vas a congeniar de maravilla. Y también congeniarás con los inmortales gruñones, supongo.

Ella miró a la puerta momentos antes de que él escuchara los pasos que se acercaban. Se quedaron en silencio hasta que giró la perilla y pudieron ver el ceño fruncido de Aedion.

—Despierta y lista para arrancar gargantas, por lo visto —dijo el general a modo de saludo.

Dorian se puso de pie y tomó de sus manos una bandeja de algo que parecía guiso de pescado. Se preguntó si debería probarlo para ver si no estaba envenenado por la manera en que Aedion miraba a Manon. Ella miró al guerrero de cabello dorado con la misma expresión.

—Les hubiera disparado a ti y a tu piltrafa de guiverno desde que venían volando si me lo hubieran permitido. Agradece que mi reina piensa que eres más útil viva —dijo Aedion.

Luego se fue.

Dorian colocó la bandeja al alcance de Manon y la vio olisquearlo. Probó un bocado con cautela, como si quisiera que llegara a su estómago que estaba sanando y ver cómo se acomodaba ahí. Como si probara si tenía veneno. Mientras esperaba, Manon preguntó:

—¿Tú no das las órdenes en este barco?

A Dorian le costó trabajo no alterarse.

—Conoces mis circunstancias. Estoy a la merced de mis amigos.

—¿Y la Reina de Terrasen es tu amiga?

—No querría a nadie más cuidándome la espalda.

Aparte de Chaol, pero... no tenía caso siquiera pensar en él, extrañarlo.

Manon al fin probó otro bocado de su guiso de pescado. Luego otro. Y otro.

Y entonces él se dio cuenta de que ella intentaba no hablar con él. Tanto que él le preguntó:

—Tu abuela te hizo eso, ¿verdad?

La cuchara que Manon traía en la mano se quedó quieta recargada en el tazón de madera. Lentamente, giró la cabeza para mirarlo. Su expresión era ilegible, un rostro hecho de pesadillas y fantasías de medianoche.

—Lo siento —admitió él—, si el costo por salvarme aquel día en Rifthold fue... fue esto.

—Averigua si mis Trece están vivas, principito. Haz eso y yo obedeceré tus órdenes.

—¿Cuándo las viste por última vez?

Nada. Se tragó otra cucharada.

—¿Estaban presentes cuando tu abuela te hizo eso? —él presionó.

Los hombros de Manon se encorvaron un poco y sacó otra cucharada del líquido turbio pero no se la tomó.

—El costo de Rifthold era la vida de mi Segunda. Me negué a pagarlo. Así que les conseguí un poco de tiempo a mis Trece para que corrieran. En el momento que ataqué a mi abuela con la espada, mi título, mi legión, se perdieron. Perdí a las Trece cuando huí. No sé si están vivas o si las han estado cazando —volteó rápidamente a verlo a los ojos con una mirada que brillaba por algo más que el vapor del guiso—. *Encuéntralas* por mí. Averigua si están vivas o si las devolvieron a la oscuridad.

—Estamos en medio del océano. No habrá noticias de nada por un rato.

Ella empezó a comer de nuevo.

—Ellas son lo único que me queda.

—Entonces supongo que tanto tú como yo somos herederos sin coronas.

Un resoplido sin humor. El cabello blanco se movió con la brisa marina.

Dorian se puso de pie y caminó a la puerta.

—Haré todo lo posible.

—Y... Elide.

De nuevo, ese nombre.

—¿Quién es ella?

Pero Manon ya estaba concentrada en su guisado.

—Sólo dile a Aelin Galathynius que Elide Lochan está viva... y que la está buscando.

La conversación con el rey la drenó por completo. Cuando tuvo la comida en el estómago y tomó más agua, Manon se recostó y durmió.

Y durmió.

Y durmió.

La puerta se abrió en cierto momento y tenía el vago recuerdo de la reina de Terrasen, y luego su príncipe general que le exigían respuestas sobre algo. Elide tal vez.

Pero Manon estaba ahí, medio despierta, sin disposición para pensar o hablar. Se preguntó si hubiera dejado de respirar si no fuera porque su cuerpo lo hacía solo.

No se había percatado de lo imposible que podría ser la supervivencia de las Trece hasta que prácticamente le estaba rogando a Dorian Havilliard que las encontrara. Hasta que se sintió tan desesperada como para vender su espada a cambio de cualquier información sobre ellas.

Quería saber si ellas querrían servirle después de todo lo sucedido. Una Picos Negros y una Crochan.

Y sus padres... asesinados a manos de su abuela. Le prometieron al mundo una hija de paz. Y ella dejó que su abuela la convirtiera en una niña de guerra.

Los pensamientos se le arremolinaban en la cabeza, le robaban fuerza, apagaban los colores y los sonidos. Despertaba y veía por sus necesidades cuando le hacía falta, se comía lo que le dejaban, pero permitió que ese sueño pesado y sin sentido tomara el control.

A veces, Manon soñaba que estaba en esa habitación del Omega, con la sangre de su media hermana en las manos y en la boca. A veces, estaba parada junto a su abuela, como adulta y no una cría de bruja como lo había sido en aquel entonces, y le ayudaba a la matrona a cortar a un hombre apuesto de barba que rogaba por su vida, la vida de su hija. A veces, volaba sobre un territorio verde y frondoso, con la canción de un viento de occidente conduciéndola a casa.

Con frecuencia, el sueño era que un gran gato, de color claro y con manchas, como nieve vieja sobre granito, estaba sentado en el camarote con ella. Movía su cola de atrás para adelante cuando se daba cuenta de que ella lo miraba. A veces era un lobo blanco que sonreía. O un león montés de mirada tranquila.

Manon deseaba que cerraran sus mandíbulas alrededor de su garganta y presionaran hasta escuchar un crujido.

Nunca lo hicieron.

Así que Manon Picos Negros durmió. Y soñó.

# CAPÍTULO 43

Tres días después Lorcan seguía cuestionándose qué demonios estaba haciendo. Se habían alejado ya del pueblo de las planicies, pero el terror de esa noche se quedó sobre la caravana del carnaval como una manta pesada con cada kilómetro que recorrían las carretas en el camino.

Los demás no se enteraron de cómo, exactamente, sobrevivieron a los ilken. No se dieron cuenta de que esos seres eran casi imposibles de matar y que un simple mortal no podría haber matado uno, mucho menos cuatro. Nik y Ombriel les dieron espacio a él y a Elide, y sólo de ver sus miradas precavidas e inquisitivas alrededor de la fogata cada noche les quedaba claro que todavía intentaban descifrar quién y qué era él.

Elide también se mantuvo lejos de él. No habían tenido oportunidad de montar sus carpas usuales debido a la premura de la huida, pero esa noche, ya dentro de los muros de un pequeño poblado, tendrían que compartir una recámara en la posada barata que Molly pagó a regañadientes.

Era difícil no mirar a Elide mientras veía el pueblo y la posada; a veces pasaban por su rostro la observación sagaz, la sorpresa y la confusión, apenas perceptibles.

Lorcan usó un poco de su magia para ayudarle a mantener estabilizado el pie. Ella nunca lo comentó. Y a veces esa magia oscura y mortal que tenía se acercaba a lo que ella traía oculto, el regalo de una mujer moribunda a una asesina temperamental, y retrocedía.

Desde aquella noche Lorcan no la presionó para que le mostrara lo que traía, aunque pasaba buena parte del tiempo considerando qué podría haber salido de Morath. Collares y anillos eran unas de las primeras posibilidades.

Whitethorn y la reina perra no tenían idea sobre los ilken, tal vez tampoco sobre la mayoría de los horrores que Elide le había compartido. Se preguntó qué le haría un muro de fuego a esas criaturas, se preguntó si los ilken estarían entrenando en contra del arsenal de Aelin Galathynius. Si Erawan era listo, tendría algo en mente.

Mientras los demás entraban con pasos agotados a la posada en busca de comida y descanso, Elide le informó a Molly que iría a caminar por el río y salió a las calles empedradas. Y, aunque ya sentía que le gruñía el estómago, Lorcan fue tras ella, siempre el esposo atento que deseaba proteger a su esposa hermosa en un pueblo que había visto mejores días... mejores décadas. Sin duda era el resultado de la construcción incansable de Adarlan de carreteras que recorrieran todo el continente y el hecho de que ese pueblo estaba alejado de todos los caminos importantes de la zona.

La tormenta eléctrica que percibió se empezaba a acercar al pueblo de construcciones de roca. La luz cambió de dorada a plateada. En unos cuantos minutos, la humedad densa se levantó con un agradable viento fresco. Lorcan dejó que Elide avanzara tres cuadras, luego la alcanzó y le dijo:

—Va a llover.

Ella lo miró con fastidio.

—Sé lo que significan los relámpagos.

El pueblo amurallado estaba construido a ambos lados de un río pequeño y un poco olvidado: dos grandes entradas por el agua en las que se cobraba una cuota para entrar a la ciudad y en las que se llevaba un control de los bienes que pasaban. Agua estancada, pescado y madera podrida fue lo primero que detectó antes de ver las aguas lodosas y tranquilas; fue precisamente en la orilla de los muelles donde Elide se detuvo.

—¿Qué estás buscando? —preguntó al fin con un ojo en el cielo que se oscurecía.

Los trabajadores del muelle, los marineros y los comerciantes también vigilaban las nubes y empezaban a guarecerse.

Algunos se quedaron atando sus barcazas largas y planas y los postes que usaban para navegar el río. Él había visto un reino, quizá hacía trescientos años, que se valía de barcazas para enviar sus bienes de un extremo al otro. No podía recordar el nombre que estaba perdido en las catacumbas de su memoria. Lorcan se preguntó si todavía existiría, escondido entre dos cordilleras montañosas al otro lado del mundo.

Los ojos brillantes de Elide se posaron en un grupo de hombres bien vestidos que iban entrando a un lugar que parecía ser una taberna.

—La tormenta significa que hay que buscar refugio —murmuró—. El refugio significa estar atrapado en el interior sin nada que hacer salvo chismear. Chismear significa noticias de los comerciantes y marineros sobre el resto del mundo —esos ojos lo voltearon a ver con un reflejo de humor seco—. *Eso* es lo que significan los relámpagos.

Lorcan parpadeó y ella siguió a los hombres que entraron a la taberna. Empezaban a caer las primeras gotas gordas de la tormenta en las piedras musgosas del muelle.

Lorcan siguió a Elide al interior de la taberna. Una parte de él tuvo que admitir que a pesar de sus quinientos años de sobrevivir, matar y servir, nunca se había topado con alguien tan... tan poco impresionado con él. Incluso la maldita Aelin era un poco sensata respecto a la amenaza que él representaba. Tal vez vivir con monstruos le había quitado el temor prudente a ellos. Se preguntó cómo era que Elide no se había convertido en uno en ese proceso.

Lorcan se fijó en los detalles del bar por instinto y entrenamiento y no encontró nada que ameritara su atención. El olor del lugar —cuerpos sucios, orina, moho, lana mojada— amenazó con sofocarlo. Pero en unos cuantos momentos Elide ya tenía una mesa cerca de un grupo de esas personas y ya había ordenado dos tarros de cerveza y lo que había como especial del almuerzo.

Lorcan se sentó en la silla de madera antigua a su lado y cuando crujió se preguntó si la maldita cosa se rompería con su peso. Se escuchó un trueno y todos los ojos se dirigieron a las ventanas que tenían vista del muelle. La lluvia empezó a caer con fuerza, las barcazas subían, bajaban y se mecían.

Les pusieron el almuerzo en la mesa. Los tazones sonaron y un poco del guiso color marrón salpicó afuera de los bordes despostillados. Elide ni siquiera lo miró, ni tocó las cervezas que le pusieron enfrente con la misma actitud desinteresada por recibir una propina, sólo estudiaba la habitación.

—Bebe —le ordenó Elide.

Lorcan consideró si debía decirle que no le diera órdenes pero... le gustaba ver a esta criatura pequeña y de huesos delicados en acción. Le gustaba verla evaluar una habitación llena de desconocidos y seleccionar su presa. Porque aquello era una cacería, en busca de la mejor y más segura fuente de información. La persona que no llevaría un reporte a la guarnición del poblado que seguía bajo el control de Adarlan para informarles que una joven de cabello oscuro estaba haciendo preguntas sobre las fuerzas enemigas.

Así que Lorcan bebió y la observó mientras ella observaba a los demás. Había tantos pensamientos calculadores debajo de esa cara pálida, tantas mentiras listas para salir de esos labios de botón de rosa. Una parte de él se preguntó si le parecería útil a su propia reina, si Maeve también detectaría el hecho de que quizás la misma Anneith le había enseñado a esta chica a mirar, a escuchar y a mentir.

Una parte de él sintió angustia al pensar en Elide en manos de Maeve. En lo que se convertiría. Lo que Maeve le pediría que hiciera como espía o como miembro de su corte. Tal vez era mejor que Elide fuera mortal y que su vida fuera demasiado corta como para que Maeve se molestara en pulirla y convertirla en su centinela más cruel.

Estaba tan ocupado pensando en eso que casi no se percató cuando Elide se recargó con indiferencia en su silla e interrumpió la conversación de la mesa de comerciantes y capitanes detrás de ellos.

—¿Qué quieren decir con que Rifthold ya no existe?

Lorcan de inmediato prestó atención. Hacía semanas que ellos se habían enterado de la noticia.

La capitana que estaba más cerca de ellos, una mujer de treinta y tantos años, miró a Elide, luego a Lorcan, y dijo:

—Bueno, no dejó de existir pero... ahora está bajo control de las brujas en nombre del duque Perrington. Han derrocado a Dorian Havilliard.

Elide, la astuta mentirosa, parecía verdaderamente sorprendida.

—Llevamos unas semanas en el bosque. ¿Dorian Havilliard está muerto? —dijo en voz baja, como horrorizada... como si no quisiera que la oyeran.

Otra persona de la mesa, un hombre mayor y de barba, respondió.

—Nunca encontraron su cuerpo, pero si el duque declaró que ya no es rey, supongo que está vivo. No tendría sentido estar haciendo proclamaciones sobre un hombre muerto.

Se escucharon los truenos retumbar y casi ahogaron las palabras susurradas de Elide:

—¿Iría al... iría al norte? ¿Con... ella?

Todos entendieron a quién se refería Elide. Y Lorcan supo exactamente por qué ella había entrado a ese lugar.

Se iba a marchar. Al día siguiente, cuando el carnaval saliera. Probablemente contrataría uno de esos botes para que la llevara al norte y él... él iría al sur. A Morath.

Los compañeros intercambiaron miradas y consideraron la apariencia de la joven, y luego la de Lorcan. Él intentó sonreír, parecer insulso y poco amenazador. Ninguno de ellos le devolvió la sonrisa, aunque probablemente hizo algo bien porque el hombre de la barba dijo:

—Ella no está en el norte.

Entonces Elide se quedó inmóvil.

El de la barba continuó:

—Dice el rumor que estuvo en Ilium y que les dio una paliza a los soldados. Luego dijeron que estuvo en la Bahía de la Calavera la semana pasada y que armó un escándalo. Ahora navega a otra parte: algunos dicen que a Wendlyn, otros que a Eyllwe y otros que está huyendo al otro lado del mundo. Pero no está en el norte. No irá allá por un tiempo, al parecer. No es sabio dejar tu tierra natal sin defensa, en mi opinión. Pero apenas es una mujer, después de todo no puede saber mucho sobre la guerra.

Lorcan dudaba eso, y dudaba que la perra se moviera sin consultar a Whitethorn o al hijo de Gavriel. Pero Elide exhaló temblorosa.

—¿Por qué dejar Terrasen para empezar?

—¿Quién sabe? —respondió la mujer y devolvió su atención a la comida y a sus compañeros—. Parece ser que la reina acostumbra aparecer donde nadie la espera, provoca un caos y luego vuelve a desaparecer. Estoy segura de que varios ganarán mucho dinero apostando dónde aparecerá a continuación. Yo digo que Banjali, en Eyllwe. Aquí, mi amigo Vross, dice que en Varese, en Wendlyn.

—¿Por qué Eyllwe? —presionó Elide.

—¿Quién sabe? Sería una tonta si anunciara sus planes.

La mujer vio a Elide con severidad como para advertirle que debía mantener la boca cerrada.

Elide regresó a su comida y a su cerveza, la lluvia y los truenos ahogaron la conversación en la taberna.

Lorcan la miró beber todo el tarro en silencio. Y, cuando pareció menos sospechoso, se puso de pie y se fue.

Elide fue a otras dos tabernas del pueblo y siguió exactamente el mismo patrón. Las noticias variaban ligeramente cada vez que alguien las contaba, pero el consenso general era que Aelin estaba en movimiento, tal vez al sur o al este, y nadie sabía qué esperar.

Elide salió de la tercera taberna con Lorcan detrás. No hablaron desde que entraron a esa primera posada. Él estaba demasiado absorto considerando cómo sería de pronto volver a viajar solo. Dejarla y... nunca más volver a verla.

Elide dijo mientras miraba la lluvia y los truenos:

—Se suponía que yo debía ir al norte.

Lorcan no quiso confirmar ni objetar. Como un tonto inútil, se dio cuenta de que estaba... titubeando y no quería presionarla para que siguiera su camino original.

Ella bajó la cabeza y el agua y la luz hicieron brillar sus pómulos prominentes.

—¿Dónde iré ahora? ¿Cómo la encuentro?

Él se atrevió a decir:

—¿Qué piensas de los rumores?

Él ya había analizado todos los fragmentos de información,
pero quería ver esa mente astuta en acción.

Y una pequeña parte de él también quería averiguar qué
decidiría ella sobre separarse de él.

Elide dijo en voz baja:

—Banjali, en Eyllwe. Creo que va a Banjali.

Él trató de disimular su alivio. Había llegado a la misma conclusión porque era lo que Whitethorn habría hecho y él había
entrenado al príncipe durante varias décadas.

Ella se frotó la cara.

—¿Qué... qué tan lejos está?

—Lejos.

Ella bajó las manos y su cara se veía demacrada y blanca como el hueso:

—¿Cómo llego allá? ¿Cómo...?

Se frotó el pecho.

—Yo puedo conseguirte un mapa —le dijo él, sólo para ver
si ella le pediría que se quedara.

Elide tragó saliva y cuando negó con la cabeza, su cabello
negro se movió.

—No tendría sentido.

—Los mapas siempre son útiles.

—No si no sabes leer.

Lorcan parpadeó y se preguntó si la habría escuchado bien.
Pero vio que sus mejillas pálidas se ruborizaban un poco y que lo
que nublaba sus ojos oscuros era en realidad vergüenza y desesperanza.

—Pero tú...

Se dio cuenta que no había tenido oportunidad de revelar
eso durante las semanas que llevaban juntos.

—Aprendí las letras pero cuando, cuando todo sucedió —dijo— y me metieron a esa torre... Mi nana era analfabeta. Así que nunca aprendí más. Olvidé lo que sí sabía.

Él se preguntó si se habría dado cuenta si ella no se lo hubiera dicho.

—Pareces haber sobrevivido de manera impresionante sin saber.

Habló sin considerar sus palabras, pero aparentemente fueron las indicadas. Las comisuras de la boca de Elide se movieron un poco hacia arriba.

—Supongo que sí —dijo ella en voz baja.

La magia de Lorcan detectó la guarnición antes de que los pudiera escuchar u oler.

Se deslizó entre sus espadas, armas rudimentarias y medio oxidadas, y luego se sumergió en su miedo en aumento, su emoción y tal vez un poco de sed de sangre.

No eran buenas noticias. No... porque iban directo hacia ellos.

Lorcan se acercó a Elide.

—Parece que nuestros amigos en el carnaval decidieron ganarse algo de dinero fácil.

La desesperación indefensa de su rostro se volvió lucidez con ojos muy abiertos.

—¿Se acercan los guardias?

Lorcan asintió. Las pisadas ya estaban suficientemente cerca para contar cuántos venían desde la guarnición en el centro del pueblo. Sin duda querían atraparlos entre su espadas y el río. Si fuera del tipo de persona que apostaba, apostaría que los dos puentes que cruzaban el río, a diez cuadras cada uno a ambos lados, ya estaban llenos de guardias.

—Tienes que elegir —dijo él—. Puedo terminar con este asunto aquí y regresamos a la posada para averiguar si Nik y Ombriel querían deshacerse de nosotros...—ella apretó la boca y él supo qué decidiría antes de ofrecerlo—. O Podemos subirnos en una de esas barcazas y largarnos de aquí.

—La segunda —exhaló ella.

—Bien —fue su única respuesta y la tomó de la mano para tirar de ella. Incluso con la ayuda de la magia en su pierna, era demasiado lenta...

—Ya hazlo —dijo Elide molesta.

Así que Lorcan se la echó al hombro, liberó el hacha con la otra mano y corrió hacia el agua.

Elide iba rebotando y chocando contra el hombro ancho de Lorcan, moviendo la cabeza lo necesario para mirar hacia la calle detrás de ellos. No había seña de los guardias pero... esa pequeña voz que le susurraba con frecuencia en el oído tiraba de ella y le rogaba que se fuera. Que saliera de ahí.

—Las puertas de la ciudad —dijo mientras los músculos y huesos de Lorcan le golpeaban el estómago—. Ahí estarán también.

—Déjamelo a mí.

Elide intentó no imaginar lo que significaría eso, pero ya estaban en los muelles y Lorcan iba corriendo hacia una barcaza. Bajó los escalones del embarcadero a toda velocidad y salió corriendo hacia el largo muelle de madera. La barcaza era más pequeña que las otras. Tenía una cabina al centro pintada de verde. Vacía, salvo por unas cuantas cajas de cargamento en la proa.

Lorcan sacó el hacha que tenía ya lista y Elide se sostuvo del hombro y le enterró los dedos en el músculo cuando la pasó sobre el borde de la barcaza hacia los tablones de madera. Se tambaleó en lo que sus piernas se acostumbraban al movimiento del río pero...

Lorcan ya estaba girando hacia el hombre delgado como un junco que venía corriendo hacia ellos con un cuchillo en la mano.

—¡Ese es *mi* barco! —aulló.

Al bajar la escalera de madera que llevaba al muelle se percató, exactamente, del tamaño de su contrincante, el hacha y la espada que Lorcan traía en la manos y la expresión mortífera que sin duda tenía en el rostro.

Lorcan simplemente dijo:

—Es nuestro ahora.

El hombre miró a ambos.

—No... no lograrán pasar de los puentes o los muros de la ciudad.

Momentos. Sólo tenían unos momentos antes de que aparecieran los guardias...

Lorcan le dijo al hombre:

—Súbete. *Ahora*.

El hombre empezó a retroceder.

Elide apoyó la mano en el costado del barco y le dijo tranquilamente:

—Te matará antes de que llegues a la escalera. Sácanos de la ciudad y te juro que te dejaremos libre cuando logremos salir.

—Me van a cortar la garganta después, igual que ahora —dijo el hombre tragando grandes bocanadas de aire.

Era cierto, el hacha de Lorcan se movía de una manera que era obvio para ella que estaba a punto de lanzarla.

—Te pediría que reconsideraras —dijo Elide.

La muñeca de Lorcan se movió ligeramente. Lo iba a hacer. Iba a matar a este hombre inocente sólo para liberarlos...

El hombre bajó el cuchillo y luego lo envainó en su funda.

—El río da una vuelta al salir del pueblo. Déjenme ahí.

Eso era todo lo que Elide necesitaba escuchar y el hombre corrió hacia ellos. Desató las cuerdas y saltó al barco con la facilidad de alguien que lo había hecho mil veces. Tomó uno de los postes al mismo tiempo que Lorcan para empujar la embarcación hacia el río y, en cuanto estuvieron fuera del embarcadero, Lorcan dijo:

—Si nos traicionas estarás muerto antes de que los guardias puedan siquiera abordar.

El hombre asintió y empezó a dirigirse hacia la salida oriental del pueblo. Lorcan llevó a Elide a la cabina de una habitación.

El interior de la cabina estaba lleno de ventanas, todas lo suficientemente limpias para notar que el dueño se enorgullecía de su bote. Lorcan la metió un poco a empujones bajo la mesa en el centro. El mantel bordado la escudaba de todo salvo los sonidos: los pasos de Lorcan se hicieron silenciosos aunque podía sentirlo cuando se ocultó en un lugar que le permitía monitorear lo que sucedía desde dentro de la cabina, el sonido de la lluvia en el techo, el golpe del poste que ocasionalmente chocaba contra el lado de la barcaza.

El cuerpo empezó a dolerle pronto por tener que mantenerse quieta y en silencio.

¿Así sería su vida en el futuro cercano? ¿Cazada y perseguida por todo el mundo?

Y encontrar a Aelin... ¿Cómo haría eso? Podría regresar a Terrasen, pero no sabía quién gobernaba en Orynth. Si Aelin no había recuperado su trono... Tal vez era un mensaje oculto de que había peligro ahí. Que no todo estaba bien en Terrasen.

Pero ir a Eyllwe por un poco de especulación... De todos los rumores que Elide había escuchado en las últimas dos horas, las razones de la capitana eran las más sabias.

El mundo parecía estar inmóvil con la tensión silenciosa como si lo recorriera una onda de miedo.

Pero entonces se escuchó la voz del hombre de nuevo y el metal crujió: una reja. Las rejas de la ciudad.

Ella permaneció debajo de la mesa, contando sus respiraciones, pensando en todo lo que había escuchado. Dudó que el carnaval los extrañara.

Y apostaría todo el dinero que traía en la bota que Nik y Ombriel habían sido quienes los delataron con los guardias porque decidieron que ella y Lorcan eran demasiada amenaza, en especial si los ilken iban tras ella. Se preguntó si Molly lo habría sabido desde el principio, desde la primera vez que se vieron, que eran mentirosos, y permitió que Nik y Ombriel los delataran cuando el botín era demasiado bueno para dejarlo pasar, el costo de la lealtad demasiado alto.

Elide suspiró por la nariz. Se oyó el sonido de agua que salpicaba y el bote continuó avanzando.

Al menos tenía su trocito de piedra con ella, aunque extrañaría su ropa, por muy vieja que fuera. Esta ropa de cuero que traía puesta ya le estaba pareciendo demasiado caliente y si fueran a Eyllwe, se moriría de calor...

Se escucharon los pasos de Lorcan.

—Sal.

Ella hizo una mueca de dolor al sentir que su tobillo protestaba y salió de debajo de la mesa. Miró a su alrededor y dijo:

—¿No hubo problemas?

Lorcan negó con la cabeza. Estaba salpicado de lluvia o de agua de río. Ella miró a su alrededor hacia el sitio donde había estado el hombre guiando el bote. No había nadie ahí, ni en la parte trasera de la barcaza.

—Nadó a la orilla cuando dimos la vuelta —le explicó Lorcan.

Elide exhaló.

—Bien pudo regresar corriendo al pueblo para decirles. No les tomará mucho tiempo alcanzarnos.

—Ya nos encargaremos de eso —dijo Lorcan y le dio la espalda.

Demasiado rápido. Esquivó su mirada demasiado rápido...

Ella miró el agua, las manchas en las mangas de la camisa de Lorcan. Como... como si se hubiera lavado las manos rápida y descuidadamente.

Ella miró el hacha que traía colgada al lado cuando él salió de la cabina.

—Lo mataste, ¿verdad?

Eso había sido el sonido en el agua. Un cuerpo aventado por el lado del barco.

Lorcan se detuvo. La miró por encima de su hombro amplio. Esos ojos oscuros no tenían nada de humano.

—Si quieres sobrevivir tienes que estar dispuesta a hacer lo necesario.

—Tal vez tenía una familia que dependía de él —dijo Elide.

No le había visto un anillo de matrimonio, pero eso no significaba nada.

—Nik y Ombriel no nos concedieron esa consideración cuando nos reportaron con la guarnición.

Caminó hacia la cubierta y ella avanzó detrás de él, furiosa. Alrededor del río había árboles frondosos, un escudo viviente que los protegía.

Y ahí... ahí estaba la *mancha* en los tablones, brillante y oscura. Se le revolvió el estómago.

—Planeabas mentirme —le dijo entre dientes—. ¿Pero cómo explicarías *eso*?

Lorcan se encogió de hombros. Tomó el poste y se movió con gracia fluida hacia el lado de la barcaza para apartarlos de un banco de arena que se aproximaba.

Había *matado* al hombre...

—Le *juré* que lo íbamos a liberar.

—Tú lo juraste, no yo.

Ella apretó los puños. Y esa cosa, esa piedra, envuelta en un trozo de tela dentro de su chaqueta empezó a moverse.

Lorcan se quedó quieto apretando el poste entre las manos.

—¿Qué es eso? —dijo con demasiada suavidad.

Ella se mantuvo firme. Por supuesto que no retrocedería ahora, por supuesto que no permitiría que la intimidara, que le diera órdenes, que *matara personas* para que pudieran escapar...

—Qué. Es. Eso.

Ella se negó a hablar o siquiera a tocar el bulto en su bolsillo. Empezó a vibrar y gruñir, como una bestia que abre un ojo, pero ella no se atrevió a tocarla porque no quería ni siquiera reconocer esa presencia extraña y de otro mundo.

Los ojos de Lorcan se abrieron ligeramente. Luego dejó el poste y empezó a cruzar la cubierta para entrar a la cabina. Ella se quedó en la orilla, sin saber si seguirlo o tal vez saltar al agua para nadar a la orilla, pero...

Se escuchó el sonido de metal sobre metal, como si algo estuviera abriéndose y entonces...

El rugido de Lorcan sacudió el bote, el río, los árboles. Unas aves de patas largas se elevaron volando.

Entonces Lorcan abrió la puerta de golpe, con tanta violencia que casi la arrancó de las bisagras y luego aventó lo que parecían ser los restos de un amuleto roto hacia el río. O intentó.

Lorcan lo lanzó con tanta fuerza que pasó por encima del río y chocó contra un árbol, llevándose un trozo de madera.

Dio la vuelta y el enojo de Elide titubeó al ver la rabia ardiente que estaba deformando las facciones del guerrero. Caminó hacia ella, tomó el poste en la mano como para evitar ahorcarla y dijo:

—¿Qué traes ahí?

Y la exigencia, la violencia, la presunción y la arrogancia la hicieron ver rojo a ella también. Así que Elide dijo en voz baja y llena de veneno:

—¿Por qué no me cortas el cuello y lo averiguas por ti mismo?

Las fosas nasales de Lorcan se ensancharon.

—Si tienes un problema con que mate a alguien que *apestaba* por el ansia que tenía de traicionarnos en cuanto tuviera oportunidad, entonces vas a *amar* a tu reina.

Ya llevaba un tiempo sugiriendo que sabía de ella, que sabía lo suficiente para llamarla cosas horribles, pero...

—¿Qué quieres decir?

Lorcan, por los dioses, se veía como si ya hubiera perdido control de su temperamento y dijo:

—Celaena Sardothien es una asesina de diecinueve años que se hace llamar la mejor del mundo —un resoplido—. Mataba, se vanagloriaba y se ganaba la vida así y nunca se disculpó una sola vez por lo que hacía. Se enorgullecía. Y esta primavera, uno de *mis* centinelas, el príncipe Rowan Whitethorn, recibió la orden de lidiar con ella cuando llegó a las costas de Wendlyn. Resultó que en vez de eso se enamoró de ella, y ella de él. Resultó que, después de lo que sea que estuvieron haciendo en las montañas Cambrian, ella dejó de hacerse llamar Celaena y empezó a hacerse llamar por su verdadero nombre otra vez —una sonrisa brutal—: Aelin Galathynius.

Elide apenas podía sentir su cuerpo.

—¿Qué? —fue lo único que atinó a decir.

—¿Tu reina escupefuego? Es una maldita asesina. Entrenada para matar desde el momento en que tu madre murió defendiéndola. Entrenada para no ser mejor que el hombre que masacró a tu madre y a tu familia real.

Elide negó con la cabeza y sintió que las manos se le ponían flojas.

—¿Qué? —repitió.

Lorcan rio sin alegría.

—Mientras estuviste encerrada en esa torre durante diez años, ella disfrutaba de los lujos de Rifthold, consentida y mimada por su maestro, el Rey de los Asesinos, a quien asesinó a sangre fría esta primavera. Así que sabrás que tu salvadora perdida no es mucho mejor que yo. Sabrás que ella hubiera matado a ese hombre igual que yo, y tendría tan poca tolerancia por tus quejas como yo.

Aelin... asesina. Aelin, la misma persona a quien le habían pedido que entregara la piedra...

—Lo sabías —dijo ella—. Todo este tiempo que llevamos juntos, tú sabías que estaba buscando a la misma persona.

—Te dije que encontrar a una sería encontrar a la otra.

—Lo *sabías* y no me lo dijiste. ¿Por qué?

—Tú tampoco me has dicho tus secretos. No veo por qué yo tengo que decirte todos los míos.

Ella cerró los ojos con fuerza e intentó no pensar en la mancha en la madera, intentó tranquilizar el efecto que habían tenido sus palabras y cerrar el agujero que sentía se le abría bajo los pies. ¿Qué había en ese amuleto? ¿Por qué había rugido y...?

—Tu reinita —se burló Lorcan— es una asesina, una ladrona y una mentirosa. Así que si vas a llamarme así deberás estar preparada para llamarla a ella igual.

Elide sentía la piel demasiado restirada, los huesos demasiado frágiles para soportar la rabia que se apoderó de ella. Buscó las palabras adecuadas para lastimarlo, herirlo, como si fueran puñados de rocas que pudiera lanzar a la cabeza de Lorcan.

Elide siseó:

—Estaba equivocada. Dije que tú y yo éramos iguales, que no teníamos familia ni amigos. Pero yo no tengo porque el espacio y la circunstancia me separan de ellos. Tú no tienes porque nadie soporta estar cerca de ti —intentó, con éxito a juzgar por la ira que destelló en sus ojos, mirarlo con desprecio a pesar de que él era mucho más grande que ella—. ¿Y sabes cuál es la mentira más grande que le dices a todos, Lorcan? Que así lo prefieres. Pero lo que yo escucho cuando te quejas de mi *reina perra* son las palabras de alguien profunda, profundamente celoso, solitario y *patético*. Son las palabras de alguien que vio a Aelin y al príncipe Rowan enamorarse y que alberga resentimientos por esa felicidad, porque *tú* eres muy infeliz —no pudo detener las palabras ya que empezaron a salir—. Así que puedes llamar asesina, ladrona y mentirosa a Aelin. La puedes llamar reina perra y escupefuego. Pero me disculparás si yo me reservo el derecho a juzgar esas cosas cuando la vea. Lo cual *sucederá* —señaló hacia el río grisáceo que fluía alrededor de ellos—. Voy a Eyllwe. Llévame a la orilla y me lavaré las manos de ti tan fácilmente como tú te lavaste la sangre de ese hombre.

Lorcan la miró, con los dientes expuestos para mostrarle sus colmillos alargados. Pero a ella no le importaba su ascendencia de hada, ni su edad, ni su capacidad para matar.

Después de un momento, empezó nuevamente a empujar la barcaza con el poste apoyado en el fondo del río, no para acercarlos a la orilla sino para seguir avanzando.

—¿Escuchaste lo que dije? *Llévame a la orilla.*

—No.

Su rabia sobrepasó todo sentido común, toda advertencia de Anneith cuando se acercó a él y le dijo furiosa:

—¿No?

Él dejó que el poste se arrastrara en el agua y volteó a verla. Sin emoción, ni siquiera con un resto de enojo.

—El río giró al sur tres kilómetros atrás. Por el mapa en la cabina, podemos ir por el río directamente al sur y luego encontrar la ruta más rápida a Banjali.

Elide se limpió la lluvia de la frente empapada y Lorcan se acercó tanto a ella que compartían el mismo aire.

—Resulta —dijo él—, que ahora yo también tengo un asunto con Aelin Galathynius. Felicidades, lady. Acabas de conseguirte un guía a Eyllwe.

Sus ojos brillaban con una luz fría y asesina y ella se preguntó qué lo habría hecho rugir.

Pero esos ojos bajaron a su boca que estaba apretada por la furia. Y una parte de ella que no tenía nada que ver con el miedo se quedó inmóvil ante la atención mientras otras partes se derritieron un poco.

Los ojos de Lorcan al fin miraron los de ella y su voz era como un gruñido de media noche cuando dijo:

—En lo que concierne a los demás, sigues siendo mi esposa.

Elide no objetó y se fue de regreso a la cabina, con la magia insufrible todavía ayudándola con su pierna, y cerró la puerta con tanta fuerza que el vidrio se sacudió.

Las nubes de tormenta empezaron a alejarse y dejaron ver una noche llena de estrellas y una luna suficientemente brillante para que Lorcan pudiera navegar el río angosto y tranquilo.

Los guió hora tras hora, contemplando cómo iba a asesinar a Aelin Galathynius sin que Elide o Whitethorn se interpusieran, pensando cómo iba a hacer pedazos su cuerpo y se lo iba a dar de comer a los cuervos.

Le había mentido. Ella y Whitethorn lo habían engañado aquel día que el príncipe le entregó la llave del Wyrd.

Ese amuleto no tenía nada dentro salvo uno de esos anillos, un anillo de piedra del Wyrd completamente inútil envuelto en un trozo de pergamino. Y en el papel con una letra femenina:

*Espero que descubras términos más creativos que "perra" para insultarme cuando encuentres esto.*

*Con todo mi amor,*
A. A. G.

La mataría. Lentamente. Creativamente. Lo forzaron a hacer un juramento de sangre para asegurarse que el anillo de Mala en verdad ofrecía inmunidad contra el Valg a quien lo usaba, y él no pensó en exigir que le garantizaran que la llave del Wyrd también era real.

Y Elide, lo que Elide llevaba, lo que lo hizo darse cuenta... Pensaría sobre eso después. Contemplaría qué hacer con la lady de Perranth más tarde.

Su único consuelo era que había robado el anillo de Mala de vuelta, pero la maldita *perra* todavía tenía la llave. Y si de todas formas Elide necesitaba ir con Aelin... Oh, encontraría a Aelin por Elide.

Y se aseguraría de que la reina de Terrasen se arrastrara antes del final.

# CAPÍTULO 44

El mundo empezó y terminó con fuego.

Un mar de fuego donde no había espacio para el aire, para el sonido más allá de la tierra derretida que caía en una cascada. El verdadero corazón de fuego, la herramienta de la creación y de la destrucción. Y ella se estaba ahogando en él.

Su peso la ahogaba mientras ella se sacudía para encontrar una superficie o un fondo en el cual apoyarse. Ninguno existía.

Cuando le llegó a la garganta, cuando subió por su cuerpo y la derritió, ella empezó a gritar sin hacer ruido, rogándole que se detuviera...

*Aelín.*

El nombre, rugido hacia el corazón de flamas en el centro del mundo, era una señal, un llamado. Había nacido esperando escuchar esa voz, la había buscado ciegamente toda su vida, la seguiría hasta el final de todas las cosas...

—AELIN.

Aelin se levantó de la cama con fuego en la boca, la garganta, los ojos. Fuego real.

Los dorados y los azules se entretejían entre franjas de rojo brillante. Las flamas que emergían de ella eran reales, las sábanas estaban chamuscadas, la habitación y el resto de la cama, el *barco en medio del mar* se había salvado de la incineración por un muro inflexible e irrompible de aire.

Unas manos envueltas en hielo le apretaron los hombros y, entre las llamas, apareció el rostro malhumorado de Rowan, ordenándole que respirara...

Ella respiró una vez. Sintió más flamas que bajaban por su garganta.

No había nada que la sostuviera, nada que controlara su magia para que obedeciera. Oh, dioses, oh, dioses, ni siquiera podía sentir que el agotamiento estuviera cerca. Esta flama lo era todo...

Rowan le apretó la cara con las dos manos y, en los sitios donde su hielo y su viento se juntaban con su fuego empezó, a salir vapor.

—Tú la dominas; *tú* la controlas. Tu miedo le concede el derecho a asumir el mando.

El cuerpo de Aelin se arqueó nuevamente sobre el colchón, completamente desnuda. Seguramente quemó su ropa, la camisa favorita de Rowan. Sus llamas ardieron con más intensidad.

Él la sostuvo con fuerza, la obligó a verlo a los ojos y le gruñó:

—Te veo. Veo todas tus partes. Y no siento miedo.

*No tendré miedo.*

Un ofrecimiento de ayuda en ese mar de fulgor ardiente.

*Mi nombre es Aelin Ashryver Galathynius...*

*Y no tendré miedo.*

Y con la misma certeza que si la hubiera sostenido en su mano, apareció una cuerda.

Entró la oscuridad, bendita y tranquila, al sitio donde había estado ardiendo ese núcleo de flamas.

Ella tragó una vez, dos.

—Rowan.

Los ojos del príncipe brillaban de una manera casi animal, estudiando cada centímetro de su cuerpo.

El latido del corazón de Rowan estaba descontrolado, acelerado... aterrado.

—Rowan —repitió ella.

Él seguía sin moverse, no dejó de mirarla, buscando señales de daño. Algo en el pecho de Aelin se movió al percibir el pánico de él.

Aelin lo tomó del hombro y le clavó las uñas al percibir la violencia descontrolada en todo su cuerpo, como si hubiera liberado las correas que mantenía en sí mismo en anticipación para pelear y mantenerla a *ella* en este cuerpo y no a una diosa o algo peor.

—Tranquilízate. *Ahora*.

Él no lo hizo. Ella puso los ojos en blanco, le apartó las manos de su cara y se agachó para quitarse las sábanas.

—Estoy bien —dijo enunciando cada palabra—. Tú te encargaste de eso. Ahora tráeme agua. Tengo sed.

Era una orden básica y simple. Servir, como él le explicó les *gustaba* a los machos hada para sentirse necesarios, para cubrir esa necesidad que tenían de cuidar y proveer. Para traerlo de regreso a ese nivel de civilización y de razón.

La expresión de Rowan todavía mostraba ira feroz y el terror insidioso que fluía por debajo.

Así que Aelin se acercó, le mordió la mandíbula asegurándose de que sus colmillos lo rasparan, y le dijo hacia la piel:

—Si no empiezas a actuar como príncipe, dormirás en el suelo.

Rowan retrocedió y su rostro salvaje no pertenecía del todo a ese mundo, pero lentamente, como si fuera entendiendo las palabras, sus facciones se suavizaron. Seguía viéndose molesto, pero ya no tan cercano a *matar* a esa amenaza invisible contra ella, cuando se acercó para morderle también la mandíbula y le dijo al oído:

—Me voy a encargar de que te arrepientas de usar esas amenazas, Princesa.

Oh, dioses. A ella se le enroscaron los dedos de los pies, pero esbozó una sonrisa boba cuando él se puso de pie, cada músculo de su cuerpo desnudo en movimiento, y lo vio caminar con gracia felina hacia el lavabo y el aguamanil.

El infeliz tuvo el descaro de mirarla de arriba a abajo al levantar la jarra. Y luego le dedicó una sonrisa satisfecha y masculina mientras sirvió un vaso hasta el borde y se detuvo con precisión experta.

Ella consideró si debería enviar una flama para quemar su trasero desnudo cuando él puso la jarra con cuidado y tranquilidad deliberados. Y luego regresó a la cama, con los ojos en ella todo el tiempo, y puso el vaso de agua en la pequeña mesa de noche.

Aelin se levantó y, sorprendentemente, sus rodillas no le flaquearon. Miró a Rowan.

Lo único que se escuchaba en la habitación era el crujir del barco y el siseo de las olas.

—¿Qué fue eso? —preguntó ella en voz baja.

Él cerró los ojos.

—Era yo... yo perdiendo el control.

—¿Por qué?

Él miró hacia la portilla y el mar besado por la luna que estaba afuera. Era muy raro que esquivara su mirada.

—¿Por qué? —insistió Aelin.

Rowan al fin la miró.

—No sabía si te había tomado otra vez —aunque la llave del Wyrd estaba junto a la cama y no en su cuello—. Incluso cuando me di cuenta de que sólo estabas envuelta en la magia, de todas maneras... La magia te arrastró. Hace mucho tiempo que no me sentía inseguro... no supe cómo traerte de regreso —enseñó los dientes y dejó escapar una respiración entrecortada con la rabia dirigida hacia su propio interior—. Antes de que me llames un bastardo hada territorial, permíteme disculparme y explicar que es *muy* difícil...

—Rowan.

Él se quedó inmóvil. Ella cruzó la distancia corta que todavía los separaba. Cada paso era como la respuesta a preguntas que ella se había formulado desde el momento en que su alma empezó a existir.

—No eres humano. No espero que lo seas.

Él casi retrocedió. Pero ella le puso una mano en el pecho, sobre el corazón. Seguía latiendo desbocado bajo la palma de su mano.

Al sentirlo palpitar debajo de su mano, Aelin dijo en voz baja:

—No me importa si eres hada, o humano, si eres Valg o un maldito trotapieles. Eres lo que eres. Y lo que yo quiero... lo que yo *necesito*, Rowan, es alguien que no pida perdón. Que no se disculpe por lo que es. Nunca lo habías hecho antes —se acercó para besar la piel en el sitio donde había estado su mano—. Por favor no empieces a hacerlo ahora. Sí, a veces me haces enojar mucho con todas esas tonterías territoriales de hadas, pero... oí tu voz. Me despertó. Me guió fuera de ese... lugar.

Él inclinó la cabeza hasta que recargó la frente contra la de ella.

—Desearía tener algo más que ofrecerte, durante esta guerra y después.

Ella lo abrazó por la cintura.

—Ya me has dado más de lo que esperaba.

Él pareció objetar pero ella dijo:

—Y me parece que, como Darrow y Rolfe piensan que debo vender mi mano en matrimonio por el bien de esta guerra, entonces debo hacer lo opuesto.

Un resoplido.

—Típico. Pero si Terrasen necesita...

—Yo lo veo así —dijo ella y retrocedió un poco para examinar el rostro serio del hada—. No tenemos el lujo del tiempo. Y un matrimonio con un reino extranjero, con sus contratos y distancias, más los meses que toma reunir y enviar un ejército... no *tenemos* el tiempo. Sólo tenemos el *ahora*. Y lo que no necesito es un esposo que trate de competir conmigo, o que tenga que encerrar en algún sitio por su seguridad, o que vaya a esconderse en un rincón cuando despierte envuelta en llamas —le besó el pecho tatuado, justo sobre ese corazón poderoso y desbocado—. Esto, Rowan... *esto* es todo lo que necesito. Sólo esto.

Las vibraciones de su respiración profunda y entrecortada hicieron eco en su mejilla y le pasó una mano por el cabello, a lo largo de la espalda desnuda. Más abajo.

—Una corte que puede cambiar el mundo.

Le besó la comisura de la boca.

—Encontraremos una manera, juntos.

Las palabras que alguna vez él le había dicho, las palabras que habían empezado a curar su corazón destrozado. Y el de él.

—Te lastimé... —preguntó ella con voz rasposa.

—No —respondió él y le pasó el pulgar por el pómulo—. No, no me lastimaste. Ni le hiciste daño a nada.

Algo se alivió en su pecho y Rowan la tomó en brazos. Ella enterró el rostro en su cuello. Él le acarició la espalda con las manos llenas de callos, pasó por todas y cada una de las cicatrices y tatuajes que le había puesto.

—Si sobrevivimos a esta guerra —le murmuró ella después de un rato en su pecho desnudo—, tú y yo vamos a tener que aprender a relajarnos. A dormir toda la noche.

—Si sobrevivimos a esta guerra, princesa —dijo él y recorrió el hueco que formaba su columna con un dedo— te daré lo que tú quieras con todo gusto. Incluso aprenderé a relajarme.

—¿Y si nunca tenemos un momento de paz, ni siquiera después de conseguir el candado y las llaves, ni después de devolver a Erawan a su reino infernal?

La diversión del momento se disipó un poco y algo mucho más deliberado la reemplazó. Los dedos de Rowan se quedaron quietos en su espalda.

—Aunque tengamos amenazas de guerra un día sí y uno no, aunque tengamos que invitar a emisarios difíciles, aunque tengamos que visitar reinos horribles y portarnos civilizados, lo haré con gusto si tú estás a mi lado.

A ella le temblaron los labios.

—Ay, tú. ¿Desde cuándo aprendiste a hacer estos discursos tan bonitos?

—Sólo necesito la excusa correcta para aprender —le respondió él y le besó la mejilla.

Ella se tensó y se derritió en los lugares indicados cuando la boca de él empezó a bajar, presionando con besos suaves y con mordidas en su mandíbula, su oído, su cuello. Ella le enterró los dedos en la espalda, le mostró la garganta para que se la rasguñara ligeramente con los colmillos.

—Te amo —le dijo Rowan a la piel y le pasó la lengua en el lugar donde le había raspado con los colmillos—. Caminaría en el corazón ardiente del mismísimo infierno para encontrarte.

Casi lo había hecho unos minutos antes, le quiso responder ella. Pero sólo arqueó un poco más la espalda y emitió un sonido breve y suplicante. Esto... él... ¿Alguna vez se acabaría este...

deseo? La necesidad no sólo de estar cerca de él, sino de sentirlo tan profundamente que pudiera sentir sus almas entrelazándose, su magia bailando... Ese vínculo que la sacó del núcleo ardiente de locura y destrucción.

—Por favor —exhaló ella y le enterró las uñas en la espalda baja para enfatizar sus palabras.

El gemido de Rowan fue la única respuesta que recibió mientras él la levantó. Ella le envolvió las piernas alrededor de la cintura y le permitió que la cargara no a la cama sino a la pared, y la sensación de la madera fresca contra su espalda, comparada con lo caliente y duro de él que la presionaba enfrente...

Aelin jadeó entre dientes y él nuevamente pasó la lengua sobre ese punto en su cuello.

—*Por favor*.

Ella lo sintió sonreír en su piel y sintió cómo entraba en ella con un movimiento largo y poderoso, y la mordió en el cuello.

Una proclamación, poderosa y verdadera, que ella sabía él necesitaba con desesperación. Que *ella* necesitaba, con sus dientes en ella, con su cuerpo en ella... Iba a estallar en flamas, se iba a romper y separarse de esa *necesidad* abrumadora...

Rowan empezó a mover la cadera y estableció un ritmo lento y constante sin sacarle los colmillos del cuello. Su lengua se deslizó por los puntos gemelos de placer con ese toque de dolor fino, y él probó su esencia como si fuera vino.

Él rio, en voz baja y traviesa, cuando ella alcanzó el clímax y le mordió el hombro para evitar gritar tan fuerte que despertaría a las criaturas que dormían en el fondo del mar.

Cuando Rowan finalmente le retiró la boca del cuello y, con su magia, le curó los pequeños agujeros que le había dejado, apretó las manos en sus muslos y la presionó contra la pared al moverse más profundamente y con más fuerza.

Aelin sólo le pasó los dedos por el cabello y, cuando lo besó salvajemente, probó su propia sangre en su lengua.

Le susurró a la boca:

—Siempre voy a encontrar mi camino de regreso a ti.

Esa vez, cuando Aelin llegó al clímax, Rowan llegó junto con ella.

Manon Picos Negros despertó.

No había sonido, no había olor, no había una razón de *por qué* había despertado, pero sus instintos depredadores habían percibido que algo pasaba y la habían sacado de su sueño.

Parpadeó al sentarse. Su herida ahora era sólo un dolor sordo, y se dio cuenta de que la confusión mental que tenía ya se había despejado.

La habitación estaba casi completamente oscura, salvo por la luz de luna que entraba por la portilla para iluminar su camarote pequeño. ¿Cuánto tiempo se había quedado perdida en el sueño y la melancolía horrible?

Escuchó atentamente el crujir del barco. Un gruñido leve se oyó desde la cubierta: Abraxos. Todavía vivo. Todavía... dormido, a juzgar por sus ronquidos perezosos.

Tiró de los grilletes que tenía en las muñecas y los levantó para ver la cerradura. Era un dispositivo bien hecho, las cadenas eran gruesas y estaban bien ancladas en la pared. Sus tobillos no estaban mejor.

No podía recordar la última vez que había estado encadenada. ¿Cómo había soportado eso Elide durante una década?

Tal vez encontraría a la chica cuando saliera de ese lugar. Dudaba que el rey Havilliard tuviera noticias de las Trece. Se escaparía con Abraxos, volarían hacia la costa, y encontraría a Elide antes de encontrar a su aquelarre. Y luego... ya no sabía qué haría. Pero era mejor que estar ahí acostada como gusano al sol, dejando que se apoderara de ella la desesperanza que la había controlado esos días o semanas.

Pero, como si lo hubiera mandado llamar, la puerta se abrió.

Dorian estaba ahí parado, con una vela en su...

No era una vela. Era una flama pura que envolvía sus dedos. Hacía brillar sus ojos color zafiro que la encontraron lúcida.

—¿Tú fuiste... tú enviaste esa onda de poder?

—No —aunque no era difícil adivinar quién podría haber sido—. Las brujas no tienen magia así.

Él ladeó la cabeza y su cabello color negro azulado brilló con tonos dorados bajo las flamas

—Pero viven mucho tiempo.

Ella asintió y él lo tomó como una invitación para ocupar su silla acostumbrada.

—La magia que tenemos se llama el Doblegamiento —dijo ella y sintió que un escalofrío le recorría la espalda—. Por lo general no la podemos invocar ni manejar, pero en un momento de la vida de una bruja, es capaz de invocar un gran poder para liberarlo sobre sus enemigos. El precio que debe pagar es que ella queda incinerada en la explosión y su cuerpo se doblegará a la oscuridad. Durante las guerras de las brujas, las brujas de ambos lados hacen doblegamientos en cada batalla y pelea.

—Es suicidio... hacerte volar en pedacitos... y llevarte a tus enemigos contigo.

—Lo es, y no es bonito. Cuando una bruja Dientes de Hierro doblega su vida a la oscuridad, su poder la llena y brota de ella en una ola de ébano. Una manifestación de lo que yace en nuestras almas.

—¿Has visto a alguien hacerlo?

—Una vez. Una bruja joven y asustada que sabía que no conseguiría ninguna gloria de otra manera. Pero se llevó la mitad de nuestra fuerza de Dientes de Hierro y de Crochans.

Su mente se quedó atorada en la palabra. "Crochans". Su gente...

*No* era su gente. Ella era una maldita Picos Negros...

—¿Las Dientes de Hierro lo usarán en nosotros?

—Si estás enfrentándote a aquelarres de menor nivel, sí. Los aquelarres más viejos son demasiado arrogantes, demasiado hábiles para elegir el doblegamiento en vez de pelear. Pero los aquelarres más jóvenes y más débiles se asustan, o desean ganar valor a través del sacrificio.

—Es asesinato.

—Es la guerra. La guerra es un asesinato permitido, sin importar de qué lado estés —la ira destelló en la cara de Dorian y ella le preguntó—: ¿Has matado alguna vez a un hombre?

Él abrió la boca para decir que no, pero la luz de su mano se apagó.

Sí lo había hecho. Ella supuso que habría sido cuando tenía puesto el collar. El Valg dentro de él lo había hecho. Múltiples veces. Y no de manera limpia.

—Recuerda qué te obligaron a hacer —dijo Manon— cuando vuelvas a enfrentarlos.

—Dudo olvidarlo jamás, brujita —respondió él dirigiéndose a la puerta.

Manon dijo:

—Estas cadenas están lastimándome la piel. Seguramente tú sientes algo de compasión por las cosas encadenadas —Dorian se detuvo. Ella levantó las manos y le mostró las cadenas—. Te doy mi palabra que no le haré daño a nadie.

—No puedo decidirlo yo. Ahora que estás hablando de nuevo, tal vez puedas decirle a Aelin lo que quiere averiguar y eso la ponga en mejor disposición contigo.

Manon no tenía idea de qué era lo que la reina demandaba saber. Ninguna.

—Mientras más tiempo esté encerrada aquí, *principito*, es más probable que haga alguna estupidez cuando me suelten. Al menos déjame sentir el viento en mi cara.

—Tienes una ventana. Párate frente a ella.

Parte de ella se erizó al escuchar la dureza de sus palabras, lo *masculino* de su tono, en la postura de sus hombros anchos. Ella ronroneó:

—Si hubiera estado dormida, ¿te hubieras quedado a verme por un rato?

Una diversión helada brilló en los ojos del rey.

—¿Hubieras objetado?

Y tal vez porque se sentía un poco intrépida, salvaje y todavía un poco estúpida por la pérdida de sangre, ella dijo:

—Si planeas escabullirte aquí a altas horas de la noche, por lo menos deberías tener la decencia de asegurarte que valga la pena para mí.

Los labios de Dorian se movieron hacia arriba, y aunque la sonrisa era fría y sensual, la hacía preguntarse cómo sería jugar con un rey dotado de magia cruda. Si la obligaría a rogar por primera vez en su larga vida. Parecía capaz de hacerlo, tal vez estaría dispuesto a dejar entrar un poco de crueldad a la recámara. Su sangre se estremeció.

—A pesar de lo tentador que sería verte desnuda y encadenada... —una risa suave de amante—, no creo que a ti te guste perder el control.

—¿Has estado con tantas mujeres que eres capaz de juzgar las necesidades de una bruja tan fácilmente?

La sonrisa se hizo perezosa.

—Un caballero nunca dice.

—¿Cuántas?

Sólo tenía veinte años, aunque era un príncipe y ahora un rey. Las mujeres seguramente se peleaban por él desde que le cambió la voz.

—¿*Tú* con cuántos hombres has estado? —le respondió él.

Ella sonrió.

—Suficientes para saber cómo manejar las necesidades de principitos mortales. Para saber cómo hacerte rogar.

Aunque lo que ella estaba contemplando era exactamente lo opuesto.

Él cruzó al otro lado de la habitación, más allá del alcance de sus cadenas, hasta llegar dentro del espacio que ella respiraba. Se inclinó hacia ella, casi nariz con nariz, sin nada alegre en la expresión, en el corte de su boca cruel y hermosa, y dijo:

—No creo que puedas manejar el tipo de cosas que yo necesito, brujita. Y yo nunca jamás voy a volver a rogar por nada en mi vida.

Y entonces se fue. Manon se quedó viendo donde él había desaparecido y un bufido de rabia se le escapó de los labios. Por la oportunidad que había desperdiciado de tomarlo, de hacerlo su rehén y exigir su libertad; por la arrogancia de sus suposiciones; por el calor que se había acumulado en el ápice de sus piernas y que ahora pulsaba con una insistencia que la obligó a apretarlas.

Nunca alguien se le había negado. Los hombres se deshacían, a veces literalmente, para meterse en su cama. Y ella... ella no sabía qué hubiera hecho si él hubiera aceptado la oferta, si hubiera decidido averiguar qué era, exactamente, lo que el rey podía hacer con esa boca hermosa y ese cuerpo firme. Una distracción, y una excusa para odiarse más a sí misma, supuso.

Furiosa miraba hacia la puerta cuando se volvió a abrir.

Dorian se recargó contra la madera antigua, tenía los ojos un poco vidriosos y ella no podía decidir si era por lujuria o por odio o por ambas. Dorian puso el cerrojo de la puerta sin tocarlo.

El corazón de Manon empezó a latir con más rapidez, toda su concentración inmortal se enfocó en la respiración estable y calmada de Dorian, su rostro inescrutable.

El príncipe dijo con voz áspera:

—No voy a desperdiciar mi aliento diciéndote lo estúpido que hubiera sido intentar tomarme como rehén.

—Yo no voy a desperdiciar el mío diciéndote que tomes sólo lo que te ofrezco y nada más.

Manon intentó escuchar con cuidado pero incluso el maldito corazón del príncipe latía sin sobresaltos. No tenía ni un dejo de miedo. Dorian dijo:

—Necesito oírte decir que sí.

Sus ojos se movieron hacia las cadenas.

A ella le tomó un momento comprender, pero luego rio en voz baja.

—Qué considerado, principito. Pero sí. Hago esto por mi propia voluntad. Puede ser nuestro secreto.

Ella ya no era nada ni nadie de cualquier manera. Compartir la cama con el enemigo no era nada comparado con la sangre Crochan que fluía en sus venas.

Ella empezó a desabotonarse la camisa blanca que llevaba puesta durante sepan los dioses cuánto tiempo, pero él gruñó:

—Lo haré yo.

Por supuesto que no. Ella tocó el segundo botón.

Unas manos invisibles se envolvieron alrededor de sus muñecas, con suficiente fuerza para que soltara la camisa.

Dorian caminó hacia ella.

—Dije que yo lo haría —Manon miró cada centímetro del príncipe cuando se paró frente a ella y un estremecimiento de placer la recorrió—. Te sugiero que escuches.

La *arrogancia* masculina y pura contenida tan sólo en ese comentario...

—Estás coqueteando con la muerte si tú...

Dorian bajó su boca a la de ella.

Fue un roce ligero como una pluma, apenas un susurro de contacto. Con intención, calculado y tan inesperado que ella se arqueó un poco para acercarse a él.

Él le besó la comisura de su boca con la misma suavidad de seda. Luego del otro lado. Ella no se movió, ni siquiera respiró, como si todas las demás partes de su cuerpo estuvieran esperando ver qué haría después.

Pero Dorian se alejó y estudió su mirada con un desapego indiferente. Lo que vio en los ojos de Manon lo hizo dar un paso atrás.

Los dedos invisibles que sostenían sus muñecas desaparecieron. El cerrojo de la puerta se abrió. Y la sonrisa arrogante regresó a los labios de Dorian que se encogió de hombros y dijo:

—Tal vez otra noche, brujita.

Manon casi aulló cuando él salió por la puerta... y no regresó.

# CAPÍTULO 45

La bruja estaba lúcida pero molesta.

Aedion tuvo el placer de servirle el desayuno e intentó no hacer caso del olor persistente de excitación femenina en el camarote, ni del olor de Dorian entrelazado en él.

El rey tenía el derecho de seguir con su vida, se recordó a sí mismo Aedion horas después, mientras miraba el horizonte durante el atardecer desde el timón del barco. En las horas solitarias de sus guardias, con frecuencia pensaba en la llamada de atención que le había dado Lysandra respecto a su enfado y crueldad con el rey. Y tal vez, sólo tal vez, Lysandra tenía razón. Y tal vez el hecho de que Dorian siquiera pudiera ver una mujer con interés después de presenciar la decapitación de Sorscha era un milagro. Pero... ¿la bruja? ¿Con *eso* quería enredarse?

Le contó a Lysandra cuando lo alcanzó treinta minutos más tarde, todavía empapada por estar patrullando las aguas. Todo estaba en orden.

Lysandra se desenredó el cabello negro como la tinta con los dedos y frunció el ceño:

—Yo tuve clientes que perdieron a sus esposas o amantes y querían algo que los distrajera. Querían lo opuesto a sus amadas, tal vez para que el acto se sintiera completamente diferente. Lo que él vivió cambiaría a cualquiera. Tal vez ahora se sienta atraído a las cosas peligrosas.

—Ya sentía atracción por ellas antes —murmuró Aedion y miró hacia el sitio donde Aelin y Rowan entrenaban sobre la cubierta principal. El sudor en sus cuerpos brillaba con un tono dorado ahora que la luz de la tarde empezaba a disminuir. Dorian estaba parado en unos escalones cercanos al alcázar con

Damaris sobre las rodillas, medio adormilado por el calor. Parte de Aedion sonrió porque sabía que Rowan sin duda le llamaría la atención.

—Aelin era peligrosa, pero era humana —dijo Lysandra—. Manon... no. Probablemente así lo prefiere él. Y yo que tú no me metería en eso.

—No me voy a meter en medio de ese desastre, no te preocupes. Aunque yo no dejaría que esos dientes de hierro se acercaran a mi parte favorita si fuera él —Aedion sonrió cuando Lysandra inclinó la cabeza hacia atrás y rio. Luego el general añadió—: Además, observar a Aelin enfrentarse a la bruja esta mañana cuando discutieron sobre Elide fue suficiente para recordarme que debo mantenerme lejos y disfrutar del espectáculo.

La pequeña Elide Lochan estaba viva y en algún lugar allá afuera, buscándolos. Dioses. La expresión en el rostro de Aelin cuando Manon le reveló detalle tras detalle, lo que Vernon había intentado hacerle a la chica...

Habría un momento de hacer justicia en Perranth por ello. Aedion en persona colgaría al lord de los intestinos. Vivo. Y luego empezaría a hacer pagar a Vernon por los diez años de horror que Elide había soportado. Por el pie roto y las cadenas. Por la torre.

Encerrada en una torre, en una ciudad que él había visitado tantas veces en los últimos diez años que no podría contarlas. Tal vez ella incluso había visto al Flagelo desde su torre cuando entraban y salían de la ciudad. Posiblemente pensaba que él la había olvidado o que no le importaba.

Y ahora estaba allá afuera. Sola.

Con un pie permanentemente arruinado, sin entrenamiento y sin armas. Si tenía suerte, tal vez ella encontraría al Flagelo primero. Sus comandantes reconocerían su nombre y la protegerían. Eso es, si ella se atrevía a revelar su identidad.

Había tenido que usar todo su autocontrol para no estrangular a Manon por abandonar a la chica en medio de Oakwald, por no llevarla volando directo a Terrasen.

Aelin, sin embargo, no se había molestado en controlarse.

Dos golpes, ambos tan rápidos que ni siquiera la Líder de la Flota los alcanzó a ver.

Una bofetada al rostro de Manon. Por abandonar a Elide. Y luego alrededor de la garganta de Manon un anillo de fuego que la aventó contra la madera mientras Aelin la obligaba a jurar que la información era correcta.

Rowan le recordó secamente a Aelin que Manon era también responsable por el escape y rescate de Elide. Aelin se limitó a decir que si Manon no hubiera hecho eso, ese fuego ya estaría dentro de su garganta.

Y eso fue todo.

Aelin, por el fervor con el cual peleaba contra Rowan del otro lado de la cubierta, seguía molesta.

La bruja, por los gruñidos y el olor de su camarote, seguía molesta.

Aedion estaba más que listo para irse a los Pantanos Rocosos, aunque lo que los aguardara ahí no fuera tan agradable.

Faltaban tres días más para que llegaran a la costa este. Y luego... luego todos sabrían si la alianza con Rolfe valía la pena, si se podía confiar en ese hombre.

—No puedes evadirlo para siempre, ¿sabes? —dijo Lysandra y atrajo su atención a la *otra* razón por la cual él necesitaba bajarse de ese barco.

Su padre estaba sentado cerca del sitio donde se había dormido Abraxos en la proa, vigilaba y observaba al guiverno. Aprendía a matarlos, en dónde golpear.

No importaba que el guiverno apenas fuera más grande que un mastín de gran tamaño, y suficientemente dócil como para que no se molestaran en encadenarlo. De todas maneras no tenían cadenas tan grandes y la bestia probablemente no se iría del barco hasta que lo hiciera Manon. Abraxos sólo se movía para cazar peces o animales más grandes. Lysandra lo escoltaba en su forma de dragón marino debajo de las olas. Y cuando la bestia estaba acostada en la cubierta, el León le hacía compañía.

Aedion apenas había cruzado palabra con Gavriel desde la Bahía de la Calavera.

—No lo estoy evadiendo —dijo Aedion—. Sólo que no tengo interés en hablar con él.

Lysandra movió su cabello mojado y lo echó hacia su espalda. Luego frunció el ceño a las manchas húmedas en su camisa blanca.

—Yo, por lo menos, quisiera conocer la historia de cómo se encontró con tu madre. Es amable, para ser del grupo de Maeve. Es mejor que Fenrys.

Era verdad, Fenrys hacía que Aedion quisiera romper cosas. Esa cara sonriente, esa fanfarronería, esa arrogancia oscura... Era otro espejo, se dio cuenta. Pero era un espejo que seguía a Aelin a todas partes como un perro. O como un lobo, supuso.

Aedion no se había medido contra el macho en la pelea, pero lo observó atentamente cuando se enfrentó contra Rowan y Gavriel. Ambos habían sido sus entrenadores. Fenrys peleaba como se esperaría que peleara un guerrero con siglos de entrenamiento de parte de dos asesinos letales. Pero no había vuelto a ver otro asomo de la magia que le permitía a Fenrys saltar entre espacios como si pasara por una puerta invisible.

Como si sus pensamientos hubieran mandado llamar al guerrero inmortal, Fenrys apareció entre las sombras debajo de la cabina y les sonrió a todos antes de tomar la posición de vigilante cerca del mástil principal. Todos seguían un horario de guardias y patrullas. Lysandra y Rowan por lo general tenían la misión de volar hasta perderse de vista para escudriñar el panorama delante y detrás de su grupo, o bien para comunicarse con los otros dos barcos de escolta. Aedion no se había atrevido a decirle a la metamorfa que con frecuencia contaba los minutos hasta que ella regresaba, que siempre sentía una presión insoportable en el pecho hasta que por fin veía la forma alada o con aletas que usaba para regresar con ellos.

Al igual que su prima, él estaba seguro de que a la metamorfa no le agradaría para nada su *preocupación*.

Lysandra observaba cuidadosamente a Aelin y Rowan. Las espadas se movían como mercurio y chocaban una con la otra golpe tras golpe.

—Has estado mejorando en tus clases —le dijo Aedion a la metamorfa.

Los ojos verdes de Lysandra se arrugaron con su sonrisa. Habían estado tomando turnos para enseñarle a la metamorfa cómo usar varias armas en el combate mano a mano. Lysandra sabía algo por el tiempo que pasó con Arobynn. Ella le contó que él le enseñó para asegurar la supervivencia de su *inversión*.

Pero quería aprender más. Cómo matar hombres en muchas distintas formas. No debería emocionarlo tanto. No cuando ella se río de la declaración que Aedion había hecho aquel día en la playa, en la Bahía de la Calavera. Ella no había vuelto a mencionar lo que él le dijo. Él no había sido tan estúpido como para hacerlo tampoco.

Aedion siguió a Lysandra, incapaz de evitarlo, cuando ella se acercó al sitio donde la reina y el príncipe entrenaban. Dorian se hizo a un lado en los escalones para ofrecerle un espacio. Aedion notó el gesto y el respeto del rey y se guardó sus propios sentimientos encontrados cuando se quedó atrás de ellos y se concentró en su prima y en Rowan.

Pero ellos ya habían llegado a un *impasse*, tanto que Rowan terminó con la pelea y envainó la espada. Luego le dio un garnucho en la nariz a Aelin cuando se enojó por no ganar. Aedion rio en voz baja y miró a la metamorfa mientras la reina y el príncipe caminaron hacia la jarra y los vasos que estaban en el barandal de las escaleras y se sirvieron agua.

Él estaba a punto de ofrecerle a Lysandra un último round en el espacio de pelea antes de que se pusiera el sol cuando Dorian recargó los brazos en las rodillas y le dijo a Aelin entre los barrotes del barandal.

—No creo que haga nada si la soltamos.

Aelin dio un pequeño sorbo a su agua mientras seguía respirando agitadamente.

—¿Llegaste a esa conclusión antes, durante o después de tu visita de media noche?

Oh, dioses. Iba a ser ese tipo de conversación.

Dorian esbozó una media sonrisa.

—Tú tienes una preferencia por guerreros inmortales. ¿Por qué yo no?

El ligero tintineo que hizo el vaso de Aelin en la pequeña mesa puso en aviso a Aedion y lo hizo calcular la disposición de las diversas cubiertas. Fenrys seguía vigilando desde el mástil y Lysandra estaba del otro lado de Dorian. Supuso que él, al estar por arriba de Dorian en las escaleras y con Aelin al lado, quedaría justo en medio.

Justo donde había jurado no estar.

Rowan, del otro lado de Aelin, le dijo a Dorian:

—¿Hay algún motivo, Majestad, por el cual creas que la bruja debe ser liberada?

Aelin le lanzó una mirada de puras flamas. Bien, que el príncipe lidiara con su furia. Incluso a varios días de la proclamación, cuando todos fingieron que no notaban las dos heridas en el cuello de Rowan o los rasguños delgados y profundos que tenía en los hombros, el príncipe hada seguía viéndose como un macho que apenas había sobrevivido a la tormenta y había disfrutado cada segundo.

Y eso sin mencionar las heridas gemelas que aparecieron en el cuello de Aelin esta mañana. Casi le rogó que se pusiera una bufanda.

—¿Por qué no los encerramos en un cuarto —dijo Dorian y señaló con la barbilla a los guerreros hada del otro lado de la cubierta y a Lysandra a su derecha— y vemos qué tan bien están después de tanto tiempo?

Aelin dijo:

—Cada centímetro de ella está diseñado para atrapar hombres. Para hacerlos pensar que es inofensiva.

—Créeme, Manon Picos Negros no es nada inofensiva.

Aelin continuó:

—Ella y las de su especie son asesinas. Las criaron sin conciencia. Independientemente de lo que le haya hecho su abuela, ella siempre será así. No pondré en peligro las vidas de la gente en este barco para que tú puedas dormir mejor durante la noche.

Los ojos de Aelin brillaron con la indirecta.

Todos se movieron y Aedion estaba a punto de pedirle a Lysandra que pelearan, creyendo que la conversación estaba terminada, cuando Dorian dijo en voz demasiado baja:

—Soy un rey, lo sabes.

Los ojos color turquesa y dorado voltearon instantáneamente a ver a Dorian. Aedion casi podía ver las palabras que Aelin intentaba no decir sin antes pensarlas muy bien; su temperamento le rogaba que terminara ese desafío. Con unas cuantas palabras selectas, ella podría filetear el espíritu del rey como un pez, y terminar de destrozar los restos del hombre que quedaron después de la violación del príncipe del Valg. Pero al hacerlo, perdería un aliado fuerte que necesitaba no sólo en esa guerra, sino también si sobrevivían. Y esos ojos se suavizaron un poco. Un amigo. También perdería eso.

Aelin se frotó las cicatrices en las muñecas, que se veían descarnadas bajo la luz dorada del sol poniente. Las cicatrices que le revolvían el estómago a Aedion cuando las veía. Después de un momento, le dijo a Dorian:

—Movimientos controlados. Si sale del camarote, alguien tiene que vigilarla, un hada en todo momento más uno de nosotros. Grilletes en las muñecas, no en los pies. En su camarote sin cadenas pero con un guardia en la puerta.

Aedion miró cómo Rowan le pasaba un pulgar por encima de una de las cicatrices de la muñeca.

Dorian se limitó a decir:

—Bien.

Aedion pensó si debería decirle al rey que una concesión de Aelin era algo realmente digno de celebrarse.

La voz de Aelin era apenas un ronroneo letal cuando dijo:

—Cuando terminaste de coquetear con ella ese día en Oakwald, ella y su aquelarre intentaron matarme.

—Tú la provocaste —la contradijo Dorian—. Y yo estoy aquí hoy por lo que ella arriesgó al ir a Rifthold *dos veces*.

Aelin se limpió el sudor de la frente.

—Ella tiene sus propios motivos y dudo que sean porque ella, en sus cien años de matar, decidió que tu linda cara la iba a volver buena.

—La tuya cambió a Rowan después de trescientos años de un juramento de sangre.

El padre de Aedion bajó de su percha en la proa junto a Abraxos, se acercó a ellos y dijo tranquilamente:

—Sugiero, Majestad, que elija otro argumento.

Y de hecho todos los instintos de Aedion se pusieron alertas al percibir la rabia congelada que ya era notoria en todos los músculos del príncipe.

Dorian también lo percibió y dijo, tal vez con un poco de culpa:

—No lo dije con intención de ofender, Rowan.

Gavriel ladeó la cabeza y su cabello dorado se deslizó sobre su hombro cuando dijo con un asomo de sonrisa:

—No te preocupes, Majestad. Fenrys lo ha ofendido tanto por eso que le durará otros tres siglos.

Aedion parpadeó al escuchar el humor y esbozó una sonrisa apenas perceptible.

Pero Aelin lo salvó del esfuerzo de decidir si debía o no responder con otra sonrisa cuando le dijo a Dorian:

—¿Entonces? Veamos si la Líder de la Flota quiere tomar un turno en la cubierta antes de cenar.

Dorian hacía bien en verse cauteloso, decidió Aedion. Pero Aelin ya iba en dirección al lado opuesto de la cubierta y Fenrys se separó de su puesto en el mástil. Tenía la mirada tensa y amarga cuando todos pasaron junto a él.

Pero Fenrys seguramente los seguiría. Por supuesto que no liberarían a la bruja sin estar todos presentes. Incluso el equipo parecía entenderlo.

Así que Aedion siguió a su reina hacia la oscuridad del barco. La noche ya empezaba a caer y Aedion rezó por que Aelin y Manon no estuvieran a punto de hacer trizas el barco.

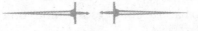

Meterse a la cama con una bruja. Aelin apretó los dientes mientras se dirigía al camarote de Manon.

Dorian alguna vez había gozado de cierta fama con las mujeres, pero *eso*... Aelin resopló y deseó que Chaol estuviera presente, aunque sólo fuera para ver *su* expresión.

Aunque le quitaba un peso de encima saber que Chaol y Faliq estaban en el sur. Tal vez estaban reuniendo un ejército para cruzar el mar Angosto y marchar al norte. Si tenían suerte.

*Sí*. Aelin odiaba esa palabra. Pero... su amistad con Dorian ya era lo suficientemente precaria. Había cedido parcialmente a su petición por amabilidad, pero sobre todo porque sabía que había más cosas que Manon debía contarles sobre Morath. Sobre Erawan. Mucho más.

Y dudaba que la bruja les diera esa información fácilmente, en especial porque Aelin había perdido los estribos sólo un *poquito* esa mañana. Y tal vez valerse del interés de Dorian para hacer que la bruja hablara la convertía en una persona maquinadora y odiosa pero... eso era la guerra.

Aelin cerró el puño al acercarse a la habitación de la bruja. Las lámparas se mecían por las olas más fuertes que se habían encontrado desde el mediodía.

Rowan le había curado el moretón que tenía en los nudillos por el golpe que le dio a la bruja y ella se lo agradeció cerrando la puerta de su camarote y arrodillándose frente a él. Todavía podía sentir sus dedos enredados en su cabello, todavía podía escuchar su gemido...

Rowan, quien ahora iba caminando junto a ella, volteó a verla. "¿Qué demonios estás pensando?"

Pero las pupilas dilatadas de Rowan le comunicaron que él sabía precisamente a dónde había ido su mente mientras caminaban al camarote de la bruja. Que Fenrys se quedara atrás en el pasillo le dijo suficiente sobre el cambio en su olor.

"Lo habitual", le dijo a Rowan con una sonrisa tímida. "Matar, tejer, cómo hacerte emitir esos sonidos otra vez".

La cara de Rowan expresaba una mortificación que la hizo sonreír. En especial cuando su garganta subió y bajó al tragar saliva.

"El segundo round", parecía decir. "En cuanto terminemos con esto. Tendremos el segundo round. Esta vez yo veré qué sonidos haces tú".

Aelin casi chocó con la jamba del camarote abierto de Manon. La risa de Rowan la hizo volverse a concentrar, la hizo dejar de sonreír como una idiota enamorada y lujuriosa...

Manon estaba sentada en su cama y sus ojos dorados paseaban entre Rowan, Dorian y ella.

Fenrys entró atrás de ellos y su atención se fue directamente a la bruja. Sin duda estaba asombrado por la belleza, la gracia, la *bla bla bla* perfección de ella.

Manon dijo, en voz baja e inexpresiva:

—¿Quién es éste?

Dorian arqueó una ceja y siguió su mirada.

—Ya lo conociste. Es Fenrys, guerrero con juramento de sangre a la reina Maeve.

Lo entrecerrado de los ojos de Manon hizo que un instinto se alertara. El ligero ensanchamiento de las fosas nasales de la bruja al oler al macho, un olor que apenas era detectable en el camarote lleno...

—No, no lo es —dijo Manon.

Las uñas de hierro de la bruja fulguraron un instante antes de que Fenrys atacara.

# CAPÍTULO 46

Aelin seguía teniendo el instinto de buscar su cuchillo antes de usar su magia.

Cuando Fenrys saltó hacia Manon con un gruñido, el poder de Rowan lo lanzó de un golpe hacia el otro lado de la habitación.

Antes de que el macho terminara de deslizarse por el piso, Aelin ya había puesto un muro de flamas entre ellos.

—Qué *demonios* —escupió.

Fenrys, de rodillas, se arañaba la garganta porque Rowan le estaba robando el aire.

El camarote era demasiado pequeño para que cupieran todos sin acercarse demasiado. Las puntas de los dedos de Dorian tenían hielo cuando se colocó al lado de Manon, quien seguía encadenada a la cama.

—¿Qué quieres decir con que no es Fenrys? —le preguntó Aelin a la bruja sin quitarle la vista de encima al atacante. Rowan gruñó detrás de ella.

Y Aelin vio con una mezcla de horror y fascinación cómo se expandía el pecho de Fenrys con una inhalación enorme mientras él se ponía de pie y miraba el muro de flamas.

Como si la magia de Rowan se hubiera desgastado.

La piel de Fenrys pareció brillar y derretirse y una criatura pálida como la nieve fresca emergió de la ilusión que desaparecía. Aelin miró sutilmente a Aedion por encima del hombro.

Su primo se movió al instante y las llaves para las cadenas de Manon salieron de su bolsillo.

Pero Manon no se movió mientras la cosa tomó forma. Tenía las extremidades delgadas, las alas pegadas al cuerpo y ese rostro deforme y horrendo que los olisqueaba...

Las cadenas de Manon sonaron al caer.

Aelin le dijo a la cosa que estaba del otro lado de la pared de fuego:

—¿Qué eres?

Manon respondió:

—Es el Sabueso de Erawan.

La cosa sonrió y dejó ver los muñones negros y podridos que tenía por dientes.

—A tu servicio —dijo *ella*.

Aelin se dio cuenta de que la criatura era una mujer al notar los senos pequeños y arrugados en su angosto pecho.

—Por lo visto conservaste las tripas dentro —le ronroneó a Manon.

—¿Dónde está Fenrys? —exigió saber Aelin.

La sonrisa del Sabueso no titubeó.

—Está patrullando el barco, en otro nivel, supongo. No sabe, así como ustedes no sabían, que uno de los suyos no estaba realmente con ustedes, mientras yo...

—Ay, otro que le gusta hablar —dijo Aelin y se echó la trenza por encima del hombro—. Déjame adivinar: mataste a un marinero, tomaste su lugar, averiguaste lo que necesitabas saber sobre cómo sacar a Manon del barco y cómo funcionaban nuestras patrullas y... ¿qué? ¿Pensabas llevártela en brazos durante la noche? —Aelin frunció el ceño al cuerpo delgado de esa cosa—. Parece como si apenas pudieras levantar un tenedor y como si no lo hubieras hecho en meses.

El Sabueso parpadeó y luego bufó.

Manon rio en voz baja.

Aelin dijo:

—¿En serio? Te podrías haber metido aquí a escondidas y te podrías haber saltado mil pasos estúpidos...

—*Metamorfa* —siseó la cosa con tal voracidad que hizo tartamudear a Aelin.

Sus ojos enormes se habían ido directamente a Lysandra que le gruñía suavemente en la esquina en su forma de leopardo de las nieves.

—*Metamorfa* —volvió a sisear con un ansia que le retorcía las facciones.

Y Aelin tuvo la sensación de reconocer qué había sido esa cosa originalmente. Qué era el ser que Erawan había atrapado y mutilado en las montañas cerca de Morath.

—Como estaba diciendo —siguió Aelin lo mejor que pudo— realmente te buscaste esto...

—Vine por la heredera Picos Negros —jadeó el Sabueso—. Pero mírenlos a todos aquí: un tesoro que vale su peso en oro.

Se le nublaron los ojos, como si ya no estuviera ahí, como si se hubiera ido a otra habitación.

*Mierda.*

Aelin atacó con su flama.

El Sabueso gritó...

Y la flama de Aelin se derritió en vapor.

Rowan llegó instantáneamente y la empujó hacia atrás con la espada desenvainada. Su magia...

—Deberían haberme entregado a la bruja —rio el Sabueso, y arrancó la portilla del lado del barco—. Ahora él ya sabe con quien viajan y en qué barco van...

La criatura se lanzó hacia el agujero que había hecho en el costado del barco y por el cual entraba la brisa marina.

Una flecha de punta negra le dio en la rodilla, y luego otra.

El Sabueso cayó a un par de centímetros de la libertad.

Fenrys gruñía mientras entraba a la habitación y disparó otra flecha que le fijó el hombro en los tablones de madera a la criatura.

Aparentemente, a Fenrys no le agradaba que adoptaran su forma. Miró a Rowan de una manera que dejaba eso claro. Y exigió saber cómo nadie se había dado cuenta de la diferencia.

Pero el Sabueso se enderezó y su sangre negra salpicó por toda la habitación y la llenó de su peste. Aelin tenía la daga lista, preparada para salir volando; Manon estaba a punto de atacar; el hacha de Rowan estaba preparada...

El Sabueso lanzó un trozo de cuero negro al centro de la habitación.

Manon se quedó petrificada.

—Tu Segunda gritó cuando Erawan la destrozó —le dijo el Sabueso—. Su Oscura Majestad te manda esto para que la recuerdes.

Aelin no le quitó la vista de encima a la criatura. Pero podría haber jurado que Manon casi se desmayaba.

Y luego el Sabueso le dijo a la bruja:

—Un regalo de un rey del Valg... a la última reina Crochan viva.

Manon no podía apartar la vista de esa tira de cuero trenzado, la que Asterin usaba todos los días, incluso cuando la batalla no lo exigía, y no le importó lo que el Sabueso le dijo a los demás. No le importó si ella era heredera del clan de brujas Picos Negros o reina de las Crochans. No le importó si...

Manon no terminó esa idea por el rugido que silenció todo lo demás en su mente.

El rugido que salió de su boca cuando se lanzó contra el Sabueso.

Las flechas que atravesaban a la bestia arañaron a Manon cuando tacleó ese cuerpo pálido y huesudo en el piso de madera. El Sabueso intentó atacar su cara con garras y dientes pero Manon le puso las manos alrededor del cuello y el hierro rasgó la piel húmeda.

Cuando Dorian se acercó con una expresión imperturbable, las garras del Sabueso quedaron fijas en la madera debajo de manos fantasmas. El Sabueso se resistió y trató de liberar sus garras...

La criatura gritó cuando esas manos invisibles le rompieron los huesos.

Para después arrancárselas.

Manon miró con la boca abierta las manos cercenadas un instante antes de que el Sabueso gritara con tanta fuerza que le zumbaron los oídos. Dorian canturreó:

—Termínalo.

Manon levantó su otra mano porque quería que el hierro la despedazara, no el acero.

Los otros observaban desde atrás con las armas listas.

Pero el Sabueso jadeó:

—¿No quieres saber qué dijo tu Segunda antes de morir? ¿Qué *rogó*?

Manon titubeó.

—Qué marca tan horrible en su estómago: *sucia*. ¿Tú hiciste eso, Picos Negros?

No. No, no, no...

—Un bebé; dijo que había dado a luz a una cría de bruja que nació muerta.

Manon se quedó completamente petrificada.

Y no le importó mucho cuando el Sabueso se abalanzó hacia su garganta con la boca abierta y los dientes a la vista.

Lo que le rompió el cuello al Sabueso no fue ni flama ni viento.

Sino unas manos invisibles.

El crujido hizo eco en la habitación y Manon volteó para ver a Dorian Havilliard. Sus ojos color zafiro se veían completamente despiadados. Manon gruñó.

—¿Cómo te *atreves* a robarme mi...?

Los hombres de la cubierta empezaron a gritar y Abraxos rugió.

*Abraxos.*

Manon se dio la vuelta y salió corriendo entre el muro de guerreros, volando por el pasillo, por las escaleras...

Sus uñas de hierro iban arrancando trozos de la madera resbalosa mientras ella subía a pesar de que le dolía la herida. Sintió el aire caliente y húmedo de la noche, luego el olor al mar, luego...

Había seis.

Su piel no era blanca hueso como la del Sabueso, sino más bien una oscuridad manchada, habían sido creados para vivir en las sombras y hacer trabajos ocultos. Todos eran alados y tenían caras y cuerpos humanoides.

"Ilken", siseó uno de ellos mientras destripaba a un hombre con un zarpazo. *Somos los ílken y estamos aquí para agasajarnos.* Había piratas muertos en la cubierta, el olor de cobre de la sangre le llenaba los sentidos mientras ella corría hacia la zona donde había sonado el rugido de Abraxos.

Pero él estaba en el aire, aleteando muy arriba, con la cola meciéndose.

La metamorfa estaba en forma de guiverno a su lado.

Luchaban contra otras tres figuras, mucho más ágiles que ellos...

La flama encendió la noche junto con viento y hielo.

Un ilken se derritió. Al segundo le arrancaron las alas. Y el tercero: el tercero se congeló en un bloque sólido y lo destrozaron en la cubierta.

Aterrizaron otros ocho ilken y uno de ellos le arrancó el cuello a un marinero en la cubierta de proa...

Los dientes de Manon bajaron a su posición. Nuevamente estallaron las flamas en dirección a los terrores que se aproximaban.

Pero pudieron atravesar el muro.

El barco se convirtió en una mezcla donde las alas y las garras desgarraban la piel humana delicada, mientras los guerreros inmortales se lanzaban contra los ilken que habían aterrizado en la cubierta.

— + + —

Aedion salió corriendo detrás de Aelin en el instante que ese guiverno rugió.

Llegó a la cubierta principal antes de que esas *cosas* atacaran.

Vio la flama de Aelin brotar de la cubierta frente a él, y se dio cuenta de que su prima podía cuidarse sola porque, *mierda*, el rey del Valg había estado ocupado con sus creaciones. Los seres se habían identificado como *ílken*.

Ahora había dos de ellos frente a él en el alcázar, donde había corrido para evitar que les arrancaran los órganos del vientre al primer oficial y a la capitana. Ambas bestias medían casi dos metros y medio y eran como nacidas de una pesadilla, pero en sus ojos... esos eran ojos humanos. Y su olor... era como carne podrida, pero... humana. Parcialmente.

Se pararon entre él y las escaleras a la cubierta principal.

—Qué botín nos ha dado esta cacería —dijo uno.

Aedion no les quitó la atención de encima aunque vagamente alcanzó a escuchar que Aelin le ordenaba a Rowan que fuera a ayudar a los otros barcos. Alcanzó a escuchar el gruñido de un lobo y un león y sintió el beso frío del hielo que entraba al mundo.

Aedion tomó su espada, la hizo girar una, dos veces. ¿El Señor de los Piratas los habría vendido a Morath? La manera en que ese Sabueso miraba a Lysandra...

La ira se convirtió en una canción en su sangre.

Lo miraron y Aedion volvió a girar su espada. Dos contra uno, tal vez tendría posibilidades.

En ese momento el tercero atacó desde las sombras detrás de él.

Aelin mató uno con Goldryn. Lo decapitó.

Los otros dos... no quedaron muy contentos al ver eso a juzgar por los gritos que emitieron momentos después del ataque.

El rugido de un león resquebrajó la noche y Aelin rezó por que Gavriel estuviera con Aedion en alguna parte...

Los dos que estaban frente a ella, bloqueando el paso hacia el interior del barco, al fin terminaron de hacer sus rabietas para decir:

—¿Dónde quedaron tus llamas?

Aelin abrió la boca. Pero entonces Fenrys apareció de un trozo de noche como si hubiera cruzado una puerta y chocó contra el que estaba más cerca. Tenía cuentas pendientes con ellos, por lo visto.

La mandíbula de Fenrys rodeó la garganta del ilken y el otro giró con las garras afuera.

Ella no fue lo suficientemente rápida para detener los dos conjuntos de garras que cortaron el pelo blanco del lobo, a través del escudo que lo protegía, y el grito de dolor de Fenrys salió volando por el agua.

Un par de espadas gemelas atravesaron dos cuellos de ilken. Las cabezas rodaron en la cubierta resbalosa por la sangre.

Fenrys se tambaleó hacia atrás y cayó en los tablones de madera antes de poder dar un paso. Aelin corrió hacia él, maldiciendo.

Sangre, hueso y una sustancia verdosa y pegajosa: veneno. Como el que tenían los guivernos en las colas.

Como si estuviera apagando mil velas, hizo su flama a un lado y llamó a su agua sanadora. Fenrys regresó a su forma de hombre. Tenía los dientes apretados y maldecía en voz baja, furioso, con la mano sobre la herida de sus costillas.

—No te muevas —le dijo Aelin.

Inmediatamente envió a Rowan a los otros barcos y, aunque él intentó discutir, la obedeció. Aelin no tenía idea de que la Líder de la Flota era... la *Reina Crochan*. Dioses.

Aelin preparó su magia e intentó calmar su corazón desbocado...

—Los otros —jadeó Aedion cojeando hacia ellos, cubierto de sangre negra— están bien.

Ella casi lloró del alivio hasta que vio la manera en que brillaban los ojos de su primo y que... que Gavriel venía un paso detrás de su hijo, ensangrentado y cojeando peor que Aedion. ¿Qué demonios había pasado?

Fenrys gimió y ella se concentró en sus heridas, ese veneno que estaba introduciéndose en su sangre. Abrió la boca para decirle a Fenrys que bajara la mano cuando oyó unas alas.

Pero no del tipo de las alas que a ella le gustaban.

Aedion llegó instantáneamente frente a ellos, con la espada desenvainada, hacía muecas por el dolor, uno de los ilken levantó una mano llena de garras. *Quería hablar*.

Su primo se detuvo. Pero Gavriel se movió imperceptiblemente más cerca del ilken que olisqueaba a Fenrys y sonreía.

—No te molestes —le dijo la bestia a Aelin riendo en voz baja—. No va a vivir mucho tiempo más.

Aedion gruñó y tomó sus cuchillos de pelea. Aelin reunió su flama. Sólo el fuego más caliente los mataría, cualquier otra flama los dejaba ilesos. Pensaría sobre las implicaciones a largo plazo de esto después.

—Me enviaron para dar un mensaje —dijo el ilken y sonrió por encima de su hombro hacia el horizonte—. Gracias por confirmar en la Bahía de la Calavera que traes lo que su Oscura Majestad busca.

El estómago de Aelin se le fue a los pies.

La llave. Erawan sabía que ella traía la llave del Wyrd.

# CAPÍTULO 47

Rowan regresó al barco a toda velocidad gracias a su magia que casi lo catapultó por los aires.

Los otros dos barcos no habían sido atacados, incluso tuvieron el descaro de preguntar por qué tanto grito.

Rowan no se molestó en explicar y sólo les dijo antes de irse que estaban bajo ataque del enemigo y que soltaran el ancla hasta que todo terminara. Regresó a la batalla

Regresó con el corazón latiéndole con tanta fuerza que pensó que iba a vomitar del alivio al acercarse para aterrizar y ver a Aelin hincada en la cubierta. Hasta que vio a Fenrys que sangraba bajo sus manos.

Hasta que vio al último ilken que aterrizó frente a ellos.

Su rabia se convirtió en una lanza letal, él conjuró toda su magia y se lanzó apuntando hacia la cubierta. Había descubierto que las liberaciones concentradas de poder lograban atravesar el repelente a la magia que poseían estos seres.

Le arrancaría la cabeza.

Pero el ilken miró por encima del hombro y rio justo cuando Rowan aterrizó y se transformó.

—Morath espera con ansias darte la bienvenida —dijo la criatura riendo y se lanzó hacia el cielo antes de que Rowan pudiera abalanzarse sobre ella.

Pero Aelin no se movía. Gavriel y Aedion, ensangrentados y cojeando, apenas se movían. El pecho de Fenrys era un desastre, tenía una sustancia verde... *veneno.*

El poder brillaba en las manos de Aelin, quien estaba hincada frente a Fenrys y se concentraba en ese poco de magia de agua que tenía, una gota de agua en un mar de fuego...

Rowan abrió la boca para ofrecer ayuda cuando Lysandra jadeó desde las sombras:

—¿Alguien va a lidiar con esa cosa o lo hago yo?

El ilken volaba rápidamente hacia la costa distante, era apenas un punto negro en el cielo oscuro. Sin duda pensaba volar inmediatamente de regreso a Morath para dar su informe.

Rowan tomó el arco y la aljaba de Fenrys con las flechas de punta negra.

Nadie lo detuvo cuando caminó hacia el barandal, la sangre salpicaba sus botas.

Los únicos sonidos eran las olas que chocaban contra el barco, el gimoteo de los heridos y el crujir del gran arco cuando sacó una flecha y tensó la cuerda. Más y más lejos. Tensó los músculos de los brazos y apuntó a esa mancha oscura que se alejaba.

—Apuesto una moneda de oro a que falla —jadeó Fenrys.

—Guarda tu aliento para sanar —le dijo Aelin.

—Que sean dos —dijo Aedion a sus espaldas—. Yo digo que sí da en el blanco.

—Todos se pueden ir al diablo —gruñó Aelin. Pero luego agregó—: Que sean cinco. Diez si lo derriba con la primera flecha.

—Es un trato —dijo Fenrys entre dientes y con la voz ronca por el dolor.

Rowan apretó los dientes.

—Recuérdenme por qué me junto con ustedes.

Luego disparó.

La flecha era casi invisible al surcar la noche.

Con su vista de hada, Rowan vio con perfecta claridad cuando la flecha llegó a su blanco.

Justo a través de la cabeza de esa cosa.

Aelin rió suavemente al ver que caía al agua. La salpicadura se pudo ver desde la distancia.

Rowan volteó y la miró con el ceño fruncido. La luz brillaba en las puntas de los dedos de Aelin mientras sostenía el pecho malherido de Fenrys. Pero luego posó su mirada en su compañero y después en Aedion y dijo:

—Paguen, hijos de puta.

Aedion rio, pero Rowan alcanzó a notar la sombra en los ojos de Aelin cuando volvió a ponerse a sanar a su ex centinela. Entendió por qué ella intentó aligerar la situación, incluso cuando tenía enfrente la herida de Fenrys. Porque si Erawan ahora sabía dónde estaban... tenían que moverse. Rápido.

Y rezar por que las indicaciones de Rolfe para encontrar el candado no fueran equivocadas.

Aedion ya estaba harto de las sorpresas.

Harto de sentir que el corazón se le detenía en el pecho.

Como le sucedió cuando Gavriel saltó para salvarle el pellejo con los ilken. El León los destrozó con tal ferocidad que Aedion se quedó parado como un novato en su primera sesión de práctica con la espada.

El estúpido infeliz se había lastimado al hacerlo y se ganó un zarpazo en el brazo y las costillas que lo tenían rugiendo de dolor. Esas garras, afortunadamente, ya no tenían veneno porque se había usado en otros hombres.

Pero el olor de la sangre de su padre, ese aroma a cobre, a mortalidad, puso a Aedion en acción. Gavriel sólo parpadeó cuando Aedion ignoró el dolor punzante en su pierna, cortesía de un golpe justo arriba de la rodilla, y se acercó a él para pelear espalda con espalda hasta que no quedó nada de esas criaturas, salvo montones pulsantes de hueso y carne.

No le dijo nada al macho antes de volver a envainar la espada, echarse el escudo a la espalda e irse a buscar a Aelin.

Ella seguía hincada frente a Fenrys. A Rowan sólo le dio una palmada en el muslo cuando pasó a su lado para ayudar a los demás heridos. Una palmada en el muslo, por hacer un tiro que Aedion estaba casi seguro que la mayoría de su Flagelo consideraría imposible.

Aedion le dio a Aelin el balde de agua que le pidió para Fenrys e intentó no hacer una mueca de dolor al ver cómo limpiaba el veneno verde que salía de la herida. A unos metros de distancia, su padre atendía a un pirata que lloriqueaba aunque apenas tenía una cortada en el muslo.

Fenrys siseó y Aelin dejó salir un gruñido de dolor también.

Aedion se acercó a ella:

—¿Qué?

Aelin negó con la cabeza una vez y con ese movimiento brusco le indicó que no se preocupara. Pero él la observó mientras ella miraba a Fenrys a los ojos, le sostenía la mirada de una manera que le comunicaba a Aedion que lo que estaba a punto de hacer le dolería. Había visto esa mirada entre sanador y soldado cien veces en los campos de batalla y en las carpas de los sanadores.

—¿Por qué —jadeó Fenrys— no —otro jadeo— los derretiste simplemente?

—Porque quería conseguir un poco de información antes de que los atacaras, infeliz hada mandona.

Aelin apretó los dientes y Aedion le puso una mano en la espalda ya que sin duda el veneno había rozado su magia. Mientras ella intentaba lavar todo el veneno, se recargó un poco en él.

—Puedo sanarme yo solo —dijo Fenrys al notar el esfuerzo—. Ve con los demás.

—Ay, por favor —le respondió ella molesta—. Todos ustedes son insufribles. Esa cosa tenía *veneno* en las garras...

—Los demás...

—Dime cómo funciona tu magia, cómo puedes saltar de un lugar a otro.

Una manera inteligente y sencilla de mantenerlo concentrado en otra cosa.

Aedion miró alrededor de la cubierta para asegurarse de que no lo necesitaban en otra parte y luego empezó a limpiar la sangre y el veneno que salía del pecho de Fenrys. Debía doler muchísimo. El dolor insistente en su pierna probablemente no era nada comparado con eso.

—Nadie sabe de dónde viene... o qué es —dijo Fenrys con la respiración entrecortada, abría y cerraba los puños—. Pero me permite moverme entre los dobleces del mundo. Sólo distancias cortas y sólo lo puedo hacer unas cuantas veces antes de agotar mi magia, pero... es útil en el campo de batalla —jadeó entre dientes cuando los bordes de su herida empezaron a acercarse entre sí—. Además de eso, no tengo nada especial. Velocidad, fuerza, sanación rápida... más que el hada promedio, pero los mismos dones. Puedo hacer un escudo para protegerme y para proteger a otros, pero no puedo controlar un elemento.

La mano de Aelin seguía un poco temblorosa sobre su herida.

—¿Entonces de qué está hecho tu escudo?

Fenrys intentó encogerse de hombros sin éxito. Pero Gavriel murmuró desde donde estaba, todavía curaba al pirata quejumbroso:

—Arrogancia.

Aelin rio con un resoplido, pero no se atrevió a quitar la vista de la herida de Fenrys.

—Así que sí tienes sentido del humor, Gavriel —dijo Aelin.

El León de Doranelle le sonrió ligeramente por encima del hombro. Era el gemelo poco frecuente y controlado de las sonrisas francas de Aedion. Una vez Aelin lo llamó *Tío Gatito*, pero Aedion le gruñó con suficiente fuerza para hacerla pensar dos veces antes de volver a usar el término. Para mérito suyo, Gavriel sólo suspiró profundamente de una manera que normalmente sólo le reservaba a Fenrys.

—Ese sentido del humor sólo aparece una vez cada cien años —dijo Fenrys con voz ronca— así que esperemos que te conformes o tal vez ésta sea la última vez que lo presencies.

Aelin rio, aunque se le pasó rápidamente. Algo frío y aceitoso se deslizó al estómago de Aedion.

—Lo lamento —añadió Fenrys y se encogió de dolor por las palabras o por su herida.

Antes de que Aedieon comprendiera, Aelin preguntó:

—¿De dónde vienes? Ya sé que Lorcan era un bastardo en los barrios pobres.

—Lorcan también era un bastardo en el palacio de Maeve —se burló Fenrys con la piel pálida. Los labios de Aelin empezaron a esbozar una sonrisa—. Connall y yo somos hijos de nobles, de la parte sureste de las tierras de Maeve... —Fenrys siseó.

—¿Tus padres? —le preguntó Aedion cuando Aelin parecía tener que esforzarse para hablar. Él la había visto curar pequeñas cortadas y reparar la herida de Manon a lo largo de varios días, pero...

—Nuestra madre era una guerrera —dijo Fenrys y cada palabra le costó trabajo—. Nos entrenó para eso. Nuestro padre también, pero con frecuencia estaba fuera, en la guerra. A ella le correspondió defender nuestro hogar, nuestras tierras. Y le reportaba a Maeve —dijo con la respiración dificultosa, igual que la de Aelin. Aedion se movió para que Aelin pudiera recargarse bien en él y controló el dolor que sintió cuando el peso de ella recayó en su rodilla ya hinchada—. Cuando Con y yo teníamos treinta años, estábamos ansiosos de ir a Doranelle con ella, ver la ciudad, conocer a la reina y hacer... lo que hacen los jóvenes con el dinero en sus bolsillos y la juventud. Sólo que Maeve nos miró y... —tuvo que esperar un poco más de tiempo para recuperar el aliento—. Y las cosas no salieron bien a partir de entonces.

Aedion conocía el resto de la historia. Aelin también.

El último resto de veneno verde salió del pecho de Fenrys. Y Aelin respiró:

—Ella sabe que odias el juramento, ¿no?

—Maeve lo sabe —dijo Fenrys—. Y no dudo que me enviara para acá con la esperanza de que esta libertad temporal me torturara.

A Aelin le temblaban las manos. Su cuerpo se estremecía recargado contra su primo. Aedion le pasó un brazo por la cintura.

—Lamento que hayas hecho el juramento con ella —fue lo único que pudo decir Aelin.

Las heridas del pecho de Fenrys empezaron a cerrarse. Rowan se acercó al percibir que Aelin estaba agotada.

Fenrys todavía se veía pálido, tenso, mientras miraba a Rowan le dijo a Aelin:

—Esto es para lo que estamos hechos: proteger, servir, adorar. Lo que Maeve ofrece es... una burla de eso —miró las heridas que ya sanaban muy lentamente en su pecho—. Esto es lo que la sangre de un macho hada necesita, lo que lo guía. Lo que todos estamos buscando, aunque digamos lo contrario.

El padre de Aedion estaba inmóvil frente al pirata herido.

Aedion se sorprendió incluso a sí mismo cuando por encima del hombro le preguntó a Gavriel:

—¿Y tú sientes que Maeve satisface esa necesidad o eres como Fenrys?

Su padre parpadeó, eso era toda la sorpresa que mostraría, y luego se enderezó. El marinero herido ya se había quedado dormido para sanar. Aedion recibió la mayor parte del peso de la mirada color miel, e intentó no ver esa chispa de esperanza que brilló en los ojos del León:

—Yo también provengo de una casa noble. Soy el menor de tres hermanos. No iba a heredar tierras ni a gobernar, así que tomé el camino militar. Eso atrajo la mirada de Maeve y su oferta. No había... no hay un mayor honor.

—Esa no es una respuesta —dijo Aedion en voz baja.

Su padre aflojó un poco los hombros. Se movió nervioso.

—Sólo lo odié una vez. Sólo quise irme en una ocasión.

No necesitó continuar. Y Aedion supo cuáles eran las palabras que no había dicho.

Aelin se quitó un mechón de cabello de la cara y preguntó:

—¿Tanto la amabas?

Aedion intentó que no se le notara su gratitud por haber hecho esa pregunta.

Las manos de Gavriel se enroscaron para formar puños. Sus nudillos se veían blancos.

—Ella era una estrella brillante en siglos de oscuridad. Yo hubiera seguido esa estrella hasta el fin del mundo, si ella me lo hubiera permitido. Pero no lo hizo y yo respeté su decisión de mantenerme lejos. De nunca buscarla. Me fui a otro continente y no me permití mirar atrás.

El crujido del barco y los gemidos de los heridos eran los únicos sonidos. Aedion controló su necesidad de ponerse de pie e irse. Se vería como un niño, no como un general que había peleado sumergido en sangre hasta las rodillas en algunas batallas.

Aelin preguntó de nuevo porque Aedion no logró pronunciar las palabras:

—¿Hubieras intentado romper el juramento de sangre por ella? ¿Por ellos?

—El honor es mi código —dijo Gavriel—. Pero si Maeve hubiera intentado lastimarte a ti o a ella, Aedion, hubiera hecho lo que estuviera dentro de mi poder para sacarte de ahí.

Esas palabras chocaron contra Aedion y luego fluyeron por todo su cuerpo. No se permitió pensar mucho en eso, en la verdad que percibió en cada palabra. La manera en que había sonado su nombre en los labios de su padre.

Su padre revisó al pirata herido para confirmar que ya no tuviera más heridas y luego avanzó hacia el siguiente. Los ojos color miel se fijaron en la rodilla de Aedion que estaba hinchada debajo de sus pantalones.

—Necesitas atender eso o estará demasiado rígida para funcionar en unas horas.

Aedion sintió que la atención de Aelin volaba hacia él, buscando la herida, pero le sostuvo la mirada a su padre y dijo:

—Yo sé cómo tratar mis propias heridas —los sanadores del campo de batalla y el Flagelo le enseñaron lo suficiente a lo largo de los años—. Tú atiende las tuyas.

Era cierto, el macho tenía sangre seca en la camisa. Tenía suerte, mucha suerte de que las garras que lo atacaron ya no tuvieran veneno. Gavriel parpadeó y se miró. El anillo de tatuajes de su cuello se movió cuando tragó saliva y luego continuó sin decir otra palabra.

Aelin se separó de Aedion. Intentó sin éxito ponerse de pie. Aedion se estiró para ayudarla cuando vio que se le nublaba la vista, pero Rowan ya había llegado y la tomó rápidamente en sus brazos antes de que cayera de bruces en los tablones. Demasiado rápido. Seguramente había drenado sus reservas demasiado rápido y sin haber comido.

Rowan miró a Aedion a los ojos. Aelin tenía la cabeza recargada en el pecho de su príncipe. Su cabello caía sin vida. El esfuerzo, pensó Aedion, y se le retorció el estómago. Morath sabía con qué se iba a enfrentar. A *quién* se iba a enfrentar. Erawan creó a sus comandantes para que se enfrentaran a ella. Rowan asintió como para confirmar los pensamientos de Aedion, pero sólo dijo:

—Eleva esa rodilla.

Fenrys ya se había quedado dormido antes de que Rowan se llevara a Aelin a su camarote.

Aedion se quedó solo el resto de la noche: primero hizo guardia y luego se recargó contra el mástil en el alcázar durante unas horas, con la rodilla elevada, porque no quería descender al interior atiborrado y mal iluminado del barco.

Empezaba a sentir que le ganaba el sueño cuando la madera crujió a poca distancia detrás de él. Él supo que sólo la oyó porque ella lo había permitido, para no sobresaltarlo.

El leopardo de las nieves se sentó a su lado, moviendo la cola, y lo miró a los ojos un momento antes de recargar su cabeza enorme en su muslo.

En silencio, observaron las estrellas centellear sobre las olas tranquilas mientras Lysandra se acurrucaba contra su cadera.

La luz de las estrellas hacía que su pelaje brillara con tonos plateados y una insinuación de sonrisa apareció en los labios de Aedion.

# CAPÍTULO 48

Trabajaron toda la noche. Sólo tiraron el ancla suficiente tiempo para que la tripulación reparara el agujero en el camarote de Manon. Sería suficiente por el momento, le dijo la capitana a Dorian, pero que los dioses los ayudaran si se topaban con otra tormenta antes de llegar a los pantanos.

Atendieron a los heridos durante horas y Dorian se sintió agradecido por lo poco de magia sanadora que le había enseñado Rowan cuando empezó a cerrar una herida. Fingió que era un rompecabezas, o trozos de tela rota, para evitar vomitar su cena. Pero el veneno... ese se lo dejó a Rowan, Aelin y Gavriel.

Para cuando la mañana ya asomaba sus tonos grisáceos, ellos tenían los rostros cenicientos y manchas oscuras bajo los ojos. Fenrys, al menos, ya andaba cojeando por ahí y Aedion le permitió a Aelin atender su rodilla sólo lo necesario para poder volver a caminar pero... Habían tenido mejores días.

A Dorian le temblaban un poco las piernas al mirar la cubierta empapada en sangre. Alguien tiró los cuerpos de las criaturas al mar, junto con los pedazos más ensangrentados. Pero, si lo que había dicho el Sabueso era verdad, no se podían dar el lujo de llegar a un puerto para arreglar el resto de los daños del barco.

Se oyó un sonido grave y retumbante. Dorian miró al otro lado de la cubierta, hacia la proa.

La bruja seguía ahí. Seguía atendiendo las heridas de Abraxos, como había hecho toda la noche. Una de las criaturas lo mordió unas cuantas veces. Afortunadamente no tenía veneno en los dientes, pero... el guiverno perdió un poco de sangre. Manon no permitió que nadie se le acercara.

Aelin lo intentó una vez y, cuando Manon le gruñó, Aelin maldijo tanto que todos los demás se quedaron inmóviles. Dijo que se merecería que la estúpida bestia muriera. Manon amenazó con arrancarle la columna vertebral. Aelin le hizo una señal obscena y Lysandra se vio obligada a vigilar el espacio entre ambas durante una hora, subida en el cordaje del mástil principal en forma de leopardo con la cola volando en la brisa.

Pero el cabello de Manon ya se veía apagado y el viento cálido de la mañana le movía los mechones suavemente mientras ella estaba recargada en el costado de Abraxos.

Dorian sabía que estaba caminando sobre una cuerda floja. La otra noche, estaba decidido a desnudarla lentamente y aprovechar esas cadenas. Y cuando vio sus ojos dorados que lo devoraban con la misma intensidad que él quería devorar otras partes de ella...

Como si percibiera su mirada, Manon volteó a verlo.

Incluso desde el otro lado de la cubierta, la distancia que los separaba se tensó completamente.

Por supuesto, Aedion y Fenrys lo notaron de inmediato e hicieron una pausa en su tarea de lavar la sangre de la cubierta. Fenrys resopló. Ambos estaban suficientemente curados para caminar, pero ninguno se movió para interferir cuando Manon se acercó a él. Si no había huido ni atacado todavía, entonces decidieron que no se tomaría ya la molestia de intentarlo.

Manon ocupó un espacio en el barandal y miró hacia el agua interminable, las manchas de nubes rosadas que pintaban el horizonte. Sangre oscura manchaba su camisa y las palmas de sus manos.

—¿Te debo agradecer a ti esta libertad?

Él apoyó los antebrazos en el barandal de madera.

—Tal vez.

Los ojos dorados se deslizaron hacia él.

—Tu magia, ¿qué es?

—No lo sé —respondió Dorian y se estudió las manos—. La siento como si fuera una extensión de mí mismo. Como manos reales que puedo controlar.

Durante un instante, pensó cómo se sintió al sostenerle las muñecas, cómo reaccionó su cuerpo, relajado y tenso donde a él le gustaba, mientras su boca acariciaba la de ella suavemente.

Los ojos dorados se dilataron como si ella también lo estuviera recordando y Dorian dijo:

—No te lastimaría.

—Pero disfrutaste matar a Sabueso.

Él no se molestó en ocultar el hielo de su mirada.

—Sí.

Manon dio un paso hacia él, lo suficientemente cerca para pasarle el dedo sobre la banda pálida alrededor de su garganta, y él olvidó que estaba en un barco lleno de gente que los miraba.

—Podrías haberla hecho sufrir pero preferiste hacerlo rápido. ¿Por qué?

—Porque incluso con nuestros enemigos, existe una línea.

—Entonces ahí tienes tu respuesta.

—No te hice ninguna pregunta.

Manon resopló.

—Tenías esa mirada anoche, toda la noche. Te preguntabas si te habrías convertido en un monstruo como todos nosotros. La próxima vez que mates, recuerda lo que acabas de decir.

—Y tú, brujita, ¿de qué lado quedas en esa línea?

Ella lo miró a los ojos, como si lo estuviera desafiando a que mirara todo lo que ella había hecho durante un siglo.

—Yo no soy mortal. No juego con tus reglas. He matado y he cazado hombres por deporte. No me confundas con una mujer humana, *principito*.

—No tengo interés en las mujeres humanas —ronroneó él—. Son demasiado frágiles.

En el momento que pronunció esas palabras, le tocaron una herida profunda y dolorosa.

—Los ilken —dijo él intentando sobreponerse al dolor—. ¿Los conocías?

—Asumí que eran parte de lo que sea que esté en esas montañas.

Una voz ronca y femenina dijo bruscamente a sus espaldas:

—¿Qué quieres decir con "lo que sea que esté en esas montañas"?

Dorian casi se salió de su piel de un salto. Al parecer, Aelin estaba aprendiendo del sigilo de su amiga. Incluso Manon parpadeó al ver a la reina empapada en sangre que estaba detrás de ellos.

Manon miró a Aedion y Fenrys que escucharon la pregunta de Aelin y se acercaron, seguidos por Gavriel. La camisa de Fenrys seguía colgando hecha jirones. Al menos Rowan estaba de guardia en el cordaje y Lysandra volaba delante de ellos en busca de peligro.

La bruja dijo:

—No vi a los ilken allá. Sólo escuché de ellos, escuché sus gritos al morir y sus rugidos cuando los rehacían. No sabía qué eran. Ni que Erawan los mandaría tan lejos de sus nidos. Mis Sombras los llegaron a ver un momento, sólo una vez. Su descripción corresponde a lo que nos atacó anoche.

—¿La mayoría de los ilken son exploradores o son guerreros? —preguntó Aelin.

El aire fresco parecía haber mejorado la disposición de Manon a divulgar información, porque apoyó la espalda contra el barandal para mirar de frente al grupo de asesinos que la rodeaba.

—No sabemos. Usaban las nubes para ocultarse. Mis Sombras pueden encontrar cualquier cosa que no desee ser encontrada y, sin embargo, no lograron cazar ni rastrear esas cosas.

Aelin se tensó un poco y frunció el ceño al agua que fluía a su lado. Y luego no dijo nada, como si las palabras hubieran desaparecido y el agotamiento, o algo más pesado que eso, descendiera sobre ella.

—Ya supéralo —dijo Manon.

Aedion dejó escapar un gruñido de advertencia.

Aelin lentamente levantó la vista hacia la bruja y Dorian se preparó.

—Calculaste mal —dijo Manon—. Te rastrearon. No te distraigas con las derrotas menores. Esto es la guerra. Se perderán ciudades, la gente morirá. Y si yo fuera tú, me preocuparía más pensando *por qué* enviaron tan pocos ilken.

—Si tú fueras yo… —murmuró Aelin en un tono que hizo que la magia de Dorian se pusiera en alerta y el hielo le enfriara las puntas de los dedos. La mano de Aedion se movió hacia su espada—. Si tú fueras yo —Aelin rio con una más amarga. Dorian no había escuchado ese sonido desde... desde ese día de la recámara bañada en sangre en un castillo de cristal que ya no existía—. Bueno, pues tú *no* eres yo, Picos Negros, así que espero que te guardes lo que piensas.

—No soy Picos Negros —dijo Manon.

Todos se quedaron mirándola. Pero la bruja sólo vio a la reina.

Aelin hizo un ademán con su mano llena de cicatrices.

—Cierto. Está *ese* asunto pendiente. Escuchemos la historia, entonces.

Dorian se preguntó si esto terminaría en golpes, pero Manon simplemente esperó unos momentos, volvió a mirar al horizonte y dijo:

—Cuando mi abuela me quitó el título de heredera y Líder de la Flota también me arrebató mi linaje. Me dijo que mi padre era un príncipe Crochan y que ella los mató, a mi madre y a él, porque conspiraban para ponerle fin a la pelea entre nuestra gente y terminar con la maldición en nuestras tierras.

Dorian miró a Aedion. El rostro del Lobo del Norte estaba tenso. Sus ojos Ashryver brillaban mientras pensaba todo lo que implicaba la información de Manon.

Manon dijo un poco entumecida, como si fuera la primera vez que se lo hubiera dicho a sí misma:

—Soy la última reina Crochan, la última descendiente directa de la misma Rhiannon Crochan.

Aelin apretó los labios y arqueó las cejas.

—Y —continuó Manon— aunque mi abuela no lo reconozca, soy heredera del clan Picos Negros. Mis brujas, que han peleado a mi lado durante cien años, han pasado la mayor parte de ese tiempo matando Crochans. Soñando con unas tierras que *yo* les prometí devolverles. Y ahora que estoy desterrada, mis Trece están dispersas y perdidas. Y ahora soy heredera de la corona de nuestras enemigas. Así que tú no eres la única, *Majestad*, a quien se le han alterado sus planes. Así que supéralo y decide qué harás a continuación.

Dos reinas, había dos reinas entre ellos, se dio cuenta Dorian.

Aelin cerró los ojos y dejó escapar una risa jadeante. Aedion nuevamente se tensó, como si esa risa tuviera las mismas probabilidades de terminar en violencia o en paz, pero Manon permaneció en su sitio. Soportando la tormenta.

Cuando Aelin abrió los ojos, seguía sonriendo aunque más sutilmente, y le dijo a la reina bruja:

—Sabía que yo había salvado tu triste pellejo por alguna razón.

La sonrisa que le devolvió Manon fue aterradora.

Los machos parecieron suspirar aliviados, también Dorian. Entonces Fenrys se mordió el labio inferior y miró hacia el cielo.

—Lo que no entiendo es, ¿por qué esperar tanto tiempo para hacer esto? Si Erawan quiere que todos mueran —miró a Dorian y Aelin—, ¿por qué les permitió madurar, hacerse más poderosos?

Dorian intentó no estremecerse ante esa idea. Lo poco preparados que habían estado.

—Porque yo escapé de Erawan —dijo Aelin.

Dorian intentó no recordar esa noche hacía diez años, pero el recuerdo de todas maneras lo recorrió igual que a ella y a Aedion.

—Creía que estaba muerta. Y a Dorian lo protegió su padre. De la mejor manera que pudo.

Dorian apartó ese recuerdo también. En especial cuando Manon ladeó la cabeza de manera inquisitiva.

Fenrys dijo:

—Maeve sabía que estabas viva. Probablemente Erawan también.

—Tal vez ella le dijo a Erawan —dijo Aedion.

Fenrys volteó a ver al general.

—Ella nunca ha tenido ningún contacto con Erawan, ni con Adarlan.

—Hasta donde tú sabes —dijo Aedion en voz baja—. A menos que sea parlanchina en la cama.

La mirada de Fenrys se oscureció.

—Maeve no comparte el poder. Veía a Adarlan como un inconveniente. Lo sigue viendo así.

—Todos tienen su precio —Aedion lo contradijo.

—Ser anónimo es el precio por la lealtad de Meave —dijo Fenrys—. No se puede comprar.

Aelin se quedó absolutamente inmóvil ante las palabras del guerrero.

Parpadeó. Frunció el entrecejo y repitió en silencio las palabras que él había dicho.

—¿Qué pasa? —quiso saber Aedion.

Aelin murmuró:

—El precio no tiene nombre.

Aedion abrió la boca. Sin duda para preguntar qué le había llamado la atención, pero Aelin frunció el ceño a Manon.

—¿Tu gente puede ver el futuro? ¿Como un oráculo?

—Algunas —admitió Manon—. Las Sangre Azul dicen que pueden.

—¿Los otros clanes?

—Dicen que para las antiguas el pasado, el presente y el futuro se entremezclan.

Aelin negó con la cabeza y caminó hacia la puerta que conducía al pasillo con los camarotes abarrotados. Rowan bajó del cordaje y se transformó. Sus pies chocaron con los tablones justo en el momento que estaba terminando de cambiar. Ni siquiera los miró y la siguió hacia el pasillo y cerró la puerta detrás de ellos.

—¿Qué fue eso? —preguntó Fenrys.

—Ella habló con una antigua —dijo Dorian, y luego se dirigió a Manon—. Baba Piernas Amarillas.

Todos voltearon hacia él. Pero Manon se puso los dedos en la clavícula, el lugar donde seguía visible el collar blanco de cicatrices de Aelin por matar a la Piernas Amarillas.

—Este invierno, ella estuvo en tu castillo —le dijo Manon a Dorian—. Trabajaba como adivinadora.

—¿Y qué... qué dijo sobre eso?

Aedion se cruzó de brazos. Según Dorian, el general sí sabía de la visita. Aedion le había dicho alguna vez que siempre se mantenía atento a las brujas, así como sabía de todos los que participaban en el poder dentro del reino.

Manon miró al general a los ojos.

—La Piernas Amarillas *sí* era una adivinadora, un oráculo poderoso. Apuesto a que supo quién era la reina en el momento en que la vio. Y vio información que planeaba venderle al mejor postor.

Dorian intentó no encogerse al recordar eso. Aelin masacró a la Piernas Amarillas cuando amenazó con revelar los secretos de él. Aelin nunca pensó en convertirse en una amenaza para los suyos. Manon continuó:

—La Piernas Amarillas no le diría nada específico a la reina, sólo cosas veladas. Algo que enloqueciera a la chica cuando al fin lo descifrara.

Miró hacia la puerta por donde había desaparecido Aelin.

Nadie dijo nada más, ni siquiera durante el desayuno de avena fría.

El cocinero, por lo visto, no sobrevivió a la noche.

———+——+———

Rowan tocó a la puerta de su baño privado. Ella lo había cerrado. Entró a su camarote, luego al baño, y se encerró.

Y ahora estaba vomitando.

—Aelin —gruñó él suavemente.

Una respiración entrecortada, luego arcadas, luego más vómito.

—*Aelin* —gruñó él intentando decidir cuánto tiempo sería socialmente aceptable que esperara antes de tirar la puerta. "Actúa como príncipe", le gruñó ella la otra noche.

—No me siento bien —fue su respuesta amortiguada desde atrás de la puerta. Su voz se escuchaba hueca, sin expresión, con un tono que hacía mucho tiempo no le escuchaba.

—Entonces déjame entrar para que pueda cuidarte —dijo él con toda la calma y racionalidad que pudo.

Se había encerrado... *se había encerrado*.

—No quiero que me veas así.

—Te he visto orinarte. Puedo con el vómito. Lo cual *también* te he visto hacer.

Diez segundos. Diez segundos más le parecía una cantidad justa de tiempo antes de aplastar la manilla y romper el cerrojo.

—Sólo... dame un minuto.

—¿Qué dijo Fenrys que te puso así?

Él escuchó todo desde su puesto en el mástil.

Silencio absoluto. Como si ella estuviera volviendo a enrollar el terror para acomodarlo en su interior, como si lo quisiera esconder en un sitio donde no tuviera que verlo, sentirlo o reconocer su existencia. O contarle a él al respecto.

—*Aelin*.

El cerrojo giró.

Aelin tenía la tez gris y los bordes de los párpados rojos. La voz se le quebró cuando dijo:

—Quiero hablar con Lysandra.

Rowan miró el balde que estaba medio lleno y luego sus labios pálidos. Y el sudor que brillaba en su frente.

Se le detuvo el corazón en el pecho cuando consideró que... que ella tal vez no estuviera mintiendo.

Y por qué podría estar enferma. Intentó olfatearla, pero el vómito era demasiado fuerte y el espacio demasiado pequeño y lleno de olor a agua salada. Dio un paso atrás y trató de dejar de pensar en eso. Sin decir otra palabra, salió del camarote.

Se sentía entumecido. Se puso a buscar a la metamorfa que ya había regresado y estaba en su forma humana comiendo su desayuno frío y viscoso. Con una mirada de preocupación, Lysandra en silencio hizo lo que él le pidió.

Rowan se transformó en halcón y voló tan alto que el barco se convirtió en una mancha flotante abajo. Las nubes refrescaban sus plumas, el viento rugía sobre el pánico puro que golpeaba en su corazón.

Él planeaba perderse en sí mismo en el cielo matutino mientras vigilaba por si había algún peligro para así poder poner en orden sus pensamientos antes de regresar con ella y empezar a hacer preguntas cuyas respuestas tal vez no estaba listo para escuchar .

Pero entonces apareció la costa y sólo gracias a su magia no cayó del cielo al ver lo que revelaron esos primeros rayos de sol.

Ríos anchos y brillantes; arroyos serpentinos que fluían por los pastizales ondulantes color esmeralda y dorado, y los juncos que los rodeaban, con el tono ambarino de los bancos de arena a cada lado.

Y, donde alguna vez hubo pequeños poblados de pescadores frente al mar... Fuego.

Docenas de pueblos que ardían.

Abajo, en el barco, los marineros empezaron a gritar y se llamaban entre ellos cuando vieron la costa emerger desde el horizonte y el humo se pudo ver.

Eyllwe.

Eyllwe estaba en llamas.

# CAPÍTULO 49

Elide no le habló a Lorcan por tres días.

No le hubiera hablado otros tres, o tal vez hasta tres meses, si la necesidad no le hubiera exigido que rompiera el odioso silencio.

Tenía su ciclo. Gracias a la dieta constante y sana que llevaba comiendo el último mes, su sangrado había dejado de ser un simple manchado y se había convertido en el diluvio que la despertó esa mañana.

Se levantó rápidamente de la cama en la pequeña cabina para ir al baño en la barcaza, buscó en todos los cajones y cajas que encontró, pero... obviamente ninguna mujer había pasado tiempo en ese bote infernal. Empezó a romper el mantel bordado para hacerse paños, y para cuando se terminó de limpiar, Lorcan ya estaba despierto y conduciendo la barcaza.

Le dijo con tono neutro:

—Necesito provisiones.

—Sigues apestando a sangre.

—Sospecho que *apestaré* a sangre varios días más y se va a poner peor antes de ponerse mejor, así que *necesito* provisiones. *Ahora*.

Él se fue hacia su sitio habitual cerca de la proa y olfateó una vez. Ella sentía que el rostro le quemaba y su estómago era un nudo doloroso de cólicos.

—Me detendré en el siguiente poblado.

—¿Cuándo será eso?

El mapa no le servía de nada.

—Al anochecer.

Habían pasado de largo por todos los poblados y emplazamientos a lo largo del río y comían solamente lo que Lorcan pescaba. Ella estaba tan molesta por su propia inutilidad que, después de ese primer día, empezó a copiar los movimientos del guerrero y ya había logrado pescar una trucha grande. Obligó a Lorcan a matarla, destriparla y cocinarla pero... al menos ella había pescado el animal.

—Bien —dijo Elide.

—Bien —dijo Lorcan.

Ella se dirigió a la cabina para buscar otros paños para el resto del día, pero Lorcan dijo:

—La vez pasada casi no sangraste.

Lo último que quería era tener esa conversación.

—Tal vez mi cuerpo al fin se sintió suficientemente seguro para ser normal.

Porque a pesar de que él asesinó a ese hombre, le mintió y luego le escupió la verdad sobre Aelin en la cara... ella sabía que Lorcan se enfrentaría a cualquier amenaza sin pensarlo. Tal vez por su propia supervivencia, pero le había prometido su protección. Ella podía dormir toda la noche porque él estaba acostado en el piso entre ella y la puerta.

—Entonces... no te está pasando nada malo.

No se molestó en voltear a verla al decirlo.

Pero ella ladeó la cabeza y estudió los músculos duros de su espalda. Aunque se había negado a hablar con él, lo había estado observando e inventaba excusas para mirar cuando él hacía sus ejercicios todos los días, por lo general sin camisa.

—No, no me pasa nada —respondió ella.

Al menos eso esperaba. Pero Finnula, su nana, siempre chasqueaba la lengua y le había dicho que sus ciclos eran ligeros e irregulares. Que éste llegara precisamente un mes después... Ella prefirió no pensar al respecto.

Lorcan dijo:

—Bien. Eso nos retrasaría.

Ella puso los ojos en blanco a sus espaldas, nada sorprendida con la respuesta, y cojeó hacia la cabina.

De todas maneras debíamos detenernos, se dijo a sí mismo Lorcan mientras veía a Elide regatear con la posadera del pueblo para comprar lo que necesitaba.

Tenía el cabello oscuro envuelto en un pañuelo rojo viejo que seguramente había conseguido en esa barcaza miserable e incluso usó un acento nasal mientras hablaba con la mujer. Todo su aspecto era muy distinto a la mujer agraciada y silenciosa que llevaba tres días ignorando.

Lo cual estaba bien. Él usó esos tres días para decidir sus planes con Aelin Galathynius, cómo le devolvería el favor que le había hecho.

La posada parecía segura, así que Lorcan dejó a Elide regateando, resultó que también quería *ropa* nueva, y salió a las calles de ese pueblo viejo y en ruinas en busca de provisiones.

Las calles estaban muy activas, llenas de comerciantes y pescadores que llegaban a pasar la noche. Lorcan logró intimidar a algunos y compró una caja de manzanas, venado seco y un poco de avena por la mitad del precio regular. Sólo para que se fuera, el comerciante en el embarcadero en ruinas le dio unas cuantas peras... Para la hermosa dama, le dijo.

Lorcan, con los brazos llenos de los víveres, estaba a punto de llegar a la barcaza cuando las palabras hicieron eco en su cabeza, un tañido desentonado.

Él no había llevado a Elide por esa parte del embarcadero. No había visto al hombre cuando estaban llegando al muelle ni cuando salieron. Podía ser que supiera de ella por los rumores, pero éste era un pueblo de río: siempre había desconocidos yendo y viniendo y pagaban por su anonimato.

Se apresuró a llegar a la barcaza. La niebla entraba desde el río y empezaba a cubrir el poblado y la ribera opuesta. Para cuando dejó la caja y provisiones en el barco ya ni siquiera se molestó en atarlas, las calles ya se habían vaciado.

Su magia se movió. Buscó en la niebla y vio los manchones de dorado donde brillaban velas en las ventanas. "No está bien, no está bien, no está bien", le susurraba su magia.

¿Dónde estaba ella?

"Apresúrate" pensó, y contó las cuadras que recorrieron hacia la posada. Ella ya debería estar de vuelta.

La niebla empezó a cerrarse. Sus botas rechinaban al caminar.

Lorcan gruñó hacia las piedras al ver a las ratas que corrían junto a él, hacia el agua. Se lanzaron al río y rascaban y rasguñaban para pasar unas sobre las otras.

No venía algo... algo *estaba* ahí.

La posadera insistió en que se probara la ropa antes de comprarla. Se la puso a Elide en los brazos y le señaló una habitación al fondo de la posada.

Los hombres la miraron, con demasiado entusiasmo, cuando pasó a su lado y caminó por el pasillo angosto. Típico de Lorcan dejarla sola mientras él buscaba lo que necesitaba. Elide entró a la habitación que le pareció oscura y fría. Se dio la vuelta, buscando una vela y pedernal.

La puerta se cerró y ella quedó atrapada.

Elide corrió hacia la manilla y la pequeña voz le susurró: "Corre corre corre corre corre corre".

Chocó contra algo musculoso, huesudo y con textura de cuero.

Apestaba a carne podrida y a sangre vieja.

Se encendió una vela del otro lado de la habitación. Pudo ver una mesa de madera, una chimenea vacía, ventanas selladas y...

Vernon. Sentado del otro lado de la mesa, sonriéndole como un gato.

Unas manos fuertes y con garras la sostuvieron del hombro. Las uñas le cortaron la ropa de cuero. El ilken la sostuvo con firmeza mientras su tío le decía con lentitud:

—Vaya aventura que has tenido, Elide.

# CAPÍTULO 50

—¿Cómo me encontraste? —exhaló Elide.

La peste del ilken casi la hizo vomitar.

Su tío se puso de pie con un movimiento fluido y tranquilo. Se acomodó la túnica verde.

—¿Estás haciendo preguntas para ganar de tiempo? Es inteligente, pero es una maniobra *tan* previsible.

Movió la barbilla hacia la criatura. El ser hizo un sonido grave, gutural y con chasquidos.

La puerta se abrió detrás de él y reveló a otros dos ilken que ocupaban todo el pasillo con sus alas y rostros horribles. Oh, dioses. Oh, dioses.

"Piensa piensa piensa piensa piensa".

—Lo último que supimos de tu compañero es que cargaba provisiones al barco para irse por el río. Probablemente le debiste haber pagado más.

—Es mi esposo —siseó ella—. No tienes derecho a alejarme de él, *ninguno*.

Porque ya casada, la tutela de Vernon sobre su vida carecía de validez.

Vernon rio con tono grave.

—¿Lorcan Salvaterre, el segundo al mando de Maeve, es tu esposo? Por favor, Elide —hizo un ademán desinteresado con la mano al ilken—. Nos vamos ahora.

Pelea ahora... ahora, antes de que tengan la oportunidad de moverte, de alejarte.

¿Pero a dónde podía correr? La posadera la delató a cambio de algo de dinero, alguien reveló su localización en este río...

El ilken tiraba de ella, que apoyó los talones en el piso, como si eso fuera a servir de algo.

El ilken rio un poco y le acercó la boca a la oreja.

—Tu sangre huele limpia.

Ella intentó retroceder pero el ilken la sostuvo con fuerza y le hizo cosquillas en el cuello con su lengua grisácea. Ella se sacudía, pero de todas maneras no pudo hacer nada mientras la llevó hacia el pasillo, a los dos ilken que los esperaban. A la puerta trasera, apenas a unos tres metros de distancia, que estaba abierta hacia la noche.

—¿Ves de qué te protegía en Morath, Elide? —canturreó Vernon y empezó a caminar detrás de ellos. Ella pateó el piso de madera con fuerza, una y otra vez, intentaba alcanzar la pared, cualquier cosa para detenerse y luchar contra ellos.

*No.*

*No.*

*No.*

Lorcan se fue. Obtuvo todo lo que necesitaba de ella y se fue. Ella lo hacía más lento; por ella los habían perseguido enemigo tras enemigo.

—¿Y qué harás ahora de regreso en Morath —dijo Vernon pensativo— ahora que Manon Picos Negros está muerta?

A Elide le dolió el pecho al escuchar esas palabras. *Manon...*

—La evisceró su propia abuela y la arrojó al lado de la Fortaleza por su desobediencia. Por supuesto, yo te protegeré de tus *parientes* pero... Erawan estará interesado en saber qué has estado haciendo. Qué le... quitaste a Kaltain.

La piedra en el bolsillo de su chaqueta.

Vibraba y susurraba, despierta con sus movimientos.

Nadie en la ahora silenciosa posada se molestó en salir a investigar sus gritos. Otro ilken entró a su campo de visión, justo detrás de la puerta trasera.

Cuatro. Y Lorcan se fue...

La piedra en su pecho empezó a ponerse furiosa.

Pero una voz que era simultáneamente joven y vieja, sabia y dulce, le susurró:

"No la toques. No la uses. No reconozcas su presencia".

Estuvo dentro de Kaltain... la volvió loca. La convirtió en ese... cascarón.

Un cascarón que llenó otra cosa.

La puerta abierta estaba frente a ella.

"Piensa piensa piensa".

Ella no podía respirar lo suficiente para pensar, la peste de los ilken a su alrededor le anunciaba el tipo de horrores que tendría que soportar cuando la llevaran de regreso a Morath...

No, no iría. No permitiría que la llevaran, que la rompieran y la usaran...

Una oportunidad. Tendría una oportunidad.

"No" susurró la voz en su cabeza. "No..."

Vio el cuchillo que traía colgando su tío cuando pasó caminando frente a ella para dirigirse a la puerta. Eso le bastó a Elide. Había visto a Lorcan hacerlo suficientes veces al cazar.

Vernon se detuvo en el patio trasero frente a una caja grande y rectangular de hierro.

Tenía una pequeña ventana.

Y agarraderas en dos extremos.

Cuando los otros tres ilken ocuparon sus posiciones alrededor de la caja, ella supo para qué eran.

La meterían dentro, cerrarían la puerta y se la llevarían *volando* de regreso a Morath.

La caja era apenas un poco más grande que un ataúd en posición vertical.

La puerta ya estaba abierta.

Los ilken tendrían que liberarla para meterla. Por un instante, la soltarían. Tendría que usar ese momento y aprovecharlo.

Vernon esperaba al lado de la caja. Ella no se atrevió a ver su cuchillo.

Un sollozo salió de su garganta. Ahí moriría, en ese patio asqueroso, con esas cosas horribles a su alrededor. Nunca volvería a ver el sol, ni a reír, ni a oír música...

Los ilken se movieron alrededor de la caja y sus alas hicieron un sonido rasposo.

Dos metros. Uno y medio. Uno.

"No, no, no", le rogaba la voz sabia.

No la llevarían de regreso a Morath. No les permitiría tocarla y corromperla...

Los ilken la empujaron al frente, un empujón violento que tenía la intención de mandarla dando traspiés a la caja.

Elide giró y chocó de frente con el borde de la caja. Su nariz crujió pero ella giró hacia su tío. El tobillo le rugió de dolor al poner su peso sobre él para lanzarse hacia el cuchillo de su tío.

Vernon no tuvo tiempo de darse cuenta de cuáles eran sus intenciones cuando ella liberó el cuchillo de la funda que él traía en la cadera. Luego le dio la vuelta al cuchillo entre sus dedos y usó la otra mano para envolverla alrededor de la empuñadura.

Sus hombros se encorvaron, su pecho se hizo cóncavo y Elide colocó el cuchillo en su sitio.

---

Lorcan tenía el tiro letal garantizado.

Estaba oculto en la niebla y los cuatro ilken no podían detectarlo cuando el hombre que estaba seguro era el tío de Elide les ordenó que la arrastraran hacia la caja prisión.

Lorcan tenía el hacha apuntada sobre él.

Elide sollozaba. Con terror y desesperación.

Cada uno de los sonidos afilaba su rabia y la convertía en algo tan letal que Lorcan apenas podía ver.

Luego los ilken la arrojaron hacia esa caja de hierro.

Y Elide demostró que no estaba bromeando al decir que nunca regresaría a Morath.

Escuchó el sonido de su nariz que se rompía al chocar con el borde de la caja. Escuchó el grito de sorpresa de su tío cuando rebotó y se abalanzó sobre él...

Y le arrebató la daga. No para matarlo.

Por primera vez en cinco siglos, Lorcan supo lo que era el miedo verdadero cuando Elide giró el cuchillo hacia ella misma, con la punta en un ángulo inclinado hacia arriba, hacia su corazón.

Él lanzó el hacha.

Cuando la punta de esa daga perforó el cuero sobre sus costillas, el mango de madera de su hacha chocó contra su muñeca.

Elide cayó con un grito y la daga salió volando...

Lorcan ya estaba en movimiento cuando ellos voltearon a ver dónde estaba: en la azotea. Él saltó a la más cercana, hacia las armas que puso ahí minutos antes, seguro de que iban a salir por esa puerta...

Su siguiente cuchillo pasó por el ala de un ilken. Luego otro para mantenerlo en el piso antes de que lo localizaran. Y Lorcan ya corría a la tercera azotea que rodeaba el patio. Hacia la espada que dejó ahí. La lanzó a la cara del ilken más cercano.

Quedaban dos, además de Vernon, quien ahora gritaba que metieran a la chica a la caja...

Elide corría como nunca hacia el callejón angosto que salía del patio, no hacia la calle ancha. El callejón era demasiado pequeño para que cupieran los ilken, en especial con todos los escombros y basura que había tirados por todas partes. Buena chica.

Lorcan saltó y rodó hacia la siguiente azotea, hacia las dos dagas restantes...

Las lanzó pero los ilken ya habían aprendido su tiro, su estilo de lanzamiento.

Pero no el de Elide.

Ella no se había ido al callejón a salvarse. Había ido por el hacha.

Y Lorcan observó cuando la mujer salió detrás del ilken distraído y le enterró el hacha en las alas.

Con una muñeca lastimada. Y la nariz sangrándole por toda la cara.

El ilken gritó, se movió para atraparla y cayó de rodillas.

Donde ella lo quería.

El hacha se movió antes de que terminara de sonar su grito.

El sonido se interrumpió un segundo después cuando su cabeza rebotó por las piedras.

Lorcan saltó de la azotea y apuntó al ilken que quedaba y que ahora la miraba enfurecido...

Pero el ilken corrió hacia la puerta donde estaba escondido Vernon, que tenía el rostro pálido.

Sollozando, con su propia sangre salpicada en las piedras, Elide giró también hacia su tío. Lo apuntó con el hacha.

Pero el ilken llegó con su tío, lo tomó en sus brazos fuertes y se elevaron al cielo.

Elide lanzó el hacha de todas maneras.

No le atinó al ala del ilken por un pelo.

El hacha cayó a las piedras e hizo saltar un trozo de roca. Justo al lado del ilken con las alas destrozadas que ahora se arrastraba hacia la salida del patio.

Lorcan la observó cuando recogió el hacha y caminó hacia la bestia siseante y rota.

El ilken le dio un zarpazo con sus garras. Elide evadió el ataque fácilmente.

Gritó cuando ella le pisó el ala arruinada y detuvo su avance hacia la libertad.

Cuando guardó silencio, ella dijo en una voz baja y despiadada como nunca le había escuchado, clara a pesar de la sangre que le tapaba una fosa nasal:

—Quiero que Erawan sepa que la próxima vez que los envíe a perseguirme como una jauría de perros, le devolveré el favor. Quiero que Erawan sepa que la próxima vez que lo vea, le grabaré el nombre de Manon en el maldito corazón con un cuchillo.

Las lágrimas corrían por el rostro de Elide, silenciosas e interminables mientras la rabia que ahora le daba forma a sus facciones la convertía en algo de belleza poderosa y terrible.

—Aunque creo que esta noche no es realmente tu noche —le dijo Elide al ilken y levantó el hacha nuevamente sobre su hombro. El ilken tal vez gimió un poco cuando ella le sonrió sombríamente—. Porque sólo hace falta uno para entregar un mensaje. Y tus compañeros ya van en camino.

El hacha cayó.

La carne, el hueso y la sangre se derramaron en las piedras.

Ella se quedó ahí parada, mirando el cadáver, mirando la sangre pestilente que le brotaba del cuello.

Lorcan, tal vez un poco atontado, caminó hacia donde estaba ella y tomó el hacha de sus manos. Cómo había podido usarla con esa muñeca lastimada...

Ella siseó y gimió con el movimiento. Como si la fuerza que había recorrido su sangre se hubiera desvanecido y hubiera dejado tras de sí sólo dolor.

Se sostuvo la muñeca, en silencio total mientras él caminaba entre los ilken muertos y les separaba las cabezas de los cuerpos. Uno tras otro, retirando sus armas mientras avanzaba.

La gente dentro de la posada empezaba a inquietarse. Se preguntaban qué sería el ruido, se preguntaban si sería seguro salir a ver qué le había pasado a la chica que habían estado tan dispuestos a traicionar.

Durante un instante, Lorcan dudó si debería terminar con la vida de la posadera.

Pero Elide dijo:

—Ya fue suficiente muerte.

Las lágrimas corrían por la sangre negra que tenía salpicada en las mejillas, sangre que era una burla de sus pecas. Rojo, carmesí y puro, corría de su nariz hacia su boca y su barbilla y empezaba a formar costras.

Así que él guardó el hacha y la tomó en sus brazos. Ella no objetó.

La llevó por el pueblo envuelto en niebla hacia el sitio donde estaba atada su barcaza. Ya se habían reunido ahí varios mirones, sin duda para robarse sus provisiones cuando se fueran los ilken. Un gruñido de Lorcan los hizo salir corriendo y perderse en la niebla.

Cuando él entró a la barcaza, que se meció bajo su peso, Elide dijo:

—Me dijo que te habías marchado.

Lorcan no la bajó y la sostuvo en un brazo mientras desataba las cuerdas.

—Le creíste.

Ella se limpió la sangre de la cara e hizo un gesto de dolor por la muñeca y la nariz rota. Tendría que curarla. A pesar de eso, tal vez le quedaría ligeramente chueca para siempre. Dudó que le importara.

Sabía que tal vez ella vería esa nariz chueca como una señal de que había peleado y había sobrevivido.

Lorcan la bajó al fin, sobre la caja de manzanas, justo donde podía verla. Ella se sentó en silencio mientras él tomaba el poste y los alejaba del muelle, de ese pueblo odioso. Se sintió contenta de perderse en la niebla mientras avanzaban río abajo. Tal vez podrían estar un par de días más en el río antes de tener que bajar a tierra para perder a cualquier enemigo que los pudiera estar persiguiendo. Por fortuna estaban ya lo suficientemente cerca de Eyllwe como para llegar a pie en cuestión de días.

Cuando ya no quedaba nada salvo la niebla y el sonido del río que chocaba contra el barco, Lorcan volvió a hablar:

—No ibas a detener esa daga.

Ella no respondió y el silencio duró suficiente tiempo como para que él volteara a ver el sitio donde ella estaba sentada sobre la caja.

Las lágrimas corrían por su cara mientras miraba hacia el agua.

Él no sabía cómo consolar, cómo aliviar... no de la forma que ella lo necesitaba.

Así que dejó el poste y se sentó a su lado en la caja. La madera crujió.

—¿Quién es Manon?

Escuchó casi todo lo que le dijo Vernon dentro de la habitación privada mientras colocaba la trampa en el patio, pero algunos detalles no le quedaban claros.

—La Líder de la Flota de la legión de Dientes de Hierro —dijo Elide con voz temblorosa. Las palabras se le atoraban por la sangre que le tapaba la nariz.

Lorcan intentó adivinar.

—Ella fue quien te ayudó a escapar. Ese día, por eso estabas vestida con ropa de bruja, por eso terminaste perdida en Oakwald.

Ella asintió.

—¿Y Kaltain? ¿Quién es ella?

La persona quien le dio eso que venía cargando.

—La amante de Erawan, su esclava. Era de mi edad. Él le puso la piedra dentro del brazo y la convirtió en un fantasma viviente. Ella ganó tiempo para que Manon y yo huyéramos; incineró la mayor parte de Morath en el proceso, incluida ella misma.

Elide buscó en su chaqueta y su respiración se volvió dificultosa con las lágrimas que seguían corriendo por su cara. Lorcan se quedó sin aire cuando ella sacó un trozo de tela oscura.

El olor que tenía era femenino, extranjero: roto, triste y frío. Pero había otro olor debajo, uno que conocía y odiaba...

—Kaltain me dijo que le diera esto a Celaena, no a Aelin —dijo Elide sacudiéndose con el llanto—. Porque Celaena... le dio una capa caliente en un calabozo frío. Y no le permitieron a Kaltain llevarse la capa cuando se la llevaron a Morath, pero logró guardar un trozo de tela. Para recordar que tenía que pagarle a Celaena su amabilidad. Pero... ¿qué tipo de regalo es esta cosa? ¿Qué *es* esto?

Desenvolvió la tela y dejó a la vista un trozo oscuro de piedra.

Toda la sangre del cuerpo de Lorcan se puso fría y caliente, despierta y muerta.

Ella sollozaba en silencio.

—¿Por qué esto es un pago? Mis huesos me dicen que no lo toque. Mi... una voz me dijo que ni siquiera pensara en la roca...

Estaba mal. Lo que sostenía en su mano hermosa y sucia estaba mal. No pertenecía ahí, no debía *estar* ahí...

El dios que lo había cuidado toda la vida sintió repulsión.

Incluso la muerte le temía.

—Guárdalo —dijo bruscamente—. Ahora mismo.

Con la mano temblorosa, Elide lo hizo. Cuando estuvo nuevamente oculto dentro de su chaqueta, Lorcan dijo:

—Vamos a limpiarte primero. Arreglar esa nariz y la muñeca. Te diré lo que sé mientras te curo.

Ella asintió y miró al río.

Lorcan estiró la mano y la tomó de la barbilla para forzarla a verlo. Lo miraron unos ojos sin esperanza y desolados. Le limpió una lágrima restante con el pulgar.

—Hice una promesa de protegerte. No la voy a romper, Elide.

Ella intentó alejarse, pero él la sostuvo con un poco más de fuerza para que no lo dejara de ver.

—Siempre te voy a encontrar —le juró.

Ella tragó saliva.

—Lo prometo —susurró Lorcan.

Lorcan le limpió la cara, le inspeccionó la nariz, le revisó la muñeca y se la vendó con un trapo suave, y por último le enderezó la nariz con rapidez pero no agresivamente. Mientras hacía todo le fue contando lo que sabía. Elide filtró toda la información que le había dado.

Llaves del Wyrd. Puertas del Wyrd.

Aelin tenía una llave del Wyrd. Y buscaba las otras dos.

Que pronto sería sólo una más, cuando Elide le diera la llave que traía.

Dos llaves, contra una. Tal vez podrían ganar esa guerra.

Aunque Elide no sabía cómo podría usarlas Aelin sin destruirse a sí misma. Pero... eso se lo dejaría a ella. Erawan tal vez tuviera los ejércitos, pero si Aelin tenía dos llaves...

Intentó no pensar en Manon. Vernon le mintió sobre Lorcan diciéndole que se había ido sin ella, para aplastar su espíritu, para hacer que fuera con él voluntariamente. Tal vez Manon tampoco estaba muerta.

No lo creería hasta que tuviera pruebas. Hasta que todo el mundo le gritara que la Líder de la Flota se había ido.

Lorcan estaba ya de regreso en la proa cuando ella se cambió y se puso una de sus camisas mientras se secaba su ropa de cuero. Le punzaba la muñeca, un dolor sordo e insistente. Su cara no estaba mejor y Lorcan le dijo que probablemente le quedaría un ojo morado, pero... su mente estaba despejada.

Ella caminó a su lado, lo miró empujar el poste contra el fondo lodoso del río.

—Maté esas cosas.

—Lo hiciste muy bien —dijo él.

—No me arrepiento.

Unos ojos oscuros y sin fondo voltearon a verla.

—Bien.

No supo por qué lo dijo, por qué sentía la necesidad o que era algo importante para él que lo dijera, pero Elide se paró de puntas, le besó la mejilla áspera por la barba crecida y dijo:

— Yo también siempre te voy a encontrar, Lorcan.

Sintió que él la miraba fijamente, incluso cuando se metió a la cama, minutos después.

Cuando despertó, tenía tiras de lino limpias para su ciclo al lado de la cama.

La propia camisa de Lorcan, que había lavado y secado en la noche, ahora estaba cortada en pedazos para que ella la usara.

# CAPÍTULO 51

La costa de Eyllwe estaba en llamas.

Durante tres días, navegaron de poblado en poblado. Algunos todavía estaban ardiendo. Algunos sólo eran cenizas. Y en cada uno, Aelin y Rowan trabajaron para apagar el fuego.

Rowan, en su forma de halcón, podía volar a la costa pero... a ella la estaba matando. La mataba por completo que no podían darse el lujo de detenerse el tiempo suficiente para bajar a tierra. Así que lo hizo desde el barco. Se metió hasta el fondo de su poder, lo estiró lo más que pudo por el mar, el cielo y la arena, para apagar esos incendios uno por uno.

Para el final del tercer día, estaba ya al borde del agotamiento, tan sedienta que no había agua suficiente para saciarla. Tenía los labios partidos y descarapelados.

Rowan había ido a la costa ya tres veces para preguntar quién había iniciado los incendios.

Todas las veces le respondieron lo mismo: en la noche llegó la oscuridad y se posó sobre ellos, el tipo de oscuridad que apaga las estrellas, y luego los poblados ardían bajo flechas encendidas que no podían ver hasta que llegaban a sus blancos.

Pero dónde en esa oscuridad, dónde estaban las fuerzas de Erawan... no había señal de ellos.

Ni de Maeve, tampoco.

Rowan y Lysandra volaron a lo ancho y a lo largo en busca de esa fuerza, pero... nada.

Algunos de los pobladores empezaban a afirmar que los habían atacado fantasmas. Los fantasmas de sus muertos no sepultados que regresaban a casa de tierras distantes.

Hasta que empezaron a susurrar otro rumor.

Que Aelin Galathynius estaba quemando Eyllwe, poblado por poblado. Por venganza. Porque ellos no habían ayudado a su reino diez años atrás.

No importaba que ella estuviera apagando esos incendios. No le creían a Rowan cuando intentaba explicar quién estaba apagando los incendios a bordo del barco distante.

Le dijo a ella que no les hiciera caso, que no permitiera que eso le afectara. Así que ella lo intentó.

Y durante uno de esos momentos, Rowan le pasó el pulgar por encima de la cicatriz en la palma de su mano y se acercó para besarle el cuello. La inhaló y ella supo que él había detectado ya una respuesta a la pregunta que lo hizo huir esa mañana del barco. No, no tenía a su hijo en el vientre.

Sólo habían discutido el tema en una ocasión, una semana antes. Cuando ella se bajó de él, jadeando y cubierta de sudor, y él le preguntó si estaba tomando algún tónico. Ella simplemente le dijo que no.

Él se quedó inmóvil.

Y entonces ella le explicó que si había heredado tanta de la sangre hada de Mab, probablemente también habría heredado la dificultad para concebir de las hadas. Y aunque el momento fuera terrible... si esa iba a ser su única oportunidad de crear un heredero para la línea familiar de Terrasen, un futuro... no lo desperdiciaría. Los ojos verdes de Rowan se volvieron distantes por un momento, pero asintió y le besó el hombro. Y eso fue todo.

Ella no se atrevió a preguntarle si él quería tener hijos con ella. Si siquiera *quería* tener hijos después de lo que ocurrió con Lyria.

Y durante ese breve instante antes de que él regresara volando a la costa para apagar más incendios, ella tampoco se atrevió a explicarle por qué vomitó en la mañana.

Los últimos tres días habían sido confusos. Desde el momento en que Fenrys pronunció esas palabras "El precio no tiene nombre", todo se convirtió en una confusión de humo, flamas, olas y sol.

Cuando el sol empezó a ponerse el tercer día, Aelin nuevamente guardó esos pensamientos mientras el barco escolta empezó a hacer señales frente a ellos y la tripulación trabajaba frenéticamente para tirar el ancla.

La frente le brillaba de sudor y tenía la lengua seca como un trozo de pergamino. Pero olvidó la sed y el agotamiento al ver lo que los hombres de Rolfe observaron unos momentos antes.

Una tierra plana y empantanada bajo el cielo nublado, que se extendía tierra adentro tan lejos como llegaba la mirada. Tenía pastos verde moho y blanco hueso acumulados en diversos montículos y hondonadas, pequeñas islas de vida entre las aguas grises y quietas como espejos que las rodeaban. Y entre todas ellas, salían del agua salobre y de los montículos de tierra como si fueran las extremidades de un cadáver mal enterrado... ruinas. Grandes edificaciones derruidas, una ciudad alguna vez hermosa que se había ahogado en la planicie.

Los Pantanos Rocosos.

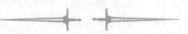

Manon dejó que los humanos y las hadas se reunieran con los capitanes de los otros dos barcos.

Se enteró de las noticias pronto: lo que buscaban estaba más o menos a un día y medio de recorrido tierra adentro. No sabían precisamente dónde, ni cuánto tiempo les tomaría encontrar su localización exacta. Hasta que regresaran, los barcos permanecerían anclados ahí.

Y Manon, al parecer, iría con ellos a su viaje tierra adentro. Como si la reina sospechara que si la dejaban atrás, su pequeña flota no estaría intacta cuando regresaran.

Era una mujer inteligente.

Pero había otro problema. El que Manon enfrentaba en ese momento, ya ansiosa y angustiada.

La cola de Abraxos se movía de un lado a otro. Las púas de hierro raspaban y arañaban la cubierta impecable del barco.

Como si hubiera escuchado la orden de la reina un minuto antes: "el guiverno tiene que irse".

En la planicie, en la zona abierta de los pantanos, sería demasiado notorio.

Manon le puso una mano sobre el hocico con cicatrices y miró a esos ojos negros sin fondo:

—Necesitas permanecer oculto en algún lado.

Un resoplido cálido y triste en la palma de su mano.

—No lloriquees —dijo Manon, aunque sentía que algo se retorcía y se revolvía en su estómago—. Mantente fuera de la vista, mantente alerta y regresa en cuatro días —se permitió inclinarse y recargar la frente en el hocico de la criatura. El gruñido del guiverno hizo vibrar los huesos de la bruja—. Hemos sido una excelente pareja, tú y yo. Unos cuantos días no son nada, amigo.

Él le empujó la cabeza con la suya.

Manon tragó saliva.

—Me salvaste la vida. Muchas veces. Nunca te lo he agradecido.

Abraxos dejó escapar otro gemido.

—Tú y yo —le prometió ella—. De ahora hasta que la oscuridad nos reclame.

Se obligó a alejarse. Se obligó a acariciarle el hocico sólo una vez más. Luego retrocedió un paso. Luego otro más.

—Vete.

Él no se movió. Ella le mostró los dientes de hierro.

—*Vete*.

Abraxos la miró con reproche, pero tensó el cuerpo y levantó las alas.

Y Manon decidió que nunca había odiado más a la reina de Terrasen y a sus amigos. Por obligarlo a irse. Por provocar esta partida cuando toda una serie de peligros no los habían podido separar.

Pero Abraxos ya estaba volando, las velas del barco rechinaban por el viento que provocaban sus alas y Manon lo observó hasta que se convirtió en un punto en el horizonte, hasta que preparaban los botes de remos para transportarlos a los pastos altos y al agua estancada y gris de los pantanos.

La reina y su corte se prepararon, colgándose armas como otros se cuelgan joyas, moviéndose de un lado al otro, haciéndose preguntas y contestándolas. Era tan similar a sus Trece, suficientemente similar para obligarla a apartar la vista, a esconderse en las sombras del mástil y obligarse a recuperar un ritmo constante en su respiración.

Le temblaban las manos. Asterin no estaba muerta. Las Trece no estaban muertas.

Había mantenido alejados esos pensamientos. Pero entonces, ese guiverno amante de oler las flores desapareció en el horizonte...

El último trozo de la Líder de la Flota desapareció con él.

Un viento húmedo tiraba de ella hacia la tierra, hacia esos pantanos. Arrastraba la capa roja con él.

Manon pasó un dedo por la capa carmesí que se obligó a ponerse esa mañana.

Rhiannon.

Nunca había escuchado nada sobre la línea real Crochan que había salido de ese campo de batalla final hacía cinco siglos. Se preguntó si alguna de las Crochans, además de su media hermana, sabía que la hija de Lothian Picos Negros y el príncipe Crochan había sobrevivido.

Manon abrió el broche que sostenía la capa en sus hombros. Sintió la tela roja y pesada en sus manos.

Con unos zarpazos convirtió la capa en una tira larga y delgada. Con unos cuantos movimientos más cortó un trozo y lo ató al final de su trenza, donde el rojo contrastaba fuertemente con su cabello blanco como la luna.

Manon salió de entre las sombras detrás del mástil y se asomó por la orilla del barco.

Nadie dijo nada cuando dejó caer la capa de su hermana al mar.

El viento la arrastró un par de metros antes de que cayera como una hoja moribunda sobre el oleaje. Un charco de sangre, eso parecía a la distancia cuando la corriente la arrastró hacia afuera, hacia el mar.

Encontró al rey de Adarlan y la reina de Terrasen esperando en el barandal de la cubierta principal. Sus compañeros estaban subiendo al bote de remos que los esperaba meciéndose en las olas.

Miró los ojos color zafiro y luego esos ojos turquesa y dorado.

Supo que la habían visto. Tal vez no entendían qué significaba la capa, pero... entendieron el gesto por lo que era.

Manon guardó los dientes y las uñas de hierro en sus hendiduras mientras se acercaba.

Aelin Galathynius dijo en voz baja:

—Nunca dejas de ver sus rostros.

Cuando remaban hacia la costa, con la brisa marina empapándolos, Manon se dio cuenta de que la reina no se refería a las Trece. Y Manon se preguntó si cuando Aelin vio a la capa flotar hacia el mar también pensó que parecía sangre derramada.

# CAPÍTULO 52

No llegaron a Leriba. Ni a Banjali. Ni siquiera se acercaron.

Lorcan sintió en el hombro la fuerza que lo había guiado y le había dado forma al rumbo de su vida: esa mano invisible e insistente de la sombra y la muerte. Así que fueron al sur, luego al oeste, navegaban rápidamente por Eyllwe a través de su red de canales.

Elide no objetó ni lo cuestionó cuando le explicó que si Hellas personalmente lo guiaba, entonces la reina que buscaban estaría en esa dirección. A donde los llevara. No había ciudades allá, sólo unos pastizales infinitos que daban la vuelta por el extremo sur de Oakwald, y después pantanos. La península abandonada llena de ruinas entre los pantanos.

Pero si ahí era donde le indicaba que fuera... El toque del dios oscuro en su hombro nunca lo había guiado mal. Así que vería a dónde llevaba.

Él no se permitió pensar demasiado en el hecho de que Elide llevaba consigo una llave del Wyrd. Que estaba intentando llevársela a su enemiga. Tal vez las indicaciones de su poder los conducirían a ambos con... con ella.

Y entonces tendría las dos llaves, si hacía bien su jugada.

Si era más listo, más rápido y más despiadado que los demás.

Entonces vendría la parte más peligrosa de todas: viajar con las dos llaves en su posesión al corazón de Morath para buscar la tercera. La velocidad sería su mejor aliada y su única posibilidad de supervivencia.

Y probablemente nunca volvería a ver a Elide ni a ninguno de los otros.

Abandonaron la barcaza en la mañana. Metieron todas las provisiones que pudieron en sus mochilas antes de salir caminando entre los pastizales. Horas después, la respiración de Elide se escuchaba entrecortada al subir una colina empinada al fondo de la planicie. Lorcan llevaba dos días oliendo agua salada... tenían que estar ya cerca del extremo de los pantanos. Elide tragó saliva y él le pasó la cantimplora cuando llegaron a la cima de la colina.

Pero Elide se detuvo y dejó los brazos flojos a sus costados.

Y Lorcan se quedó petrificado al ver lo que se extendía frente a ellos.

—¿Qué es este lugar? —exhaló Elide como si temiera que la propia tierra la escuchara.

A lo lejos, fundiéndose hacia el horizonte, la tierra se había hundido unos diez metros: un desprendimiento repentino y brutal de la orilla del risco, no colina, donde estaban parados, como si un dios furioso hubiera dado un pisotón en ese sitio y hubiera dejado marcada su huella.

El agua salobre y plateada cubría la mayor parte del lugar. Estaba quieta, como un espejo, y la interrumpían montículos cubiertos de pastos y unas ruinas exquisitas a punto de desmoronarse.

—Este es un lugar malo —susurró Elide—. No deberíamos estar aquí.

Era cierto, el vello de sus brazos estaba erizado y todos sus instintos estaban alerta mientras miraba el pantano con atención, las ruinas, los arbustos y el follaje que se desbordaba en algunos de los montículos.

Incluso el dios de la muerte dejó de empujarlo y se escondió detrás del hombro de Lorcan.

—¿Qué percibes?

Elide tenía los labios pálidos.

—Silencio. Vida, pero tanto... silencio. Como si...

—¿Como si qué? —presionó él.

Elide pronunció las palabras con un estremecimiento.

—Como si toda la gente que vivió aquí hace mucho tiempo siguiera atrapada dentro... todavía... debajo.

Apuntó a una de las ruinas, un domo curvado y roto de lo que probablemente había sido un salón de fiestas junto a una torre. Un palacio.

—No creo que este sea un lugar para los vivos, Lorcan. Las bestias que habitan estas aguas... creo que no toleran a los intrusos. Los muertos tampoco.

—¿Quién te está diciendo eso, la roca o la diosa que te protege?

—Es mi corazón el que murmura una advertencia. Anneith está en silencio. No creo que quiera estar cerca de este sitio. No creo que entre con nosotros.

—¿Fue a Morath pero no aquí?

—¿Qué hay en estos pantanos? —preguntó ella—. ¿Por qué viene Aelin hacia acá?

Esa, al parecer, era la pregunta. Porque si ellos podían detectar esa sensación, seguramente la reina y Whitethorn también la detectarían y solamente una gran recompensa o amenaza los llevaría a ese sitio.

—No lo sé —admitió él—. No hay pueblos ni puestos de avanzada cerca.

Sin embargo, a ese lugar lo había guiado el dios oscuro, y aunque esa mano temblaba seguía impulsándolo a entrar.

No había nada salvo ruinas y follaje denso en esas islas demasiado pequeñas que los protegían contra lo que viviera bajo las aguas quietas.

Pero Lorcan obedeció al dios que lo alentaba a seguir y condujo a la lady de Perranth adelante.

—¿Quién vivía aquí? —preguntó Elide con la vista fija en el rostro de una estatua desgastada por el paso del tiempo, que salía de una pared casi colapsada de roca. Estaba en el extremo exterior de la pequeña isla que estaban cruzando. La mujer con manchas de musgo que representaba la escultura sin duda había sido hermosa y la estructura había servido al mismo tiempo como soporte para unas vigas y un techo ya inexistentes. Pero, en ese sitio, el velo de la escultura parecía más una mortaja. Elide se estremeció.

—Este sitio quedó olvidado y arruinado siglos antes de que yo naciera —dijo Lorcan.

—¿Pertenecía a Eyllwe?

—Era parte de un reino que ya no existe, un pueblo perdido que vagó por todas partes y se estableció en muchas tierras distintas.

—Deben haber sido muy talentosos para construir edificios tan bellos.

Lorcan gruñó para indicar que estaba de acuerdo. Llevaban dos días recorriendo los pantanos sin señales de Aelin. Durmieron refugiados en las ruinas, aunque ninguno de los dos descansó de verdad. Los sueños de Elide estaban plagados de rostros pálidos y ojos lechosos de gente que nunca había conocido y que gritaba súplicas mientras el agua les entraba por la garganta y la nariz. Incluso despierta podía verlos, podía escuchar sus gritos en el viento.

*Es sólo la brisa que sopla entre las rocas*, le farfulló Lorcan el primer día.

Pero ella lo pudo distinguir en sus ojos. Él también oía a los muertos.

Escuchó el trueno del cataclismo que desapareció la tierra bajo sus pies, escuchó el agua que entró a toda velocidad y los devoró a todos antes de que pudieran correr. Unas curiosas bestias de mar, pantano y río llegaron con el paso de los años y convirtieron las ruinas en su territorio de cacería. Y cuando se terminaron los cadáveres se alimentaron unos de otros. Cambiando, adaptándose, haciéndose más gordos y más inteligentes que sus ancestros.

Gracias a esas bestias les tomó mucho tiempo cruzar el pantano. Lorcan estudiaba el agua demasiado quieta entre las islas para determinar si era segura. A veces se podía cruzar con el agua salada hasta el pecho. A veces no.

A veces ni siquiera las islas eran seguras. Elide ya había visto dos veces una cola larga y con escamas, como las placas de una armadura, que se deslizaba detrás de un muro de piedra o un pilar roto. Tres veces había visto los grandes ojos dorados con pupila vertical que los observaban desde los juncos.

Lorcan se la ponía sobre el hombro y corría cada vez que se daban cuenta de que no estaban solos.

Además, había serpientes que disfrutaban colgar de los árboles de aspecto fantasmal que extraían su existencia de las islas. Y la picadura constante de los jejenes, que a su vez no eran nada comparados con las nubes de mosquitos que a veces los perseguían por horas. O hasta que Lorcan lanzaba una oleada de su poder hacia ellos y todos caían al piso en una lluvia oscura.

Pero cada vez que mataba... ella sentía que la tierra temblaba. No por miedo a él... sino como si despertara. Como si estuviera atenta.

Preguntándose quién se atrevía a cruzarla.

En la cuarta noche, Elide estaba tan cansada, tan nerviosa, que quiso llorar cuando encontraron un santuario raro, un salón en ruinas con una parte de su entreplanta intacta. No tenía techo y las tres paredes estaban cubiertas de enredaderas, pero la escalera de piedra era sólida y suficientemente alta para alejarlos de la superficie de la isla; nada podía salir del agua y alcanzarlos. Lorcan puso trampas en la base de las escaleras y en la parte superior con ramas y enredaderas que los alertarían si alguna bestia intentaba subir por ahí.

No se arriesgaron a encender una fogata, pero hacía suficiente calor para que no hiciera falta. Elide se recostó al lado de Lorcan. Su cuerpo formaba un muro sólido entre ella y la roca a su izquierda. Miró las estrellas titilantes y el constante zumbido de los insectos le adormecía los oídos. Algo rugió a la distancia.

Los insectos se quedaron en silencio. El pantano pareció prestar atención a ese rugido profundo y salvaje.

Lentamente, la vida comenzó a moverse de nuevo, aunque más silenciosamente. Lorcan murmuró:

—Duerme, Elide.

Ella tragó saliva. Sentía el miedo espeso en su sangre.

—¿Qué fue eso?

—Una de las bestias. Fue una llamada de apareamiento o una advertencia territorial.

Ella no sabía qué tan grandes serían. Sólo había visto ojos y colas, pero eso era suficiente.

—Cuéntame de ella —susurró Elide—. De tu reina.

—Dudo que eso te ayude a dormir mejor.

Ella se volteó hacia él y lo vio acostado de espalda, mirando al cielo.

—¿Realmente te matará por lo que hiciste?

Él asintió.

—Sin embargo te arriesgas... por su bien —recargó la cabeza en su puño—. ¿La amas?

Esos ojos más oscuros que los espacios entre las estrellas se movieron hacia ella.

—He estado enamorado de Maeve desde la primera vez que la vi.

—¿Eres... eres su amante?

No se había atrevido a preguntar y realmente no había querido saber.

—No. Lo ofrecí en una ocasión. Se rio de mi insolencia —apretó los labios—. Así que me he hecho invaluable de otras maneras.

Nuevamente, el rugido en la distancia que silenció al mundo por unos instantes. ¿Estaba más cerca o se lo imaginó ella? Cuando volvió a ver a Lorcan, él tenía la mirada en su boca.

Elide dijo:

—Tal vez use tu amor para sacar ventaja. Tal vez le convenga más quedarse contigo. Tal vez cambie de parecer cuando crea que te puedes... ir.

—Tengo un juramento de sangre con ella. Nunca me iré.

A ella le dolió el pecho al escuchar eso.

—Entonces ella puede estar segura de que tú la anhelarás toda la eternidad.

Las palabras le salieron con más brusquedad de la que quería e intentó voltear a ver las estrellas, pero Lorcan le detuvo la barbilla más rápido de lo que ella pudo detectar. La miró a los ojos, estudiándola.

—Te equivocas si me consideras un tonto romántico. No tengo ninguna esperanza depositada en ella.

—Eso no se parece para nada al amor.

—¿Y tú qué sabes del amor?

Estaba tan cerca... se había acercado sin que ella se diera cuenta.

—Creo que el amor debe hacerte feliz —dijo Elide al recordar a sus padres. Lo mucho que sonreían y reían, cómo se miraban—. Debe convertirte en la mejor versión de ti mismo.

—¿Estás implicando que no soy ninguna de esas cosas?

—Creo que ni siquiera sabes qué es la felicidad.

El rostro de él se puso serio y pensativo.

—No me molesta... estar contigo.

—¿Eso fue un cumplido?

Una media sonrisa se dibujó en ese rostro labrado en granito. Y ella quería... quería tocarlo. Esa sonrisa, esa boca. Con sus dedos, con sus propios labios. Lo hacía verse más joven, lo hacía verse... apuesto.

Así que estiró los dedos temblorosos y le tocó los labios.

Lorcan se quedó petrificado, todavía un poco encima de ella, con los ojos solemnes y atentos.

Pero ella trazó el contorno de su boca y encontró que su piel era suave y cálida, un gran contraste con las palabras bruscas que por lo general salían de ahí.

Buscó tocar entonces la comisura de sus labios y él giró la cara hacia su mano para descansar la mejilla rasposa contra su palma. Sus ojos se entrecerraron cuando ella le pasó el pulgar por el pómulo.

Elide le murmuró:

—Yo te escondería. En Perranth. Si tú... si haces lo que tienes que hacer y necesitas un sitio donde ir... Tendrías un lugar ahí. Conmigo.

Él abrió los ojos de golpe pero en la luz de su mirada no brillaba nada duro, nada frío.

—Sería un macho en deshonra... eso se vería mal en ti.

—Cualquier persona que piense así, no tendrá un sitio en Perranth.

Lorcan tragó saliva.

—Elide, necesitas...

Pero ella se levantó un poco y puso la boca donde estaban antes sus dedos.

El beso fue suave, silencioso y breve. Apenas un roce de sus labios contra los de él.

Le pareció que tal vez él temblaba un poco cuando ella se alejó. El calor empezó a subir por sus mejillas. Pero se obligó a decir, sorprendida de que su voz sonara tranquila:

—No tienes que responderme ahora. Ni nunca. Podrías presentarte en mi puerta en diez años y la oferta seguiría en pie. Hay un lugar para ti en Perranth, si algún día lo necesitas o lo deseas.

Algo parecido a la agonía cruzó por sus ojos, la expresión más humana que ella le había visto.

Se inclinó hacia ella y, a pesar de los pantanos, a pesar de lo que se congregaba en el mundo, por primera vez en diez años Elide se dio cuenta de que no sentía miedo cuando los labios de Lorcan tocaron los suyos. No sentía miedo de nada cuando lo volvió a hacer y besó la comisura de sus labios y luego la otra.

Eran besos cuidadosos y pacientes. Sus manos lo eran también al alejarle el cabello de la frente y cuando pasaron sobre sus caderas, sus costillas. Ella le puso las manos en la cara y pasó sus dedos por su cabello sedoso mientras se arqueaba hacia él, deseosa de sentir el peso de su cuerpo sobre el de ella.

La lengua de Lorcan rozó la comisura de su boca y Elide se maravilló ante lo natural que se sentía abrirse para él, cómo su cuerpo *cantaba* ante el contacto, su dureza contra su suavidad. Lorcan gimió cuando acarició su lengua contra la de ella por primera vez y su cadera se presionó contra la de ella de una manera que hacía que el calor en su cuerpo le quemara, hacía que el cuerpo de ella ondulara contra el suyo, respondiéndole, exigiéndole.

La besó más profundamente al notar su súplica y una mano descendió para tomarle el muslo. Le abrió un poco las piernas para poder colocarse bien entre ellas. Y quedó alineado con ella...

Ella se dio cuenta de que estaba jadeando al presionarse contra él y Lorcan dejó de besarle la boca y le besó la mandíbula, el cuello, la oreja. Ella temblaba, no de miedo sino de *deseo* cuando Lorcan pronunció su nombre una y otra vez sobre su piel.

Como una oración, así sonaba su nombre en los labios de él.

Ella tomó su cara entre las manos y vio que sus ojos ardían, su respiración eran tan entrecortada como la de ella.

Elide se atrevió a recorrer con el dedo su mejilla, su cuello y hasta debajo de su camisa. Su piel se sentía como seda caliente. Él se estremeció al sentirla. Inclinó la cabeza de manera que su cabello negro como la tinta se desparramó sobre su frente y sus caderas se presionaron contra las de ella justo lo suficiente para provocarle un pequeño gemido. Más, se dio cuenta ella... quería *más*.

Los ojos de Lorcan la miraron para hacer una pregunta en silencio. Ella detuvo la mano sobre la piel encima de su corazón. Estaba latiendo desbocado y fuerte.

Levantó la cabeza para besarlo y su boca encontró la de él nuevamente. Ella murmuró su respuesta...

La cabeza de Lorcan se levantó de golpe. Se puso instantáneamente de pie y giró hacia el noreste.

Donde la oscuridad había empezado a extenderse entre las estrellas, apagándolas una por una.

Cualquier resto de calor, de deseo, desapareció de ella.

—¿Es una tormenta?

—Tenemos que correr —dijo Lorcan.

Pero era la mitad de la noche... el amanecer estaba al menos a seis horas de distancia. Cruzar los pantanos en ese momento... Más y más estrellas desaparecían bajo esa oscuridad voraz.

—¿Qué es eso?

La oscuridad se extendía más y más lejos cada instante. A la distancia, incluso las bestias del pantano dejaron de rugir.

—Ilken —murmuró Lorcan—. Es un ejército de ilken.

Elide supo que no iban por ella.

# CAPÍTULO 53

Después de dos días en el interminable laberinto de los Pantanos Rocosos, *dos,* no uno y medio como dijo el maldito Rolfe, Aelin sintió deseos de quemar todo el lugar y desaparecerlo. Con el agua y la humedad nunca estaba seca, siempre estaba sudorosa y pegajosa. Y lo peor: los insectos.

Ella mantenía a los pequeños demonios fuera con un escudo de llamas invisible que sólo se volvía obvio cuando tronaban al chocar con él. Se hubiera sentido mal de no ser porque intentaron comérsela viva el primer día, de no ser porque se rascó las decenas de piquetes hinchados y enrojecidos hasta que le sangró la piel y Rowan intervino para sanarlos.

Después del ataque del Sabueso, sus propias habilidades de sanación seguían agotadas. Entonces Rowan y Gavriel funcionaron como sanadores para todos, atendían los piquetes irritados, los verdugones que les causaban las plantas, los raspones que les provocaban los trozos filosos de las ruinas bajo el agua cuando no ponían cuidado al caminar en las aguas salobres.

Sólo Manon parecía inmune al agotamiento de los pantanos. A ella, esa belleza salvaje y putrefacta de los pantanos le parecía agradable. De hecho le recordaba a Aelin a una de las bestias horribles de río que gobernaban el lugar, con sus ojos dorados, los dientes filosos y brillantes... Aelin intentó no pensar en eso demasiado. Intentó imaginar *salir* de ese lugar a un sitio seco y fresco.

En el corazón de este lugar muerto y miserable estaba el candado de Mala.

Rowan vigilaba al frente en su forma de halcón mientras el sol bajaba hacia el horizonte. Lysandra vigilaba las aguas entre las pequeñas colinas en forma de una criatura resbalosa y con escamas que le había parecido horrenda a Aelin. Su reacción provocó que la criatura le bufara indignada con su lengua bífida antes de echarse al agua.

Aelin volvió a hacer una mueca mientras subía esas pequeñas colinas llenas de arbustos espinosos y coronadas con dos pilares derrumbados. Un laberinto diseñado para rasguñar, magullar y rasgar.

Así que envió una explosión de fuego por la colina y la convirtió en cenizas. Las botas mojadas se quedaban pegadas al pisar esa masa húmeda y gris.

Fenrys rio a su lado cuando descendían la colina.

—Bueno, esa es una manera de abrirse camino.

Extendió la mano para ayudarle a pasar por el agua y parte de ella reaccionó negativamente ante la idea de que le ofrecieran ayuda, pero... por supuesto que no iba a caer en ese hoyo lleno de agua. Tenía una muy, muy, buena idea de qué había debajo de ellos. No tenía ningún interés en nadar entre los restos podridos de personas.

Fenrys le apretó la mano con fuerza mientras caminaban por el agua que les llegaba al pecho. Tiró de ella para que subiera a la orilla y luego salió él. Sin duda podría saltar entre islas en su forma de lobo, igual que Gavriel. Ella no entendía por qué se molestaban quedándose en su forma de hadas.

Aelin usó su poder para secarse lo mejor posible y luego usó un listón de su magia para secar la ropa de Fenrys y de Gavriel también.

Un gasto inofensivo y desenfadado de poder. Aunque usarlo por tres días seguidos en la costa ardiente de Eyllwe la había drenado. No la flama sino, físicamente. Mentalmente. Se sentía como si pudiera dormir toda una semana. Pero la magia le murmuraba. Incesante e implacablemente. Aunque *ella* estuviera cansada... el poder exigía más. Secar su ropa cuando salían del agua pantanosa, al menos, mantenía a la magia en silencio. Por el momento.

Lysandra asomó su horrenda cabeza entre una maraña de ramas y Aelin gritó y retrocedió un paso. La metamorfa sonrió y dejó a la vista un par de colmillos muy, muy afilados. Fenrys dejó escapar una risa grave y miró a la metamorfa cuando se deslizó un poco hacia adelante.

—¿Entonces puedes cambiar piel y huesos pero la marca permanece?

Lysandra hizo una pausa a unos centímetros del agua y, en la isla frente a ellos, Aedion pareció tensarse aunque continuó por su camino. Bien. Al menos ella no era la única que le arrancaría la garganta a quien se atreviera a burlarse de Lysandra. Su amiga se transformó con un destello de luz y movimiento hasta que su forma se hizo humanoide... hada.

Hasta que Fenrys se estaba mirando a sí mismo, aunque una versión más pequeña para caber en la ropa de mujer. Gavriel, que subía detrás de ellos por la orilla, se tropezó un poco al verla.

Lysandra dijo, con su voz casi idéntica a la pronunciación lenta de Fenrys:

—Supongo que siempre me delatará.

Extendió la muñeca y se levantó la manga de la chaqueta para revelar la piel dorada de Fenrys pero mancillada con su marca.

Ella se quedó quieta mirándose mientras todos avanzaban en el agua y subían y finalmente dijo:

—Tu oído *es* mejor.

Lysandra se pasó la lengua por los colmillos ligeramente alargados. Fenrys se encogió un poco.

—¿Cuál es el propósito de estos? —preguntó.

Gavriel se acercó más y empujó un poco a la metamorfa. Se colocó unos pasos delante de ella.

—Fenrys es la última persona a quien debes preguntarle. Si quieres una respuesta apropiada, claro.

Lysandra rio y le sonrió al León mientras ascendían la colina. Era raro verla sonreír en el rostro de Fenrys. Fenrys miró a Aelin y volvió a hacer una mueca, sin duda porque le parecía igual de inquietante. Ella rio.

Escucharon unas alas delante y Aelin se tomó un momento para maravillarse cuando vio a Rowan volar con rapidez y fuerza hacia ellos. Ligero, tenaz... firme.

Gavriel se quedó unos pasos atrás y Lysandra permaneció quieta junto a Aedion en la colina y regresó a su propia forma. Se tambaleó un poco y Aelin se abalanzó hacia ella, pero Aedion llegó antes y sostuvo a Lysandra suavemente del codo cuando Rowan aterrizó y se convirtió también. Todos necesitaban descansar.

El príncipe hada dijo:

—Directamente frente a nosotros. Estaremos ahí mañana en la tarde.

Cuando volvieran a ver a Rolfe tendrían que conversar sobre cómo, exactamente, calculaba las distancias en ese mapa infernal de sus manos.

El rostro de Rowan estaba pálido debajo de los tatuajes. Después de un momento, añadió:

—Lo puedo sentir: mi magia lo puede sentir.

—Dime que no está bajo cinco metros de agua.

Él negó con la cabeza rápidamente.

—No quise arriesgarme acercándome demasiado. Pero me recuerda al templo del Devorador de Pecados.

—Entonces, una bienvenida realmente agradable y un lugar relajante —dijo ella.

Aedion rio en voz baja con la mirada en el horizonte. Dorian y Manon salieron a la orilla del otro lado, empapados. La bruja miraba hacia el mar de islas frente a ellos. Si detectaba algo, la bruja no dijo nada.

Rowan estudió la isla en la que estaban: alta, resguardada con un muro derruido de roca de un lado y de espinas del otro.

—Acamparemos aquí esta noche. Es suficientemente seguro.

Aelin casi se desplomó del alivio. Lysandra pronunció un "gracias" a los dioses en voz baja.

En cuestión de minutos ya habían limpiado el área general gracias a su trabajo físico y mágico, encontraron sitios donde sentarse entre los grandes bloques de roca. Aedion empezó a cocinar: era una comida algo deprimente de pan duro y criaturas de pantano que Gavriel y Rowan cazaron y consideraron seguras para comer. Aelin no miró a su primo porque prefería no saber qué diablos estaba a punto de tragarse.

Los otros tampoco parecían dispuestos a prestar atención y aunque Aedion lograba combinar las pocas especias que tenían con talento sorprendente, la carne estaba... correosa. Babosa. Lysandra trató de contener su arcada sin mucho éxito.

Cayó la noche y un mar de estrellas empezó a emerger. Aelin no podía recordar la última vez que había estado tan lejos de la civilización, tal vez cuando cruzó hacia Wendlyn y de regreso.

Aedion estaba sentado junto a ella y le pasó el odre de vino demasiado ligero. Ella dio un trago y agradeció el gusto ácido que le lavó el sabor de la carne.

—Nunca me digas qué era eso —le murmuró Aelin mientras veía a los demás terminarse su comida en silencio; Lysandra murmuró algo para indicar que estaba de acuerdo.

Aedion sonrió con cierta malicia y miró a los demás también. A un par de metros de distancia, medio escondida en las sombras, Manon monitoreaba todo. La mirada de Aedion se detuvo en Dorian y Aelin respiró profundamente. Pero la sonrisa de su primo se suavizó.

—Sigue comiendo como una dama.

Dorian levantó la cabeza de golpe y Aelin tuvo que contener la risa al recordar lo sucedido. Diez años antes todos habían comido juntos y ella le dijo al príncipe Havilliard lo que opinaba sobre sus modales en la mesa. Dorian parpadeó cuando el recuerdo le vino a la mente y los demás se quedaron mirándolos.

El rey hizo una reverencia magnánima.

—Tomaré eso como un cumplido.

De hecho, sus manos estaban más o menos limpias y su ropa, ya seca, inmaculada.

Las manos de Aelin... buscó un pañuelo en su bolsillo. Esa cosa estaba tan sucia como el resto de ella, pero... era preferible a usar sus pantalones. Sacó el Ojo de Elena del sitio donde solía estar envuelto dentro del pañuelo y lo colocó sobre su rodilla mientras se limpiaba la grasa y las especias de los dedos. Luego le ofreció el trozo de seda a Lysandra. Aelin pasó los dedos despreocupadamente sobre el metal doblado del Ojo mientras la metamorfa se limpiaba las manos. La piedra azul en su corazón brillaba con el fuego del cobalto.

—Hasta donde yo recuerdo —dijo Dorian con una sonrisa traviesa—, ustedes dos...

El ataque fue tan rápido que Aelin no lo sintió ni lo vio hasta que terminó.

Manon estaba sentada a la orilla de la fogata, los pantanos eran una extensión oscura a sus espaldas.

Un instante después, escamas y dientes blancos la atacaron. Salieron repentinamente de entre los arbustos de la orilla. Y luego cayó la quietud y el silencio cuando la bestia enorme del pantano se quedó congelada en su sitio.

Detenida por manos invisibles... y fuertes.

Manon sacó la espada con la respiración entrecortada y se quedó viendo a las fauces color rosado lechoso, abiertas lo suficiente para arrancarle la cabeza. Cada uno de los dientes era tan largo como el pulgar de Aelin.

Aedion maldijo. Los demás ni siquiera se movieron.

La magia de Dorian contuvo a la bestia, la congeló sin que hubiera hielo a la vista. Era el mismo poder que utilizó contra el Sabueso. Aelin lo estudió para ver si advertía algún vínculo, un listón brillante de poder, y no pudo ver ninguno. Ni siquiera había levantado una mano para dirigirlo. Interesante.

Dorian le dijo a Manon mientras la bruja miraba el bostezo de la muerte a centímetros de su cara:

—¿Lo mato o lo dejo libre?

Aelin ciertamente tenía una opinión al respecto, pero una mirada de advertencia de Rowan la hizo mantener la boca cerrada. Y se sorprendió un poco ante su príncipe.

"Oh, infeliz calculador". Su rostro severo y tatuado no revelaba nada.

Manon miró a Dorian.

—Libéralo.

El rostro del rey se puso serio y la bestia voló hacia la oscuridad, como si un dios la hubiera aventado al otro lado de los pantanos. Se escuchó el salpicar distante.

—¿No son hermosos? —dijo Lysandra.

Aelin la miró. La metamorfa sonrió.

Pero Aelin miró de nuevo a Rowan y le sostuvo la mirada. "Qué conveniente que tu escudo desapareciera justo cuando se acercó esa cosa. Qué excelente oportunidad para una lección de magia. ¿Y si algo hubiera salido mal?"

A Rowan le brillaron los ojos.

"¿Por qué crees que se abrió junto a la bruja?"

Aelin se tragó su risa de consternación. Pero Manon Picos Negros miraba al rey con la mano en su espada. Aelin no se molestó en fingir que no los observaba cuando la bruja deslizó sus ojos dorados hacia ella. Al Ojo de Elena que seguía en la rodilla de Aelin.

El labio de Manon se levantó un poco para mostrar los dientes.

—¿De dónde sacaste eso?

A Aelin se le erizó el vello de los brazos.

—¿El Ojo de Elena? Fue un regalo.

La bruja nuevamente miró a Dorian como si haberla salvado de esa cosa... Oh, Rowan no sólo bajó el escudo para una lección de magia, entonces. Aelin no se atrevió a mirarlo, no cuando Manon metió los dedos al piso lodoso para trazar una figura.

Un círculo grande, y dos círculos uno sobre otro dentro de su circunferencia.

—Ésta es la Diosa de las Tres Caras —dijo Manon en voz baja—. Esto se llama... —trazó una línea tosca en el círculo central, en el espacio en forma de ojo donde se traslapaban—: El Ojo de la Diosa. No de Elena —circuló el exterior de nuevo—. La anciana —señaló de nuevo la circunferencia exterior. Luego circuló el interior de arriba: —La madre—. Circuló el de abajo—: La doncella—. señaló el ojo al centro—: Y el corazón de la oscuridad dentro de ella.

Fue el turno de Aelin de negar con la cabeza. Los demás ni siquiera parpadearon.

Manon repitió:

—Eso es un símbolo de las Dientes de Hierro. Las profetas Sangre Azul lo tienen tatuado sobre sus corazones. Y quienes ganaron con valor la batalla, cuando vivíamos en los Yermos... recibieron esos. Para marcar nuestra gloria, para simbolizar que estábamos benditas por la diosa.

Aelin dudó si debía lanzar el maldito amuleto al pantano, pero dijo:

—El día que vi por primera vez a Baba Piernas Amarillas... el amuleto se sintió pesado y cálido en su presencia. Pensé que era una advertencia. Tal vez era en... reconocimiento.

Manon estudió el collar de cicatrices que Aelin tenía alrededor del cuello.

—¿Su poder funcionó a pesar de que la magia estaba contenida?

—Me dijeron que ciertos objetos estaban... exentos —dijo Aelin con la voz forzada—. Baba Piernas Amarillas sabía toda la historia de las llaves del Wyrd y los portales. Ella fue quien me la contó. ¿Eso es parte de tu historia también?

—No. No en esos términos —dijo Manon—. Pero la Piernas Amarillas era una Antigua, sabía cosas que nosotros ya hemos olvidado. Ella misma tiró los muros de la ciudad Crochan.

—Las leyendas dicen que esa masacre fue... catastrófica —dijo Dorian.

Las sombras brillaron en los ojos de Manon.

—El campo de batalla, hasta donde sé, sigue estéril. No crece ni una hoja de pasto. Dicen que es por la maldición de Rhiannon Crochan. O por la sangre que empapó la tierra las últimas tres semanas de esa guerra.

—¿En qué consiste la maldición, exactamente? —preguntó Lysandra con el ceño fruncido

Manon examinó sus uñas de hierro durante tanto tiempo que Aelin pensó que no respondería. Aedion le lanzó otra vez el odre a las piernas y Aelin bebió de él nuevamente cuando Manon respondió al fin:

—Rhiannon Crochan resistió en las puertas de su ciudad por tres días y tres noches contra las tres matronas Dientes de Hierro. Sus hermanas estaban muertas a su alrededor, su descendencia masacrada, su consorte empalado en una de las caravanas militares de las Dientes de Hierro. La última reina Crochan, la última esperanza de su dinastía de mil años... No se rindió fácilmente. Cuando cayó al amanecer del cuarto día se perdió verdaderamente la ciudad. Mientras moría en ese campo de batalla, mientras las Dientes de Hierro atravesaron los muros de la ciudad a su alrededor y masacraron a su gente... ella nos maldijo. Maldijo a las tres matronas y, a través de ellas, a todas las Dientes de Hierro. Maldijo a la Piernas Amarillas personalmente, quien le dio a Rhiannon el golpe mortal.

Ninguno de ellos se movió ni habló ni respiró demasiado fuerte.

—Rhiannon juró con su último aliento que ganaríamos la guerra pero no la tierra. Que por lo que habíamos hecho heredaríamos la tierra sólo para verla marchitarse y morir en nuestras manos. Nuestras bestias se secarían y morirían; nuestras crías nacerían muertas, envenenadas por los ríos y los arroyos. Los peces se pudrirían en los lagos antes de que pudiéramos pescarlos. Los conejos y los venados huirían al otro lado de las montañas. Y el Reino de las Brujas que había sido verde se convertiría en un yermo.

—Las Dientes de Hierro se rieron de eso, borrachas de sangre Crochan. Hasta que nació la primera cría... muerta. Y luego otra, y otra. Hasta que el ganado se pudrió en los campos y las cosechas se secaron de la noche a la mañana. Para finales del primer mes, no había comida. Para finales del segundo, los tres clanes de Dientes de Hierro peleaban entre sí, haciéndose pedazos. Así que las matronas nos exiliaron a todas. Separaron los clanes para cruzar las montañas y vagar por todas partes como lo hacíamos. Cada cierta cantidad de décadas, enviaban grupos para tratar de trabajar la tierra, para ver si la maldición seguía funcionando. Esos grupos nunca regresaban. Hemos sido nómadas por quinientos años. La herida es más dolorosa porque los humanos eventualmente se adueñaron de esas tierras. Y a ellos sí les respondieron.

—¿Pero planean regresar de todas maneras? —preguntó Dorian.

Los ojos dorados no eran de ese mundo.

—Rhiannon Crochan dijo que sólo había una manera, sólo una, de romper la maldición —Manon tragó saliva y recitó con voz fría y tensa—: "Sangre a sangre y alma a alma, juntas hicimos esto y sólo juntas lo cambiaremos. Sé el puente, sé la luz. Cuando el hierro se funda, cuando las flores broten en los campos de sangre... que la tierra sea testigo y regresaremos a casa".

Manon jugaba con la punta de su trenza y el trozo de capa roja que tenía atado ahí.

—Cada bruja Dientes de Hierro en el mundo ha pensado en esa maldición. Durante quinientos años, hemos intentado romperla.

—¿Y tus padres... su unión se hizo para intentar romper la maldición? —presionó Aelin con precaución.

Manon asintió bruscamente.

—Yo no sabía que la descendencia de Rhiannon había sobrevivido.

Ni que corría por sus venas.

Dorian dijo:

—Elena vivió un milenio antes de la guerra de las brujas. El Ojo no tuvo nada que ver con eso —se frotó el cuello—. ¿Cierto?

Manon no contestó y sólo extendió un pie para borrar el símbolo que trazó en la tierra.

Aelin se terminó el resto del vino y metió el Ojo nuevamente en su bolsillo.

—Tal vez ahora entiendas —Aelin le dijo a Dorian— por qué me ha sido un *poco* difícil lidiar con Elena.

La isla era suficientemente ancha para poder tener esa conversación sin que los escucharan.

Rowan supuso que eso era precisamente lo que sus viejos compañeros querían cuando lo encontraron montando guardia sobre la escalinata destruida cubierta de enredaderas con vista a toda la isla y sus alrededores. Recargado contra una sección que alguna vez había sido un muro curvado, Rowan exigió saber:

—¿Qué?

Gavriel dijo:

—Deberías llevarte a Aelin a más de mil kilómetros de aquí. Esta noche.

Una ola de su magia e instintos aguzados le decían que todo estaba seguro a su alrededor inmediato, lo cual calmó la rabia asesina que empezó a brotar cuando consideró el peligro.

Fenrys dijo:

—Lo que sea que nos aguarde mañana, ha estado esperando durante un largo tiempo, Rowan.

—¿Y cómo saben eso ustedes?

Los ojos dorados de Gavriel brillaron como los de un animal en la oscuridad.

—La vida de tu amada y la de la bruja están entrelazadas. Las condujeron aquí, unas fuerzas que ni siquiera nosotros entendemos.

—Piénsalo —presionó Fenrys—. Dos mujeres cuyos caminos se cruzaron esta noche en una manera que rara vez hemos visto. Dos reinas, que podrían controlar una mitad del continente cada una, dos lados de una moneda. Ambas de razas mezcladas. Manon, Dientes de Hierro y Crochan. Aelin...

—Humana y hada —dijo Rowan.

—Entre las dos cubren las tres razas principales de esta tierra. Entre las dos son mortales e inmortales. Una adora el fuego, la otra la oscuridad. ¿Necesito continuar? Se siente como si estuviéramos entrando directamente a las manos de quien lleva eones controlando este juego.

Rowan miró a Fenrys de una manera que por lo general hacía retroceder a los hombres. Aunque lo consideró.

Gavriel interrumpió para decir:

—Maeve ha estado esperando, Rowan. Desde Brannon. Esperaba a alguien que la llevara a las llaves. Esperaba a tu Aelin.

Maeve no mencionó el candado en la primavera. Tampoco mencionó el anillo de Mala. Rowan dijo lentamente, había una promesa de muerte en sus palabras:

—¿Maeve los envió por este candado también?

—No —dijo Fenrys—. No... nunca lo mencionó —se puso de pie y volteó hacia un rugido distante y brutal—. Si Maeve y Aelin van a la guerra, Rowan, si se enfrentan en el campo de batalla...

Intentó no imaginarlo. La matanza cataclísmica y la destrucción.

Tal vez deberían haber permanecido en el norte, reuniendo sus defensas.

Fenrys exhaló:

—Maeve no se permitirá perder. Ya te reemplazó a ti.

Rowan volteó a ver a Gavriel:

—*Quién*.

Los ojos del León se oscurecieron:

—Cairn.

A Rowan se le heló la sangre, se puso más fría que su magia.

—¿Está loca?

—Nos dijo de su ascenso un día antes de que nos fuéramos. Él sonreía como gato con el canario en la boca cuando salimos del palacio.

—Es un sádico.

Cairn... No hubo entrenamiento suficiente, ni en el campo de batalla ni fuera de él, que lograra alejar al guerrero hada de su gusto por la crueldad. Rowan lo había encerrado, azotado, disciplinado, se había valido de toda la compasión que podía... sin éxito. Cairn había nacido para saborear el sufrimiento de los demás.

Así que Rowan lo sacó a patadas de su propio ejército y se lo dejó a Lorcan. Cairn duró como un mes con Lorcan antes de que lo mandaran a una legión aislada, comandado por un general que no era del equipo ni tenía interés en serlo. Las historias sobre lo que Cairn le hizo a los soldados y a los inocentes con quienes se encontró...

Había pocas leyes contra el asesinato entre las hadas. Y Rowan había considerado evitarle al mundo la vileza de Cairn cada vez que lo veía. Que Maeve lo designara al equipo, darle poder e influencia casi ilimitados...

—Apostaría todo mi oro a que ella dejará que Aelin agote casi todo su poder al destruiir a Erawan y luego la atacará cuando esté más débil —pensó Fenrys.

Si Maeve no le dio a ninguno de los machos hada la orden de no mencionar esto a través del juramento de sangre... Eso significaba que ella quería que él, que Aelin, supieran eso. Que se preocuparan y especularan.

Fenrys y Gavriel intercambiaron miradas de preocupación.

—Seguimos a su servicio, Rowan —murmuró Gavriel—. Y todavía tenemos que matar a Lorcan cuando llegue el momento.

—¿Por qué mencionar esto? No me interpondré. Aelin tampoco, créanme.

—Porque —dijo Fenrys— el estilo de Maeve no es ejecutar. Es castigar, lentamente. A lo largo de años. Pero a Lorcan lo quiere *muerto*. Y no medio muerto o con la garganta cortada sino irrevocablemente muerto.

—Decapitado y quemado —dijo Gavriel con seriedad.

Rowan dejó escapar el aire.

—¿Por qué?

Fenrys miró hacia el borde de las escaleras, hacia el sitio donde Aelin dormía, su cabello dorado brillaba bajo la luz de la luna.

—Lorcan y tú son los dos machos más poderosos del mundo.

—Olvidas que Lorcan y Aelin no soportan estar juntos en el mismo espacio. Dudo que haya posibilidades de que se alíen.

—Lo que estamos diciendo —le explicó Fenrys— es que Maeve no toma decisiones sin un motivo considerable. Prepárate para cualquier cosa. Que haya enviado a su armada, donde sea que vayan, es sólo el principio.

Las bestias de los pantanos rugieron y Rowan quería rugir de regreso. Si Aelin y Cairn se encontraban, si Maeve tenía algún plan más allá de su codicia por las llaves...

Aelin se dio la vuelta en su sueño, con el ceño fruncido por el ruido. Lysandra dormía junto a ella en su forma de leopardo de las nieves y su cola se movía nerviosamente. Rowan se separó de la pared ansioso por reunirse con su reina. Pero vio a Fenrys mirándola también con el rostro serio y demacrado. La voz de Fenrys fue apenas un susurro entrecortado cuando dijo:

—Mátame. Si se da esa orden. Mátame, Rowan, antes de que tenga que hacerlo.

—Estarás muerto antes de que puedas acercarte a ella.

No era una amenaza, era una promesa y una declaración de lo que sucedería. Los hombros de Fenrys se encorvaron en agradecimiento.

—Me da gusto, sabes —dijo Fenrys con seriedad inusual— tener este tiempo. Que Maeve diera esto sin tener la intención de hacerlo. Que llegué a saber cómo era... estar aquí, ser parte de esto.

Rowan no tenía palabras, así que miró a Gavriel.

Pero el León simplemente asintió mientras miraba hacia el campamento debajo. A su hijo dormido.

# CAPÍTULO 54

El último tramo del viaje a la mañana siguiente fue el más largo de todos, pensó Manon.

Estaban cerca, tan cerca de ese candado que la reina con el emblema de la bruja en su bolsillo buscaba.

Se había quedado dormida pensando cómo podían estar conectadas ambas cosas, pero no llegó a ninguna conclusión. Despertaron antes del amanecer. La humedad opresiva los obligó a recuperar la conciencia. Manon la sentía tan pesada como una manta sobre los hombros.

La reina caminó en silencio la mayor parte del tiempo, al frente de su compañía. Su pareja iba de avanzada y su primo y la metamorfa a sus lados. Lizandra tenía la piel de una serpiente de pantano horrenda. El Lobo y el León venían en la retaguardia, olfateaban y escuchaban a cualquier cosa que parecía extraña.

La gente que alguna vez vivió en esas tierras no tuvo un final fácil ni agradable. Ella podía sentir su dolor susurrar entre las piedras, ondear en el agua. La bestia del pantano que la sorprendió la noche anterior era el menor de los horrores en ese lugar. A su lado, el rostro tenso de Dorian Havilliard parecía sugerir que pensaba lo mismo.

Manon avanzó sumergida hasta la cintura en un estanque de agua tibia y espesa, y preguntó, aunque fuera sólo para sacarlo de su cabeza, donde no dejaba de molestar:

—¿Cómo usará las llaves para desterrar a Erawan y sus Valg? O, para el caso, ¿cómo se deshará de las cosas que él creó, que no son de su reino original sino una especie de híbridos?

Unos ojos color zafiro la voltearon a ver.

—¿Qué?

—¿Hay una manera de decidir quién pertenece a este mundo y quién no? ¿O todos los que tengan sangre Valg —se puso una mano en el pecho empapado— serán enviados a ese reino de oscuridad y frío?

Los dientes de Dorian brillaron cuando los apretó.

—No lo sé —admitió, y miró cómo Aelin brincaba ágilmente sobre una roca—. Si ella lo sabe, asumo que nos lo dirá cuando sea más conveniente para ella.

Y no necesitó agregar que sería cuando fuera menos conveniente para los demás.

—¿Ella decidirá? Quién se queda y quién se va.

—Desterrar a la gente para que se vaya a vivir con el Valg no es algo que Aelin haría voluntariamente.

—Pero ella decidirá, al final.

Dorian se detuvo en la cima de una pequeña colina.

—Quien tenga esas llaves decidirá. Y es mejor que le reces a los dioses malvados que adoras que sea Aelin quien las tenga al final.

—¿Y qué hay de ti?

—¿Yo por qué desearía estar cerca de esas cosas?

—Tú eres tan poderoso como ella. Podrías manejarlas. ¿Por qué no?

Los otros caminaban rápidamente, pero Dorian permaneció inmóvil. Incluso tuvo el atrevimiento de tomarla de la muñeca, con fuerza.

—¿Por qué no? —repitió Dorian

Había una frialdad implacable en ese rostro hermoso. Manon no podía apartar la vista de él. Una brisa caliente y húmeda pasó encima de ellos y le hizo volar el cabello. El viento no lo tocó a él, no movió ni un solo cabello negro de su cabeza. Un escudo, estaba usando un escudo. ¿Contra ella o contra lo que estaba en ese pantano? Él respondió en voz baja:

—Porque yo lo hice.

Ella esperó.

Sus ojos color zafiro eran unos trozos de hielo.

—Yo maté a mi padre. Yo destrocé el castillo. Maté a mi corte. Así que si yo tuviera las llaves, Líder de la Flota —dijo para concluir y le soltó la muñeca— no dudaría en hacer lo mismo de nuevo en todo el continente.

—¿Por qué? —preguntó ella y sintió que se le helaba la sangre. En verdad estaba un poco aterrada al ver la rabia helada que emanaba de Dorian cuando respondió:

—Porque ella murió. E incluso antes de que muriera, el mundo se encargó de que sufriera, que estuviera temerosa y sola. Y aunque nadie recordará quién era ella, yo sí. Nunca olvidaré el color de sus ojos o la manera en que sonreía. Y nunca me perdonaré por robarle eso.

"Demasiado frágiles", dijo el rey refiriéndose a las mujeres humanas. Con razón se había acercado a ella.

Manon no tenía respuesta y sabía que él no estaba buscando una, pero dijo de todas maneras:

—Bien.

No hizo caso del destello de alivio que revoloteó por el rostro de Dorian y empezó a avanzar.

Los cálculos de Rowan no estuvieron equivocados: llegaron al candado al mediodía.

Aelin supuso que aunque Rowan no hubiera ido de avanzada, hubiera sido obvio desde el momento en que vieron el complejo laberíntico inundado, lleno de pilares derruidos donde probablemente estaba el candado en el domo que se desmoronaba en su centro. Principalmente porque todo, todas las hierbas y toda el agua, parecía estarse *alejando* de ese punto. Como si ese complejo fuera el corazón latiente y oscuro de esos pantanos.

Rowan se transformó y aterrizó frente al trozo de tierra seca y con pastos donde se congregaron en las afueras del gran complejo. No hizo pausa en sus pasos y empezó a caminar al lado de Aelin. Ella intentó no verse demasiado aliviada de que hubiera regresado bien.

Realmente los torturaba, pensó, al meterse voluntariamente en situaciones de peligro cada que se le daba la gana. Tal vez tendría que intentar ser mejor, si esta angustia se parecía a lo que ellos sentían.

—Todo este lugar está demasiado silencioso —dijo Rowan—. Busqué en el área pero no encontré... nada.

Aedion desenvainó la espada de Orynth de su espalda.

—Rodearemos el perímetro y haremos círculos más pequeños hasta que lleguemos al edificio en sí. Nada de sorpresas.

Lysandra retrocedió unos pasos preparándose para transformarse.

—Yo me iré al agua. Si escuchan dos rugidos, vayan a terreno más alto. Un sólo rugido significará que pueden pasar libremente.

Aelin asintió para confirmar y para indicarle que podía irse.

Cuando Aedion avanzó al muro exterior del complejo, Lysandra ya estaba en el agua, toda escamas y garras.

Rowan movió la barbilla hacia Gavriel y Fenrys. Ambos machos se transformaron en silencio y luego trotaron hacia adelante. El segundo se fue con Aedion y el primero en la dirección opuesta.

Rowan permaneció al lado de Aelin. Dorian y la bruja estaban atrás y esperaron la confirmación de Lysandra.

Cuando escucharon el rugido solitario y rápido de Lysandra desgarrar el aire, Aelin le murmuró a Rowan:

—¿Dónde está la trampa? ¿*Dónde* está la trampa? Es demasiado fácil.

En verdad, no había nada ni nadie en ese lugar. No había una amenaza más allá de lo que podría estarse pudriendo en los estanques.

—Créeme, lo he estado pensando.

Ella casi pudo sentirlo sumergirse en ese sitio congelado y furioso, donde el instinto nato y siglos de entrenamiento lo hacían ver el mundo como un campo de batalla y donde estaba dispuesto a hacer cualquier cosa para erradicar las amenazas contra ella. No sólo era la naturaleza de las hadas, sino la naturaleza de *Rowan*. Proteger, escudar, pelear por lo que amaba y por quien amaba.

SARAH J. MAAS

Aelin dio un paso para acercarse y le besó el cuello. Esos ojos color verde pino se suavizaron un poco cuando pasaron de las ruinas a su rostro.

—Cuando regresemos a la civilización —le dijo y su voz se hizo profunda al besarle la mejilla, la oreja, la frente—, voy a buscarte la posada más bonita de todo el maldito continente.

—¿Ah, sí?

Él le besó la boca. Una vez. Dos.

—Con buena comida, una cama repugnantemente cómoda y una bañera enorme.

Incluso en los pantanos era fácil emborracharse de él, del sabor, el olor, el sonido y la sensación de él.

—¿Qué tan grande? —murmuró ella y no le importó lo que los otros pensaran cuando regresaran.

—Suficiente para que quepan dos —le dijo él a los labios.

Su sangre se puso efervescente ante la promesa. Lo besó una vez, rápida pero profundamente.

—No tengo defensa contra esas ofertas. En especial cuando las hace un macho tan bonito.

Él frunció el ceño ante la palabra "bonito" y le mordió la oreja con los colmillos.

—Llevo una cuenta, ¿sabes, princesa? Para recordar todas las veces que me has dicho esas cosas verdaderamente maravillosas la próxima vez que estemos a solas.

A ella se le enroscaron los dedos de los pies dentro de las botas empapadas. Pero le dio unas palmadas en el hombro y lo vio con absoluta irreverencia al empezar a alejarse.

—Realmente espero que me hagas rogar.

El gruñido que le dio como respuesta hizo que el calor brotara en su entrepierna.

Sin embargo, la sensación duró como un minuto. Dorian se quedó vigilando la entrada y Rowan se adelantó. En unos cuantos pasos dentro del laberinto de muros y pilares derruidos Aelin se quedó sola con la bruja quien se veía más aburrida que nada. Era una reacción apropiada, después de todo a ella la arrastraron hasta ese sitio.

556

Avanzaban por el agua lo más silenciosamente posible entre arcos y pilares altos de roca. Rowan hizo una señal desde un crucero más adelante. Se estaban acercando.

Aelin desenvainó a Goldryn y Manon sacó su propia espada en respuesta.

Aelin arqueó las cejas mientras miraba las dos espadas.

—¿Cómo se llama tu espada?

—Hiendeviento.

Aelin chasqueó la lengua.

—Buen nombre.

—¿La tuya?

—Goldryn.

Un destello de dientes de hierro que se asomaron en una media sonrisa.

—No es tan buen nombre.

—Culpa a mi ancestro.

Ella ciertamente lo culpaba. Por muchas, muchas cosas.

Llegaron al crucero y vieron dos opciones, una a la izquierda y la otra a la derecha. Ninguna de las dos opciones dejaba en claro que fuera el camino más directo al centro de las ruinas.

Rowan le dijo a Manon:

—Tú ve a la izquierda. Silba si encuentras algo.

Manon avanzó entre rocas, agua y juncos, con los hombros tan tensos que era obvio que no le gustaba recibir órdenes, pero no era tan tonta como para pelear con él.

Aelin sonrió un poco al pensar en eso y ella y Rowan continuaron. Ella pasó su mano libre sobre las paredes talladas y dijo despreocupadamente:

—Ese amanecer en que Mala se te apareció... ¿qué te dijo exactamente?

Él volteó a verla.

—¿Por qué?

El corazón de Aelin empezó a latir desbocado y tal vez sería una cobarde por mencionarlo hasta ese momento...

Rowan la tomó del codo, leyó su cuerpo, olfateó su miedo y su dolor.

—Aelin.

Ella se preparó, nada salvo roca, agua y arbustos a su alrededor, y dieron la vuelta a una esquina.

Y ahí estaba.

Incluso Rowan olvidó exigir la respuesta a lo que ella estaba a punto de decirle cuando miraron el espacio abierto flanqueado por muros derruidos y acentuado con los pilares caídos. Y, en el extremo norte...

—Qué sorpresa —murmuró Aelin—. Hay un altar.

—Es un cofre —la corrigió Rowan con una media sonrisa—. Tiene tapa.

—Aún mejor —dijo ella y le dio un codazo. Sí... sí, le diría después.

El agua que los separaba del cofre estaba inmóvil y brillaba con tonos plateados. Estaba demasiado turbia como para discernir un fondo más allá de los escalones que llevaban a la plataforma. Aelin buscó su magia de agua, con la esperanza de que le susurrara qué había bajo la superficie, pero sus flamas estaban ardiendo con demasiada fuerza.

Del otro lado se escuchó salpicar agua y Manon apareció detrás del muro frente a ellos. Estaba concentrada en el gran cofre de piedra en al fondo del espacio. La roca estaba cuarteada, llena de hierba y enredaderas. Empezó a avanzar por el agua un paso a la vez.

Aelin dijo:

—No toques el cofre.

Manon sólo la miró un momento y siguió avanzando hacia la plataforma.

Aelin atravesó el espacio también, intentando no resbalar en el piso. Salpicó agua sobre los escalones de la plataforma al subirlos. Rowan venía pocos pasos detrás de ella.

Manon se inclinó sobre el cofre para estudiar la tapa, pero no lo abrió. Aelin se percató de que estaba estudiando las incontables marcas del Wyrd grabadas en la roca.

Nehemia sabía usar esas marcas. Se las enseñaron y ella las sabía leer con suficiente fluidez para usar su poder. Aelin nunca le preguntó cómo, por qué, ni cuándo.

Pero aquí había marcas del Wyrd. En el centro de Eyllwe. Aelin se acercó a Manon y examinó la tapa detenidamente.

—¿Sabes qué son?

Manon se quitó un mechón de su cabello blanco y largo de la cara.

—Nunca había visto estas marcas.

Aelin examinó unas cuantas y se esforzó por encontrar la traducción.

—Algunas son símbolos que nunca había visto antes. Otras sí —se rascó la cabeza—. ¿Deberíamos lanzarle una roca y ver qué hace? —preguntó y giró hacia donde estaba Rowan que miraba por encima de su hombro.

Pero un latido hueco de aire vibró a su alrededor. Silenció el incesante zumbido de los habitantes del pantano. Y en ese silencio absoluto se escuchó un ladrido de sorpresa de Fenrys que hizo que Aelin y Manon se pusieran en posiciones defensivas lado a lado. Como si hubieran hecho eso cien veces antes.

Pero Rowan estaba quieto y miraba los cielos grises, las ruinas, el agua.

—¿Qué pasa? —exhaló Aelin.

Antes de que el príncipe pudiera responderle, Aelin lo sintió otra vez. Un viento pulsante y oscuro que *exigía* su atención. No era el Valg. No, esa oscuridad nacía de otro lugar.

—Lorcan —exhaló Rowan con una mano en la espada pero sin desenfundarla.

—¿Esa es su magia? —preguntó Aelin con un estremecimiento al sentir ese viento besado por la muerte. Lo intentó alejar con un manotazo, como si fuera un mosquito. La magia chasqueó contra ella en respuesta.

—Es su señal de advertencia —murmuró Rowan.

—¿Contra qué? —preguntó Manon bruscamente.

Rowan se puso en movimiento en un instante. Escaló los muros con facilidad aunque la piedra se desmoronaba bajo sus pies. Se equilibró en la parte superior y estudió la tierra a ambos lados de la pared.

Luego bajó con la misma facilidad y la salpicadura que provocó al chocar con las piedras hizo eco en el lugar.

Lysandra se deslizó entre unas hierbas y se detuvo con un movimiento rápido de su cola escamosa mientras Rowan decía con demasiada tranquilidad.

—Se acerca una legión aérea.

—¿Dientes de Hierro? —preguntó Manon.

—No —respondió Rowan y miró a Aelin con una calma helada que lo había ayudado a sobrellevar siglos de batalla—. Ilken.

—¿Cuántos? —preguntó Aelin con la voz distante y hueca.

Rowan tragó saliva y entonces ella supo que esas miradas al horizonte y a las tierras a su alrededor no eran para averiguar cómo ganar la batalla que se acercaba sino para buscar cualquier posibilidad de sacarla de ahí. Aunque el resto de ellos tuviera que ganar tiempo con sus propias vidas.

—Quinientos.

# CAPÍTULO 55

El aliento de Lorcan le quemaba en la garganta con cada inhalación, pero siguió corriendo por el pantano mientras Elide avanzaba laboriosamente a su lado, sin quejarse, sólo miraba de vez en cuando hacia el cielo con sus ojos oscuros muy abiertos.

Lorcan envió otro pulso de su poder. No hacia el ejército alado que avanzaba un poco adelante de ellos sino más allá, hacia donde fuera que Whitethorn y su reina perra estuvieran en este sitio corrompido. Si esos ilken los alcanzaban antes de que Lorcan llegara, la llave del Wyrd que traía la perra se perdería. Y Elide... Hizo a un lado esos pensamientos.

Los ilken volaban rápida y constantemente hacia lo que parecía ser el corazón de los pantanos. ¿Qué demonios había llevado a la reina a ese lugar?

Elide empezó a flaquear y Lorcan la sostuvo del codo para mantenerla erguida cuando se tropezó con una roca. Tenían que avanzar más rápido. Si los ilken los encontraban desprevenidos, si se robaban su venganza y esa llave...

Lorcan empezó a enviar pulso tras pulso de poder en todas direcciones.

Además de resguardar la llave, él no quería ver la cara de Elide si los ilken llegaban primero. Si ellos se topaban con lo que quedara de la escupefuego y su corte.

No había ningún sitio a donde ir.

En el corazón de esa planicie putrefacta, no había dónde correr ni dónde esconderse.

Erawan los rastreó hasta ese sitio. Envió quinientos ilken para que fueran por ellos. Si los ilken los encontraron en el mar y en ese páramo infinito, sin duda los podrían encontrar si intentaban esconderse entre las rocas.

Se reunieron en silencio a la orilla de las ruinas sobre una colina con pastos y observaron cómo esa masa negra tomaba forma. En lo profundo de las ruinas a sus espaldas, el cofre esperaba. Intacto.

Aelin sabía que el candado no ayudaría, además desperdiciarían tiempo si abrían su contenedor. Brannon podía formarse en la fila de quejas.

Y Lorcan... en alguna parte allá afuera. Pensaría en eso después. Al menos Fenrys y Gavriel se quedaron y no corrieron a cumplir con la orden de Maeve de matarlo.

Rowan dijo, con los ojos fijos en esas rápidas alas de cuero que se veían en el horizonte:

—Usaremos las ruinas como ventaja. Los obligaremos a juntarse en zonas clave.

Como una nube de langostas, los ilken bloqueaban el cielo, la luz. Una calma amortiguada y entumecida cubrió a Aelin.

Ocho contra quinientos.

Fenrys rápidamente se ató el cabello dorado.

—Los dividimos y los matamos. Antes de que puedan acercarse lo suficiente. Mientras estén en el aire.

Golpeó el pie en el piso y aflojó los hombros haciendo círculos, como si se sacudiera ese juramento de sangre que le rugía que fuera a cazar a Lorcan.

—Hay otra manera —dijo Aelin con la voz ronca.

—No —fue la respuesta de Rowan.

Ella tragó saliva y levantó la barbilla.

—No hay nada ni nadie aquí afuera. El riesgo de usar esa llave sería mínimo...

Rowan le enseñó los dientes y gruñó:

—No y ya está decidido.

Aelin dijo en voz demasiado baja:

—Tú no me das órdenes.

Pudo ver y sentir cómo enfurecía Rowan a una velocidad impresionante y el príncipe dijo:

—Tendrás que pasar sobre mi cadáver para quitarme esa llave. Y lo decía en serio, la obligaría a matarlo antes de permitirle usar la llave para otra cosa que no fuera el candado.

Aedion dejó escapar una risa grave y amarga.

—Querías enviar un mensaje a nuestros enemigos sobre tu poder, Aelin.

El ejército se acercaba más y más. El hielo y el viento de Rowan la acariciaban mientras él se sumergía en su magia. Aedion movió la barbilla en dirección al ejército que volaba hacia ellos.

—Parece que Erawan mandó su respuesta.

—¿Me culpas por esto? —siseó Aelin.

La mirada de Aedion se oscureció.

—Debimos habernos quedado en el norte.

—Yo no tenía alternativa, te recuerdo.

—Sí la tenías —exhaló Aedion. Nadie, ni siquiera Rowan, intervino—. Tuviste alternativas todo el tiempo y optaste por ostentar tu magia por todas partes.

Aelin sabía muy bien que las llamas brillaban en sus ojos al dar un paso hacia él.

—Entonces supongo que ya superamos esa etapa de "eres perfecta".

Aedion le mostró los dientes.

—Esto no es un juego. Esto es una *guerra* y tú presionaste y presionaste a Erawan para que mostrara sus cartas. Te negaste a consultar tus planes con nosotros, a permitirnos opinar, cuando *nosotros* hemos peleado en guerras...

—No te *atrevas* a culparme de esto.

Aelin miró a su interior, al poder que había ahí dentro. Se sumergió más y más en ese pozo de fuego eterno.

—Este no es el momento —intervino Gavriel.

Aedion le hizo un ademán con la mano. Una orden silenciosa y feroz al León de que se callara la boca.

—¿Dónde están nuestros aliados, Aelin? ¿Dónde están nuestros ejércitos? Lo único que tenemos después de todos nuestros esfuerzos es a un Señor de los Piratas que bien podría cambiar de opinión si se entera de esto por la persona equivocada.

Ella contuvo sus palabras. *Tiempo*. Ella necesitaba *tiempo*...

—Si queremos tener una oportunidad de ganar esta batalla —dijo Rowan—, necesitamos tomar nuestras posiciones.

Las brasas chispearon en las puntas de los dedos de Aelin.

—Lo haremos juntos —intentó no verse ofendida cuando arquearon las cejas y abrieron la boca ligeramente—. La magia tal vez no dure contra ellos, pero el acero sí —hizo un movimiento con la barbilla en dirección de Rowan y Aedion—. Planéenlo.

Así que lo hicieron. Rowan se paró al lado de Aelin con una mano en su espalda. Fue el único consuelo que le dio, él sabía, ambos sabían, que no era una discusión que le correspondía ganar a él.

Rowan le dijo a los machos hada:

—¿Cuántas flechas?

—Diez aljabas, llenas —respondió Gavriel y vio a Aedion que sacaba la espada de Orynth de su espalda y la colgaba a su costado.

En su forma humana, Lysandra se había ido a la orilla del banco de arena, con la espalda rígida al ver a los ilken congregarse en el horizonte.

Aelin dejó a los machos para que se pusieran de acuerdo con sus posiciones y se acercó a su amiga.

—No tienes que pelear. Te puedes quedar con Manon, vigilar la otra dirección.

Manon ya escalaba las paredes de las ruinas con una aljaba con muy pocas flechas colgada a la espalda junto a Hiendeviento. Aedion le ordenó que explorara en la otra dirección y les advirtiera si se acercaba alguna sorpresa. La bruja parecía estar lista para discutir hasta que se dio cuenta de que, al menos en ese campo de batalla, ella no era la depredadora principal.

Lysandra se trenzó el cabello negro, su piel dorada se veía pálida.

—No sé cómo han hecho esto tantas veces. Por *siglos*.

—Honestamente, yo no lo sé tampoco —dijo Aelin y miró por encima del hombro a los machos hada que analizaban las posiciones en el pantano, la dirección del viento, lo que fuera que pudieran usar para su ventaja.

Lysandra se talló la cara y luego enderezó los hombros.

—Las bestias del pantano se enojan rápido. Como alguien que yo conozco —Aelin le dio un codazo a la metamorfa y Lysandra se rio aun cuando el ejército venía en camino—. Puedo hacerlos enojar, amenazar sus nidos. Para que si aterrizan los ilken...

—No tengan que lidiar sólo con nosotros —dijo Aelin y le sonrió a su amiga.

Lysandra seguía pálida y su respiración era superficial. Aelin entrelazó los dedos entre los de su amiga y apretó.

Ella contestó con otro apretón y se soltó para transformarse.

—Les daré una señal cuando termine —murmuró.

Aelin solamente asintió y se quedó en la orilla durante un momento para mirar al ave blanca de patas largas que volaba por el pantano hacia aquella oscuridad creciente.

Volteó hacia los otros a tiempo para ver a Rowan mover la barbilla hacia Aedion, Gavriel y Fenrys:

—Ustedes tres los acorralarán hacia nosotros...

—¿Y ustedes? —preguntó Aedion mirándolos a ella, Rowan y Dorian.

—Yo dispararé primero —dijo Aelin con flamas bailándole en los ojos.

Rowan agachó la cabeza.

—Milady quiere el primer tiro. Tendrá el primer tiro. Y cuando empiecen a dispersarse asustados, nosotros entraremos.

Aedion la miró largamente.

—No falles esta vez.

—Idiota —le respondió ella.

La sonrisa de Aedion no llegó hasta sus ojos cuando fue por unas armas adicionales en sus mochilas. Tomó una aljaba en cada mano y se echó uno de los arcos en la espalda junto con el escudo. Manon ya se había posicionado sobre el muro detrás de ellos y gruñía mientras le ponía la cuerda al otro arco de Aedion.

Rowan le dijo a Dorian:

—Ráfagas cortas. Encuentra tus blancos, el centro de los grupos, y usa sólo la magia que necesites. No la desperdicies toda de un tirón. Apunta a las cabezas, si puedes.

—¿Y cuando empiecen a aterrizar? —preguntó Dorian evaluando el terreno.

—Usa tu escudo y ataca cuando puedas. Mantén siempre la pared en tu espalda, a todas horas.

—No volveré a ser su prisionero.

Aelin intentó no pensar en lo que quería decir con eso.

Pero Manon dijo desde el muro detrás de ellos, con una flecha ya puesta en el arco:

—Si se llega a eso, principito, yo te mataré antes de que puedan hacerlo.

—No harás tal cosa —siseó Aelin.

Ninguno de los dos le hizo caso y Dorian dijo:

—Gracias.

—*Nadie* va a ser tomado prisionero —gruñó Aelin y se alejó.

Y no habría segunda ni tercera oportunidad para hacer ese disparo.

Sólo el primero. Sólo su primer tiro.

Tal vez ya era hora de ver qué tan profundo era ese nuevo pozo de poder. Qué vivía ahí dentro.

Tal vez era momento de que Morath aprendiera a gritar.

Aelin avanzó hasta la orilla del agua y luego saltó hacia la siguiente isla de pasto y roca. Rowan llegó a su lado en silencio y empezó a caminar con ella. Cuando llegaron a la siguiente colina inclinó la cabeza hacia ella. Su piel dorada estaba tensa, sus ojos tan fríos como los de ella.

Su enojo estaba dirigido a ella, tal vez aún más lívido que como lo había sentido en Mistward. Ella le enseñó los dientes con una sonrisa feroz y sombría:

—Ya sé, ya sé. Agrega la sugerencia de usar la llave del Wyrd a esa lista de cosas horribles que hago y digo.

Unas alas de cuero enormes golpearon el aire y gritos agudos al fin empezaron a oírse. A ella le temblaron las rodillas pero controló su miedo. Sabía que Rowan lo podía oler, y los demás también.

Así que se obligó a dar otro paso hacia la planicie empapada y llena de juncos: hacia el ejército ilken. Llegarían a donde estaban ellos en minutos, tal vez menos.

Y el horrendo y miserable de Lorcan los ayudó a ganar un poco de tiempo. Donde fuera que estuviera el infeliz.

Rowan no objetó cuando ella dio otro paso y luego uno más. Tenía que poner distancia entre ella y los demás, tenía que estar segura de que hasta su última brasa llegara a ese ejército y no gastar su fuerza desplazándose mucho para hacerlo.

Lo cual implicaba adentrarse sola en los pantanos. Esperar a que esas cosas estuvieran suficientemente cerca para verles los dientes. Tenían que saber quién iba avanzando entre los juncos hacia ellos. Lo que les haría.

Pero de todas maneras los ilken atacaron.

A la distancia, hacia la derecha, las criaturas del pantano empezaron a rugir, sin duda tras el paso de Lysandra. Ella rezó por que las bestias estuvieran hambrientas. Y por que no les importara comer carne criada en Morath.

—Aelin —dijo la voz de Rowan desde el otro lado de agua, plantas y viento. Ella se detuvo y miró por encima de su hombro hacia el sitio donde él estaba en el banco de arena, como si hubiera sido imposible *no* seguirla.

Los huesos fuertes e inflexibles de su rostro le daban forma a esa brutalidad de guerrero. Pero sus ojos color verde pino brillaban, casi suaves, cuando le dijo:

—Recuerda quién eres. Cada uno de los pasos que des hacia el interior y cada uno de los que des de regreso. Recuerda quién eres. Y que eres mía.

Ella pensó en las nuevas cicatrices delicadas que él tenía en la espalda, marcas de sus propias uñas que él se negó a sanar con su magia y dejó que cicatrizaran con agua de mar. La sal dejó las cicatrices grabadas en su piel antes de que el cuerpo inmortal las pudiera sanar. Sus marcas de proclamación, le suspiró en su boca la última vez que estuvo dentro de ella. Para que él y cualquiera que las viera supiera que él era de ella. Que él era de ella así como ella era de él.

Y porque él era de ella, porque *todos* eran de ella...

Aelin le dio la espalda a Rowan y corrió por la planicie.

Con cada uno de los pasos que dio hacia el ejército cuyas alas ya empezaba a distinguir, se cuidó de las bestias que Lysandra alborotó mientras empezó un descenso rápido y mortal hacia el núcleo de su magia.

Estuvo esperando en un nivel intermedio de su poder durante días, mientras observaba el abismo de materia fundida y agitada hasta el fondo. Rowan sabía. Fenrys y Gavriel definitivamente. Los había estado escudando, les secaba la ropa, mataba los insectos que los acosaban... todas fueron maneras sencillas de aliviar la tensión, para mantenerse estable, para acostumbrarse a su profundidad y su presión.

Porque mientras más se introducía en su poder, su cuerpo y su mente quedaban más apretados bajo la presión de la magia. Eso era el agotamiento, cuando ganaba esa presión, cuando la magia se vaciaba demasiado rápido o con demasiada ansia, cuando estaba agotada y el portador trataba de todas maneras de buscar más abajo de lo que debía.

Aelin se detuvo en seco en el corazón de la planicie. Los ilken ya la habían visto corriendo y volaban hacia ella.

No se dieron cuenta de que tres machos estaban en sus puestos y tenían los arcos listos para empujar a los soldados de Erawan hacia sus flamas.

Si pudiera quemar sus defensas. Tendría que sacar todo el poder que pudiera para incinerarlos a todos. El verdadero poder de Aelin la Portadora de Fuego. Ni una brasa menos.

Así que Aelin abandonó toda fachada de civilización, de conciencia, reglas y humanidad y se sumergió en su fuego.

Voló hacia ese abismo en llamas y sólo conservó una conciencia lejana de la humedad que se presionaba contra su piel, de la presión que se acumulaba en su cabeza.

Se dejaría caer hasta el fondo y luego se impulsaría para sacar todo su poder con ella hacia la superficie. Pesaría mucho.

Y sería la prueba, la verdadera prueba de control y fuerza. Era fácil, tan fácil clavarse en el corazón de fuego y ceniza. La parte difícil era subir, en ese momento era posible el rompimiento.

Aelin se sumergió en su poder, más y más profundamente. A través de unos ojos distantes y mortales, notó que los ilken se acercaban más. Sería un acto de misericordia... Si habían sido humanos, tal vez borrarlos del mapa sería un acto de misericordia.

Aelin supo que había llegado al fondo anterior de su poder gracias a las campanadas de advertencia de su sangre que tañían cuando pasó. Que tañían cuando ella se lanzó a las profundidades ardientes del infierno.

La reina de Flama y de Sombra, la Heredera de Fuego, Aelin del Fuego Salvaje, Corazón de Fuego...

Fue avanzando en llamas por cada título mientras se convertía en ellos, se convertía en lo que los embajadores extranjeros habían dicho cuando informaron sobre el poder creciente e inestable de una niña reina de Terrasen. Una promesa que fue susurrada en la oscuridad.

La presión empezó a aumentar en su cabeza, en sus venas.

Muy atrás, fuera de su rango, sintió los destellos de la magia de Rowan y de Dorian mientras juntaban su poder para los tiros que responderían al de ella.

Aelin volaba en una zona desconocida de su poder.

El infierno seguía y seguía.

# CAPÍTULO 56

Lorcan sabía que avanzaban muy lentamente, con o sin la advertencia.

Elide jadeba y se tambaleaba cuando Lorcan se detuvo en el borde de una planicie enorme e inundada. Ella se quitó un mechón de cabello de la cara y en su mano brilló el anillo de Athril. No le preguntó a Lorcan de dónde lo había sacado ni lo que hacía cuando se lo puso en el dedo esa mañana. Él sólo le dijo que nunca se lo quitara, que tal vez sería lo único que la mantendría a salvo de los ilken, de Morath.

La fuerza avanzó hacia el norte, alejándose del lugar hacia donde avanzaban Lorcan y Elide, sin duda para buscar un mejor acercamiento. Y en el extremo de la planicie, demasiado lejos para que pudieran distinguirlo con claridad los ojos humanos de Elide, se podía ver el brillo del cabello plateado de Whitethorn y al rey de Adarlan a su lado. Una magia brillante y fría volaba a su alrededor. Y más lejos...

Dioses. Gavriel y Fenrys estaban en los juncos con los arcos preparados. Y el hijo de Gavriel. Todos apuntaban al ejército que se acercaba. Esperaban...

Lorcan miró hacia donde todos ellos tenían puesta la mirada.

No miraban al ejército que se les acercaba.

Sino a la reina que estaba parada sola en el corazón de la planicie inundada.

Lorcan se dio cuenta un instante demasiado tarde que él y Elide estaban del lado equivocado de la línea de demarcación, demasiado al norte del sitio donde los compañeros de Aelin esperaban seguros detrás de ella.

Se dio cuenta en el instante exacto en que los ojos de Elide cayeron en la mujer de cabello dorado que enfrentaba al ejército. Sus brazos se quedaron colgando a los lados. Su cara se quedó sin color.

Elide se tambaleó un paso más, un paso en dirección a Aelin y emitió un quejido.

En ese momento él lo sintió.

Lorcan lo había sentido antes, ese día en Mistward. Cuando la reina de Terrasen terminó con los príncipes del Valg, cuando su poder fue un gigante que salía de las profundidades y que puso a temblar al mundo.

Eso no fue nada, *nada*, comparado con el poder que en ese momento rugió en el mundo.

Elide se tropezó y miró la tierra porosa del pantano cuando empezó a ondear el agua.

Se acercaban quinientos ilken. La gente de Aelin reconoció la advertencia de Lorcan y les tendieron una trampa a las bestias.

Y ese poder... el poder que ahora Aelin sacaba de ese agujero infernal que estaba dentro de ella, de ese pozo de fuego que estaba condenada a soportar... Ese poder arrasaría con ellos.

—¿Qué es...? —murmuró Elide, pero Lorcan se abalanzó hacia ella y la derribó. Cubrió el cuerpo de Elide con el suyo. Después les puso un escudo encima y se metió rápida y profundamente en su magia, casi de manera descontrolada. No tuvo tiempo de hacer nada más que depositar todo su poder en su escudo, en esa barrera que evitaría que se derritieran hasta convertirse en nada.

No debería haber desperdiciado su esfuerzo para advertirles. No porque probablemente ahora los matarían a él y a Elide.

Whitethorn sabía, desde Mistward, que la reina todavía no había llegado al fondo de su herencia. Sabía que este tipo de poder llegaba una vez en eones, y servirlo, servir a *ella*...

Una corte que no sólo cambiaría el mundo. Empezaría el mundo de nuevo.

Una corte que conquistaría ese mundo, y cualquier otro mundo que quisiera.

*Sí* quisiera. Si esa mujer en la planicie así lo deseaba. Y esa era la cuestión, ¿no?

—Lorcan —susurró Elide con la voz quebrada por querer ver a la reina o por temor a ella, Lorcan no supo distinguir.

No tuvo tiempo de adivinar porque un rugido feroz subió de los juncos. Una orden.

Y entonces una oleada de flechas, que apuntaban de manera precisa y brutal, volaron desde los pantanos para atacar los flancos externos del grupo de ilken. Distinguió las flechas de Fenrys por las puntas negras que encontraban sus blancos fácilmente. El hijo de Gavriel tampoco fallaba. Los ilken empezaron a caer del cielo y los otros chocaban unos con otros aterrados volando hacia el centro del grupo.

Justo donde la reina de Terrasen liberó toda la fuerza de su magia sobre ellos.

En el momento que Lysandra rugió para indicar que las bestias del pantano esperaban y que ella ya estaba segura detrás de la línea de fuego, al mismo tiempo que los ilken llegaron tan cerca de Aedion que podía tirarlos del cielo como gansos, la reina hizo erupción.

A pesar de que Aelin disparó lejos de ellos, a pesar del escudo de Rowan, el calor de ese fuego *quemaba*.

—Dioses —dijo Aedion y retrocedió tambaleándose entre los juncos, más lejos de la línea de ataque de Aelin—. Santos malditos dioses.

El centro de la legión no tuvo oportunidad ni siquiera de gritar cuando los arrasó un mar de flamas.

Aelin no era una salvadora con quien unirse sino un cataclismo que sobrevivir.

El fuego se hizo más caliente. Sus huesos crujieron y el sudor se le acumuló en la frente. Pero Aedion tomó una nueva posición y volteó para asegurarse que su padre y Fenrys hubieran hecho lo mismo del otro lado de la planicie antes de apuntar a los ilken que se escapaban del camino de las flamas. Aprovechó bien las flechas que tenía.

Empezaron a caer cenizas como una nevada lenta y constante.

Pero era necesario hacerlo más rápido. Como si percibieran que Aelin flaqueaba, el hielo y el viento hicieron erupción en las alturas.

En los lugares donde las flamas doradas y rojas no derritieron a la legión de Erawan, Dorian y Rowan los destrozaron.

Los ilken resistían como si fueran una mancha de oscuridad muy difícil de eliminar.

Aelin seguía ardiendo. Aedion no alcanzaba a verla siquiera en el corazón de ese poder.

Tendría un precio, seguramente ese poder tendría un precio.

Ella nació sabiendo cuál era el peso de su corona, de su magia. Sintió su aislamiento mucho antes de alcanzar la adolescencia. Y eso parecía ser suficiente castigo, pero... tenía que haber un precio.

"El precio no tiene nombre". Eso dijo la bruja.

El brillo del entendimiento apareció en las orillas de la mente de Aedion, justo fuera de su alcance. Disparó su penúltima flecha en medio de los ojos de un ilken frenético.

Uno por uno sintió que esa resistencia a la magia que les habían inculcado empezó a ceder a los embates del hielo, el viento y las llamas.

Y entonces Whitethorn caminó hacia la tormenta de fuego a quince metros de distancia frente a ellos. Hacia Aelin.

Lorcan sostuvo a Elide contra la tierra y utilizó todas las sombras y toda la oscuridad que poseía en el escudo. Las flamas eran tan calientes que el sudor empezó a rodarle por la frente, a caer en el cabello sedoso de Elide que estaba desparramado en el musgo verde. El agua del pantano a su alrededor hervía.

*Hervía*. Los peces empezaron a flotar, muertos. Los pastos se secaron y se incendiaron. Todo el mundo era un reino infernal sin principio ni fin.

El alma destrozada y oscura de Lorcan inclinó la cabeza hacia arriba y rugió al unísono con el canto ardiente del poder de Aelin.

Elide estaba intentando encogerse aún más. Tenía los puños enrollados en la camisa de Lorcan y el rostro enterrado contra su cuello. Él apretaba los dientes y soportaba la tormenta de fuego. No sólo era fuego, se dio cuenta Lorcan. Sino viento y hielo. Otras dos magias poderosas se habían unido a la de ella para destrozar a los ilken. Y a su propio escudo.

Oleada tras oleada, la magia golpeaba su poder. Alguien con un don menos poderoso probablemente se hubiera resquebrajado, una magia menor hubiera intentado pelear y no sólo permitir que el poder fluyera sobre ellos.

Si Erawan le ponía un collar en el cuello a Aelin Galathynius... todo estaría terminado.

Encadenar a esa mujer, ese poder... ¿El collar siquiera sería capaz de controlar *eso*?

Hubo movimiento entre las flamas.

Whitethorn avanzaba con calma por los pantanos hirvientes.

Las flamas ondeaban alrededor del domo que hacía el escudo de Rowan, se arremolinaban con su viento helado.

Sólo un macho que hubiera perdido la razón se metería a esa tormenta.

Los ilken morían y morían y morían, lenta y no muy limpiamente, cuando su magia oscura les fallaba. Los que intentaban huir de la flama, el hielo o el viento caían presas de las flechas. Aquellos que lograban aterrizar eran destrozados por colmillos, garras y colas escamosas.

Sacaron todo el provecho posible de la advertencia que les envió. Rápidamente armaron una trampa para los ilken. Que hubieran caído con tanta facilidad...

Rowan alcanzó a la reina en el corazón del pantano cuando sus flamas se apagaron. El propio viento de él también se apagó y unas láminas de hielo implacable destrozaron a los pocos ilken que quedaban aleteando en los cielos.

Empezó a llover ceniza y hielo brillante, grueso y en remolinos. Las brasas bailaban entre los montones de carne en el suelo que habían sido los ilken. No había supervivientes. Ni uno.

Lorcan no se atrevió a levantar su escudo.

No mientras el príncipe avanzó hacia la pequeña isla donde estaba la reina. No cuando Aelin volteó a ver a Rowan. La única flama que quedaba era una corona de fuego sobre su cabeza.

Lorcan observó en silencio cuando Rowan le pasó una mano por la cintura y con la otra le sostuvo la mejilla para besarla.

Unas brasas le revolvieron el cabello suelto y ella pasó los brazos alrededor del cuello de Rowan y se acercó más a él. Una corona de flamas doradas se encendió sobre la cabeza de Rowan, la gemela de la que Lorcan vio brillar aquel día en Mistward.

Conocía a Whitethorn. Sabía que el príncipe no era ambicioso, no de la manera que podían serlo los inmortales. Probablemente amaba a esa mujer aunque fuera ordinaria. Pero ese poder...

En el páramo de su alma, Lorcan sintió un tirón. Lo odió.

Era la razón por la cual Whitethorn avanzó hacia ella, por qué Fenrys ahora iba a mitad de la planicie, con toda la atención puesta en el sitio donde estaban ellos abrazados.

Elide se movió debajo de él.

—¿Ya... ya terminó?

Al ver el calor del beso entre la reina y el príncipe, Lorcan no estaba seguro de qué decirle a Elide. Pero le permitió salir de debajo de él y ponerse de pie para mirar las dos figuras en el horizonte. Él se puso de pie para verlos también.

—Los mataron a todos —exhaló Elide.

Toda una legión, desaparecida. No había sido fácil pero... lo lograron.

La ceniza seguía cayendo y se acumulaba en el cabello oscuro y sedoso de Elide. Él gentilmente le quitó un poco y luego le puso un escudo encima para que no siguiera cayendo sobre ella.

No la había tocado desde la noche anterior. No habían tenido tiempo y él no había querido pensar en lo que su beso le había provocado. Cómo lo había destrozado y seguía haciendo que se le retorciera el estómago de maneras que no sabía si podría tolerar.

Elide dijo:

—¿Qué hacemos ahora?

A él le tomó un momento darse cuenta de qué quería decir. Aelin y Rowan finalmente se separaron aunque el príncipe se agachó para besarle el cuello.

Entre las hadas, el poder atraía al poder. Tal vez Aelin Galathynius tuvo la mala suerte de que el poder de Maeve atrajera al equipo mucho antes de que ella naciera, que se hubieran encadenado a ella.

Tal vez ellos eran los que tenían mala suerte, por no esperar algo mejor.

Lorcan negó con la cabeza para sacudirse esos pensamientos inútiles y traicioneros.

Esa era Aelin Galathynius. Vacía de poder.

Lo sintió en ese momento, la completa ausencia de sonidos, sentimientos o calor donde unos momentos antes había una tormenta rugiente. Un frío que acechaba.

Ella había vaciado toda su magia. Todos la habían vaciado. Tal vez Whitethorn se acercó a ella, la abrazó, no porque quisiera hacerla suya en medio del pantano, sino para mantenerla de pie cuando se agotó su poder. Cuando ella quedó vulnerable.

Vulnerable ante cualquier ataque.

"¿Qué hacemos ahora?", había preguntado Elide.

Lorcan sonrió un poco.

—Vamos a saludar.

Ella se sorprendió ante su cambio de tono.

—Tú no estás en plan amistoso.

Ciertamente no, ni lo estaría, no mientras la reina estuviera a la vista. No cuando ella tenía esa llave del Wyrd, la hermana de la que traía Elide.

—No me atacarán —dijo él y empezó a avanzar hacia ellos. El agua del pantano estaba muy caliente todavía y él miró con desagrado los peces que flotaban con los ojos lechosos abiertos hacia el cielo. Entre las ondas del agua también flotaban ranas y otras bestias.

Elide siseó al entrar al agua caliente pero lo siguió.

Lentamente, Lorcan se fue acercando a su presa, demasiado concentrado en la perra escupefuego para darse cuenta de que Fenrys y Gavriel habían desaparecido de sus posiciones en los juncos.

# CAPÍTULO 57

Cada paso hacia Aelin era una eternidad... y cada paso, de cierta manera, también era demasiado rápido.

Elide nunca había estado más consciente de su cojeo. De su ropa sucia, de su cabello largo y sin forma, de su cuerpo pequeño y la ausencia de dones discernibles.

Se había imaginado el poder de Aelin, había soñado cómo destrozó el castillo de cristal.

No consideró que la realidad de verlo liberado haría que sus huesos temblaran de terror. O que los otros poseerían unos dones tan impresionantes también: hielo y viento entrelazados con fuego hasta que lo único que llovía era muerte. Casi se sintió mal por los ilken que masacraron. Casi.

Lorcan estaba callado. Tenso.

Ella podía leer sus estados de ánimo, las pequeñas pistas que él pensaba que nadie podía detectar. Pero ahí estaba, ese pequeño movimiento del lado izquierdo de su boca. Eso era su intento por suprimir la rabia que sentía. Y ese ligero ángulo en el que inclinaba su cabeza hacia la derecha... eso significaba que evaluaba y revaluaba todo lo que los rodeaba, las armas y obstáculos a la vista. Le quedó claro que Lorcan no pensaba que ese encuentro fuera a salir bien.

Anticipaba pelear.

Pero Aelin, *Aelin*, volteó hacia ellos en su montículo de pasto. Su príncipe de cabello plateado giró con ella. Dio un paso al frente para escudarla. Aelin dio un paso al lado y lo rodeó. Él intentó volverla a bloquear. Ella le dio un codazo y permaneció a su lado. El príncipe de Doranelle, el amante de la reina. ¿Cuánta influencia tendría su opinión sobre Aelin? Si él odiaba a Lorcan, ¿su desprecio y desconfianza hacia ella serían también inmediatos?

Debería haberlo pensado, cómo se vería que estuviera con Lorcan. Acercarse con Lorcan.

—¿Estás arrepintiéndote de tu elección de aliados? —preguntó Lorcan con calma cortante. Como si él también pudiera leer sus expresiones.

—Envía cierto mensaje, ¿no?

Ella podría jurar que algo parecido a la ofensa pasó por un instante en sus ojos. Pero como era típico de Lorcan, como cuando ella le gritó en esa barcaza, casi no reaccionó.

Él dijo fríamente:

—Parece ser que nuestro trato está a punto de terminar de todas maneras. Yo me aseguraré de explicarles los términos, no te preocupes. Odiaría que ellos pensaran que te rebajaste a estar conmigo.

—Eso no es lo que quise decir.

—No me importa —resopló él.

Elide se detuvo, quería decirle que era un mentiroso, en parte porque sabía que *estaba* mintiendo y en parte porque a ella le dolía el pecho con esas palabras. Pero permaneció en silencio y dejó que él siguiera caminando. La distancia entre ellos se hacía mayor con cada uno de los pasos furiosos que él daba.

¿Pero qué le iba a decir a Aelin? *¿Hola? ¿Cómo estás? ¿Por favor no me quemes? ¿Perdón por estar tan sucia y tullida?*

Una mano amable le tocó el hombro. "Presta atención. Mira a tu alrededor".

Elide levantó la vista que estaba fija en su ropa sucia. Lorcan estaba a poco más de seis metros de distancia y los demás eran unas figuras en el horizonte.

La mano invisible en su hombro la apretó. "Observa. Mira".

¿Mirar qué? A la derecha llovían cenizas y hielo. A la izquierda estaban las ruinas. Y nada salvo el pantano abierto se extendía hacia el frente. Pero Elide se detuvo y miró el mundo a su alrededor.

Algo estaba mal. Algo hizo que las criaturas que sobrevivieron a la tormenta de magia se quedaran en silencio. Los pastos quemados se movieron y suspiraron.

Lorcan continuó avanzando con la espalda recta, aunque no había tomado sus armas.

"Mira mira mira".

¿*Qué*? Se dio la vuelta pero no encontró nada. Abrió la boca para llamar a Lorcan.

Unos ojos dorados brillaron a menos de treinta pasos al frente.

Unos ojos dorados enormes fijos en Lorcan que caminaba a pocos metros de distancia. Un león, un gato montés, listo para atacar, para desgarrar músculos y tronar huesos...

*No*...

La bestia salió como en una explosión entre los pastos quemados.

Elide gritó el nombre de Lorcan.

Él giró pero no hacia el león. Hacia ella, ese rostro furioso volteó hacia *ella*...

Pero ella corría a pesar del dolor agudo de su pierna y Lorcan al fin se percató del ataque que estaba a punto de caer sobre él.

El león lo alcanzó y esas garras gruesas se dirigieron a la parte baja de su cuerpo mientras los dientes se fueron directo a su garganta.

Lorcan sacó el cuchillo de cacería, tan rápido que sólo fue un destello de luz gris sobre acero.

Bestia y macho hada cayeron, directo al agua lodosa.

Elide corrió hacia él y se le escapó un grito. No era un gato montés normal. Nada por el estilo. Era obvio por la manera en que anticipaba todos los movimientos de Lorcan mientras rodaban por el agua, esquivaban y atacaban, la sangre brotaba, la magia chocaba, escudo contra escudo...

Luego el lobo atacó.

Un lobo blanco enorme que salió corriendo de la nada, salvaje y furioso, con la mirada puesta en Lorcan.

Lorcan se separó del león jadeando y la sangre le corría por el brazo, por la pierna. Pero el lobo había desaparecido en la *nada*. ¿Dónde estaba, dónde estaba...?

Apareció en el aire, como si hubiera cruzado un puente invisible, a tres metros de Lorcan.

No era un ataque. Era una ejecución.

Elide cruzó el espacio entre dos montículos de tierra. El pasto helado le cortó las palmas de las manos, algo crujió en su pierna...

El lobo saltó hacia el cuello vulnerable de Lorcan con los ojos vidriosos por la sed de sangre, sus dientes brillaban.

Elide llegó a la cima de la pequeña colina y el tiempo empezó a dar vueltas bajo ella.

*No no no no no no.*

Unos colmillos feroces se acercaron a la columna de Lorcan.

Entonces él la escuchó, escuchó el fuerte sollozo que ella emitió cuando se lanzó hacia él.

A Lorcan se le abrieron los ojos con lo que parecía ser terror cuando ella chocó contra su espalda desprotegida.

Y él se percató del golpe mortal que no venía del león frente a él, sino del lobo cuya mandíbula se cerró alrededor del brazo de Elide en vez del cuello de Lorcan.

Ella podría jurar que al lobo se le abrieron los ojos con terror cuando intentó frenar el golpe físico, cuando un escudo oscuro y rígido chocó con ella y le robó el aliento con su solidez inflexible.

Sangre, dolor, hueso, pasto y furia rugiente.

El mundo se ladeó cuando ella y Lorcan cayeron. El cuerpo de Elide cayó sobre el de él y la mandíbula del lobo se desenganchó de su brazo.

Ella se quedó sobre Lorcan, esperaba que el lobo y el león terminaran lo que habían empezado, que tomaran su cuello entre sus mandíbulas y presionaran hasta romperlo.

No llegó el ataque. El silencio abrió un agujero en el mundo.

Lorcan la volteó hacia él, cuando observó su cara y su brazo su respiración era entrecortada, su rostro estaba ensangrentado y pálido.

—*ElideElideElide*...

Ella no podía respirar, no podía percibir más allá de la sensación de que su brazo era sólo carne desgarrada y huesos astillados.

Lorcan le sostuvo la cara antes de que pudiera ver y le dijo:

—¿Por qué hiciste eso? *¿Por qué?*

No esperó la respuesta. Levantó la cabeza y gruñó con tal ferocidad que el sonido hizo eco en sus huesos, haciendo que el dolor de su brazo aumentara tan violentamente que gimió.

Él le gruñó al león y al lobo. Su escudo era un viento color obsidiana alrededor de ellos.

—Dense por muertos. Los dos dense por *muertos*...

Elide movió la cabeza lo suficiente para alcanzar a ver al lobo blanco mirándolos. A Lorcan. Vio al lobo cambiar en un destello de luz para convertirse en el hombre más hermoso que jamás había visto. Su rostro color dorado se puso tenso al ver su brazo. Su brazo, su brazo...

—Lorcan, son órdenes —dijo una voz extraña y amable desde el sitio donde el león, también, se había transformado en macho hada.

—Que se vayan al infierno tus malditas órdenes, infeliz...

El guerrero lobo siseó y su pecho se elevaba con su respiración.

—No podemos luchar contra el comando mucho tiempo más, Lorcan.

—Baja el escudo —dijo el más tranquilo—. Puedo sanar a la chica. Dejar que se vaya.

—Los mataré a ambos —juró Lorcan—. Los *mataré*...

Elide miró su brazo.

Le faltaba un pedazo. Del antebrazo. La sangre salía a toda velocidad hacia los restos quemados del pasto. El hueso blanco sobresalía...

Tal vez empezó a gritar, a llorar o a sacudirse en silencio.

—*No mires* —le dijo Lorcan bruscamente y le sostuvo la cara para que lo viera a los ojos.

Tenía el rostro cubierto de tal ira que apenas lo reconoció, pero no hizo ningún movimiento contra los machos.

Se le había terminado el poder. Casi se le había terminado con el escudo contra la flama de Aelin y contra cualquier otra magia en la batalla. Este escudo... esto era lo único que le quedaba a Lorcan.

Y si lo bajaba para que la pudieran sanar... lo matarían. Él les advirtió sobre el ataque y de todas maneras lo matarían.

Aelin... dónde estaba *Aelin*...

El mundo empezó a oscurecerse en los bordes, su cuerpo empezó a rogarle que se rindiera en vez de seguir soportando el dolor que reordenaba todo en su vida.

Lorcan se tensó como si percibiera el olvido acechante.

—Sánala —le dijo al macho de ojos amables— y luego continuaremos...

—No —dijo ella.

No por este motivo, no por *ella*...

Los ojos de ónix de Lorcan no eran legibles cuando estudió su cara. Y entonces le dijo en voz baja.

—Quería ir a Perranth contigo.

Lorcan dejó caer el escudo.

No fue difícil decidir. Y no lo asustaba. No tanto como la herida fatal en el brazo de ella.

Fenrys había cortado una arteria. Ella se desangraría en minutos.

Lorcan nació de y con un don de la oscuridad. Regresar a ella no sería tarea difícil.

Pero permitir que esa luz brillante y hermosa frente a él se apagara... En sus huesos antiguos y amargos no podía aceptarlo.

La habían olvidado, todos y todo. Y de todas maneras ella tenía esperanza. Y de todas maneras había sido amable con él.

Y de todas maneras le había ofrecido un atisbo de paz en el tiempo que llevaban de conocerse.

Le había ofrecido un hogar.

Él sabía que Fenrys no podría pelear contra las órdenes de Maeve de matarlo. Sabía que Gavriel honraría su palabra y la sanaría, pero Fenrys no resistiría el poder del juramento de sangre. Sabía que el infeliz se arrepentiría. Sabía que el lobo se horrorizó cuando Elide se interpuso entre ellos.

Lorcan bajó el escudo y rezó para que ella no fuera testigo del derramamiento de sangre. Cuando él y Fenrys pelearan garra a garra y colmillo a colmillo. Él duraría un rato contra el guerrero. Hasta que regresara Gavriel.

El escudo desapareció y Gavriel llegó instantáneamente a arrodillarse junto a Elide y estiró sus manos grandes hacia el brazo herido. El dolor la tenía paralizada pero intentó decirle a Lorcan que corriera, que volviera a poner el escudo...

Lorcan se puso de pie y bloqueó las súplicas de Elide.

Enfrentó a Fenrys. El guerrero temblaba del esfuerzo por controlarse, con las manos apretadas a sus costados para evitar buscar sus cuchillos.

Elide seguía llorando, seguía suplicándole.

Las facciones tensas de Fenrys estaban llenas de arrepentimiento.

Lorcan sólo le sonrió al guerrero.

Eso hizo que Fenrys perdiera el control.

Su centinela saltó hacia él con la espada desenvainada y Lorcan levantó la suya. Ya sabía qué movimiento planeaba usar Fenrys. Lo había entrenado para saber cómo hacerlo. Y él sabía que Fenrys bajaba la guardia del lado izquierdo, sólo un instante, y exponía el cuello...

Fenrys aterrizó a su lado y atacó hacia abajo mientras esquivaba a la derecha.

Lorcan inclinó su cuchillo hacia ese cuello vulnerable.

Un viento helado e inquebrantable los sacudió a ambos. Lo que quedaba del viento después de la batalla.

Fenrys se puso de pie, corrompido por su sed de sangre, pero el viento volvió a chocar contra él. Otra vez. Otra vez. Lo mantuvo en el piso. Lorcan luchó contra esa fuerza pero el escudo que les lanzó encima Whitethorn, el poder crudo que estaba usando para mantenerlos inmóviles, era demasiado poderoso para resistirlo en ese momento que su propia magia estaba vacía.

Se escuchó el crujir de botas en el pasto quemado. Tirado en la orilla de una pequeña colina, Lorcan levantó la cabeza. Whitethorn estaba entre él y Fenrys. Los ojos del príncipe estaban vidriosos por la ira.

Rowan miró a Gavriel y Elide. La chica seguía llorando, seguía rogando que terminara todo. Pero su brazo...

Ella tenía un raspón en el brazo blanco como la luna, pero la sanación rápida de Gavriel, que conocía por su experiencia en el campo de batalla, rellenó los agujeros, la carne y los huesos faltantes. Seguramente tuvo que usar toda su magia para...

Gavriel se tambaleó un poco.

La voz de Whitethorn sonaba como grava cuando les dijo a Gavriel y Fenrys:

—Esto se termina en este instante. Ustedes dos no los pueden tocar. Ellos dos están bajo la protección de Aelin Galathynius. Si les hacen daño, se considerará como un acto de guerra.

Eran palabras específicas y antiguas, la única manera en que se podía detener un juramento de sangre. No se podía contradecir pero sí retrasar un poco. Y así ganar tiempo para todos.

Fenrys jadeó pero se pudo notar el alivio en sus ojos. Gavriel se relajó un poco.

Los ojos de Elide seguían nublados por el dolor. Las pecas en sus mejillas contrastaban mucho con la blancura antinatural de su piel.

Whitethorn le dijo a Fenrys y a Gavriel:

—¿Les queda claro qué demonios sucederá si desobedecen?

Para gran sorpresa de Lorcan, inclinaron la cabeza y respondieron:

—Sí, príncipe.

Rowan permitió que los escudos bajaran y entonces Lorcan salió disparado a ver a Elide, quien se esforzó por sentarse y se quedó con la boca abierta al ver su brazo casi curado. Gavriel, sabiamente, retrocedió. Lorcan examinó su brazo, su cara, necesitaba tocarla, olerla...

No se percató de los pasos silenciosos en el pasto que no pertenecían a sus ex compañeros.

Pero reconoció la voz femenina que dijo a sus espaldas:

—¿Qué carajos está pasando aquí?

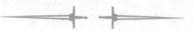

Elide no tenía palabras para expresarle a Lorcan lo que sintió en el instante que él bajó el escudo. Lo que sintió cuando ese príncipe guerrero tatuado y de cabello plateado detuvo el sangrado fatal.

No tenía aliento en su cuerpo cuando miró por encima del hombro de Lorcan y contempló a la mujer de cabello dorado que caminaba hacia ellos.

Joven, pero su rostro... era un rostro antiguo, precavido, astuto y la personificación del poder. Hermosa, con piel besada por el sol y ojos vibrantes color turquesa. Ojos turquesa con un corazón de oro alrededor de la pupila.

Ojos Ashryver.

Eran los mismos ojos de ese hombre apuesto de cabello dorado que se acercó junto a ella. Su cuerpo musculoso estaba tenso en lo que decidía si tendría que derramar sangre. Traía un arco colgando de la mano.

Dos lados de la misma moneda dorada.

Aelin. Aedion.

Ambos la miraban fijamente con esos ojos Ashryver.

Aelin parpadeó. Y su rostro dorado se contrajo cuando dijo:

—¿Eres Elide?

Elide apenas logró asentir. Lorcan estaba tenso como la cuerda de un arco y tenía el cuerpo todavía inclinado sobre ella.

Aelin se acercó sin apartar la vista del rostro de Elide. Joven... Elide se sintió tan joven comparada con la mujer que se acercaba. Las manos de Aelin estaban cubiertas de cicatrices. Tenía también cicatrices en el cuello, en las muñecas... donde había tenido los grilletes.

Aelin cayó de rodillas a unos centímetros de distancia y Elide pensó que debería hacer una reverencia, con la cabeza en la tierra.

—Te pareces... te pareces tanto a tu madre —dijo Aelin con voz quebrada. Aedion se hincó en silencio y puso su mano ancha sobre el hombro de Aelin.

Su madre, que había muerto peleando, que había muerto luchando para que esta mujer pudiera vivir...

—Lo siento —dijo Aelin con los hombros encorvados y la cabeza inclinada. Las lágrimas se deslizaban por sus mejillas ruborizadas—. Lo siento tanto.

¿Cuántos años llevaba guardando esas palabras?

A Elide le dolía el brazo pero eso no evitó que tocara la mano de Aelin que estaba sobre su regazo.

Tocó esa mano bronceada y llena de cicatrices. La piel cálida y pegajosa tocó las puntas de sus dedos.

Real. Esto era, *Aelin* era, real.

Como si Aelin se diera cuenta de lo mismo, levantó la cabeza. Abrió la boca pero le temblaron los labios así que la reina la volvió a cerrar.

Ninguno de los presentes habló.

Al fin, Aelin le dijo a Elide:

—Ella ganó un poco de tiempo para mí.

Elide supo a qué se refería la reina.

A Aelin le empezó a temblar la mano. La voz de la reina se quebró por completo cuando dijo:

—Estoy viva hoy gracias a tu madre.

Elide sólo susurró.

—Lo sé.

—Me pidió que te dijera... —una respiración entrecortada, pero Aelin no la dejó de mirar a los ojos mientras sus lágrimas surcaban la suciedad en sus mejillas—. Tu madre me pidió que te dijera que te amaba, mucho. Esas fueron las últimas palabras que me dijo: "Dile a mi Elide que la amo mucho".

Durante más de diez años Aelin cargó sola con esas palabras finales. Diez años, a través de la muerte, la desesperanza y la guerra, Aelin las cargó a través de todos los reinos.

Y en ese sitio, en la orilla del mundo, se encontraron de nuevo. En ese sitio, en la orilla del mundo, sólo por un instante, Elide sintió que la mano cálida de su madre le tocaba el hombro.

Elide sintió el ardor de las lágrimas que se escapaban de sus ojos. Pero entonces el pasto crujió detrás de ellas.

Lo primero que vio fue el pelo blanco. Luego los ojos dorados.

Y Elide sollozó cuando vio aparecer a Manon Picos Negros, quien sonreía ligeramente.

Manon Picos Negros las miró a ella y a Aelin, con las rodillas tocándose en el pasto y movió los labios para formar una palabra en silencio.

*Esperanza.*

No estaba muerta. Ninguno de ellos estaba muerto.

Aedion dijo con voz ronca:

—¿Tu brazo...?

Aelin lo tomó con cuidado. Inspeccionó el corte poco profundo, la nueva piel rosada que dejaba claro qué era lo que momentos antes faltaba. Aelin giró sobre sus rodillas y le gruñó al lobo guerrero.

El macho de cabello dorado desvió la mirada cuando la reina mostró su molestia.

—No fue su culpa —logró decir Elide.

—Esa mordida —dijo Aelin secamente y con los ojos turquesa lívidos— sugiere lo contrario.

—Lo siento —dijo el macho a la reina o a Elide, no supo. Sus ojos miraron a Aelin con algo parecido a la devastación.

Aelin no hizo caso de las palabras. El macho se encogió un poco. Y el príncipe de cabello plateado pareció mirarlo con compasión por un instante.

Pero si la orden de matar a Lorcan no venía de Aelin...

Aelin le dijo al *otro* macho de cabello dorado detrás de Elide, el que la había sanado, el león:

—Asumo que Rowan les dijo cuál era el trato. Si los tocan, mueren. Si siquiera respiran raro en su dirección, mueren.

Elide trató de no reaccionar ante esa severidad cruel. En especial cuando Manon sonrió encantada.

Aelin se tensó al sentir que la bruja se acercaba a su espalda expuesta, pero le permitió a Manon pararse a su derecha. Para mirar a Elide con esos ojos dorados.

—Bien hecho, cría de bruja —le dijo Manon.

Ambas reinas voltearon simultáneamente a ver a Lorcan.

—Te ves un poco acabado —resopló Aelin.

—Tú también —le respondió Lorcan.

La sonrisa de Aelin fue malévola.

—¿Recibiste mi nota?

La mano de Aedion se deslizó hacia su espada...

—La espada de Orynth —dijo Elide al ver el pomo de hueso, las marcas antiguas. Aelin y Lorcan hicieron una pausa en su conversación tensa—. La espada... tú...

Vernon se mofó de eso en una ocasión. Le dijo que se la había llevado el rey de Adarlan y la había derretido. Que la había quemado junto con el trono de cuerno.

Los ojos de color turquesa de Aedion se suavizaron.

—Sobrevivió. Sobrevivimos.

Los tres, los restos de sus cortes, de sus familias.

Pero Aelin nuevamente miraba a Lorcan, irritada, y su sonrisa malévola regresó. Elide dijo en voz baja:

—Sobreviví, Majestad, gracias a él —luego señaló a Manon con la barbilla—. Y gracias a ella. Estoy aquí gracias a ambos.

Manon asintió y su mirada se dirigió al bolsillo donde había visto que Elide guardaba esa astilla de roca. La confirmación que estaba buscando. El recordatorio de la tercera parte del triángulo.

—Estoy aquí —dijo Elide mientras Aelin la miraba fijamente con esos ojos inquietantemente vívidos— por Kaltain Rompier.

Se le cerró la garganta pero se esforzó para continuar y metió los dedos temblorosos para sacar un pequeño trozo de tela de su bolsillo interior. La *sensación* sobrenatural de otro mundo latió en la palma de su mano.

—Me dijo que te diera esto. A Celaena Sardothien, quiero decir. Ella no sabía que... que eran la misma persona. Dijo que era para agradecer... agradecer una capa abrigadora que le ofrecieron en un calabozo frío.

No se avergonzó de las lágrimas que derramó, porque caían en honor a lo que había hecho esa mujer. Aelin estudió el trozo de tela en la mano temblorosa de Elide.

—Creo que ella conservó esto como un recordatorio de amabilidad —dijo Elide con voz ronca—. Ellos... ellos la destrozaron y la lastimaron. Y murió sola en Morath. Murió sola para que yo no tuviera... para que ellos no pudieran...

Nadie habló ni se movió. Elide no sabía si eso lo hacía peor. Si la mano que Lorcan le puso en la espalda la hacía llorar más.

Las palabras salieron precipitadamente de la boca temblorosa de Elide:

—Dijo q-que te recordara tu promesa de castigarlos a todos. Y d-dijo que puedes abrir cualquier puerta si tan sólo tienes la ll-llave.

Aelin apretó los labios y cerró los ojos.

Entonces se aproximó un hombre hermoso de cabello oscuro. Tal vez era unos cuantos años mayor que ella pero su porte era tan elegante que ella se sintió pequeña y contrahecha frente a él. Sus ojos color zafiro se quedaron fijos en Elide, una mirada inteligente e imperturbable... y triste.

—¿Kaltain Rompier te salvó la vida? ¿Y te dio eso?

Él la conocía... la había conocido.

Manon Picos Negros dijo en voz baja y divertida:

—Lady Elide Lochan de Perranth, te presento a Dorian Havilliard, rey de Adarlan.

El rey arqueó las cejas a la bruja.

—M-Majestad —tartamudeó Elide e inclinó la cabeza. Realmente debería ponerse de pie. Ya no debía estar acostada en el piso como un gusano. Pero el trozo de tela y la roca todavía estaban en su mano.

Aelin se limpió la cara húmeda con su propia manga y luego se enderezó.

—¿Sabes qué es lo que traes, Elide?

—S-sí, Majestad.

Unos ojos color turquesa, atormentados y cansados, encontraron los suyos. Luego se dirigieron a Lorcan.

—¿Por qué no te la llevaste? —preguntó con voz hueca y dura. Elide supo que preferiría que nunca usara ese tono con ella.

Lorcan la miró sin inmutarse.

—No me correspondía llevármela.

Entonces Aelin los miró a los dos y vio mucho. Y no había calidez en el rostro de la reina pero le dijo a Lorcan:

—Gracias... por traerla conmigo.

Los demás intentaron no verse demasiado sorprendidos por las palabras de la reina.

Pero Aelin le dijo a Manon:

—Yo la proclamo como mía. Tenga sangre de bruja en las venas o no, es Lady de Perranth y es *mía*.

—¿Y si yo la proclamo como miembro de las Picos Negros? —sus ojos dorados brillaron con la emoción del desafío.

—¿Picos Negros o Crochans? —ronroneó Aelin.

Elide parpadeó. Manon... ¿y las Crochans? ¿Qué *estaba* haciendo la Líder de la Flota ahí? ¿Dónde estaba Abraxos? La bruja dijo:

—Cuidado, Majestad. Tu poder está reducido a brasas y tendrías que pelear conmigo a la antigua.

La sonrisa peligrosa regresó.

—Sabes, he estado esperando el segundo round.

—Señoras —dijo el príncipe de cabello plateado entre dientes.

Ambas voltearon y le sonrieron a Rowan Whitethorn con sonrisas inquietantemente inocentes. El príncipe hada, había que reconocérselo, no hizo una mueca hasta que ambas miraron hacia otra parte.

Elide deseó poderse esconder detrás de Lorcan cuando ambas mujeres pusieron su atención casi animal sobre ella. Manon estiró la mano y tomó la de Elide para moverla en dirección... al sitio donde esperaba Aelin.

—Ya está, asunto terminado —dijo Manon.

Aelin se encogió un poco, pero guardó el trozo de tela y la llave que tenía dentro. Una sombra se levantó instantáneamente del corazón de Elide y una presencia que susurraba quedó silenciada.

Manon ordenó:

—De pie. Estamos haciendo algo.

Estiró la mano para levantar a Elide pero Lorcan se interpuso y lo hizo él mismo. No soltó el brazo de Elide y ella se esforzó por no recargarse en su calidez. Intentó que no pareciera como si, aunque acababa de encontrarse con su reina, su amiga, su corte, por alguna razón el que le parecía más seguro era Lorcan.

Manon le sonrió burlonamente a Lorcan:

—Tu reclamo sobre ella, macho, está al final de la lista —dijo y dejó salir los dientes de hierro que convertían ese rostro hermoso en algo aterrador. Lorcan no la soltó. Manon dijo en ese tono cantarín que solía significar muerte—: No. La. Toques.

—Tú no me das órdenes, bruja —dijo Lorcan—. Y no tienes voz ni voto en lo que suceda entre nosotros.

Elide lo miró y frunció el ceño.

—Estás empeorando las cosas.

—Nosotras lo conocemos con el nombre: "tonterías de macho territorial" —le confió Aelin—. O "bastardo hada territorial" también funciona.

El príncipe hada tosió deliberadamente a sus espaldas.

La reina miró por encima de su hombro con las cejas arqueadas.

—¿Se me está olvidando otro término cariñoso?

Los ojos del príncipe guerrero brillaron aunque su rostro permaneció inmutable con su expresión depredadora:

—Creo que ya los cubriste todos.

Aelin le guiñó el ojo a Lorcan.

—Si la lastimas te derretiré los huesos —se limitó a decir y se alejó caminando.

La sonrisa de hierro de Manon se hizo más grande e inclinó la cabeza a Lorcan de forma burlona antes de seguir a la reina.

Aedion miró a Lorcan y rio.

—Aelin hace lo que le da la gana, pero creo que me permitiría ver cuántos huesos te puedo romper antes de que ella los derrita.

Luego él, también, se fue caminando detrás de las mujeres. Una de plata, la otra de oro.

Elide casi gritó cuando apareció un leopardo de las nieves de la nada y retorció los bigotes en dirección de Lorcan y luego trotó detrás de las mujeres con la cola peluda meciéndose.

Luego se fue el rey y luego los machos hada. Hasta que quedó solamente el príncipe Rowan Whitethorn. Miró a Elide.

Elide inmediatamente salió de debajo de la mano de Lorcan. Aelin y Aedion se habían detenido más adelante, esperándola. Sonriendo ligeramente, en bienvenida.

Así que Elide se dirigió a ellos, hacia su corte, y no miró atrás.

Rowan se había mantenido en silencio los últimos minutos, observando.

Lorcan había estado dispuesto a morir por Elide. Estaba dispuesto a hacer a un lado la misión para Maeve con tal de garantizar que Elide viviera. Y luego se había portado tan territorial que Rowan se preguntó si él se veía así de ridículo alrededor de Aelin todo el tiempo.

Una vez que estuvieron solos, Rowan le preguntó a Lorcan:

—¿Cómo nos encontraste?

Una sonrisa cortante.

—El dios oscuro me impulsó hacia acá. El ejército de ilken hizo lo demás.

El mismo Lorcan que había conocido durante siglos y, no obstante... no. Tenía los bordes menos afilados... no... estaba más *sereno*.

Lorcan miró hacia la fuente de esa serenidad, pero su mandíbula se tensó al ver que Aelin caminaba a su lado.

—Ese poder bien podría destrozarla, sabes.

—Lo sé —admitió Rowan.

Lo que ella había hecho unos minutos antes, el poder que invocó y desató... Fue una canción que hizo que su magia hiciera erupción de manera similar.

Cuando la resistencia de los ilken finalmente cedió ante la flama, el hielo y el viento, Rowan no pudo evitar caminar hacia el corazón ardiente de ese poder y verla brillar.

Al ir caminando por la planicie se dio cuenta de que no lo atraía sólo el brillo. Era la mujer dentro de él, que podría necesitar contacto físico con otro ser viviente para recordar que tenía un cuerpo y gente que la amaba, para alejarse de esa tranquilidad asesina que acabó con todos los ilken de los cielos. Pero entonces las flamas se apagaron y los enemigos empezaron a llover en forma de cenizas, hielo y cadáveres, y ella lo miró... Dioses, cuando ella lo miró él casi cayó de rodillas.

Reina, amante y amiga... y mucho más. No le importaba si tenían público. Él necesitaba tocarla, asegurarse de que estaba bien, *sentir* a la mujer que podía hacer esas cosas maravillosas y terribles y seguir viéndolo con esa chispa de vida vibrante en los ojos.

"Tú me haces querer vivir, Rowan".

Se preguntó si Elide Lochan de cierta manera habría hecho lo mismo con Lorcan.

—¿Qué hay de tu misión? —le preguntó a Lorcan.

Toda suavidad desapareció de las facciones labradas en granito de Lorcan.

—¿Por qué no me dices por qué estás tú en esta mierda de lugar y después discutimos *mis* planes?

—Aelin decidirá qué contarte.

—Qué buen perro.

Rowan lo miró con una sonrisa perezosa, pero no comentó nada sobre la mujer delicada y de cabello oscuro que ahora controlaba la correa del propio Lorcan.

# CAPÍTULO 58

Kaltain Rompier acababa de cambiar el curso de esa guerra.

Dorian nunca había estado tan avergonzado de sí mismo.

Debería haberlo sabido. Debería haber *observado* con más detenimiento. Todos deberían haberlo hecho.

Los pensamientos volaban y se arremolinaban en la mente de Dorian, que se quedó en el complejo medio inundado mirando en silencio mientras Aelin estudiaba el cofre en el altar como si fuera un oponente.

La reina estaba junto a lady Elide y Manon estaba al otro de lado la chica de cabello oscuro. Lysandra estaba en su forma de leopardo echada a los pies de la reina.

El poder en ese grupo era impresionante. Y Elide... en su camino de regreso a las ruinas Manon le murmuró a Aelin que Anneith velaba por Elide.

La cuidaba como al resto de ellos, que habían sido guiados por otros dioses.

Lorcan entró a las ruinas con Rowan a su lado. Fenrys, Gavriel y Aedion se acercaron a ellos con sus manos en las espadas, sus cuerpos todavía vibraban por la tensión y sus ojos no perdían de vista a Lorcan. En especial los guerreros de Maeve.

Otro círculo de poder.

Lorcan... Cuando iban en el esquife hacia las Islas Muertas, Rowan le dijo que Lorcan tenía la bendición del mismo Hellas, el dios de la muerte. Quien viajo a este sitio con Anneith, su consorte.

El vello de los brazos de Dorian se erizó.

Retoños, cada uno de ellos tocado por un dios diferente, cada uno de ellos sutil, silenciosamente, guiado a ese lugar. No era coincidencia. No podía serlo.

Manon lo vio a unos metros de distancia, percibió la cautela de su rostro y se separó del círculo de mujeres que hablaban en voz baja para acercarse a él.

—¿Qué?

Dorian apretó la mandíbula.

—Tengo una mala sensación sobre todo esto.

Esperó a que ella le restara importancia, que se burlara. Pero Manon sólo dijo:

—Explícate.

Él abrió la boca pero entonces Aelin subió a la plataforma.

El candado, el candado que contendría las llaves del Wyrd, le permitiría a Aelin volverlos a encerrar tras sus rejas. Gracias a Kaltain, gracias a Elide, sólo les faltaba una más. Donde fuera que la tuviera Erawan. Pero conseguir ese candado...

Rowan llegó instantáneamente al lado de su reina cuando miró dentro del cofre.

Lentamente ella volteó a verlos. A Manon.

—Ven acá arriba —le dijo la reina con una voz inquietantemente tranquila.

Manon, sabiamente, no se negó.

—Este no es el lugar ni el tiempo para explorar —le dijo Rowan a la reina—. Lo llevaremos de regreso al barco y luego averiguaremos qué hacer con él.

Aelin murmuró que estaba de acuerdo y su rostro palideció.

—¿El candado estuvo aquí en algún momento? —Manon preguntó.

—No lo sé.

Dorian nunca había oído a Aelin pronunciar esas palabras. Fue suficiente para hacerlo subir salpicando por las escaleras. Se asomó dentro chorreando agua.

No había ningún candado. No como ellos anticipaban, no como le habían prometido a la reina y le habían indicado que encontrara.

El cofre de roca sólo tenía una cosa:

Un espejo enmarcado en hierro con la superficie casi dorada por la edad, manchado y cubierto de tierra. Y a lo largo del borde labrado intrincadamente en la esquina superior derecha...

La marca del Ojo de Elena. Un símbolo de las brujas.

—¿Qué demonios es eso? —exigió saber Aedion desde los escalones de abajo.

Manon respondió con una mirada de soslayo hacia la reina de expresión seria.

—Es un espejo de brujas.

—¿Un qué? —preguntó Aelin.

Los demás se acercaron.

Manon golpeó una uña en el borde de piedra del cofre.

—Cuando mataste a la Piernas Amarillas, ¿te dio alguna pista de por qué estaba ahí, qué quería de ti o del rey?

Dorian buscó entre sus recuerdos pero no encontró nada.

—No —dijo Aelin y lo miró de manera inquisitiva, pero Dorian también negó con la cabeza. La reina le preguntó a la bruja—: ¿*Tú* sabes por qué estaba ahí?

Ella asintió levemente. Dudó por un instante. Dorian se preparó.

—La Piernas Amarillas estaba ahí para reunirse con el rey, para mostrarle cómo funcionan los espejos mágicos.

—Yo rompí la mayoría —dijo Aelin y se cruzó de brazos.

—Lo que tú destruiste fueron trucos baratos y réplicas. Los verdaderos espejos de bruja... Esos no se pueden destruir. No fácilmente, por lo menos.

Dorian tuvo la terrible sensación de entender hacia dónde se dirigía todo.

—¿Qué pueden hacer?

—Puedes ver el futuro, el pasado y el presente. Puedes hablar entre espejos, si alguien tiene el espejo gemelo. Y luego están los raros plateados, cuya hechura exige algo vital de la creadora —dijo Manon bajando mucho la voz. Dorian se preguntó si incluso entre las Picos Negros, esas historias sólo se susurraban alrededor de las fogatas en los campamentos—. Otros espejos amplifican y guardan explosiones de poder crudo que se pueden liberar si el espejo se apunta hacia algo.

—Un arma —dijo Aedion y Manon asintió.

El general debía estar deduciendo cosas también porque preguntó antes que Dorian:

—La Piernas Amarillas se reunió con él por esas armas, ¿no es así?

Manon se quedó en silencio tanto tiempo que Aedion supo que Aelin estaba a punto de presionar. Pero entonces Dorian le advirtió con la mirada a la reina que guardara silencio. Así que ella calló. Todos permanecieron callados.

Al fin, la bruja continuó:

—Han estado haciendo torres. Enormes pero capaces de moverse en los campos de batalla. Torres forradas con esos espejos. Para que Erawan los utilice con sus poderes, para incinerar ejércitos completos con unos cuantos disparos.

Aelin cerró los ojos. Rowan le puso una mano sobre el hombro.

—¿Éste es... —Dorian preguntó e hizo un ademán hacia el cofre, al espejo en su interior— es uno de los espejos que planean usar?

—No —respondió Manon y estudió el espejo dentro del cofre—. No sé qué será *este* espejo... No estoy segura de cuál es su propósito. Ni qué puede hacer. Pero ciertamente no es ese candado que buscaban.

Aelin buscó el Ojo de Elena en su bolsillo y lo pesó en su mano antes de exhalar bruscamente por la nariz.

—Ya estoy lista para que este día se termine.

Kilómetro tras kilómetro, los machos hada cargaron el espejo entre ellos.

Rowan y Aedion presionaron a Manon para que les diera más detalles sobre esas torres de las brujas. Dos de ellas ya estaban construidas, pero no sabía cuántas más se estarían construyendo. Estaban apostadas en el Abismo Ferian, pero posiblemente había otras en otras partes. No, no sabía cuál era el medio de transporte. Ni cuántas brujas por torre.

Aelin dejó que sus palabras se acomodaran en una parte profunda y silenciosa de ella. Ya lo pensaría al día siguiente, después de dormir. Averiguarían sobre ese maldito espejo también al día siguiente.

Su magia estaba exhausta. Por primera vez en días, ese pozo de magia estaba dormido.

Podría dormir durante una semana. Un mes.

Cada paso de regreso por los pantanos, de regreso a esos tres barcos que los esperaban era un esfuerzo. Lysandra frecuentemente le ofrecía convertirse en caballo para llevarla, pero Aelin se negó. La metamorfa estaba drenada también. Todos lo estaban.

Quería hablar con Elide, quería preguntarle tantas cosas sobre todos los años que pasaron separadas, pero... El agotamiento que la acosaba hacía que hablar fuera casi imposible. Sabía qué tipo de sueño le aguardaba, ese sueño profundo y restaurador que su cuerpo exigía después de usar demasiada magia, después de mantenerla demasiado tiempo.

Así que Aelin casi no habló con Elide y dejó que se apoyara en Lorcan mientras se apresuraban para regresar a la costa cargando el espejo.

Demasiados secretos, había demasiados secretos sobre Elena, Brannon y su guerra antigua. ¿Siquiera había existido ese candado? ¿O el espejo de las brujas era el candado? Eran demasiadas preguntas y muy pocas respuestas. Ya lo averiguaría. Cuando estuvieran de vuelta en un sitio seguro. Cuando pudiera dormir.

Cuando... cuando todo lo demás se acomodara también. Así que avanzaron por los pantanos sin descansar.

Lysandra lo detectó con sus sentidos de leopardo, a menos de un kilómetro de la playa de arenas blancas, donde el mar grisáceo estaba tranquilo, había un muro de dunas arenosas que bloqueaban la vista al frente.

Todos tenían las armas desenvainadas cuando subieron por la duna. La arena se resbalaba debajo de sus pasos. Rowan no se convirtió en halcón, la única muestra que había permitido que advirtieran de su absoluto agotamiento. Llegó primero a la cima de la colina. Sacó su espada de donde la traía a la espalda.

A Aelin le quemaba el aliento en la garganta cuando se detuvo a su lado. Gavriel y Fenrys colocaron el espejo en el suelo.

Frente a ellos había cien velas grisáceas que rodeaban sus propios barcos. Se extendían hacia el horizonte en el oeste, estaban completamente silenciosos salvo por los pocos hombres que podían distinguir a bordo. Barcos del oeste... del Golfo de Oro.

La flota de Melisande.

Y en la playa, esperándolos... un grupo de veinte guerreros dirigidos por una mujer de capa gris. Lysandra sacó las garras y gruñó.

Lorcan se colocó frente a Elide.

—Regresaremos a los pantanos —Lorcan le dijo a Rowan cuyo rostro estaba petrificado mientras veía el grupo en la playa, la flota al fondo—. Seremos más rápidos que ellos.

Aelin se metió las manos a los bolsillos.

—No van a atacar.

—¿Estás adivinando eso con base en tus muchos años de experiencia militar? —se burló Lorcan.

—Cuidado —gruñó Rowan.

—Esto es absurdo —escupió Lorcan y se dio la vuelta, como si fuera a llevarse a Elide que estaba pálida a su lado—. Nuestras reservas están agotadas...

Lorcan no pudo acercarse a Elide porque apareció un muro de llamas delgado como una hoja de papel. Era lo máximo que podía invocar Aelin.

Y se detuvo también porque Manon sacó sus uñas de hierro y se paró frente a él.

—No te llevarás a Elide a ninguna parte. Ni ahora, ni nunca —gruñó la bruja.

Lorcan se irguió por completo. Y antes de que pudieran arruinar todo con sus peleas, Elide le puso una mano suavemente sobre el brazo. Lorcan ya tenía la mano envuelta alrededor de la empuñadura de su espada.

—Yo elijo esto, Manon.

Manon miró la mano de Elide sobre el brazo de Lorcan.

—Hablaremos de esto después.

Por supuesto. Aelin miró a Lorcan y movió la barbilla.

—Vete a rumiar a otra parte.

En la playa la mujer con la capa y sus soldados caminaron hacia ellos.

—No se ha terminado, este asunto entre nosotros —gruñó Lorcan.

Aelin sonrió ligeramente.

—¿Crees que no lo sé?

Pero Lorcan caminó hacia Rowan, su poder parpadeó y salió ondeando por encima de las olas, como el estallido silencioso de un relámpago. Adoptando una posición defensiva.

Aelin observó el gesto de piedra que tenía su príncipe, luego a Aedion, que tenía la espada y el escudo preparados y luego a los demás y dijo:

—Vayamos a saludar.

Rowan se sorprendió.

—Aelin...

Pero ella bajaba por la duna, hacía su mejor esfuerzo para no resbalar en las arenas traicioneras, para mantener la cabeza en alto. Los demás la siguieron, tensos como las cuerdas de sus arcos, pero con la respiración pausada, preparados para cualquier cosa.

Los soldados llevaban una pesada armadura gris, sus rostros eran toscos y estaban llenos de cicatrices. Mientras llegaban a la playa los soldados los evaluaban. Fenrys le gruñó a uno de ellos y el hombre apartó la mirada.

La mujer de la capa se quitó la capucha y se acercó con gracia felina. Se detuvo a unos tres metros de distancia.

Aelin conocía cada uno de sus detalles.

Sabía que ella tenía ahora veinte años. Sabía que el color rojo vino de su cabellera más o menos larga era su color natural. Sabía que los ojos rojo-castaños eran los únicos que había visto en cualquier tierra, en cualquier aventura. Sabía que la cabeza de lobo del pomo de la espada poderosa que tenía a su costado era el escudo de su familia. Conocía las pecas, la boca carnosa y risueña, conocía los brazos engañosamente delgados que ocultaban músculos duros como la roca cuando los cruzó.

Esa boca sonrió un poco cuando Ansel de Briarcliff, la reina de los Yermos, dijo lentamente:

—¿Quién te dio permiso de usar mi nombre en una pelea, *Aelin*?

—Me di permiso a mí misma para usar tu nombre como me diera la gana, *Ansel*, el día que te perdoné la vida en vez de matarte como la cobarde que eres.

Esa sonrisa fanfarrona se hizo más grande.

—Hola, perra —ronroneó Ansel.

—Hola, traidora —ronroneó Aelin de regreso. Miró la armada extendida frente a ellos—. Parece que sí lograste llegar a tiempo.

# CAPÍTULO 59

Aelin sintió la total sorpresa que recorrió a sus compañeros cuando Ansel hizo una reverencia dramática y dijo:

—Como lo pediste: tu flota.

Aelin resopló.

—Tus soldados parecen haber visto mejores épocas.

—Oh, siempre se ven así. He intentado muchas veces hacer que se concentren en su aspecto *exterior* tanto como en mejorar su belleza interior, pero... ya sabes cómo son los hombres.

Aelin rio. Aunque sentía que la sorpresa de sus compañeros se convertía en algo que estaba al rojo vivo.

Manon dio un paso al frente. La brisa del mar le movía el cabello blanco frente a la cara y le dijo a Aelin:

—La flota de Melisande obedece a Morath. Estarías firmando una alianza con Erawan también si trabajas con esta... persona.

El rostro de Ansel perdió color al ver los dientes y uñas de hierro. Y Aelin recordó la historia que la asesina-convertida-en-reina le contó alguna vez. Una historia que le contó en voz baja entre las dunas desérticas, bajo un manto de estrellas. Se trataba de una amiga de la infancia que una bruja Dientes de Hierro se comió viva.

A Ansel, después de la matanza de su familia, las brujas le perdonaron la vida cuando se topó con un campamento de Dientes de Hierro.

Aelin le dijo a Manon:

—Ella no es de Melisande. Los Yermos están aliados con Terrasen.

Aedion sorprendido observó los barcos y a la mujer que estaba frente a ellos.

Manon Picos Negros dijo con una voz como la muerte:

—¿Quién es ella para hablar por los Yermos?

Oh, dioses. Aelin se esforzó por adoptar una expresión de irreverencia aburrida e hizo un gesto entre las dos mujeres.

—Manon Picos Negros, heredera del clan de brujas Picos Negros y ahora la última reina Crochan... te presento a Ansel de Briarcliff, asesina y reina de los Yermos Occidentales.

Un rugido llenaba la cabeza de Manon mientras remaban de regreso a su barco. El sonido sólo era interrumpido por el salpicar de los remos en las olas tranquilas.

Iba a matar a esa perra de cabello rojo. Lentamente.

Permanecieron en silencio hasta que llegaron al enorme barco y luego entraron.

No había señal de Abraxos.

Manon miró los cielos, la flota, el mar. No vio ni una escama.

La ira que se retorcía en su interior se convirtió en otra cosa, algo peor, y dio un paso hacia la capitana de rostro rojizo para exigirle respuestas.

Pero Aelin se interpuso en su camino y le sonrió como una serpiente. Miró a Manon y a la mujer joven de cabello rojizo que estaba recargada en el poste de las escaleras.

—Ustedes dos deberían platicar un poco después.

—Ansel de Briarcliff no habla por los Yermos —Manon explotó.

¿Dónde estaba Abraxos...?

—¿Y tú sí?

Y Manon se preguntó si de alguna manera... si de alguna manera se había enredado en los planes que había tejido la reina. En especial cuando Manon se obligó a detenerse, voltear a la reina sonriente y decir:

—Sí, yo sí.

✦ ✦

Incluso Rowan parpadeó al escuchar el tono de Manon Picos Negros, la voz que no era de la bruja o de la guerrera o de la depredadora. Sino de la reina.

La última reina Crochan.

Rowan evaluó la pelea potencialmente explosiva que se cernía entre Ansel de Briarcliff y Manon Picos Negros.

Recordó todo lo que Aelin le había contado sobre Ansel: la traición mientras las dos mujeres entrenaban en el desierto, la pelea a muerte que terminó cuando Aelin le perdonó la vida a la mujer de cabello rojo. Una deuda de vida.

Aelin cobraría la deuda de vida que tenía con ella.

Ansel, con su arrogancia bravucona que explicaba por qué se había hecho amiga de Aelin rápidamente, le dijo a Manon desde donde estaba parada en las escaleras del alcázar:

—Bueno, según lo último que yo supe, ni las Crochans ni las Dientes de Hierro se molestaron en cuidar los Yermos. Supongo que como alguien que ha alimentado y vigilado a su gente estos últimos dos años, yo sí puedo hablar en su nombre. Y decidir a quién ayudamos y cómo —le sonrió a Aelin como si la bruja no estuviera mirando su garganta con aspecto de querer arrancársela con los dientes de hierro—. Tú y yo vivimos una al lado de la otra, después de todo. No sería buena vecina si no te ayudara.

—Explícate —dijo Aedion con la voz tensa.

Su corazón latía tan fuerte que Rowan lo podía escuchar. Era la primera palabra que el general pronunciaba desde que Ansel se quitó la capucha. Desde la sorpresita de Aelin que los estaba esperando en la playa.

Ansel ladeó la cabeza y su cabello rojo sedoso reflejó la luz. Del tono preciso, se dio cuenta Rowan, del vino tinto. Exactamente como lo había descrito Aelin.

—Bueno, hace meses, estaba atendiendo mis asuntos en los Yermos cuando me llegó un mensaje de la nada. De Aelin.

Me envió un mensaje claro y fuerte desde Rifthold. Peleas en la arena —rio y negó con la cabeza—. Y supe entonces que debía prepararme. Mover mi ejército al borde de las montañas Anascaul.

A Aedion le costó respirar. Lo único que evitó que Rowan hiciera lo mismo fueron sus siglos de entrenamiento. Su equipo permaneció incondicional detrás de ellos, en las posiciones que habían adoptado cientos de veces a lo largo de los siglos. Listos para derramar sangre o pelear para salir de ahí.

Ansel esbozó una sonrisa encantadora.

—La mitad de ellos va en camino hacia allá ahora. Listos para unirse con Terrasen. El país de mi amiga Celaena Sardothien, quien no lo olvidó, ni siquiera cuando estaba en el Desierto Rojo; y quien no dejó de mirar al norte todas las noches que podíamos ver las estrellas. No hay mayor regalo que pueda ofrecer para pagarle que salvar el reino que ella nunca olvidó. Y eso fue antes de recibir su carta hace meses, donde me decía quién era y que me destriparía si no le ayudaba en su causa. Ya venía en camino de todas maneras, pero... luego llegó la siguiente carta. Diciéndome que viniera al Golfo de Oro. Que me reuniera con ella aquí y que siguiera una lista específica de instrucciones.

Aedion miró rápidamente a Aelin. Todavía le brillaba la cara con el agua de sal por el viaje en el bote.

—Esos mensajes que enviaste desde Ilium...

Aelin hizo un ademán perezoso con la mano en dirección a Ansel.

—Deja que la mujer termine de hablar.

Ansel se acercó a Aelin y la tomó del brazo. Sonreía como un demonio.

—Asumo que ustedes saben lo mandona que es su Majestad. Pero seguí sus instrucciones. Traje a la otra mitad de mi ejército cuando dimos vuelta hacia el sur, luego atravesamos las Colmillos Blancos y entramos a Melisande. Su reina asumió que íbamos a ofrecer ayuda, así que nos abrió las puertas.

Rowan contuvo el aliento.

Ansel silbó con fuerza y en el barco más cercano se escucharon relinchidos y el golpeteo de cascos.

Y luego salió un caballo asturión de los establos.

El caballo era una tormenta encarnada.

Rowan no recordaba cuándo había visto a Aelin sonreír más deleitada cuando dijo:

—Kasida.

—¿Sabes —continuó Ansel— que disfruto bastante el saqueo? Con las tropas de Melisande tan dispersas por estar prestando ayuda a Morath, la reina no tuvo mucha alternativa salvo ceder. Aunque estaba particularmente furiosa de ver que me llevaba el caballo, y peor cuando la saqué del calabozo para mostrarle que la bandera de Terrasen ahora ondea junto con mi lobo en su propia maldita casa.

—¿Qué? —dijo Aedion.

Aelin y Ansel lo miraron con las cejas arqueadas. Dorian dio un paso al frente al escuchar las palabras de Ansel y la reina de los Yermos lo miró como si quisiera saquearlo a él.

Ansel hizo un ademán hacia los barcos que los rodeaban con el brazo:

—La flota de Melisande ahora es nuestra flota. Y su capital también es nuestra —movió la barbilla hacia Aelin—. De nada.

Manon Picos Negros estalló en carcajadas.

＋ ＋

Aedion no sabía con quién estar más furioso: con Aelin, por no decirle sobre Ansel de Briarcliff y el maldito ejército que ordenó que saqueara Melisande y tomara su flota, o con él mismo, por no confiar en ella. Por exigir saber dónde estaban sus aliados, por implicar todo lo que había dicho en esos momentos antes del ataque de los ilken. Ella simplemente aceptó su reclamo.

Mientras las palabras de Ansel terminaban de hacer su efecto entre los que estaban reunidos en la cubierta principal, su prima dijo en voz baja:

—Melisande tenía la intención de ayudar a Morath para dividir el norte y el sur. No tomé la ciudad por gloria ni conquista sino porque no permitiré que nada interfiera entre mí y la derrota de Morath. Melisande ahora entiende con claridad el costo de aliarse con Erawan.

Aedion intentó no molestarse. Él era su príncipe general. Rowan era su consorte, o algo muy cercano a eso. Y de todas maneras ella no había confiado en ellos para decirles esto. Él ni siquiera consideraba a los Yermos como un aliado. Tal vez por eso no se los dijo. Él le hubiera dicho que ni siquiera se molestara.

Aedion le dijo a Ansel:

—Melisande probablemente ya envió un mensaje a Morath. Sus propios ejércitos sin duda ya van de regreso a la capital. Dile a tus demás hombres que vuelvan a cruzar los Colmillos. Podemos llevar la armada desde aquí.

Ansel miró a Aelin y ella asintió. La reina de los Yermos le preguntó entonces:

—¿Y luego marchar hacia el norte a Terrasen y cruzar los pasos de Anascaul?

Aedion asintió una sola vez. Ya estaba calculando dónde colocaría a sus hombres, cuáles miembros del Flagelo asumirían el mando. Sin saber cómo peleaban los hombres de Ansel... Aedion empezó a bajar las escaleras hacia el alcázar sin molestarse en pedir permiso.

Pero Aelin se aclaró la garganta para detenerlo.

—Habla con Ansel antes de que se vaya mañana en la mañana sobre dónde colocar su ejército cuando esté completo de nuevo.

Él simplemente asintió y continuó subiendo los escalones, sin hacer caso de la mirada preocupada de su padre cuando pasó a su lado. Eventualmente los demás se separaron y a Aedion no le importó a dónde iban, sólo quería tener unos minutos a solas.

Se recargó en el barandal y miró hacia el mar que golpeaba contra el costado del barco, intentaba no fijarse en los hombres de las embarcaciones de alrededor que los miraban a él y a sus compañeros.

Algunos de los susurros le llegaron desde el otro lado del agua. "El Lobo del Norte; el general Ashryver". Algunos empezaron a contar historias, la mayoría era mentira, unas cuantas estaban cerca de la verdad. Aedion permitió que el sonido de las conversaciones se confundiera con los golpes y silbidos de las olas.

Ese olor siempre cambiante lo alcanzó y algo se aflojó en su pecho. Se aflojó un poco más cuando vio los brazos dorados y delgados que se recargaban en el barandal junto a los suyos.

Lysandra miró por encima de su hombro hacia el sitio donde la bruja y Elide, dioses, *Elide*, estaban sentadas, junto al mástil principal; hablaban en voz baja. Probablemente hacían un recuento de sus aventuras desde que se separaron.

La armada no podría salir hasta la mañana siguiente, escuchó que decía la capitana. Dudó que eso tuviera que ver con que Aelin quisiera esperar a que regresara la montura de la Líder de la Flota.

—No deberíamos quedarnos mucho tiempo —dijo Aedion con la mirada en el horizonte al norte. Los ilken habían llegado de esa dirección. Si los habían encontrado tan fácilmente ni siquiera la armada que los rodeaba serviría de mucho—. Llevamos dos llaves y el candado, o lo que sea ese maldito espejo de brujas. Tenemos la ventaja. Deberíamos irnos.

Lysandra lo miró seria.

—Ve a decírselo a Aelin.

Aedion la miró de pies a cabeza.

—¿Qué te pasa?

Lysandra se había portado distante los últimos días. Pero ahora prácticamente podía ver la máscara que la cortesana se colocó cuando obligó a su mirada a volverse más brillante y a su ceño a suavizarse.

—Nada. Sólo estoy cansada.

Algo en la manera en que ella miraba hacia el mar lo inquietaba.

Aedion dijo cuidadosamente:

—Hemos estado peleando por todo el continente. Incluso después de diez años de esto, a mí me sigue agotando. No sólo físicamente sino también en mi corazón.

Lysandra pasó el dedo por la madera suave del barandal.

—Pensé... Todo parecía como una gran aventura. Incluso cuando el peligro era tan grande, seguía siendo nuevo, y yo ya no estaba atrapada en vestidos y recámaras. Pero ese día en la Bahía de la Calavera dejó de ser así. Empezó a ser... supervivencia. Y algunos de nosotros tal vez no saldríamos —le tembló un poco la boca—. Nunca tuve amigos, no como ahora. Y hoy en esa playa, cuando vi la flota y pensé que eran nuestros enemigos... Por un momento, deseé no haber conocido a ninguno de ustedes. Porque la idea de que alguno de ustedes... —suspiró—. ¿Cómo lo haces? ¿Cómo has aprendido a entrar a un campo de batalla con tu Flagelo sin desmoronarte por el terror de que es posible que no todos salgan de ahí?

Aedion escuchó cada una de sus palabras, sopesó cada una de sus respiraciones entrecortadas. Y luego dijo sencillamente:

—No tienes alternativa salvo aprender a enfrentarlo —deseó que ella no tuviera que pensar en esas cosas, que no tuviera que cargar con ese peso—. El miedo a la pérdida... puede destruirte tanto como la pérdida en sí.

Lysandra lo miró a los ojos. Los ojos verdes de la metamorfa, la tristeza que ocultaban lo golpeó como un gancho al estómago. Le costó un gran esfuerzo no acercarse a ella.

—Creo que ambos necesitamos recordarnos eso en los tiempos que nos esperan —dijo ella.

Él asintió y suspiró por la nariz.

—Y recordar que hay que disfrutar el tiempo que tenemos.

Probablemente ella ya sabía eso tanto como él.

Su garganta delgada y hermosa subió y bajó cuando tragó saliva y lo miró de reojo debajo de sus pestañas.

—Sí lo disfruto, ¿sabes? Esto... lo que sea que signifique.

El corazón de Aedion empezó a latir desbocado. Se preguntó si debía ser sutil y se dio el lapso de tres respiraciones para decidir. Al final, optó por su método usual, que le había servido bien tanto dentro como fuera de los campos de batalla: un ataque preciso y directo, rodeado con suficiente arrogancia descarada para despistar a sus oponentes.

—Lo que sea —dijo con una media sonrisa— ¿entre *nosotros*?

Como lo anticipaba, Lysandra se puso a la defensiva y mostró su mano.

—Ya sé que mi pasado no es... agradable.

—Permíteme detenerte en este momento —dijo Aedion y se acercó un paso—. Debes saber que no tienes nada desagradable. *Nada.* Yo he estado con la misma cantidad de personas. Mujeres, hombres... Lo he visto y lo he probado todo.

Ella arqueó las cejas. Aedion se encogió de hombros.

—Encuentro placer en ambos, dependiendo de mi humor y de la persona.

Uno de sus ex amantes seguía siendo uno de sus amigos más cercanos, y uno de los comandantes más hábiles del Flagelo.

—La atracción es la atracción —continuó Aedion y se preparó para lo que diría—. Y conozco suficiente sobre eso para entender que tú y yo... —algo se cerró en la mirada de Lysandra y a él le fallaron las palabras. Demasiado pronto. Demasiado pronto para este tipo de conversación—. Podemos pensarlo. Sin exigirnos nada aparte de honestidad.

Eso era lo único que quería pedir en realidad. No era más de lo que le pediría a un amigo.

Una pequeña sonrisa se dibujó en los labios de Lysandra.

—Sí —exhaló ella—. Empecemos ahí.

Él se atrevió a dar otro paso en su dirección y no le importó quién los observaba desde la cubierta, o el cordaje, o la armada que los rodeaba. Las mejillas de Lysandra se llenaron de color y le costó trabajo no acariciarla con un dedo y llevarse luego el dedo a la boca. Para probar su piel.

Se tomaría su tiempo. Disfrutaría cada momento como le dijo que hiciera.

Porque esta sería su última cacería. No tenía ninguna intención de desperdiciar cada momento glorioso de golpe. No desperdiciaría ninguno de los momentos que el destino le había otorgado, ni todo lo que quería mostrarle.

Cada arroyo, bosque y mar de Terrasen. Ver a Lysandra reír en los bailes de otoño, verla tejer listones alrededor de los postes en la primavera y escuchar, con los ojos abiertos, las antiguas historias de guerra y fantasmas frente a las fogatas de invierno en salones encima de las montañas. Todo. Le mostraría todo. Y entraría a esos campos de batalla una y otra vez para asegurarse de poder hacerlo.

Así que Aedion le sonrió a Lysandra y rozó su mano.

—Me da gusto que estemos de acuerdo por una vez.

# CAPÍTULO 60

Aelin y Ansel chocaron sus botellas de vino sobre la mesa maltratada en la cocina y bebieron.

Saldrían al amanecer. Al norte, de regreso al norte. A Terrasen.

Aelin recargó los antebrazos en la mesa.

—Por las entradas dramáticas.

Lysandra, en su forma de leopardo de las nieves, estaba acurrucada en la banca junto a Aelin, con la cabeza sobre su regazo
y dejó escapar una pequeña risa felina.

—¿Entonces, ahora qué? —Ansel parpadeó maravillada.

—Sería bueno —gruñó Aedion desde el otro lado de la mesa, donde él y Rowan las fulminaban con la mirada— que nos
incluyeras al menos en uno de estos planes, Aelin.

—Pero sus caras son tan maravillosas cuando los revelo
—canturreó Aelin.

Él y Rowan gruñeron. Oh, sabía que estaban enojados. Tan
enojados de que no les había dicho nada sobre Ansel. Pero sólo
de pensar que los podía decepcionar, que podía fallar... Quería
hacerlo sola.

Rowan aparentemente dominó su molestia lo suficiente para preguntarle a Ansel:

—¿No estaban los ilken o los Valg en Melisande?

—¿Estás implicando que mis fuerzas no son suficientemente buenas para tomar la ciudad si hubieran estado ahí?

Ansel dio un trago a su vino y la risa bailó en sus ojos. Dorian se sentó frente a la mesa entre Fenrys y Gavriel, y los tres se
mantenían sabiamente en silencio. Lorcan y Elide estaban en la
cubierta, en alguna parte.

—No, príncipe —continuó Ansel—. Le pregunté a la reina de Melisande por qué la falta de horrores criados en Morath y, después de persuadirla, me informó que a través de sus encantos y maquinaciones había logrado mantener las garras de Erawan fuera de ella. Y de sus soldados.

Aelin se enderezó un poco y deseó haber bebido más vino que el tercio de la botella que ya se había tomado cuando Ansel agregó:

—Cuando termine la guerra, Melisande no tendrá la excusa de estar bajo la influencia de Erawan ni del Valg. Todo lo que ella y sus ejércitos han hecho, su decisión de aliarse con él, fue una decisión humana —una mirada a la parte más oscura de la cocina, donde estaba sentada, sola, Manon Picos Negros—. Al menos Melisande tendrá a las Dientes de Hierro para conmiserarse.

Los dientes de hierro de Manon destellaron en la luz débil. Su guiverno no había aparecido, por lo visto nadie sabía nada de él desde que se fue. Ella y Elide hablaron durante más de una hora en la cubierta esa tarde.

Aelin decidió hacerles un favor a todos e intervino:

—Necesito más hombres, Ansel. Y no tengo la capacidad de estar en tantos lugares al mismo tiempo.

Todos la observaban en ese momento.

Ansel dejó la botella sobre la mesa.

—¿Quieres que te reúna *otro* ejército?

—Quiero que encuentres a las brujas Crochans perdidas.

Manon enderezó la cabeza.

—¿Qué?

Aelin rascó una de las marcas en la mesa.

—Se están ocultando, pero si las Dientes de Hierro las cazan es porque siguen allá afuera. Podrían ser muchas. Promete compartir los Yermos con ellas. Tú controlas Briarcliff y la mitad de la costa. Dales la parte interior y el sur.

Manon se acercó a la mesa con la muerte en la mirada.

—No tienes ningún derecho a prometer esas cosas.

Las manos de Rowan y Aedion salieron disparadas hacia sus espadas. Pero Lysandra abrió un ojo adormilado, estiró la pata en la banca y sacó sus garras afiladas que ahora estaban entre las espinillas de Manon y Aelin.

Aelin le dijo a la bruja:

—No puedes tener esa tierra, no con la maldición. Ansel la ganó, con sangre, pérdida y su propio ingenio.

—Es *mi* hogar, el hogar de mi gente...

—Ese fue el precio, ¿verdad? Las Dientes de Hierro reciben su tierra de regreso y Erawan probablemente prometió que rompería la maldición —a Manon se le abrieron los ojos y Aelin rio—. Oh, las Antiguas no te dijeron eso, ¿o sí? Muy mal. Eso es lo que averiguaron los espías de Ansel —miró a la Líder de la Flota de arriba a abajo—. Si tú y tu gente demuestran ser mejores que sus matronas, habrá un lugar para tu gente en esa tierra también.

Manon simplemente regresó a su lugar y miró molesta el brasero de la cocina, como si pudiera congelarlo.

—Son tan sensibles, estas brujas —murmuró Ansel.

Aelin apretó los labios para no reír, pero Lysandra soltó una risa felina. Las uñas de Manon sonaron unas contra otras del otro lado de la habitación. Lysandra simplemente contestó con las propias.

Aelin le dijo a Ansel:

—Encuentra a las Crochans.

—Todas se han ido —interrumpió Manon de nuevo—. Las hemos cazado hasta casi extinguirlas.

Aelin lentamente miró por encima del hombro.

—¿Y qué sucedería si su reina las llamara?

—Yo no soy más su reina que tú.

Ya verían eso. Aelin colocó una mano sobre la mesa.

—Manda todo y a todos los que encuentres al norte —le dijo a Ansel—. Saquear la capital de Melisande a escondidas al menos hará enojar a Erawan, pero no queremos estar aquí atorados cuando ataque a Terrasen.

—Creo que Erawan nació enojado.

Sólo Ansel, quien una vez se rio de la muerte cuando saltó por un barranco y convenció a Aelin de hacer lo mismo y casi morir en el intento, se burlaría de un rey del Valg. Pero Ansel agregó:

—Lo haré. No sé qué tan efectivo sea, pero tengo que ir al norte de todas maneras. Aunque creo que a Hisli se le partirá el corazón de tener que despedirse de Kasida nuevamente.

No le sorprendió a Aelin que Ansel pudiera recuperar a Hisli, la yegua asturión que había robado para ella misma. Pero Kasida... oh, Kasida era tan hermosa como la recordaba Aelin, más cuando la cruzaron por unas tablas hacia el barco. Aelin peinó a la yegua cuando la llevó a los establos atiborrados y húmedos y la sobornó para que la perdonara con una manzana.

Ansel dio otro trago de la botella.

—Me enteré, ¿sabes? Cuando estuviste en Endovier. Estaba todavía peleando por mi trono, luchaba contra la horda de lord Loch al lado de los lores que se habían unido a mí, pero... incluso en los Yermos, supimos que te habían enviado allá.

Aelin siguió rascando la mesa un poco más, muy consciente de que los demás estaban escuchando.

—No fue divertido.

Ansel asintió.

—Después de matar a Loch, tuve que quedarme para defender mi trono, hacer que las cosas volvieran a estar bien para mi gente. Pero sabía que si alguien sobreviviría a Endovier, serías tú. Salí el verano pasado. Llegué a las montañas Ruhnn cuando me avisaron que habías salido. Que te había llevado a la capital...—miró a Dorian que tenía la expresión inmutable del otro lado de la mesa— él. Pero no pude ir a Rifthold. Era demasiado lejos y ya me había ido por demasiado tiempo. Así que me di la vuelta y regresé a casa.

Las palabras se le atragantaron a Aelin.

—¿Intentaste sacarme?

El fuego hacía que el pelo de Ansel brillara con matices dorados y granates.

—No hubo una hora en la que no pensara sobre lo que hice en el desierto. Cómo lanzaste flecha tras flecha después de veintiún minutos. Me dijiste que veinte, que dispararías aunque no hubiera salido de tu alcance. Yo estaba contando; sabía cuántos habían pasado. Me diste un minuto más.

Lysandra se estiró y acarició la mano de Ansel con el hocico. Ella rascó a la metamorfa distraídamente.

Aelin dijo:

—Eras mi espejo. Ese minuto adicional fue tanto para ti como para mí —Aelin chocó la botella contra la de Ansel—. Gracias.

Ansel sólo dijo:

—No me agradezcas todavía.

Aelin se enderezó. Los demás dejaron de comer, los cubiertos se quedaron dentro de sus guisados.

—Los incendios en la costa no los inició Erawan —dijo Ansel con los ojos rojizos brillando bajo la luz de la lámpara—. Interrogamos a la reina de Melisande y a sus tenientes, pero... no fue una orden de Morath.

El gruñido de Aedion le confirmó a Aelin que todos conocían la respuesta antes de que Ansel continuara.

—Nos llegó un informe de que unos soldados hada fueron vistos encendiéndolos. Disparando desde sus barcos.

—Maeve —murmuró Gavriel—. Pero quemar no es su estilo.

—Es el mío —dijo Aelin.

Todos la voltearon a ver. Ella rio sin humor.

Ansel sólo asintió:

—Maeve los ha estado encendiendo y te ha culpado a ti.

—¿Para qué? —preguntó Dorian, y se pasó la mano por el cabello negro azulado.

—Para hacerla perder su posición —dijo Rowan—. Para que parezca que es una tirana, no una salvadora. Una amenaza contra la cual vale la pena pelear más que aliarse.

Aelin apretó los labios.

—Maeve juega bien el juego, eso hay que reconocérselo.

—Entonces ya está en estas costas —dijo Aedion—. Pero, ¿dónde demonios está?

Aelin sintió que el alma se le iba a los pies. No podía obligarse a decir norte. Sugerir que tal vez Maeve ahora iba hacia

Terrasen que estaba indefenso. Miró a Fenrys y Gavriel que negaban con la cabeza ante la mirada inquisitiva de Rowan.

—Salimos al amanecer —dijo Aelin.

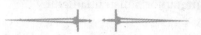

En la luz tenue de su camarote privado una hora después, Rowan trazó una línea en el mapa que tenían extendido en el piso y luego una segunda línea junto y una tercera junto a esa. Tres líneas, separadas más o menos por la misma distancia, tres tramos de continente. Aelin, a su lado, los estudió.

Rowan trazó una flecha hacia el interior desde la línea del extremo izquierdo hacia la del centro y dijo en voz baja, de modo que no lo pudieran escuchar los de las habitaciones contiguas:

—Ansel y su ejército vienen desde las montañas de occidente —otra flecha en dirección opuesta, hacia la línea del extremo derecho—. Rolfe, los micenianos, y esta armada atacan desde la costa este —una flecha que apuntaba hacia la sección derecha de su dibujo, donde se unirían las dos flechas—. El Flagelo y la otra mitad del ejército de Ansel vendrán por el centro, de las Staghorns, hacia el corazón del continente y todos se reunirán en Morath —los ojos de Rowan eran como fuego verde—. Has estado moviendo ejércitos a sus posiciones.

—Necesito más —dijo ella—. Y necesito más tiempo.

Él frunció el entrecejo.

—¿Y en cuál ejército estarás peleando tú? —las comisuras de su boca subieron un poco—. Asumo que no podré convencerte de que permanezcas detrás de las líneas.

—Sabes bien que ni siquiera debes intentarlo.

—¿Dónde estaría lo divertido, de cualquier manera, si yo me quedara con toda la gloria mientras tú permaneces sentada en tu trasero? Nunca te lo dejaría de recordar.

Ella rio y miró los otros mapas que extendieron por el piso del camarote. Juntos formaban un mapa de su mundo, no sólo del continente, sino de las tierras que quedaban más allá.

Ella se puso de pie, lo miró desde arriba, como si pudiera ver esos ejércitos, tanto los lejanos como los cercanos.

Rowan seguía de rodillas y miró el mundo que se extendía a los pies de Aelin.

Y ella se dio cuenta de que así estaría, si ganaba la guerra, recuperaría todo el continente.

Aelin miró la extensión del mundo, que antes le parecía tan vasto y ahora, a sus pies, le parecía tan... frágil. Tan pequeño y frágil.

—Podrías, ¿sabes? —dijo Rowan y su tatuaje contrastó con la luz del camarote—, tomarlo para ti sola. Tomarlo todo. Usar las maniobras de mierda de Maeve contra ella. Cumplir esa promesa.

No había un tono de juicio en su voz. Sólo cálculo franco y contemplación.

—¿Y estarías conmigo si lo hiciera? ¿Aunque me convirtiera en una conquistadora?

—Tú nos unificarías, no saquearías y quemarías, y sí, hasta cualquier fin.

—Esa es la amenaza, ¿no es así? —pensó ella—. Los otros reinos y territorios pasarán el resto de su existencia preguntándose si algún día me empezaré a sentir inquieta en Terrasen. Harán lo posible para asegurarse de que nos quedemos contentos dentro de nuestras fronteras y que nos parezcan más convenientes como aliados y socios comerciales que como conquistas potenciales. Maeve atacó la costa de Eyllwe, haciéndose pasar por mí, para hacer que esas tierras extranjeras se volvieran contra mí, para reafirmar la posición que definí con mi poder en la Bahía de la Calavera... y usarlo contra nosotros.

Él asintió.

—Pero, si pudieras... ¿lo harías?

Durante un segundo se lo imaginó, pudo ver su rostro tallado en estatuas en reinos tan lejanos que no supieran siquiera que existía Terrasen. Una diosa viviente, heredera de Mala y conquistadora del mundo conocido. Llevaría música, libros y cultura, terminaría con la corrupción que amenazaba algunos rincones de la tierra con su podredumbre...

Ella dijo suavemente.

—No ahora.

—¿Pero después?

—Tal vez si me aburro de ser reina... Pensaré en convertirme en emperatriz. Para darles a mis hijos no sólo un reino que heredar sino tantos como las estrellas.

No había ningún daño en decirlo. En pensarlo, aunque fuera estúpido e inútil. Aunque pensar en las posibilidades... tal vez eso no la hacía mejor que Maeve o Erawan.

Rowan movió la barbilla hacia el mapa más cercano: hacia los Yermos.

—¿Por qué perdonaste a Ansel? ¿Después de lo que te hizo y lo que le hizo a los demás en el desierto?

Aelin volvió a agacharse.

—Porque tomó una mala decisión intentando sanar una herida que nunca podría sanar. Trató de vengar a la gente que amaba.

—¿Y realmente echaste a andar todo esto cuando estábamos en Rifthold? ¿Cuando peleabas en las arenas?

Ella le guiñó el ojo con picardía.

—Sabía que si daba el nombre de Ansel de Briarcliff eso de alguna manera le llegaría a sus oídos. Se enteraría que una mujer de cabello rojo estaba usando *su* nombre para matar soldados entrenados en las Arenas. Y que sabría que sería yo.

—Así fue el cabello rojo de entonces, no sólo era por Arobynn.

—Ni remotamente —dijo Aelin y frunció el ceño a los mapas. Le molestaba no haber encontrado otros ejércitos escondiéndose en el mundo.

Rowan se pasó la mano por el cabello.

—A veces desearía poder saber cuáles son los pensamientos que cruzan esa cabeza, cada maquinación y plan. Luego recuerdo cuánto disfrutas al revelarlos, por lo general cuando es más probable que mi corazón se detenga.

—Sabía que eras un sádico.

Él la besó una vez en la boca, dos, luego en la punta de la nariz y la mordió con sus colmillos. Ella siseó y le dio un manotazo y su risa profunda retumbó en las paredes de madera.

—Eso fue por no decirme —dijo—. *Otra vez.*

Pero a pesar de sus palabras, a pesar de todo, se veía tan... contento. Tan perfectamente contento y satisfecho de estar ahí, hincado entre esos mapas, con la lámpara a punto de apagarse y el mundo yéndose al infierno.

El macho frío y sin alegría que conoció, el que esperaba un oponente suficientemente fuerte para matarlo... Ahora la veía con felicidad en el rostro.

Ella lo tomó de la mano y apretó.

—Rowan.

La chispa de sus ojos se apagó.

Ella le apretó los dedos.

—Rowan, necesito que hagas algo por mí.

Manon estaba acurrucada de lado en su cama angosta, incapaz de conciliar el sueño.

No se debía a las pésimas condiciones del barco y los camarotes, no; ella había dormido en situaciones mucho peores, a pesar del agujero mal tapado en la pared.

Miró al agujero, la luz de la luna se colaba por las rendijas junto con la brisa salada del verano.

No iría a buscar a las Crochans. No le importaba cómo la llamara la reina de Terrasen, admitir su ascendencia era muy distinto a... reclamarla. Dudaba que las Crochans estuvieran dispuestas a servir de todas maneras, dado que ella mató a su princesa. A su propia media hermana.

E incluso si las Crochans decidían servirla, luchar por ella... Manon puso una mano sobre la cicatriz gruesa que cubría su abdomen. Las Dientes de Hierro no compartirían los Yermos.

Pero justo esa mentalidad, pensó mientras volvía a ponerse de espaldas y se quitaba el cabello del cuello pegajoso por el sudor, las envió a todas al exilio.

Nuevamente miró por las rendijas de la pared hacia el mar. Esperaba ver una mancha en el cielo nocturno, escuchar el tronido de las alas poderosas.

Abraxos ya debería estar de regreso. Intentó no hacer caso de la angustia que se arremolinaba en su estómago.

Pero en vez de alas escuchó pasos en el pasillo fuera de su camarote.

Un instante después, la puerta se abrió con las bisagras prácticamente silenciosas y luego se cerró nuevamente. Con el cerrojo puesto.

Manon no se sentó al decir:

—¿Qué estás haciendo aquí?

La luz de la luna se movió en el cabello negro azulado del rey.

—Ya no tienes cadenas.

Ella se sentó al escuchar eso y examinó la parte donde habían estado las cadenas de hierro en la pared.

—¿Es más emocionante para ti cuando están?

Los ojos color zafiro parecieron brillar en la oscuridad cuando el rey se recargó en la puerta cerrada.

—A veces lo es.

Ella rio y luego agregó:

—Nunca diste tu opinión.

—¿Sobre qué? —preguntó él, aunque sabía a qué se refería.

—Qué soy. Quién soy.

—¿Mi opinión te importa, brujita?

Manon avanzó hacia él y se detuvo apenas a un metro de distancia, consciente de cada centímetro de noche que los separaba.

—No pareces estar molesto de que Aelin saqueara Melisande sin decirle a nadie, y no parece importarte que yo sea Crochan...

—No confundas mi silencio con indiferencia. Tengo buenos motivos para guardarme mis pensamientos.

El hielo brilló en las puntas de sus dedos. Manon lo miró.

—¿Me pregunto quién peleará al final contra Erawan, la reina o tú?

—El fuego contra la oscuridad es una mejor historia.

—Sí, pero también lo sería hacer pedazos a un rey demonio sin tener que usar las manos.

Una media sonrisa.

—Se me ocurren usos mejores para mis manos, visibles o invisibles.

Una invitación y una pregunta. Ella le sostuvo la mirada.

—Entonces termina lo que empezaste —exhaló Manon.

La sonrisa que Dorian esbozó como respuesta fue suave con un brillo de crueldad que le ponía a hervir la sangre, como si la reina de fuego en persona la hubiera encendido.

Permitió que Dorian la pusiera contra la pared. Le permitió que la viera a los ojos mientras desataba los listones de su camisa blanca.

Uno. Por. Uno.

Le permitió inclinarse hacia ella para rozar su boca contra su cuello desnudo, justo debajo de la oreja.

Manon se arqueó ligeramente al sentir su caricia. Al sentir la lengua que se movía en el sitio donde habían estado sus labios. Luego él se quitó. Se alejó.

Aún cuando sus manos fantasmas empezaron a subir por su cadera, sobre su cintura. La boca de Dorian se abrió ligeramente y su cuerpo temblaba porque intentaba controlarlo. Control cuando la mayoría de los hombres tomaban y tomaban cuando ella lo ofrecía, hartándose de ella. Pero Dorian Havilliard dijo:

—El Sabueso mintió esa noche. Lo que dijo sobre tu Segunda. La sentí mentir, lo pude saborear.

Un nudo en el pecho de Manon se deshizo.

—No quiero hablar de eso.

Él se acercó más y las manos fantasmas llegaron bajo sus senos. Ella apretó los dientes.

—¿Y de qué quieres hablar, Manon?

No estaba segura de haberlo oído decir su nombre antes. Y la manera en que lo dijo...

—No quiero hablar para nada —le contestó ella—. Y tú tampoco —agregó con una mirada insinuante.

Nuevamente, apareció esa sonrisa oscura con un toque de ferocidad. Y cuando el rey se acercó, sus manos reemplazaron las manos fantasmas.

Acarició su cadera, su cintura, sus senos. Sin prisas. Hacía círculos indolentes que ella le permitía hacer, simplemente porque nadie se había atrevido nunca. Cada roce de su piel contra la de ella dejaba una estela de fuego y hielo. Se sintió hipnotizada, con cada caricia incitante y sensual. Ni siquiera consideró objetar cuando Dorian le quitó la camisa y estudió su carne desnuda y llena de cicatrices.

Su rostro se volvió voraz cuando miró sus senos, su vientre plano, la cicatriz que lo atravesaba.

La voracidad se convirtió en algo helado y cruel:

—Una vez me preguntaste dónde me ubicaba en la línea entre matar por proteger y matar por placer —sus dedos recorrieron el borde de la cicatriz en su abdomen—. Estaré del otro lado de la línea cuando encuentre a tu abuela.

Ella sintió que un escalofrío la recorría y llegaba hasta sus senos. Él los observó y luego circuló un dedo alrededor de uno de ellos. Dorian se agachó; su boca siguió el camino donde había estado su dedo. Luego su lengua. Ella se mordió el labio para evitar que se le saliera el gemido que subía por su garganta y pasó sus manos entre los mechones sedosos de su cabeza.

Todavía tenía la boca alrededor de la punta de su seno cuando volvió a verla a los ojos, con esa mirada de zafiro enmarcada por pestañas de ébano y dijo:

—Quiero probar cada centímetro de ti.

Manon dejó de fingir que podía razonar cuando el rey levantó la cabeza y tomó su boca.

Y aunque él habló de probarla a ella, cuando lo recibió en su boca, pensó que el rey sabía al mar, a una mañana de invierno, algo tan ajeno y tan familiar que al fin sacó ese gemido de lo más profundo de su ser.

Sus dedos se deslizaron hacia su mandíbula e inclinaron su cabeza para tomar su boca por completo. Cada movimiento de su lengua era una promesa sensual que la hacía pegarse más a su cuerpo. Ella respondía con más caricias a cada caricia que él le daba, mientras él exploraba y jugaba hasta que ella ya no pudo pensar. Nunca había contemplado cómo sería... ceder el control. Y no considerarlo como debilidad sino como libertad.

Las manos de Dorian bajaron por sus muslos, como si estuvieran saboreando el músculo ahí y luego a la parte trasera, rodeando sus nalgas y presionando cada centímetro de su cuerpo contra ella. El pequeño sonido en su garganta se interrumpió cuando él la levantó contra la pared con un movimiento sencillo.

Manon envolvió sus piernas alrededor de su cintura, él la llevó hacia la cama, sin apartarse de su boca mientras la devoraba y la devoraba. Cuando la extendió debajo de él. Cuando le abrió los pantalones botón por botón y luego se los quitó.

Pero Dorian se apartó al fin y la dejó jadeando mientras la observaba, completamente desnuda frente a él. Acarició el interior de su muslo con un dedo. Más arriba.

—Te deseé desde la primera vez que te vi en Oakwald —dijo con voz baja y ronca.

Manon se estiró para quitarle la camisa y la tela blanca se deslizó fácilmente para revelar la piel bronceada y los músculos esculpidos.

—Sí —fue lo único que le respondió.

Le desabrochó el cinturón con las manos temblorosas.

—Sí —repitió cuando Dorian le pasó un nudillo por la entrepierna. Él dejó escapar un gruñido aprobatorio por lo que encontró.

Su ropa se unió a la de ella en el suelo. Manon le permitió que le pusiera los brazos sobre la cabeza y la detuviera ahí suavemente con su magia, sosteniendo sus muñecas contra el colchón mientras él la tocaba con esas manos malvadas. Y luego con su boca malvada. Y cuando Manon tuvo que morderle el hombro para disimular su gemido, cuando la llevó hasta el clímax, Dorian Havilliard la penetró profundamente.

No le importaba quién era ella, quién había sido, ni lo que había prometido cuando él empezó a moverse. Le pasó las manos por el cabello espeso, por los músculos de la espalda que se movía y se tensaba con cada movimiento que la llevaba nuevamente a ese punto climático. Ahí, ella no era nada salvo carne, fuego y hierro; ahí, sólo estaba esa necesidad egoísta de su cuerpo y del cuerpo de él.

Más. Quería más... quería *todo*.

Podría haberlo susurrado, podría haber rogado por ello. Porque, que la oscuridad la salvara, Dorian se lo dio. A ambos.

Él permaneció sobre ella cuando al fin se quedó inmóvil. Sus labios estaban muy cerca de los suyos, sobre ellos, flotando después del beso brutal que le dio para contener su rugido cuando la liberación lo alcanzó.

Ella temblaba de nuevo por... lo que le había hecho, lo que le había hecho a su cuerpo. Él le quitó un mechón de cabello de la cara y sus propios dedos temblaban.

Manon no se había dado cuenta de lo silencioso que estaba el mundo, de cuánto ruido podrían haber hecho, en especial con tantos oídos hada cerca.

Él seguía quieto sobre ella, dentro de ella. Esos ojos de zafiro se fijaron en su boca que todavía jadeaba ligeramente.

—Se suponía que esto iba a dejarme un poco más tranquilo.

Ella mantuvo su voz baja mientras vio que la ropa de él se deslizaba hacia ella tirada por manos fantasmas.

—¿Y así fue?

Él le trazó el labio inferior con el pulgar y tembló cuando ella lo succionó y le pasó la lengua por la punta.

—No. Para nada.

Pero la luz grisácea del amanecer empezaba a meterse a la cabina y pintaba las paredes de plateado. Él pareció darse cuenta en el mismo instante que ella. Gimiendo suavemente se separó de ella. Manon se puso la ropa con eficiencia entrenada y cuando se terminaba de amarrar los listones de la blusa, Dorian dijo:

—No hemos terminado, tú y yo.

Y esa *promesa* puramente masculina la hizo mostrarle los dientes.

—A menos que quieras averiguar precisamente cuáles partes de mi cuerpo están hechas de hierro la próxima vez que me toques, yo decidiré esas cosas.

Dorian le volvió a sonreír de una manera completamente masculina, con las cejas arqueadas y caminó con seguridad hacia la puerta, tan silenciosamente como cuando llegó. Pareció detenerse un momento en el umbral de la puerta, como si una palabra hubiera capturado su interés. Pero salió y cerró la puerta a sus espaldas con apenas un sonido. Sin alterarse, completamente calmado.

Manon se quedó con la boca abierta mirándolo irse, maldiciendo su sangre por volver a calentarse, por... por lo que le permitió hacerle.

Se preguntó qué diría Dorian si le contara que nunca había permitido que un hombre estuviera sobre ella como él hizo. Ni una sola vez. Se preguntó qué diría si le dijera que quería enterrarle los dientes en el cuello y averiguar a qué sabía. Que quería poner su boca en otras partes para averiguar a qué sabía ahí.

Manon se pasó las manos por el cabello y se recargó en la almohada.

Que la oscuridad la abarcara.

Envió una oración silenciosa para el pronto regreso de Abraxos. Demasiado tiempo... Había pasado demasiado tiempo entre estos humanos y machos hada. Tenía que irse. Elide estaba a salvo con ellos, la reina de Terrasen podía ser muchas cosas, pero Manon sabía que protegería a Elide.

Sin embargo, con las Trece dispersas y probablemente muertas, independientemente de lo que dijera Dorian, Manon no estaba segura de a dónde iría cuando se fuera de ahí. El mundo nunca le había parecido tan vasto antes.

Ni tan vacío.

Aunque estaba completamente agotada, Elide apenas pudo dormir durante la larga noche que ella y Lorcan se mecieron en hamacas con los demás marineros. Los olores, los sonidos, el movimiento del mar... Todo eso la inquietaba, nada la dejaba tranquila. Sentía como si un dedo la estuviera despertando, insistiendo en que estuviera alerta pero... no había nada.

Lorcan dio vueltas y vueltas durante horas. Como si esa misma fuerza le estuviera rogando que despertara.

Como si estuviera esperando algo.

Su fuerza flaqueba cuando llegaron al barco, aunque no había mostrado señales de cansancio más allá de una ligera tensión en la boca. Pero Elide sabía que estaba cercano a lo que él describía como agotamiento. Lo sabía porque, durante horas después de eso, la pequeña férula de magia que tenía alrededor del tobillo parpadeó constantemente.

Después de que Manon le informó de los destinos inciertos de las Trece, Elide se mantuvo alejada del camino de sus compañeros y les permitió hablar con la joven de cabello rojo que los encontró en la playa. Lorcan hizo lo mismo. Los escuchó debatir y planear con el rostro inflexible, como si algo se tensara dentro de él más y más con cada momento que pasaba.

Lo miró dormir cerca de ella, ese rostro severo suavizado por el sueño y una parte de Elide se preguntó si de alguna manera atrajo otro peligro a la reina. Se preguntó si los demás notaron la manera en que la mirada de Lorcan con frecuencia estaba fija en la espalda de Aelin. *Apuntando* a su espalda.

Como si percibiera su atención, Lorcan abrió los ojos. La miró sin parpadear. Por un instante ella miró esos ojos sin fondo que se veían etéreos bajo la luz plateada previa al amanecer.

Él estuvo dispuesto a ofrecer su vida a cambio de la de ella.

Algo se suavizó en ese rostro duro cuando sus ojos se fueron al sitio donde su brazo colgaba de la hamaca. Todavía sentía un poco adolorida la piel pero... milagrosamente había sanado. Ya le había agradecido a Gavriel dos veces, pero él no le dio importancia, sólo asintió suavemente y se encogió de hombros.

Una sonrisa vaga apareció en la boca severa de Lorcan cuando estiró la mano por el espacio que los separaba y le recorrió el brazo con sus dedos llenos de callos.

—¿Eliges esto? —murmuró de modo que apenas fuera más fuerte que el crujido de las cuerdas de las hamacas. Le pasó el pulgar por la palma de la mano.

Elide tragó saliva pero se permitió memorizar cada línea de ese rostro. Al norte, irían a *casa* ese día.

—Pensé que era obvio —dijo ella con la voz igual de baja y las mejillas ruborizadas.

Los dedos de Lorcan se entrelazaron en los de ella, con una emoción que ella no pudo identificar porque parpadeaba en esos ojos negros como luz de estrellas.

—Tenemos que hablar —dijo con voz ronca.

El grito de la guardia los sobresaltó. Un grito de terror puro.

Elide casi se cayó de la hamaca y los marineros pasaron corriendo a su lado. Para cuando se quitó el cabello de los ojos, Lorcan ya se había ido.

Todas las cubiertas estaban llenas y ella tuvo que cojear por las escaleras para ver qué los había despertado. Los otros barcos estaban despiertos y todos se movían con frenesí. Y tenían motivos.

En el horizonte occidental, se podía ver otra armada que se dirigía hacia ellos.

Y Elide supo en sus huesos que ésta no era una que Aelin hubiera planeado.

No cuando escuchó a Fenrys, que de pronto estaba junto a ella en las escaleras, exhalar:

—Maeve.

# CAPÍTULO 61

No tenían alternativa salvo reunirse con ellos. La armada de Maeve tenía el viento y la corriente a su favor y ellos ni siquiera lograrían alcanzar la costa antes de que los atraparan. Y ganarle corriendo a un soldado hada... no era una opción.

Rowan y Aedion le plantearon todas las opciones posibles a Aelin. Todos los caminos llegaban al mismo destino: la confrontación. Y ella seguía tan drenada, tan agotada que... Sabía cómo irían las cosas.

Maeve tenía un tercio más de barcos. Y guerreros inmortales. Con magia.

Les tomó muy poco tiempo a esas velas negras llenar el cielo. Rápidamente se dieron cuenta de que los barcos de sus enemigos estaban mejor hechos, sus soldados tenían más entrenamiento. Rowan y el equipo habían supervisado mucho de ese entrenamiento y los detalles que les proporcionaron no eran alentadores.

Maeve envió un bote de remos muy ornamentado a su barco para entregarles un mensaje.

Que se rindieran o terminarían en el fondo del mar. Aelin tenía hasta el amanecer del día siguiente para decidir.

Todo un día. Para que el miedo pudiera afianzarse y extenderse entre sus hombres.

Aelin se reunió otra vez con Rowan y Aedion. Maeve no llamó al equipo aunque Lorcan caminaba como bestia enjaulada. Elide observaba todo con una expresión que sorprendentemente no revelaba nada.

No había solución. Dorian permaneció en silencio aunque con frecuencia las miraba a ella y a Manon. Como si tuviera un acertijo frente a él. Nunca dijo de qué se trataba.

Aedion presionaba para que atacaran, que juntaran los barcos discretamente y atacaran. Pero Maeve anticiparía esa maniobra. Y podían atacar más rápidoc con magia que con flechas de fuego y arpones.

Tiempo. Eso era lo único que ella podía usar para su ventaja.

Debatieron, teorizaron y planearon. Rowan intentó sugerirle que huyera. Aelin lo dejó hablar para que mientras lo hacía se diera cuenta de lo estúpido de la idea. Después de la noche anterior, debería estar bien consciente de que ella no se apartaría de él. No voluntariamente.

Así que el sol se puso. Y la armada de Maeve esperó, lista y observante. Una pantera que descansaba, lista para atacar con la primera luz del día.

Tiempo. Era su única herramienta y también su perdición. Y ya se le había acabado.

Aelin contó una y otra vez esas velas negras cuando la noche las cubrió.

Y no tenía idea de qué hacer.

Era inaceptable, decidió Rowan, durante las largas horas que debatieron.

Era inaceptable que hubieran hecho tanto para terminar siendo frenados no por Erawan sino por Maeve.

Ella no se había dignado a aparecer. Pero ese no era su estilo.

Lo haría al amanecer. Aceptaría la rendición de Aelin en persona con todas las miradas sobre ellas. Y entonces... Rowan no sabía qué haría entonces. No sabía qué quería Maeve, aparte de las llaves.

Aelin había estado muy tranquila. Se dio cuenta de que estaba en estado de choque. Aelin había entrado en estado de choque. Rowan la había visto furiosa y la había visto matar, reír y llorar pero nunca la había visto... perdida. Y se odiaba por eso, pero no podía encontrar una salida. No podía encontrar una manera de que *ella* saliera de ésa.

Aelin dormía profundamente, Rowan observaba el techo sobre su cama y luego la miró a ella. Observó las líneas de su rostro, las ondas doradas de su cabello, cada cicatriz blanca como la luna y cada espiral de tinta. Se agachó hacia ella, silencioso como nieve sobre madera, y le besó la frente.

No permitiría que las cosas terminaran ahí, no permitiría que eso fuera lo que los destrozara.

Conocía las banderas de las casas que ondeaban debajo del escudo de armas de Maeve. Las había contado y catalogado a lo largo del día, buscando entre las catacumbas de su memoria.

Rowan se puso la ropa y esperó hasta haber salido al pasillo para abrocharse el cinturón de la espada. Con la manilla de la puerta todavía en la mano se permitió verla una última vez.

Por un instante el pasado lo atrapó, por un instante la vio como la primera vez que la espió en las azoteas de Varese, borracha y golpeada. Él en su forma de halcón estudiaba a su nueva encargada, ella lo detectó, aun cuando estaba destrozada y mareada se dio cuenta. Y le sacó la lengua.

Si alguien le hubiera dicho que esa mujer borracha, peleonera y amargada se convertiría en la única cosa que necesitaba para vivir... Rowan cerró la puerta.

Esto era todo lo que tenía para ofrecerle.

Llegó a la cubierta principal y se transformó en un rayo de luna mientras se escudaba y volaba en la noche salada hacia el corazón de la flota de Maeve.

El primo de Rowan tuvo el criterio de no matarlo en cuanto lo vio.

Eran cercanos en edad y Rowan había crecido con él, en la casa de su tío, después de que sus padres se desvanecieron. Si su tío se desvanecía alguna vez, Enda sería quien asumiría el control como jefe de su casa, un príncipe con título, propiedades y armas considerables.

Enda, a su favor, percibió su llegada antes de que Rowan entrara por el escudo débil que protegía la ventana. Y permaneció sentado en la cama, aunque vestido para la batalla, con una mano en la espada.

Su primo lo miró de pies a cabeza después de que Rowan se transformó.

—¿Asesino o mensajero, príncipe?

—Ninguno —dijo Rowan e inclinó la cabeza ligeramente.

Al igual que él, Enda tenía el cabello plateado, aunque sus ojos verdes estaban salpicados de color marrón que a veces se podía tragar el otro color cuando estaba enojado.

Si Rowan había sido criado y construido para el campo de batalla, Enda fue esculpido para la intriga y las maquinaciones de la corte. Su primo, aunque era alto y bastante musculoso, carecía de la anchura de hombros y la corpulencia de Rowan, aunque eso también podía deberse al tipo de entrenamiento que había recibido. Enda sabía lo suficiente sobre la batalla para estar ahí, al mando de las fuerzas de su padre, pero sus respectivas educaciones se cruzaron pocas veces después de esas primeras décadas de juventud en las que recorrían salvajemente los terrenos de su familia.

Enda mantuvo la mano en la empuñadura de su espada, completamente calmado.

—Te ves... diferente —dijo su primo y sus cejas se juntaron un poco—. Mejor.

Hubo un tiempo en el que Enda fue su amigo, antes de Lyria. Antes de... todo. Y Rowan hubiera querido explicarle quién y qué había sido responsable del cambio, pero no tenía tiempo. No, el tiempo no era su aliado esa noche.

—Tú te ves distinto también, príncipe —dijo Rowan.

Enda sonrió a medias.

—Puedes agradecerle eso a mi pareja.

En otro momento eso podría haberlo hecho sentir un destello de agonía. Que Enda hablara de eso le recordaba que su primo tal vez no era un guerrero probado en el campo de batalla, pero que el cortesano era igual de bueno para notar los detalles importantes: el olor de Aelin, que ahora estaba para siempre entrelazado con el suyo. Así que Rowan asintió y sonrió un poco para sí mismo.

—Fue el hijo de lord Kerrigan, ¿verdad?

Ciertamente, había otro olor entrelazado con el de Enda, una proclamación profunda y verdadera.

—Lo fue —dijo Enda y volvió a sonreír.

Tenía un anillo en el dedo.

—Nos unimos y nos casamos este verano.

—¿O sea que esperaste cien años a este tipo?

Enda se encogió de hombros y aflojó un poco su mano alrededor de la espada.

—Cuando es la persona indicada, príncipe, esperar cien años vale la pena.

Él lo sabía. Entendía eso tan bien que hacía que su pecho se resquebrajara sólo de pensarlo.

—Endymion —dijo con voz ronca—. Enda, necesito que me escuches.

Había muchas personas que habrían llamado a los guardias, pero él conocía a Enda, o lo había conocido. Era uno de varios primos que metió sus narices en sus asuntos durante años. Tal vez lo intentaron, pensó Rowan en ese momento, no por entrometidos sino... para mantener vivo un trozo de él. Enda más que los demás.

Así que Endymion le concedió el regalo de escucharlo. Rowan intentó ser conciso, intentó evitar que le temblaran las manos. Al final, supuso que su petición era sencilla.

Cuando terminó, Enda lo estudió y cualquier respuesta se quedó oculta detrás de esa máscara entrenada en la corte y que no revelaba sino neutralidad.

—Lo voy a considerar —dijo Enda.

Era lo más que podía esperar Rowan. No le dijo nada más a su primo antes de volverse a transformar y salir volando hacia la noche, hacia otra bandera junto a la cual alguna vez había marchado.

Y Rowan fue de barco en barco. El mismo discurso. La misma petición.

Todos ellos, todos sus primos, tenían la misma respuesta.

"Lo voy a considerar".

# CAPÍTULO 62

Manon estaba despierta cuando Dorian entró con prisa a su habitación una hora antes del amanecer. No hizo caso de su blusa desatada ni de los senos firmes que había probado apenas un día antes y le dijo:

—Vístete y sígueme.

Por fortuna, la bruja obedeció. Aunque él tuvo la sensación de que lo hizo principalmente por curiosidad.

Cuando llegó a la habitación de Aelin se tomó la molestia de tocar, en caso de que la reina y Rowan estuvieran aprovechando las horas que podrían ser sus últimas juntos. Pero la reina ya estaba despierta y vestida y el príncipe no estaba por ninguna parte. Aelin miró el rostro de Dorian y preguntó:

—¿Qué pasó?

No le dijo nada a ninguna y las llevó a la zona de la bodega porque los niveles superiores del barco ya estaban muy agitados con las preparaciones para la batalla.

Mientras todos discutían y se preparaban el día anterior, él había estado pensando en la advertencia de Manon después de que ella hizo cantar de placer a su sangre. "A menos que quieras averiguar precisamente qué partes de mi cuerpo están hechas de hierro la próxima vez que me toques, yo decidiré eso".

Una y otra vez él pensó en la manera en que las palabras se quedaron enganchadas en una esquina de su memoria. Se quedó despierto toda la noche mientras descendía en su pozo de magia todavía bastante agotado. Y cuando la luz empezó a cambiar…

Dorian tiró de la sábana que cubría el espejo de las brujas cuidadosamente apoyado contra la pared. El candado, o lo que fuera. En el reflejo opaco, las dos reinas estaban frunciendo el ceño a sus espaldas.

Manon sacó las uñas de hierro.

—Si yo fuera tú, pondría mucho cuidado al utilizar eso.

—Escucho tu advertencia y la agradezco —dijo él y miró los ojos dorados en el espejo. Ella no le devolvió la sonrisa. Ni Aelin tampoco. Él suspiró—. No creo que este espejo de bruja tenga ningún poder. O, más bien, no tiene un poder tangible y bruto. Creo que su poder es el conocimiento.

Los pasos de Aelin fueron casi silenciosos cuando se acercó a él.

—A mí me dijeron que el candado me permitiría unir las tres llaves en el portal. ¿Crees que este espejo sepa cómo hacer eso?

Él asintió e intentó no verse demasiado ofendido por el escepticismo que fruncía el rostro de la reina.

Aelin tiró de un hilo suelto en su chaqueta.

—¿Pero qué tiene que ver el candado-espejo-lo-que-sea con la armada que tenemos respirándonos en la nuca?

El trató de no poner los ojos en blanco.

—Tiene que ver con lo que dijo Deanna. ¿Qué tal si el candado no es para volverlas a poner en el portal sino una herramienta para controlar las llaves de manera segura?

Aelin frunció el ceño al espejo.

—¿Entonces tengo que cargar esa cosa a la cubierta y usarla para volar la armada de Maeve en pedazos con las dos llaves que tenemos?

Él respiró para tranquilizarse y le rogó a los dioses que le dieran paciencia.

—Dije que el poder del espejo es el conocimiento. Creo que te *mostrará* cómo usar las llaves de manera segura. Para que puedas regresar aquí y usarlas sin consecuencia.

Un parpadeo lento.

—¿Qué quieres decir con *regresar aquí*?

—Es un espejo viajero —respondió Manon y avanzó para estudiar el espejo.

Dorian asintió.

—Piensa en las palabras de Deanna: "La flama y el hierro, fusionados, se funden en la plata para averiguar lo que debe encontrarse. Sólo será necesario un paso" —señaló el espejo—. Entren a la plata... y *averigüen*.

—Y supongo que ella y yo somos la flama y el hierro —Manon chasqueó la lengua.

Aelin se cruzó de brazos.

Dorian miró a la reina de Terrasen de manera irónica.

—Hay gente aparte de ti que *puede* resolver cosas, sabes.

Aelin le lanzó una mirada molesta.

—No tenemos tiempo para equivocarnos. Hay demasiadas cosas que pueden salir mal.

—A ti te queda poca magia —le dijo Dorian e hizo un ademán con la mano hacia el espejo—. Puedes entrar y salir de este espejo antes del amanecer. Y usar lo que averigües para enviarle un mensaje a Maeve con todas las certezas.

—Puedo pelear con acero, sin los riesgos ni la pérdida de tiempo.

—Puedes ponerle fin a esta batalla antes de que las pérdidas sean demasiado grandes para ambos lados.

Luego añadió con cuidado:

—Ya se nos acabó el tiempo, Aelin.

Esos ojos color turquesa estaban serenos, aunque todavía algo furiosos porque él le ganó en resolver el acertijo, pero algo destelló en ellos.

—Lo sé —dijo ella—. Tenía la esperanza —negó con la cabeza, como para sí misma— pero me quedé sin tiempo —murmuró como si fuera una respuesta y observó el espejo, luego a Manon. Luego exhaló—. Este no era mi plan.

—Lo sé —dijo Dorian con una media sonrisa—. Por eso no te gusta.

Manon preguntó antes de que Aelin pudiera arrancarle la cabeza:

—¿Pero a dónde lleva el espejo?

Aelin apretó la mandíbula.

—Espero que no sea a Morath.

Dorian se tensó. Tal vez ese plan...

—Ese símbolo nos pertenece a ambas —dijo Manon y estudió el Ojo de Elena que estaba grabado ahí—. Y si te lleva a Morath, vas a necesitar a alguien que conozca el camino de salida.

Se escucharon unos pasos en las escaleras, al fondo de la bodega. Dorian volteó hacia el sonido, pero Aelin le sonrió a Manon y se acercó al espejo.

—Entonces te veré del otro lado, bruja.

La cabeza dorada de Aedion apareció entre las cajas.

—¿Qué demonios están...?

Un movimiento de cabeza de Aelin fue todo lo que necesitó Manon. Puso su mano sobre la de Aelin.

Los ojos dorados miraron los de Dorian por un momento y él abrió la boca para decirle algo, las palabras surgieron de un campo desértico en su pecho.

Aelin y Manon presionaron sus manos unidas en el vidrio manchado.

El grito de advertencia de Aedion resonó por toda la bodega cuando ellas desaparecieron.

# CAPÍTULO 63

Elide observó a la tripulación prepararse para hacer frente a la armada que los amenazaba... y después entrar en un verdadero caos cuando Aedion empezó a rugir abajo.

Las noticias llegaron unos momentos después. El príncipe Rowan Whitethorn aterrizó en la cubierta principal, con el rostro demacrado y los ojos llenos de miedo en el momento que Aedion salió por la puerta con Dorian detrás de él. El rey traía un ojo morado. Aedion caminaba enfurecido mientras les contó que Aelin y Manon entraron al espejo, o el candado, y desaparecieron. Cómo el rey de Adarlan resolvió el acertijo de Deanna y las envió al reino plateado para que todos tuvieran una oportunidad en esa batalla.

Bajaron a la bodega. Pero no importó cuánto Aedion se empujó contra el espejo, no se abrió para él. No importó cuánto buscó Rowan con su magia, no cedió en donde Aelin y Manon habían entrado. Aedion escupió en el piso y parecía estar listo para ponerle otro ojo morado al rey cuando Dorian explicó que no tenían mucha alternativa. No parecía sentirse mal por haberlo hecho hasta que Rowan se rehusó a mirarlo a los ojos.

Sólo cuando se reunieron nuevamente en la cubierta, el rey y la metamorfa se fueron a hablar sobre lo sucedido y entonces Elide le dijo a Aedion que caminaba de un lado a otro:

—Lo hecho, hecho está. No podemos esperar que lleguen Aelin y Manon para encontrar una manera de salvarnos.

Aedion se detuvo y Elide intentó no retroceder al ver esa furia implacable que se concentraba en ella.

—Cuando quiera tu opinión sobre cómo lidiar con mi reina ausente, te preguntaré.

Lorcan le gruñó. Pero Elide levantó la barbilla a pesar de que el insulto golpeó algo en su pecho.

—Yo esperé el mismo tiempo que tú para volverla a encontrar, Aedion. Tú no eres el único que teme perderla otra vez.

Era verdad, Rowan Whitethorn se frotó la cara. Elide sospechó que eso sería todo el sentimiento que mostraría el príncipe hada.

Rowan bajó las manos y los demás lo observaron. Esperaban... sus órdenes.

Incluso Aedion.

Elide se sobresaltó cuando se dio cuenta. Y buscó pruebas, pero no encontró ninguna.

—Continuaremos preparándonos para la batalla —dijo Rowan con voz ronca.

Miró a Lorcan, después a Fenrys y a Gavriel, su expresión cambió por completo. Hizo los hombros hacia atrás y su mirada se transformó y adquirió un aspecto duro y calculador.

—No hay posibilidades de que Maeve no sepa que ustedes están aquí. Usará el juramento de sangre cuando nos duela más.

Maeve. Una pequeña parte de ella deseó ver a la reina que había podido gobernar la concentración implacable de Lorcan y su afecto durante tantos siglos. Y tal vez decirle lo que opinaba de ella.

Fenrys puso una mano en la empuñadura de su espada y dijo en la voz más baja que Elide había presenciado hasta el momento:

—No sé cómo jugar esta.

De hecho, Gavriel también se veía perdido, buscando en sus manos tatuadas como si pudiera encontrar ahí la respuesta.

Lorcan fue quien dijo:

—Si los ven peleando de este lado, todo habrá terminado. Ella los matará a los dos o los hará arrepentirse de otras maneras.

—¿Y qué hay de *ti*? —lo desafió Fenrys.

Lorcan miró a Elide y después a los otros machos frente a ellos.

—Para mí terminó hace meses. Es sólo cuestión de esperar y ver qué hará ella al respecto.

Si lo mataría. O si lo arrastraría de regreso encadenado.

A Elide se le revolvió el estómago y luchó contra su necesidad de tomarlo de la mano, de insistirle en que huyera.

—Ella va a darse cuenta de que buscamos la manera de desobedecer su orden de matarte —dijo Gavriel al fin—. Si pelear en este lado de la línea no nos condena lo suficiente, entonces eso sin duda lo hará. Probablemente ya lo hizo.

—Todavía falta media hora para el amanecer, si quieren intentarlo de nuevo —dijo Lorcan con tono provocador.

Elide se tensó. Pero Fenrys dijo:

—Todo es un truco —Elide contuvo el aliento mientras él miraba a los demás machos hada, sus compañeros—. Lo que quiere es fracturarnos cuando Maeve sabe bien que, unidos, presentaríamos una amenaza considerable.

—Nunca nos volveríamos contra ella —lo contradijo Gavriel.

—No —aceptó Fenrys—. Pero podríamos ofrecer esa fuerza a otra persona —miró a Rowan y continuó—. Cuando recibimos tu llamado de ayuda en la primavera, cuando nos pediste que fuéramos a defender Mistward, salimos antes de que Maeve pudiera enterarse. Corrimos.

—Ya es suficiente —gruñó Lorcan.

Pero Fenrys continuó sin dejar de ver a Rowan a los ojos.

—Cuando regresamos, Maeve nos azotó hasta casi matarnos. Ató a Lorcan a los postes durante dos días y dejó que Cairn le diera latigazos cuando quisiera. Lorcan nos ordenó no decirte, por la razón que sea. Pero creo que Maeve vio lo que hicimos juntos en Mistward y se dio cuenta de lo peligrosos que podemos ser, contra *ella*.

Rowan no pudo ocultar la devastación en su mirada cuando volteó a ver a Lorcan, una devastación que Elide sintió hacía eco en su propio corazón. Lorcan soportó eso y seguía siendo leal a Maeve. Elide rozó sus dedos contra los de él. El gesto no pasó desapercibido a los demás, pero sabiamente guardaron silencio al respecto. En especial cuando vieron que Lorcan pasó el pulgar por el dorso de la mano de la joven en respuesta.

Y Elide se preguntó si Rowan entendería que Lorcan no les ordenó que guardaran silencio por estrategia, sino tal vez para evitar que el príncipe sintiera culpa. Para evitar que quisiera vengarse contra Maeve de una manera que seguramente lo perjudicaría.

—¿Antes de ir a Mistward, sabías —le dijo Rowan a Lorcan con voz áspera— que los castigaría?

Lorcan miró al príncipe a los ojos.

—Todos sabíamos cuál sería el precio.

Rowan tragó saliva, respiró profundamente y sus ojos volaron a las escaleras, como si Aelin fuera a salir por ahí, con la salvación en la mano. Pero no lo hizo y Elide rezó por que, donde fuera que estuviera la reina, averiguara lo que necesitaban saber con tanta desesperación. Rowan le dijo a sus compañeros:

—Ya saben cómo probablemente terminará esta batalla. Incluso si nuestra armada tuviera muchos guerreros hada, de todas maneras estaríamos en desventaja.

El cielo empezó a pintarse de rosa y morado cuando el sol se agitó debajo de las olas distantes.

Gavriel sólo dijo:

—Hemos tenido la desventaja en otras ocasiones —miró a Fenrys quien asintió con seriedad—. Nos quedaremos hasta que se nos ordene lo contrario.

Gavriel miró a Aedion al decir esa última frase. Había algo en la mirada del general Ashryver que se parecía mucho a la gratitud.

Elide sintió la atención de Lorcan y se dio cuenta de que la miraba cuando le dijo a Rowan:

—Elide irá a la playa, con una escolta de hombres de quienes puedas prescindir. Mi espada es tuya con esa condición.

Elide se sorprendió. Pero Rowan dijo:

—Hecho.

Rowan los distribuyó por toda la flota y a cada uno le dio el mando de unos cuantos barcos. Colocó a Fenrys, Lorcan y Gavriel en barcos al centro y atrás, lo más lejos que pudo de la atención de Maeve. Él y Aedion estarían en la línea delantera y Dorian y Ansel estarían al mando de la línea de barcos detrás de los suyos.

Lysandra ya estaba bajo el mar en su forma de dragón marino, lista para recibir la orden de dañar el casco, la proa y el timón de los barcos marcados. Apostaba que aunque los barcos hada podrían tener escudos a su alrededor, no desperdiciarían reservas valiosas de poder escudando debajo del agua. Lysandra atacaría rápido y con fuerza y se iría antes de que pudieran darse cuenta de quién o qué les había arruinado sus barcos.

Amaneció. Una mañana despejada y brillante que tiñó las velas de los barcos de dorado.

Rowan no se permitió pensar en Aelin, donde fuera que estuviera.

Pasó un minuto tras otro pero Aelin no regresaba.

Un pequeño barco de remos salió de la flota de Maeve y se dirigió a él.

En el bote de roble sólo había tres personas y ninguna era Maeve.

Rowan podía sentir miles de ojos en ambos lados de esa franja demasiado angosta de agua entre sus armadas, vio el bote que se acercaba. Que lo estaba viendo a él.

Un macho vestido de los colores de Maeve se puso de pie con ese equilibrio sobrenatural de las hadas, mientras los otros mantenían el bote estable.

—Su Majestad aguarda su respuesta.

Rowan entró a su reserva gastada de poder y mantuvo la expresión insulsa.

—Infórmale a Maeve que Aelin Galathynius ya no está presente para responderle.

El macho parpadeó. Fue toda la sorpresa que se permitió expresar. Las criaturas de Maeve estaban demasiado bien entrenadas, eran demasiado conscientes del castigo por revelar sus secretos.

—Se le ordena a la princesa Aelin Galathynius que se rinda —dijo el macho.

—La *reina* Aelin Galathynius no está en este barco ni en ningún otro de esta flota. De hecho, no está en la playa ni en ningún sitio cercano. Así que Maeve se dará cuenta de que viajó hasta acá por nada. Dejaremos su armada en paz si ustedes nos conceden la misma cortesía.

El macho le sonrió burlonamente.

—Hablaste como los cobardes que saben que están superados. Hablaste como un traidor.

Rowan sonrió al macho.

—Veamos qué tiene que decir al respecto Maeve.

El macho escupió en el agua. El bote remó hacia atrás, de vuelta hacia el abrazo de su armada.

Por un momento, Rowan recordó las últimas palabras que le dijo a Dorian antes de enviar al rey a escudar su propia fila de barcos.

Estaban más allá de las disculpas. Aelin regresaría o... no se permitió considerar la alternativa. Pero ellos podrían ganar tanto tiempo como fuera posible. Intentarían pelear para salir de la situación, por ella, y el futuro de su armada.

El rostro de Dorian revelaba los mismos pensamientos. El rey le dio un apretón de manos a Rowan y le dijo en voz baja:

—No es algo tan difícil, morir por tus amigos.

Rowan no se molestó en insistirle que sobrevivirían. El rey estaba entrenado en el arte de la guerra, aunque todavía no lo hubiera practicado. Así que Rowan le sonrió con seriedad y respondió:

—No, no lo es.

Las palabras hicieron eco por todo su cuerpo mientras desaparecía el bote del mensajero. Y, en caso de que sirviera de algo, por el tiempo extra que ganaría, Rowan volvió a reforzar sus escudos.

El sol ya estaba completamente sobre el horizonte cuando llegó la respuesta de Maeve.

Pero no fue un mensajero en un bote.

Sino una oleada de flechas, tantas que opacaron la luz cuando cruzaron por el cielo.

—*Escudo* —gritó Rowan no sólo a los portadores de magia sino también a los hombres armados que levantaron sus escudos abollados y maltratados contra las flechas que les llovían desde el otro lado de la línea.

Las flechas cayeron y el escudo de Rowan se doblegó un poco ante el ataque. Tenían las puntas inmersas en magia. Rowan apretó los dientes para resistir. En los otros barcos, donde su escudo estaba estirado al límite, algunos hombres comenzaron a gritar.

La armada de Maeve empezó a avanzar hacia ellos.

# CAPÍTULO 64

Aelin tenía un cuerpo que no era un cuerpo.

Sólo se dio cuenta porque en ese vacío, en esa penumbra nubosa, Manon tenía cuerpo. Un cuerpo casi transparente, como un espectro, pero... una forma de todas maneras.

Los dientes y uñas de Manon brillaron en la luz tenue mientras escudriñaba la niebla gris que se arremolinaba a su alrededor.

—¿Qué es este sitio?

El espejo las transportó a... donde fuera este lugar.

—Tú sabes tanto como yo, bruja.

¿Se había detenido el tiempo más allá de la niebla? ¿Maeve detuvo su ataque al saber que ella no estaba o atacó de todas maneras? Aelin estaba segura de que Rowan mantendría su posición el mayor tiempo posible. No dudaba que él y Aedion los podían guiar. Pero...

No sabía si el espejo de las brujas era el candado que buscaba o no, pero al menos esperaba tener *alguna* reacción inmediata a las dos llaves del Wyrd que traía en la chaqueta.

No... eso. No, absolutamente *nada*.

Aelin desenvainó a Goldryn. En la niebla, el rubí de la espada brilló. Era el único color, la única luz.

—Nos mantendremos cerca; sólo hablaremos cuando sea necesario —dijo Manon.

Aelin estuvo de acuerdo. Debajo de sus pies se sentía piso sólido, pero estaba cubierto por una niebla que ocultaba cualquier información de que estuvieran en verdad sobre un piso de tierra, salvo por un ligero sonido rasposo.

—¿Alguna idea de hacia dónde debemos ir? —murmuró Aelin.

Pero no tuvieron que decidir.

La niebla en movimiento empezó a oscurecerse y Manon y Aelin se acercaron, espalda con espalda. La noche pura empezó a rodearlas, a cegarlas.

Después, una luz débil y turbia apareció frente a ellas. No, no se apareció y ya. Se acercaba a ellas. El hombro huesudo de Manon se enterró en el de Aelin al presionarse más una con la otra, eran un muro impenetrable.

La luz ondeó y se expandió. Aprecieron figuras dentro de ella. Empezaron a solidificarse.

Aelin supo tres cosas cuando la luz y el color las rodearon y se volvieron tangibles:

Quienes estaban frente a ellas no las podían ver, escuchar, ni oler.

Y esto era el pasado. Exactamente mil años atrás.

Y esa era Elena Galathynius de rodillas en un paso entre montañas estériles y negras. Le escurría sangre de la nariz y las lágrimas le rodaban por la cara cubierta de tierra para luego salpicar su armadura. Frente a ella, había un sarcófago de obsidiana.

Por todo el sarcófago había marcas del Wyrd que brillaban con fuego azul claro. Y en el centro de todo... el Ojo de Elena, el amuleto contenido dentro de la misma roca, su oro estaba intacto y brillante.

Entonces, como si un aliento fantasma volara por encima de él, el Ojo se apagó, junto con las marcas del Wyrd.

Elena estiró una mano temblorosa para girar el Ojo y lo rotó tres veces en la roca negra. El ojo hizo clic y cayó en la mano de Elena. Selló el sarcófago.

Estaba cerrado definitivamente.

—Todo este tiempo has tenido el candado —murmuró Manon—. Pero entonces el espejo...

—Creo —exhaló Aelin— que nos mintieron deliberadamente sobre el artículo que debíamos conseguir.

—¿Por qué? —preguntó Manon en voz igual de baja.

—Supongo que estamos a punto de averiguarlo.

Un recuerdo, eso era lo que veían. Pero, ¿qué era tan vital que las enviaron a conseguirlo a pesar de que todo el maldito mundo se desmoronaba a su alrededor?

Aelin y Manon permanecieron en silencio mientras la escena se desarrollaba. Mientras la verdad, al fin la verdad, empezó a entretejerse.

# CAPÍTULO 65

AMANECER EN EL PASO DE OBSIDIANA

El candado creó al sarcófago a partir de la montaña.

Necesitó cada una de las brasas de su poder para capturar a Erawan dentro de la roca, para sellarlo en su interior.

Podía sentir que el Rey Oscuro dormía dentro. Escuchar los gritos de su ejército terrible hartándose de carne humana en el valle abajo. ¿Cuánto tiempo continuarían peleando cuando se supiera que Erawan había caído?

No era tan tonta como para esperar que sus compañeros sobrevivieran a la matanza. No después de tanto tiempo.

De rodillas sobre la roca negra y puntiaguda, Elena miró el sarcófago de obsidiana y los símbolos que tenía tallados. Al principio relucían, pero ahora ya se habían desvanecido y quedaron fríos en su sitio. Cuando ella le robó el candado a su padre muchos meses antes, no sabía, no entendía, cuál era la profundidad real de su poder. Seguía sin saber por qué su padre lo había creado. Sólo esa ocasión, sólo una vez, se podía usar el poder del candado. Y ese poder... oh, ese poder tan grande y devastador... los salvó a todos.

Gavin estaba ensangrentado y tirado en el piso detrás de ella. Se movió un poco. Su rostro estaba tan maltratado que Elena apenas alcanzaba a reconocer las facciones apuestas y feroces debajo. Su brazo izquierdo estaba inutilizado. El precio de distraer a Erawan mientras ella liberaba el poder del candado. Pero ni siquiera Gavin sabía lo que ella había estado planeando. Lo que se robó y guardó durante todos esos meses.

Ella no se arrepentía. Lo había salvado de la muerte. O de algo peor.

SARAH J. MAAS

Gavin miró el sarcófago, miró a Elena que sostenía el amuleto vacío e intrincado del candado en la palma de su mano, sobre el muslo. Lo reconoció al instante porque lo había visto colgando del cuello de su padre en esas primeras semanas en Orynth. La roca azul en el centro estaba drenada, apagada en la parte donde brillaba con luz interior. Apenas tenía una gota de poder, si acaso.

—¿Qué hiciste? —le preguntó a Elena con la voz quebrada y ronca por todo lo que gritó durante su intercambio con Erawan. Para ganar tiempo, para que salvara a su gente...

Elena cerró el puño alrededor del candado.

—Está encerrado. No puede escapar.

—El candado de tu padre...

—Ya está hecho —dijo ella, y su atención pasó hacia la docena de figuras antiguas e inmortales que ahora estaban del otro lado del sarcófago.

Gavin se sobresaltó y el movimiento repentino de su cuerpo lo hizo bufar de dolor.

No tenían forma. Eran sólo figuras de luz y sombra, viento y lluvia, canción y recuerdos. Cada uno individual y, sin embargo, parte de una mayoría, una conciencia.

Todos veían el candado roto en sus manos, su piedra apagada.

Gavin inclinó la cabeza hacia la roca bañada en sangre y desvió la mirada.

Los huesos de Elena temblaban en la presencia de estos seres, pero mantuvo la barbilla en alto.

—La línea de sangre de nuestra hermana nos traicionó —dijo uno que estaba hecho de mar y cielo y tormentas.

Elena negó con la cabeza e intentó tragar saliva pero falló.

—Yo nos *salvé*. Detuve a Erawan...

—Tonta —dijo una de las muchas voces cambiantes, tanto animales como humanas—. *Tonta* mestiza. ¿No consideraste por qué lo usaba tu papá? ¿Por qué esperó todos estos años, haciendo acopio de su fuerza? Tenía que usarlo para sellar las tres llaves del Wyrd en el portal y enviarnos a *casa* antes de cerrar el portal para siempre. A nosotros y al Rey Oscuro. El candado se hizo para nosotros, nos lo *prometieron* a nosotros. Y tú lo *desperdiciaste.*

Elena apoyó una mano en la tierra para evitar desmayarse.

—¿Mi padre tiene las llaves del Wyrd? Nunca me lo *sugirió* siquiera... Y el candado... Ella pensaba que era sólo un arma. Un arma que él se *negó* a usar en esta guerra sangrienta.

No le contestaron, pero su silencio fue una confirmación suficiente.

Un sonido pequeño y devastado brotó de su garganta. Elena exhaló:

—Lo lamento.

La rabia de esos seres hizo que le temblaran los huesos, amenazó con detenerle el corazón. La que estaba hecha de flamas, luz y cenizas pareció contenerse, pareció hacer una pausa en su ira.

Pareció recordar.

No había visto ni hablado con su madre desde que dejó su cuerpo para forjar el candado. Desde que Rhiannon Crochan le ayudó a Mala a verter su misma esencia en el candado, la masa de su poder contenida dentro del pequeño espejo de bruja disfrazado de roca azul, para liberarse sólo una vez. Nunca le dijeron a Elena por qué. Nunca le dijeron que era algo más que un arma, que su padre un día necesitaría usarlo desesperadamente.

El costo: el cuerpo mortal de su madre, la vida que quería para ella misma con Brannon y sus hijos. Pasaron diez años desde entonces. Diez años en los cuales su padre nunca dejó de esperar que regresara Mala, con la esperanza de verla otra vez. Sólo una vez.

"No los recordaré", les dijo Mala a todos antes de entregarse a la creación del candado. Pero ahí estaba. Deteniéndose. Como si recordara.

—Madre —susurró Elena con una súplica silenciosa.

Mala la Portadora de Fuego apartó la vista de ella.

La que veía todo con ojos sabios y tranquilos dijo:

—Libéralo. Nos han traicionado estas bestias de la tierra, déjanos devolver el favor. Libera al Rey Oscuro de su ataúd.

—*No* —suplicó Elena y se puso de pie—. Por favor... *por favor*. Díganme qué debo hacer para reparar esto pero *por favor* no lo liberen. Se los ruego.

—Volverá a levantarse algún día —dijo el que era de oscuridad y muerte—. Él despertará. Desperdiciaste *nuestro* candado en una tontería cuando podrías haberlo resuelto todo si tan sólo hubieras tenido la paciencia y la inteligencia para comprender.

—Entonces que despierte —suplicó Elena con la voz quebrada—. Que alguien más herede esta guerra, alguien que esté mejor preparado.

—Cobarde —le dijo el que tenía voz de hierro, escudos y flechas—. Es cobarde dejarle esta carga a alguien más.

—Por favor —dijo Elena—. Les daré lo que sea. *Lo que sea.* Pero no eso.

Todos miraron juntos a Gavin.

*No...*

Pero su madre dijo:

—Hemos esperado mucho tiempo para regresar a casa. Podemos esperar un poco más. Podemos cuidar este... lugar un poco más.

No sólo eran dioses sino una existencia superior y diferente. Para quienes el tiempo era fluido y los cuerpos eran cosas que se podían mutar y moldear. Que podían existir en múltiples lugares, extenderse como redes. Eran tan poderosos, vastos y eternos como lo es un humano para una mosca.

No nacieron en ese mundo. Tal vez quedaron atrapados aquí después de pasar por el portal del Wyrd. Y luego lograron negociar con su padre, con Mala, para que al fin los enviara a casa y a cambio se llevarían a Erawan con ellos. Y ella lo había arruinado.

La que tenía las tres caras dijo:

—Esperaremos. Pero debe haber un precio. Y una promesa.

—Sólo díganme cuál —respondió Elena.

Si se llevaban a Gavin ella lo seguiría. No era la heredera del trono de su padre. No importaría si salía o no de ese paso montañoso. No estaba segura si podría soportar verlo otra vez, no después de su arrogancia, su orgullo y su actitud de superioridad moral. Brannon le rogó que lo escuchara, que esperara. Pero ella le robó el candado y huyó con Gavin en la noche, desesperada por salvar esas tierras.

La de las tres caras la estudió:

—La descendencia de Mala tendrá que sangrar nuevamente para volver a forjar el candado. Y *tú* la conducirás, como una oveja al matadero, para pagar el precio de esta decisión que *tú* tomaste de desperdiciar su poder aquí, por esta batalla sin importancia. *Tú* le mostrarás a ese retoño cómo hacer un candado con los dones de Mala, luego cómo usarlo para unir las llaves y enviarnos de regreso a casa. Nuestra oferta original sigue en pie: nos llevaremos al Rey Oscuro con nosotros. Lo destrozaremos en nuestro mundo, donde quedará convertido en polvo y memoria. Cuando nos vayamos, le mostrarás a este retoño cómo sellar el portal detrás de nosotros y que el candado lo mantenga intacto eternamente. Deberá ceder absolutamente toda su fuerza vital. Como tu padre estaba preparado para hacer cuando llegara el momento preciso.

—Por favor —dijo Elena con una exhalación.

La de las tres caras dijo:

—Dile a Brannon del Fuego Salvaje lo que ocurrió aquí; dile el precio que sus herederos deberán pagar algún día. Dile que se prepare.

Ella comprendió las palabras, la maldición.

—Lo haré —prometió.

Pero ya se habían ido. Sólo quedó una calidez, como si un rayo de sol le hubiera rozado la mejilla.

Gavin levantó la cabeza:

—¿Qué hiciste? —preguntó de nuevo—. ¿Qué les diste?

—¿No... no oíste?

—Sólo te escuché a ti —dijo él con voz ronca y el rostro horriblemente pálido—. A los demás no.

Ella se quedó viendo el sarcófago frente a ellos, su roca negra anclada en la tierra de ese paso montañoso. Inamovible. Tendrían que construir algo a su alrededor, para ocultarlo, para protegerlo.

—El precio se pagará... después —dijo Elena.

—Dime —dijo él. Tenía los labios rotos e hinchados y apenas podía formar las palabras.

Como ella ya se había condenado, ya había condenado a su descendencia, consideró que ya no habría nada que perder si mentía. No esta vez, esta última vez.

—Erawan se levantará nuevamente, algún día. Cuando llegue el momento, yo ayudaré a quienes deban enfrentarlo.

Él la miró con cautela.

—¿Puedes caminar? —preguntó Elena y extendió la mano para ayudarlo a levantarse. El sol que salía tiñó la montaña negra con dorados y rojos. Elena estaba segura de que el valle abajo estaba bañado del segundo color.

Gavin soltó su espada. Tenía los dedos rotos pero seguían sobre la empuñadura de Damaris. No tomó la mano que le ofreció Elena.

Y no le dijo lo que detectó cuando tocó la Espada de la Verdad. Qué mentiras había percibido y descifrado.

Nunca volvieron a hablar de eso.

*La luna sale en el templo de Sandrian, los Pantanos Rocosos.*

La princesa de Eyllwe llevaba semanas vagando por los Pantanos Rocosos, en busca de respuestas a los acertijos de mil años de antigüedad. Respuestas que podrían salvar su reino condenado.

Llaves, puertas y candados... portales, fosos y profecías. Eso era lo que la princesa había estado murmurando en las semanas que llevaba caminando sola por los pantanos. Cazaba para mantenerse con vida. Peleaba contra bestias con dientes y veneno cuando era necesario y leía las estrellas para entretenerse.

Así que cuando la princesa al fin llegó al templo, cuando se paró frente al altar de roca y el cofre, que era el gemelo claro del oscuro que estaba debajo de Morath, *ella* al fin apareció.

—Tú eres Nehemia —dijo ella.

La princesa giró. Su ropa de cuero estaba manchada y húmeda. Las puntas doradas de su cabello trenzado tintinearon.

Una mirada con ojos demasiado viejos para tener apenas dieciocho años; ojos que habían visto mucho tiempo la oscuridad entre las estrellas y que anhelaban conocer sus secretos.

—Y tú eres Elena.

Elena asintió.

—¿Por qué viniste?

La princesa de Eyllwe movió su barbilla elegante en dirección al cofre de roca.

—¿Yo no debo abrirlo? ¿Para averiguar cómo salvarnos y pagar el precio?

—No —dijo Elena en voz baja—. Tú no. No de esta manera.

La única muestra de la molestia de la princesa fueron sus labios apretados.

—¿Entonces de qué manera, señora, se requiere mi sangre?

Había estado observando, esperando, y pagando por sus decisiones por tanto tiempo. Demasiado tiempo.

Y ahora que la oscuridad había caído... ahora saldría un nuevo sol. *Debía* salir.

—La descendencia de Mala será la que pague, no la tuya.

Nehemia tensó la espalda.

—No has respondido a mi pregunta.

Elena deseaba poder no decirle esas palabras, mantenerlas ocultas. Pero ese era el precio, por su reino, por su gente. El precio por esta gente y por este reino. Y por los demás.

—En el norte, hay dos ramas de la sangre de Mala. Una está en la casa Havilliard, donde vive el príncipe que tiene los ojos de mi amado y posee mi magia cruda y el poder brutal de ella. La otra rama fluye en la casa Galathynius donde surgió auténtica: flama, brasas y cenizas.

—Aelin Galathynius está muerta —dijo Nehemia.

—No está muerta.

No, ella misma se aseguró de eso y seguía pagando lo que hizo aquella noche invernal. Elena continuó:

—Sólo está ocultándose, olvidada por un mundo agradecido de ver que su poder quedara sofocado antes de madurar.

—¿Dónde está ella? ¿Y eso cómo se relaciona conmigo?

—Tú conoces bien la historia, los actores y lo que está en juego. Conoces las marcas del Wyrd y las sabes usar. Malinterpretaste los acertijos y pensaste que tú debías venir a este lugar. Este espejo no es el candado, es un pozo de recuerdos. Forjado por mí, mi padre y Rhiannon Crochan. Forjado para que el heredero de esta carga pueda comprender algún día. Para que pueda saberlo todo antes de decidir. Este encuentro también quedará guardado en él. Pero tú fuiste llamada para que nos reuniéramos.

El rostro sabio y joven esperó.

—Ve al norte, princesa —dijo Elena—. Ve a la casa de tu enemigo. Haz los contactos, consigue la invitación, haz lo que tengas que hacer, pero entra a la casa de tu enemigo. Las dos líneas de sangre convergerán ahí. Las cosas ya están en movimiento.

—¿Aelin Galathynius está en camino a Adarlan?

—No Aelin. No con ese nombre ni esa corona. La reconocerás por los ojos, turquesa con un centro de oro. La conocerás por la marca en su frente, la marca del bastardo, la marca de Brannon. Guíala. Ayúdala. Te necesitará.

—¿Y el precio?

Elena los odió en ese momento.

Odió a los dioses que habían exigido esto. Se odió a sí misma. Odió que todas esas luces brillantes le hubieran pedido eso...

—No volverás a ver Eyllwe.

La princesa se quedó viendo a las estrellas como si le hablaran, como si la respuesta estuviera escrita en ellas.

—¿Mi gente sobrevivirá? —preguntó en voz baja.

—No lo sé.

—Entonces haré lo necesario para que eso suceda, también. Uniré a los rebeldes mientras esté en Rifthold y prepararé el continente para la guerra.

Nehemia apartó la vista de las estrellas. Elena quería caer de rodillas frente a la joven princesa, rogarle que la perdonara.

—Uno de ellos tiene que estar listo... para hacer lo que se debe hacer —dijo Elena, porque era la única manera de explicar, de disculparse.

Nehemia tragó saliva.

—Entonces ayudaré todo lo que pueda. Por Erilea. Y por mi gente.

# CAPÍTULO 66

Aedion Ashryver entrenó para matar hombres y defender la línea en el campo de batalla desde que pudo levantar una espada. El príncipe heredero Rhoe Galathynius lo entrenó personalmente y le exigía cosas que algunos consideraban injustas, demasiado para un niño.

Pero cuando estaba en la cubierta del barco con los hombres de Ansel de Briarcliff armados y listos detrás de él, Aedion se dio cuenta de que Rhoe sabía. Rhoe sabía entonces que Aedion le serviría a Aelin y cuando los ejércitos extranjeros desafiaran el poder de la Portadora de Fuego... no serían simples mortales a quienes se enfrentarían.

Rhoe, *Evalin*, habían apostado que el ejército inmortal que ahora se extendía frente a él algún día llegaría a estas costas. Y se aseguró de que Aedion estuviera listo para cuando llegara el momento.

—Escudos arriba —ordenó Aedion cuando la segunda oleada de flechas de la armada de Maeve les llovió encima. El escudo mágico alrededor de sus barcos estaba resistiendo suficientemente bien gracias a Dorian Havilliard y aunque agradecía que les hubiera ahorrado el derramamiento de sangre, después de la estupidez que había cometido el rey con Aelin y Manon, Aedion debía apretar los dientes al ver cada onda de color cuando impactaban las flechas.

—Son soldados, igual que ustedes —continuó Aedion—. No se dejen engañar por las orejas puntiagudas. Sangran igual que nosotros. Y mueren por las mismas heridas que nosotros.

No se permitió mirar hacia atrás, donde su padre comandaba y escudaba otra línea de barcos. Gavriel se mantuvo en silencio mientras Fenrys explicaba cómo se podía mantener derribado a un guerrero hada que sanaba rápido: el truco era cortar los músculos más que hacer heridas punzocortantes. Si lastimaban un tendón podían detener al inmortal suficiente tiempo como para matarlo.

Era más fácil decirlo que hacerlo. Los soldados palidecieron al pensar en eso, en el combate abierto, espada contra espada, contra guerreros hada. Y tenían razón.

Pero la tarea de Aedion no era recordarles los hechos crudos. Su tarea era hacer que estuvieran dispuestos a morir, hacer que esta lucha pareciera absolutamente necesaria. El miedo podía terminar con una línea más rápido que el ataque de cualquier enemigo.

Rhoe, su padre *real*, le enseñó eso. Y Aedion lo aprendió durante esos años en el norte. Lo aprendió mientras luchaba sumergido hasta las rodillas en lodo y sangre con el Flagelo.

Deseaba que ellos estuvieran a su lado, no estos soldados desconocidos de los Yermos.

Pero no permitiría que su propio miedo erosionara su resolución.

La segunda oleada de flechas de Maeve subió y subió. Las flechas iban más rápido y más lejos que las que salían de los arcos mortales. Con mejor puntería.

El escudo invisible sobre ellos brillaba con destellos azules y morados cuando las flechas chocaban contra él y se deslizaban. Ya empezaba a doblarse porque esas flechas venían cargadas de magia.

Los soldados en la cubierta empezaron a inquietarse, moviendo sus escudos. Su anticipación y miedo creciente envolvía los sentidos de Aedion.

—Es sólo un poco de lluvia, chicos —dijo con una gran sonrisa—. Pensé que estaban acostumbrados a eso en los Yermos.

Algunos gruñidos, pero los escudos de metal dejaron de temblar.

Aedion se obligó a reír. Se obligó a convertirse en el Lobo del Norte, listo para derramar sangre en los mares del sur. Como le había enseñado Rhoe, como lo había preparado, mucho antes de que Terrasen cayera bajo las sombras de Adarlan.

No caería otra vez. Nunca más, y ciertamente no ante Maeve. Ciertamente no ahí, donde nadie lo presenciaría.

Adelante, en las líneas delanteras, la magia de Rowan se iluminó de blanco como señal silenciosa.

—Flechas listas —ordenó Aedion.

Los arcos crujieron y las flechas apuntaron hacia el cielo.

Otro destello blanco.

—¡Disparen! —rugió Aedion.

El mundo se oscureció debajo de sus flechas cuando avanzaron hacia la armada de Maeve.

Una tormenta de flechas para distraerlos del ataque real que llegaría debajo de las olas.

El agua estaba más oscura ahí, los rayos de sol que se deslizaban entre los cascos de los barcos congregados sobre las olas eran delgados.

Se habían reunido otras criaturas ante el escándalo. Animales que desgarraban carne y que anticipaban la comida que seguramente les llegaría cuando las dos armadas se enfrentaran.

El destello de luz que hizo que Lysandra se sumergiera abriéndose paso entre los carroñeros que circulaban las aguas, se fusionó con ellos lo mejor que pudo mientras aceleraba.

Había modificado su dragón marino. Le dio extremidades más largas con pulgares oponibles.

Le había dado más fuerza y más control a su cola.

Era su proyecto y lo fue desarrollando a lo largo de los días de viaje. Tomar una forma original y perfeccionarla. Alterar lo que habían hecho los dioses hasta que fuera de su agrado.

Lysandra llegó al primer barco que Rowan marcó. Un mapa cuidadoso y preciso de dónde y cómo atacar. Con un latigazo de la cola hizo pedazos el timón.

Pudo escuchar los gritos a pesar de estar debajo de las olas, pero Lysandra ya iba volando hacia el siguiente barco marcado.

Esta vez usó sus garras. Tomó el timón y lo arrancó del barco. Luego hizo un agujero en la quilla con su cola armada de mazos. Mazos, no picos, porque los picos se habían quedado atorados en los barcos en la Bahía de la Calavera. Así que convirtió su cola en un ariete.

Las flechas tenían mejor puntería que las que disparaban los soldados del Valg y entraban como rayos de luz en el agua. También se había preparado para eso.

Rebotaron de sus escamas hechas de tela de araña. Las horas que pasó estudiando el material que tenía Abraxos en las alas le enseñó sobre su estructura, cómo cambiar su propia piel para convertirla en fibra impenetrable.

Lysandra rompió otro timón, y otro. Y otro.

Los soldados hada gritaban al verla venir. Pero los arpones que disparaban eran demasiado pesados, y ella era muy rápida, se sumergía muy profundamente y con mucha agilidad. Los latigazos de magia de agua que intentaban alcanzarla y atraparla tampoco lograban llegar hasta donde estaba ella.

"La corte que cambiaría el mundo", se repetía una y otra vez mientras el agotamiento empezaba a pesarle y continuó descomponiendo timón tras timón, haciendo agujeros en los barcos hada selectos.

Había hecho una promesa a esa corte, a ese futuro. A Aedion. Y a su reina. No les fallaría.

Y si la maldita Maeve quería enfrentarlos cara a cara, si Maeve pensaba atacar cuando estuvieran más débiles... Lysandra haría que la perra se arrepintiera de su decisión.

La magia de Dorian se arremolinaba cuando la armada de Maeve pasó de disparar flechas a un caos descarado. Pero él mantuvo sus escudos intactos. Arregló los sitios donde las flechas habían logrado entrar. Su poder ya empezaba a tambalearse y estaba drenándose demasiado rápido.

Era un truco de Maeve o de la magia que cubría esas flechas.

Pero Dorian apretó los dientes, controló su magia con su voluntad y escuchó las advertencias que gritaba Rowan para que esperara... estaban amplificadas de la manera que Gavriel había usado su voz en la Bahía de la Calavera.

Pero a pesar del caos provocado en la armada de Maeve tras el ataque bajo del agua, las líneas se extendían infinitamente.

Aelin y Manon no habían regresado.

Un macho hada con terror y pánico letal era algo terrible de presenciar. Dos eran casi cataclísmicos.

Cuando Aelin y Manon desaparecieron en ese espejo, Dorian sospechó que lo único que hizo que Rowan saliera de la furia sangrienta en la que se sumrgió fue el rugido de Aedion. Y el golpe que ya tenía Dorian en la mejilla fue lo que evitó que Rowan le hiciera uno del otro lado.

Dorian miró hacia la línea frontal, donde el príncipe hada estaba parado en la proa de su barco, con la espada y el hacha desenvainadas, una aljaba y un arco colgados a la espalda, varios cuchillos de cacería afilados. El príncipe no había salido de su furia cegadora en realidad.

No, Rowan ya había descendido al nivel de ira helada que ponía a temblar a la magia de Dorian, a pesar de la distancia que los separaba en ese momento.

Podía sentir el poder de Rowan, así como sintió el surgimiento de Aelin.

Rowan ya estaba sumergido en las profundidades de su reserva de poder cuando Aelin y Manon se fueron. Había aprovechado la última hora, una vez que Aedion enfocó su miedo y su furia hacia la batalla que los aguardaba, para meterse más profundamente. Ahora fluía alrededor de ellos como el mar a unos metros abajo.

Dorian hizo lo mismo, siguiendo el entrenamiento que el príncipe le había enseñado. El hielo cubrió sus venas, su corazón.

Aedion sólo le dijo una cosa antes de irse a su propia sección de la armada. El príncipe general lo miró y sus ojos Ashryver se detuvieron en el moretón que le hizo y dijo:

—El miedo es una sentencia de muerte. Cuando estés peleando, recuerda que no tenemos que sobrevivir. Sólo hacer el daño necesario para que cuando ella regrese pueda deshacerse de lo demás.

Cuando ella regrese. No, si es que ella regresa. Pero cuando Aelin encontrara sus cuerpos, o a lo que quedara de ellos después de que el mar los reclamara... ella por su furia sería capaz de terminar con todo el mundo.

Tal vez ella debería hacerlo. Tal vez el mundo se lo merecía.

Tal vez Manon Picos Negros le ayudaría a hacerlo. Tal vez juntas gobernarían las ruinas.

Deseó haber tenido más tiempo para hablar con la bruja. Para conocerla más allá de lo que su cuerpo ya conocía.

Porque aunque los timones estuvieran rotos... los barcos continuaban avanzando.

Guerreros hada. Nacidos y criados para matar.

Aedion y Rowan enviaron otra oleada de flechas hacia los barcos. Los escudos las desintegraron antes de que pudieran alcanzar sus blancos. Eso no terminaría bien.

Dorian tenía el corazón desbocado. Tragó saliva cuando vio los barcos que se asomaron detrás de sus hermanos que titubeaban, y cuando vio que avanzaron hacia esa línea de demarcación.

Su magia se agitó.

Tendría que ser cuidadoso con su puntería. Tendría que hacer valer sus ataques.

No confiaba en que su poder permaneciera enfocado si lo liberaba todo.

Y Rowan le dijo que no lo hiciera. Le dijo que esperara hasta que la armada estuviera completamente sobre ellos. Hasta que cruzaran la línea. Hasta que el príncipe hada diera la orden de disparar.

Porque lo que estaba luchando en el interior de Dorian, rogando por salir, era fuego y hielo.

Mantuvo la barbilla en alto mientras veía que los otros barcos avanzaban lentamente hacia los deshabilitados al frente y luego pasaron junto a ellos.

Dorian sabía que iba a doler. Sabía que dolería arruinar su magia y luego arruinar su cuerpo. Sabía que dolería ver caer a sus compañeros, uno por uno.

Rowan seguía resistiendo al frente y no permitió que sus barcos se dieran la vuelta para huir.

Más y más cerca avanzaban los barcos enemigos hacia sus líneas impulsados por los remos poderosos. Los arqueros estaban listos para disparar y la luz del sol brilló en las armaduras pulidas de los guerreros hada hambrientos de batalla. Listos y descansados, preparados para la matanza.

No se rendirían. Maeve los destruiría a todos sólo para castigar a Aelin.

Les había fallado a todos al mandar a Aelin y a Manon a ese espejo. Al apostar por eso tal vez les había fallado a todos.

Pero Rowan Whitethorn no.

No, porque cuando esos barcos enemigos pasaron junto a sus compañeros, Dorian vio que todos ondeaban la misma bandera:

Una bandera plateada con un halcón gritando.

Y la bandera negra de Maeve con un búho volando... esa bandera bajó.

Sin la bandera de la reina oscura los barcos de las hadas con la bandera plateada de la Casa de Whitethorn abrieron fuego sobre su propia armada.

# CAPÍTULO 67

Rowan le contó a Enda sobre Aelin.

Le contó a su primo sobre la mujer que amaba, la reina cuyo corazón ardía con fuego. Le contó a Enda sobre Erawan y la amenaza de las llaves y el deseo de Maeve de poseerlas.

Y luego se arrodilló y le rogó a su primo que le ayudara.

Que no abriera fuego contra la armada de Terrasen.

Sino contra la de Maeve.

Que no desperdiciaran esa oportunidad de lograr la paz. Que se unieran para detener la oscuridad antes de que los consumiera a todos, tanto de parte de Morath como de Maeve. Que lucharan, no por la reina que lo había esclavizado, sino por la que lo había salvado.

"Lo voy a considerar", le respondió Endymion.

Y Rowan se puso de pie y voló al barco de su prima. La princesa Sellene, la más joven de sus primas, de ojos inteligentes, lo escuchó. Lo dejó que rogara. Y con una pequeña sonrisa le respondió lo mismo. "Lo voy a considerar".

Y así fue, de barco en barco. Con los primos que consideraba lo podrían escuchar.

Era un acto de traición, eso les estaba rogando que cometieran. Traición y deslealtad tan grandes que nunca podrían regresar a sus casas. Serían despojados de sus tierras, sus títulos, o los destruirían.

Y cuando los barcos que no tocó Lysandra entraron en sus posiciones, cuando atacaron con una oleada de flechas y magia sobre las fuerzas sorprendidas de Maeve, Rowan le rugió a su propia flota:

—¡Ahora, ahora, ahora!

Los remos chocaron contra las olas, los hombres gruñeron mientras remaban como nunca en dirección a la armada en completo caos.

Cada uno de sus primos atacó.

Todos y cada uno. Como si se hubieran reunido y se hubieran puesto de acuerdo para arriesgar la ruina juntos.

Rowan no tenía un ejército propio para darle a Aelin. Para darle a Terrasen.

Así que ganó un ejército para ella. Gracias a las únicas cosas que Aelin decía querer de él.

Su corazón. Su lealtad. Su amistad.

Y Rowan deseó que su Corazón de Fuego estuviera ahí para ver cuando la Casa de Whitethorn enfrentó a la flota de Maeve y el hielo y el viento explotaron sobre las olas.

Lorcan no lo podía creer.

No creía lo que veían sus ojos al darse cuenta de que una tercera parte de la flota de Maeve abría fuego sobre el resto de sus barcos que estaban aturdidos.

Y lo supo, supo sin tener que confirmarlo, que las banderas que ondeaban en esos barcos serían plateadas.

No sabía cómo los había convencido, cuándo los había convencido...

Whitethorn lo hizo. Por ella.

Todo eso, por Aelin.

Rowan gritó la orden de que aprovecharan su ventaja, que destrozaran a la armada de Maeve entre ellos.

Lorcan, un poco sorprendido, pasó las órdenes a sus propios barcos.

Maeve no lo permitiría. Borraría a toda la familia Whitethorn del mapa por eso.

Pero ahí estaban, liberando su hielo y su viento sobre los barcos de la armada con la que llegaron. Acentuaban su magia con flechas y arpones que se abrían paso entre la madera y los soldados.

El viento le azotó el cabello a Lorcan y se dio cuenta de que Whitethorn estaba forzando su magia hasta el extremo para impulsar a sus propios barcos hacia la pelea antes de que sus primos perdieran la ventaja que les dio la sorpresa. Tontos, todos ellos.

Tontos y sin embargo...

El hijo de Gavriel gritaba el nombre de Whitethorn. Un maldito grito de victoria. Una y otra vez los hombres repetían el grito.

Luego se alzó la voz de Fenrys. Y la de Gavriel. Y la de la reina de cabello rojo. La del rey Havilliard.

Su armada se elevó hacia la de Maeve, con el sol, el mar y las velas por todas partes, con el brillo de las espadas que reflejaban la brillantez de la mañana. Mientras el subir y bajar de los remos parecía hacer eco del cántico.

En pos de la batalla, hacia el derramamiento de sangre, gritaban el nombre del príncipe.

Por un instante, Lorcan se permitió pensar en el poder de lo que impulsó a Rowan a arriesgarlo todo. Y Lorcan se preguntó si eso sería tal vez la única fuerza que Maeve, o Erawan, no anticiparon.

Pero Maeve... Maeve estaba en alguna parte en esa armada.

Se vengaría. Atacaría de regreso, los haría sufrir a todos...

Rowan hizo chocar su armada contra la línea delantera de Maeve y desató toda la furia de su hielo y viento junto con las flechas.

Y cuando el poder de Rowan se detenía, la magia de Dorian entraba.

Pasaron de no tener una sola posibilidad a tener una ligera esperanza. Si Whitethorn y los demás podían resistir, si podían mantenerse firmes...

Lorcan buscó con la mirada a Fenrys y a Gavriel entre barcos y soldados.

Y supo que Maeve respondió cuando los vio quedarse rígidos, uno tras otro. Vio cuando Fenrys saltó y desapareció en el aire. El Lobo Blanco de Doranelle apareció instantáneamente al lado de Gavriel. Los soldados gritaron al verlo aparecer de la nada.

Pero él tomó el brazo de Gavriel y ambos desaparecieron con los rostros tensos. Sólo Gavriel logró mirar en dirección a Lorcan antes de desaparecer. Sus ojos estaban muy abiertos a modo de advertencia. Gavriel señaló y luego desapareció junto con Fenrys, se convirtieron en luz de sol y brisa marina.

Lorcan se quedó mirando en la dirección donde señaló Gavriel, ese ligero desafío que probablemente le costaría mucho.

La sangre de Lorcan se congeló.

Maeve permitió que la batalla se librara en el mar porque ella tenía otros planes. Porque por supuesto ella no estaba en el agua.

Estaba en la costa.

Gavriel señaló hacia allá. No la playa distante sino la costa del lado oeste.

Precisamente donde había dejado a Elide unas horas antes.

Y a Lorcan dejó de importarle la batalla, dejó de importarle lo que había acordado con Whitethorn, la promesa que le hizo al príncipe.

Le había hecho una promesa a ella antes.

Los soldados no fueron tan estúpidos como para intentar detenerlo. Lorcan dejó a uno de ellos a cargo y se fue en un bote de remos.

Elide no alcanzaba a ver la batalla desde donde esperaba en las dunas de arena, rodeada de algas que silbaban. Pero podía escucharla, los gritos y los estruendos.

Intentó no escuchar el escándalo de la batalla, le rogó a Anneith para que guiara a sus amigos. Para que mantuviera vivo a Lorcan y a Maeve lejos de él.

Pero Anneith estaba cerca de ella, flotaba detrás de su hombro.

"Mira" le dijo, como siempre. "Mira, mira, mira."

No había nada más que arena, pastos, agua y cielo azul. Nada salvo los ocho guardias, que Lorcan ordenó se quedaran con ella, descansando en las dunas, aliviados o molestos por perderse la batalla en el mar a la vuelta de la costa.

La voz adquirió un tono más urgente. "Mira, mira, mira."

Entonces Anneith desapareció por completo. No... *huyó*.

Las nubes se juntaron y empezaron a avanzar velozmente desde los pantanos. Se dirigían hacia el sol que empezaba su ascenso.

Elide se puso de pie y se resbaló un poco en la duna empinada.

El viento azotaba y silbaba entre los pastos; la arena cálida se puso gris y opaca cuando las nubes pasaron frente al sol y apagaron su luz.

Algo iba en camino.

Algo que sabía que Aelin Galathynius obtenía su fuerza de la luz del sol. De Mala.

A Elide se le secó la boca. Si Vernon la encontraba ahí... no habría manera de escapar de él.

Los guardias en las dunas detrás de ella se inquietaron, notaron el viento extraño, las nubes. Sintieron que la tormenta que se aproximaba no era de origen natural. ¿Resistirían contra los ilken suficiente tiempo como para que llegara ayuda? ¿O Vernon mandaría más esta vez?

Pero no fue Vernon quien apareció en la playa como si saliera de una brisa pasajera.

# CAPÍTULO 68

Era una agonía.

Una agonía ver a Nehemia, joven, fuerte y sabia. Verla hablar con Elena en los pantanos, entre las mismas ruinas.

Y luego otra agonía.

Que Elena y Nehemia se habían conocido. Habían trabajado juntas.

Que Elena había armado esos planes mil años atrás.

Que Nehemia fue a Rifthold consciente de que moriría.

Sabía que tenía que destrozar a Aelin, que tenía que usar su propia muerte para *destrozarla* y lograr que se alejara del mundo de la asesina y ascendiera a su trono.

Aelin y Manon vieron otra escena. De una conversación susurrada a la media noche, en las profundidades del castillo de cristal.

Una reina y una princesa que se reunieron en secreto. Como lo habían estado haciendo durante meses.

La reina le pidió a la princesa que pagara el precio que le ofreció en los pantanos. Que organizara su propia muerte, que echara a andar todo. Nehemia le advirtió a Elena que Aelin quedaría destrozada. Peor, que se sumergiría en un abismo de rabia y desesperanza del cual no podría salir. No como Celaena.

Nehemia tenía razón.

Aelin temblaba en su cuerpo medio invisible, tanto se estremeció que pensó que la piel se le caería de los huesos. Manon dio un paso hacia ella, tal vez la única manera que conocía de ofrecer consuelo: la solidaridad.

Miraron la niebla arremolinándose otra vez, donde las escenas, los *recuerdos*, se habían proyectado.

Aelin no estaba segura de poder soportar otra verdad. Otra revelación sobre cómo Elena los vendió a ella y a Dorian a los dioses, por el error que ella cometió, por no entender el verdadero propósito del candado, por encerrar a Erawan en su tumba en vez de dejar que Brannon le pusiera fin definitivo, que mandara a los dioses a donde fuera su hogar y que se llevaran a Erawan con ellos.

Los enviaría a casa... usaría las llaves para abrir el portal del Wyrd. Y un nuevo candado para sellarlo por siempre.

*El precio no tiene nombre.*

Usaría *su* poder, drenado hasta la última gota, *su* vida para forjar ese nuevo candado. Usaría el poder de las llaves sólo una vez, sólo para desterrarlos a todos y luego cerrar el portal para siempre.

Los recuerdos parpadearon a su alrededor.

Elena y Brannon se gritaban en un cuarto que Aelin no había visto en diez años, la suite del rey en el palacio de Orynth. Su suite, o la que hubiera sido la suya. Un collar colgaba del cuello de Elena: el Ojo. El primer candado ahora roto que Elena, ahora reina de Adarlan, parecía usar siempre como una especie de recordatorio por su insensatez, su promesa a esos dioses furiosos.

La discusión con su padre continuó haciéndose más intensa hasta que la princesa salió del lugar. Y Aelin supo que Elena nunca regresó a ese palacio brillante en el norte.

Luego se reveló ese espejo de bruja en una cámara de piedra. Una belleza de cabello negro con una corona de estrellas estaba parada frente a Elena y Gavin, explicándoles cómo funcionaba el espejo, como podía contener los recuerdos. Rhiannon Crochan. Manon se sorprendió al verla y Aelin miró a las dos mujeres.

El rostro... era el mismo. La cara de Manon y la cara de Rhiannon Crochan. La dos últimas reinas Crochan, de dos eras diferentes.

Luego una imagen de Brannon solo con la cabeza en las manos, lloraba frente a un cuerpo amortajado sobre un altar de roca. La figura de una anciana se veía debajo.

Elena cedió su gracia inmortal para poder vivir una vida humana con Gavin. Brannon no se veía de más de treinta años.

Luego Brannon, con ese cabello dorado rojizo que brillaba como el calor de mil fraguas, enseñaba los dientes mientras golpeaba un disco de metal sobre un yunque. Los músculos de su espalda se movían debajo de la piel dorada mientras él golpeaba y golpeaba y golpeaba.

Estaba forjando el Amuleto de Orynth.

Colocó una astilla de roca negra entre ambos lados y luego lo selló. La insubordinación se podía leer en todas las líneas de su cuerpo.

Luego escribió el mensaje en marcas del Wyrd en la parte de atrás.

Un mensaje.

Para ella.

Para su verdadera heredera, si el castigo de Elena y la promesa a los dioses resultaban verdaderos. El castigo y la promesa que los había separado. Que Brannon no podía ni quería aceptar. No mientras aún le quedara fuerza.

*El precio no tiene nombre.* Escrito ahí, en marcas del Wyrd. La que llevaba la marca de Brannon, la marca del bastardo sin nombre... *Ella* sería el precio que había que pagar para terminar todo eso.

El mensaje en la parte trasera del Amuleto de Orynth era la única advertencia que él podía ofrecer, la única disculpa por lo que había hecho su hija. Contenía en su interior un secreto tan mortífero que nadie debía saberlo. Nadie podía saberlo.

Pero habría pistas. Para ella. Para que terminara lo que ellos habían empezado.

Brannon construyó la tumba de Elena con sus propias manos. También talló los mensajes que ahí había para Aelin.

Los acertijos y las claves. Era lo mejor que podía hacer para explicar la verdad y mantener esas llaves ocultas del resto del mundo, de los poderes que las usarían para gobernar, para destruir.

Luego hizo a Mort, la aldaba que le regaló Rhiannon Crochan, quien acarició la mejilla del rey antes de salir de la tumba.

Rhiannon no estuvo presente cuando Brannon ocultó la astilla de roca negra debajo de la joya de la corona de Elena, la segunda llave del Wyrd.

Ni cuando colocó a Damaris en su soporte, cerca del segundo sarcófago. Para el rey mortal que odiaba y apenas toleraba, aunque controló ese odio por el bien de su hija. Aun cuando Gavin le quitó a su hija, la hija de su alma.

La llave final... fue al templo de Mala.

Donde él quería que terminara todo esto.

El fuego derretido alrededor del templo era como una canción en su sangre, un llamado. Una bienvenida.

Sólo quienes tuvieran sus dones, los dones de *ella*, podrían llegar a ese lugar. Ni siquiera la sacerdotisa podía llegar a la isla en el corazón del río derretido. Sólo su heredera podría hacer eso. O quien tuviera otra llave.

Colocó la última llave debajo de una baldosa.

Y luego entró al río derretido, al corazón ardiente de su amada.

Y Brannon, rey de Terrasen, señor del Fuego, no volvió a salir.

Aelin no sabía por qué le sorprendía poder llorar en ese cuerpo. Que ese cuerpo tuviera lágrimas que derramar.

Pero las derramó por Brannon. Quien sabía lo que Elena le prometió a los dioses y enfureció, quien se opuso a pasarle esa carga a alguno de sus descendientes.

Brannon hizo lo que pudo por ella. Para suavizar el golpe de esa promesa, aunque no pudiera cambiar por completo su curso. Para darle una oportunidad a Aelin.

*El precio no tiene nombre.*

—No entiendo lo que significa esto —dijo Manon en voz baja.

Aelin no tenía palabras para decírselo. No había podido decírselo a Rowan.

Entonces apareció Elena, tan real como ellas y miró hacia la luz dorada que se desvanecía mientras desaparecía el recuerdo del templo de Mala.

—Lo siento —le dijo a Aelin.

Manon se quedó inmóvil al ver que Elena se aproximaba y se alejó un paso de Aelin.

—Era la única manera —le dijo Elena. En su voz había dolor genuino. Arrepentimiento.

—¿Fue una decisión consciente o me seleccionaron a mí sólo para salvar la preciosa línea de sangre de Gavin? —la voz que brotó de la garganta de Aelin era cruda y feroz—. Después de todo, ¿por qué derramar sangre Havilliard, cuando podías volver a tus viejos hábitos y elegir a alguien más para que llevara la carga?

Elena se encogió ante sus palabras.

—Dorian no estaba listo. Tú sí. La elección que hicimos Nehemia y yo fue para asegurarnos de que las cosas salieran de acuerdo con el plan.

—De acuerdo con el plan —exhaló Aelin—. ¿De acuerdo con todos tus planes de hacerme limpiar el desastre que tú empezaste con tu maldito robo y cobardía?

—Querían que sufriera —dijo Elena—. Y he sufrido. Saber que tú tendrías que hacer esto, que llevar esa carga... Ha sido un desgarramiento constante e infinito de mi alma a lo largo de mil años. Fue fácil decir que sí, imaginar que serías una desconocida, alguien que no necesitaría saber la verdad sino sólo estar en el lugar adecuado con el don adecuado y, sin embargo... estaba equivocada. Estaba tan equivocada —Elena levantó las manos con las palmas hacia arriba—. Imaginé que Erawan surgiría, que el mundo lo enfrentaría, pero yo no sabía... No sabía que caería la oscuridad. No sabía que tu tierra sufriría. Que sufriría como yo intenté evitar que la mía sufriera. Y había tantas voces... tantas voces incluso antes de que Adarlan conquistara. Esas voces me despertaron. Esas voces de quienes deseaban una respuesta, de quienes buscaban ayuda —los ojos de Elena se deslizaron hacia Manon y luego de regreso a Aelin—. Eran de todos los reinos, de todas las razas. Humanos, brujas, hadas... Pero entretejían un tapiz de sueños donde todos suplicaban por la misma cosa... Un mundo mejor. Entonces naciste tú. Y fuiste la respuesta a la oscuridad que se congregaba, con tu flama. La flama de mi padre, el poder de mi madre, renacidos al fin. Y eras fuerte Aelin. Tan fuerte y tan vulnerable. No a las amenazas externas, sino a la amenaza de tu propio corazón, el aislamiento de tu poder. Pero hubo quienes supieron reconocerte como lo que eras, lo que podías ofrecer. Tus padres, su corte, tu tío abuelo... y Aedion. Aedion supo que tú eras la Reina Prometida sin saber lo que eso significaba, sin saber nada sobre ti ni sobre mí ni lo que yo hice para salvar a mi propia gente.

Las palabras la golpearon como rocas.

—La Reina Prometida —dijo Aelin—. Pero no al mundo. Sino a los dioses... para las llaves.

Pagar el precio. Ser el sacrificio para poder colocar las llaves al fin en el portal.

La aparición de Deanna no había sido solamente para mostrarle cómo usar el espejo sino para recordarle que ella les *pertenecía*. Que tenía una deuda con ellos.

Aelin dijo en voz demasiado baja:

—No sobreviví esa noche en el río Florine por pura suerte, ¿verdad?

Elena negó con la cabeza...

—No...

—No —dijo Aelin bruscamente—. *Muéstrame.*

Elena tragó saliva. Entonces la niebla se oscureció, adquirió colores y el aire a su alrededor se escarchó.

Ramas que se rompían, respiración jadeante acentuada con sollozos, pisadas ligeras que se abrían paso entre los arbustos y la maleza. El galope sonoro de un caballo que se acercaba...

Aelin se obligó a quedarse inmóvil cuando apareció ese bosque conocido y congelado, exactamente como ella lo recordaba. Y *ella* apareció. Tan pequeña y joven, con su bata de dormir rasgada y lodosa, el cabello despeinado, los ojos brillantes por el terror y el dolor tan profundos que la habían destrozado por completo. Desesperada por llegar al río que rugía más adelante, el puente...

Ahí estaban los postes y el bosque al otro lado. Su santuario...

Manon maldijo suavemente cuando Aelin Galathynius se arrojó entre los postes del puente y se dio cuenta de que lo habían cortado... y cayó hacia el río furioso y medio congelado que corría debajo.

Había olvidado qué alta era la caída. Qué violento era el río negro con rápidos de espuma blanca iluminada por la luna helada en el cielo.

La imagen cambió y entonces hubo oscuridad y silencio. Iba dando tumbos una y otra vez mientras el río la azotaba con furia.

—Había tanta muerte —susurró Elena mientras veían a Aelin salir lanzada de un lado a otro, retorciéndose y siendo arrastrada río abajo. El frío era demoledor—. Tanta muerte y se habían apagado tantas luces —dijo Elena con la voz entrecortada—. Eras tan pequeña. Y luchaste... luchaste tanto.

Y ahí estaba ella, arañando el agua, pataleando y sacudiéndose, intentando llegar a la superficie, al aire, y podía sentir que sus pulmones empezaban a colapsarse, podía sentir la presión que aumentaba...

Entonces la luz brilló en el Amuleto de Orynth que colgaba de su cuello, los símbolos verdosos efervescentes soltaron burbujas a su alrededor.

Elena cayó de rodillas y miró cómo brillaba el amuleto bajo el agua.

—Querían que te llevara justo en ese momento. Tenías el Amuleto de Orynth, todos pensaban que habías muerto y el enemigo estaba distraído con la matanza. Podría haberte tomado entonces, haberte ayudado a encontrar las otras dos llaves. Se me permitía ayudarte, hacer algo. Y cuando tuviéramos las otras dos yo debía obligarte a forjar un nuevo candado. Usar hasta la última gota de *ti* para hacer el candado, abrir el portal, meter las llaves de nuevo en él, enviarlos a todos a casa y ponerle fin a todo. Tenías suficiente poder, incluso entonces. Te mataría hacerlo, pero probablemente estarías muerta de todas maneras. Así que me permitieron formar un cuerpo para ir por ti.

Elena respiró con un estremecimiento cuando una figura se lanzó al agua. Una mujer hermosa de cabello plateado con un vestido antiguo. Tomó a Aelin de la cintura y nadó con ella hacia la superficie, más y más arriba.

Llegaron a la superficie del río. Estaba oscuro y había mucho ruido y actividad, y ella apenas pudo sostenerse del tronco donde la empujó Elena, apenas logró enterrar las uñas en la madera empapada y sostenerse de él mientras la arrastraba la corriente y se perdía en la noche.

—Titubeé —dijo Elena—. Tú te sostuviste de ese tronco con toda tu fuerza. Te habían quitado todo, *todo*, y de todas maneras seguiste luchando. No cediste. Y me dijeron que me apresurara porque su poder para mantenerme en ese cuerpo sólido estaba terminándose. Dijeron que te tomara y me fuera, pero yo... titubeé. Esperé hasta que llegaste a la orilla del río.

Lodo, juncos y árboles que ascendían sobre ti. Todavía había manchones de nieve en la ribera empinada del río.

Aelin se vio a sí misma arrastrándose por la orilla del río, cada centímetro le dolía, sintió el helado lodo fantasma debajo de sus uñas, sintió su cuerpo destrozado y congelado cuando se dejó caer en la tierra temblando una y otra vez.

Un frío letal la cubrió cuando Elena salió a la orilla a su lado.

Elena se abalanzó sobre ella, llamándola por su nombre, pero el frío y el choque se adueñaron de su cuerpo...

—Pensé que el peligro era el ahogamiento —susurró Elena—. No pensé que estar en el frío tanto tiempo...

La niña tenía los labios azules. Aelin miró su pecho subir, bajar, subir...

Y luego dejar de moverse por completo.

—Moriste —susurró Elena—. Ahí en ese momento, moriste. Luchaste tanto y yo te fallé. Y en ese momento no me importó haberle fallado a los dioses, ni mi promesa de reparar todo, ni nada más. Lo único que podía pensar... —las lágrimas corrían por el rostro de Elena—. Lo único que podía pensar era en lo injusto que era todo. Ni siquiera habías vivido, ni siquiera habías tenido la oportunidad... Y toda esa gente, que había deseado y esperado un mundo mejor.... Tú no podrías dárselos.

Oh dioses.

—Elena —dijo Aelin sin aliento.

La reina de Adarlan sollozaba en sus manos mientras la imagen del recuerdo sacudía a Aelin una y otra vez. Intentaba despertarla, trataba de revivir el pequeño cuerpo que no aguantó más.

A Elena se le quebró la voz.

—No podía permitirlo. No podía soportarlo. No por los dioses sino por... por ti.

Una luz se encendió en la palma de la mano de Elena, luego recorrió su brazo y luego todo su cuerpo. Fuego. Se envolvió alrededor de Aelin y el calor derritió la nieve a su alrededor y secó su cabello incrustado de hielos.

Los labios que estaban azules se volvieron rosados. Y el pecho que había dejado de respirar se levantó de nuevo.

La oscuridad se desvaneció en la luz grisácea del amanecer.

—Y entonces los desafié.

Elena la colocó entre los juncos y se levantó para mirar el río, el mundo.

—Sabía quién tenía una propiedad cerca de ese río, tan lejos de tu casa que tus padres toleraban su presencia siempre y cuando no provocara problemas.

Elena, que apenas era un destello de luz, sacó a Arobynn de un sueño profundo en su casa antigua en Terrasen. Como si estuviera en un trance, él se puso las botas y su cabello rojizo brilló en la luz del amanecer. Montó su caballo y salió al bosque.

Estaba tan joven su ex maestro. Sólo unos años mayor que ella ahora.

El caballo de Arobynn se detuvo como si una mano invisible hubiera tirado de las riendas y el asesino miró el río crecido, los árboles, buscaba algo que ni siquiera sabía que estaba ahí.

Pero ahí estaba Elena, invisible como luz de sol, agachada en los juncos cuando los ojos de Arobynn se posaron en la figura pequeña y sucia que estaba inconsciente en las orillas del río. Saltó de su caballo con gracia felina, se quitó la capa y se arrodilló en el lodo para confirmar si ella estaba respirando.

—Yo sabía lo que era él, lo que probablemente haría contigo. Qué entrenamiento recibirías. Pero eso era mejor que estar muerta. Y si podías sobrevivir, si podías crecer fuerte y tenías la oportunidad de llegar a la edad adulta, pensé que tal vez podrías darle a esa gente lo que deseaban, un mundo mejor... al menos darles la oportunidad. Ayudarlos, antes de que se volviera a cobrar la deuda.

Las manos de Arobynn titubearon cuando vio el Amuleto de Orynth.

Le quitó el amuleto de alrededor del cuello y lo metió en su bolsillo. Con cuidado, tomó a la niña en sus brazos y subió por la ribera del río hasta donde lo esperaba su caballo.

—Eras tan joven —repitió Elena—. Y más que pensar en los que pedían un mundo mejor, más que pensar en la deuda con los dioses... quería darte tiempo. Para que al menos supieras lo que era vivir.

Aelin jadeó.

—¿Cuál fue el precio, Elena? ¿Qué tuviste que pagar por hacer eso?

Elena se envolvió los brazos alrededor del cuerpo mientras la imagen de Arobynn en el caballo con Aelin en sus brazos se desvanecía. La niebla volvió a arremolinarse.

—Cuando todo esto esté terminado —logró decir Elena—, yo me iré también. Por el tiempo que gané para ti, cuando termine este juego, mi alma volverá a fundirse con la oscuridad. No veré a Gavin, ni a mis hijos, ni a mis amigos... Me habré ido. Para siempre.

—¿Sabías eso antes de que...?

—Sí. Me lo advirtieron una y otra vez. Pero... no pude. No pude hacerlo.

Aelin cayó de rodillas frente a la reina. Tomó el rostro manchado de lágrimas de la reina entre sus manos.

—El precio no tiene nombre —dijo Aelin con la voz entrecortada.

Elena asintió.

—El espejo es sólo eso: un espejo. Un truco para que vinieras acá. Para que pudieras entender todo lo que hicimos.

"Sólo un trozo de metal y vidrio", le dijo Elena cuando Aelin la invocó en la Bahía de la Calavera.

—Pero ahora estás aquí y lo sabes. Ahora comprendes el costo. Para hacer el candado de nuevo, para volver a poner las tres llaves en el portal...

Una marca apareció en la frente de Aelin y le calentó la piel. La marca bastarda de Brannon.

La marca de los que no tenían nombre.

—La sangre de Mala debe consumirse por completo, tu poder debe agotarse. Cada gota, de magia y de sangre. Tú eres el precio, para hacer un nuevo candado y sellar las llaves en el portal. Para completar la puerta del Wyrd.

Aelin dijo en voz baja:

—Lo sé.

Hacía tiempo que lo sabía.

Se estuvo preparando para eso de la mejor manera posible. Organizó las cosas para los demás.

Aelin le dijo a la reina:

—Tengo dos llaves. Si puedo encontrar la tercera, robársela a Erawan... ¿vendrás conmigo? ¿Me ayudarás a ponerle fin de una buena vez?

¿Vendrás conmigo para que no esté sola?

Elena asintió, pero murmuró:

—Lo siento.

Aelin quitó las manos de la cara de la reina. Respiró profunda y entrecortadamente.

—¿Por qué no me dijiste desde el principio?

Detrás de ellas tuvo la sensación de que Manon evaluaba la situación en silencio.

—Apenas salías de la esclavitud —dijo Elena—. Apenas estabas reconstruyéndote, hacías un gran esfuerzo por fingir que seguías siendo fuerte y que estabas entera. Yo sólo podía guiarte, mostrarte el camino. El espejo se hizo y se ocultó para mostrarte todo esto algún día. De una manera que no podía hacerlo yo, no porque sólo tenía unos cuantos minutos cada vez.

—¿Por qué me dijiste que fuera a Wendlyn? Maeve es una amenaza igual de grande que Erawan.

Unos ojos azules como un glaciar la miraron finalmente.

—Lo sé. Maeve ha querido recuperar las llaves desde hace mucho tiempo. Mi padre creía que era por algo más que la conquista. Algo más oscuro, peor. No sé por qué empezó a buscarlas hasta que tú llegaste. Pero te envié a Wendlyn para que sanaras. Y para que pudieras... encontrarlo. El que había estado esperando tanto tiempo por ti.

A Aelin se le desgarró el corazón.

—Rowan.

Elena asintió.

—Él era una voz en el vacío, un soñador secreto y silencioso. También sus compañeros. Pero el príncipe hada, era...

Aelin contuvo su sollozo.

—Lo sé. Lo he sabido por mucho tiempo.

—Quería que también conocieras esa dicha —murmuró Elena—. Aunque fuera por un tiempo tan corto.

—Así fue —logró decir Aelin—. Gracias.

Elena se cubrió la cara al escuchar esas palabras y se estremeció. Pero después de un momento miró a Aelin y luego a Manon, quien seguía observándolas en silencio.

—El poder del espejo ya está desvaneciéndose; no las mantendrá aquí mucho tiempo más. Por favor, déjame mostrarte lo que tienes que hacer. Cómo terminarlo. No me podrás ver después, pero... estaré contigo. Hasta el final, todo el tiempo, estaré contigo.

Manon puso la mano en su espada y Aelin tragó saliva y dijo:

—Muéstrame, entonces.

Así que Elena lo hizo. Y cuando terminó, Aelin se quedó en silencio. Manon caminaba de un lado a otro, gruñía suavemente.

Aelin no opuso resistencia cuando Elena se inclinó para besarle la frente, donde estaba esa marca que la condenó durante toda su vida. Era sólo ganado, marcada para ir al matadero.

La marca de Brannon. La marca del nacido bastardo... el que no tiene nombre.

*El precio no tiene nombre.* Para comprarles un futuro, lo pagaría.

Ya había hecho todo lo posible por echar a andar las cosas y asegurarse de que, cuando ella ya no estuviera, la ayuda llegara de todas maneras. Era lo único que podía darles, su último regalo para Terrasen. Para aquellos a quienes amaba con su corazón de fuego salvaje.

Elena le acarició la mejilla. Luego la reina antigua y las neblinas desaparecieron.

La luz inundó todo el lugar. Aelin y Manon se quedaron violentamente ciegas un momento, tanto que sisearon y chocaron una con otra. Les dieron la bienvenida la sal del mar, el sonido de las olas cercanas, el silbido de los pastos. Y a la distancia: el clamor y los gritos de una guerra.

Estaban en las afueras del pantano, en la saliente que daba al mar, la batalla naval a kilómetros y kilómetros de distancia. Debían haber viajado de alguna manera en la niebla.

Una risa suave y femenina se deslizó entre los pastos. Aelin conocía esa risa.

Y supo que, de alguna manera, no habían viajado entre la niebla.

Sino que las habían colocado en ese lugar. Las fuerzas que participaban en esto, los dioses que estaban observando.

Ahí paradas en ese terreno arenoso frente a un mar color turquesa, donde unos guardias vestidos con armadura de Briarcliff yacían asesinados en las dunas cercanas, todavía sangraban. Ahí paradas frente a la reina Maeve de las hadas.

Elide Lochan estaba arrodillada frente a ella con el cuchillo de un guerrero hada en la garganta.

# CAPÍTULO 69

Aedion había enfrentado ejércitos, había enfrentado la muerte más veces de las que podía contar, pero eso...

Incluso con lo que Rowan logró, los barcos enemigos seguían siendo más que ellos.

Los barcos en guerra se volvieron demasiado peligrosos, los portadores de magia estaban ya demasiado conscientes de Lysandra como para permitirle que atacara debajo de las olas.

Ella ahora peleaba furiosamente al lado de Aedion en su forma de leopardo de las nieves, eliminando a cuantos guerreros hada intentaban abordar su barco. Los soldados que lograban atravesar las garras de la magia de Rowan y Dorian.

Su padre se había ido. Fenrys y Lorcan también. La última vez que vio a su padre fue en el alcázar de uno de los barcos que estuvieron bajo su mando, con una espada en cada mano; el León estaba listo para matar. Y, como si hubiera percibido la mirada de Aedion, un muro de luz dorada se envolvió alrededor del Lobo del Norte.

Aedion no era tan estúpido como para exigirle a Gavriel que lo quitara. El escudo empezó a encogerse más y más hasta que cubrió a Aedion como si fuera una segunda piel.

Unos minutos después, Gavriel ya había desaparecido. Pero el escudo mágico permaneció.

En ese momento la batalla dio un giro. Se vieron obligados a regresar a la defensiva porque la cantidad de guerreros inmortales contra mortales empezó a hacerse sentir en su flota.

No dudaba que Maeve tuviera algo que ver con eso. Pero esa perra no era su problema.

No, su problema era la armada a su alrededor; su problema era el hecho de que los soldados enemigos estaban muy bien entrenados y no eran fáciles de derrotar. Su problema era que ya le dolía el brazo de la espada y su escudo estaba lleno de flechas y abollado, y todavía había más y más de esos barcos que se perdían en la distancia.

No se permitió pensar en Aelin, en dónde estaría. Sus instintos de hada detectaron el rugido de la magia de Rowan y Dorian que aumentaba y chocaba con el flanco enemigo. Unos barcos se rompieron al paso de ese poder; los guerreros se ahogaban por el peso de sus armaduras.

Su barco se alejó un poco de la nave enemiga contra la que peleaba gracias a ese flujo de poder y Aedion aprovechó el instante de descanso para mirar a Lysandra. Él estaba cubierto de sangre, de sus propias heridas y de las heridas que había provocado, mezclada con el sudor que corría por su piel. Le dijo a la metamorfa:

—Quiero que escapes.

Lysandra volteó su cabeza peluda hacia él y sus ojos verde claro se entrecerraron. De sus fauces chorreaban sangre y entrañas hacia los tablones de madera.

Aedion la miró fijamente.

—Conviértete en un pájaro o una polilla o un pez, no me importa, y vete. Si estamos a punto de ser vencidos, vete. Es una orden.

Ella bufó como diciendo: "Tú no me das órdenes".

—Técnicamente tengo rango superior —dijo él y bajó la espada a lo largo de su escudo para quitarle las flechas que sobresalían, porque ya se acercaban nuevamente a otro barco lleno de guerreros hada descansados—. Así que correrás. O te patearé el trasero en el otro mundo.

Lysandra avanzó hacia él. Un hombre menos valiente tal vez hubiera retrocedido ante ese depredador que se acercaba tanto. Algunos de sus soldados lo hicieron.

Pero Aedion se mantuvo en su sitio y ella se paró en las patas traseras, le colocó las delanteras en los hombros y acercó su cara felina y ensangrentada a la de él. Sus bigotes mojados vibraban.

Lysandra acercó su hocico a la mejilla, al cuello, de Aedion.

Luego regresó a su sitio y la sangre salpicó bajo sus patas silenciosas.

Cuando se dignó a mirar nuevamente en su dirección y escupió sangre a la cubierta, Aedion le dijo en voz baja:

—La próxima vez, haz eso en tu forma humana.

La cola peluda sólo se curvó un poco como respuesta.

Pero su barco ya iba de regreso hacia la embarcación enemiga. La temperatura descendió, ya fuera por Rowan, Dorian o alguno de los nobles Whitethorn, Aedion no lo supo. Tenían suerte de que Maeve trajera una flota cuyos portadores de magia eran principalmente de la familia de Rowan.

Aedion se preparó, separó los pies al sentir que el viento y el hielo abatían las líneas enemigas. Los soldados hada, tal vez algunos que el propio Rowan entrenó, gritaron. Pero Rowan y Dorian continuaron su ataque sin piedad.

Línea tras línea, Rowan y Dorian arrojaron su poder hacia la flota de Maeve.

Pero eran tantos que varios lograban pasar y a Aedion y a los demás les correspondía luchar contra esos soldados. Ansel de Briarcliff tenía el flanco izquierdo y las líneas se habían mantenido firmes. Aunque la armada de Maeve todavía era mayor.

El primer soldado hada que subió por el barandal se encontró frente a frente con Lysandra.

Fue el último error que cometió ese macho.

Ella saltó, esquivó su guardia y cerró la mandíbula alrededor de su cuello.

El hueso crujió y brotó la sangre.

Aedion saltó al frente para atacar al siguiente soldado que subiera y cortó los ganchos que habían acertado a fijarse en el barandal.

El general se sumergió en una tranquilidad asesina. Nunca perdió de vista a la metamorfa, quien derrotaba soldado tras soldado: su padre también la envolvió con su escudo dorado.

La muerte empezó a caer como lluvia.

Aedion no se permitió pensar en cuántos quedarían. Cuántos habrían derrotado Rowan y Dorian, las ruinas de los barcos que se hundían a su alrededor. La sangre y los desechos flotantes cubrían la superficie del mar y lo ahogaban.

Así que Aedion continuó matando.

Y matando.

Y matando.

El aliento le quemaba la garganta a Dorian. Su magia se estaba volviendo más lenta y sentía un dolor de cabeza que le pulsaba en las sienes, pero continuó descargando su poder contra las líneas enemigas mientras los soldados luchaban y morían a su alrededor.

Eran tantos. Tantos guerreros entrenados, unos cuantos eran portadores de magia, y la habían usado para llegar a ellos.

No se atrevía a fijarse cómo iban los demás. Sólo escuchaba rugidos y gruñidos de ira, los gritos de gente moribunda, el crujir de la madera y el sonido de las cuerdas tensas. En el cielo unas nubes bloqueaban el sol.

Su magia cantaba al congelar la vida en los barcos, en los soldados, se regocijaba con su muerte. Pero de todas maneras flaqueaba. Ya había perdido la cuenta de cuánto tiempo había pasado.

Y los barcos seguían llegando. Pero Manon y Aelin aún no regresaban.

Rowan mantenía el frente, con las armas preparadas, listo para enfrentar a cualquier soldado lo suficientemente estúpido para acercarse. Pero demasiados lograban franquear el escudo de su magia. Tantos que ya amenazaban con superarlos.

En cuanto lo pensó, se oyó el ladrido de dolor de Aedion que cortó por las olas.

Un rugido de rabia le hizo eco. ¿Aedion estaba...?

El sabor cobrizo de la sangre empezaba a cubrirle la boca a Dorian... el agotamiento. Otro rugido, profundo y grave, abrió el mundo en dos. Dorian se preparó e hizo acopio de su magia, quizá por última vez.

El rugido volvió a sonar y una figura poderosa salió volando de las nubes densas.

Un guiverno. Un guiverno con alas brillantes.

Y detrás de él, descendiendo sobre la flota hada con deleite perverso, entraron otros doce.

# CAPÍTULO 70

Lysandra conocía ese rugido.

Y entonces apareció Abraxos, que venía en picada a toda velocidad desde las nubes con otros doce guivernos y sus jinetes.

Brujas Dientes de Hierro.

—¡No disparen! —aulló Rowan a media docena de barcos a la distancia, a los arqueros que apuntaban las pocas flechas que les quedaban hacia la bruja de cabello dorado más cercana a Abraxos, que venía montada en un guiverno color azul claro mientras bramaba un chillido de guerra.

Las otras brujas y sus guivernos empezaron a atacar a las hadas. Se abrieron paso entre sus líneas, cortaron las cuerdas de los rezones, consiguiéndoles así unos instantes para recuperar el aliento. Cómo supieron a quién atacar, de qué lado pelear...

Abraxos y once más se dirigieron al norte en un movimiento fluido y luego se dejaron caer sobre la flota enemiga que empezaba a entrar en pánico. Mientras tanto, la jinete del cabello dorado se dirigió al barco de Lysandra y su guiverno azul claro aterrizó con gracia en la cubierta de proa.

La bruja era hermosa. Tenía una cinta de cuero trenzado en la frente y gritó sin dirigirse a nadie en particular:

—¿Dónde está Manon Picos Negros?

—¿Quién eres tú? —exigió saber Aedion con tono áspero. Pero había reconocimiento en su mirada, como si recordara aquel día en el templo de Temis...

La bruja sonrió y reveló sus dientes blancos, pero se alcanzó a ver el hierro brillar en las puntas de sus dedos.

—Asterin Picos Negros, a tus órdenes —miró los barcos donde se desarrollaba la batalla—. ¿Dónde está Manon? Abraxos nos condujo...

—Es una larga historia, pero aquí está —gritó Aedion para que lo escuchara a pesar del escándalo. Lysandra se acercó más, midiendo a la bruja, al aquelarre que estaba haciendo un desastre en las líneas de las hadas—. Si tú y tus Trece nos salvan el pellejo, bruja —continuó Aedion—, te diré todo lo que quieras.

Una sonrisa malvada y una inclinación de la cabeza.

—Entonces les ayudaremos a limpiar el campo.

Asterin y su guiverno salieron volando y se abrieron paso entre las olas, dirigiéndose a toda velocidad al lugar donde peleaban las demás.

Cuando se acercó Asterin, los guivernos y sus jinetes retrocedieron, se elevaron en el aire y adoptaron su formación. Un martillo a punto de golpear.

Los soldados hada lo sabían. Empezaron a intentar protegerse con escudos mágicos endebles, a disparar a lo tonto en dirección a las brujas. El pánico afectaba su puntería y además los guivernos estaban cubiertos de armadura, una armadura eficiente y hermosa.

Las Trece se rieron del enemigo y entraron por el flanco sur.

Lysandra deseó tener la fuerza para transformarse, una última vez. Para poder unirse a ellas en esa destrucción gloriosa.

Las Trece acorralaron a los barcos horrorizados y luego los destrozaron con todas las armas que tenían en su arsenal: guivernos, espadas, dientes de hierro. Lo que lograba escapar de sus garras debía enfrentarse a la brutalidad de la magia de Rowan y Dorian. Y lo que lograba pasar esa magia...

Lysandra miró a Aedion a los ojos, esos ojos salpicados de sangre. El príncipe general esbozó su sonrisa insolente y a Lysandra le recorrió el cuerpo una emoción más salvaje que la sed de sangre.

—No queremos que las brujas nos hagan ver mal, ¿o sí?

Lysandra le devolvió la sonrisa y se lanzó de nuevo a la pelea.

Ya no quedaban muchos más.

La magia de Rowan estaba llegando a su límite, estaba a punto de quebrarse. Su pánico era un rugido apagado en el fondo de su mente, pero siguió atacando, siguió golpeando con sus espadas a todo lo que lograba pasar su viento y su hielo o los embates de poder crudo de Dorian. Fenrys, Lorcan y Gavriel se habían ido: hacía una hora o hacía una vida. Desaparecieron cuando los llamó Maeve, pero la armada resistió. Rowan no conocía a los hombres de Ansel de Briarcliff, pero no se acobardaron frente a los guerreros hada. Y estaban acostumbrados al derramamiento de sangre. Igual que los hombres de Rolfe. Nadie huyó.

Las Trece continuaron destrozando la flota aterrada de Maeve. Asterin Picos Negros ladraba sus órdenes desde arriba y las doce brujas rompían las filas enemigas con determinación feroz e inteligente. Si así luchaba un aquelarre, entonces un ejército formado por aquelarres...

Rowan apretó los dientes cuando los barcos restantes decidieron ser más inteligentes que sus compañeros perdidos y empezaron a huir. Si Maeve había dado la orden de retirarse...

Mal. Muy mal. Él personalmente enviaría su propio barco a la oscuridad.

Le silbó con fuerza a Asterin la siguiente vez que pasó sobre ellos para reunir nuevamente a las Trece. Ella silbó de regreso. Las Trece se lanzaron sobre la armada que huía.

La batalla empezó a detenerse, las olas rojas llenas de desechos pasaban a su lado con una corriente rápida.

Rowan dio la orden al capitán de que mantuviera el frente y que lidiara con cualquier estupidez de la armada de Maeve si alguno de los barcos decidía no huir.

Le temblaban las piernas, los brazos se le sacudían con tanta fuerza que pensó que si soltaba sus armas no podría volverlas a sostener. Rowan se transformó y se elevó al cielo.

Sus primos se habían unido a las Trece en la persecución de la flota que trataba de huir. Él evitó la tentación de contar. Pero empezó a volar más alto, buscando.

Faltaba un barco.

Un barco en el que él había navegado, trabajado, peleado en guerras y viajes anteriores.

El barco de guerra personal de Maeve, el *Ruiseñor*, no estaba por ninguna parte.

No estaba con la flota en retirada que peleaba con la realeza Whitethorn y las Trece.

No estaba entre los cascos de los barcos que se hundían en el agua.

A Rowan se le heló la sangre. Pero voló rápidamente hacia el barco de Aedion y Lysandra. Había tanta sangre bañando esa cubierta que cuando aterrizó se formaron ondas en el líquido.

Aedion estaba cubierto de sangre, de él y de otros; Lysandra estaba vomitando todo lo que se había tragado. Rowan se obligó a caminar entre las hadas muertas. No quiso ver sus rostros demasiado cerca.

—¿Ya regresó? —quiso saber Aedion instantáneamente e hizo una mueca de dolor al apoyar su peso sobre el muslo. Rowan observó la herida de su hermano. Tendría que sanarla pronto, en cuanto se recuperara su magia. En un sitio como ese, incluso la sangre hada de Aedion no podría resistir la infección por mucho tiempo.

—No sé —dijo Rowan.

—*Encuéntrala* —gruñó Aedion. Dejó de mirar a Rowan cuando vio que Lysandra regresaba a su forma humana y se puso a revisar las heridas que decoraban la piel de la metamorfa.

Rowan sintió que la piel se le restiraba sobre los huesos. Tuvo la sensación de que iba a perder el piso bajo los pies cuando vio aparecer a Dorian en el barandal de la cubierta principal, con el rostro demacrado y exhausto. Sin duda el rey usó hasta la última gota de su magia para llegar hasta ahí. Dorian jadeó:

—La costa. Aelin está en la costa, donde mandamos a Elide... Todos están allá.

Eso estaba a kilómetros de distancia. ¿Cómo habían llegado allá?

—¿Cómo sabes? —preguntó Lysandra y se recogió el cabello con los dedos ensangrentados.

—Porque puedo sentir algo allá —dijo Dorian—. Flamas, sombras y muerte. Como si estuvieran allá Lorcan, Aelin y alguien más. Alguien antiguo. Poderoso —Rowan se preparó para lo que diría a continuación, pero de todas maneras lo invadió un terror puro cuando Dorian agregó—: Y femenino.

Maeve los encontró.

La batalla no había sido para conseguir una victoria o conquista.

Sino una distracción. Mientras Maeve se escapaba con el premio de verdad.

No llegarían a tiempo. Si él volaba solo, con su magia ya drenada y a punto de agotarse, no serviría de nada. Tendrían mejores probabilidades, *Aelin* tendría mejores probabilidades, si todos fueran allá.

Rowan giró hacia el horizonte detrás de ellos, hacia los guivernos que estaban destruyendo lo que quedaba de la flota. Remar tomaría demasiado tiempo; su magia estaba agotada. Pero un guiverno... Eso podría funcionar.

# CAPÍTULO 71

La reina de las hadas era exactamente como Aelin la recordaba.
Ataviada con una túnica oscura y ondulante, su rostro pálido y hermoso enmarcado por cabello color ónix, labios rojos con una ligera sonrisa... No tenía corona sobre la cabeza, ya que todos los seres que respiraban, y hasta los que yacían muertos, sabrían quién era.

Era los sueños y pesadillas encarnados; era el lado oscuro de la luna.

Y, arrodillada frente a Maeve con el cuchillo de un guardia inexpresivo en la garganta, temblaba Elide. Sus guardias, todos los hombres con la armadura de Ansel, seguro murieron sin poder siquiera gritar en advertencia. A juzgar por las armas que apenas se asomaban de sus fundas, ni siquiera tuvieron oportunidad de pelear.

Manon se quedó inmóvil como la muerte al ver a Elide. Sacó las uñas de hierro.

Aelin se obligó a sonreír, ocultó su corazón sangrante y lastimado en una caja en las profundidades de su pecho.

—No es tan impresionante como Doranelle, si me preguntas, pero al menos el pantano realmente refleja tu verdadera naturaleza, ¿sabes? Será un maravilloso hogar para ti. Definitivamente valió la pena que vinieras hasta acá para conquistarlo.

En la orilla de la colina que daba a la playa, un grupo pequeño de guerreros hada las miraban. Hombres y mujeres, todos armados, todos desconocidos. Un barco enorme y elegante descansaba en la bahía al fondo.

Maeve sonrió ligeramente.

—Qué dicha saber que tu acostumbrado buen humor no se ha visto ensombrecido por estos días tan oscuros.

—¿Cómo no estar de buenas si tengo a tantos de tus machos bonitos haciéndome compañía?

Maeve ladeó la cabeza y una cortina pesada de cabello oscuro se deslizó por su hombro. Como respuesta, Lorcan apareció en la orilla de las dunas, jadeaba, tenía una mirada salvaje y la espada fuera. Aelin se dio cuenta de que su mirada, y su horror, se enfocaron en Elide. En el guardia que tenía un cuchillo contra su cuello blanco. Maeve le sonrió un poco al guerrero, pero miró a Manon.

Mientras la atención de Maeve estaba en otra parte, Lorcan ocupó un sitio al lado de Aelin, como si fueran aliados, como si fueran a pelear juntos. Aelin no se molestó en decirle nada. No habló mientras Maeve le decía a la bruja:

—Conozco tu cara.

Esa cara permaneció fría e impasible.

—Deja ir a la chica.

Una pequeña risa ronca.

—Ah.

Aelin sintió que se le retorcía el estómago cuando la mirada antigua de Maeve se posó en Elide.

—Reclamada por la reina, por la bruja, y... por lo visto, también por mi Segundo.

Aelin se tensó. Le pareció que Lorcan dejó de respirar a su lado.

Maeve jugó con un mechón de pelo de Elide. La lady de Perranth temblaba.

—La chica que Lorcan Salvaterre me invocó para salvar.

Esa onda de poder que Lorcan envió el día que llegó la flota de Ansel... Aelin sabía que había sido un llamado. Como el que ella usó para convocar al Valg a la Bahía de la Calavera. Ella se negó a explicar inmediatamente la presencia de Ansel porque quería disfrutar la sorpresa y por su culpa él invocó a la armada de Maeve para que luchara contra lo que él creía era una flota enemiga. Para salvar a Elide.

Lorcan sólo dijo:

—Lo siento.

Aelin no sabía si era a ella o a Elide, cuyos ojos se abrieron con rabia. Pero Aelin dijo:

—¿Crees que no lo sabía? ¿Que no tomé mis precauciones?

Lorcan frunció el entrecejo. Aelin se encogió de hombros. Pero Maeve continuó:

—Lady Elide Lochan, hija de Cal y Marion Lochan. Con razón la bruja te quiere reclamar, su sangre corre por tus venas.

Manon gruñó como advertencia.

Aelin le dijo a la reina de las hadas:

—Bueno, no transportaste tu antiguo esqueleto hasta acá sin motivo. Así que vayamos al grano. ¿Qué quieres a cambio de la chica?

La sonrisa de serpiente volvió a formarse en los labios de Maeve.

Elide estaba temblando. Le temblaban todos los huesos, todos los poros por el terror que sentía al tener a la reina inmortal parada tras ella y al cuchillo del guardia en la garganta. El resto de la escolta de la reina permanecía distante, pero Lorcan no dejaba de mirar en esa dirección con el rostro tenso, su cuerpo casi temblaba por la ira contenida.

¿Esta era la reina a quien Lorcan le había entregado el corazón? ¿Esta criatura fría que veía el mundo con ojos sin dicha? ¿Que mató a esos soldados sin parpadear ni titubear?

La reina que Lorcan invocó para *ella*. Había traído a Maeve para salvarla a *ella*...

La respiración de Elide empezó a quemarle la garganta. Los traicionó. Traicionó a *Aelin* por ella...

—¿Qué puedo pedir a cambio de la chica? —se preguntó Maeve y dio unos cuantos pasos hacia ellos, sublime como un rayo de luna—. ¿Por qué no me lo dice mi Segundo? Tan ocupado, Lorcan. Has estado tan, tan ocupado estos meses.

La voz de Lorcan se oyó ronca cuando agachó la cabeza.

—Lo hice por ti, Majestad.

—¿Entonces dónde está mi anillo? ¿Dónde están mis llaves?

Un anillo. Elide apostaría que era el dorado que ella traía puesto en el dedo, oculto debajo de su otra mano.

Pero Lorcan apuntó a Aelin con la barbilla.

—Ella las tiene. Dos llaves.

Un frío recorrió a Elide.

—Lorcan —dijo.

El cuchillo del guardia se movió en su garganta.

Aelin sólo miró a Lorcan fríamente.

Él no miró ni a Elide ni a Aelin. Ni siquiera reconoció su existencia al seguir hablando:

—Aelin tiene dos y probablemente tenga una buena noción de dónde oculta la tercera Erawan.

—Lorcan —suplicó Elide.

No... no estaba a punto de hacer eso, a punto de traicionarlos de nuevo.

—*Cállate* —le gruñó él.

La mirada de Maeve bajó hacia Elide. La oscuridad antigua y eterna en sus ojos era aplastante.

—Qué familiaridad usas cuando pronuncias su nombre, lady de Perranth. Qué intimidad.

El resoplido de Aelin fue su única advertencia.

—¿No tienes mejores cosas que hacer que aterrorizar humanos? Suelta a la chica y resolvamos esto de la manera divertida.

Una flama danzó en las puntas de los dedos de Aelin.

No. Su magia se había vaciado y estaba a punto de agotarse.

Pero Aelin dio un paso al frente y empujó a Manon cuando pasó a su lado de modo que obligó a la bruja a retroceder. Aelin sonrió.

—¿Quieres bailar, Maeve?

Aelin miró por encima del hombro a Manon como para decirle: "Corre. Toma a Elide en cuanto Maeve baje la guardia y corre".

Maeve le devolvió la sonrisa a Aelin.

—No creo que seas una buena pareja de baile en este momento. No cuando tu magia está prácticamente agotada. ¿Crees que mi llegada dependía solamente del llamado de Lorcan?

¿Quién crees que le avisó a Morath que sí estabas en esta parte? Por supuesto, esos tontos no se dieron cuenta que cuando drenaras tu poder con sus ejércitos, yo estaría esperando. De por sí ya estabas exhausta por apagar todos los incendios que le pedí a mi armada que encendiera a lo largo de la costa de Eyllwe. La intención era cansarte. Fue conveniente que Lorcan me diera tu localización precisa porque me ahorré la energía de buscarte yo misma.

Una trampa. Una gran trampa malvada. Para drenar el poder de Aelin a lo largo de días... semanas. Pero Aelin arqueó la ceja.

—¿Trajiste toda una armada sólo para empezar unos incendios?

—Traje toda una armada para ver si tú estabas a la altura. Rowan, aparentemente, sí lo está.

Elide sintió que la esperanza florecía en su pecho. Pero entonces Maeve dijo:

—La armada fue una precaución. En caso de que los ilken no llegaran para drenarte por completo... Pensé que unos cuantos barcos serían buena leña en lo que yo estaba lista.

Sacrificar su propia flota, o parte de ella, para ganar un premio... Era una locura. La reina estaba completamente enferma.

—Haz algo —le siseó Elide a Lorcan, a Manon—. *Hagan algo.*

Ninguno de los dos respondió.

La flama alrededor de los dedos de Aelin aumentó para abarcar toda su mano y luego su brazo, mientras le dijo a la reina antigua:

—Lo único que oigo es puro parloteo sin importancia.

Maeve le ordenó a su escolta que se alejaran con una mirada. Se llevaron a Elide con el cuchillo todavía en su garganta.

Aelin le dijo a Manon bruscamente:

—*Salte de mi alcance.*

La bruja retrocedió pero no apartó la vista del guardia que sostenía a Elide y puso atención a todos los detalles que pudo.

—No tienes posibilidades de ganar —le dijo Maeve como si estuvieran a punto de sentarse a un juego de naipes.

—Al menos nos divertiremos hasta el final —le canturreó Aelin de regreso. Ya estaba completamente cubierta de llamas.

—Oh, no tengo ningún interés en matarte —ronroneó Maeve.

Entonces explotaron.

Salió una flama, roja y dorada, justo cuando un muro de oscuridad se lanzó hacia Aelin.

El impacto sacudió el mundo.

Incluso Manon se cayó de sentón.

Pero Lorcan ya estaba en movimiento.

El guardia que sostenía a Elide la bañó de sangre cuando Lorcan le cortó la garganta.

Los otros dos guardias detrás de él murieron con un hacha en la cara, uno tras otro. Elide se puso de pie de inmediato aunque su pierna protestó con dolor y corrió hacia Manon por puro instinto ciego, pero Lorcan la tomó del cuello de la túnica.

—*Tonta estúpida* —le dijo y ella trató de arañarlo.

—Lorcan, sostén a la chica —le dijo Maeve en voz baja sin voltear a verlos—. Que no se te ocurra ninguna estupidez como escaparte con ella.

Él se quedó completamente inmóvil y apretó más el cuello de la ropa de Elide.

Maeve y Aelin se atacaron nuevamente.

Luz y oscuridad.

La arena se sacudía y caía por las dunas, el mar vibraba.

Sólo así, Maeve sólo se atrevió a atacar a Aelin en esas circunstancias.

Porque Aelin con toda su fuerza...

Aelin podía derrotarla.

Pero Aelin casi vacía de poder...

—Por favor —le rogó Elide a Lorcan. Pero él la siguió sosteniendo con firmeza, esclavo de la orden que dio Maeve, con un ojo en las reinas que peleaban y el otro en la escolta que no era tan tonta como para acercarse después de ver lo que le hizo a sus compañeros.

—Corre —le dijo Lorcan al oído—. Si quieres vivir, *corre*, Elide. Empújame, haz algo que me permita desobedecer. Empújame y *corre*.

Elide no lo haría. Preferiría morir que huir como una cobarde, no lo haría porque Aelin estaba luchando por todos...

La oscuridad devoró la flama.

E incluso Manon se encogió un poco al ver a Aelin salir disparada hacia atrás.

Una pared de flamas tan delgada como una hoja de papel evitó que la oscuridad llegara hásta ella. Una pared que flaqueaba.

Ayuda. Necesitaban ayuda...

Maeve atacó a la izquierda y Aelin levantó la mano para desviar el ataque con fuego.

Aelin no vio el ataque a la derecha. Elide le gritó para advertirle pero fue demasiado tarde.

Un látigo de negrura le pegó a Aelin.

Cayó.

Y Elide pensó que el sonido de las rodillas de Aelin Galathynius al golpear la arena era el más horrible que había escuchado.

Maeve no desperdició su ventaja.

La oscuridad empezó a atacar incesantemente, golpeándola una y otra vez. Aelin trataba de desviarla pero no lo lograba.

Elide no pudo hacer nada cuando Aelin gritó.

Cuando ese poder oscuro y antiguo la golpeó como un martillo en un yunque.

Elide le rogó a Manon, a un par de metros de distancia:

—Haz algo.

Manon no le hizo caso y se quedó con la mirada fija en la batalla frente a ellas.

Aelin se arrastró para retroceder. Le salía sangre de la nariz. Goteaba sobre su camisa blanca.

Maeve avanzó y la oscuridad se arremolinaba a su alrededor como un viento perverso.

Aelin intentó ponerse de pie.

Intentó, pero le fallaron las piernas. La reina de Terrasen jadeó y el fuego se empezó a apagar como brasas a su alrededor.

Maeve señaló con un dedo.

Un látigo negro, más rápido que el fuego de Aelin salió disparado hacia ella. Se enrolló en su garganta. Aelin trató de quitarlo, se sacudió, enseñó los dientes y encendió sus flamas una y otra vez.

—¿Por qué no usas las llaves, Aelin? —ronroneó Maeve—. Seguramente ganarías así.

"Úsalas", le rogó Elide. "Úsalas".

Pero Aelin no lo hizo.

La espiral de oscuridad se apretó alrededor del cuello de Aelin.

Las flamas se encendieron y luego murieron.

Luego la oscuridad se expandió y abarcó a Aelin nuevamente, empezó a apretar, a apretar hasta que gritaba, gritaba de una manera que Elide sabía significaba una agonía inimaginable...

Un gruñido grave y feroz se escuchó cerca, la única advertencia antes de que un lobo enorme saltara entre los pastos y se transformara. Fenrys.

Un instante después, un gato montés salió detrás de una duna, vio la escena, y también se transformó. Gavriel.

—Suéltala —le gruñó Fenrys a la reina oscura y dio un paso al frente—. Suéltala *ahora*.

Maeve volteó a verlo y la oscuridad siguió atacando a Aelin.

—Mira quién llegó al fin. Otro conjunto de traidores —se alisó una arruga en la túnica vaporosa—. Qué esfuerzo tan valiente hiciste, Fenrys, al retrasar tu llegada a esta playa todo el tiempo que pudiste resistir mi llamado —chasqueó la lengua—. ¿Disfrutaste jugando a ser el súbdito leal mientras jadeabas detrás de la reina de fuego?

Como respuesta, la oscuridad apretó más a Aelin y ella volvió a gritar.

—*¡Detente!* —gritó Fenrys.

—Maeve, por favor —dijo Gavriel y le mostró las palmas de las manos.

—¿Maeve? —canturreó la reina—. ¿No "Majestad"? ¿El León se ha vuelto un poco salvaje? ¿Tal vez has pasado demasiado tiempo con tu bastardo mestizo incontenible?

—No lo metas en esto —dijo Gavriel en voz muy baja.

Pero Maeve permitió que la oscuridad que envolvía a Aelin se disipara.

La reina de Terrasen estaba recostada de lado, sangraba por la nariz y por la boca jadeante.

Fenrys intentó correr hacia ella, pero chocó con un muro de negrura que se elevó entre ellos.

—No lo creo —dijo Maeve.

Aelin jadeaba al respirar y tenía los ojos vidriosos por el dolor. Ojos que miraron a Elide. La boca sangrienta y reseca de Aelin formó la palabra nuevamente. "Corre".

No lo haría. No podía.

A Aelin le temblaron los brazos cuando intentó ponerse de pie. Y Elide entendió que ya no le quedaba nada de magia.

No quedaba fuego en la reina. Ni una brasa.

Y la única manera en que Aelin podría enfrentar eso, aceptar eso, sería si muriera peleando. Como Marion.

La respiración jadeante y húmeda de Aelin era lo único que se oía además de las olas rompiendo detrás de ellos. Incluso la batalla se había silenciado en la distancia. Había terminado. O tal vez todos habían muerto.

Manon siguió ahí parada. Siguió sin moverse. Elide le suplicó:

—Por favor. *Por favor.*

Maeve le sonrió a la bruja.

—No tengo pleito contigo, Picos Negros. Mantente fuera de esto y eres libre de ir donde quieras.

—*Por favor* —suplicó Elide.

Los ojos dorados de Manon estaban duros. Fríos. Asintió a Maeve.

—De acuerdo.

Algo se fragmentó en el pecho de Elide.

Pero Gavriel dijo del otro lado de su pequeño círculo:

—Majestad, por favor. Deja que Aelin Galathynius pelee su guerra aquí. Regresemos a casa.

—¿Casa? —preguntó Maeve.

El muro negro entre Fenrys y Aelin descendió pero el guerrero ya no intentó cruzar. Sólo miraba a Aelin, la miraba probablemente como Elide la estaba mirando. No apartó la vista hasta que Maeve le preguntó a Gavriel:

—¿Doranelle sigue siendo tu hogar?

—Sí, Majestad —repuso Gavriel tranquilamente—. Es un honor llamarlo así.

—Honor... —musitó Maeve—. Sí, tú y el honor van de la mano, ¿verdad? Pero ¿qué hay del honor de tu juramento, Gavriel?

—He mantenido mi juramento contigo.

—¿Te dije o no que ejecutaran a Lorcan al verlo?

—Hubo... circunstancias que impidieron que sucediera así. Lo intentamos.

—Pero fallaron. ¿Acaso no debo disciplinar a quienes tienen un juramento de sangre conmigo si me fallan?

Gavriel agachó la cabeza.

—Por supuesto... lo aceptaremos. Y también aceptaré el castigo que tengas planeado para Aelin Galathynius.

Aelin levantó la cabeza ligeramente y sus ojos se abrieron como platos. Intentó hablar pero las palabras no le salían, su voz se había consumido tras los gritos. Elide reconoció la palabra que formaron los labios de la reina. "No".

No por ella. Elide se preguntó si el sacrificio de Gavriel no era por Aelin sino por Aedion. Para que su hijo no tuviera que soportar el dolor de ver lastimada a su reina...

—Aelin Galathynius —dijo Maeve pensativa—. Se habla demasiado sobre Aelin Galathynius. La Reina Prometida. Bueno, Gavriel —una sonrisa cruel—, si estás tan interesado en su corte, ¿por qué no te unes a ellos?

Fenrys se tensó y se preparó para saltar frente al poder oscuro por su amigo.

Pero Maeve dijo:

—Te libero de tu juramento de sangre conmigo, Gavriel. Sin honor, sin buena fe. Te despido de mi servicio y te quito tu título.

—*Perra* —gritó Fenrys cuando la respiración de Gavriel se hizo entrecortada.

—Majestad, por favor —siseó Gavriel y se llevó la mano al brazo donde aparecieron dos líneas de garras en su piel que hicieron que su sangre se derramara hacia el pasto. Una marca similar apareció en el brazo de Maeve y se derramó su sangre también.

—Está hecho —dijo simplemente—. Que el mundo sepa que tú, un macho de honor, no tienes ninguno. Que traicionaste a tu reina por otra, por un bastardo tuyo.

Gavriel se tambaleó hacia atrás y luego cayó en la arena con una mano en el pecho. Fenrys gruñó con un rostro más lupino que hada, pero Maeve rio suavemente.

—Oh, te encantaría que hiciera lo mismo contigo, ¿no, Fenrys? Pero ¿qué mejor castigo para el de alma traidora que obligarlo a servirme para siempre?

Fenrys siseó y empezó a respirar en bocanadas irregulares. Elide se preguntó si saltaría hacia la reina e intentaría matarla.

Pero Maeve miró a Aelin y dijo:

—De pie.

Aelin intentó hacerlo pero su cuerpo le falló.

Maeve chasqueó la lengua y una mano invisible tiró de Aelin para ponerla de pie. Los ojos nublados por el dolor se despejaron y luego se llenaron con rabia helada cuando Aelin vio que la reina se aproximaba.

Una asesina, recordó Elide. Aelin era una *asesina* y si Maeve se acercaba lo suficiente...

Pero Maeve no lo hizo. Y esas manos invisibles cortaron los cintos donde colgaban las espadas de Aelin. Goldryn cayó al piso. Las dagas se deslizaron de sus fundas.

—Tantas armas —observó Maeve mientras las manos invisibles desarmaban a Aelin con eficiencia brutal. Incluso los cuchillos escondidos debajo de la ropa encontraron cómo salir aunque cortaran la piel al hacerlo. La sangre tiñó la camisa y los pantalones de Aelin. ¿Por qué se quedaba ahí parada...?

Estaba acumulando su fuerza. Para un último ataque. Una última vez.

Planeaba permitir que la reina pensara que estaba destrozada.

—¿Por qué? —preguntó Aelin. Estaba consiguiendo más tiempo.

Maeve empujó una de las dagas con la punta del pie, estaba roja por la sangre de Aelin.

—¿Por qué tomarme la molestia contigo? Porque no puedo permitir que te sacrifiques para formar un nuevo candado, ¿o sí? No ahora que te tengo donde te quiero. Y he sabido desde hace mucho, mucho tiempo que tú me darás lo que busco, Aelin Galathynius, y me he asegurado de hacer lo necesario para que eso ocurra.

—¿Qué? —exhaló Aelin.

Maeve dijo:

—¿No lo has adivinado? ¿Por qué quería que tu madre te llevara conmigo, por qué te exigí esas cosas en la primavera?

Nadie se atrevió a moverse.

Maeve resopló, un sonido femenino y delicado que indicaba su triunfo.

—Brannon me robó las llaves después de que yo se las quité al Valg. Eran mías y él se las robó. Y luego se unió con esa diosa tuya e introdujo el fuego en la línea de sangre. De esa manera se aseguraba de que yo lo pensara muy bien antes de tocar su tierra o a sus herederos. Pero todas las descendencias se disuelven. Y yo sabía que llegaría el momento en que las flamas de Brannon no fueran más que una leve chispa y entonces estaría lista para atacar.

Aelin se recargó contra las manos que la sostenían.

—Pero mi poder oscuro me permitió vislumbrar un brillo en el futuro. Vi que el poder de Mala volvería a surgir. Y que tú me llevarías hacia las llaves. Sólo tú, a quien Brannon le dejó las claves, quien podía encontrar las tres. Y vi quién eras, qué eras. Vi a quién amabas. Vi a tu pareja.

El único sonido que se oía era la brisa del mar siseando entre los pastos.

—Qué cantidad de poder contendrían entre los dos, tú y el príncipe Rowan. Y los hijos que surgieran de esa unión. Podrían gobernar el continente si así lo desearan. Pero sus hijos... —dijo con una sonrisa cruel— sus hijos serían tan poderosos que podrían gobernar un imperio que arrasaría con el mundo.

Aelin cerró los ojos. Los machos hada negaban lentamente con la cabeza, sin creerlo.

—No sabía cuándo nacerías *tú*, pero cuando el príncipe Rowan Whitethorn llegó al mundo, cuando llegó a la edad adulta y se convirtió en el hada de pura sangre más fuerte de mi reino... tú todavía no llegabas. Y supe lo que tenía que hacer. Para atraparte. Para que hicieras lo que yo quisiera, para que me dieras esas llaves sin pensarlo cuando tuvieras la fuerza y el entrenamiento para conseguirlas.

A Aelin le temblaban los hombros. Las lágrimas se escurrían entre sus párpados cerrados.

—Fue sencillo tirar del hilo psíquico correcto el día que Rowan vio a Lyria en el mercado. Enviarlo por ese otro camino para engañar sus instintos. Una ligera alteración del destino.

—Oh, dioses —exhaló Fenrys.

Maeve continuó:

—Entonces tu pareja fue entregado a otra persona. Y le permití enamorarse, le permití que ella se embarazara. Y luego lo destrocé. Nadie me preguntó nunca cómo fue que pasaron esas fuerzas enemigas por su casa en la montaña.

A Aelin se le doblaron las rodillas por completo. Lo único que la mantuvo de pie mientras lloraba fueron las manos invisibles.

—Hizo el juramento de sangre sin cuestionar nada. Y yo sabía que cuando tú nacieras, cuando llegaras a la edad adulta... Yo me aseguraría de que sus caminos se cruzaran y en cuanto se vieran, los tendría atrapados del cogote. Lo que sea que te pidiera, me lo darías. Incluso las llaves. Por tu pareja, harías lo que fuera. Casi lo hiciste ese día en Doranelle.

Lentamente, Aelin deslizó sus pies debajo de su cuerpo nuevamente, con un movimiento tan adolorido que Elide cerró los ojos. Pero Aelin levantó la cabeza y le mostró los dientes a Maeve con un gruñido.

—Te *mataré* —le dijo Aelin a la reina hada.

—Eso le dijiste a Rowan después de conocerlo, ¿no? —la sonrisa de Maeve permaneció en sus labios un momento—. Yo presioné y presioné a tu madre para que te llevara conmigo para que pudieras conocerlo, para poder tenerte al fin cuando Rowan sintiera el vínculo, pero ella se negó. Y mira lo bien que le funcionó. Durante esos diez años que siguieron, yo sabía que estabas viva. En alguna parte. Pero cuando *tú* llegaste *conmigo*... cuando tú y tu pareja se vieron con tanto odio en la mirada... Admito que no lo anticipé. No creí haber destrozado tanto a Rowan Whitethorn como para que no reconociera a su propia pareja, ni que tú estuvieras tan destrozada por tu propio dolor como para tampoco darte cuenta. Y cuando aparecieron las señales, el vínculo *carranam* eliminó toda sospecha de su parte de que tú le pertenecieras. Pero no a ti. ¿Cuánto tiempo ha pasado, Aelin, desde que te diste cuenta de que era tu pareja?

Aelin no dijo nada. Sus ojos se revolvían con furia, dolor y desesperación.

—Déjala en paz —murmuró Elide.

La mano de Lorcan apretó más como advertencia.

Maeve no le hizo caso.

—¿Bien? ¿Cuándo lo supiste?

—En el templo de Temis —admitió Aelin y miró a Manon—. En el momento que la flecha le atravesó el hombro. Hace meses.

—Y se lo has ocultado a él, sin duda para ahorrarle la culpa sobre Lyria, cualquier angustia emocional —Maeve chasqueó la lengua—. ¡Qué mentirosa tan noble!

Aelin se quedó mirando a la nada con los ojos en blanco.

—Yo planeé que él estuviera aquí —dijo Maeve y frunció el ceño hacia el horizonte—. Desde que accedí a que se fueran aquel día en Doranelle para que pudieran conducirme hacia las llaves. Incluso permití que pensaran que se había salido con la suya al liberarlo. No tenías idea de que te estaba *liberando* a ti. Pero si él no está aquí... tendré que ingeniármelas de otra manera.

Aelin se tensó. Fenrys gruñó como advertencia.

Maeve se encogió de hombros.

—Si te sirve de consuelo, Aelin, hubieras tenido mil años con el príncipe Rowan. Más todavía.

El mundo se detuvo y Elide podía escuchar el rugido de su propia sangre en sus oídos cuando Maeve continuó:

—La línea de mi hermana Mab era fuerte. Los poderes estaban completos, las capacidades de transformarse y la inmortalidad de las hadas. Probablemente estés a unos cinco años de *establecerte*.

El rostro de Aelin se contrajo. No por un agotamiento de la magia y la fuerza física, sino del espíritu.

—Tal vez podamos celebrar tu establecimiento juntas —dijo Maeve— ya que no tengo planes de desperdiciarte en ese candado. No desperdiciaré las llaves, se supone que deben *utilizarse*, Aelin.

—Maeve, por favor —respiró Fenrys.

Maeve se examinó las uñas inmaculadas.

—Lo que considero realmente divertido es que parece ser que ni siquiera necesitaba que fueras la pareja de Rowan. Ni necesitaba destrozarlo tampoco. Fue un experimento fascinante de mis propios poderes, al menos. Pero como dudo que vengas voluntariamente, sin intentar primero morirte, te voy a dar a elegir.

Aelin pareció estarse preparando para algo cuando Maeve levantó una mano y dijo:

—Cairn.

Los machos se quedaron inmóviles. Lorcan se puso casi como una fiera detrás de Elide y sutilmente intentó arrastrarla hacia atrás, encontrar una manera de desobedecer la orden que le habían dado.

Un guerrero apuesto de cabello castaño avanzó hacia ellos desde el grupo de la escolta. Sería apuesto de no ser por la crueldad sádica que se advertía en sus ojos azules. De no ser por los cuchillos a su costado, el látigo que traía enrollado en la cadera, o la sonrisa mordaz. Había visto esa sonrisa antes: en la cara de Vernon. En muchas caras en Morath.

—Permíteme presentarte al miembro más reciente de mi equipo, como te gusta llamarlos. Cairn, te presento a Aelin Galathynius.

Cairn llegó junto a su reina. Y la mirada que el macho le dirigió a la reina de Elide hizo que se le revolviera el estómago. *Sádico*, sí, esa era la palabra para describirlo, aunque él todavía no hablaba.

—Cairn —dijo Maeve— está entrenado en talentos que ambos tienen en común. Por supuesto, tú sólo tuviste unos años para aprender el arte del tormento, pero... tal vez Cairn pueda enseñarte algunas de las cosas que ha aprendido en sus siglos de práctica.

Fenrys estaba pálido de rabia.

—Maeve, *te suplico*...

La oscuridad chocó contra Fenrys, lo hizo caer de rodillas y le forzó la cara hacia la tierra.

—*Es suficiente* —siseó Maeve.

Maeve estaba sonriendo de nuevo cuando volteó a ver a Aelin.

—Dije que te daría una opción. Y lo haré. Puedes venir voluntariamente conmigo y conocer mejor a Cairn o...

Sus ojos se fueron hacia Lorcan. Hacia Elide.

Y a Elide se le detuvo el corazón cuando Maeve dijo:

—O de todas maneras te llevo conmigo y me llevo también a Elide Lochan. Estoy segura de que ella y Cairn se llevarán de maravilla.

# CAPÍTULO 72

A Aelin le dolía el cuerpo.

Todo le dolía. La sangre, el aliento, los huesos.

Ya no tenía magia. No le quedaba nada que la pudiera salvar.

—No —dijo Lorcan en voz baja.

Sólo girar la cabeza le provocaba agonía en la espalda. Pero Aelin miró a Elide, a Lorcan que estaba siendo obligado a agarrarla, y notó que el rostro del guerrero estaba blanco de terror mientras miraba a Cairn, a Maeve y a Elide. Manon hacía lo mismo, medía las probabilidades, qué tan rápida tendría que ser para salir del área.

Bien. Bien... Manon se llevaría a Elide. La bruja esperaba que Aelin hiciera su movida sin darse cuenta de que... no le quedaba nada. No tenía poder para ese último ataque.

Y el poder oscuro seguía enroscado alrededor de sus huesos, tan apretado que un movimiento de agresión... un sólo movimiento la rompería.

Maeve le dijo a Lorcan:

—¿No qué, Lorcan? ¿Que no nos llevemos a Elide Lochan si Aelin decide pelear o mi generosa oferta de dejar a Elide si su Majestad viene voluntariamente?

Una mirada al guerrero de cabello castaño, Cairn, al lado de Maeve, y Aelin entendió qué tipo de persona era. Ella había matado suficientes de esos a lo largo de los años. Había pasado tiempo con Rourke Farran. Sabía lo que le haría a Elide... Lorcan también sabía lo que un macho como Cairn le podía hacer a una joven. Y si tenía la autorización de la propia Maeve...

Lorcan dijo:

—Ella es inocente. Tomemos a la reina y vayámonos.

Manon incluso le dijo a Maeve:

—Ella pertenece a las Dientes de Hierro. Si no tienes pleito conmigo entonces no tienes pleito con ella. Deja a Elide Lochan fuera de esto.

Maeve no le hizo caso a Manon y le dijo lentamente a Lorcan:

—Te ordeno que no hagas nada. Te ordeno que observes y no hagas nada. Te ordeno que no te muevas ni hables hasta que yo te diga. Esa orden también es para ti, Fenrys.

Y Lorcan obedeció. También Fenrys. Sus cuerpos simplemente se pusieron rígidos y luego nada.

Elide giró para suplicarle a Lorcan.

—Puedes detener esto, puedes resistirlo...

Lorcan ni siquiera la miró.

Aelin sabía que Elide pelearía. No entendería que Maeve llevaba jugando este juego durante siglos y que esperó hasta ese momento, hasta que la trampa fuera perfecta, para atraparla.

Aelin vio que Maeve le sonreía. Jugó, apostó y perdió.

Maeve asintió como para decirle que sí.

La pregunta que no había pronunciado bailaba en la mirada de Aelin mientras Elide le gritaba a Lorcan, a Manon, que ayudaran. Pero la bruja conocía sus órdenes. Su tarea.

Maeve leyó la pregunta en el rostro de Aelin y dijo:

—Yo llevaré las llaves en una mano y a Aelin la Portadora de Fuego en la otra.

Tendría que romperla primero. Matarla o romperla...

Cairn sonrió.

Los escoltas llevaban algo hacia la playa. Algo que sacaron del bote de remos que venía del barco. Las velas oscuras de ese barco grande ya empezaban a desplegarse.

Elide miró a Maeve, quien no se dignó a mirar en su dirección.

—Por favor, por favor...

Aelin simplemente le asintió a la reina hada. Su aceptación y su rendición.

Maeve inclinó la cabeza y el triunfo bailó en sus labios rojos.

—Lorcan, suéltala.

Las manos del guerrero quedaron colgadas a sus lados.

Y porque había ganado, Maeve incluso soltó el poder que sostenía los huesos de Aelin. Le permitió a Aelin mirar a Elide y decir:

—Ve con Manon. Ella te cuidará.

Elide empezó a llorar y se alejó de Lorcan.

—Iré contigo, iré contigo...

La chica lo haría. Enfrentaría a Cairn, y a Maeve... Terrasen necesitaba ese tipo de valor. Si iba a sobrevivir, si iba a sanar, Terrasen necesitaría a Elide Lochan.

—Dile a los demás —exhaló Aelin intentando encontrar las palabras adecuadas—. Dile a los otros que lo lamento. Dile a Lysandra que recuerde su promesa y que nunca dejaré de estar agradecida. Dile a Aedion... Dile que no es su culpa y que... —se le quebró la voz— que desearía que él hubiera hecho el juramento pero que Terrasen ahora lo mirará a él y que las líneas no deben romperse.

Elide asintió y las lágrimas corrieron por su cara salpicada de sangre.

—Y dile a Rowan...

El alma de Aelin se desgajó cuando vio la caja de hierro que cargaban entre varios escoltas. Un ataúd antiguo de hierro. Suficiente para una persona. Creado para ella.

—Y dile a Rowan —dijo Aelin luchando por no sollozar— que siento mucho haber mentido. Pero dile que de todas maneras teníamos el tiempo contado. Incluso antes de hoy, sabía que teníamos el tiempo contado, pero de todas maneras desearía que hubiéramos tenido más —intentó controlar el labio que le temblaba—. Dile que tiene que pelear. *Debe* salvar Terrasen, y dile que recuerde los votos que hizo conmigo. Y dile... dile que gracias, por recorrer ese camino oscuro conmigo de regreso a la luz.

Abrieron la tapa de la caja y sacaron unas cadenas largas y pesadas.

Uno de los escoltas le dio a Maeve una máscara de hierro ornamentada. La examinó en sus manos.

La máscara, las cadenas, la caja... habían sido elaboradas mucho tiempo atrás. Siglos atrás. Forjadas para contener y destrozar al vástago de Mala.

Aelin miró a Lorcan, cuyos ojos oscuros estaban fijos en los de ella.

Y vio gratitud. Por haber liberado a la joven a quien él le había entregado el corazón, aunque ni él mismo lo supiera.

Elide le suplicó a Maeve una última vez.

—No hagas esto.

Aelin sabía que no serviría de nada. Así que le dijo a Elide:

—Me alegra que nos hayamos conocido. Me siento orgullosa de haberte conocido. Y creo que tu madre también se hubiera sentido orgullosa de ti, Elide.

Maeve bajó la máscara y le dijo a Aelin:

—Dicen los rumores que no te inclinarás ante nadie, Heredera de Fuego —una sonrisa viperina—. Bueno, pues ahora te inclinarás ante mí.

Señaló la arena.

Aelin obedeció.

Le dolieron las rodillas cuando se dejó caer al piso.

—Más abajo.

Aelin deslizó su cuerpo hasta que puso la frente en la arena. No se permitió sentirlo, no permitió que su alma lo sintiera.

—Bien.

Elide sollozaba y suplicaba sin palabras.

—Quítate la camisa.

Aelin titubeó y se dio cuenta de a dónde iba eso.

Por qué Cairn traía un látigo.

—Quítate la camisa.

Aelin se desfajó la camisa de los pantalones y se la sacó por arriba de la cabeza. La lanzó a la arena junto a ella. Luego se quitó la tela flexible alrededor de sus senos.

—Varik, Heiron.

Dos machos hada avanzaron.

Aelin no luchó cuando cada uno la tomó de un brazo y la levantaron. Le extendieron los brazos. El aire marino le besó los senos, el ombligo.

—Diez latigazos, Cairn. Dale una probada a su Majestad de lo que le aguarda cuando lleguemos a nuestro destino, si no coopera.

—Será un placer, mi señora.

Aelin sostuvo la mirada violenta de Cairn. Mandó hielo por sus venas cuando lo vio liberar el látigo. Cuando le pasó los ojos por el cuerpo y sonrió. Ella era un lienzo en blanco donde él podía pintar con sangre y dolor.

Maeve dijo, con la máscara colgando de los dedos:

—¿Por qué no llevas la cuenta, Aelin?

Aelin mantuvo la boca cerrada.

—Cuenta o empezaremos de nuevo con cada latigazo que no cuentes. Tú decides cuánto tiempo quieres que continúe esto. A menos que prefieras que Elide Lochan reciba esos latigazos.

No. Nunca.

Nunca nadie más salvo ella. *Nunca*.

Pero cuando Cairn se acercó lentamente, saboreando cada paso, cuando dejó que el látigo se arrastrara por el suelo, su cuerpo la traicionó. Empezó a temblar.

Conocía ese dolor. Sabía cómo se sentiría, cómo sonaría.

Todavía le provocaba pesadillas.

Sin duda por eso Maeve eligió el látigo, por eso lo usó contra Rowan en Doranelle.

Cairn se detuvo. Ella lo percibió mientras estudiaba el tatuaje en su espalda. Las palabras amorosas de Rowan escritas en el Antiguo Lenguaje.

Cairn rio. Aelin sintió el placer que le daría destrozar ese tatuaje.

—Empieza —dijo Maeve.

Cairn inhaló.

Y aunque Aelin intentó prepararse, aunque apretó los dientes con fuerza, no había nada que la pudiera preparar para el tronido, el ardor, el dolor. No se permitió gritar y sólo siseó entre dientes.

Un látigo manejado por un supervisor en Endovier era una cosa.

Un látigo en manos de un macho hada pura sangre...

La sangre empezó a caer por la parte de atrás de sus pantalones y su piel abierta gritaba.

Pero sabía cómo controlarse. Cómo ceder ante el dolor. Cómo irlo aceptando.

—¿Qué número fue ése, Aelin?

No lo haría. *Nunca* contaría por esa maldita *perra*...

—Vuelve a empezar, Cairn —dijo Maeve.

Una risa velada. Luego el sonido y el dolor, Aelin se arqueó. Los tendones de su cuello casi se reventaron mientras jadeaba entre dientes. Los machos la sostenían con suficiente fuerza para dejarle marcas.

Maeve y Cairn esperaron.

Aelin se negó a decir la palabra. A empezar a contar. Primero moriría.

—Oh dioses, oh dioses —lloró Elide.

—Vuelve a empezar —dijo simplemente Maeve por encima del llanto de la chica.

Así que Cairn lo hizo.

Otra vez.

Otra vez.

Otra vez.

Empezaron nueve veces antes de que Aelin gritara finalmente. El golpe fue justo sobre otro y rompió la piel hasta llegar al hueso.

Otra vez.

Otra vez.

Otra vez.

Otra vez.

Cairn estaba jadeando. Aelin se negaba a hablar.

—Vuelve a empezar —repitió Maeve.

—Majestad —murmuró uno de los machos que la sostenían—. Tal vez sea prudente posponerlo para después.

—Todavía queda bastante piel —protestó Cairn.

Pero el macho continuó:

—Se aproximan otros... todavía están lejos, pero ya vienen.

Rowan.

Aelin gimió entonces. Tiempo... necesitaba *tiempo*...

Maeve hizo un pequeño ruido de desagrado.

—Continuaremos después. Prepárenla.

Aelin apenas podía levantar la cabeza cuando los machos la alzaron. El movimiento hizo que el cuerpo le rugiera con tanto dolor que empezó a sentirse consumida por la oscuridad. Pero peleó, apretó los dientes y le rugió en silencio a esa agonía, a esa oscuridad.

A un par de metros de distancia, Elide cayó de rodillas como si fuera a suplicar hasta que su cuerpo se rindiera, pero Manon la atrapó.

—Nos iremos ya —dijo Manon y tiró de ella tierra adentro.

—No —escupió Elide y se resistió.

Lorcan abrió los ojos como platos pero con la orden de Maeve no se podía mover, no podía hacer nada. Manon le golpeó la cabeza a Elide con Hiendeviento.

La chica cayó como una piedra. Con eso, Manon se la echó al hombro y le dijo a Maeve:

—Buena suerte.

Sus ojos voltearon a ver a Aelin una vez, sólo una vez. Luego apartó la mirada.

Maeve ignoró a la bruja, Manon se alejó hacia el corazón de los pantanos. El cuerpo de Lorcan luchó.

Luchó... como si luchara con todas sus fuerzas contra ese juramento de sangre.

A Aelin no le importaba.

Los dos machos hada la arrastraron hasta Maeve.

Hacia la caja de hierro. Las cadenas. Y la máscara de hierro.

Tenía espirales de fuego, pequeños soles y brasas grabados en su superficie oscura. Una burla del poder que estaba diseñada para contener, el poder que Maeve había necesitado asegurarse de que estaba completamente drenado antes de encerrarla. La única manera en que podría contenerla.

Cada centímetro que Aelin recorrió arrastrando los pies por la arena lo sintió como una vida; cada centímetro era un latido de su corazón. Sus pantalones estaban empapados en sangre. Probablemente no podría sanar sus heridas dentro de todo ese hierro. No hasta que Maeve decidiera sanarlas ella misma.

Pero Maeve no la dejaría morir. No lo haría porque las llaves del Wyrd estaban en juego. Todavía no.

Tiempo. Agradeció a Elena que le diera ese tiempo robado.

Estaba agradecida de haberlos conocido a todos, de haber visto una pequeña parte del mundo, de haber escuchado música hermosa, de haber bailado y reído y conocido la verdadera amistad. Agradecida de haber encontrado a Rowan.

Estaba agradecida.

Así que Aelin Galathynius secó sus lágrimas.

Y no se resistió cuando Maeve le puso esa hermosa máscara de hierro sobre la cara.

# CAPÍTULO 73

Manon siguió caminando.

No se atrevió a mirar atrás. No se atrevió a darle a esa reina antigua y de ojos fríos una pista de que Aelin no tenía las llaves del Wyrd. Que Aelin le metió ambas a Manon en el bolsillo cuando la empujó. Elide la odiaría por eso, ya la odiaba por eso.

Ese sería el costo.

Una mirada de Aelin y supo lo que tenía que hacer.

Alejar las llaves de Maeve. Sacar a Elide.

Habían forjado una caja de hierro para contener a la reina de Terrasen.

Elide se movió un poco. Estaba empezando a recuperar la conciencia justo cuando salieron de la zona donde las podían escuchar. Empezó a luchar y Manon la tiró detrás de una duna. Le sostuvo la nuca con tanta fuerza que Elide se quedó quieta al sentir las uñas de hierro perforándole la piel.

—Silencio —siseó Manon y Elide obedeció.

Se mantuvieron cerca del piso, miraban entre los pastos. Sólo un momento, podía dedicar un momento a mirar, para averiguar a dónde llevaba Maeve a la reina de Terrasen.

Lorcan seguía congelado como Maeve le ordenó. Gavriel apenas estaba consciente, jadeaba en el pasto, como si haberle arrancado ese juramento de sangre hubiera sido igual de grave que una herida física.

Fenrys... los ojos de Fenrys destellaban con odio mientras observaba a Maeve y a Cairn. La sangre cubría el látigo de Cairn que seguía colgado a su lado mientras los soldados de Maeve terminaban de ajustar la máscara de hierro en la cara de Aelin.

Luego le pusieron grilletes de hierro en las muñecas.

En los tobillos.

En el cuello.

Nadie le curó la espalda destrozada, apenas un poco más que un trozo de carne sangrienta, cuando la metieron en la caja de hierro. La hicieron acostarse sobre sus heridas.

Y luego le pusieron la tapa. Cerraron el cofre.

Elide vomitó en el pasto.

Manon le puso una mano en la espalda cuando los machos cargaron la caja entre las dunas, hacia el bote y luego hacia el barco que los aguardaba.

—Fenrys, ve —ordenó Maeve y señaló al barco.

Fenrys tenía la respiración entrecortada pero no podía rehusarse a obedecer la orden. Miró una vez la camisa blanca tirada en la arena. Estaba salpicada de sangre, la que había salpicado con los latigazos.

Luego se fue, avanzó entre el aire y el viento, desapareció en la nada.

A solas con Lorcan, Maeve le preguntó al guerrero:

—¿Hiciste todo esto, por mí?

Él no se movió.

—Habla —dijo Maeve.

Lorcan dejó escapar una respiración temblorosa y dijo:

—Sí. Sí, lo hice todo por ti. Todo.

Elide agarró puños de pasto y al ver la furia en su rostro Manon se preguntó si le crecerían uñas de hierro y si lo destrozaría en mil pedazos. El odio.

Maeve pisó la camisa manchada de sangre de Aelin y acarició la mejilla de Lorcan.

—No necesito —canturreó— machos que crean que tienen la superioridad moral y que piensen que saben más que yo qué es lo que me conviene.

Él se quedó rígido.

—Majestad...

—Te libero de tu juramento de sangre. Quedarás despojado de todos tus bienes, tus títulos y tus propiedades. Al igual que Gavriel, te libero con deshonor y vergüenza. Estás exiliado de

Doranelle por tu desobediencia y tu traición. Si vuelves a poner un pie en mi territorio, morirás.

—Majestad, te ruego...

—Ve a rogarle a alguien más. A mí no me sirve de nada un guerrero en quien no puedo confiar. Retiro mi orden de matarte. Permitirte vivir con la vergüenza será mucho peor para ti, creo.

La sangre se acumuló en las muñecas de Lorcan y luego en las de ella. Se derramó al piso.

Lorcan cayó de rodillas.

—No tolero a los tontos —dijo Maeve, lo dejó en la arena y se alejó caminando.

Como si le hubiera dado un golpe, el gemelo del golpe a Gavriel, Lorcan parecía incapaz de moverse, de pensar, de respirar. Intentó arrastrarse. Hacia Maeve. El infeliz intentó arrastrarse.

—Debemos irnos —murmuró Manon. En el momento que Maeve verificara dónde estaban esas llaves... Debían irse.

Un rugido vibró en el horizonte.

Abraxos.

Su corazón estalló en su pecho, la dicha la cubrió, pero...

Elide seguía en el pasto. Observaba a Lorcan arrastrarse hacia la reina que ya iba camino a la playa, con su túnica que flotaba detrás de ella.

Observaba al bote de remos que avanzaba hacia el barco, con ese ataúd de hierro al centro. Maeve iba sentada al lado con una mano en la tapa. Por la cordura de Aelin, Manon rezó para que no estuviera consciente todo el tiempo ahí dentro.

Y por el bien de su mundo, Manon rezó por que la reina de Terrasen lo pudiera sobrevivir.

Aunque sólo fuera para que Aelin pudiera morir nuevamente por todos ellos.

# CAPÍTULO 74

Había tanta sangre.

Se extendía hacia el sitio donde estaba arrodillado Lorcan, brillaba al filtrarse en la arena.

Cubría la camisa de Aelin, que estaba tirada y olvidada al lado de él. Incluso las fundas de sus espadas y cuchillos, desperdigados alrededor como huesos, estaban salpicadas de sangre.

Lo que Maeve hizo...

Lo que Aelin hizo...

Sentía un agujero en el pecho.

Había tanta sangre.

Alas y rugidos pero él no podía levantar la vista. No podía obligarse a que le importara.

La voz de Elide sonó en el mundo y le decía a alguien:

—El barco... el barco *desapareció*, se fue sin darse cuenta de que tenemos...

Gritos de dicha... gritos femeninos de felicidad.

Unos pasos rápidos y estruendosos.

Luego una mano que lo tomaba del pelo y le jalaba la cabeza hacia atrás para ponerle una daga en la garganta. El rostro de Rowan, tranquilo pero que irradiaba una ira letal, apareció en su campo de visión.

—¿Dónde está Aelin?

También contenía pánico puro... pánico puro en cuanto Whitethorn vio la sangre, los cuchillos tirados y la camisa.

—*Dónde está Aelin*.

Qué había hecho, qué había hecho...

Lorcan sintió un dolor cortante en el cuello y la sangre empezó a resbalar por su garganta, por su pecho.

—¿Dónde está mi esposa? —siseó Lorcan.

Lorcan se tambaleó en el sitio donde estaba arrodillado.

Esposa.

*Esposa.*

—Oh, dioses —lloró Elide cuando escuchó esas palabras que cargaban el sonido del corazón fracturado del mismo Lorcan—. Oh, dioses...

Y por primera vez en siglos, Lorcan lloró.

Rowan presionó más la daga aun cuando las lágrimas corrían por la cara de Lorcan.

Lo que había hecho esa mujer...

Aelin sabía. Que Lorcan la traicionó y que invocó aquí a Maeve. Que tenía el tiempo contado.

Y se casó con Whitethorn... para que Terrasen pudiera tener un rey. Tal vez se había apresurado a actuar porque sabía que Lorcan ya la había traicionado, que Maeve venía en camino...

Y Lorcan no le ayudó.

La esposa de Whitethorn.

Su pareja.

Aelin permitió que la azotaran y la encadenaran, se había ido voluntariamente con Maeve para que Elide no cayera en las garras de Cairn. Y ese sacrificio por Elide también era un regalo para él.

Se había inclinado ante Maeve.

Por Elide.

—Por favor —suplicó Rowan y la voz se le quebró cuando esa furia tranquila empezó a fracturarse.

—Maeve se la llevó —dijo Manon que se acercaba a ellos.

Cerca Gavriel jadeó desde donde estaba hincado, todavía recuperándose de la amputación del juramento de sangre:

—Usó el juramento para mantenernos controlados, para evitar que ayudáramos. Incluso a Lorcan.

Rowan no quitó el cuchillo de la garganta de Lorcan.

Lorcan se había equivocado. Se había equivocado tanto.

Y no podía arrepentirse del todo, no si Elide estaba a salvo, pero...

Aelin se negó a contar. Cairn liberó toda su fuerza con el látigo contra ella y ella se negó a darles el gusto de contar.

—¿Dónde está el barco? —exigió saber Aedion y luego maldijo al ver la camisa ensangrentada. Tomó a Goldryn y empezó a limpiar frenéticamente las manchas de sangre de la funda con su chaqueta.

—Desapareció —repitió Elide—. Simplemente... *desapareció*. Whitethorn lo miró a los ojos con agonía y desesperación.

—Lo siento —susurró Lorcan.

Rowan dejó caer el cuchillo y aflojó el puño donde sostenía el pelo de Lorcan. Dio un paso hacia atrás. En el pasto, cerca de ellos, Dorian estaba hincado al lado de Gavriel. Se podía ver un ligero resplandor a su alrededor. Estaba sanando las heridas en sus brazos. No se podía hacer nada para sanar la herida del alma que le provocó Maeve, de la misma manera que a Lorcan, al romper el juramento con tanto deshonor.

Manon se acercó, sus brujas la rodeaban. Todas olieron la sangre. La del cabello dorado maldijo en voz baja.

Manon les dijo sobre el candado.

Sobre Elena. Sobre el precio que exigían los dioses de ella. Lo que exigían de Aelin.

Y luego Elide continuó con la historia, recargada en Lysandra, quien miraba fijamente la sangre y la camisa como si fueran un cadáver. Les contó sobre lo que ocurrió en las dunas. Lo que Aelin sacrificó.

Le dijo a Rowan que él era la pareja de Aelin. Le contó sobre Lyria.

Les contó sobre los latigazos, la máscara y el ataúd.

Cuando Elide terminó de hablar todos se quedaron en silencio. Y Lorcan se limitó a observar cuando Aedion volteó a ver a Lysandra y le gruñó:

—*Tú sabías*.

Lysandra no se inmutó.

—Ella me pidió, ese día en el barco, que la ayudara. Me dijo lo que sospechaba sobre el precio que tendría que pagar para desterrar a Erawan y restaurar las llaves. Lo que yo tendría que hacer.

—¿Qué podrías posiblemente hacer *tú*...? —gruñó Aedion.

Lysandra levantó la barbilla.

Rowan inhaló y dijo:

—Nadie se enteraría de que Aelin había muerto para forjar el nuevo candado, sellar las llaves en el portal y desterrar a Erawan. Nadie salvo nosotros. Porque tú usarías su piel el resto de la vida.

Aedion se pasó la mano por el cabello lleno de sangre seca.

—Pero los hijos que tendrías Rowan no se parecerían nada a...

El rostro de Lysandra se volvió suplicante.

—Tú solucionarías eso, Aedion. Conmigo.

Con el cabello dorado, los ojos Ashryver... Si esa línea de sangre era fuerte, los hijos de la metamorfa podrían pasar por realeza. Aelin quería que Rowan estuviera en el trono, pero Aedion sería el padre de los herederos.

Aedion se encogió un poco, como si lo hubieran golpeado.

—¿Y cuándo ibas a revelar esto? ¿Antes o después de que yo pensara que me iba a llevar a mi maldita prima a la cama con el pretexto que te hubieras inventado?

Lysandra respondió en voz baja:

—No me disculparé contigo. Le sirvo a ella. Y estoy dispuesta a pasar el resto de vida fingiendo ser ella para que su *sacrificio* no sea en vano...

—Vete al infierno —respondió Aedion furioso—. ¡Vete al infierno, *perra mentirosa!*

El gruñido de respuesta de Lysandra no era humano.

Rowan se limitó a retirar a Goldryn de las manos del general y caminó hacia el mar. El viento le revolvió el cabello plateado.

Lorcan se puso de pie y volvió a tambalearse. Pero Elide estaba ahí.

Y en ese rostro pálido y tenso ya no quedaba nada de la joven que había conocido. No quedaba nada de ella en su voz ronca cuando le dijo a Lorcan:

—Espero que pases el resto de tu miserable vida inmortal sufriendo. Espero que te quedes solo. Espero que vivas con el arrepentimiento y la culpa en tu corazón y que nunca encuentres una manera de soportarlo.

Luego se fue con las Trece. La del cabello dorado levantó un brazo y Elide se metió debajo. Entró a un santuario de alas, garras y dientes.

Lysandra se acercó a Gavriel, quien tuvo la sensatez de no inmutarse ante su rostro que todavía gruñía y Lorcan volteó a ver a Aedion para darse cuenta de que el joven general ya lo estaba observando.

El odio brillaba en los ojos de Aedion. Odio puro.

—Desde antes de que te dieran la orden de que no te movieras, no hiciste nada para ayudarla. Tú invocaste a Maeve. Nunca lo voy a olvidar.

Luego caminó hacia la playa, hacia el sitio donde Rowan estaba hincado en la arena.

+ +

Asterin estaba viva.

Las Trece estaban vivas. Y Manon se dio cuenta de que lo que tenía en el corazón era dicha, dicha de ver todos esos rostros sonrientes y les respondió con otra sonrisa.

Le dijo a Asterin, a todas las que estaban paradas con sus guivernos en una duna mirando hacia el mar:

—¿Cómo?

Asterin le pasó la mano a Elide por el cabello mientras la chica lloraba en su hombro.

—Las perras centinelas de tu abuela nos persiguieron mucho tiempo, pero logramos deshacernos de ellas. Pasamos el siguiente mes buscándote. Pero Abraxos nos encontró y parecía saber dónde estabas, así que lo seguimos —se rascó un poco de sangre seca en la mejilla—. Y te salvamos el pellejo, aparentemente.

Pero no habían llegado a tiempo, pensó Manon, y vio las lágrimas silenciosas de Elide, la manera en que los humanos y las hadas estaban parados o discutiendo o simplemente sin hacer nada.

No llegaron a tiempo para evitar eso. Para salvar a Aelin Galathynius.

—¿Qué haremos ahora? —preguntó Sorrel desde el sitio donde estaba recargada en su guiverno, mientras se curaba una cortadura en su antebrazo.

Las Trece miraron a Manon, todas esperaron.

Ella se atrevió a preguntar:

—¿Escucharon lo que mi abuela dijo antes de... todo?

—Las Sombras nos lo dijeron —dijo Asterin con los ojos bailando.

—¿Y?

—¿Y qué? —gruñó Sorrel—. Eres mitad Crochan.

—*Reina* Crochan.

Y era igual a Rhiannon Crochan. ¿Las antiguas lo habrían notado?

Asterin se encogió de hombros.

—Cinco siglos de sangre pura de Dientes de Hierro no nos sirvieron para regresar a casa. Tal vez tú lo logres.

Una niña no de guerra... sino de paz.

—¿Y me seguirán? —preguntó Manon en voz baja—. ¿Para hacer lo que tenemos que hacer antes de poder regresar a los Yermos?

Aelin Galathynius no le rogó a Elena para que le diera otro destino. Sólo pidió una cosa, una demanda a la reina antigua: "¿Vendrás conmigo?". Por el mismo motivo que Manon les preguntó a las Trece.

Y como una sola, las Trece levantaron los dedos hacia sus frentes. Como una sola los bajaron.

Manon miró al mar con un nudo en la garganta.

—Aelin Galathynius entregó su libertad voluntariamente para que una bruja Dientes de Hierro pudiera ser libre —dijo Manon. Elide se enderezó y se separó de los brazos de Asterin. Manon continuó—: Tenemos una deuda de vida con ella. Y más que eso... Es momento de que seamos mejores que nuestras antepasadas. Todos somos hijos de esta tierra.

—¿Qué vas a hacer? —le preguntó Asterin con los ojos muy brillantes.

Manon miró detrás de ellas. Al norte.

—Iré a buscar a las Crochans. Y voy a formar ejército con ellas. Por Aelin Galathynius. Por su gente. Y por la nuestra.

—Nunca confiarán en nosotras —dijo Sorrel.

Asterin dijo lentamente:

—Entonces tendremos que ser tan encantadoras como siempre.

Algunas sonrieron, otras se movieron un poco.

Manon le preguntó nuevamente a sus Trece:

—¿Me seguirán?

Y cuando todas se volvieron a poner los dedos en la frente, Manon les devolvió el gesto.

Rowan y Aedion estaban sentados en silencio en la playa. Gavriel se recuperó lo suficiente de la amputación del juramento y ahora estaba con Lorcan en la cima de un risco, hablaban en voz baja. Lysandra estaba sentada sola, en su forma de leopardo de las nieves, entre los pastos ondulantes. Y Dorian estaba... los estaba observando desde la punta de una duna.

Lo que hizo Aelin... las mentiras que había dicho...

Parte de la sangre en el piso ya se había secado.

Si Aelin no estaba, si su vida de verdad fuera el precio a pagar en caso de que lograra escapar de la reina hada...

—Maeve no tiene las dos llaves —dijo Manon al lado de Dorian.

Había llegado a su lado en silencio. Su aquelarre estaba detrás de ella. Elide estaba escondida entre sus filas.

—En caso de que estuvieras preocupado —terminó de decir.

Lorcan y Gavriel voltearon a verlos. Luego Lysandra.

Dorian se atrevió a preguntar:

—¿Entonces dónde están?

—Yo las tengo —respondió Manon simplemente—. Aelin me las echó al bolsillo.

Oh, Aelin. Aelin. Había hecho enojar tanto a Maeve, la mantuvo tan enfocada en capturarla a *ella* que la reina hada nunca pensó en confirmar si Aelin tenía las llaves antes de desaparecer.

Le tocaron unas cartas horrendas e imposibles, pero Aelin las aprovecho al máximo. Una última vez, sacó todo el provecho posible.

—Por eso no podía hacer nada al respecto —dijo Manon—. Para ayudarla. Tenía que parecer que no estaba involucrada. Mantenerme neutral.

Abajo, desde el lugar donde estaba sentado en la playa, Aedion volteó a verlos. Su oído fino de hada le transmitió todas las palabras. Manon les dijo a todos:

—Lo siento. Perdón por no haber podido ayudar.

Buscó en el bolsillo de su ropa de cuero y extendió el Amuleto de Orynth y un trozo de roca negra hacia Dorian. Él retrocedió.

—Elena dijo que la línea de sangre de Mala puede detener esto. Corre en las casas de ambos.

Esos ojos dorados estaban muy cansados, agotados. Dorian entendió qué le estaba pidiendo Manon.

Aelin nunca planeó volver a ver Terrasen.

Se casó con Rowan consciente de que tendría, cuando mucho, meses. En el peor de los casos, días a su lado. Pero le daría a Terrasen un nuevo rey legal. Para mantener su territorio unido.

Ella tenía planes para todos, pero ninguno para ella.

—La misión no termina aquí —dijo Dorian en voz baja.

Manon negó con la cabeza. Y él supo que ella se refería a algo más que las llaves, más que la guerra, cuando contestó:

—No, no termina.

Recibió las llaves de ella. Latían y emitían chispas de luz. Se calentaron en la palma de su mano. Eran una presencia desconocida y horrible, pero... eran lo único que estaba entre ellos y la destrucción.

No, la misión no terminaba ahí. Ni siquiera estaba cerca de terminar. Dorian se metió las llaves al bolsillo.

Y el camino que ahora se extendía frente a él, que se curvaba hacia lo desconocido y hacia las sombras que aguardaban... no lo asustó.

# CAPÍTULO 75

Dos días antes, Rowan se casó con Aelin antes del amanecer.

Aedion y Lysandra fueron los únicos testigos. Despertaron a la capitana y, aunque estaba adormilada, los casó rápidamente, en silencio y firmó un juramento de confidencialidad.

Tuvieron quince minutos en su camarote para consumar el matrimonio.

Aedion todavía traía los documentos formales; la capitana tenía los duplicados.

Rowan llevaba ya media hora hincado en ese tramo de playa. En silencio, recorrería los caminos de sus pensamientos agolpados. Aedion lo acompañó mientras veía hacia el océano con la mirada perdida.

Rowan lo sabía.

Parte de él sabía que Aelin era su pareja. Y se había alejado de esa noción una y otra vez, por respeto a Lyria, por terror a lo que significaría. Había saltado frente a ella en la Bahía de la Calavera y lo supo entonces, en el fondo. Sabía que las parejas conscientes de su vínculo no podían soportar hacerse daño y que tal vez esa sería la única fuerza capaz de obligarla a retomar el control de Deanna. E incluso cuando le demostró que ella tenía razón... Él se apartó de esas pruebas, seguía sin estar listo, lo apartaba de su mente mientras la hacía suya de todas las demás maneras.

Sin embargo, Aelin lo sabía. Que él era su pareja. Y ella no lo presionó, no le exigió que lo enfrentara, porque lo amaba y él sabía que primero se arrancaría el corazón que provocarle dolor o angustia.

Su Corazón de Fuego.

Su igual, su amiga, su amante. Su esposa.

Su pareja.

Esa maldita perra la encerró en una caja de hierro.

Hizo que le dieran unos latigazos tan brutales que Rowan rara vez había visto tanta sangre derramada. Luego la encadenó. Luego metió a Aelin en un ataúd de hierro, aunque seguía sangrando, seguía adolorida.

Para contenerla. Para romperla. Para torturarla.

Su Corazón de Fuego, encerrada en la oscuridad.

Ella intentó decirle. Justo antes de que llegaran los ilken.

Le intentó decir que vomitó ese día en el barco no porque estuviera embarazada sino porque se había dado cuenta de que iba a morir. Que el costo de sellar ese portal, de crear un nuevo candado, sería su vida. Su vida inmortal.

Con Goldryn a su lado, con su rubí opaco bajo el sol brillante, Rowan tomó dos puñados de arena y dejó caer los granos, dejó que el viento los arrastrara hacia el mar.

*Tenían el tiempo contado de todas maneras.*

Aelin no esperaba que fueran a buscarla.

Ella, que fue por ellos, que los encontró a todos. Organizó las cosas para que todo quedara en su sitio cuando ella cediera su vida. Cuando renunciara a mil años para salvarlos.

Y Rowan sabía que ella creía que tomarían la decisión correcta, la decisión sabia, y se quedarían ahí. Que conducirían a los ejércitos a la victoria, los ejércitos que ella les consiguió, aunque ella no estaría para ver que lo hicieran.

Ella pensó que nunca lo volvería a ver.

Él no aceptaba eso.

Él no aceptaría eso.

Y él no aceptaría que la encontró, que ella lo encontró y que sobrevivieron a tanto dolor, pena y desesperación juntos sólo para terminar separados. No aceptaría el destino que le había tocado a ella, no aceptaría que su vida fuera el precio a pagar por salvar el mundo. Su vida o la de Dorian.

No aceptaría eso ni por un instante.

Oyó que se acercaban unos pasos en la arena y olió a Lorcan antes de molestarse en voltear. Por un momento consideró si debería matarlo ahí mismo.

Rowan sabía que en ese momento... en ese momento ganaría. Algo se había fracturado en Lorcan y, si Rowan lo atacaba, el otro macho moriría. Probablemente ni siquiera opondría mucha resistencia.

El rostro de piedra de Lorcan se veía duro, pero sus ojos... Reflejaban agonía. Y arrepentimiento.

Los demás bajaron por las dunas. El aquelarre de la bruja se quedó detrás y Aedion se puso de pie.

Todos miraron a Rowan, que permaneció hincado.

El mar entraba y salía, ondulaba bajo el cielo ahora despejado y azul.

Rowan lanzó el vínculo con Aelin hacia el mundo, como si fuera una red; lo lanzó en todas direcciones. Lo lanzó con su magia, con su alma, con su corazón destrozado. Para buscarla.

"Resiste", le dijo y difundió esas palabras con su vínculo, el vínculo de su pareja, que tal vez había quedado establecido en el momento que se volvieron *carranam*, oculto debajo de las flamas, el hielo y la esperanza de un futuro mejor. "Resiste. Iré a buscarte. Aunque me tome mil años, te voy a encontrar, te voy a encontrar, te voy a encontrar."

La única respuesta vino de la sal y el viento y el agua.

Rowan se puso de pie. Y se dio la vuelta lentamente para mirarlos.

Pero la atención de todos se posó en los barcos que ahora avanzaban desde el oeste, alejándose de la batalla. Los barcos de sus primos, con lo que quedaba de la flota que Ansel de Briarcliff les había conseguido y los tres barcos de Rolfe.

Pero Rowan vio otra cosa que lo hizo detenerse.

Un barco que dio la vuelta por la punta este de la tierra, un barco de remos. Se acercó impulsado por un viento fantasma, demasiado rápido para ser natural.

Rowan se preparó. La forma del bote no correspondía a las flotas que se habían reunido ahí. Pero ese estilo le removía algún recuerdo.

Desde sus propias flotas, Ansel de Briarcliff y Enda se acercaban rápidamente en otro bote de remos, en dirección a la playa.

Pero Rowan y los demás observaron en silencio cómo el bote extraño cruzó las olas que reventaban en la orilla y se deslizaba en la arena.

Observaron a los marineros de piel apiñonada que lo arrastraron hacia la playa. Un hombre de hombros anchos saltó con agilidad, su cabello ligeramente rizado se agitó con la brisa marina.

No se le veía nada de miedo cuando se acercó a ellos, ni siquiera hizo el intento de buscar la sensación reconfortante de la espada fina que llevaba colgada.

—¿Dónde está Aelin Galathynius? —preguntó el desconocido un poco sin aliento mientras los veía.

Y su acento...

—¿Quién eres? —preguntó Rowan.

Pero el joven ya estaba suficientemente cerca y Rowan pudo ver el color de sus ojos. Turquesa, con el centro dorado.

Aedion exhaló como si estuviera en un trance:

—Galan.

Galan Ashryver, el príncipe heredero de Wendlyn.

Los ojos del joven se abrieron sorprendidos cuando vio al príncipe guerrero.

—*Aedion* —dijo con voz ronca.

Su expresión reflejaba algo similar al asombro y al dolor. Pero compuso su rostro en un parpadeo, recuperó su aspecto seguro y tranquilo, y repitió la pregunta:

—¿Dónde está?

Nadie le contestó. Aedion exigió saber:

—¿Qué estás haciendo aquí?

Las cejas oscuras de Galan se acercaron entre sí.

—Pensé que ella les habría informado.

—¿Informarnos *qué*? —preguntó Rowan con voz muy baja.

Galan buscó en el bolsillo de su túnica azul desgastada y sacó una carta arrugada que parecía haber leído cien veces. Se la entregó a Rowan en silencio.

El olor de Aelin todavía se podía percibir en la carta cuando desdobló el papel. Aedion leyó por encima del hombro de Rowan.

La carta de Aelin al príncipe de Wendlyn era corta. Brutal. Las letras grandes se extendían por la página como si se hubiera dejado llevar por su temperamento:

TERRASEN RECUERDA A EVALIN ASHRYVER. ¿Y TÚ?

YO PELEÉ EN MISTWARD POR TU GENTE.

DEVUELVE EL MALDITO FAVOR.

Y las coordenadas... para ese sitio.

—Sólo iba dirigida a mí —dijo Galan con voz suave—. No a mi padre. Sólo a mí.

A la armada que Galan controlaba, como colocador de bloqueos contra Adarlan.

—Rowan —murmuró Lysandra como advertencia. Él volteó hacia donde ella miraba.

No al sitio al borde del grupo donde llegaron Ansel y Enda que no se acercaron a las Trece y arquearon las cejas al ver a Galan.

Sino al grupo pequeño de gente vestida de blanco que apareció en las dunas detrás de ellos, salpicados de lodo y con aspecto de haber cruzado los pantanos.

Y Rowan supo.

Supo quiénes eran antes de que llegaran a la playa.

Ansel de Briarcliff palideció al ver las capas de sus túnicas holgadas. Cuando el hombre al centro, aún joven y apuesto, se quitó la capucha para dejar ver su rostro de piel morena y ojos verdes, la reina de los Yermos susurró:

—Ilias.

Ilias, hijo del Maestro Mudo de los Asesinos Silenciosos se quedó con la boca abierta al ver a Ansel y su espalda se tensó.

Pero Rowan avanzó hacia el hombre y atrajo su atención. Los ojos de Ilias se entrecerraron mientras escudriñaba a Rowan. Y él, al igual que Galan, los miró a todos buscando a una mujer de cabello dorado que no estaba ahí. Su mirada regresó a Rowan como si lo hubiera definido como el eje de ese grupo.

En una voz ronca por no usarla, Ilias le preguntó:

—Estamos aquí para pagar nuestra deuda de vida con Celaena Sardothien, con Aelin Galathynius. ¿Dónde está?

—Ustedes son los *sessíz suíkast* —dijo Dorian negando con la cabeza—. Los Asesinos Silenciosos del Desierto Rojo.

Ilias asintió. Y miró a Ansel que todavía parecía estar a punto de vomitar. Luego le dijo a Rowan:

—Parece que mi amiga ha cobrado muchas deudas además de la nuestra.

Como si esas palabras fueran una señal, aparecieron más figuras vestidas de blanco que llenaron las dunas detrás de ellos.

Docenas. Cientos.

Rowan se preguntó si todos los asesinos de esa fortaleza del desierto habían venido a pagar su deuda con la joven. Una legión letal en sí misma.

Y Galan...

Rowan volteó a ver al príncipe heredero de Wendlyn:

—¿Cuántos —preguntó—, cuántos hombres traes?

Galan sólo sonrió un poco y señaló hacia el horizonte en el este.

Donde empezaron a aparecer velas blancas por el borde. Barco tras barco tras barco, todos con la bandera color cobalto de Wendlyn.

—Dile a Aelin Galathynius que Wendlyn nunca ha olvidado a Evalin Ashryver —le dijo Galan a él y a Aedion—. Ni a Terrasen.

Aedion cayó de rodillas en la arena al ver la armada de Wendlyn que se extendía frente a ellos.

"Te prometo que no importa qué tan lejos vaya, no importa el costo, cuando pidas mi ayuda, vendré". Era el juramento que Aelin le contó le había hecho a Darrow. "Voy a cobrar viejas deudas y promesas. Voy a reunir un ejército de asesinos, ladrones, exiliados y gente común".

Y lo hizo. Lo dijo en serio y cumplió con cada palabra.

Rowan contó los barcos que se asomaban por el horizonte. Contó los barcos de su propia armada. Agregó los de Rolfe y los micenianos que ahora reunía en el norte.

—Dioses —exhaló Dorian al ver la armada de Wendlyn que se extendía más y más.

Las lágrimas escurrían por la cara de Aedion mientras lloraba en silencio.

"¿Dónde están nuestros aliados, Aelin? ¿Dónde están nuestros ejércitos?". Ella aceptó su crítica, la aceptó porque ella no quería decepcionarlos si fracasaba. Rowan puso una mano en el hombro de Aedion.

"Todo por Terrasen", ella le dijo el día que le confesó cómo consiguió la fortuna de Arobynn. Y Rowan supo que cada paso que dio ella, cada plan y cada cálculo, cada secreto y apuesta desesperada...

Por Terrasen. Por ellos. Por un mundo mejor.

Aelin Galathynius reunió un ejército que no sólo desafiaría a Morath... sino que estremecería las estrellas.

Sabía que ella no lo iba a dirigir. Pero de todas maneras cumpliría la promesa a Darrow: "Te prometo por mi sangre, por el nombre de mi familia, que no le daré la espalda a Terrasen como ustedes me dieron la espalda a mí".

Y la última pieza de todo... si Chaol Westfall y Nesryn Faliq podían reunir fuerzas del continente del sur...

Aedion finalmente levantó la vista hacia Rowan, con los ojos muy abiertos al darse cuenta de lo mismo que él.

Una oportunidad. Su esposa, su pareja, les consiguió una oportunidad en esa guerra.

Y ella que pensaba que no acudirían a su llamado.

—¿Galan?

Rowan se quedó inmóvil como la muerte al escuchar la voz que flotó por encima de las dunas. Al ver a la mujer de cabello dorado que usaba la piel de su amada.

Aedion se puso de pie de un salto, a punto de gruñir, pero Rowan lo sostuvo del brazo.

Cuando Lysandra, transformada en Aelin, como lo prometió, se acercó a ellos, sonriendo ampliamente.

Esa sonrisa... le abría un agujero en el corazón. Lysandra aprendió a sonreír como Aelin, ese toque de maldad y deleite afilado con un poco de crueldad.

La actuación de Lysandra, que se había perfeccionado en el mismo infierno donde Aelin había aprendido a sonreír, habló sin un sólo error con Galan. Y habló con Ilias. Lo abrazó como un viejo amigo, como un aliado.

Aedion temblaba a su lado. Pero el mundo no podía saberlo.

Sus aliados, sus enemigos, no podían saber que el fuego inmortal de Mala había sido robado. Que había sido atado.

Galan le dijo a quien creía que era su prima:

—¿Dónde iremos ahora?

Lysandra lo miró, luego a Aedion, sin un asomo de arrepentimiento ni culpa ni duda.

—Iremos al norte. A Terrasen.

Rowan sintió que el estómago se le iba al suelo. Pero Lysandra lo miró y dijo con voz tranquila y desenfadada:

—Príncipe, necesito que vayas por algo antes de que nos alcances en el norte.

"Encuéntrala, encuéntrala, encuéntrala", parecía suplicar la metamorfa.

Rowan asintió porque se había quedado sin palabras. Lysandra lo tomó de la mano, lo apretó una vez en agradecimiento, una despedida amable y pública entre una reina y su consorte, y se alejó.

—Vamos —le dijo Lysandra a Galan e Ilias y les señaló hacia el sitio donde Ansel, con el rostro todavía pálido, y Enda, con el ceño fruncido, esperaban.

—Tenemos varias cosas que discutir antes de salir.

Luego su pequeña compañía quedó sola nuevamente.

Los puños de Aedion se abrían y se cerraban a sus costados al ver a la metamorfa con la piel de Aelin que llevaba a sus aliados por la playa. Para que pudieran hablar en privado.

Un ejército para pelear en Morath. Para darles una oportunidad...

Las arenas susurraron detrás de él y Lorcan llegó a su lado.

—Iré contigo. Te ayudaré a recuperarla.

—La encontraremos —dijo Gabriel.

Aedion al fin apartó la vista de Lysandra. Pero no le dijo nada a su padre, no le había dicho nada desde que llegaron a la playa.

Elide avanzó cojeando y dijo con una voz tan cruda como la de Gavriel:

—Juntos. Iremos juntos.

Lorcan miró atentamente a la lady de Perranth pero ella hizo un esfuerzo por ignorarlo. Lorcan miró entonces a Rowan y dijo:

—Fenrys está con ella. Sabrá que vamos a ir por ella, intentará dejarnos pistas si puede.

Eso si Maeve no lo tenía encerrado. Pero Fenrys había luchado contra el juramento de sangre desde el primer día. Y si él era lo único que se interponía entre Aelin y Cairn... Rowan no se permitió pensar en Cairn. En lo que Maeve ya le había pedido que hiciera, o en lo que le haría a Aelin antes del final. No, Fenrys pelearía. Y Aelin también pelearía.

Aelin nunca dejaría de pelear.

Rowan miró a Aedion y el príncipe guerrero nuevamente dejó de mirar a Lysandra para verlo a los ojos. Aedion entendió la mirada y puso la mano en la empuñadura de la espada de Orynth.

—Yo iré al norte. Con... ella —dijo Aedion—. Para supervisar los ejércitos, para asegurarme de que todo esté en su sitio.

Rowan le apretó el antebrazo a Aedion.

—El frente tiene que resistir. Consíguenos todo el tiempo que puedas, hermano.

Aedion le apretó el antebrazo en respuesta y sus ojos brillaron con intensidad. Rowan sabía lo mucho que le dolía hacer eso. Pero para que el mundo creyera que Aelin iba de regreso al norte, uno de sus generales tenía que estar a su lado comandando los ejércitos. Y como Aedion tenía la lealtad del Flagelo...

—Tráela de regreso, príncipe —dijo Aedion con la voz quebrada—. Tráela a casa.

Rowan miró a su hermano a los ojos y asintió.

—Nos veremos nuevamente. Todos.

No desperdició palabras para intentar convencer al príncipe guerrero de que perdonara a la metamorfa. No estaba totalmente seguro siquiera de qué pensar sobre el plan de Aelin y Lysandra. Cuál era *su* papel en él.

Dorian dio un paso al frente pero miró a Manon, quien veía hacia el mar como si alcanzara a ver dónde había desaparecido el barco de Maeve. Con ese poder para ocultar que usó para escudar a Fenrys y Gavriel en la Bahía de la Calavera, el mismo que la bruja usó para ocultar su armada de los ojos de Eyllwe.

—Las brujas irán al norte —dijo Dorian—. Yo iré con ellas. Veré si puedo hacer lo que se debe hacer.

—Quédate con nosotros —ofreció Rowan—. Encontraremos una manera de lidiar con las llaves, el candado, los dioses... con todo.

Dorian negó con la cabeza.

—Si vas tras Maeve, las llaves deben mantenerse lejos. Si yo puedo ayudar con esto, si puedo encontrar la tercera... te seré de más utilidad.

—Probablemente mueras —dijo Aedion bruscamente—. Iremos al norte a los campos de batalla y el derramamiento de sangre, tú enfrentarás peligros mucho peores. Morath estará esperando.

Rowan lo miró molesto. Pero a su hermano no le importaba ya nada. No, Aedion estaba de un humor feroz y vulnerable en ese momento, y no le tomaría mucho tiempo en transformarse en algo letal. En especial porque Dorian había participado en la separación de Aelin de su grupo.

Dorian miró a Manon, quien ahora le sonreía ligeramente. Era una sonrisa que le suavizaba la cara, la hacía verse viva.

—No morirá si yo puedo evitarlo —dijo la bruja y los miró a todos—. Iremos a buscar a las Crochans, para reunir las fuerzas que puedan tener.

Un ejército de brujas para pelear con las legiones de Dientes de Hierro.

Esperanza, una esperanza valiosa y frágil, se agitó en la sangre de Rowan.

Manon simplemente movió la barbilla a modo de despedida y avanzó por el risco hacia su aquelarre.

Así que Rowan le asintió a Dorian. Pero el hombre inclinó la cabeza, no era el gesto de un amigo a otro amigo. Sino de un rey a otro.

Consorte, le quiso decir él. Él sólo era el consorte de Aelin. Aunque se hubiera casado con él para que él pudiera tener el derecho legal de salvar Terrasen y reconstruirlo, comandar los ejércitos que ella había dado todo para conseguir.

—Cuando terminemos, los alcanzaré en Terrasen, Aedion —prometió el rey de Adarlan—. Para que cuando regreses, Rowan, cuando *ambos* regresen, quede algo por lo cual pelear.

Aedion pareció considerarlo. Sopesar las palabras y la expresión del hombre. Y luego el príncipe general dio un paso al frente y abrazó al rey. Fue un abrazo breve y duro, Dorian se sobresaltó un poco, pero notó que los ojos tristes de Aedion se habían suavizado. En silencio, Aedion miró a Damaris envainada y colgada del cinto de Dorian. La espada del primer y más importante rey de Adarlan. Aedion pareció considerar su presencia, quién la portaba. Al fin, el general asintió, más para sí mismo que para alguien más. Pero Dorian inclinó la cabeza en agradecimiento.

Cuando Aedion se alejó hacia los botes, evitó deliberadamente a Lysandra-Aelin que hizo un ademán de querer hablar con él.

—¿Confías en las brujas? —le preguntó Rowan a Dorian.

El rey asintió.

—Van a dejar dos guivernos para que vigilen tu barco hasta que llegues al extremo del continente. De ahí, regresarán con nosotros y tú irás... donde sea que... donde sea que tengas que ir.

Maeve podría haberla llevado a cualquier parte, podría haber aparecido del otro lado del mundo.

Rowan le dijo a Dorian:

—Gracias.

—No me agradezcas —una media sonrisa—. Agradece a Manon.

Si sobrevivían a todo eso, si recuperaba a Aelin, lo haría.

Abrazó a Dorian, le deseó suerte y lo miró subir por el banco de arena hacia la bruja de pelo blanco que lo esperaba.

Lysandra ya estaba dando órdenes a Galan e Ilias sobre llevar a los doscientos Asesinos Silenciosos en los barcos de Wendlyn. Aedion supervisaba con los brazos cruzados. Ansel conversaba con Endymion, quien no sabía bien qué hacer con la reina de cabello rojo y sonrisa de lobo. Ansel, sin embargo, parecía ya lista para empezar a luchar y divertirse mientras tanto. Rowan deseó tener más de un momento para agradecerle a ambos, para agradecerle a Enda y a cada uno de sus primos.

Todo quedó listo, todo estaba preparado para ese avance desesperado hacia el norte. Como Aelin lo había planeado.

No habría descanso, no habría espera. No tenían tiempo que perder.

Los guivernos se movieron y aletearon. Dorian se subió a la silla detrás de Manon y envolvió sus brazos alrededor de su cintura. La bruja dijo algo que lo hizo sonreír. Sonreír de verdad.

Dorian levantó la mano para despedirse e hizo una mueca de aprensión cuando Abraxos se elevó por los cielos.

Otros diez guivernos lo siguieron.

La bruja sonriente del cabello dorado, Asterin, y la de cabello negro y ojos verdes llamada Briar, esperaron sobre sus monturas a Gavriel, Lorcan y Elide. Para transportarlos al barco que los llevaría de caza por los mares.

Lorcan intentó acercarse a Elide cuando ella se aproximó al guiverno de Asterin, pero no le hizo caso. Ni siquiera lo miró al tomar la mano de Asterin para subir a la silla de montar. Y aunque Lorcan lo ocultaba bien, Rowan percibió la devastación en esas facciones endurecidas por los siglos.

El grito de Gavriel cuando se abrazó de la cintura de la bruja de cabello dorado fue la única señal de su incomodidad que dejó ver al ascender por los aires. Cuando todos se habían ido volando, Rowan caminó hacia la cima de la colina arenosa y ató la funda antigua de Goldryn a su cinturón mientras caminaba.

La camisa salpicada de sangre seguía ahí, al lado del charco de sangre que se había filtrado en la arena. No tenía duda de que Cairn la había dejado a propósito.

Rowan se agachó, levantó la camisa y pasó los pulgares por la tela suave.

El aquelarre desapareció en el horizonte. Sus compañeros llegaron a su barco y los demás empujaban sus botes hacia el agua, preparándose para mover el ejército que su pareja convocó para ellos.

Rowan se acercó la camisa a la cara e inhaló su olor. Sintió algo que parpadeaba en su interior, sintió que el vínculo parpadeaba.

Dejó caer la camisa y el viento se la llevó al mar, lejos de ese sitio bañado en sangre que olía a dolor.

"Te voy a encontrar."

Rowan se transformó y voló con un viento veloz que él mismo creó. El mar brillante se extendía a su derecha, los pantanos eran una maraña verde y gris a su izquierda. Se ató al viento y pronto alcanzó a sus compañeros que ya avanzaban por la costa. Atesoró el olor de ella en su memoria, atesoró ese parpadeo del vínculo en su memoria.

Ese parpadeo que podría haber jurado sintió como respuesta, como una pequeña luz que se movía en el corazón de una braza.

Soltó un grito que puso a temblar al mundo. El príncipe Rowan Whitethorn Galathynius, consorte de la reina de Terrasen, empezó la búsqueda de su esposa.

# AGRADECIMIENTOS

Siempre me es difícil resumir mi gratitud apabullante por la gente que no sólo trabaja incansablemente para convertir este libro en una realidad, sino que también me proporciona una amistad y apoyo inquebrantables. No sé lo que haría sin ellos en mi vida y le agradezco al universo todos los días que estén aquí.

A mi esposo, Josh: Cuando este mundo sea un susurro olvidado de polvo entre las estrellas, te seguiré amando. Gracias por las risas en los días que no pensaba poder sonreír, por sostener mi mano cuando necesitaba recordar que era amada, y por ser mi mejor amigo y mi puerto seguro. Eres la mayor dicha de mi vida y no me bastarían ni mil páginas para expresar cuánto te amo.

A Annie: Para este momento no me sorprendería que ya hubieras aprendido a leer. Eres la otra dicha de mi vida y tu amor incondicional e insolencia constante convierten mi trabajo recluido en algo que nunca se siente solitario, ni por un momento. Te amo, cachorra.

A Tamar Rydzinski: Estoy tan agradecida por tu sabiduría, tu rudeza, y tu brillantez desde el primer momento en que me llamaste hace tantos años. Pero este año en especial, estoy más agradecida por tu amistad. Gracias por apoyarme sin importar nada más. Tengo mucha suerte de tenerte de mi lado.

A Cat Onder: Trabajar contigo ha sido un momento memorable de mi carrera. Gracias desde el fondo de mi corazón por tu retroalimentación cuidadosa, por apoyar mis libros y por hacer de este proceso algo tan *divertido*. Estoy increíblemente orgullosa de tenerte como editora y amiga.

A Margaret Miller: Gracias por toda tu ayuda y guía a lo largo de los años; he crecido mucho como escritora gracias a ti y estoy muy agradecida por eso. A Cassie Homer: ¿Cómo agradecerte por todo lo que haces? De verdad no sé cómo lo lograría sin tu ayuda. Eres increíble.

A mis equipos sin igual y maravillosos en Bloomsbury en todo el mundo y CAA: Cindy Loh, Cristina Gilbert. Jon Cassir, Kathleen Farrar, Nigel Newton, Rebecca McNally, Natalie Hamilton, Sonia Palmisano, Emma Hopkin, Ian Lamb, Emma Bradshaw, Lizzy Mason, Courtney Griffin, Erica Barmash, Emily Ritter, Grace Whooley, Eshani Agrawal, Emily Klopfer, Alice Grigg, Elise Burns, Jenny Collins, Linette Kim, Beth Eller, Kerry Johnson, Kelly de Groot, Ashley Poston, Lucy Mackay-Sim, Melissa Kavonic, Diane Aronson, Donna Mark, John Candell, Nicholas Church y todo el equipo de derechos en el extranjero: me siento bendecida de poder trabajar con un grupo tan espectacular de personas y no puedo imaginar mis libros en mejores manos. Gracias, gracias, gracias por *todo*.

A mis padres: Gracias por su amor inquebrantable y por tener una cantidad verdaderamente vergonzosa de todos mis libros. A mis suegros: Gracias por cuidar a Annie cuando no estamos y por siempre estar a nuestro lado sin importar otra cosa. A mi maravillosa familia: Los amo a todos.

A Louisse Ang, Sasha Alsberg, Vilma González, Alice Fanchiang, Charlie Bowater, Nicola Wilkinson, Damaris Cardinali, Alexa Santiago, Rachel Domingo, Kelly Grabowski, Jessica Reigle, Jamie Miller, Laura Ashforth, Steph Brown y las Maas Thirteen: Muchas, muchas, muchas gracias por su amabilidad, su generosidad y su amistad. Me siento honrada de conocerlos.

Y a mis lectores: Gracias por las cartas, el arte, los tatuajes (¡!), la música, gracias por *todo*. No puedo decirles lo mucho que significa para mí ni lo agradecida que estoy. Ustedes hacen que todo el trabajo valga la pena.